海的那头
是
中国

At the other end of the sea
is
China

钟兆云 著

上海远东出版社
海峡出版发行集团 | 海峡文艺出版社

图书在版编目(CIP)数据

海的那头是中国／钟兆云著.— 上海：上海远东出版社,2021
ISBN 978－7－5476－1697－0

Ⅰ.①海… Ⅱ.①钟… Ⅲ.①长篇小说—中国—当代 Ⅳ.①I247.5

中国版本图书馆 CIP 数据核字(2021)第 052379 号

策 划 曹 建
责任编辑 李 敏 陈 娟 唐 鋆
封面设计 陈奥林

长篇小说

海的那头是中国

钟兆云 著

出 版 **上海远东出版社**
(200235 中国上海市钦州南路 81 号)
发 行 上海人民出版社发行中心
印 刷 上海信老印刷厂
开 本 890×1240 1/32
印 张 22.125
字 数 540,000
版 次 2021 年 5 月第 1 版
印 次 2021 年 5 月第 1 次印刷
ISBN 978－7－5476－1697－0/I·354
定 价 78.00 元

献给我的母亲，我的人生，和我的祖国。

——题记

我与我周旋久，宁作我

谁拦得住决意赴死的人呢！

自杀的人躺在落红繁杂的坡地，斑斑血迹像是盛开的花儿，一把手枪冷冷地落在他扭曲的躯体旁。不远处，努力在世间开到荼蘼的樱花，几乎繁华落尽，不复烂漫。曾经的倾城倾国，抵不过风云一变。

我没有目击其事，是从疾速如风、铺天盖地的新媒体获得图文信息的。当时，我正在店里吃鱼丸。他并没开枪，是跳崖——这个上周还和我有过接触的人，从清水寺距山坡十二米的舞台上纵身一跃，状如落英。

名入世界遗产的清水寺，像美人的肚脐眼，嵌在京都音羽山的半腰，有着令人折服的美丽。上年深秋，他陪我赏枫，称倘无此寺，此山便要逊色几分，正如中国古人所说"山不在高，有仙则名"。上山进寺，我闹不明白他为什么先要带我去地势险峻的舞台，闹不清站在悬空舞台上招手让人担惊的他，为什么会没来由地向我介绍一句日本俗语：日本人每当下定莫大决心时，总爱说"抱着从清水寺的舞台跳下去的决心"。现在，我总算明白了。

小野说话时很少喜怒形于色，脸上波澜不惊，眼神向来冷若冰霜，只有那两片匀称的嘴唇微微启合，泛出一丝微笑，时而彬彬有礼，时而含讥带讽。

抬脚出寺，他仍不忘强调："顾桑（日语，先生）请记得，我们做事就是要抱跳清水舞台的决心。"

我未置可否："世上很多俗语都是应时应景而生，要不是清水舞台地势让人生畏，你们这句象征性的话，也许会找另一个地方出生吧。"

他持起了异见："呃，这可不是象征性的话，也绝非无关痛痒之词，史上称，江户时代就有二百三十四起跳崖事件，此后前仆后继者不计胜数。"

数字如此精确，不愧是研究历史的。我忍不住揶揄起来："小野君是否清楚，有多少人的自杀欲望，是被这煽情的俗语激起的？是否清楚，您那些下了莫大决心跳崖的同胞，是否都能完成心愿？"

小野并没在意我的不恭，淡淡地报以一笑："也真是怪了，跳崖者的生还率，听说高达七八成。"我还没笑，他又云淡风轻地紧接一句："但前辈们都说，如果有跳崖的决心，世上就该没办不成的事，也许正因为这个缘故，清水舞台今天仍是日本自杀者青睐的终极地。"

下山，他不忘回望清水舞台。那时节的四周，热烈的气息环抱着树木，红枫飒爽，白云流过蓝天，而一股凉意却在秋色浸染的京都，摆脱阳光的纠缠，沿着我的脊梁骨"嗖嗖"地往上爬。

京都风姿绰约地迈过了千年的门槛，中国文化的痕迹处处可见，如身上的刺青，刮也刮不掉。小野就说了嘛："为什么要忌讳曾经的中国化呢，要是没有当年的师承，日本文明难道能像孙猴子那样从石缝里蹦出来？可惜……"

他没说下去，但我能窥测他的心思。

我哪能想到，孙悟空百计千谋都渴望出世，小野却处心积虑要采取这一种极端方式谢世！

后续报道说，在他的住所发现了落在书案上的遗言。像是一组自由律俳句，也像是汉诗：

> 来世不可待，经年悲喜净如镜，往世不可追。
> 蝴蝶落吊钟，往事浓淡色如清，安然入梦乡。
> 生之空，死之实，万籁静寂，高洁清和转鹤飞。
> 我与我周旋久，宁作我。

遗言并非原创，字字句句发散着中国文化的味道。不少文字有其出处，如"来世不可待，往世不可追"出自庄子，"蝴蝶落吊钟，安然入梦乡"则是与谢芜村的名句。集句式的遗言，透出禅宗与道家的宿命观、无常观，在这个樱花的国度里，提示人们不要为他的凋零而伤悲，与梦同消为好。"我与我周旋久，宁作我"出自《世说新语》，是我平时爱说的一句，不想小野学以致用了。他曾认真地说，日本文化如果去除汉诗简直没法谈下去。他和许多日本人一样，从小爱写汉诗，不胜怵惶的是，没修成正果，举国连个像样的汉诗诗人都不见。

收尸队推断，死者之所以带上枪，是怀着万一跳崖不死就继续枪杀的决心。

有这样的决心，哪能死不成？！

小野如愿死去，在自杀率高居世界榜首的日本，不过是激起了一层小涟漪。新闻转眼成昨，我却无从化解。

媒体称，小野教授"光荣结束生命"的"神秘力量"，乃是对日本现政府解禁集体自卫权、冷对亚洲基础设施投资银行的"死谏"，其生前访谈就曾说,"解禁的结果只能是给美国人当炮灰""别误了亚投行这辆公共汽车"。我心知肚明,真正让小野骨子里绝望的,是日本当今政府对侵华战争认识上的严重倒退,以及由此导致的冰冷多年未见回暖的日中关系。连着几年,他的文章,但凡检视日本二战罪行,反对日本修宪,为中国倡设的"亚投行"和"一带一路"叫好,几乎都要被日本骎骎右转的学界称为"献媚中国"。有一年他就慰安妇一事发声后,刚出校门就被人一拥而上贴了个"日奸"标签。

现在,你可以大致猜测到小野这个日本左翼历史学者的身份了。

天生自带忧郁气质的小野,在美国留学时和我师出同门。这下,你也可以明白我为什么对他的自戕伤怀了,还有一点我没告诉你,他自杀前三天,我们还在岚山诗碑前有过一段交流或曰争论。

又是山。

是的,我喜欢爬山。这并不是因为才情饱满,也非豪情逸兴,而是觉得人应该登高。你想啊,一个人因为位置高低不同,看见的世界面貌也不同,所以得高瞻,得远瞩,也须有高可登。每到一地,有山登山,有塔登塔,登山则情满于山,观塔则意溢于塔,心胸廓大,眼界无穷世间宽。李白诗云:"登高壮观天地间,大江茫茫去不还。"惠特曼则说:"无论你看得多么遥远,在此之外有无限空间,无论你算得多么长久,在此之外有无限时间。"

闲居非吾志,研究历史人文于我也是一种登高,"千古凭高对此,漫嗟荣辱"。

在中国抗日战争国共两党的作为上,在对汉奸的审判上,我和日本同道小野有许多问题未达一致。我和小野站位不同,纵然学问见识上惺惺相惜,但在原则问题上却常常针锋相对,锱铢必较。我哪能想到,无意中的过激言辞,竟点燃了他心底隐藏了很久的自杀引擎。你可能会问,他为什么不采取切腹这个为多数日本人热衷的死法? 我在反复咀嚼中,总算在脑海里搜索了一点儿迹象:切腹,那是武士道,是军国主义的架势,不好不好。

我正在他的国家做访问学者,研究课题是华侨华人和中国革命及其他。只有我知道,所谓中国革命及其他,实际上是讲中国抗战,但我想避开这敏感的字眼,起码在日本是敏感的。我的日本导师东山广达心知肚明,却听之任之。

意大利当代学者阿甘本有个颇具意思的观点,认为不同的人都是选择从不同的"自己的古代"进入当代的。套此理论,你可能由李白的盛唐、王安石的北宋、林则徐的虎门销烟,或从鲁迅的《狂人日记》《阿Q正传》进入当代中国,可能从惠特曼的《草叶集》进入当代美国,从明治维新进入当代日本……我呢,则有所偏好地想从抗日战争这个重大事件进入我的彼岸国度。

在此之前,对早已融入了美国主流社会并信奉自由主义的我来说,中国与自己似无关系,那只是父辈们的祖国,意味着过去,如同熟悉的陌生人;对发生在中国的事情,我一向地喜欢用美国的尺度来衡量。直到有一天,我发现父辈们与这个过去的国家死死生生都有着割舍不去的千丝万缕的关联,才引起了特别重视,并选择了进入这个国家的方式。这也算是自由主义者各自决定其办法与命运吧。

中国对日抗战,若从卢沟桥事变算起,长达八年;若从"九一八"事变算起,长达十四年;若从甲午战争算起,甚至从一八七四年日本侵略中国台湾的牡丹社事件算起,往事越百年。一寸山河一寸血,不道人世犹有未招魂。回顾这段血泪史,虽然最后获得了光荣胜利,但漫长的过程中,"可怜无定河边骨",三千万人的累累尸山,能容"春闺梦里人"轻言遗忘?

我和小野对这段历史有着共同的兴趣和爱好。在我们之前,有关中国抗日战争的著作和论文已经汗牛充栋,研究越来越细致,具体人物的行踪和几乎所有大事的时间、地点和产生的影响,基本得到了必要的考评。纵然如此,这一领域尚有许多工作可做,因为我注意到,大量的研究反而导致这样一个倾向,撇开国共双方和日本各说各话不表,有关学者或者语出惊人,或者人云亦云,在随意的相互借鉴中不时以讹传讹。

"为了和平的伟大战役,我们要用同样的坚韧的线编织……我们编织,永远编织,把耐劳的生命编织进去,编织进鲜红的血液、绳索般的筋肉、感觉、视野……"

我们在美国时就曾一同哼唱惠特曼的诗,激励编织出属于我们的书和文字,完成在我们看来的"和平的伟大战役"。岂料,革命尚未成功,他就不知缘由半途而废,实在令人瞠目结舌!

其实,他对我说过日本也是亚洲第一个诺贝尔文学奖得主川端康成的那句名言"有思想的人哪个不想自杀?"他在日本常常这么孤独地走着,常会无由地一个人自言自语:如果发生非常纠结、郁闷和痛苦的际遇,是自残自刎自沉还是跳崖? 也许投身清澈水潭算是较好的归宿吧? 他说他来美国前就为这事斗争过,但遇上自由女神后就被她高举的火炬给烧灭了,回到日本却死灰复燃,又孤独地背上了沉重的十字架。

我是在中餐馆享用福建鱼丸时得知小野教授的不测之灾的。这地方是他带我寻访到的,只因我曾向他提及,小时如何流着口水听父亲津津乐道讲述舌尖上的福建鱼丸味道。

我的父亲诱我以鱼丸美味,我的朋友小野留给我死亡之味。

死有什么好怕的呢?《荀子》称"生,人之始也,死,人之终也,始终俱善,人道毕也";《列子》说"十年亦死,百年亦死";《庄子》云"生者死之徒,死者生之始,孰知其纪?"老子死后,他的朋友前去吊丧,只哭三声就离开。死有什么呢,只不过是回归大自然,或者是出一次远门,做一个长梦。惠特曼则如是放歌:"我歌唱生命,可也清楚地懂得死亡:今天我走着、坐着,阴郁的死神像条狗跟着我,这已经有些年头了——有时他挨着我,近得脸对着脸……"

对早就萌生殉志一念的小野来说,这么些年来一路的好山好水、好男好女,也已经赠他一个有所意义、有所留恋的自然和生命。

对正常的生死,我吝于付泪。人来世间,死是迟早之事,何须痛哭?但正处英年的小野,突然以自杀的方式告别,就让我一时无法释然了。

世事有远因近果,有偶然必然,没有无因之果,也没有无果之因。这一回,小野做了因果的主宰,也做了因果的奴隶。他生平第一次不再追求学问和荣誉,而对人生感到疲倦,只求解脱和忘怀。

"生死悠悠尔,一气聚散之。"深深哀切中,我心里有个声音道:"小野君,你把我扔日本了!"

为小野之故,这可能会是我最后一次上音羽山,经清水舞台。在阴雨和忧伤丛生之地登临送目,只见一只大鸟在纯净、清冽、激荡的风中翔翔其羽,有声如啸:"我与我周旋久,宁作我。"千啭不穷,满山俱响。

目录

| 第一部 |

往事知多少

塞林格在《麦田里的守望者》里说:"对一个人来说,一辈子里注定会不时去寻找一些他们自身周围所不能提供的东西,要么他们以为自身的周围无法提供,所以放弃了寻找,他们甚至在还没有真正开始寻找前,就放弃了。"我自信能做这样的守望者,而且绝不轻言放弃。

一

现在想来，我初来东瀛不久，就被小野抛下过。

那天是八月十五日，你当知道这一天对中国和日本的不同意味。

我们相约去中华街看热闹。数十年来，每每这个时候，日本各地的中华街多少会有些动作。

今年的主打是书展。十几种长相各异的外文出版物，簇拥着简繁汉字各占半壁江山的图书，林林总总，莫不是中国抗日战争的主流表述。摆放的图书中，我看过何应钦的《八年抗战之经过》、吴相湘的《第二次中日战争史》、蒋纬国主编的《国民革命战史》，也看过大陆官方出版的《中国抗日战争简明读本》《东京审判：正义与邪恶之法律较量》等。这些书，对抗战的记述互有详略，或可互相补充吧。

人群像风一样摩肩接踵而来，不同版本的书刊在不同肤色的人手中，被深深浅浅地翻阅着。一旁临时搭建的舞台倒也精巧，以开放的胸怀欢迎人们自由上台演讲。

"拔剑者必亡于剑，这是颠扑不破的真理。古往今来，想用武力征服世界者，哪个有好下场，日本又怎能例外？你再先进再自负再狂妄，也得想想，你有国家观念、民族主义，人家也有；你有武士道，人家也不怕死；你敢杀人，人家也不是孬种！就算你能以一当十，人家以十当一也照样能干死你。上帝要谁灭亡，必先使其疯狂，这就是日本的教训，再毫无理智地疯狂，只能万劫不复地毁灭！"

谁都可以像这位身着中山装不报家门的中年男子那样上台，有话则长，无话则短，不必在乎掌声多寡。

"没错,甲午战争中国输得快,抗日战争中国赢得慢,但终究是赢了,不仅改变了中国,也改变了世界。几年后再来个抗美援朝,打出国门,比日帝强悍的美帝和联合国军都夹着尾巴逃跑了,你日本再不服气,再不承认败于中国之手,又能如何?!"

民族主义是无法融化的坚冰。日本偏要在天大的难以愈合的伤口上撒把盐,中日友好能不一波三折?

"中国不应总关注不幸的历史,而要向前看……"

在这个号称的亚洲第一个民主国家里,你想说什么都可以。于是乎,你方唱罢我登台,观点有犀利,有中庸,有废话和反话,任你拍照和录影。

热闹间,外头骤然响起音高八度的喇叭呜咽,一阵阵吼叫随风侵入耳。有人循声张望,有人放下手中的翻阅,停止这边厢的耳闻目睹,朝那边厢移步。

我问陪在身边的小野发生什么事了。

"肯定是他们。"

我知道他说的"他们":"哦,打擂台,分庭抗礼,去看看吧?"

"他们闹事,你凑什么热闹呢?"

"右翼长什么样,什么阵势,我还没见过呢,百闻不如一见。"

小野脸若冰霜,拒绝陪同,只想徜徉在中华街。我们谁也不拗谁,各得其乐。

中华街外,远远地,几辆并不显赫威猛的宣传车,迎风猎猎地飘扬着旭日旗,高悬的标语扑面而来。"日中断交""粉碎中华霸权""创设皇军"……一个比一个耸人听闻,触目惊心。车之外,是三五成群聚散两由之的路人,以各自的好奇和漠然,画成了流动的浮世绘。

浪笑和尖锐的口哨,此起彼伏地戳痛我心口,莫名地引起一阵恶心。这些像从垃圾箱里倾倒出来的话,以我既有的日语水平,只能听个大概,在这里是结合事后的报道给其留个"全尸"的。

我不近不远地伫足,愈发地感到连多听一句都是纵容犯罪,摇头离开,却被硬硬地拦住去路。身旁两人,一胖一瘦,分别用日语、汉语问怎么样。也许我没去主动领书,也许我的不以为然,早就引起了他们的注意。

什么怎么样,我耸耸肩,报以微微一笑。虽是应付式的,相比于他们的突兀,已有足够的礼貌。

瘦子仿佛看出了我的不屑和轻蔑,眼睛放射出戒备的光:"什么意思?"

瘦子说着汉语,其同伙双眼直勾勾地盯上了我刚买下的《不为人知的日本远东战争罪行》。这个胖子一点儿亲和力也没有,虚晃着的身体没个站相,好像还在膨胀,要把别人的空间全侵占了去。

"原以为日本人学会了礼貌谦逊,没想到骨子里如此极端!"语言连同内容,轻易地暴露了我的身份。

"有不同看法,何不辩辩?"瘦子说话间手足无措,一副随时想抓痒又随时忍住之样,似乎倒在担心我受了他的怂恿,真要跳出来打擂台,又将更让他手忙脚乱。

"跟神经病辩论,我岂不也成了疯子?!"我挺胸,语气不无倨傲。

以前我是有不以为然甚而目空一切毛病的,看春花秋月阴晴雨雪都是一副无所谓且不屑的神气,连着被几个美女心口不一地捧作传说中的高冷男神后,自觉接地气了些,但只要遇上神经病和一切不可理喻之人,还是容易被打回原形。

在我"原形"毕露时,呼呼的风在耳边生焉,猝不及防间已是眼冒金星,一记拳头严严实实地打上了脸,唾沫横飞的辱骂像炸药一样劈头盖脸地喷射过来。

我脑袋"嗡"了声,我招谁惹谁了? 打人不打脸呢!

该死的胖子,像他肥硕的身子一样还在膨胀着莫名其妙的虎威,喘着粗气,骂骂咧咧,凶巴巴地又要扑打过来。我听出来了,那张嘴确实不干不净:"垃圾滚回垃圾箱!"

欺人太甚!我来不及捂发烫的脸,迅捷躲闪,不假思索地将手中的砖头——对,就是这本《不为人知的日本远东战争罪行》精装书,狠狠地迎面朝他砸去。

"嗖",厚砖不辱使命,一击命中其头。"啊"的一声惨叫,他踉跄仆地,挣扎了小半天,爬起来后一时还恢复不了原形。貌似凶悍的老虎,不过是纸裱而成。

抛砖引来的不是玉,而是原本就布局在周围的警察。不需瘦子打电话,他们很快就激光闪电般降临,在看客们如林般亮出"长枪短炮"抢抓新闻的包围中,把我连请带拽装上了车,"呜呜呜"地弄进了警局。

哈,我抢了八月十五这天的风头!

装得一脸公正的警察,到底没遮住眼里流露的轻视和偏袒之情,只是在看了我的护照后,相觑片刻,一番嘀咕,同意立刻保释。

小野接回我的路上,好一通冷嘲热讽:"郑愁予说'出门一步,便是江湖',中国不是说不听老人言吃亏在眼前嘛,去凑什么热闹呢?"

好像我是欠揍的呢!我虎着脸,没好气地应声:"有您这样的国际友人吗,在自己的国家抛舍我,不管不顾,不哼不哈,不道歉却要强词夺理?!"

"道歉道歉,真是对不起,让顾桑吃苦了。"

小野说罢,当街就向我深鞠三躬。只收获了三两束从远近高低投来的惊诧一瞥,很多人脚不点地,瞧也不瞧,好像这一幕如同空气。

想来也真不怪小野,我并非不知他和右翼一向道不同不相谋,冰炭不同炉,怎么还去"捧场"!有次他还决然说过,我是人类,不是动物,不和那些疯狗对叫。

脸还灼热着。刚才在验明正身后,警局唤来医生做了简单的护理,查无大碍,疼在,瘀青也在。

小野到底还是给予了关切:"什么体会?"

"原以为日本人学会了礼貌谦逊,没想到骨子里头还如此极端!"我照搬冲突前的那句,一时也把眼前的小野当成了他们的同类。

"没想到顾桑也能打架,出手这么狠,要是手中有枪,怕要扣响扳机吧?"

"人不犯我,我不犯人,人若犯我,我必犯人。"我高昂着头,一脸严肃,像是要给所有的右翼念宣言、下战书。

"先说抗战吧……"

话却就此搁住,不觉已到地铁站。

地铁是日本最繁乱最没诗意的地方,多数日本人长年累月、整日整夜地在蛛网般的铁路线上穿梭,而其中一半时间,又过着"地下"生活。

因为发达,日本地铁的功能早已不是单纯的交通通道,差不多每个地下车站都被打造成为一个既可娱乐、休闲、用餐,又可旅游、购物、观光的空间。

我们就在一家雅致的餐馆止步,民以食为天,肚子早在唱空城计了。说这家餐饮雅致,是因为门内外都很清静,没有那些为战争叫屈、为鬼子招魂的标语和招贴画。

进包厢后草草点了几道料理,要了盏清酒,继续刚才的话题。

"要我说呀,现代中国人乃至全世界华人的尊严,包括顾桑在内,是毛泽东指挥解放军打出来的,是解放军百万将士用鲜血和生命换回来的。您该知道吧……"

八月十五日这天,听一个日本历史学者抚今悼昔,挺有点儿意思吧。

餐罢,小野提出护送我回住处。这是他的情义所在,但我坚决谢绝了:"我一个大男人,哪有这么娇气?回去路上我绝不顾'左''右'而言,只管行我的中庸之道。"

小野笑笑,也不再坚持,只道:"可别又来怪我抛下您呀……"

二

小野并不是我这次赴日交流最重要的接触对象,我的目标是程宁宁。程宁宁是中国一家大企业的驻日代表,在某个程度上说,我是追着她来这个岛国做访问学者的。

我出生在美国,成长在美国,无党无派,是惠特曼式的自由主义者,出口便可引用惠特曼的诗句来看世间许多事,包括食色性也。可没想到,四十来年过去了,中国这个字眼还无法从眼前和灵魂中剥离。于是你当明白,生命中也总会有些人有些事无法忘怀。塞林格在《麦田里的守望者》里说:"对一个人来说,一辈子里注定会不时去寻找一些他们自身周围所不能提供的东西,要么他们以为自身的周围无法提供,所以放弃了寻找,他们甚至在还没有真正开始寻找前,就放弃了。"我自信能做这样的守望者,而且绝不轻言放弃。

"我叫顾华,前段时间整理先父日记时,常见其中程天章先生、程贵发先生的大名,才知我们两家曾是世交。"

在美籍华人老郭的帮助下,我终于见到了程宁宁。那天,在连日阴雨之后,阳光漫游到了东京银座他们驻日公司宽敞整洁的办公室,调皮地摸摸这,摸摸那,摸得我脸上痒痒的,一曲舒缓心情的音乐在脑海中响了起来。

　　她身材高挑，秀发齐耳，举手投足散发出三十岁女子少有的干练成熟、雍容典雅。她看座，沏茶，身子微微前倾，一双挂着长长睫毛的眼睛略为好奇地打量着我："郭先生也没说清楚，请问令尊是?"

　　"顾闽。"

　　她愣了愣，旋即展示一副抱歉的神态："恕我孤陋寡闻。"

　　真不知老郭当初是怎么牵的线！为掩饰这一份失落，我端起了茶杯，一口下去，却烫得嘴歪眼斜，怕是五官要换了位置。

　　"抱歉，日本人的杯子散热慢，烫嘴。"说得漫不经心。

　　我定定神，咽咽口水，换个说法介绍："我爷爷名讳顾志平。"

　　"哦，原来是……幸会，幸会。"她微微一怔，恰到好处地镶着几小粒粉刺的脸上表情瞬时丰富起来，只是有些猝不及防。

　　之所以抬出我爷爷顾志平，是因为华侨界乃至大半个中国几乎无人不知，他和程宁宁的祖爷爷程天章，当年都曾是南洋一等一的侨领。

　　程宁宁比我小两辈，要不是我那位风流倜傥的父亲肆意妄为，这个世上断不会有我，我与程宁宁断不会见面，也就让她免去了称呼我的尴尬。程宁宁虽然彬彬有礼，但我猜测，她内心并不怎么待见我，兴许是我直白的身份介绍吓着了她，让她生就了防备之心。我耸耸肩，一脸的淡定："我不喜欢拐弯抹角，中国人那一套我还没学会。"

　　"中国人哪一套?"程宁宁不动声色的脸上终于绽放出花朵般的笑来，洁白如玉的牙齿让人眼前一亮。

　　我答不上来。

　　时光默默地从指缝间溜走。

　　每个家族都有历史，每个人都有记忆，我们也不脱众。我利用这一小段沉默,收拢记忆的碎片,过去的页页面面就在我脑海里电石火光般上演。我不知道她的脑海里在跑什么马。

我爷爷顾志平和程宁宁的祖父程天章同年,一是客家人,一为闽南人,台湾建省那年结识于下南洋的险途。在马来亚,程天章遭英殖民当局百般刁难,幸好我爷爷的伯父乃当地有声望的"甲必丹"(管理者),出手相援,使程天章得以在异域立足。胼手胝足中,两人渐渐富甲一方,并成为当地客家人、闽南人公认的重要首领。

程天章为启发民智,在南洋办学,对邹容的《革命军》和陈天华的《猛回头》《警世钟》这些惊世骇俗之作爱不释手,合编翻印,向当地华侨广泛散发,并打包寄往国内,如同普罗米修斯盗下天火,造成的影响非同一般。

儿大不由人,人生识字糊涂始,我二伯顾骧在程天章的有心开导下,捧读起了这些"图存"之书,革命意识勃兴于干旱而躁动的心田,不期然地"形塑"了一个华侨青年的未来,对后来命运产生不可忽视的作用。稍后,父亲也直接或间接地受了些感染,"革命基因"融入体内而渐次发酵。兄弟俩先后回国,与仰慕革命有着必然的内在联系。

我家在南洋的人望,远高于程家。

那个年代,华侨界像是约定俗成似的:中下层和底层华侨,赞助革命往往最热心;上层豪门富商,对革命的态度则大都冷淡。个中原因,有个不容忽视的客观障碍,那就是革命党人与立宪保皇党人在遭朝廷扼杀后双双远足到了海外江湖,且形成对立:前者抱定革命,诉求武力,不惜一切代价也要推翻无可救药之政府;后者抱定改良保皇,反对暴力,谋求自上而下地实现君主立宪。两种不同的政治理念和行事方式,像海水一样冲浪、绞合、搏斗,浑水渐浊迷人眼,给不同层次的人群洗了个脑,从混沌初开冲出了一个泾渭分明：华侨富人多支持以康有为梁启超为首的立宪保皇派，他们认为康梁派只是暂时失势，一俟清廷改变政策便可重返庙堂再秉国政。不管他们中是否有人师从梁启超"革命决不能得共和，而反以得专制"的学说，却有不少人把革命党人和同盟会视同恶棍，并认定革命是秀才造反，绝无成功之望。

八国联军侵华之前，海外华人的民间秘密结社——"洪门"，在华侨富人影响或掌舵下，大多没有表现与清政府之间你死我活的敌对，南洋诸多洪门大佬还处心积虑地搭上清政府的关系，帮助清廷维护既有统治，甚至向清廷捐官鬻爵。一八八八年，安徽发生重大水灾，清政府驻新加坡领事受命在南洋发起赈捐，不少洪门头人都出手不菲。经两江总督曾国荃奏请，清廷特地颁赠匾额予以嘉奖。一位表现出色的洪门首领，不仅得了"以仁存心"的御赐匾牌，还被诰封为"资政大夫赏戴花翎分巡兵补道"。小时，我父亲往来这些华侨富户家，常见到这样林林总总颇为考究的匾额。

难怪孙中山曾抱怨华侨多有不解革命之义者，动以革命二字为不美之名称，口不敢道之，耳不敢闻之，而不知革命者乃圣人之事业者。他指的显然是那些上层华侨富人。支持革命党人的海外中下层华侨人数虽多，但所捐乃血汗钱，而革命党人十几年来屡战屡败，屡败屡战，捐款于他们已不堪重负。一九一〇年广州新军之役失败后，孙中山在马来亚号召同志再起，提到捐款不禁声泪俱下：我一再向海外的同志要钱，现在又来要，就这一次吧，如果下次再失败，我就永不来见你们。

几经较量，革命终究压倒了立宪。

从兴中会、同盟会筹措革命经费的脉络看，海外华侨对革命的支持不管出于何种原因何种目的，抑或行于何种背景，人人皆以之为不世之功。如同孙中山所说，倘若缺少他们理想般的政治热情，以及一点一滴的捐输，"清室无由而覆，民国无由而建也"。

那时,在赞助革命还是立宪保皇上,我爷爷和程天章有过思想交锋。

"要是这样的朝廷有救,我们就不要背井离乡下南洋了,'满清'定亡,民国必创,我押革命的宝!"程天章的信心像是马六甲鼓涨的海潮。

"世事如棋,保皇不济,立宪总还是顺应潮流的。"我爷爷虽然并没有完全被他伯父洗脑,但举棋不定中,到底是有些偏向。

"好,让事实说话,但不管哪方胜,我们都应顺潮流,跟上正确的一方,互相照料,决不走向时代的反面。"

"兄弟同心,其利断金!"

至于他们是否曾指天为誓只有天知道,但我确知,当年,程天章和我爷爷曾订下娃娃亲,只是程家大小姐程璇亭亭玉立并接受西式教育后,看不上顾家长公子顾前,嫌他浪荡玩世、抱残守缺。对了,顾前是我大伯,我父亲顾闽的胞兄。程大小姐在打理其父学校事务时,爱上了一位遭清廷通缉、避祸于此、以教师职业作掩护的反清志士。我顾前伯伯探知此事,指使他人向殖民政府举报,将这位反清志士驱逐出境。程大小姐伤心欲绝。由是这般,给顾、程两家蒙上一层阴影。虽如此,我二伯顾骧却依旧和程天章走得近,暗中参加同盟会并渡海回国参加革命,直至舍身成仁。我顾家在清朝覆亡后,虽也成了功勋之家,爷爷却责怪程天章让他丢了一个爱子。孙中山二次革命失败流亡海外,我爷爷也开始慷慨解囊,我年轻的父亲顾闽更是矢志跟随。

英属马来亚殖民政府镇压华侨爱国运动,限制华侨教育,拘押了程天章。我爷爷欲援手,却受到殖民当局的告诫。程璇来我家求助,我大伯顾前见色起意,仗着酒性霸王硬上弓。我爷爷闻之怒不可遏,斥其乘人之危,数掌掴之。程璇不忍再使两家关系雪上加霜,在其父获得保释后,遵命嫁入顾家。却不料,顾前大伯不思珍爱，三天两头出入英人所开娱乐场，醉酒买欢，一次在争风吃醋中失手打伤英国人，银铛入狱。我爷爷花巨资才摆平此事，笑话盈沸。程璇无法忍辱，悄然前往美国读书，顾前大伯出狱后登报声明解除婚姻。程、顾两家自此貌合神离，合股创办的公司也宣告解散。

我爷爷和程天章的芥蒂越积越深。我父亲顾闽在孙中山逝世之前则赴莫斯科中山大学留学，回国后几经辗转就职于国民政府。程天章儿子程贵发回厦门探亲时因接触并资助共产党，被国民党"蓝衣社"拘捕，准备送省城福州处决，经我父亲周旋，始得获释。这是后来我从父亲那里得知的事，也许爷爷和程天章都不知情，所以彼此的关系一直没有缓和。

抗战一声惊雷，两家争先爱国，源源把大批食品、衣物和医药运送国内抗日前线，毁家纾难中，竟也横生一缕缕的斗气情绪。我爷爷组织爱国华侨回国慰问时，心里却认同正统的国民政府。而程天章回国考察后，认定中国的希望在共产党，回南洋后创办《侨报》，宣传抗日，号召并组织华侨青年参加八路军、新四军。在陪都重庆，我父亲和已成中共党报编辑的程贵发时有交锋，一度热衷于第三条路线的开辟。

太平洋战争爆发不久，香港沦陷。当时我的爷爷正在香港开辟商场，迫于日军的刺刀管控动弹不得，事实上也难回南洋，因为日军的铁蹄很快就踏破了南洋。程天章因为号召华侨抗日，而成为日军缉捕的重要人物，九死一生。他这边的故事我只是听说，具体不太清楚。我小叔顾阳坚持在南洋抗日，后来参加盟军，成为抗日英雄。我至今不知爷爷为何被加上"汉奸"之名，这不仅硬生生地压垮了爷爷的后半生，也压在了我们顾家几代人的心上。

抗战胜利，爷爷再回南洋，他的小儿子顾阳已被盟军授衔上校，成为新马一带有名的英雄，为避免牵累儿子，不久他仍回香港居住。国共内战爆发,共产党即将取得政权之际,爷爷死于暗杀,报界说系国民党特务所为,也有的说是共产党除奸,真相至今仍扑朔迷离。

一九四九年春,我父亲顾闽从美国回来汇报美援情况,随后就选择去了中国台湾,程天章则受邀回大陆担任侨务委员会要职,其子程贵发也一荣俱荣。国民党在台湾实施白色恐怖,许多外省人屡遭审查和枪杀。父亲一度也受过怀疑,幸有上头出面才转危为安,为避开政治漩涡,后驻联合国。而此际,顾家在国内的财产悉被没收充公,在某个程度上也坐实了我顾家上两代人"汉奸""敌特"的罪名。程家父子不仅长年不发声讲公道话,而且还贬低顾家,至此,两家恩断义绝。曾经名动南洋的一代侨领顾志平,像一片落叶在风中冷落成泥碾作尘。

历史如江河般滚滚逝去,风流人物淘不尽,其背后曲折的故事既然一言难尽,今天不说也罢。

但你别跟上代人比沉默,我,我们顾家,在历史上已沉默多时,你一个丫头片子,倒要看你如何守口如瓶?!我在心里对程宁宁说。

她在办公室秘书送来的文件上签完字,道声有要事勿再打扰后,抬眼望我,挂着两个浅浅酒窝的嘴角,警惕中不忘透出一丝儿嘲弄之情:"你找我,不会是让我认祖归宗吧?"

既然她一语道破,我也就不藏着掖着了:"认不认祖归不归宗,谁也强迫不了,我只想请你协助我,能一起为我爷爷辩诬……换句话,证实他不是汉奸。"

听我们这么说话,各位看官八成要犯糊涂,这么无厘头,算什么回事?哦,怪我,没有交代清楚她的身份。

还记得前面提到的程璇吧,她离开马来亚时已有身孕,只是隐瞒得比马六甲的海水还深。当然是我大伯顾前的骨血。后来隐约探来的事情证实了我一向自负的推测,她赴美留学是真,保护腹中胎儿更是首要,倘若还留在马来亚,如何面对两个家庭,要问她为何不堕胎,女人的心思谁也别猜。程璇在美国生子后,那些年也曾回过马来亚,我们家听来的消息都说她在美国和华人另筑爱巢,开了花结了果,至于她先生为何一直神龙不见首,外人谁好意思刨根问底呀。

我后来才知道,程璇其实一直独善其身,在美国拿到了绿卡,成为业界有名的科学家。悲催的事发生在她决定参加新中国建设、和家人团聚之后。那个时候,你知道,美国政府是变着法子阻挡华人科学家回中国投奔红色政权的,一颗原本要扔向她的炸弹,却因选择性错误,变轨要走了她儿子儿媳的命。钱学森回中国的第二年,她带着五岁的孙子程炎黄终于跨洋越海,和已在中国侨联工作的父亲团聚,安排在中国科学院工作。

程璇的孙子程炎黄,就是程宁宁的生父。溯根寻源,程宁宁能不算我顾家的血肉?此事的前因后果正是老郭告知的,老郭和程家关系一向密切。老一辈的程天章就不说了,和我父亲一度交好的程贵发肯定也知道其中衷曲。我从父亲的日记中知道,他其实早已和程贵发割袍断义。

程家就这样不够意思,想"下峨眉山摘桃子",独吞联合作战的果实。

按中国人的辈分,程宁宁该叫我什么?从刚才的对话和她的神情反应,她肯定知道自己的身世。她曾祖母、我曾经的伯母程璇,想来不会把这秘密带进坟墓,毕竟,那是一个生命不可切割的另一处来源,她又不是空穴来风。

"我,能证明你爷爷?"

望着这位眼睛、鼻子和脸部轮廓依稀可见某个熟悉影子的女人,我不容置疑道:"能!"

老郭告诉我,程宁宁着手在做一部程家的百年传记,已挖掘出其祖上和我顾家人的通信及日记等材料。有次还专门问他,顾志平的身影为什么经常出现在《香港日报》和《南华日报》上?

我爷爷顾志平当年和"万金油大王"胡文虎一样,身影经常出现在香港的大报小刊上,香港沦陷后也大致不变,说他怎样做慈善,怎样维持秩序,怎样出没于日本军营。《香港日报》是日本人办的,自然只会说"政府"许可的东西,"香督令"就刊登于此。《南华日报》则是汪派所办,能有多少好事?

有关爷爷"荣登"日、汪报纸头条之事,以前我从父亲那里略知一二,但程宁宁知道的可能不下三四吧?我能不好奇?!

父亲也一直想搞清楚我爷爷的那段历史,但直到一百零六岁仍一知半解,隔洋遗憾。无疾而终的他,留下厚厚一叠发黄的日记,锁进保险柜,遗命只能由有志研究国共两党历史尤其是抗战史的儿孙打开,三代之后若无人理会,就代为捐献给胡佛战争、革命与和平研究所,即美国胡佛研究所(The Hoover Institution on War, Revolution, and Peace),开放给学者阅览,如任其散失,乃不肖子孙之行径,他死不瞑目,将来黄泉之下也永不相见。很古怪的一个遗命!在我决心重回哥伦比亚大学读历史学博士,并以"中国国共两党的合作与交恶是人为抑或时为探究"作博士论文时,边接触边研究的过程中,才知,国共两党之间的历史何其复杂,吊诡处盘根错节,所谓的研究者误读误信比比皆是,更遑论门外汉了。曾经入世、身在其中的父亲,对很多事也是"不识庐山真面目",或知其一不知其二,所以在日记上留下诸多"天问"和愿望。初次翻开父亲日记,便让我有沉浸于史料之海的感受。

历史是道大餐,再出色的历史学者对它的呈现也绝无力效法庖丁解牛,其坚硬、不时旁逸的骨架,和复杂、莫名其妙的肌理,不是三两刀就能切中肯綮,一蹴而就一劳永逸地来个迎刃而解的。对历史的兴趣、敬畏和结论既要钻得进,亦要出得来,要客观认识、公正评价,何其不易?父亲,还有爷爷,自搭上国共两党曾经合辙继而分道扬镳的马车,又遭逢外敌入侵的国破变局,在怀着一己信念投身其事中,被误解、误会、误判得还少吗?如何还其真实面目,是听他们自我辩解的一面之词,还是信奉官方所谓的盖棺论定,真是言人人殊!而我,要重新进入这过去的历史,必得有兴趣,必得放下心中的委屈、偏见和原有块垒,秉着理性客观的态度,回游历史之河,打捞整理并晒出父辈那些未为外人道过的曲折历程。我一直被父亲日记中的一丝丝怨艾却又透露的坚韧情怀温暖着,比如,他老人家一直相信,国共定会再次握手,过去兄弟阋墙而外御其侮,又怎不会相逢一笑泯恩仇!他在日记上留下了诸多稀奇古怪的愿望,寄望儿孙"家祭无忘告乃翁"。

北京奥运会惊艳世界时,父亲年逾百岁,视力模糊。数小时的开幕式他是听下来的,直听得泪眼泫然,不再流利的口齿倒也无碍地吐出这些字句:"开完奥运会,接着在上海办世博会,这和战后的日本真是殊途同归啊,中华民族复兴有望!"父亲兴奋过后,一脸的落寞却也难掩,当晚就把这份情感力透纸背:"望长空浩叹,寄他乡洒泪。人生无根蒂,飘如陌上尘。我负江山,江山弃我,怅恨百年,不唯有他。故国梦游,多情谁怜?"

我是在翌年父亲去世前,整理遗物时才目睹这段蚯蚓一般歪歪扭扭的汉字的。这是父亲在世的最后一次文字倾诉,一腔原始情愫从他的灵魂深处幽幽涌出、喃喃絮语,该是盼望能传达给一个同声相应、同气相求的灵魂吧?捧在手里,一读之下,登时泪奔。我不明白,在美国生活了近一个世纪的父亲,任凭儿孙绕膝,却还是把美国当异国他乡,一个"寄"字,满是寄人篱下的怅惘啊。他念兹在兹的,还是那回不去的大陆故土!我蓦然回想起,有一年,他曾抄录于右任晚年作于台湾、传遍海内外的《国殇》（或名《望大陆》）：

> 葬我于高山之上兮，望我大陆；
> 大陆不可见兮，只有痛哭。
> 葬我于高山之上兮，望我故乡；
> 故乡不可见兮，永不能忘。
> 天苍苍，野茫茫；山之上，国有殇！

上海世博会开幕那天，我把父亲的遗像恭恭敬敬地请到客厅中央的茶桌上，斟上一杯他生前爱喝的大红袍，和母亲，还有芊公主（芊公主是谁，没几个人知道，保密且保护），陪着他看，不，"听完"全程转播。

照片上的父亲一身中山装，英气勃发，我时不时给他讲解。我能感觉到，他的思绪伴着那一缕热气袅袅的茶香，穿越茫茫太平洋，直抵那个他曾经无比熟悉的上海。

想当年金戈铁马，他一个南洋富家子弟舍生忘死，回国投身轰轰烈烈的大革命，却从起初的激昂渐渐低落，革命的宏大主题接二连三地偏离、变形、异化，志士仁人也从满怀斗志转向了挫败低落，从有担当蜕变成无所谓，他最后竟落寞地以"反革命"的结果被打回海外。祖国和他几十年形同陌路，他惶惶如丧"国"之人，"悬空在寻寻觅觅"。此情此痛，远非局外人所能描述，所能感受"那个时代的蒙住的心跳"。历史何其诡谲？！

一九四九年是父亲人生的分界线，多少感慨，多少无奈，雨打不去，风吹不散。

顾闽顾闽，这个寓意深刻的名字，就是祖辈叮嘱他心里要装上家乡福建，要装上大陆故土。父亲最后却筑巢美国，生儿育女后，可曾坐在门槛，伫足海岸，回首沙场灰飞烟灭，遥望雁阵往事越千年？古往今来，再卓尔不群、旷世绝代的英雄，当霜染两鬓，一腔热血被岁月不动声色地消费，一怀凌云志被时空磨成灰烬，才会倍觉思乡，哪怕故乡再也回不去了。父亲并非英雄，原只是个稀松平常之人，晚年的他能不忆故乡？！

我感觉到父亲"曾经沧海难为水，除却巫山不是云"的滋味，我为自己曾一度无视他的情感而心生愧疚，所幸现在已想着拿起这个沉重的课题，也许还不迟，也许他在天国的那头已欣慰地注目我的所为。

本来信奉自由主义的我，就这样像一尾鱼，溯洄进了历史之河。说实话，我真不知能游多远，是否会迷路，在游向彼岸时，是另辟蹊径还是随波逐流？

翻看父亲日记中的白纸黑字，知他当年曾有过一段"曲线救国"经历，受到程天章、程贵发父子的指斥后，也曾把日本诱降的计划透露；在陪都重庆，他和程贵发暗中往来，互递情报，而且曾给程贵发一份重要的美国政府援华计划，嘱呈要人，他希望中共抓住机遇，通过美援找到抗战胜利的途径；父亲日记还透露，爷爷有一封让程天章转交中共高层的信，代表广大华侨请命，希望中共能为民族前途计，适当让步，停止内战，携手共建新中国。爷爷毕竟不是这方面的人才，两边折冲，却适得其反地同时遭两边"挂号"，命丧黄泉或与此有关。我不知这个情况父亲从哪里得知，但他显然不知爷爷那封信的下落。而知情人程贵发，在大陆备极哀荣而殁后，国内再无至亲，程宁宁的父亲作为外甥孙，自然成了其继承人。

有的往事不该任其如烟、如尘、如雾，关于我爷爷和父亲那些被历史闪烁其词的事，我不能任其变成悬案、定为污名交付后人。这也是我费心而冒昧寻找程宁宁的原因，如果能从程家那里找到突破口，或许会有答案。既然她真在做程家百年史，总能从程家几代人的文字、讲述和遗留物中，发现物证或蛛丝马迹，可资参考和研究。

"抱歉得很，我不知道贵府的事。"她耸了耸肩，轻描淡写。那短袖半遮的胳膊圆滑丰满，在阳光下溢出温暖的光泽。

"你只要知道自己的由来就可!"我的声音大得先把自己吓了一跳，在刚才还陌生着而且本能还拒绝的她面前，我怎么能这样急躁呢! 不过，胡适曾说"宁鸣而死，不默而生"，我若无决绝的语气，也许今生和她就此一面。

"别勉强我! 我听说当初就是一桩孽缘。已过四代，又没了当事人，还能指望血脉相连?!"

这一句话比锣鼓还响，令人发聩。我没败阵，挺直身子反驳："不是还没出五服吗?!"

她持续地高冷："不曾珍视的东西，只怕破镜难圆。"

橄榄到了嘴里，总要含一含，嚼一嚼，我显得冷静十足："好，我不勉强你，我怎能勉强得了你呢! 我流星赶月地来这里，只想了解一些真相，希望你协助。不奢求认祖归宗，只求真相，总可以吧?"

人是骄傲的动物，人人都必须骄傲才活得下去。理想的人际关系是共同骄傲，可我们还没找到这个交会点。而六十多年前，我们各自的前辈在这个交会点上，却因言语不慎，使得彼此间残存的最后一丝友谊也化为乌有。

"真相? 你还会求真相，还会相信真相?"从那玉雕般的鼻梁孔里哼出来的话并不悦耳。

"怎么了?!"我陡然地被激怒了。

"老郭给我看过你写的那些论文，整个抗战都是国民党的功，对共产党你又讲了什么? 你除了厚此薄彼，还谈什么真相?"

没想到她还接触过我的著述，从她的反应可以看出她隔空受到的刺激。我能计较一个读者的情绪吗，咽咽口水，浇熄心火，转而抱歉地解释："我对共产党也并非全盘否定,这是历史的无情和残酷。"

"历史观不同,就难有真相,即便真相也会弄成假相,最终久假不归。我和你,只怕没有共同语言。"

"听你这么说,好像你说的才是正史,凭什么呢?学术观点可以交流、碰撞的呀,谁都不是学术沙皇,国家威权史观都得解构呢!我倒希望你给我指谬,给我铁证,让我的观点自行颠覆,也为华侨,为炎黄子孙留存信史。"

"一个祖孙三代在世界唯一超级大国乐不思蜀的美国公民,还一口一个华侨,一口一个炎黄子孙,不觉得滑稽可笑吗?"她挖苦中满怀激愤。

提到美国公民,我不觉嗫嚅起来:"我们家,虽然在美国历经三代,但还都是纯种,纯粹的炎黄种。"

"失敬,失敬!"语气中的讥诮和不屑,像她黑亮秀发上活跃的香波因子一样,不可抑制地散发开来。

虽觉刺鼻,但我得忍。

三

好一段时间都没磨出效果。程宁宁在东南亚介绍中国的出口建设项目后,又飞去非洲谈合作。这个我也知道,眼下中国已和非洲打得火热,大项目一个接一个,听说很是让白宫眼红,攻击这是中国式的"新殖民主义"。

她忙她的,我不能在一棵树上吊死,即使没有她,我也要自寻答案。访问学者不能浪得虚名,不能打退堂鼓,我制订计划,由大而小,由国而家,查阅档案,觅史寻踪。我从来就不是游手好闲之辈。

如我希望的那样，小野给了我许多帮助。

其实无需请求，小野都觉得有义务协助。

就这样，我走近了平生接触到的首个"鬼子"。

汉语中的"暮气沉沉"，说的正是老鬼子这样的房子。青砖灰瓦，光线被四周的高高楼群遮拦，偶然得到的一丝儿亮光却又被紫檀家具给吮吸了，白昼也给人晨昏之感。眼前这个行将就木之人，让我不禁又想到另一个中文词：日落西山。蜷伏此屋，像是守望一片阴影，让自己在阴影中苍白地枯萎下去。

当年和同伙打着太阳旗肆虐东亚的板田切，一点儿威风都未残存，左脸侧齐耳处被刺刀刻上的伤疤无计消除，那是岁月留给他的斑驳记忆，那是他留给历史的肿瘤赘肉。目光呆滞，行动迟缓，了无生气，只是，这个耄耋老者一涉及那个话题，喉咙咕噜咕噜中，脸上竟泛起些许的兴奋，哈依哈依、哼哼唧唧也利索了许多，清晰地记得自己是昭和十六年（一九四一年）到的中国，时年十九岁。

我虽然珍惜这样难得的面对面机会，但一种莫名且本能的情绪，却支使我一心要绕开那些血流成河、天地失色的战场，我不想让眼前之人横飞的唾沫沾湿我的衣襟，我不想让法西斯主义的血腥气污染了空气。所有的谈话，我只想引导它围绕我的研究目的上下翻飞。

听了小野的转达，板田切连声"哈依"起来，口气里像是为不能自由畅叙而遗憾。

"我在中国三年，大大小小的仗也打了几场，可从没和八路交过火，连八路长什么样都没见过，我至今还觉得有点儿可惜呢。"他的话，简短得像是他刚才憋不住放的那个让他难为情的响屁。

"还可惜，要是遭遇了八路，他这辈子可能就回不来了！"小野不冷不热地回击了一句，当然，是用英语，是说给我听的。

我白了小野一眼，我不希望他这个翻译这样先入为主，要是用日语揶揄,还不影响对方的客观叙述? 何况,你小野凭什么这样说,你又没见过八路军的厉害,还不是道听途说或是臆测。

"平型关战斗后,前线很少见到八路的影子。后来,正太战役(百团大战)打了一场,但我没赶上。我知道,政府军(国军)的力量非中共军队所能相提并论。"他睁着被玻璃球镶嵌的左眼,口鼻间像拉风箱似的喘息片刻,指着脸上那个让人作呕的疤痕,道,"这是政府军留给我的记号。"

我不能就此安慰这个咎由自取的伤口,也不乘机撒盐,而是问:"国军能打吗?"

"要是不能打,我们能被拖上八年? 军部当年可是说'三个月亡华',论调固然是为了激励士气,但绝没想到中国能支撑这么久。当然,论战术和战力,'皇军'远胜一筹,能以一当十。"

话到这里,板田切失神的眼睛忽地闪现一丝凶焰。这个风烛残年的老头,当年就是个小鬼子!

只是,这个可怜的影子般的人,身上已没有什么东西能使人害怕,让人想起曾有的危险,倒可能在东京审判的丧钟敲响后的几十年中,向着窗外的阳光屈膝跪地,祈求饶恕和善终。

小野的话显然有指向性:"以一当十对某些国军可能如此,但对八路军就不灵了,否则也不至于在日本军队占领华北两年多后,八路军竟能发动百团大战,持续几个月猛烈攻击,给华北驻屯军造成重大伤亡。整个日本朝野都被打痛了,一片惊呼,无法理解华北还存在这么强大的抗日力量。"

板田切眼里的凶焰早就烟消云散,叹息连连:"是啊,当时的华北驻屯军总司令多田骏将军备受指责,天皇还派特使到华北视察督战,我哥哥就是这时丢命的……"

原来,这家出过不止一个"鬼子",我受到芥末般的刺激:那时的日本是怎样一个民族,怎么一个个都被洗脑的有侵略思维啊?!

"我们只是搞'大东亚共荣圈',要是中国人不抵抗,我们也就不会杀生了,我哥哥也不会死在中国战场……"老鬼子忽然呜咽起来,一双枯瘦如鸡爪般的手交替着来回揉搓那水汪汪的眼。

这是什么强盗逻辑!你蛮横地闯进了别人的家门,要霸占别人的房子、田产,要强奸别人的妻女姐妹,还要他们配合,世上有这样的事吗?!听完小野略显不自然的翻译,我忍不住在心里开骂起来。

"抱歉抱歉,爷爷一激动就这样。"进屋后给我们沏茶的中年和服女子,碎步来到我们眼前,哈腰如仪,一双纤巧的手搭在板田切佝偻的后背,轻轻地拍着。

板田切还在呜咽,还"激动"着呢。

遥想当年,他和同伙耀武扬威于中国大地,会不会一激动就开枪,一激动就放火,一激动就杀人?当年,正如父亲曾目睹并愤慨的那样,中国有多少无辜的生命惨遭鬼子摧残!

"爷爷曾和我说过,他们那一代人的青春,是罪恶的时代,侵华战争是不能篡改的历史,这段历史从害人开始,以害己终结。"

和服女子两腮微红,朱唇轻启,一语惊人。

她没必要编造,小野的翻译更不会走样。

她的识见在"鬼子"后代中怕是凤毛麟角吧?大数据时代,我无从拿到能说明问题的数据,只讪讪地接上一句以示对她的敬重:"是啊,战争使人变成鬼!"

"不过,发动战争的人才是罪魁祸首,他们现在还在靖国神社装神弄鬼。"

如许空谷足音,不容我小觑,一个问题不假思索地脱口而出:"你爷爷去靖国神社参拜吗?"

"中国政府不是反对吗,日中肯定还是和平为上!"

她这下没有直白,像是在玩文字游戏。

很多问题不是今天,更不是我们所能解答的。于我,只是研究和厘清那一段历史中的某个问题。历史研究不仅应该客观地总结过去,更应启迪、照亮未来,如此才能使人读史明智。

我和板田切照了相,对了,有一张还拉上了她的孙女板田英子。做历史研究的人,得留下影像资料。但我只是照相,只是向他点头,自始至终没和他握手。我不想握这手,那是昔日鬼子的手,能没沾过中国人的血?!

此行收获是明显的,我对老鬼子的取材,支持着国军之于抗战胜利的既有观点。

作别这对但愿再无心魔的爷孙,我和小野就近找了家料理店。落座后,我忽问:"小野君听说过当年的塔斯社记者别林平夫吗?"

小野微微摇头,正襟危坐,一副愿闻其详状。

"别林平夫来华,其实肩负着一个特殊使命,那就是督促八路军、新四军对日军展开有力作战,以阻止日军开辟呼应德军、入侵苏联的第二战场,防止德军、日军东西夹击。延安无意'奉旨',他为此写了厚厚一本日记……"我边说边打开 iPad。

赏心悦目的食材摆上桌后,我摘抄的日记内容也调了出来。且看一九四三年十一月中日常德会战期间的日记:"我对前线所见情况感到沮丧。八路军早已停止了对日寇的主动出击。尽管日寇从四面八方疯狂进攻,但中共部队却退避三舍,保存实力。

叙述至此,我有必要交代一下别林平夫日记对我治史的影响。

这位大鼻子的俄人奉命来华时,正值国共携手、抗日统一战线建立之际,他目睹了中国军民对此迸发的热情、给予日军有力的联合打击,改派到陕甘宁"特区"后,自称处处感到中共处心积虑,下着和重庆政府不同的棋。

我现在还记得导师推荐我看此书后的窃喜,很多内容正是我渴望见到的,以致寻章摘句时敲动键盘如弹钢琴。

别林平夫说:"离开西安八路军办事处逛街时,竟然遇到两年前就认识的国民政府高级官员郭明先生。交谈中,他忧心忡忡地说,中国很多有识之士都要求中共把军队无条件移交给中央政府管辖。他问我,延安近来是否正煽起反国民党的情绪?我当然只能虚与委蛇。"

别林平夫还说……

如果仅是区区一本书,如果仅凭对中共抱有成见的导师推荐,就让我轻信书里的言论,那你真是门缝里看人,小觑了我的辨别力。但这位别林平夫是苏联记者,又是斯大林和联共(布)派到中共小兄弟那里工作的,照"全世界无产者联合起来"的号召,该旗帜鲜明地站边,事实上,这本写于二十世纪五十年代末中苏交恶前的日记,确实也有不少对中共的赞扬。正因为作者的身份和态度,让我相信他只想记录和告诉世界一些事实。因此,你当明白我为何会受其影响了。

之所以接受别林平夫,还在于他和我父亲所说如出一辙,那就是延安批判王明、博古等留苏一族,而他们中不少人,是我父亲当年留苏时的同学。这容我以后再行叙述。因为此时,小野提出了异议:"一千多年前,魏征就曾劝谏唐太宗不能偏听偏信,难道今天还要我拾人牙慧来指导顾桑治史做学问吗?"

小野的话形同训示。我当然知道不能全信书本,当事人的口述史本来就不能完全采信。关于此书,在中美建交前夕最早对此英译的美国出版机构就曾有过说明:"出版者谨向读者指出,本书前后有不一之处,可能加进了新的'说明'材料。"我又岂能完全把此书当作历史文献来读?当然,作为一部现代文献,它给我的启发,对我的研究还是提供了不少的帮助。

我自鸣得意:"以前有人极力贬低国民党的抗战,真相和真理何在？历史不该是任由打扮的小姑娘。好，我们撇开别林平夫不说，撇开西方和中国台湾那些反共'有色'论述不说，再撇开那些为政治需要所作论战不说，我们且保持客观中立，但今天你带我采访的这个'老鬼子'所说难道不是事实，难道还是偏听偏信？"

话一出口，我就感到了自己的激动，赶紧补上一句："抱歉，我似乎不该在小野君面前说'鬼子'，我应该中立。"

小野表情复杂，俄顷道："顾桑是怕伤害到我这个鬼子兵后代固有的大和民族感情？事实上，那个年代的侵华日军，有几个不是鬼子？！"

我不由得惊呼："小野君是……"话到舌尖，硬是把"鬼子兵后人"给咽回肚里。

沉默让气氛瞬间转凉，空气中仿佛爬满了疙瘩，两个人都有点儿不自在。

这扶桑之国的料理店，典雅得世间无二，各个包厢虽然亲近地挨着，却听不到众声喧哗，给了人们自由交流的一个场所。外媒老黑中国人在公共场所吵闹，欠缺教养，我不知是否有这么严重，但我感到，日本人的整体素质确实值得点赞。当年鬼子兵的后代难不成是受了原子弹的辐射和惊吓才快速进化至此？

烤肉的香气有节制地弥漫在鼻翼四周，严重引诱着舌尖。又一杯清酒后，小野语气不急不缓地说："板田说的固然是事实，但也只是小小的局部，离顾桑所求真相还远着呢，哪能一叶障目不见森林？何况板田部队当年一直在正面战场，他的口述难免以偏概全。顾桑又不是不知道，共产党主要活跃在敌后战场。"

一个"活跃"，让共产党的抗日形象呼之欲出。我不甚服气："小野君也没亲见嘛！"

"我忘了告诉顾桑，先祖父做过八路的俘虏……"

这家伙藏得可真深！

小野说，他祖父在山东战场受重伤被八路军俘虏后，一度想自杀效忠天皇，后经八路军精心医治和说服教育，成为反战人士，抗战胜利后曾做过航校教官，听说挺受器重，对中共的空军建设有过贡献。后来这位"和平友好人士"回到日本，备受国内右翼攻击，愤而自杀。

"先祖父是怀着忏悔、认罪之心，回忆侵华战争的，父亲说他常常哽咽难语，情绪失控，反复自责他和同伴当年在中国恶贯满盈、罄竹难书的罪恶行径，战后中国人民以德报怨，可叹日本政府还要开历史的倒车……"好像这些话题有足够的分量，压迫得小野沉重低头，像是要代代祖上受过。

"日本侵华罪不可赦，对此我们的观点完全一致，分歧在于对国共两党两军在抗日的评价上。小野君爷爷既然和八路军有过交集，我倒想听听他是否留下过什么意见。"

"我年少时祖父就自杀了，有些话是听父亲说的，他说祖父曾再三感叹部队在山东被八路给打疼了。"

我忍不住发出呛声："我冒昧提醒小野君，山东并不只有八路军在抗日。"

如果连国军在敌后曾建立过冀察战区和苏鲁战区都不知道，那我就不配称国军抗战史研究者了。只是，研究这段历史，我也痛恨国军战败后英雄气短，无能"收拾旧山河"。

小野对我的讲述不为所动："我祖父说，中国的正规军（国军）被反出后，始终无力收复失地，在山东唱主角的就成了八路军。"

我瞪大了眼睛："日军不是已经宣称'扫清山东'了吗？即使八路军在山东有过抗日，凭他们那点人马，还能唱主角、打疼日军？"

小野一声"哈依"，不急不慢，不温不火："我看过祖父生前一篇回忆，他说，难以理解的是，中国政府正规军都逃之夭夭了，可共产党一来，看似散沙的山东军民又聚沙成塔一般，无论我们怎样'清乡''扫荡',他们的反抗依然如野火烧不尽的春草般生生不息,八路比国军难对付多了。"

"如何个难对付?"

"山东的八路鬼得很,从不和日军硬碰硬,也不集中大部队,捉迷藏般地隐于百姓中,你看不见他,他却无处不在,抓住机会就是猛然一击,然后一阵风似地消失,你集中兵力去围剿吧,却找不到他的踪影。这样几个回合下来,日军损兵折将,大感头疼,而八路却变魔术似的越打越多,赶上太平洋战争爆发,日军在山东的兵力不足,气焰就下来了。"

小野不似在讲故事,我姑妄听之,装出一副考求真谛样:"既然山东的八路这么厉害,那肯定收复了不少失地啰?"

没想,这个鬼子的后代倒能应付裕如:"这就是八路的精明,从不在乎一城一池的得失。八路来山东后,虽然没有攻占几个县城,但'皇军'几次交手连连受挫,就基本只能窝在城里了。没办法,一出城就是八路的天下,一出城就得陷入人民战争的汪洋大海。"

"人民战争的汪洋大海"这词我听得新鲜,当时实在不知出自何处,只是感觉小野的鬼子爷爷成了俘虏后被八路军洗了脑,厚此薄彼,但我不能揭穿,淡淡一笑后,问:"难怪鬼子要恼羞成怒?"

小野并不在意我的戏谑,在干完杯中酒后说:"八路也有短板,比如不擅长或者说不适合持久战。他们的装备实在差,弹药不足尤其要命。我爷爷回忆,八路清理战场时,有个习惯就是'捡洋落',经常连子弹壳都不放过,为的是能让兵工厂重新装药翻造。"

我看过日军的相关回忆,大都说八路军作战与国民党军不同,因为子弹不多,遂有不成文的战法:打出三枪就冲锋,与日军很快进入白刃战,使用的武器除了刺刀,还有大刀等冷兵器。

小野旧事重提,我一时沉默。当年中日两国的国力差别和军力差距,很悬殊。那些年,国共纷争,"既生瑜,何生亮",上演一出出亲痛仇快的悲剧,这是最让炎黄子孙伤心的,也是让父亲耿耿于怀一辈子的,究竟谁之过?我不能自曝父亲当年曾经服务的政府之家丑,哪怕小野可能比我还清楚底细。一触及此,我忽地心绪快快起来,再次接话显得心不在焉:"照小野君看,是装备和弹药问题导致八路军无法与日军展开持久战?"

"当然,人少也是个重要因素。游击队三三两两的就不说了,八路主力一个团能有千人,人手能有三五颗手榴弹、二三十发子弹,就算是富豪级别的了。稍具规模的伏击战、阵地战,不说昏天黑地对垒,一个小半天狠撸几下,八路除了扔砖头,或许就只能靠肉搏了。"

小野对中日战事的研究绝非徒有虚名,常常连细微处都有爬梳,虽然他着重于宏观,并不具体研究八路军。但我知道,那些年,就连国军也有不少弹尽粮绝的战例悲情上演。叫天天不应,叫地地不灵,这就是国力!

"这么说吧,山东的战局是中日对抗加国共对抗,如果这是个三角形,国军主力撤出山东后,紧靠国府的这条边骤然缩短,亲国府的地方武装处境险恶。国共双方对山东的抗战各有专书叙述,写到后期就越像是国共战史,差别不过是指责战争责任在彼。抗战胜利后,共产党几乎独霸山东,堵住了关内通往东北的陆路,国军只好乘美国军舰和飞机前往接收……"小野兴致勃勃。

窗外夜幕渐合,借一颗流星的光景,或是一双飞鸟的翅膀,梦回民国,朱颜已改,记忆深深浅浅。我不知道,当年美国援华时,身在"曹营"的父亲,为何要把某个环节的情报透露给程宁宁那个身在红营的太舅公程贵发,为何希望中共也能从美援中分一杯羹?他尽管希望一穷二白的中共借此改善装备共御外敌,却也当知双刃剑之利害,打跑东洋后,延安势必也便多了与重庆叫板的利器,而他,却是希望国民政府能"招安"中共的。其中有什么衷曲,他生前未讲。我不知父亲为何最终对政党政治失望至极,撕心裂肺地痛。这源于完全可以联手建设却终成自相残杀的内战?以及后来钓鱼岛、南海的主权纠纷?谁种的因果?父亲,远在天国的父亲!我能读懂你吗,能读懂你曾经的祖国吗?!

小野似乎看出了我跳跃的心绪,结账前,大方地说:"顾桑是顾虑我借我祖父之名说话吧?改天我们一起访问亲历者。"

四

历史的车轮磕磕绊绊都滚到这年头了,中日战争的亲历者快成另一种"熊猫"了。对"熊猫"的好奇和一种近年生成的抢救使命,使我两天后就跟着小野走进了一处宅院。院内一株枫树盛放出生命的火红,一时便让院子里少了几许荒凉。

院里还有一丛竹子,并非熊猫爱吃的那种。所谓的"熊猫",其实是曾经在熊猫故乡咬人无数的恶熊——这个叫三浦的人,当年和小野的祖父一起在山东出没。

"那些年,我们和八路没少打交道,打得没完没了,各有损失。八路人数本就不多,因为减员厉害,就补充了很多少年兵。奇怪的是,这些经过速成的少年兵,愣是不怕死,短兵相接中经常把我们带到山地间拖来拖去。有时只隔着一道山涧,少年八路的笑声那么无忧,那么爽朗,教我们感叹他们莫不是把紧张、危险的战斗,当作一种特殊的游戏吧。"三浦话语中不无感叹。

"战争可不是游戏,你们面对这些可能没受过训练的少年,也不会当儿戏,更不会枪下留情是吧?这些少年八路枪不如人,技不如人,岂不送死?"

"是啊,这些少年兵一上战场也许就难脱死亡的命运,但我们震惊的是,他们最终没在家园,没在他们的父老姐妹面前后退半步！我特别难忘有个少年八路，边打边捡弹夹，当然，吃了枪子……"

因为小野的关系，访谈倒没曲里拐弯，直奔主题，省时省力。三浦像是要敲醒沉睡的记忆，用力拍拍脑壳，扫了扫一头雪白的短发，证实八路军在山东抗战的事实后，眨眨眼袋垂吊的一双浊眼，忽然加重了语气："我们陷在山东多年，曾要拜八路当老师呢！"

一向骄横自视无敌的"太君"要拜土八路为师，不说邪门，听着都新鲜，由不得我立马把"为什么"当作小石子，向这个曾经的"太君"扔过去。

三浦瓮声瓮气道："哪还有什么，还不是被八路打疼了，整惨了，照小野君爷爷的回忆来说，是被打得满地找牙呢！"

小野译毕，耸耸肩，不忘加塞自己的分析："他们拜师不假，别有用心更真。"

那年那月，三浦和小野爷爷所在的那队日军，龟缩城里久了，很是惹恼了大本营，立马易将。新来的佐藤少将果然虎虎有生气，上任不久即亲自督率部队出击，前期"扫荡"还真是"摧枯拉朽"，时有收获，可两个月不到，报界吹嘘的佐藤虎将却在一次冒进中陷入重围，"虎落平阳"，左冲右突，靠着后续部队的紧急救援虽然被抢了回去，却已成一具尸身。才知，八路是在诱敌深入，在游击战中伺机歼灭。

此战后，再新来的指挥官冈田少将又学乖了，学精了，再不敢轻举妄动。时隔不久，听说美英盟军要在中国登陆，驻防山东的日军分析又分析，认为盟军极可能选择在濒海的山东配合中国军队展开合击。未雨绸缪中，忽然灵光乍现，一拍脑袋，八路的游击战整得我们头疼欲裂，何不"师夷之长技以制夷"，用八路的招数整整美国大兵，不见得美国人就有免疫力！

"冈田将军决定,为了防御盟军登陆山东,大力开展游击战的学习,老师就是八路。"

听三浦这般道来,我心里忍不住窃笑。惶恐中的山东日军固然有点儿病急乱投医,思路却还靠谱,鬼子还真是"鬼子"!研究东亚历史的我,知道在朝鲜战争中,以美军为首的不可一世的"联合国军",正是被中国人民志愿军八路式的游击战捣腾得晕头转向,"联合国军"统帅、二战中鼎鼎大名的美军五星上将麦克阿瑟就此走下神坛。我好奇中略带一丝儿嘲讽:"八路军那一套你们学到手了?"

"没试过,反正盟军也没在山东登陆,不过,要真是现学现卖,估计我这条命即使不丢,也要缺胳膊断腿了。"三浦嘿嘿笑道。

往事一串串,三浦的叙述有放有收,他已然清楚我的来意,差不多时也就直奔了主题去:"要我说,八路比国军厉害多了。他们有士气,有战术,有魂魄,这点不输我们,而我们还仗着武器的优势。我曾想,如果八路也有飞机、坦克、大炮,而只给我们几个土造手榴弹,和他们比划,我们能挺多久?"

我和小野相顾无语,听着枫叶萧萧地作响。红叶片儿得意地手舞足蹈,像是耀武扬威,在秋阳的晃动下,原先只是惹眼的红竟有了几分刺目,我莫名其妙地就联想到了膏药旗那个红。

三浦却显得意犹未尽:"谁爱和八路打?还不如和正规军拉开架势干,那才过瘾,死也痛快,总比被八路军、游击队牵着鼻子瞎兜圈来得爽。听说山西五台山那一带的八路更厉害,我几个同乡都没回来,咳……"

日军拜八路为师看来并非空穴来风,但山东的八路是山东的八路,五台山的八路是五台山的八路,还有延安的八路,其他地方的八路呢?总不能以偏概全吧。就如国军,有血荐轩辕、舍生取义的壮士英雄;有一触即溃、望风而逃的怕死之辈;也不乏拱手称臣甚至助纣为虐的投降派……但并不能就此否定或抹杀国军"一寸山河一寸血"苦撑整场抗战的功绩。即使那一片在炮火下战栗的大地山川不再作证，即使那飘过历史天空的日月星辰、惨云愁雾保持沉默，即使国军的抗战史尘封匿迹，那父亲的日记岂会满纸胡言乱语?!任何一种历史结论都应理性、客观，不能善恶不分、是非不辨、一根筋地跟着政治跑。庐山总有雾散现真之时。

天马行空间，耳边有声笃笃:"顾桑还是将信将疑，或为国军叫屈?"

我笑笑，小野这家伙太知道我的立场和观点了。我还是搁不下和三浦商榷学习八路军游击战一事，换个角度问:"你说八路只有区区几门土炮几杆土枪，装备那么差，怎么就能在百万军中要了'太君'少将的命呢?"

三浦自嘲起来:"那总不是我们自己打死的吧?"

"历史学家总想着眼见为实，最好回到历史的现场。"小野接过的话，瞬间化解了我一时的尴尬。

"我想起一件事来……"三浦沉吟片刻，看着小野，"当年你爷爷从中国回来后，他在中国的一篇公开访谈不知被谁翻译了过来，因为过多地颂扬八路军战绩，尤其提到佐藤将军阵亡的那场战斗，遭到靖国神社一帮信徒无休止的谩骂和恐吓。说是让共产党洗脑了，加上当时的种种压力，最终逼得你爷爷自杀。"

"这事我知道。"小野一声喟叹。

"佐藤将军百岁祭，冈田将军写了篇纪念文章，再次详述佐藤将军在山东战场成仁之事。冈田这个人呀，小野君你知道的，几乎年年都要参拜靖国神社。好笑的是，这篇文章见报后，竟也遭到右翼们的攻击、恶骂，说堂堂'皇军'所到之处应该是摧枯拉朽、势如破竹，怎会有旅团长级少将被土八路打靶之事?不是冈田晚节不保、被中国人洗了脑，就是胡说八道，以博眼球。"

听到这里，真有些趣了，我忍不住追着问："也把冈田逼得自杀了？"

"不，他们连骂几天后，冈田不干了，带上'日章会'几个组织起来抗辩，大加反击。"

小野告诉我，"日章会"是日本老兵的组织，比右翼还右几分。我就有些不解，问："都是右翼，怎么还搞窝里斗呢？"其实我本来想说"狗咬狗""鬼打鬼"，但顾及日本人的感受，话到嘴边还是改用了"窝里斗"。

小野莞尔："那年头国军和八路军、新四军都是抗日部队，同是国民革命军的序列，危急存亡关头，不是还要分个楚河汉界，弄出了个皖南事变来嘛。"

一语如一棋，将得我半晌无语。国共在大敌当前仍未能冰释前嫌，明争暗斗，尤其是皖南惨剧，是父亲生前至为不解、遗憾、愤恨之事。就在皖南事变中，他认识的几位参加新四军的南洋华侨青年，死非其所。在这事上，他是谴责重庆，认同周恩来当年那个"千古奇冤，江南一叶；同室操戈，相煎何急！"的著名题词的。后来在美国得知周恩来去世的消息，他在日记中还说："世言'周公吐辅，天下归心'，可惜中国有如此五百年一出之周公，还不能收四海炎黄子孙之心，海外华侨也难归心，此周公之不幸耶，抑或民族之不幸耶？"那年头的大陆，有海外关系者皆有可能被扣上"里通国外"的罪名，有几个华侨还敢再向虎山行，回国怕是要受审、送死呢？曾为中国革命和建设作过贡献的华侨，一度也被说成是"亚细亚孤儿"。

看客兴许会问，邓小平改革开放那些年大陆吸引世界目光，为何还不回去看看？恕我不恭地在此自曝家丑，那时，父亲已确凿地得知，他留在大陆的唯一至亲——我那位始终缘悭一面的同父异母哥哥，虽然隐姓埋名、夹着尾巴做人，却仍被挖地三尺地检举出

"汉奸""敌特"之子的身份,是埋藏在革命群众中伺机配合老蒋"反攻大陆"的阶级敌人,原以为参加对外援助能避祸,却仍横死异国。父亲为此不知抛洒了多少老泪!而且,即使改革开放了,他和祖父仍被视作"汉奸""敌特""走狗",复出工作后的程贵发不知何故,那些了解他的人不知为何,竟然集体失语。

被历史误解,被祖国误会或遗忘,一误至此,父亲在悲怒难抑、失望至极中,遂中断与大陆的联系。大陆改革开放的车轮继续向前,一些政治风波的真相渐明,他又油然思乡,可迢迢万里的归乡路却已然走不动了,残剩的热血只能倾注于笔端。人生如此跌宕,怎一个惆怅了得?!

罪恶和荣耀一样,作为往事可以公开披露时,往往也被当作某种资本被炫耀。在我默默无语、幽幽追思中,三浦却乐道于他们身边"鬼打鬼"的原委。原来"日章会"那些有过侵华历史却拒不认罪的老鬼们,觉得右翼这帮人太不体谅"皇军"在华作战的艰苦和惨烈。按亲历战事的老鬼们的说法:"在山东打八路,比在诺门坎打苏联红军还苦。和苏联人干仗,死活都是一下子,一咬牙就下来了。跟八路斗,那是长年累月,无时无刻,随时可生可死,那种紧张和惶恐有时生不如死,让好好一个人发疯。佐藤将军阵亡绝非杜撰,这帮只会搬弄口舌的家伙,怎能对殉国的'忠魂'这般无礼呢?!"

三浦还说:"有一次,两边的人争着争着,一位老兵气鼓鼓地说,我若说错,你就一枪把我打死。对方说,你一头撞死就好,何必浪费子弹搭上别人呢。老兵说,死很容易,但只有中弹而死才是军人之死,灵魂才可以轮回再生……"

真吃惊于日本这种源于武士道死忠精神的教育,这么邪恶,教人至死不改!

三浦关于八路军抗战的历史讲述可能并没走样,除开中共自身,有些书上也曾大张旗鼓地宣扬。只是,说抗战时期八路军"游而不击",和说国军"曲线救国",能不能各打五十大板呢?当国共关系后来简单地以蒋匪、共匪对峙时,双方只是骂来骂去,互揭互伤。抗战是中国人的同襄共举,在御侮战争中浴血奋战的将士,无论身在何营,也无论何种信仰,在今天中国人眼里,都同样是值得致敬的保家卫国英雄。对日本兵来说,国军的汉阳造能要他们的命,共军土法上马的手榴弹一样送他们上西天。装备的不同,造就了国共军队不同的作战特点,国军让人想到阵地战、焦土抗战,八路军则容易让人往地雷战、地道战、游击战那头联想。

父亲的日记也不曾回避八路军的抗战功绩。历史可能真是这样,但我只想自己走进历史,探索真相。

我们和子弹列车一起奔跑在新干线上。发车间隔不长,分流了乘客,宽敞而干净的车厢内便显得有些空荡,但每个乘客几乎都是安安静静地端坐在自己的座位上,不逾矩,似乎身旁的空座上还坐着一位隐形乘客。那情景,可谓正襟危坐,旁若有人,不能不让人奇怪。这么貌似守规矩的日本人,为什么老做侵略者?人性和历史性的双重虚伪!

各就各位,我张望着安静的车厢。过道那边有位少年戴着耳机旁若无人地在看动漫。日本的动漫听说中国少年也相当热衷,不知眼前这位少年姓"中"还是姓"日",从他全神贯注的样子,可见受到的吸引和灌输。

"我第一次到中国,最快的火车也要落后日本二三十年,谁能想到呢,中国的高铁一日千里,后来居上。"

百闻不如一见,我不想在这方面共鸣小野的感想,而说:"这个三浦,怕是没少受小野君的启发和影响吧?"

他讲东,我道西,小野明白了我的弦外之音,道:"要不顾桑再找个人吧,但得劳驾自个去,我采访他一面后就决定再不相见。"

不消他说，我猜测到了这个人：冈田。

这个冈田是从外地调来山东"清乡"的，此前多次在正面战场出没，要他说什么呢？

嘱托日本学生致电联系，得到的回话却说上月已故。我并不觉遗憾，这样死不悔过的鬼子，还是早死早超生吧。

从日本老兵嘴里也许能撬到埋藏在内心的事实，从他们的眼里也许能透视到那段血腥惨烈的历史，走近他们，一如进入档案室、资料馆，成了我寻找历史的一个固定工作。对这些老鬼子，我心态十分复杂。很多时候想着多接触他们，多抢救一些史料，一方面却有着一种油然的反感。从他们那，我知道有很多很多中国人，当年或勇猛，或刚烈，或机变，前仆后继地用自己的肩膀和生命扛起那个时代中国的命运，我甚至看到了血泊中挺立着的那个矢尽弓折而宁死不屈的民族。

在老鬼子们低眉垂目的忆述中，一个个惨烈的侧面，无形的影像，连同英雄发光的精神，印刻进我的灵魂深处，忍不住为那个已成历史的时代哭，也为之歌。

在日本，或者具体地说，在我暂栖的这所大学，访问学者有相当的自由度。为了回报学校给予的方便和自由，我不假思索地答应不定期开设汉英双语教学。

语言本身无涉意识形态，所有的语言交流都可以面对历史和政治问题。我完全可以汉英、英汉地就着手研究的课题自由发声，对此且有心理准备。听众投来的目光有赞许，也有不解甚至敌意。我情知，在日本政府大幅度删改历史教科书的情况下，日本民众对日军侵华那段历史有不当的认识着实令人愤然，今后一段时期还会如是。

你可以想见，在我主持的这个课堂，与其说是学习语言，不如说是以语言为纽带,牵着历史老人的手进来交流。所以,我上课并不多讲语法,更乐于把历史的边角料结合进来。我以为,历史的杂糅,会让这些内容不仅更有吸引力,还能增添学生学习语言的兴趣,举一反三。

一天,我别出心裁地放了《金陵十二钗》《南京,南京》两部大陆电影的片断。有人沉默,有人发问:"如果真有这样的鬼子,他们的娘为什么要把他们奶大?"大岛友直的即兴发言不仅文法通顺,还有合乎国际主流的认识高度,特别指出"军国主义确实应该打倒,它的复活只会给日本人民再添危害的变数",让人刮目相看。

末了,我还略微开起了玩笑:"各位的祖辈如果在那个时候到过中国,难免和这场战争有着牵连,或参加过一些活动,或经历过一些场面,或留下了一些物证,如有机会让我见识见识这些东西,我倒要感谢你们。你们知道,我是个自由学者……"

教室里忽然响起"嘘"声,我知道这话说过了。

课后,我被日本导师东山广达叫了去,他脸色严峻,指责我不该在课堂上放映这样的电影。

我说只是极有限的片段,是一种教学探索,反问:"去年学校不也组织放映过《永远的零》吗?"

那个"零",既是指日军当年"神风"队员受命飞行特攻时驾驶的零式战机,也指为此不惜孤注一掷,战至最后一人、一机。

"你知道这事啊?"他脸色略为缓和,就像一个原本要刻意摆出一副教训面孔的人,忽然发现有把柄落在被教训者手里,先行软了口气。

"听说影片见面会上,几位学生批评'神风'队员们像恐怖分子,校长和饰演者为此暴跳如雷,呵斥年轻一代遗忘了历史。"

"听说了……"东山广达面无表情。

"东山老师,您说日本究竟在反思年轻一代遗忘了怎样的历史,又要给年轻一代灌输怎样的历史?倘若当年的'神风'突击队是保卫国家的英雄,那么,在这样的历史认知中,该怎样看待南京大屠杀,又该怎样看待珍珠港事件?如果历史可以掐头去尾,只留下日本想要强调的片面,那还有是非和黑白吗?长期这样下去,岂不成了历史虚无主义,血写的历史都有可能是永远的零!"

"我也看到了,这些年是有些人借着银幕和网络制造麻烦。一直渲染战争是不对的,战争轻视人命,以生命为武器参加飞行特攻的'神风'突击队,不仅看轻敌人的生命,也看轻自己的血,从这点看确实有些恐怖主义。但现在日本需要从这些影片和书里获得某些安慰,普通民众对右翼的宣传趋之若鹜,也是出于这种心态。"东山广达的话听起来不左不右,不偏不倚。

"这样下去很危险吧?"

东山广达摆摆手:"不讲了,我新创作了几首汉诗,纯属遣兴习作,请你指教。"边说边客气地招呼我坐下,进入下一个似乎临时用来掩饰的题目。

东山广达自诩是汉诗迷,但我看他的新创作,和以往所见其他遣兴之作一样,多数似通非通,连打油诗都算不上。日本许多人,即使是具有强烈反华倾向的右翼分子,也毫不掩饰对汉诗的喜爱,比如那个在中国臭名昭著的石原慎太郎,就多次公开表示唐诗宋词会勾起自己的"乡愁"。这个民族真是怪得很!

"中文恐怕是诗人最理想的语言,能以最经济的音节,也就是单字,通过那么琅琅爽口而又铿锵有力的韵脚,表达那么浓缩的情怀和情景……"

"司马迁兴许也是能吟诗作赋的,要不他的《史记》,怎么会被称为'无韵之离骚'呢?东山老师当有师承?"

我和东山广达表面看似融洽,但彼此志趣不同,彼兴趣在上自唐宋下迄明清的中日关系,而我的注意力比他至少推迟了一千年。

就是说，上自甲午，面对今日，时间的距离如此遥远，又何以知心呢？

对于现代以来的中日历史，东山广达也有所表述。比如他说：毛泽东改变了中日历史，如同他所提倡的持久战一般。他通过各种高明手法带着现代中国朝着不可思议的方向发展。比如他说，其实国民党当时不缺优秀将领，比如白崇禧，在影响中日战争进入战略相持阶段的武汉会战中，部署过一个又一个口袋阵，还真是牵着日军几乎一个一个地钻，结果却每每以日军钻破这些口袋告终……

他要说明什么呢？我不太看重他的这些论述，也无须商榷。小野从没对其史观倾向进行归类，也没把他引为同道，只是说，东山广达收集了不少关于侵华战争的图文，似乎有的鲜见于国内外公开文献，却一直未见他依靠这些图文做出像样的文章。

学术界有个不争的事实，学人间无论交谊何等笃厚，总难免有独揽一手材料不与他人共享之"乐"。日本的史学同人，史料用功之勤素有耳闻，以致于当代国际学者杨联升在海外汉学界赢得博学无双之声誉。其诀窍之一，乃是先从日人著述中"引得春风"，再加上自己穷检遍翻所获心得，终"度玉关"，成一代名家。

东山广达从不大方地和他人分享未曾披露的史料，对我更不可能破例。我们之间的师生关系除了汉诗，似乎再无可道之处。

所谓师生，有的只是课堂里五十分钟的缘分，眼观鼻，鼻观心，彼此不敢开眼开颜，此外剩下的可以说是陌路。虽然大部分学生对远去的那场战争相当麻木，好在还是有人听进去了。一天，那位叫大岛友直的学生在一个拐角处追上我，意犹未尽地和我交流了某个看法，之后略带抱歉地说："不好意思，浪费老师的时间了。"

我友好且热情："欢迎打扰。"

他启齿笑笑，迟疑稍顷，怯怯地问："老师，您想看一些老照片吗?"

"好啊,下次上课请带来可以吗?"

他有点儿难为情起来:"当然……可我父亲说了,可能的话,还是在家里看。"

我立刻明白过来,和他约定了时间,并交换了电话。他"哈依"两声,神情有点儿可爱,转身回去的身影好似轻燕。

我带着一份好奇,在期待中等到了约好的周末。大岛友直和他的父亲,在门口等候,鞠躬如仪。脱鞋进屋,有些拥挤的家倒挺整洁,日本人爱干净走到哪里都名不虚传。

"是我想见先生。"落座,上茶后,大岛父亲直言不讳。

我微笑着问:"大岛先生怎么会知道我?"

"这小子告知的,"大岛父亲一脸的温和,手指儿子说,"他还把先生上课的内容拿回来和我分享,所以我就萌生了冒昧求见的念头,只是劳驾先生亲自登门,真是抱歉得很。"大岛父亲说完,又是用力一点头,如同捣蒜。

我摆摆手,道:"大岛先生客气了,倒是应该感谢您盛情邀请我做客。"我知道,日本人一般不把外人往家里带,我和小野认识多年,也很少受邀去他家。

简短的寒暄后,大岛父亲打开茶几上摆着的那个其貌不扬的木盒,从里头取出一包东西,小心翼翼地打开裹了两层的报纸,几张发黄的照片赫然现在眼前,历史的血腥味和沉重感刹那间向我扑来。

长期以来,日本人大多无法面对母国发动那场惨绝人寰的战争这一事实,但一些藏品却能加深一代代人的记忆。比如,版画就能反映战争的残酷气味:被摧毁的中国村落,刺刀下四处散落的头颅与残肢……小野收藏有不少这样的东西。大岛家的照片也是这样的藏品。血雨腥风下,人如蝼蚁,命如草芥,但并非每个惨遭血洗的地方都能留下"万人坑"这样的罪证。历史就像暴风骤雨中的黑夜,狰狞的毁灭中,许多东西已无法还原、无复追寻,唯有极少数蒙污染血的碎片,在跌入无边的深渊后,可遇不可求地遇上一道烛光或闪电,始得去尘见光,供世人管窥一道道蛛丝马迹。

首张照片是两具被开胸剖肚的尸身,分别被绑在烧黑了皮的树桩上,情状可怖。两名日军在捧食着什么,另有几名同伙围圈跳舞。

我一阵恶心,问:"他们在吃人的肚肠?"

"不,在吃肝。"

我看过的史料曾说,侵华日军野兽般暴戾,把抗日军民当作活靶子练刺杀,把砍头当作娱乐和竞技,还习惯对受害者剖膛开腹。多数中国战俘和无辜平民都难免于这般暴虐。这还不算,日军在许多场合还割下受害者的心肝食啖。若非亲见这样一张照片,我会对此说存疑,或视为言过其实。

"为什么要这样?"我的声音因血腥惨无人道的画面不禁有些发颤。

"按日本中世纪的信条,肝是勇敢和英武的象征,所以……"

不知是因为被残酷的史实吓着,还是汉语水平不济,大岛译得有些结巴,只好拿张纸在桌上写上几个关键词和我交流,甚至用上了也并不流畅的英语。

从照片上遗弃于地的衣物可以看出,这是两名国民党军人的尸体,照片四周残垣断壁,有的地方还在冒烟。显而易见,战事刚结束不久。

一如杀人、强奸,日军对焚毁村庄也怀着病态的嗜好,似乎像小孩过年放烟花那样着迷,所到之处没留下焦土、废墟,好像不算来过。那年月,中国的城乡建筑多以木材为主,田园村舍更是多以茅草覆顶,一处着火,转眼燎原,连天烧红,那惊心动魄的场景,在毫无人性的施暴者眼里,大概非常的"赏心悦目",值得歌舞助兴吧。

几张屠杀照,张张都有血肉模糊的尸身,张张都有摆好了拍照姿势的日军官兵,他们的一张张面孔惊人地平静,无动于衷,甚至困倦。

出现在一张照片上的,是几个被撩起裙子的妇女。她们的面前或站或蹲着一个个龇牙咧嘴、如狼似虎的日本兵……

照片上有一行字,显然是冲洗后所题,我猜想了一个大概,询问大岛准确之意。

大岛瞟了父亲一眼,在得到默许后,讷讷道:"上面是说:他们强奸中国妇女,如同在战斗间隙抓紧时间大小便一样。"

我突感心跳加快,血气翻涌。

这种蹂躏,这种凌辱,这种强奸,在无声地告诉世界,法西斯主义是不折不扣的最野蛮、最无耻的暴力!

以前已然见过不少记录日军暴行的照片,但如此血淋淋的就近在眼前,还是让我毛骨悚然。而当年,那些历史中的中国人、我的炎黄同胞,该是怎样的悲戚无助,乃至魂飞魄散?!

历史的沉重感,带着血腥味旋风般围转过来。

一阵似乎窒息的沉默后,我咽了咽口水,问:"不是说日军作战时重视战死者的遗体收容吗?"

"是,十分的重视。衡阳会战中,最初在前方战死的日军遗体都被完整地带回后方,火化装殓再送回国。"

战场上怎样对待阵亡人员,于各方军队都是大事。你想想啊,为国,为一支军队,或为一个政权,乃至一个人战死了,如果弃尸于战场任由其慢慢腐烂,任由其被狗啃狼咬,再勇敢的官兵也会忐忑、惶恐。粤军宿将张发奎在九江和日军交战,败阵原因之一就是没妥善安排好伤亡人员。士兵在战壕里看到身边战友受伤后在痛苦中慢慢死去,死了更没人管,士气一落千丈,这个仗能打好才怪!

联想至此,我又问:"日军都这样对待自己的阵亡者吗?"

他还是讲衡阳会战:"第二次衡阳会战时,战事一度胶着,湖南的运输线又多被毁坏,日军没有多余的人力和运力从前线运回阵亡人员,只能从中砍一只手带回。战况愈发激烈后,就只能砍一根手指,甚至只能是半截手指了。"

大岛译罢,屋子里一时便沉默了下来。

"之所以坚持这个仪式,是考虑阵亡者的灵魂,可以通过他的遗体或部分遗体返回故里,来世再造。"大岛父亲补充一句,语气不无艰涩。

"你们对本国人员的遗容这么重视,为什么对中国将士,对无辜的中国人,那么惨无人道,死后仍要糟蹋,还要挖心肝、吃人肉?"我讥诮,我愤怒,情不自禁就把眼前的日本人混同于那些兽兵了。

大岛父亲低头,一副谢罪样。

"法西斯,真是法西斯,有罪,真是有罪……"因为激动,大岛眼噙热泪,似乎要夺眶而出。

"衡阳战役中国军民抵抗英勇。"大岛父亲喃喃自语。

好半晌,我盯着大岛父亲那有意无意回避我的眼神,问:"怎么会有这些照片?"由于某种情绪,我忘了用敬称。

大岛父亲支吾其词。

大岛译得怯声怯气:"照片是爷爷留下的。"

"这么说,你爷爷是……"

我没把话说满,大岛已点头如捣蒜,表情难堪,委屈得要哭。

原来,我在和鬼子二代、三代打交道!

大岛爷爷当年是随军记者,湖南衡阳战役受伤回国,整理见闻时开始反省这场"圣战"。日本投降,盟军登陆,东京审判把东条英机等战犯送上绞刑架后,他带着一颗备受惊吓的心,隐居他乡,烧毁了许多记录当年日军暴行的照片，但某种想保留真实历史为国家赎罪并自我救赎的情怀，到底还是让他保留了一些。战后中日关系趋好，这个隐身人也想做个《东史太郎日记》一类的东西，却又怕给中日和平友好添乱，到现在这个政局，他就更不敢公开亮相了，在时空的黑夜忍气吞声，在矛盾和挣扎中悄然度过余生。

"父亲虽然没杀过中国人，但毕竟参加了这场侵略，在舆论上为侵略张目，因此良心很受折磨。战后一直想说几句公道话，却又怕暴露身份，引发问题，承担罪名。熬到晚年，他就再没有这个勇气了。他去世前一年，有天我们父子喝酒，他边喝边哭，骂自己是懦夫，苟且而活，还说在他死后，有关照片和回忆，后代可视情况公布于世。他不想毁灭罪证，只是希望生前不受审判，不被人吐口水，他对自己所犯的一切罪过，只有在九泉之下忏悔了。父亲活着痛苦，死得也痛苦……"大岛父亲说到此便哽咽起来。

想想也是，不敢正视历史，总在低头回避人生，哪能活得自在?!

大岛父亲抖抖索索地从盒里取出一厚叠手稿，恭恭敬敬地呈送到我面前。我翻看了看，显然是大岛爷爷的回忆手稿。通过夹杂其间的那些汉字，任谁都能略懂其中之意。

我翻看着，随意指了一小段让大岛译述。

"再怎样狡辩，事实也是抹不掉。三四百个被关押在大院里手无寸铁的村民，就这样遭到集体扫射！看到这血肉横飞的场面，我整个人都傻了。我想，军人怎么能做这样惨无人性的事啊！现在，有的当事人，连同国内那些右翼，试图为这场屠杀"翻案"，按他们的逻辑，仿佛用步枪和刺刀就可以否定屠杀，仿佛杀戮三四百人而不是千万人就不算屠杀！"

大岛译得不太连贯，偶尔还卡壳，眼睛瞪得既圆又大，那惊讶的神情，仿佛在译述一部天书。

我叹息一声，这样的见证，这样的良知，在当年的亲历者中有很多吧。为什么日本政府还矢口否认，歪曲、抹杀史实，一味要为侵略招魂？！

　　"儿子虽然知道他爷爷的一些事，但他爷爷亲手拍的一些过于暴戾和血腥的照片，以前从没让他看，我担心他年龄太小，受不了。这段时间他每次回来，总爱和我聊顾桑的上课内容，听了他的分析，感觉成熟了许多，所以，依着他的建议，就冒昧地请顾桑光临寒舍了。"大岛父亲说罢，又是半鞠躬似的点头。

　　大岛译毕，补充道："我也老大不小了，照着当年，都是上战场的年龄了。"话一出口，马上觉得不妥，脸红耳赤，"对不起对不起，我说的不是那个战场，我也永远不上战场。"他继而道："怕只怕历史学者的心思和悲悯情怀，会遭政治、军事的无情戏弄和打压，止无可止。不过，我还是愿做这样纯粹的人。顾老师，我想去中国看看，而且有个心愿，带着我汉译的爷爷这本书去。"

　　我赞许眼前这位富有正义感和使命感的日本当代大学生，并满心地期待，但正如我们共同担忧的那样，即使世界多了一两本《东史大郎日记》，多了一两部《南京，南京》，在变味变态的政治和军事的操纵、玩弄、践踏下，一切正义之举能否付诸行动、正义之声能否传播？

　　大岛父亲见我们一直在自个儿聊，也不插话，默默起身煮咖啡，似乎一点儿也不担心我的某种倾向影响他的儿子。

　　香气四溢的咖啡端来时，大岛父亲的话也端上了："顾桑是做研究的，可以选几张照片翻拍，但在使用时切莫注明来源。有的事，还是等待些时日吧。"

　　能在一个日本士兵后人家中一睹日本兵当年拍下的国军抗日历史照，并感知其后人的内心，是意外收获到的另一种口述史。我还担心主人对我试图翻拍老照片而心怀顾忌呢，没想到他主动提及。虽然只能选拍,但已是对正义事业特大的信任。喝着咖啡,我感觉别有香味,好感油然而生:"你们心存敬畏,总有一天,这些照片和回忆会发挥它正当的作用。"

我倒希望看到大岛爷爷拍摄并留有印证八路军抗战的照片,但显然,他当年连八路长什么样可能都没见过。

在中国于世界反法西斯战争胜利有着重大贡献的抗日战场,作为政府军和正规军的国民党军队始终在正面战场也就是第一线迎敌,是主力,历史是这样进行的,不容置喙。我想做的,不过是想以自己的视角,冷静客观也更真实地论证一遍,甚至希望会会那些似是而非、混淆黑白甚至被妖魔化的问题。那场战火硝烟已然消散七十年,在亲历者纷谢稀有之际,这份工作备尝艰辛,但很多东西在考辨中终会水落石出,不致张冠李戴,指鹿为马。我就像一头无畏的小熊,追着成精的小兔这类诱饵进了历史的原始丛林,不怕迷失,信心满满地咬住"兔妖"钻出来。当然,我还有别的目的,而且更为重要。

对这个迟迟不得化解、快成我心病的目的,大岛父子当然无从知之,但小野知道,程宁宁也该领会吧。

五

真没想到,在日本,竟有一位华裔和我同病相怜!

和赵东方的交往一开始就颇有戏剧性。五十开外的他是日本华人华侨中的知名人物,不说长袖善舞、领袖群伦,却也众所周知。那天,我清楚地听到一位华文报刊的记者不忘恭维,他却淡泊地说,一介天涯沦落人而已。

"同是天涯沦落人,相逢何必曾相识。"我记得小时,父亲不时借用白居易的诗,和那些慕名前来拜望的新华侨对话。客人走后,母亲就说，人家可不是什么天涯沦落人呢，人家快活、光鲜得很，说的是美国的月亮比中国圆。但父亲总爱以天涯沦落人自居，晚年尤甚，我也深深地感觉到了他藏在心底的郁气。

没有赵东方儿子赵汉平的牵线，我们在茫茫人海中难以相逢，更别提相识。

赵汉平是挤入我英语课堂为数不多的华裔学生，更是这年头难得的历史发烧友。那天，我在课堂上放了两部反映日本侵华电影的片断后，赵汉平课后交流时大加称赞，并说起了他和同学们在校方组织下观看日本首相公开叫好的电影《永远的零》的情景。

"影片结尾，当年的零式战机从镜头前呼啸而过，任谁都不难想象，那一刻点燃了这个国家多少少男少女的热血，日本人刻意宣传这段已被遗忘的历史，可想而知要向年轻一代灌输怎样的历史观？！"

我越听越有感觉，赵汉平有着难得一见的史才和史识呢。我的认真倾听，也许还加上特殊身份，给了他直抒胸臆的冲动。

"看历史，看现在，我总觉得，祖国是我们的骄傲，也是我们的隐痛……"

赵汉平感慨中包藏的一些见识，加上对《南京大屠杀》作者张纯如的敬意和惋惜，拉近了我们的距离。我和他，成了"我们"。

一天，我们从展览馆出来，他居然丢给我一个没由头的话："顾老师，您长期研究抗战，听说过赵一龙这个人吗？日据时期当过江南民政厅长的赵一龙？"

我不假思索地说："听说过呀，他曾是先父的故交，先父在日记上曾多次提到他。"

赵汉平瞪直了眼睛："没说他是汉奸？"

"这个我不太记得了。"

"那么，老师认为赵一龙是汉奸吗？"

"研究历史的人可不能随便给人戴帽子,我只知赵一龙这个人有点儿复杂,有些做法可能剑走偏锋了……"我看着赵汉平,他的名字在我脑海中灵光一闪,一个问题嗖地冒出来,"你们是什么关系?"

赵汉平摊开手,道的却是:"老师若愿意,我改天带您见一人,也许他,对您,都会有点儿意思。"

他装神秘,我就不多问,这不是研究历史,不要凡事都打破砂锅问到底,留一份神秘,吊吊胃口也不赖,就好像我对父亲当初在联合国为何"另觅新欢"迎娶我母亲一样。虽有满腹好奇,却宁愿藏在肚子里,也不想多问一字。只要我是他的儿子这件事是真的,就行!

周末,赵汉平开车来接我,说他父亲想请我吃饭。我就这样认识了赵东方。当然,听到赵东方撞上我父亲生前爱说的那句"天涯沦落人",是在饭后用茶另有华人新客来访时。这样的"撞话",就像他家豪宅玄关处关公像前燃着的香,蓦然叩开了对天地君亲师的思念幽门,父亲的音容笑貌在我脑海中浮光掠影时,对赵东方,对星罗棋布世界各地的万万千千的华人华侨,莫名有了一层油然而生的理不清剪还乱的情愫。

余不赘,单提我们的见面吧。赵东方不及寒暄铺垫,就单刀直入:"赵一龙是我先祖父,我听汉平说,和先翁还认识。我上网查找了有关先翁的材料,真乃奇人,就想着和顾老师见面谈谈过去,看能否解解心结。"

我两眼愣愣地望着他,这样不绕弯子的人会有什么心结,他在动什么心思呢?

赵汉平在一旁道:"老师,我爸是个直筒子,说话做事不爱拐弯抹角。"

不及我回答,赵东方双眼直勾勾地看着我:"怎么,吓着顾老师了吧?"

我轻松一笑,道:"我猜,赵先生的心结可能与您先祖父的经历有关。"

赵东方说:"那是自然,是他让赵家后人戴了顶歪帽子,背了口黑锅。"

"都说赵一龙是汉奸,我爸这些年老想给他翻案、摘帽,可那是铁板钉钉的事,怎么翻、怎么摘?"赵汉平边说边向我吐吐舌头。或许四代之后,他都不知怎么称呼了,或许要称呼一个汉奸为太爷、大爷,他内心别扭,叫不出口,只好直呼其名。

"怎么就不能翻案、摘帽呢!白脸的曹操两千多年后都能翻呢!关键是找到合适的人、合适的机会。"赵东方呷口茶,放下龙飞凤舞的杯子,继而道,"张自忠当年不也被全国舆论攻击为华北头号汉奸,报上都称他是'张逆自忠',可后来还不是响当当的大英雄。"

"那本来就是误会,是替人受过,关键是张自忠后来战死疆场,用他的鲜血和生命自证清白,而我们家那位却是担任过伪职。"

看来赵汉平对那段历史不仅感兴趣,且有所了解。这让我们有了共同语言。

"上下五千年,'我不入地狱谁入地狱'的人和事还少吗,那些深入虎穴、虚与委蛇的人,不管是受命还是自愿,不管在这过程中是否走过一些弯路,难道一点儿作为都没有,真要弄个身与名俱废?历史无情,人该有情啊!"

弦外之音我们都能听懂,但赵汉平立马顶了他老子一句:"关键是政府把他给枪毙了!"

"可国民政府当初是无罪宣判的。凭着这点,难道就不可以大胆一点儿推测他的心路历程:他出来做事,即便不是奉国民政府或某个要人密命,也可能是本着救万民于水火、免生灵遭涂炭的初心。只是后来不被承认，咳，自古枪下有冤魂！"赵东方气哼哼地说完，径自点燃了雪莲，才吸两口，又给摁熄了，递过来一个抱歉的眼神。他也许忽然记起我刚才谢绝来这一口吧。

"关键是他又有一个助纣为虐的堂兄，人家一对上，就更容易往一丘之貉上联系了。"

我喜欢听赵汉平说"关键"这词，有它鸣锣开道，一句话就有了醒目的路标，即使并无引颈期待之效，也大致能提纲挈领，尤其在对话疲劳时，一个"关键"之词蹦出，像骤然提高音调一样，往往能使行将瞌睡之人一个激灵振作精神，恭听下文。

"桥归桥，路归路，什么叫一丘之貉？至于他堂兄，走过弯路哩，可我觉得也有误会和委屈。咳，不说这个人，不说这个人……"

父子俩在我面前抬杠，无所顾忌地专门找我谈论家丑，大概也知道一些我父辈的往事，八成把我也当成"天涯沦落人"了。

冤死鬼自古多多，枪下冤魂也比比皆是。历史的曲折离奇造成了一个又一个人的弯路，那些也曾壮怀激烈勇于担当的人却在历史的误会中被推上离经叛道的不归路，有多少误会可以致人于死地而永世不得翻身，有多少误会可以被关注、悲悯、原谅，又有多少误会能够翻案、澄清？这不仅仅关涉历史真相的发掘，也关乎政治和意识形态。

赵东方递给我一本书——《遍地汉奸》。

名字怵人，再看封面，一份面熟感悄然而来。肯定见过的，父亲的书柜里应该就躺有此物。这是中国台湾二十世纪八十年代的出版物。我翻看了目录，父亲的大名不在其中，至于书中内容有无涉及，就不知了，但我猜想，大陆出版的有关此类读物，发布的有关人物词条，父亲不是一脸的"奸相"，就可能是背叛孙中山，首鼠两端，为反动势力卖命的坏人。

这本书没让赵一龙漏网，想来正是让赵家人备感羞辱之处。

书中记录,赵一龙战后被捕,从北平押解南下途中,身挂歪歪扭扭地大写着其名和"汉奸"两字的布条,一路遭万人唾弃。在审判庭上自辩时,他镇定自若,口若悬河,毫无愧疚之色、内省之心。他辩称自己并不是做汉奸,出任伪职也是奉令而为,是一场潜伏,是维护沦陷区百姓生命财产安全的权宜之计。至于奉何人之旨,在眼下得为尊者讳,绝不泄密,但天地为证,即使出任伪职,也始终未泯民族立场,对得起列祖列宗,而且坚拒同汪精卫之流合作,在汪记政府粉墨登场不久就挂冠去职,助推中华光复重生。我不知赵一龙这番文采斐然的说辞,是作者的杜撰还是档案记录,但在作者的笔下,这位当年曾留学日本的新派人物,果是才子一枚。

赵一龙巧舌如簧的辩论,竟在法庭内外引发不少共鸣,还冒出了众人联名上书国民政府之举,称其只是误入歧途,且无大恶,终是名流,初心可嘉,被捕后不亢不卑,大有国士之风,当恕而用之。如此这般,加上赵家上下打点,请来著名律师辩护,赵一龙最终被从轻发落,旋获保外就医。法院给出的理由是:赵一龙当汉奸有苦衷,有悔悟之心,又较早离开了伪职,向往并拥护光复。

但在之后声势浩大的镇反运动中,仍以汉奸之罪将其逮捕下狱,严加清算,并"斩立决"。

"他留学日本回来,就是要效命祖国,国民党丢掉大陆时,他没有跟随去台,没料……"

我后来才知,赵一龙有个胞妹,嫁给日本商人后一直没有生育,于大陆易帜前把赵一龙的小儿子过继了来并带到日本读书。赵一龙被钉上耻辱柱问斩,赵家人大受冲击,这一脉吓得再不敢回来。赵一龙小儿子自此在日本成家立业,正是赵东方。

赵东方主动提及了其父和大陆的某些"过节",道:"父亲当年确曾受到政治势力的指使,在日本报纸公开'反共',还曾支持中国台湾的'反攻大陆',也许因为这些个原因,大陆那个故乡就回不去了,但乡愁总还是有的。不瞒你说,有段时间,我再恨也有乡愁,虽然我只去过两次中国。"

但三代之后,境况又不同了。并不是所有人都关心历史和政治,关心父辈的信仰和荣辱,正如我认识的一位侨三代说:一代人有一代人的事,即使是痛,也痛在他们身上,即使是乐,也乐自他们,我们别活得太沉重,要活在当下而非历史中。赵汉平也说,他既恨不起共产党,也不会有强烈的乡愁,更多的是对隔海那个超过日本已成世界第二大经济体的中国充满了一份好奇和敬意。

"忘了告诉顾老师,我们是三国名将赵云赵子龙的后裔,有族谱可查。"

听赵东方这么一说,我忽然明白赵一龙名字的含义了。只不过,此龙非彼龙,那赵云赵子龙,何等正大光明、光风霁月,真正的人中之龙!而这个赵一龙,怕是好龙的叶公,一只在浊水中爬行苟活的"变色龙"。

"这些年,我爸一直想认祖归宗,赵云海内外联谊会他还捐了款呢。如果赵一龙的汉奸帽子能摘,或能证明他也做过对国家民族有益之事,再认祖归宗就有面子啊。"

听赵汉平这么一说,我揶揄道:"那你想办法证明呀。"

没想这小子已有计划:"一毕业我就去中国走走,不是说上辈人的债要下辈人还嘛,我看看能为上辈人做什么事。"说罢,朝我眨巴眨巴眼,"顾老师不是也有去中国的计划嘛,不是有差不多的使命嘛,要不我们同行,或许还能互相帮助。"

我的困惑大于兴趣,有点儿心不在焉:"互相帮助?"

"我做您的助手,您做我的指导老师。另外,令尊既然都把赵一龙写进了日记,可见彼此有不少的交集,我们今后可以共享资料,共同研究。当然,主要是我协助您,以壮声色。我只是对历史、对家族史有点儿小兴趣而已,也是为了了我爸的心愿。"赵汉平说罢,抬眼来看父亲,眼里含有一丝少有的敬畏。

赵东方的神情和语态都十足的温和,可见这对父子平时就能很好地沟通。他绘声绘色地给我们讲了一个梦,说有一天他梦见其父,其父说在"奈何桥"上与其祖赵一龙相逢,两人抱头痛哭,诉说冤情,诉说"汉奸"之罪在身,在阴间也像是被画了符咒,抬不起头来,经常遭受抗战中死难同胞的围攻谩骂。赵东方讲完鬼故事,揉揉眼睛,语气渐渐就有了感慨和沧桑味:"在那个年代被盖棺论定的东西,能不能翻案,我也不抱多大希望,但父亲既然托梦,作为赵家子孙,就有责任帮助调查,得出自己的结论。是就是,非就非,我们心里也就坦然了。我父亲说了,不管情况如何,都得认祖归宗。"

已是真情流露了,我不觉点头称许:"是啊,我们不能选择家庭和出身,但可以选择自己的人生。"

我总觉得,一个想要有自己的历史,看重自己的历史的人,才会不甘平庸,想方设法作为,不能流芳千古,就遗臭万年。但显然,赵家不想"遗臭",祖上形藏纵不能"流芳",但也希望有个说得过去的真相,为家族挣回些脸面。历史并不是说过去就过去了,它潜移默化地影响到小至一人一家一时段,大至一国一民族一时代,不时能作为法宝镇妖除魔,不时也能作为利器兴风作浪。不管是唯上、唯书,还是渲染、粉饰,抑或涂抹、篡改,历史说到底还是重要的,个人或家族史亦然。

身上流着相同的血,在政治运动、阶级斗争、种族迫害之际,一段时间也许能划清界限,但即使你隐姓埋名,躲到了天涯海角,哪怕你生时隐忍不发,死后也无法清静,照样能把你"人肉"出来。身在海外,只要不数典忘祖,慎终追远时对祖宗就会有份感念,与光宗耀祖同一意思,谁希望自己祖上有那么多不堪?谁不希望能拂去祖坟的冤气?这就是人类的情感之爱。是的,我们都是有历史的人,都要做有历史的人。所以,不要轻视历史,更不要否定、篡改历史。历史不会自己说话,但它一定有自己的话。

进入餐叙前,我热诚地对眼前这位阳光灿烂的华裔青年说:"汉平同学要有心的话,我们就一起努力写好自己的历史,研究好有关人物,发出自己客观公正的声音吧!"

"好,我先协助老师。"

几天后,赵汉平拿着别林平夫的书来宿舍找我,说:"这个苏共记者在南京时曾见过赵一龙几次,日记中几处都称赵一龙有救国思想,还说他后来当汉奸可能别有隐情。赵一龙真可能是'曲线救国'。"

"可以大胆推测,但还须小心求证。别林平夫的日记只是一家之言,关键要有第一手材料。"

"是啊,关键是从哪里寻找呢?"

我盯着赵汉平手中之书,忽然带上了些不解:"这个别林平夫,家父日记上提到他,而他的书中竟没有家父的任何记载。"

"信息有点儿不对称啊,令尊当年比赵一龙还有影响,别林平夫按理不会忽视,要么是出版时被删,要么是译转时出了问题。"

赵汉平捧起书时,不经意间,书页里飘落一张小纸板。他俯身捡起,然后递给我。

"这是什么?"

"我爷爷留下来的'良民通行证'。"

我接了过来。铅印,重磅纸,纸面油光发亮,多少年过去了,在手上扬扬,还能"哗哗"作响。

"这玩意儿,像是我们家'汉奸'的铁证呢,很讨厌,一直想扔!"

"别呀,可以作为文物呢! 还有什么文物,尽可让我开开眼。"

第二天放学后,赵汉平又捧着那家伙的书来找我,嘿嘿直笑:"昨晚我又翻看了一遍,感觉日记中有位叫郭日月的人,可能就是令尊。"

我沉吟片刻,道:"即使翻译时出错,但家父的姓名与郭日月的谐音也相去甚远呀。"

"您想啊,那个苏联人是懂些汉语的,据说他写日记有时俄文,有时中文,令尊之顾姓,他即使不写成郭姓,译转时都有可能成郭的谐音,至于令尊大名嘛,他有可能把闽字错成明,而书写时因为把日和月分得开了点,就让后来的译者认为是日月两字。所以,就成了郭日月。"

这个分析有点儿意思,我要过书,在他折角有关"郭日月"的地方细看起来。日记里记载的时间、背景、谈话内容,似乎都有父亲顾闽在场。我不觉有些激动,向赵汉平连声致谢。

"照这个苏联记者的看法,令尊也是爱国者、民族主义者,怎么会被骂作汉奸?"

这暖心暖肺的话,蓦然让我怨起了程宁宁,她为什么就不肯协助我一起为我父亲和爷爷辩诬,进而证明他们也为共产党做过事?

赵汉平还在出点子:"顾老师不是说要去俄罗斯查阅有关档案嘛,届时完全可以找别林平夫的后人聊聊。"

是啊,既然父亲以"郭日月"的名字被别林平夫写进了日记,完全可以找到他的家人,聊聊这部有争议的日记之由来。俄罗斯在苏联解体后仍保存完好且对外开放度渐高的档案,对他这位当年曾在红色苏联和一批后来的国共要人共同留学过的中国人,也许有所记载,可以为历史的公正提供一些说明。

天地间永远都有公正在,只是,有时公正也像个调皮、胆怯的小兔子,在社会动荡政治混浊战火频仍血花飞溅时,躲进丛林或某个角落噤言避祸,或被别有用心之徒、反复无常的政治给灌了迷魂汤药雪藏起来,一睡千年,弄得"不知有汉,无论魏晋",任世间杂音纷呈、黑白混淆、莫衷一是。所以说,公正是很难等来的,起码不可能在自己渴望的时间里,指望它如乖乖小兔奔你过来。有的公正光靠等待,那恐怕永无尽头,倘若真想要公正,莫若身体力行地找回来。

我就是抱着"心病"和这份认知踏上此路的。来日本前就在美国申请到了赴俄罗斯取材的护照。俄罗斯对世界趋之若鹜的唯一超级大国美国不仅不给免签、落地签,入境审查还特严。我得提前申请,还好,华裔身份有力促成了此行。这或许是我从中国沾到的第一分光。

相比于转瞬即逝、让过气英雄伤怀让迟暮美人自怜的春之樱,我更喜欢秋之枫,层林尽染,烂漫醉人,张眼望去,光华映日,再冷再硬再水波不兴的胸中竟也有一束束红火把热情激活点燃。在东京赤坂区一隅,秋阳下微风中处子般飒然飘落于青青草坪的一片一片红枫,色泽明丽,纹路无损。我弯腰拾起一片,夹进摊在圆桌上的笔记本里。

"历史学者还有浪漫情怀啊!"

我礼貌地向说话人展示笑脸一张。

"当年旅日华侨在这里欢迎孙中山,推动同盟会成立,之后一批批留日学生在此聚会,想来也有这番美景吧?"

"同盟会是一九○五年在这里成立的,一晃已过百年。我记得时序是该年八月二十日,樱花早谢,枫叶未红,何等景象不知。要是当年就有转基因,大可提前染红枫叶。"

赵汉平这一调侃,枫林下品茗赏叶的大伙便都笑了。

我被赵汉平拉了"华情华群"。入群者是在日华侨华人,听说也有大陆官方的侨务人员。这我能理解,在"互联网＋"的时代,大陆侨务部门为什么不借助这类平台加强海内外的通联呢? 我入群后,偶尔也发表些个人观点,认识了若干群友。今天的场合,便有几位群里的熟人。

谁能想到呢？一百多年来和中国关系一直暧昧、又最是虎视狼顾的日本，竟是中国近代革命的重要策源地。照一位老华侨的话来说，那时的大清国，就像低眉顺眼的羔羊，日本这头野心巨大的虎狼怎能放手?! 在甲午海战、马关割台、称雄亚洲后，日本竟还一度吸引众多中国革命者前往学习和效法，并还有土壤供"驱除鞑虏、恢复中华"的革命理想发酵，也算是"万花纷谢一时稀"之后的"异数"了。

就这样，日本因了近两万名中国留学生的资本，在那时舍我其谁地做了中国革命的大本营，政党和团体如雨后春笋冒头。按政治主张分为两大派别：一派是以孙中山、黄兴、宋教仁、章炳麟等人为代表的革命党；一派是以康有为、梁启超为代表的立宪改革派，又称"保皇党"。

孙中山领导组织近代中国头个统一的全国性资产阶级革命政党——中国同盟会，在日本诞生和兴衰的台前幕后，一直以来就是命运多舛。在这些日籍华人们的叙说中，一页页的历史，就像摇曳的枫叶，多姿多彩。

孙中山留日期间，以其卓见和抱负赢得一批本地拥趸者，即后来所谓之"铁粉"，加上日本有过明治维新的成功先例，幼名"帝象"的他，选择于此进行改朝换代的大事业，也就顺理成章。据称，孙逸仙博士遭清廷通缉亡命日本时，曾化名"中山樵"，此系孙中山名字的由来。

史载，一九〇五年八月十三日下午二时，中国留日学生在东京麹町区富士见楼开会欢迎孙中山。时值暑期，莅会者济济两千，别说座位，有的人都快要挤上墙了，没办法，后来的数百人只好伫立街边仰望聆听。那天，孙中山一身洁白西装，在宋教仁致欢迎词后，声情并茂地发表演说。

我翻阅过史料,知道后来的"国父"那次长达两小时演讲的主题。他说:现在中国要由我们四万万国民兴起,今天我们是最先兴起的一天,从今后要用尽我们的力量,提起这件改革的事情来,我们放下精神说要中国兴,中国断乎没有不兴的道理。他呼吁:抛弃君主制,择地球上最文明的政治法律来救我们中国,把中国建成一个二十世纪头等的共和国。

可以想见当时经久不息的阵阵掌声,比远处不绝如缕的海涛,比眼前一排排枫树迎风飒响更宏大,更有回音,也更具穿透力。留学日本的热血青年陈天华——对了,就是我前面提到过其作品被程天章在南洋编入《中华图存篇》翻印的那位,当场高呼孙中山"是吾四万万人之代表也,是中国英雄中之英雄也!"之后,一批革命党干部,连日本青年也先后发表演说。

富士见楼欢迎会成为建立中国同盟会的动员大会。东京中国留学生自有集会以来,未遇此等盛况也。

数日后,八月二十日,经日本人内田良平牵线,联合孙中山的兴中会、黄兴与宋教仁等人的华兴会、蔡元培与吴敬恒等人的爱国学社、张继的青年会等组织,中国同盟会在东京赤坂区某民宅成立,推举孙中山为总理。会上,确定"驱除鞑虏,恢复中华,创立民国,平均地权"为革命政纲,并将华兴会机关刊物改组成为《民报》,继编定"同盟会革命方略",正式宣示所进行者为国民革命,将创立者为中华民国。

"在成立同盟会前,孙中山就已开始在华侨中发展革命,寻求华侨和中国留学生支持革命。"

"不独同盟会,不独国民革命,华侨对抗日战争的胜利也是功不可没的……"

有关华侨与中国革命的话题,被红得爆眼的枫叶给烘得更热了。在日本枫林下和当代华人华侨畅谈抗日战争,多少有点儿刺激和兴奋呢!

在场的有几位同盟会的后人,我是经赵东方、赵汉平父子牵线认识的。他们带来的资料,是对那一段历史的说明和补充。

万事开头难,好事更多磨。同盟会成立两年后一度分裂,孙中山因未经众议接受日本政府资助离开日本,导致光复会退出。孙中山带着两大助手汪精卫、胡汉民赴南洋另组总部。我爷爷顾志平当时虽然倾向于立宪,但我二伯顾襄却毅然"入盟",后来还带病回国为黄花岗起义筹措款项、枪械。后因积劳成疾,成千秋鬼雄。

在日本的华侨华人华裔,虽没北美来得多,但已相当可观,世界上哪个角落能少得了黄皮肤黑头发呢! 现在没了双重国籍,有的华人,特别是那些侨二代、侨三代,对政治和历史已不太关心,只忙于自身生计,甚至还仰日本右翼的鼻息,仿佛军国主义复活事不关己,仿佛战火一旦重燃也能置身事外,仿佛核武器只会高高挂起而不"飞鸣镝"。在日本唱衰中国的论调泛滥时,他们中有人还跟着瞎起哄,其言其行已然从脐带上割裂了与中国的联系,活脱脱成了日本人。在这点上,我觉得韩侨或者说韩裔,更有一种化不掉的民族精魂。

某天饭局的话题就涉及到了这种侨胞薄华现象。何以如此?十多年前就取得绿卡的阎老板说:"撇开双重国籍的取消、大陆'文革'十年对侨胞的伤害不说,这些年随着大陆日益强大,似乎不太需要侨胞了,相忘于江湖了,对侨胞权益也不太上心了。"

话音未落,立马传来不同声音:"我说阎老板呀,做人要讲良心,不能因为你家那点事没能如愿就过度解读,你的事业能在日本做大,敢说就没有祖国的撑腰?"

阎老板红了脸,讪讪道:"此一时彼一时。"

"你那事,我听说大使馆也是交涉了的……"

阎老板出了什么事呢? 大家不点破,我就不好多问。

侨三代钟秋生说："如果中国垮了,我们还不被世界看轻? 虽然拿了绿卡入了籍,但黄皮肤黑头发等特性几代中是无法去中国化的,就算在日本单从外貌看不出来,但分散在世界各地的侨胞还不是一目了然。"

"我不同意'离开了祖国你什么都不是'这个论调,就我来说,我离开这个祖国多年了,但我还是我,好像从没沾过祖国的好处呢,祖国离我太远了,天下政治,干卿何事?"

此人语音甫落,就被一位身穿中山装的老侨胞抢白:"中国真被唱衰了,对你更是没好处! 这些年,哪个国家发生动乱,威胁到侨胞的财产或人身安全时,祖国政府没有关心、保护?"语声有些激切,与他的年龄、国字脸相貌和装束恰成气场。

"看了最近的祖国撤侨、护侨行动,真是今非昔比了!"一位留日博士深有感触地和大家分享了他的体验:他每到一个国家,手机里总会收到一条来自中国使领馆的中文短信,让人备觉温暖和踏实,"这个让我很感动,也让我知道,不管走到哪里,走得多远,脚下的土地再陌生,祖国都在背后,永远是那座坚强的靠山。"

我没有他这样的体验,别说手机,就是心,也不在同一服务区,收不到呢。

留日博士的话博得了掌声和附和:"是啊,这些年祖国政府对海外侨胞的保护措施越来越有力,这个值得歌颂!"

无拘无束的自由交谈,虽然五花八门,但观点还是有明显倾向的。

我是应钟秋生邀请来福建会馆参加此次饭局的。我父亲顾闽抗战当年有过奔走日本政商界之举,因与钟秋生祖父、老同盟会员钟伯中交好,那些天都住钟家。钟伯中虽已作古多年,但正如我所料,钟秋生掌握了一些往事的资料。他不仅自己发掘历史,还特意安排了这场餐叙,请来几位前辈家人有可能接触历史的侨胞共同回忆。我从历史深井打捞的内容，请容许后头再说。

几天后，我意外收到中国驻日大使馆请柬，邀我参加中国侨联领导的座谈。我和大使馆素无联系，他们怎么会知道我呢？

这是我第一次跟中华人民共和国的现职高官面对面。领导没有官架子，温文尔雅，彬彬有礼，谈吐不凡，有一种天然的亲和力。坦诚的交谈中，他一边收集海外侨胞对中国的看法和建议，一边回答提问。

有人问："在经济全球化时代，祖国政府如何看待华侨群体在世界上的定位？"

"从总体来看，华侨这个群体是整个世界发展的一支积极力量。过去我们较多地强调华侨对中国的贡献，这种贡献当然一直是肯定的，但这个角度有局限性，我们今天不能仅仅从中国的角度看，也要从世界的角度看。因为在经济全球化的当今，华侨群体不单是中国发展的一支力量，也是驻在国发展的一支重要力量，不仅仅为中国，也为驻在国发展作出了重要的贡献。"

这个评价很到位，也好理解，华侨只有在驻在国发展，凝聚更多力量，才会加深为故土奉献的这种血浓于水的情感。

自然的，我也不失时机提出了问题："像对亚投行一样，世界上对'一带一路'倡议有大大小小的困惑，我看日本的一些主流媒体就说中国倡导'一带一路'考虑的是自身利益，主席先生如何看？"

领导看我的眼光柔和而镇静，字正腔圆，行云流水一般："一些国家一些人对中国现在的发展，比如'一带一路'倡议，存有一定的顾虑，我觉得倒也可以理解。因为从历史上看，大国跟小国合作，强国跟弱国连通，能共同发展的例子并不多。但我需要指出的是，中国提出的'一带一路'倡议，并非像一些纯资本输出国，只考虑自身利益，而正如在座侨胞所熟悉的那样，中国传统文化讲究和，讲究缘，强调共赢同好。最近，习主席有个面对海外侨胞蛮好的讲话,说'国家好,大家好,世界好,中国才会好'。亚投行和'一带一路'的建设,求的正是'你好我也好,大家好,我才好,我好大家一起好'这样一个理念,这是中国非常具有特色之处。希望海外侨胞多做中国文化的解释工作,在驻在国形成更广泛的民意基础,通俗一点儿说,形成一个当地乐于跟中国人交朋友的氛围。"

我刚出口"谢谢"两字,又有人接着发问:"请问,海外侨胞在'一带一路'建设中能有何作为?"

领导含笑而答:"海外侨胞是连通中国梦和世界梦的桥梁和使者,相信许多侨胞在考虑为中国的发展创造更好的和平发展环境、更多的发展机会时,也能在中国的对外合作过程中把握时机,获得自身事业的发展,实现自己的梦想。"

领导温温不作惊人语,话里话外却让人感受到,一个史无前例的伟大时代或许正飞速到来,古老的中国势在复兴,就从中国梦开始,执著于理想,热烈于激情。

"中国连续三十多年高速发展后,综合实力不断增强,国际地位不断提高,对海外侨胞的依赖度没有改革开放初期那么强烈了,海外侨胞的作用今后是否会进一步减弱?"

这可是个棘手的提问,没想到,领导也回答得轻松:"中国任何时候都需要海外侨胞,离不开侨胞。中国有今天的发展成就,海外侨胞功不可没,历史不能抹杀。现在和将来,中国的发展依然需要广大侨胞回来投资、开发,引进先进技术,并欢迎一起来分享中国快速发展的成果。"领导呷了一口茶后,意犹未尽,又满含感情地补充一句:"总之,广大侨胞与中华民族永不泯灭的血缘关系,是我们搞好改革开放、促进祖国和平统一、实现中华民族伟大复兴的重要活水之一。"

掌声过后,提问接踵而来:"比起美日等国对自身侨民的有力保护,中国现在的护侨工作似乎不够到位。请问如何看待?"

"我必须郑重地指出,这个信息不对称。"领导看起来严肃多了,但神态不亢不卑,"我国侨胞遍布世界各地,人数六千来万,世界第一。关心和保护侨胞是我国政府的一贯政策。每当侨胞驻在国发生动荡,侨胞的生命财产受威胁时,祖国政府第一时间就作出反应,采取果断措施,并提供各种方便,欢迎侨胞们尽快回到祖国怀抱。这样的例子,想来大家都可以信手拈来。"

大使馆参赞接过话来:"利比亚撤侨事件大家都知道吧,祖国政府派出军舰和飞机,几天内就将三万多侨民撤回。"

有人说:"是啊,也门内战爆发,中国也是第一个完成撤侨,还顺带捎上了巴勒斯坦兄弟。"

虽然保护本国海外公民、侨胞是每一个国家的责任,但却不是每个国家都能做到的,但中国近年来显然能说到做到。我忽地想到不久前闹出的一桩空间论战。事缘于某位著名"公知"在其微博上"扒了扒"中国最近几次撤侨行动,指责片面依靠硬实力,大国霸道表现引起国际不良反应,云云。如此炮轰,却轰出了据说亿万个一边倒的为中国点赞。有人说,"祖国这么'横',不过我好喜欢";有人说,"卧槽,无聊的公知,我们是在撤侨,不是作秀做慈善,为什么同样的事美国做你们就唱赞歌?我太喜欢你所描写的暴力中国,太喜欢能为自己国民任性的中国了!"有人说,"以前华人华侨遭遇危机,只能艳羡别国侨民安然撤离,或寄望他国国际主义援助,现在轮到别人羡慕我们了,却来说三道四。且先闭嘴,听哥说说亲历的厄立特里亚撤侨故事……"厄立特里亚撤侨一事发生在一九九八年,厄国与邻国战火降临之际,美国出动舰船和飞机撤其侨民,还帮撤东西欧侨民,却不让中国人搭乘,连中国驻厄大使馆先前说好的让妇女儿童搭乘都不允许。最后,一百多名侨胞只能乘坐五条渔船入红海,经五十多个小时的漂泊到达沙特阿拉伯,数人入院治疗。这位亲历者最后说:"哥想起那个经历来满眼是泪,今非昔比啊,真心为今天的祖国点赞! 我们背靠的祖国正日益强大,这是天下华人行走世界的底气!"

脑海里想的是网络论战,耳边响起的是现实交流。有人这般附和:"自利比亚大撤侨以来,中国在危机管理、应急指挥、综合保障、国际协调上所表现的能力,展示的比较优势,世界都看在眼里,确是今非昔比了,我们也得知足!"

又有人说:"中国眼下已成世界第二大经济体了,天下华人莫不为之高兴,可跟老大比起来,好像底气不够硬,这个从护照就可看出。比如,美国护照上牛逼哄哄地写着:'不管你身处何方,美国政府和军队都是你强大的后盾。'而中国护照上写的却是:'请严格遵守当地法律,并尊重那里的风俗习惯。'这硬得太硬,软得也太软了吧,是祖国政府韬光养晦,还是鲁迅当年疾呼的中国的自信力丢失了至今仍未找回?"

问得既唐突,也古怪,人家又不是外交部长,可怎么解释? 而且,我印象里美国护照根本没有这些乱七八糟的内容。我不觉向侨联领导投去一瞥,却见他举手投足相当淡定。

"美日是结盟的,美国护照上究竟写了什么,想来诸位比我更清楚,但中国护照上的内容却并非这位先生所说,我这里就有……"领导边说边从西装口袋中掏出护照,翻开那一页,铿锵有力地念起来,"中华人民共和国外交部请各国军政机关对于持照人予以通行的便利和必要的协助。"

笑声轻松地响起,有人调侃:"这位老兄的资料肯定来自网上吧,以前我也信以为真。网上可真是五花八门,还是眼见为实为好!"

提问者一脸的尴尬:"见笑,见笑!"

领导笑容可掬:"没事没事,今天就是聊天沟通,想聊什么都可以,能边聊边澄清一些误传更好。"

心墙消释,空气流通,氛围活跃,人面祥和。

大使馆参赞说:"要我看,中国护照的价值,不是印上了什么华丽的漂亮话,也不是可以得到多少国的免签,而是不管你在哪里,祖国都接你回家。中国人不仅在国内安全有保障,出了国门同样受到祖国庇护,对广大侨胞也是!"

我在认真倾听中,主持座谈会的大使馆女官员冲我微微一笑后,一弯玉臂划了个柔和的弧线伸向我:"这位顾先生,是来自美国的侨胞,不知是否可以告诉我们美国护照的真实内容?"

刚才在思忖中,我已然肯定美国护照的内容与上述大相径庭,但我不能再给那位冒失鬼弄来个倒彩,因此笑道:"真相自己去寻求不是记忆更深刻嘛! 我倒想利用这难得的机会,请教一个更有意义的问题。"

有几分英气的侨联领导,朝我礼貌地点点头,并做了个请便的动作。

"因为历史和政治的原因,有的华侨被不切实际上扣上了汉奸、敌特帽子,至死没个公道的说法,这多少影响了其家族对祖国的认同。不知大陆还有没有平反计划?"

我自忖这可能是侨联领导此次座谈会中接下的最难话题之一,因此他沉吟了片刻才开口:"有关华侨的历史遗留问题,只要证据确凿、条件成熟,我想祖国政府都会实事求是地妥善解决的。我们也欢迎侨胞反映此类问题。"

言词恳切,却未让我释怀,有个问题忍不住想蹦出来,岂料被人抢了去:"听说祖国政府要在世界反法西斯战争暨中国人民抗日战争胜利七十周年时举行九三阅兵,举世关注,不知届时是否邀请海外侨胞观礼?"

这个提问来自赵汉平,他是本次座谈会最年轻的代表。我事后得知,他是替其父赵东方来的,因为既有隔阂,赵东方基本不参加大使馆组织的活动,不知为何这次竟也发函请他。

"刚才我说了,海外侨胞对祖国革命和建设都作出过重大贡献,抗战中的贡献举世皆知,九三阅兵我想肯定会有侨胞代表登上天安门观礼台,至于是谁,我目前和诸位一样一无所知,只能拭目以待。"

虽是官方举办的座谈会,但官员的回答并不假以外交辞令,而是坦诚交流,平等对话。我想,假使由我的父亲顾闽来答问,也不过如此吧。

我来日本不过数月,大使馆怎知我的行踪和身份? 我不无惶惑,餐叙时找个机会问大使馆那位女官员。她笑脸相告:"是程宁宁女士推荐了顾先生,感谢您的光临。"

参会者人手一份《中国,中国!》。这个宣传册印制精美,内容丰盛,比及父亲当年带出国门、至今仍留他书柜的那些故国老照片,要堂皇气派得多,也养眼得多。宣传册所附光盘影像也不赖,美轮美奂。

几天后,赵汉平和我交流时却表达了不同看法:"关键是,中国形象不该这么宣传,连老祖宗都晓得寓教于乐,现在说教却往往超严肃,政治味太重,当年时代广场上的北京奥运会宣传……"

他是个会来事的人,却也是有思想的人。

不管怎么说,这是我从中国官方免费获得的东西。我翻了翻,看了看,已把它列为可值保存的物品。

我反问:"如果由你来主持,你会怎么弄?"

"可以考虑以几个朝代为分水岭,用比较性的图片和精致、温和中性的文字,将过往的记忆拾锦。除了历史悠久的老建筑和新建成的形象工程,配上世人向往的世界遗产,当然,得有一些养在深闺人未识的美好生态,还要有看似和谐、富足、诗意栖居的各个族群。关键不是拼凑,为的是认识和过目不忘。那么,这样的拼盘就有了收藏价值,还能不出好的中国形象?"

我听罢呵呵连声,说是一回事,做起来和出炉又是另一回事,站着说话不腰疼呢!"宣传这东西,你弄的再起劲,却未必能收拢人心,尤其在眼下,世界上许多国家竟然失去了自己观察中国的能力和方法,失去了自身立场,总爱围着美国转,鹦鹉学舌般重复美国对中国的打分。"

口头的即兴遣词造句,与严谨的学术研究无关,之所以用上"鹦鹉学舌"这个可能词不达意的成语,是因为几只乌鸦正在附近的天空盘旋,聒躁不已,引导我由此及彼想到以鸟作喻。

还好,赵汉平没在意用词的精确,而且,他显然在顺着我的话说:"中国形象走向世界既然要过美国打分这一关,那还得自先打造好形象吧。"

"打造?我不太喜欢这词儿,我秉信自身的形象是由自身的修养决定的。今天可以照着好莱坞大片把中国拍得非常正面,非常高大上,但绝不是中国想让美国怎么看美国就得怎么看。你如果执意要这样教美国怎么看,所起的作用就可能南辕北辙。"

"中国不是可以说'不'了吗,为什么中国形象的塑造要听美国的审美、裁判?我倒觉得,老关注美国眼里的'中国形象'是一种文化势利,应该关注世界不同区域的'中国形象',以之影响美国的打分。"

我仰望天空,视界除了那一群黑点乌鸦,还是蔚蓝一片。我讨厌乌鸦,闹不明白日本为何竟有这么多乌鸦出没,气势汹汹,目中无人,给这个国家和人心带来不可抑制的阴影。

我整理好心绪,收拢了一下被风吹得有些凌乱的头发,道:"你说的不无道理,关注点必须转移,要不在乎美国怎么看。但刚才我说的跟风现象也是不争的事实,最明显的莫过于日本和印度,它们可都是历史上和中国交往最多的国家,可竟然也失去了自我、自由观察中国的能力和方法,常常毫无立场、毫无节制地搬弄美国和西方话语中的'中国形象''中国故事'。我也认为,决定二十一世纪中国命运的,除了中国本身,重在周边国家,不能老望欧美,而把周边国家给忽略了,必须先让身边的伙伴放心地面对你的崛起,放心地看着你放飞中国梦。"

"顾老师所言极是!关键还有一点,在说中国梦时,告诉世界,中国人认为的世界秩序是怎么的?何为正义?何为真理?不能模糊,不能回避,要明确指明。"

真是个有思想的年轻人,我微微吃惊中微微点头,道:"说得好,前几天为何不跟侨联领导交流交流?"

"关键是,我想找机会当面向国家主席建言献策。"赵汉平边说边笑,"有机会我也要见见美国总统,教他怎么看中国,中国是给你面子参与审美,不是听任你强行主导审判。"

说话间路经的一处街巷,和唐人街有几分相似,我停下脚步,定定地看着他:"你可以随时来美国,反正持日本护照落地免签。"

"美国随时可来,可白宫不可随便进,哎,我还没见美国护照长什么样呢,上面都写了什么?"

我瞅瞅四周,倒无车马喧、人头涌,便从西装口袋里拿出护照,递给他:"你自己看个明白吧。"

赵汉平故作隆重地双手接过,翻页捧看,用汉语念道:"美利坚合众国国务卿在此恳求,相关人士给予该美国公民/国民通行便利,及在需要时提供合法的帮助与保护。"

"就这么回事!"我接回护照,淡淡地说。

"关键意思和中国护照内容也差不多吧。但中国到底是出台了公民出国公约,过于强调文明行为,却也暴露担心国民素质影响中国形象的心理……"

形象的树立和维护,没起点,也没终点。形象如眼前的建筑,每个建筑都似一段凝固的乐章，以不同的表现形式参差落定街巷，期盼着下一拨眼光的到来。也许在下一拨眼光里，老树能开新花，旧貌换上了新颜。

"别不拿外籍华人当中国形象的宣传和维护者。"那天大使馆的座谈会上，不知哪位"侨老"说了这么一句，让我记忆犹新。

| 第二部 |

惊起一滩"鸥鹭"

　　米兰·昆德拉说:"回忆是依稀的微光。"父亲这些回忆性的文字于我,像是一个神秘的幽灵骤然幻成他青年时的样貌,气宇昂轩向我走来。字里行间虽是纸上春秋,但驻进我心中的却远远不止高大伟岸。

一

庞大的机身巧如轻燕,穿云越雾,冲向高尔基笔下那个曾化身海燕歌唱"让暴风雨来得更猛烈些"的国度。我的脑海,像窗外徜徉蓝天自由卷舒的白云一样,油然翻腾起父亲当年漂在历史长河中的身影。

父亲是一九一七年俄国爆发十月革命后,从南洋回到中国的。那时护法运动开展得如火如荼,孙中山在广州就任海陆军大元帅,成立护法军政府。那一年父亲十五岁,与那个时代形单体弱的中国少年不同,他显得壮实。

在南洋长大的父亲,受他二哥顾骧的影响,自小爱读《三国演义》《水浒传》,喜拳棒,不及十岁就跟人习武,"拜正"(入会)了当地民间秘密结社"洪门",成为最小的"草鞋"(干事),未几晋"纸扇"(参谋)。入秩耄耋,他仍能绘声绘色地讲述烧香结义的口号和流程,"头把香,效法羊角哀、左伯桃结成生死之交;二把香,效法桃园三结义,不愿同年同月同日生,但愿同年同月同日死;三把香,效法梁山一〇八将;半把香,义气不寻常,单雄信不投唐,秦琼泣血哭留半把香"。他二哥等黄花岗英烈的热血催放了中华民国这朵花后,父亲的革命热情一夜间饱涨,对创建民国的孙中山无比崇拜。爷爷像那个时代稍有远见的华侨一样,服膺孙中山的远大理想,开始积极支持革命。他和程天章的关系,表面上也修复如初。

当初我爷爷对其"犬子"的介绍多少有点儿"王婆卖瓜"吧。据说有革命者盯着我父亲顾闽看了良久,开口第一句话就是:"你来做什么?"

顾闽答:"投奔梁山。"

"来梁山做什么?"

"行仁结义。"

"可曾'斩鸡头'(发誓)?"

"有!"

我父亲小小年纪却气宇轩昂,一下子就入了革命者的法眼,赞道:"好一个革命童子!"

这是我父亲晚年最爱讲的往事之一,谁都不知当时会见的真实情景,父亲的讲述有没有演绎呢? 与一个革命者的交往经历,夸张一点儿也是人之常情,只要不无中生有,不把牛皮吹破,后世的学术文章还大可引用。当年革命党人在海外成立同盟会招兵买马时,设有仿若"洪门"的口号暗语。比如,问:"何处人?"答:"汉人。"问:"何物?"答:"中国物。"问:"何事?"答:"天下事。"其言其声其势,何其相似乃尔,可见渊薮有自。孙中山后来在"民族主义第三讲"中特别介绍过"洪门",称洪门会党那帮人"眼光是很远大的,思想是很透彻的,观察社会情形也是很清楚的","洪门"中一些人,被他敬称为"老革命党人"。那时,我父亲年龄太小,称不上有什么远大的目光、高尚的思想,"拜正"洪门的时间太短,自然也不能攀"老",而我那位做人做事喜欢留后路的爷爷又非"洪门"中人,抛开后来的恩怨不说,那天在场的程天章倒可以对号入座。

话说回来,革命者见这个在南洋出生的侨一代年少志大,不忘对他灌输革命道理,期冀他今后为重建共和出力,还说甘罗十二岁为相,霍去病当大将军时也是青葱一根,自古皆有英雄出少年。

一席话,说得我父亲心痒难耐,却冒出一句很唐突的话:"听说孙总理发动起义和革命很多次了,不知何时能成功?"

煞风景之语! 但童言无忌,革命者既诚恳而又严肃地说:"我们要学三国的孔明诸葛亮,六出祁山北伐,以匡复汉室为己任。现如今，我们的革命已把'满清'这个鞑虏斩于马下，只要多几个像你这样的革命童子，海内外炎黄子孙多几个人出钱出力，必能将那些反动军阀驱逐干净，民国必能再造一个朗朗乾坤！"

其言如疾风，满满地把我父亲这张不经风雨的帆给鼓涨了起来，航行的目光早早就投向了海那边。

在我父亲一年又一年的盼望中，我爷爷这艘载满乡愁的老船，终于在一九一七年带着这张青春之帆，驶过南海，往故乡中国进发。那一年，爷爷要回乡扫墓。

那天，天空肯定是蓝的，没有主权纷争的南海也肯定是蓝的。海天一色，父亲的心如同放飞的鸥鸟。此番回国，恰如他看过的《水浒传》里讲林教头风雪上梁山那个章回所说，"这一去，有分教，从此难做平凡人"。

一次说走就走的旅行，却改变了自己或别人乃至国家的命运，这样的例子并不鲜见，总让人们津津乐道，并把自己的旅行往好的地方放飞梦想，赋予一抹传奇色彩，注入一点儿理想主义。当然，旅行也不一定就要和上下流价值观勾搭，仅仅为漫游大地，了解比世界还要宽广的内心，有时也是一次自身的革命，每个人都是自己人生的革命者。

释迦牟尼原本可以在皇宫流连，安心做他的迦毗罗卫国王子，享受无尽的尊荣，怎知一次出宫，目睹众生苦难，毅然抛弃一切，为众生寻找彼岸之路，由此成为举世皆知的佛陀。古巴男人切·格瓦拉只是计划和好友一道骑上摩托车环绕南美大陆，岂料设想中的浪漫旅行却成为残酷的成人礼，改变世界的革命之心由此点燃，一发不可收。半个多世纪以来，他在"革命前夕的摩托车之旅"，还是后人追求公义社会的引擎，一如既往地激荡人心。

父亲与这些大人物不同，他不过是回乡祭祖，哪想到怀着几分新鲜和冲动，就此留下来参加革命，让"革命童子"的名号实至名归呢。他后来说,这次回乡旅行,和革命有必然关系。

理性地看,在宏大叙事下,革命确实很浪漫,很激动人心,甚至像是一场嘉年华,但革命的破坏也不言而喻。它摧毁的不仅仅是房屋、财产,还有一代人的生活方式、价值观,以及人性,以及在一个废墟上建立起来的却非理想的大厦。因此,你当知道,反思历史绝非可有可无!

但对这段并不如烟却错综复杂的革命往事,父亲不知是担心自己理不清,还是怕触动已然关闭的伤心闸门,抑或认为我不能理解而乱说,总是心不在焉、轻描淡写,不太把身心和情感全然释放。有次,他被我纠缠得没法,轻喟一声:"我去莫斯科留学时,曾记了些思想感受,当成作业留在了学校,也不知还在不在。你若有心,就去找找看吧。"

正是遵照父亲的遗命,多年之后,我出现在了莫斯科街头,穿梭于俄罗斯各大档案馆和历史知情者之间。

"我没听过有这个门牌号。"

"那可是当年莫斯科中山大学的校址,我父亲记得清清楚楚。一个地方总不会不翼而飞吧,中山大学又不会子虚乌有!"我不觉瞪大了眼睛。

张尧秘而不宣,只是笑眯眯地看着我:"明天我带您找找看,期待奇迹发生。"笑的时候,一对眸子流盼生辉,最亮眼的是他的黑色卷发,和黄皮肤,连同出口的汉语——中国人的特征。这位在俄罗斯长大的华裔青年,是我就地聘请的翻译。

第二天迎着丽日,不觉就到了沃尔洪卡大街。顺着张尧的指向,在一片建筑群中,我看到了有序连着的门牌号。这样一组组数字,清楚地告诉我,俄罗斯的建筑特点是,路一侧的建筑物全以偶数排号,另一侧则为奇数。也就是说,目标明确。

张尧在一处标牌前停下,告诉我这里是俄罗斯科学院哲学研究所。还指着门口一块显眼的碑说,这是名人纪念碑,上面记述《钢铁是怎样炼成的》的作者奥斯特洛夫斯基等名人曾在此待过。

这幢楼的紧邻处,该是我要寻的目标,在那里待过的名人可是群星璀璨呀!该树有怎样的名人纪念碑?

满怀憧憬地走近一座黄色俄式建筑,原以为就是目标,却没有牌号数,大门紧闭,门卫戒备森严。保安说,大楼内是一些公司,外人非请勿扰。

我不无奇怪:"怎么就你们这幢楼没个编号?"

听罢张尧的翻译,保安礼貌地回答:"有的,您瞧,我们这楼就以旁边巷子名'大兹那缅卡斯基'作为编号。"顺着保安手指方向,我果然看到巷子口有一排俄文。

狐疑中,我耐心询问保安不够,又请张尧问了两位进出楼内的公司职员,都说从没听过我们要找的地方。

不死心地拿出随身带来的一张模糊不清的中山大学照片,对着周围的楼群寻访了半天,终不见该号楼牌。周围的住户,包括几位上了年纪的俄罗斯大爷大妈,也众口一词说没这个号,没听过什么中山大学,也不知道我所说的那段历史。他们脸上浮现的遗憾表情,似是桃花源中人。

"难道我们就空手回了?"我不想放弃。

"中国古诗不是说'山重水复疑无路,柳暗花明又一村'嘛,我们去这个区的图书馆找找资料,也许会有收获。"

看他信心满满的样子,我不由自主地跟着来到了沃尔洪卡大街所在的哈莫夫尼基区图书馆。他借阅《哈莫夫尼基指南》一书后,找个座位和我一起翻看,俄顷指着书中一页说:"有答案了。"

真的峰回路转,我大喜过望。

"您看,书中对这个地方的描述所用照片,就是刚才所见那个没有数字编号，而以'大兹那缅卡斯基'命名的建筑。书中还说，这个楼牌号早被更换了。"

"怪不得找不到！"

"也就是说，刚才我们转过的那些地方，都有莫斯科中山大学的组成部分。"

"您肯定？"

"是，不久前，我公司同事就曾带人来找过并印证了。"

我想及他来时的那副神秘样，不觉有点儿不满起来："您既然知道准确的地方，为什么还要卖关子、绕弯子？"

"不，这不是卖关子，更非绕弯子，而是乐在寻找和发现，也让您加深对俄罗斯和这一带地形地貌的了解。您难道没有收获的意外和喜悦吗？"不待我回答，他又径自道来，"这地方是不久前才被证实的，因为我是第一次带人来，所以不能光利用别人的既有成果，而要自己躬行寻找，也给自己增进一丝印象。这是我们一起找到的地方呢，难道您不觉得？"

"好啊！"我不觉对他的敬业刮目相看起来，真是好样的华裔青年。

拿到准确的答案后，我们又回到了俄罗斯科学院哲学研究所。从一层走到五层，随意问了几位走廊内碰见的工作人员，谁都不知道这里曾是中山大学。不能怪他们，怪只怪历史太残酷，怪只怪这所政治大学留在这里的印记早被岁月抹得了无痕迹。研究所一位副所长对这座建筑和研究所本身的历史倒是清楚，却从没听说过中山大学。为了证实自己并非虚言，他请我们进了办公室，热情地出示有关档案复印本。

张尧翻看之中相机择要告诉我："里面确实没有中山大学的字眼，却提到共产主义学院。"

"哦，怎么说？"

"档案记载,这里以前属于农业学院,一九二五年后,农业学院迁出,这里用来安置共产主义学院的某个科研单位,一直到一九三〇年。"

我沉吟道:"就是说,这座建筑在一九二五年到一九三〇年间曾属于共产主义学院,这倒是和莫斯科中山大学的历史吻合。"

副所长得知情形,眼镜框后的那对褐色眸子透出几分惊讶,也透出几分疑惑。

我们这对形迹可疑的华人调查者,就在他忐忑不安的目光里出了门,下了楼,折进了隔壁的俄罗斯科学院俄语研究院。

教务秘书听了我们的来意,头摇得像拨浪鼓,末了却又补充说:"我们的教学楼有一部分曾在一九二六年前后几年属于共产主义学院。"

历史的契合点,就在这不经意中串在了一起。我饶有兴趣地问:"这个教学楼在哪?"

他对此倒是了如指掌:"当年,这座教学楼曾卖给隔壁的第一男子中学,当年苏联的著名记者爱伦堡等人曾在那里学习。"

"隔壁?"他说的隔壁,不就是那个隔了一条巷子的"大兹那缅卡斯基"楼吗!

我似乎记得父亲说过,莫斯科中山大学的学生分布在不同的地方上课。如是,倒也符合俄罗斯不少大学的布局。

莫斯科中山大学早不复存在,所谓的"遗址",却连同门牌号一样消失得无影无踪,但我在这条沃尔洪卡大街,却闻到了昨日中华少年的气息。

二

莫斯科城区闹中取静的小街上,静静矗立着一座庄重、朴实的大楼,楼顶前檐上雕刻着马克思、恩格斯、列宁的大幅头像。这就是俄罗斯国家社会政治历史档案馆。

工作人员热情接待了我,根据我的申请,不多久就将"伊凡诺"——我父亲的苏联名字——的档案找到并调出。我在调阅单上签字领取时,内心好生激动。在一张宽大的桌旁落座,放下档案袋打量,心口还在怦怦直跳。我沉住气,微闭双眼,没有急于开启这尘封的袋子,寻思八九十年来这份档案可能没人动过吧。父亲顾闽的名字或许还会有人记得,但这个"伊万诺"就不见得了。父亲生前曾记挂着他留在莫斯科的这份特殊"财产",但并不抱希望,当年他从苏联回来走遍中国各地最终息影于太平洋东岸美国,谁能料想一个多世纪后,他的儿子会不远万里追寻到莫斯科来,查阅并打量他的青葱岁月。让人惊喜的是,这些档案居然还静好地躺着,等着相关人员叩醒。

袋里装有什么秘密,收藏下父亲怎样的青春脚印呢? 静默复静默中,我小心翼翼地开启。

档案资料不少内容为俄文,所有的翻译,只有劳驾张尧了。张尧近年兼做俄罗斯档案的汉译工作,成为俄罗斯几大档案馆的外聘人员。这些年,来俄罗斯查阅相关档案的中国人不少,他为此忙得不亦乐乎,收入自是不菲。但他说:"比起收入来,我更在意你们查档者有所收获后脸上泛现的喜悦。"他的真诚,让我感动。

父亲的档案有五十页,有他手写的俄文自传、学生履历、校方鉴定等。我专注那一页页资料,面对那些熟悉而且让我惊喜的汉字和需经张尧译述的俄文,我知道,我打开的不是冰冷的骨灰盒,更非潘多拉的盒子,而是一个华侨青年的热血与对祖国的命运的关切之心。轻抚着冰冷的档案,像是摸到了父亲的心跳。

在"来莫斯科的年月与所来地域"一栏中,我看到父亲用中文端端正正地写着:

1925 年 4 月,搭乘"远东"号货轮自上海出发,抵达海参崴后改坐火车经西伯利亚,5 月底到达莫斯科,进东方大学学习。年底转入刚创办的中山大学就读。

父亲曾经的亲口讲述,像窗外掠过的白鸽,从我的脑海里飞出,那过去的一幕便油然浮现在眼前:一九二五年四月的某个晚上,一艘从上海开往海参崴的"远东"号货轮,正准备如往常一样驶离港口。夜幕下,父亲顾闽和几名青年同伴绕过港口的巡查,悄悄地乘坐舢板靠近大船,在船员的协助下,带着各自简单的包裹躲进了船舱底部。舱底杂物横陈,空气沉闷,但没人敢走出去,也不敢打开舱门透气,以防被反动军警发现。这些年轻人将奔赴同一目的地——苏联东方大学。那时,中国到苏联有三条路可走:一经陆路满洲里出境;一经海路到海参崴,乘火车横穿西伯利亚;另一条路则是取道欧洲。这艘仅三千吨级的货船,一进东海,便被汹涌的海浪击得东倒西歪。父亲之外,同行的几位年轻人都没出过海,东倒西歪,比赛呕吐。顾闽一面照料他们,一面鼓励他们战胜旅途困难。

在"学校学习和工作的经历"一栏中,我吃惊地看到:"在中山大学时,1927 年 7 月参加中共预备党员……"

米兰·昆德拉说"回忆是依稀的微光"。父亲这些回忆性的文字于我,像是一个神秘的幽灵骤然幻成他青年时的样貌,气宇昂轩向我走来。字里行间虽然是纸上春秋,但驻进我心中的却远远不止高大伟岸。

历史拖着长长的阴影,在"依稀的微光"下从我眼前无声行进。

东方大学是二十世纪二十年代初俄共(布)创办的一所为苏联东部地区培养民族干部,兼为东方多国培养革命人才的政治大学。中山大学则是为纪念已故的孙中山而创设,专收中国留学生,目的是为中国革命培养干部。这两所大学堪称苏俄的"红色大学",在当时对中国革命者具有极强的吸引力。我父亲得以到世界上第一个社会主义国家留学,是在国共合作大背景下,以国民党员身份成行的,推荐人是两位国民党元老。没承想,他在蒋介石"四一二"反革命政变后,转而申请加入中国共产党。想父亲从南洋回来,疾呼着蒋智由等留学生疾呼的"力填平等路,血灌自由苗。文字收功日,全球革命潮",甘做革命军中马前卒,几年来也见证了千军万马闯天下的盛况,如今横遭剧变,不仅"革命尚未成功",还峰回路转被打回原形,革命究竟为谁革,革命究竟如何革下去?!在莫斯科中山大学中国学生争说革命之时,父亲不管有没有看取晚来风势,但他毅然切换了原有身份,变成了声讨反革命的一员,一腔热血已是天地鉴!

在"回国工作的方向"一栏中,父亲如是填写:"听候分配,希望从事外交、侨务或宣传,特别是中苏、中日友好工作。"

最让我惊奇的是档案里收有父亲的一本笔记,红颜色的封皮已经破损,但上面的字迹非常工整。里面俄文三三两两,中文占了主角。这份发黄的、有些字迹渐趋模糊的笔记,是我此行最重大的收获。那里头既有父亲留苏的珍贵记录,更有他真实的人生经历和思想认识。沉睡多年的档案,蓦然惊起一群宿鸟,那一行行文字,如一行白鹭上青天,次第将父亲的秘密揭开。

连着几天,我都着魔似地呆在肃静的档案馆里,在纸上倾听父亲尘封的心声。

父亲在革命大熔炉里炼了好几年,锻造了筋骨,但对革命本身却未完全理解。他只是革命军中的马前卒,并非开路先锋,走着走着,不是偏向了左边,就是抵近了右边,有时还远远落在了队伍后头。那就校正方向,那就赶一赶路吧,不赶也无关紧要,只要不停下脚步,哪怕孤独地缓行,总能抵达终点。

很早以前，作为文艺青年，我曾无病呻吟般涂鸦过这样一段文字："天荒地老，岁月悠悠。历史的变迁总是让我们发出一声声叹息，它无痕无迹地流淌过去，留下一堆青冢、颓垣让我们去怀古。这是历史的残忍。世间万物，幸好还有一个叫作人类的聪明群体，懂得造出笔墨纸砚并用之于历史记载，把历史的沧桑与沉重一一记录下来，成为人类文明史上的一道光芒。这是历史的幸运。"

历史不说是人创造的，但到底是以人为主角的。不管"本善"还是"本恶"说，由着性情的支配、感情的泛滥，历史在理智和疯狂并存的双车道上，难免刮擦、碰撞、毁灭，但再不济的时代，都会有一些美好的东西留下，因为有人在，有文字在。

所有的文字都是一种记录，记录着关于社会、关于大众、关于小我的感受和认识。父亲通过日记留下的文字够多，但在那个他曾无限向往、一度改变世界后横遭解体的异国，遇上他早年的文字，就显得弥足珍贵，读之如饥似渴。

父亲留在莫斯科的自述笔记，有这样一段话跃入眼帘："来到这个社会主义国家，好像进入了一个自由的世界，连空气都觉得新鲜、洋溢着浓厚的革命气息，青春活力一下子便迸发出来，未来的中国能像苏联一样该有多好！"

循着文字的路径，我探访父亲的曾经。

据说在波兰，历史学者得接受一个专门训练，即批判性地看待材料。我无此经历，却也能无师自通。我相信这些原始材料能开口说话，即便偶有失真，也能帮助我了解父亲和他们那代人的动机。他们在民族、国家陷于苦难时的信仰和奉献，他们面临政治两难选择中的折磨和精神分裂，以及自我完善、自我救赎。

中山大学的课程除俄语、历史、哲学、军事外，还有放在首位的政治教育，教室和饭堂墙壁都挂着"中俄联合万岁""中国革命成功万岁"的标语。在这样的氛围中，我父亲品味孙中山生前制定的联俄联共政策,怎能不为自己当年的莽撞而心生愧疚?

在莫斯科中山大学短短五年的历史上,曾有不少中苏两国风云人物、知名人士来校访问。如斯大林,如冯玉祥、胡适,他们的造访和演讲,大大开阔了父亲和众同学的政治眼界。

此际,莫斯科中山大学那些一个比一个骄傲、伟大的角色,差不多都从历史舞台上退场了。他们在漫长的错综复杂的角力中凸显了实力,如今都风平浪静地过去了,都完成了各自的演出,垂手退入了关注度不一的坟墓。千秋功罪,管不住活人的一张嘴和一支笔。

国内的消息不时越过万水千山传来。国共合作在廖仲恺被刺杀、中山舰事件中艰难推进。一九二七年三月,周恩来领导上海工人第三次武装起义,打败了军阀,成功占领了上海。这个迅速传遍世界的消息,在莫斯科中山大学里如大地惊雷。

父亲和许多同学都曾大同小异地回忆过这个令人激动的时刻:那天,中山大学苏共党组织书记在学校巨大的中国地图前行完鞠躬礼,拔下地图上标示军阀占据上海的小黑旗,撕碎后再掷于地,中国学生一拥而上,对着这面小黑旗死劲地踩脚。在狂欢的气氛中,他们走出校门举行游行庆祝。中国革命的胜利也使苏联人民兴奋异常,沿途有成百上千市民参加游行,"上海,上海"的欢呼声响彻云霄。热情的苏联姑娘还纷纷向中国学生挥手示意,并送上飞吻。

中国统一在望之际,革命的风暴在海燕们"更猛烈些吧"的高喊中,却突然转了个风向。

一九二七年四月十二日,共产党人的鲜血在"盟友"蒋介石的腾腾杀气中染红了上海滩。

暴风骤雨经由西伯利亚,压向莫斯科上空,苏联《真理报》点名批判蒋介石叛变,"他带领民族资产阶级脱离了革命,并重组了右翼国民党核心,与帝国主义勾结到一起反对中国革命"。莫斯科中山大学立刻组织发起声讨活动。

一时间,"打倒蒋介石!"的口号在沃尔洪卡大街此起彼伏。我不知父亲是否人云亦云,因为在场的有国共两党学生,左中右派皆有。父亲的一位同学邵力子,还是国民党驻莫斯科中山大学代表。与蒋经国几天后决绝地在莫斯科《时代周刊》发表与蒋介石断绝父子关系的公开声明如出一辙,我父亲提出了加入中国共产党的申请。

俄罗斯档案里就躺着父亲用中文写的入党申请,摘录如下:

支部局:

我是华侨青年,父辈在南洋时就参加过孙中山先生领导的反清革命,哥哥还在黄花岗起义中捐躯。我回国参加革命后,对国共合作和孙中山先生倡导的联俄联共有一个认识过程,充分感受到布尔什维克的先进和先锋作用。

现在联共(布)公布了蒋介石和国民党反动派的罪状,我对反革命的倒行逆施深恶痛绝,决定在此宣布脱离国民党,志愿参加共产党。……今后甘当革命军中马前卒,以革命火炬烧掉旧世界,建设新中国!

恳请支部局考察并同意我的申请,致以共产主义的敬礼!

伊凡诺(俄文)

落款时间是一九二七年四月二十一日,也就是"四一二"反革命政变九天之后。

"四一二"反革命政变是蒋介石彻底改变联共路线的分水岭,也成为我父亲那一批留苏学生命运的转折点。

父亲当年的笔记透露出他对主义和政治的认识:"尼古拉(按:蒋经国的苏联名)公开喊打倒父亲,虽然他此前常在墙报上发表文章,号召大家站在革命阵线上,巩固中国及全世界的无产阶级组织,争取中国的独立,'在中国建立起苏维埃政权',但如此激烈地断绝父子关系,仍让我感到震惊。"

可见,父亲对这位敢与最高权势家庭决裂的大公子,很是刮目相看。

共产党在南昌城打响的八一枪声,在中国留学生中地动山摇。激烈的论战中,国共两派阵营的学生就差没有打起来。

国民政府发出外交照会,要求苏联当局允准所有国民党籍留学生回国。这年八月,获得苏联批准回国的中国留学生逾两百。父亲因为中共预备党员的身份,被留在中山大学帮助工作。

这群风华正茂、同怀救国理想的中国青年,何去何从,大半由命运和因缘决定。多少人原以为殊途同归,何曾预料这一步分阵,后来竟是长时间的相互厮杀,刀山火海,你死我活。即使同一阵营,爱恨情仇也演得轰轰烈烈,云在青天水在瓶。

这样的突发事件,残酷而血腥,像副催熟剂,让父亲这些革命青年迅速早熟。他深深地感到,发生在上海的这场反革命,绝不是一场相反方向的革命,而可能是革命的对立面。

这批留下来的共产党学生开始了探讨,认定并非所有的革命都货真价实,只有在历史转折点上,在主义指引下、生命冲动中,来探寻国家和人类出路可能的革命,才堪称革命。他们坚信今后投身的共产主义革命才是真革命,虽然出路并不必然地以喜剧落幕,但他们愿意以血流遍地等巨大的代价,来建构共产主义大厦的金碧辉煌。只是,"革命尚未成功",孙中山的遗嘱仿佛成了一个魔咒,革命者莫敢确定,自己和同志还要努力多久?

莫斯科中山大学的开学典礼时维一九二五年十一月中旬,主席台上悬挂着苏联和中华民国国旗,列宁、孙中山的画像并列悬挂于两国国旗中间。如果说，这样考虑周到的安排激起了中国留学生的民族自豪感，那么，托洛茨基的演讲更是让他们加深了这份民族尊严，他亦庄亦谐地说："从现在起，任何一个苏联人，如果他用轻蔑的态度来对待中国学生，见面时双肩一耸，那他就绝不配当苏联的共产党人和苏联公民……"

此后，托洛茨基经常受邀到中山大学演说，给父亲的美好印记自不待言。他隐约知道，包括莫斯科中山大学校长拉狄克在内的一批教授，都是托洛茨基的追随者。

这时，莫斯科中山大学已改名为中国劳动者共产主义大学，通常称为孙逸仙大学。父亲因为俄语、英语和汉语兼通，继续留校担任翻译，并兼中共驻共产国际代表团的工作。

档案会说话，会让死人复活，会让历史改写。保留档案是对人和历史的负责，是为人类文明的天地存一份敬畏。在档案室里呆着的人，最好保持沉静，默默回溯历史的河流，哪怕你惊讶或兴奋，哪怕你觉得烫手，哪怕你目瞪口呆得呼吸凝滞，你都少说为佳。任何的叫嚷都无助于与岁月抗衡，史实的活页胜过言语。

就在这摒弃了喧嚣和交头接耳的肃静和沉默中，前苏联档案馆里同时现身的黑头发黄皮肤一族，引起了我的注意。自然，他们不是中国人就是华裔，举手投足间更像是来自大陆，也可能来自中国台湾。

偶尔瞥来的目光，让我感觉他们也注意到了我。他们大都上了些年纪，普遍的年长于我。一股种族磁场在异国他乡的空廓之地油然而生，但与其说是一向以来的矜持，使我只是对他们的友好目光报以微笑，不如说我担心他们因为好奇或过度的热乎而越过宁静的边界。我依然不动声色地阅览和摘录，让档案上的风云在心田里翻江倒海。

在俄罗斯,普通的档案可以通过填表让管理员取出原档查看,而一些珍贵或老旧的档案,则被档案馆翻拍下来制成了胶片,需借助放映机观看。

父亲的有关档案也被制作成了胶片。经申请,倒也允许查阅,如有必要,档案馆也还能提供原始档案,且同意拍照。只是,通过放映机看档,远不如拿着纸质档案翻看做标记方便和舒服,通常需要两个人合作:一人把胶片压在放大镜下,一手抽胶卷,一手放;另一人坐在凳子上盯着放映机一张一张地看,同时得给重要页码做标记。稍不小心,胶卷偶尔偏离位置,屏幕就剧烈抖动,晃得你目眩。这样持续看上一两个小时,不头晕脑胀才怪。

这天,我申请查阅中山大学的某个胶片档案,管理员表示歉意:"对不起,您要的档案别人正在查阅,需要一些时间等待。"

张尧译毕,说:"真是无巧不成书,肯定是他们。"边说边朝身后左侧张望。

我知道他所指。

张尧起身朝他们走去,过一会儿转回,悄声对我说:"一点儿没错,他们也在寻找父辈们这一时期的档案。"

看来少不得要和他们搭讪。

翌日离馆后,经张尧的牵线,我和这几位来自中国大陆的探访者在档案馆门口算是真正认识了。世上总有热心人,中国人一向更是热心,连俄罗斯的华裔也不改这个传统。

昨天,在知晓他们的来由后,我便感觉心里头的血热了起来,汩汩地沸腾开。二十世纪二三十年代,在国共两度合作的大潮中,一批中国的弄潮儿辗转万里,来到世界上第一个社会主义国家苏联的首都莫斯科,分头进入东方大学、中山大学、伏龙芝军事学院等校学习深造,之后又陆续回国,沿着北伐、第二次国内革命战争、抗日战争、解放战争的战火轨迹,前仆后继,为他们心目中认定的主义和革命奋斗,不惜流血牺牲。所有的人,所有的事,已然遥远而神秘,尤其是他们共同留下的莫斯科往事,更是吊足了感兴趣者的胃口。他们究竟是怎样不畏艰险来到异国他乡的?在那里做了什么事?经历过何等风波?又是怎样历尽艰辛回到祖国的?追寻他们远去的足音,搜集他们当年在这块广袤的土地上留下的点点滴滴,是有关亲属和研究者们的热望。

这些来自中国大陆的查档者一行六人,异国遇同行,热情似阳光。他们问了我父亲的名字,这个我不打算隐瞒。有人听后"哦"一声,有人却一派茫然。那些"哦"一声的人也许转身就会告诉摇头不知者;档案岂能藏住隐私,再绝密也熬不过窗外的岁月渴望窥测的眼睛。在我之前,父亲的档案可能一睡百年,经我翻动之后,尤其是在相关资料面世后,张三李四王五大可按图索骥,不来点儿热闹都难。我此行压根也没有不可告人的秘密,父亲的过往行藏今后能多几个人来关注、评判,也不失为对他生前失意、身后寂寥的报国之路的一种慰藉,于我,也算是尽了一份孝道吧。

连日来,在俄罗斯国家社会政治历史档案馆、国家近代史档案馆、国家电影和图片资料档案馆,我们都能偶尔打上个照面,送上个微笑。甚至在走访中共六大会址、共产国际办公大楼旧址,穿行红场、克里姆林宫大门、列宁山庄、卫国战争纪念馆时,都有交集的眼光、重叠的脚步。中国大陆这些年的史学研究,准确地说党史、国史研究,不再禁区重重,有助于史学研究的前进,这点让人欣慰之余,也要聊表敬意。

"令尊的事,我略知一二,其实蛮传奇!"

一日,在洗手间巧遇曹先生,他是当初听到我父亲的名字后"哦"过一声的人,这次又礼貌地主动招呼,给了个颇具意味的点评。这还是我亲耳听到的来自中国大陆同道中人对父亲的第一声评价,虽然只代表他个人。

我们不觉在走廊里多待了会儿,轻声交谈。

才知,曹先生十年前便孤身一人,在语言不通、自掏腰包的情况下,来到莫斯科觅踪访史,并不只限于其祖上当年的革命踪迹、档案史料,还协助和带领不少"红后代"赴俄查找父辈亲属档案。这次也由他领头组织。

他年长于我,个子和我不相上下,干练老成,也让人感到亲切。

我和他交换了名片,真诚地说:"您十年前就率先行动,失敬失敬!"

他笑了笑,道:"哈,我还算是迟的。苏联解体之初,一位在大学当教授的朋友,就来苏联买档案,花光了积蓄,终成中苏关系史和冷战史的研究大家。要不是他及早行动,同时也无意间提醒了这边,可能不少档案都要当作垃圾处理了。"

我不知这话的真实程度,也不知他所说的买,是整个地搬走,还是有偿使用和复制,但档案销毁和可供买卖的现象,很多国家都不鲜见。当一个国家在做销毁尤其是出售档案之举时,这个国家的历史和人文已经在部分地消失,在世界史林消瘦得无足轻重;经它收藏的历史,将从此变得斑驳复杂、光怪陆离。当然,一件档案重要与否,不仅取决于政治和意识形态,也取决于相关人员。

"后来,慢慢地好了,企业家开始有选择地资助民间历史研究了。"

"他们的资助有目的性吗?"

"答案很简单:史失求诸野,社会需要信史,信史可以去魔解咒。"

呵呵,这真是个既解构又重构的过程,望着这个自信被时代和社会所需要的先行者,我心里头蕴含敬意,问:"这次,你们还是自发行动?"

"现在好了，因为受到中俄两国政府和相关组织的支持和关注，今年开始，这事已变成国家行为了。"说话的语气庄重，目光里透出喜悦。

"真是好事，说明你们来俄罗斯查档、追寻先辈足迹的行动做出了成效。"

"也才刚开个头，意义确实很大，通过他们的履历和各种档案细节，有助于还原历史人物的鲜活个性。不过……"我看着曹先生，真诚回应："在历史虚无主义眼里，岁月流金，世事沧桑，斗转星移，神马也都成了浮云，而在革命理想主义看来，名节却往往重于生命。"

"所以，弄清历史真相，也算是告慰九泉之下的英灵了，当然任重而道远，需要还原历史真相的事例还很多。今后……我们的路都还长着。"我隐约感觉到，他说话时舌尖上飞快地打了个转，显然是考虑到我的身份而临时换词言他了。

他既称父亲传奇，当知若干事，这么好的讨教时机，我岂能放过？

他沉吟片刻，说："令尊年少即以华侨身份参加国民革命，青年时与国共两党都有交集，在大时代中虽走过一段弯路，毕竟各为其主，而且没有背叛祖国，大节不亏。他本可以有所作为，创造一段辉煌的人生，可惜没有合适的舞台一显身手，也被自己的认识和性格给局限了……"

这是从历史深处拎来的时评，态度诚恳，语气委婉。虽然并非出自权威，也算不上什么空谷足音，却已然弥足珍贵。

他娓娓道来，末了说："以上纯属一家之言，不当处请勿见怪。"

我致谢中不忘表示："我们家长期在海外，和国内一直缺少互动，今后得多听听你们的意见。"

"不知令尊是否出版过回忆录或传记？"曹先生的问话不无

关切。

"国民政府退居台湾后，先父对政治十分失意，虽然还在驻外使馆服务，但基本已淡出江湖，晚年更是淡泊，不说离群索居，内心却甘做隐士。"

"我倒觉得，令尊十分明智，也有生活的艺术，有点儿像张学良，有美人相伴，足可遣怀，何言晚年寂寞。不远离政治是非，回到台湾又能如何？冒昧问一句，从您年龄来看，该是顾闽先生最后一位夫人所出？"

没想到他对我家历史倒有所了解，我微微颔首。

"令尊俄文名叫伊凡诺吧，对，伊凡诺！我的一位同伴好像查找到了一份与令尊有关系的资料，不知您是否也曾看到？"

档案里夹杂档案，这是常有的事。藏在俄罗斯档案馆里的中国革命者资料，每一份都不该忽视，哪怕只言片语，都显得重要，何况还是夹在中共要人档案里的东西！我不禁瞪大了眼睛："能让我看看吗？"

大概是曹先生一行的查档工作已从个体作业上升为国家行为，俄方档案馆为中国代表团开启绿灯，为每位查档人都精心复制了一份其父辈的档案资料，有的还适当地提供相应翻译。我看到他们都无比庄重地接过，有人还用红领巾把自己那份档案小心翼翼地给包起来。

曹先生带我来到其"寻踪之旅"的一位女同伴旁，轻声扼要地说明了意思。她朝我友好地笑笑，打开红领巾包着的一叠档案，从中找出一份复印件递来。

这是莫斯科中山大学当年清党时的一份资料，是当事人向校方清党委员会的一份报告信。信用中文书写，汉字清秀、工整，显然出自女性之手。看着，看着我的眼睛忽地湿润了：

清党委员会：

今天这场清党会开得不太像话，××同志别有用心地说伊凡诺(俄文)同志也是反对派组织中的一个，我很奇怪他为什么总爱无事实地污蔑人家呢?! 我只是因为接触托派多些，而一度被划为托洛茨基主义者，对此我保留意见。但我要说的是，伊凡诺也就私下见过托洛茨基一面，当时我和几位同志都在场，他们也只交谈了几句，怎么就以之认定他是追随者呢。我们只是互相表达了同志间的好感，怎么就触动了某些同志的神经，指斥他是"登徒子"呢? 难道革命者就不能有爱吗? 其实，在既往的几次谈话中，他几乎都不太赞同甚至反对我的言论，时不时给予批评和帮助，使得我的错误没有滑向深处。在这次清党过程中，他鉴于过去同我谈话的经验，觉得我的某些观点多少有托派的倾向，劝我正确认识，洗心修正，他对我回到党来是尽了很大作用的。共产党人要光明磊落，对党和事业负责，因此我愿意负责任地用事实证明，担保伊凡诺同志绝不是加入了反对派的一个……

在国内革命处于低潮之时，国内和国外，世界无产者任何一份力量都应倍加珍惜才是。无事实无原则或者怀着别的意图，随意冤枉一个同志，都应被视作是对革命事业的犯罪! 在此敬请清党委员会特别注意和调查这件事!

此致布礼!

卓娅(俄文)

只一眼，就跟着扎进了如歌的历史，扎进了落在报告上的一九三〇年五月八日之前，以及之后。

原来这是一封"证明信"，写信人是莫斯科中山大学中国留学生中的一名"反对派""托派"分子，在我父亲有可能也被打成"托派"时，勇敢地站出来"作证"。而且，她就是父亲在异国他乡的初恋、让父亲背上"登徒子""好色之徒"黑锅的女同学，以前我还一直以为父亲的初恋是俄罗斯女郎呢。

捧着这封信，品味着清党委员会所作"应予重视，调查清楚这件事"批示，泰山般的重量压上肩头，超越小爱的情谊暖在心窝。我父亲能幸免于难，并获准从苏联平安回国，可能还真与这封证明信有关。换言之，倘若没有这封信促成的重视和调查，父亲有可能被打成"托派"而遭严厉处分。倘被发配到西伯利亚，后果不堪设想。此际，王明宗派唯我独尊，而她，在人人自危之时上书为同志辩护，弄不好会被连累。

见字如面，这些文字像是她讲的话，她的声音悦耳优美。她从字里行间跳出来，她绽开的笑脸很美。这不是一封信，谁接触到它，就是接触到一个人。

回首父亲那些年在苏联的经历，我不禁感慨万端。原来，父亲的学习和工作并没有我少时料想的浪漫和潇洒，国外并非世外桃源。他在刻苦学习俄语和各门知识、关心国内外局势的同时，还要留心伤人的暗箭。这"左"倾的暗器，不仅射向蒋介石思想一度"左"倾的儿子，也伤及坚定且纯粹的革命者。我可以想象父亲的彷徨和无助。

意外的收获，像是在我心头"惊起一滩鸥鹭"，让我对父亲的早期人生有了一个新发现。真得向档案致敬，它不仅留下了真实的记录，勾勒了革命厚重的曲线，其中的细节还丰富了历史，温热着岁月的轮转。不管是爱情的力量，还是同志间的情谊，都让我对这位与苏联女英雄卓娅同名者刮目相看。

眼前的女士叫乔能，名字有点儿意思，我轻声问："请问，卓娅是您什么人？她的中国名字叫什么？"

"我的大姑，中国名字叫乔明月。"

明月几时有？多好的名字，单凭字眼就可以想象她的皎洁，她的形象该和她高贵的名字相称！

"有她的照片吗？"

"可惜，姑姑连照片都没留下一张，本指望这次能在俄罗斯档案馆里找到，不想也落了空。我父亲生前曾说，大姑长得可漂亮了。"

乔能六十开外，声音清柔，我可以想见她姑姑的模样，谁说想象只能是黑白照片？

父亲和乔明月因为革命而走在一起。以革命的名义走在一起又分道扬镳的人很多。这些来自四面八方不同背景的人，一旦投入革命的发动机，在时代熊熊燃烧的烈火中将觅得各自的归宿，或上天堂，或下地狱；或者，先上天堂再下地狱，然后再由地狱上天堂，总之要"付出同样无情的代价"。

父亲和乔明月曾走着一条路，在交叉的小径上分开后，各奔东西，再没聚首。

我在心里又叫了声"乔明月"，忽然脑洞大开，母亲名讳周烨，父亲生前都是烨儿烨儿地叫，该不会也是另一个"月儿"吧？烨是日光，父亲也许一直在感怀那轮在他青春的心湖里刚行升起就沉没了的明月，才会在中年时背上陈世美的骂名不顾一切地爱上我那个名字带"烨"的母亲？烨是日光，父亲期待人生和爱情能与日月相伴，周围都洒上日月清辉。生命还真是只有在爱过之后才是生命呢！

我神情不觉有点儿恍惚，却听乔能在问："老曹，这位是？"

"真是奇遇，他呀，就是伊凡诺最小的儿子。"

"是吗？太意外了！"乔能不禁瞪大了眼睛。这事确实太意外了。

即将闭馆的信息已然传出，乔能看我的眼神有点儿不太自在：

"如果有机会,真希望还能和顾先生聊聊。"

我礼貌且积极地回应:"我也愿意。"

我不认为是命运安排了时间和空间,安排了一切,我倒相信是上代人一场没有结局的爱安排了我们这代人的奇遇。

"只是我们后天就回国了。"乔能说罢,抬头望一眼他们的团长,神情似在求援。

曹先生看着我,中年男人的眼光尽现温和:"明天晚上大使馆为我们举行便宴,顾先生若无其他安排,是否可以赏光参加,一起交流心得。"

我不假思索:"那真是太荣幸了,我一定来!"

回去的路上,张尧说:"刚才,档案馆的管理员说,听说中国人总爱在欧美各国疯抢钻石、LV包等奢侈品,没想还来我们这抢档案。"

我问:"您怎么回答?"

"我说,这就充分说明中国人并非物质实用主义者,其实更重视精神财富,讲求慎终追远。你们档案馆收藏着这么多东西,不怕换不来LV包、香奈儿。"

我呵呵直笑,看着张尧道:"没想到,您倒会顾及中国人的面子啊!"

张尧甩了甩那一头黑亮黑亮的卷发,朗声道:"我血脉里就是中国人啊!"

就这样,谁都想不到,因为伊凡诺和卓娅的关系,我被热情请到了中国驻俄大使馆参加餐叙。

曹先生十年来频繁进出俄罗斯,显然与大使馆官员熟悉。今夜驻俄大使亲自出席,足以说明曹先生他们此行的关系和意义所在。

大使简要寒暄后,热情洋溢地说:"赴俄收集与整理重要党史人物档案是一项艰巨、复杂而有意义的工作，十年前我在外交部工作时，就听闻了曹先生自费赴俄寻找先辈档案之事，心里十分感佩，没想到今天能在大使馆与曹先生和各位见面，实感高兴。更为高兴的是，经过多年的坚持和不懈努力，这项工作从今年开始，得到了国家认可，得到了有关部门和俄方的支持和指导，实属不易，可喜可贺。随着对这些特殊档案的挖掘和利用，必将出现一批关于国内革命史、国共合作史、中俄友谊史的研究成果，发挥资政育人作用，为纪念'两个一百年'献上一份厚礼。感谢你们所做出的探索和努力！"

我悄声问坐在身旁的使馆官员，何谓"两个一百年"？才知，这是中共提出的两个百年奋斗目标，一是在中国共产党成立一百年时全面建成小康社会，一是在中华人民共和国成立一百年时建成富强民主文明和谐的社会主义现代化国家。这个世界第一大党的抱负真不容小觑！

外交官的口才当然是好的，出口成章不在话下，只是讲话不离政治，寻档和研究经此一说，似乎变得过于功利。可是，怎能苛求一个大使对历史学的认同呢？就像你不能苛求我对政治感兴趣、有高度认识一样。身为大使，他能成人之美、成历史之美，就足以点赞了。

曹先生的话倒更吸引我这个同道中人聆听："查阅和复制父辈们二十世纪二三十年代在苏联留学和工作的档案，是我提前退休的一个诱惑。我为什么要这样'二'呢？在那个'非毛化'严重的年代，有人诬蔑我们的赴苏留学队伍，混淆黑白、颠倒是非！辩诬需要第一手证据，我由此冒出一个赴俄查档、了解并澄清若干事实的念头。这个使命有人认为很傻很'二'，国家都不'破冰'，你个人逞什么能、做什么出头鸟？但我觉得很神圣，比我赚钱升职都来得有意义，而且我相信身体力行摸着石子过河后，肯定能为今后唤起国家层面的重视积累一些经验。事非经过不知难，万事更是开头难。初来乍到，人地生疏，语言不通，又因为是个人行为，难免让人家警惕你的目的，尤其是政治目的。第一次用尽洪荒之力，几乎一无所获。我就像诸葛亮六出祁山一样，年年申请赴俄。功夫不负有心人，终于打开了这扇尘封了七八十年的大门，陆续查找到了父辈那一代共产党人留苏的珍贵记录。那一刻，我对杜甫当年闻官军收复河南河北时'漫卷诗书喜欲狂'的心情，真是感同身受。除了我的父辈，我也查找相关重要人物的档案，像淘金一样，每次挖一些些，每次带回一些些，有的自己利用，有的向学者专家提供，用以驳斥社会尤其是网络上的那些无稽之谈。后来，我觉得独乐乐不如众乐乐，就组织发动相关人员和我同行。经我们努力，俄方档案向我们开放的程度也越来越高，这些年从莫斯科带回的材料越来越多，越来越珍贵，也越来越受到国内有关部门和学术界的看重。一页页档案、一张张照片、一片片光盘，记载着我们的老一辈排除万难远涉异国追寻真理，为'英特纳雄耐尔'的胜利英勇奋斗的精神，我们感动之中，也深深感受到中国革命成功的来之不易。"

曹先生温温不作惊人语，却显见朴实的历史观，他最后说："这次能组团出行，并把查档范围扩大到二十世纪三四十年代，全赖国家的重视和有关部门的支持，对此我们深为感谢，对大使馆的协助也表示赞扬和谢忱！"

生张熟李发言过后，曹先生看着我，话语诚恳："顾先生是科班出身的历史学者，这几天我们在异国他乡一起工作，真是幸会！还请不吝发表高见，给我们今后的工作提供指导。"

你别以为我是个待在象牙之塔、"不知有汉，无论魏晋"者，我当然知道中国人的习惯，吃人家的饭就得有所表示。只不过，我并非吃人的嘴软那类，哪怕是无关宏旨的言谈，我都要遵循自己的内心感受："我感到意外和吃惊，你们赴俄罗斯查档的工作开始得这么早，而且，个人行为感动了国家和社会，我非常尊敬你们的这份担当。能有这么好的周密组织，特别是能收集到大批量的档案资料，价值和意义自不待言。历史研究工作艰巨之处在于占有第一手权威资料，并将这些资料包藏的细节反复比对，实事求是，得出更合理更有说服力的结论。"

我不想完全暴露我的身份和目的，这点我事先就和曹先生有过君子约定，并请他转知乔能一声，只说我是做抽象的国共历史考察和研究的。我不想受到过多的干扰，而且"妾身未分明"，这样的场合难免让人尴尬。

"你们走到今天这个程度已属不易，虽然我不喜欢政治，但这确实是一项兼具政治性、学术性与公益性的国家记忆工程和社会科学重大课题。作为同道中人，真诚期待你们能坚持不懈，不断找到更有意义和价值的档案资料，并盼能从你们的工作中获得帮助，当然，我愿意付费。"话到这里算是收尾了，我向来不是个话唠子。

曹先生笑道："顾先生无需见外，只要符合我们这边的规定，我们可以无偿提供。"

在把我介绍给大使时，曹先生说："顾先生在美国出生、长大，到现在都没回过故土呢。"

我略加强调："我虽没回过中国，却受着汉文化的滋养。"

大使说话时一直笑容可掬："顾先生今天光临祖国的大使馆，就算是回到了祖国的领土。"

微惊之下，却是如沐春风。虽然我有这个常识，却并没有和现实作有效的联系，现在蓦地知道自己已然到过中国，那天受邀到中国驻日本大使馆时，我就算踏上过中国的领土。

餐叙间，我特地向乔能敬酒。她说着说着，把我拉向一旁，轻声告知："在中山大学时喜欢我姑姑的不只你父亲，还有位支部的领导,但我姑姑情感的天平显然倾向于你父亲,这从她冒险为你父亲担保作证一事便可看出。回国后她还是拒绝了那个人,想来该是在等你父亲吧……"

物物相感,以息相吹,有些事情虽然可能非我所能理解,但心里不觉有万千情愫如潮般涌动:这一份情争,也许就是父亲在莫斯科被扣上"好色"罪名且迟迟没能转为正式党员的原因之一吧?而父亲内心对政党若即若离的态度,与他经历的"清党"特别是乔明月之死有关,他后来至死不悔的婚姻,则多少都寄托着对乔明月这位奇女子的思念。千秋功罪,谁人曾与评说?情感正邪,道德法庭又何以判决!

乔能给我留了电话,说家里这些年搜集到了有关姑姑的一些资料,也许可以从中了解她在莫斯科留学时的感情片断,若我有兴趣,回中国时可与她联系。

这个温和而敏感的女子,一次偶遇,怎么就断定我会回中国呢?

窗外夜色如水,月亮在我眼里期待和内心呼唤中,挣扎着从云彩里探出脸来,像电光一样劈开一切,清洁无瑕,似在和我交流一份情感。

三

莫斯科的天空是瓦蓝纯净的,张尧的心空是明媚的。第二天在路上,他愉快地哼起了汉语歌曲:"莫斯科明媚的天空/是谁遗失了笑容/当爱情告一段落/陪伴我的是寂寞……"

我们如约来到俄罗斯科学院远东研究所,专程拜访库西克研究员。库西克是我在一次国际学术会议上认识的俄罗斯历史学家,以研究中国共产党和中国国民党的合作和斗争见长。

"有朋自远方来,不亦说乎?"语录是孔子的,但这份情怀不止于孔子的信徒,不限于中国人,这大抵是国际上不同肤色人种之间的流行语,同行之间就更不用说了。

　　"先生近年一直主张要重评中国抗战在整个二战中的贡献,呼吁要给予不容忽视的国际地位,这给了我很多启发。我有个问题讨教,如果当年没有珍珠港事件,或者说日本袭击的是苏联而不是美国,斯大林会打一场双线战争吗?"

　　"哈哈,这可是关于二战的终极假想。"库西克先是一笑,继而敛容,道,"从军事上讲,打一场双线战争犹如左手开车、右手和女友拥抱。德国的失败已经表明,这是个馊主意。德国在二战中重重落败的原因之一,就是把军队分别部署在东西两线。苏联因为与日本签订了中立条约,而日本恰好又困在中国战场的泥潭里分身不得,因此可以全力对付德国。希特勒是清楚这一点的,但无法改变这个态势。莫斯科战役中,苏军原已遭受重创,幸有装备精良的西伯利亚兵团及时增援。这支精锐在西伯利亚经受过酷寒作战,训练有素,一举击溃了饱受严寒困扰的德军先头部队,保住了岌岌可危的莫斯科。要是苏联当时投入双线作战,这支生力军被同样强大的日本关东军拖住不放,苏德战争的结局恐怕要重写,世界反法西斯战争的历史可能也不是今天这个样子。"

　　我在颔首中接过话来:"如果能正视这些假想,我想,世界反法西斯阵线就不会低估中国抗日战争的作用了。"

　　"其实苏联最要感谢中国,斯大林最是心知肚明。一九四一年如果日本对苏联宣战,配合希特勒从西线大举进攻,或许苏联境内会像中国一首著名的'红歌'所唱那样,出现'东方红,太阳升',当然罗,那兴许是日本膏药旗中的太阳红。"库西克对自己的幽默报以一笑后,又肃然起来。

　　"历史和人一样,总会讲公道话的,先生就是其中一个!"我不是廉价地恭维,对有道义的人真不能"失敬"。

我们放谈上下百年,从历史回到现状,再谈中共执政特别是三十多年来一路凯歌的经济成就,忽然,库西克不胜感慨:"我是亲见当年世界第一大党也是第一老党苏共党旗从克里姆林宫坠落的人,想不到,想不到,何其悲惨!"

"长期以来,我一直寻思中共何以不同寻常,何以在短短三十多年间,竟能领着几亿中国人摆脱贫困,在经济管理上取得巨大成功,一鸣惊人地逆袭为世界上第二大经济体、第三大军事体?"

"何以见得有此一谋?"

"'一带一路'也通向俄罗斯呢!"他仰头大笑后,复以常态看我,"谁也不要闭目塞听,不出意料的话,'一带一路'将创造全球化新时代。在今天世界面临多重危机之际,提出分享经济增长红利这类令人宽慰的说法,并承诺扩大包容性,这是中共的厉害,这于它也许是另一场革命,只是会何去何从呢? 我倒期待顾博士能延伸对中共的研究。"

"先生不是有研究,有识见了吗?"

库西克咧嘴一笑,继续诲人不倦:"中共何以成功,国民党又何以失败,中国百年的革命道路又是如何一路走来,你若投身研究,必有建树……"

左听右闻,横瞧竖看,眼前这个大鼻子白头发的著名史学家,都不像是愿意放弃立场被利用的人,我不能因为他大讲中共的好话就反感、有成见,只要他所发乃心声,是研究所得,都应当得到尊重。我来此目的就是和他畅所欲言地交流。

我端正起自己的态度来,得认认真真地和他探讨,哪怕各抒己见,哪怕交锋,真理向来是越辩越明的。我问:"中共党员人数早已超过德国总人口,先生认为中共何以能屹立百年,又何以能稳坐世界第一大党交椅?"

"这个嘛，你得到中南海采访。"库克西耸耸肩，狡黠中有几分诙谐，"但我想，离不开精神、信仰和担当，有一套建立于学习探索、深入基层、广听民意基础之上的顶层设计，有一种廉风肃纪反腐敢动硬、改善民生又能从小处着手的纪律和制度，有一群在与时俱进中融会贯通、百折不挠中仍具弹性姿态、轻个人得失重党国大计的领袖，有一支能舍身护法的党员队伍和强大军队。如果说，中共切实为人民服务是它合法性的重要来源，那么，它正在掀起的反腐，则是个能充分表现软实力的例子。当然，世上没有十全十美的东西，中共还有许多需待改进的地方，但精神，对，生生不息、永不枯竭的精神，该是中共长寿的秘诀。"

说得抽象，不抽象又能如何？这到底不是个加减乘除的话题，是形而上。理论总是抽象的，谁能来个庖丁解牛、抽丝剥茧？与其说是他这一番高论，不如说是他那慷慨的陈词以及凛然的神态，撞击了我的心扉。这是一个老外对中共和中国的认同，而我这个有着中国血统的"老外"，在中共这艘百年大船向他们理想中的彼岸驶去的旅程中，还一直处在似是而非的观望中。

"顾博士怎么看？"

"我还没有结论。"

他摊摊手，似乎为此而遗憾，继而自己说开来："当今世界还没有比美国更霸气的国家吧？去年底，耶鲁大学一位著名教授来俄罗斯讲学，亲口告诉我，美国当不起伟大之称，真正的伟大国家，是指那些经历过风雨、逆境、失败、低潮甚至亡国，却总能够屡仆屡起，不止一次地从血海中挺过来，浴火重生，重新屹立世界之林的国家。"

我点点头："耶鲁教授所言极是，有真知灼见。"

"伟大的国家，都拥有百折不挠的精神、充满尊严的灵魂。现代以来，中国和苏联都有伟大的卫国战争，但中国遭受的劫难和凌辱,远非苏联能比!但最后,貌似伟大的苏联一夜之间分崩离析。中国呢,长江洪灾、SARS 肆虐、汶川大地震、新冠肺炎,接二连三到来,中国什么时候没展示顽强而伟大的精神?!全世界都在看呐!"

观点比空洞的激情更重要,使得交流可以有声有色地进行下去。我半认真半玩笑似地问:"在先生看来,一个国家的伟大到底有多大?"

"……伟大不是独霸全球,不是对体制、道路等等的强买强卖,不是让全世界毫无保留地臣服自己的意见,更不是复制或照抄自己的生活方式。引用耶鲁教授的话来说,伟大是博大精深到无法从地球上抹去的文明,是亡国灭族都无法让它中断的历史,是连征服者也不得不敬重并从善如流的文化,是抽掉它世界进程就说不清楚的画卷。"

"这样伟大的国家有哪些?"

"中国就是其中的代表。中国的伟大不怕敌人投反对票,甚至不需要他的那些不肖子孙来承认,只管自信地往前走,沿着眼下的'一带一路'给伟大加分!"

我提醒一句:"'一带一路'还只是个新生事物,下结论为时过早吧?"

"这个新生事物已盛大进场,虽然尚未全面上演,但已势不可挡地向世界阔步走来,让人感觉史无前例的宏大,我可以断定它将在世界舞台上异彩纷呈,在它全方位上演时,美国的戏也差不多收场了……"

时光不觉把人抛,暮霭把窗外天空涂抹成街头女孩的口红色。俄罗斯大小街头美女如云,酒店里秀色庶几可以当餐,连张尧都忍不住左顾右盼起来,可库西克却似乎熟视无睹,在请我喝伏特加时,继续其刚才在办公室的高谈阔论。酒逢知己千杯少,话不投机半句多,酒和话纵然都投缘,但我也不能任其滔滔不绝,见缝插针地向他打听起一个人来。

正如预料的那样,这位俄罗斯历史学家不仅知道其人其事,还知其后人踪影。只是,他叹了一口气,像是在兴头上被煞风景:"您打听一个美女都好,没想到是这个人。我知道您的目的,我就一句话,其人其书误人无数。"

四

我父亲在莫斯科中山大学留学时就与别林平夫认识,后来别林平夫受派驻重庆,彼此还有交往。这是我的猜测,是在赵汉平协助我锁定此人之后所作的大胆假设,现在到了小心求证阶段。这人既有记日记的习惯,就可能记下有关情况。他虽身死一甲子,但其子当知相关事。我带上一盒产自福建的上好红茶上门。孔子说"自行束脩以上,吾未尝无诲焉",身为炎黄子孙,我不能失了礼节。

库西克提供的讯息丝毫不差,这多少让人联想到他治学也该是严谨的。小别林快八十光景了,像是得了支气管炎,时不时就咳。

小别林同意我的分析,断定其父日记所记郭日月就是我父亲顾闽的名字之误。如此这般后,他显得有几分不解:"想来顾先生不该是专为这个来找我的吧?"

我原本就不爱绕弯子,小别林既然问得不含糊,我就更要如实道出来意:"如果能了解到令尊当年日记的出版情况,那就更好了!"

"哦,您说的是那本书呀!当年中苏修好,我曾就我父亲日记出版一事向媒体声明,此书非我父亲生前所编。"

我如听惊雷!

小别林轻咳几声后,情绪有点儿激动:"我不想撇清我的责任,今天顾先生来了,我们的父亲生前又是故交,那我再次郑重地向您发表同样的声明,我不该在父亲的日记上做手脚欺世盗名,我错了,大错特错!"

此前的此前,世界不少学者曾公开点评别林平夫日记的真伪,但这并不影响这本日记的畅销和加速以讹传讹,我一度也是信之的。即使在小野坚决否定后,我依旧将信将疑,毕竟没有坐实其系伪造。在日本,教科书都可以改得面目全非,一本多年前的苏联人日记来个增删出版又有什么意外的,只要没有无中生有,总有些东西具备参考或进一步论证的价值。如此一个重要案例,我决不能光听人家飞短流长,非从真正的知情者那里亲耳与闻不可。

可以说,这本书不是我父亲在延安的真实日记,而是彻头彻尾的七拼八凑。现在看来,这本书丑化、损害了我父亲的形象。我悔之莫及,所以几次公开澄清事实。"

小别林说完,边咳边喘气,我趁机插上一句:"这本书也算炒作成功了,那些反华反共的人至今仍奉为宝贝。"

我实在有愧,连我这个历史学者当初也曾如是高看!

当然喽,前头说了,对这个出版物如获至宝者,不是中共的敌人就是别有用心之人,他们抓住不放,罔顾其他,一口咬定是史实,借以攻击、歪曲和唱衰中共。但在当今俄罗斯史学界,鲜有人把这本压根不是别林平夫的日记当回事。"

小别林此言不虚,库西克的态度已然告诉了我。

说罢,喘了口气,喝一口茶,继续言语,"不管是奉若拱璧还是弃若草芥,对我父亲都是一种伤害和侮辱,使得他在无休止的嘲弄和鄙视中被盖棺定论,灵魂不得安宁。可我有什么办法呢,我才是这件事的始作俑者……"

他语声哽咽起来,布满沟壑纵横皱纹的脸上汩汩流淌着泪水。人活一世,名誉至要,后人亦重,古今皆然。

我给他支招:"您还是可以有所作为的,起码可以勒令出版社停止侵权,因为他们每一次重印,都是对令尊名誉的又一次侵犯。"

他喃喃地说:"就怕无济于事。"或许是前头的无效之举,让他对此事没有把握。

我向他投去鼓励的目光:"未经尝试,怎知不济?或者,干脆通过法律手段,向侵权出版社发出严正声明,追讨索赔,省得拖泥带水。

小别林点点头,显然明白了。

眼见水到渠成了,我大胆地提出最重要一问:"令尊的原稿该保存着吧?"

"查找过,一无所获,真是愧对先人啊……"小别林说着说着,又呜咽起来,仿佛丢失的是一块宝玉。其实,相比于有价之玉,这无价之物又如何会逊色?

小别林用衣袖抹抹老泪,平定心绪后问:"先生为何如此看重家父的原稿?"

"为了了却一桩心愿。"

小别林不无诧异:"您是说,家父的原稿能够助力?"

我点点头,道:"您想啊,令尊与家父相识于莫斯科,都曾是共产党阵营的一员,在重庆又有接触,日记上多少会有家父言行和思想的记载,可以帮我了解和读懂那个时代的父亲。"

听到此,小别林的眼里放出异彩。

"家父后来因种种变故,虽没再走共产道路,但对共产党人仍抱敬意。我记得他日记里有不少对中共早期负责人瞿秋白表敬的内容,对其为主义而死衷心敬佩。瞿秋白早年受国内报纸委派赴苏俄采访,就与在塔斯社工作的令尊相识,瞿秋白二度来莫斯科时,家父恰在中山大学留学,我想他们仁人或许有交集,而这些,我原本盼望能从令尊的日记中看到。"

"这段岁月,家父似乎并没记录。但我看过他在延安时的日记,印象里还为瞿秋白的牺牲献过赞歌,说明他对瞿秋白一向是尊敬的。大抵人心本该如是!"

"家父晚年也有记日记的习惯,也许会有对令尊的某个回忆。倘若不是翻译出错,让我没及时把家父和令尊联系起来,我在美国就该翻一翻。我回去后认真过滤一遍,如有价值的记载,定当复制给您作纪念。"我有印象的是,父亲日记确曾提到过苏俄记者,用的是中国名,我隐隐感到会是别林平夫。

小别林的双眼再度发出异样亮光:"那就太好了! 我也继续寻找家父的手稿,照你们中国人的话来说,不到黄河心不死!"

他只道我还是中国人呢,或习惯上改不了口,我也没纠正,只是朝他友好地笑笑。

张尧给我们拍了不少照。拍照,是历史工作者的普遍习惯,任何口述史,少不了场景照,是谓立此存照。

古往今来,再卓越的人都有短板和缺陷,让我诧异的倒是这位俄籍华裔依然故我的中国心。看来,黄皮肤黑头发的人在地球哪个角落,哪怕回不去故国了,可炎黄子孙的某种心性和情怀,总还会在某个时刻升腾。

俄罗斯不会让历史忽视,更不会让我忽视。

在这个世界上领土面积最大的国家,在这片连接东欧和北亚的大陆,在成吉思汗和拿破仑的铁蹄之后,历史碾压的车辙那么清晰,那么深重,那么杂乱无章,也那么冷酷无情:十月革命、纳粹侵略、中苏友好、东西方冷战……都在这里印下过纵横无数历史创伤的痕迹。

从莫斯科飞回东京的蓝天上,我脑海里已没有了那个对我治史观产生偏差的别林平夫,甚至没了斯大林,有的是父亲和乔明月。凄惨的结局更透出真实的美好,我希望天底下多几份美好的爱情。廊桥遗梦有点儿味道，但类似刑场上的婚礼，似乎更荡气回肠、刻骨铭心。

谁先动的刀枪？

众所周知。

为何？

天问！

历史往往没有声音。

| 第三部 |
东边日出西边雨

　　人是最复杂多面的，尤其是那些纵横四海、阅览风云之人，连历史学家都难以定论。很多时候，我们也会迷失自我，又怎能苛求历史学家探究历史人物的真情实感呢？每段历史都来自现实，现实中又有太多的变数和难言之隐，那些历经坎坷波折的历史更是如此！昔我往矣，对"事情突然起变化"后的转述，只能是众说纷纭；今我来思，不禁满心纠结，一声喟叹。

一

风尘仆仆地回到日本，便急不可待地约小野见面。

还在莫斯科，就接到小野的邮件，他帮我找到了我父亲当年在日本的一次访谈原始材料。

所谓原始材料，其实是当年的日方报纸，豆腐块那么大个版面。

我扫了一眼，做了个手势，小野也无他话，一字一句照译。

> 顾闽氏自称是中日友好的拥趸者，此番也为中日友好而来，其所持主张无非是双方停战、谈判商定、日军撤兵、恢复"支那事变"（注：卢沟桥事变）之前态势云云，并无新意。记者问及如果无从停战，中国该如何接招？顾闽氏也无他话，告诫日本莫要把温良恭俭让的中国人逼成俾斯麦的信徒，"我有血，请给我铁"，还借用了"二蒋"之语，一谓蒋介石氏所言唯有奋战到底，二借蒋百里氏所称中国有办法。

两国交火，一般认为和与战不可兼容。实则战争与和平交涉、调停行动有时并行不悖，和谈于交战双方是一种政治作战，调停乃交战双方取得战争利益减少伤亡的手段之一。现在都知道，蒋介石应战之外，仍谋求与日本的和谈接触，他在庐山发表全面抗战几天后，连着接见英、美、德、法驻华大使，不是希望居中调停，就是呼吁在道义上协助制裁日本。在此情况下，父亲被赋予某种特殊使命，自有理由，他在日记中对自己的看法也有提及，认为和谈与投降是两码事，应理智地分开，主和非通敌，更非投降。

"令尊这番访谈，很有分寸，不卑不亢，未见丧权辱国。"

小野所言，正合吾心。只是，负有重责大任的父亲，理应深藏不露、运作无声,为什么会那样招摇呢? 是他公开发表言论,还是私下交流被公之于众? 又是一个谜。

"中日交战后,家父曾几度来日本,都能有记载就好了,也可洗脱其罪名。"

"你可以找呀! 只要有蛛丝马迹,总能发现。喏……"小野边说边递上另一份当年报纸的复印件,"东京审判后,有一位被俘遭遣送回国的日军大佐,接受记者采访时,还称八路军作战勇敢呢。"

我接过瞄一眼,笑笑:"你这家伙,总找机会向我宣传八路。"

"咳,有时事实却被障目。拿这位大佐来说,他的访谈被批作是为共军贴金,原因是在战俘营被共产党洗了脑,长八路威风。那些从中国战场捡回一命的日本军人,即使真败于共产党的队伍,也常常闭口不谈,而改口说败于国军,还说,'皇军'在中国战场所顾忌者,乃政府的正规军。"

"为什么?"我感到好奇。

"若说败于八路,那他们更抬不起头来。"

"为什么?"我愈加好奇。

"你想啊,共产党的兵力和武器实在不敢恭维,就连国军都跟日军不是同一级别。败于国军,国军人多,他们也有面子啊。"

这话说得有意思。

有些愤青,常对中日战争提出质疑,中国人数十倍于日本,为何还不敌,莫非日本人有三头六臂?

在美国,我也为此问过一位老华侨,名字忘了,只记得姓石,小我父十几岁。

石叔曾姓"汪",后来率部反正,改姓"蒋",因为抗日积极,颇得新主信任,后来去了台湾。国民党为谋在台湾站稳脚跟,在全岛进行"党员归队"登记,对党政军组织进行大规模的"改造运动"。他受不了"白色恐怖"氛围,脑筋比别人活络几分,搭上了一条官员的线,后来竟一度与我父亲共事。联合国的席位归中华人民共和国后,他奉命继续留在美国斡旋,后来就侨居于此。

树老根多,人老话多,石叔见解也多。父亲听得也认真,声声叹息后,不失时机地加进补充。

我不能和百岁高龄的父亲较劲、争辩,只是也报以叹息,道:"乱世之中,一只小鸟想衔着小石子去填那风高浪大的沧海,如何得了,岂非不自量力?再说了,诗文又能说明什么呢,有时是自许,有时是文过饰非,多是名不副实,表里不一,诗品与人品脱节,自古政坛人物更是如此……"

石叔诧异于我有这样的看法。他不知道有意的抬杠有时也是一种探讨。

……

我的问题多且刁钻,让他们难以招架。

不意,石叔也来了个"曲线救国",说:"桃李不言下自成蹊,且听一个'人心思汉'的掌故。"

我的胃口又被吊起了。

"抗战胜利后,蒋先生派往全国各沦陷区的接收人员,几乎都被社会称作劫收大员,劫财劫色那个劫。这些人几乎个个五子登科——位子、房子、票子、车子和女子,样样到手,弄得民怨沸腾,报纸纷纷有'人心思汉'之说。"

漫无尽头的抗战过后,还"人心思汉",听得我不禁有些发呆,我问:"你们告诉我,蒋介石是不是很腐败?是不是假抗战、真反共?"

父亲呵呵一笑,道:"要说蒋先生没腐败,我不相信,江山易帜从来就是大王小王们种种腐败所致。他"四一二"之后就铁心反共,与共产党合作抗日该是无奈之举、权宜之计,内心还是不容坐视共产党借抗战而壮大的,因此即使抗战期间我认为他也是真反共的。"

父亲说罢,石叔接过话来:"历史的真相总会浮出水面。"

"白色恐怖",那是让父亲和石叔这些亲历者多年后仍心有余悸的一页,黑色的一页! 而中国台湾的"民主化"走到现在,何尝不是让人欲说还休的一页!

我不知道父亲对跟随和效命了半辈子的"国民政府"有何情感,却素知他从不以成败论英雄。父亲和石叔只是一家之言,却在好一段时间影响了我的看法。

言归正传,那天聊着聊着,我拿出了多年未解的质疑:"石叔,您是真刀实枪上过战场的,知道为什么中国人多却打不过日本吗?"

之所以有此一问,源于知道中日军力对比的许多人,经常不假思索地说在熟门熟路的自家门口,光"人海战术"就足以对抗远道来犯之敌。一篇奇文还条分缕析地说:在以步枪为主要武器的战场,一个训练有素的小日本装好子弹、举枪、瞄准、扣扳机、击发、射中目标,共需十秒钟,而在这一眨眼工夫,同样一个训练良好的中国士兵可以跃进五十公尺。这就是说,如果在五十公尺以内,有两个中国士兵同时冲来,小日本只能开枪打死其一,对迫在眼前的另一个只能拼刺刀。就算他确实有两下子,赢了肉搏,可如果有三五个中国士兵同时不顾一切地冲来,腹背受敌的小日本还不是乖乖就死! 文章强调人海战术并非没用,关键是中国军队笼罩在"失败论"中,自乱阵脚,非人数不敷,乃气数不足。

紧接着刚才的发问,我不失时机地讲述了这篇奇文的大概。

"真是站着讲话不腰疼,小儿科!"石叔冷笑一声。

沉默俄顷,石叔道:"先不讲人数众寡,先说武器装备。日寇即使用步枪,也远胜于中国制造。何况,日寇有飞机,有大口径炮火,最喜欢在人海里开花,瞬间可以让一群人灰飞烟灭。还无恶不作地用上了毒气,足以让人海成死海。所以说,用人海战术,也只会造成更多的人死亡。国军损失巨大的一个重要原因就是人海战术,有时仗着人多,竟用射程、精度都不如三八式的汉阳造,和日军打阵地战,战术不对就不说了。"

我不禁为自己的"小儿科"脸红。任何提问,经意或不经意,总能暴露自身学养的深浅、思考的全面或片面啊。

"毛泽东曾说,武器并不是决定战争的因素,抗战胜利足以证明这是真理。胜利的过程当然艰苦,不同于无关痛痒的游戏,所以中国虽然人多,中国军队虽然势众,但面对综合国力强、军队素质高且有备而来的日本,仍要打上十年八载!"

石叔说得颇为动容,父亲显然也为其所动,插话进来:"事非经过不知难,当年日本人亡华之心不死,中国人卫国之志不灭,胶着胶着,就以正义和非正义、得道和失道、齐心和涣散,来决定战争胜负了!"

"是啊,是啊!"石叔频频点头。

我起身给两位老人添茶,又问:"除了石叔说的武器装备,还有什么?"

"还得讲士气装备。既然武器不是决定战争的因素,士气就显得至关重要。那时中国有什么样的士气呢?而日军的锐气,却常常以一当十。天时地利人和这三者,你说中国占了什么?所以说,这场胜利来之不易啊!中国没投降,没让日寇'速亡'阴谋得逞,本身就已是无形的胜利。"

在充满阳光和蛋糕味的屋子里,我茅塞顿开。

在我大致了解了父亲的前事,尤其是参与他和石叔的那一番谈论后,我的眼前和心里就时常澎湃着一汪大海。我想跨过那片海,那片我爷爷和父亲相继跨过的海,进而抵达另一片历史的大海。

史海也是"死海",非神鸟不能飞过沧海,熬过桑田。我不如做块沉得住气、耐得住四季变换、立得住四方的砖,朝历史坚硬的脑门和七窍一拍,非要砸出个坑,叫它冒出一丝火星来。

印象中石叔爱找我父亲喝上两口。只是,我父当了差不多七十年的酒国英雄后,在我母的严格控制下只能浅尝辄止,再后来是以茶代酒。这样杯来盏去,也算有"围炉夜话"的氛围,一热乎,就共同追忆往事,无所不谈。

有次,石叔梗着粗红的脖子问父亲:"老哥当年也是'曲线救国'过来的,就没有被追究?"

未待父亲回答,他又说:"我这个小人物就不说了,汪先生'曲线救国'与高宗武的引路脱不了关系吧,陶希圣还当过汪先生的宣传部长呢,为什么他们都能得到蒋先生的特赦和重用,这对汪系政权是瓦解还是争取?"

"高处不胜寒,这是外界猜不透的谜。陶希圣曾说自己如何迷途知返,他以喝毒药作比喻,说他喝一口后,发现是毒药,死了一半,不喝了,而汪发现是毒药,却索性喝了下去。"

"这么说来,陶希圣认为和平救国之路不通,再走下去就可能投敌了,于是赶紧悬崖勒马,回头是岸。"

"也许吧,所以他才会和高宗武费尽周折逃到香港,将汪日密约公诸报端。"

"人真是说不清啊,历史总是迷雾重重……"

研究抗战,能不对高宗武、陶希圣以及他们联合制造的史称"小西安事变"的"高陶事件"产生兴趣?

现在有说汪精卫走上不归路,由曾任国民政府外交部亚洲司司长的"日本通"高宗武误导，令人惊讶的是就在汪政权开场之际，这个"始作俑者"却联合汪系另一"股肱"陶希圣来了个神转折。釜底抽薪，在香港《大公报》披露汪日密约《日支新关系调整要纲》及附件，震惊世界，以致人神共愤，群起而指。而后，国民政府取消了对高宗武的汉奸通缉令，"闯下大祸"的高宗武从此远遁美国，隐姓埋名。而陶希圣再度神转折，"一仆二主"，成为蒋介石身边仅次于陈布雷的文胆，为蒋起草过《中国之命运》，还历任《中央日报》总主笔、国民党中宣部副部长等职，跻身在国民党权威理论家和历史学家之列。

一九六七年，高宗武和陶希圣这对"和平运动"的最早发起者和重要参与者，在美国华盛顿敦巴顿橡胶园重逢。此时，陶希圣刚离开政治权力中心，在台北专心从事学术著述，而高宗武化名"高其昌"淡出江湖守着规矩，在美国以炒股为乐。他们选择此地会面，能无家国情怀？二战胜利前夕，美、英、苏和美、英、中先后在此举行过会议，协商筹建联合国。可以想见，前尘虽远去，宠辱虽可抛，但缅怀往事，仍有几分感慨吧。只是生前，他们对"高陶事件"台前幕后三缄其口，把历史的谜团留给后人猜测，任其云山雾罩。

对高陶事件历来众说纷纭，莫衷一是。有人认为，高、陶之所以和汪分道扬镳，乃因汪越走越远，超过了他们的心理底线，促使他们有了良心发现；有人认为，这是蒋介石策反的结果；也有人说，高宗武是个双面间谍，一开始就受蒋密派挖坑，一步步将汪推进坑中，而这番波折，也让他改变中国、改变世界的狂妄劲儿消磨殆尽，乃及时抽身，以免陪葬；更有甚者，提升到无上高度，言"高陶事件"深刻警示，无论何时何地，在事关国家民族命运的大是大非关头，都有一种坚持叫爱国立场。

"古今多少事，尽付笑谈中"，可有的历史不能这样只聊博一笑。石叔和我父亲谈古论今，并非无聊度日，煮酒论英雄中，明显能感受到其中的是非和大义。他们观点近乎一致：不论高、陶的动机如何，有多少为国，又有多少为己，他们能悬崖勒马，回头是岸，终是对日、汪建设"东亚新秩序"的重重一击，也给重庆阵营中那些悲观动摇分子一次深刻警示——求和之路行不通！

我对后来成为理论家和史学家的陶希圣之所以怀有一份敬意，乃在于汪精卫当年不顾"国民党改组派"重要人物、时任国民党中宣部长顾孟余的坚决反对，一意孤行仍按原文发表历史上臭名昭著、"既害国家又毁灭自己"、导致他万劫不复的"艳电"后，陶希圣仍能冒险犯颜直谏。他胸中的民族大义、个人情谊，也算不负其名了。

陶希圣一介书生从政，弱点显而易见。爱面子，重感情，忍辱负重，遇事犹豫不决，弄得自己遍体鳞伤却于国事无补，曾自嘲"书生论政，论政犹是书生"，与老友陈布雷自杀前所谓"参政不知政"有同病相怜之叹。这是当秀才的悲哀，中国现代史上书生误搞政治，所为何来？事有遭人诟病处，其中悲剧有时也让人扼腕痛骨。那个时代的一页页，着实不忍卒读。

陶希圣脱汪归来，蒋介石照用不误。吊诡之二是汪氏叛国团伙中的另一"首义"人员高宗武，却只能出走异国他乡，再也没获准返国，直至在异邦销声匿迹。

是的，父亲还曾向我提过顾孟余。这个博学多才、在德国莱比锡大学时就加入了同盟会的国民党元老，未上汪精卫"贼船"已是一奇，还有过坚决反对，就更有气节了。一九四九年后，顾孟余定居美国加州，与我父亲偶有往来。

我总奇怪，国民党阵营为什么会有那么多要人老死海外呢？是叛逃，是躲避，还是对这个党、这个政权失望至极？

一位干过特高课、自称中国通的老鬼子，愤愤不平地对我说："汉奸人格大都分裂，有的身为南京汪政权的高官，却和重庆政府暗通款曲,给自己留后路。你可能想不到吧,重庆派到南京、上海的情报人员,竟能把无线电台设在汪系高官家里,有段时间,我们真是连七十六号(注:汪伪特工总部设于上海极司菲尔路七十六号,故以此数字代称)都怀疑。"

他鼓起了眼睑低垂的眼睛,接着轻叹一口气,"中国人很鬼!征服异族真是难于上青天,他们拿着良民证表面上表示驯服,背后却用加倍的反叛来对付你,他们好比是沙子,磨得你的盲肠三天两头发炎。"

我忍不住反击:"从征服者的角度看,哪个异族不是忘恩负义,易反易覆,朝秦暮楚?殊不知,这正是他们的正义!"

石叔死前曾听过我的这番对话,抚掌之余,道:"老侄儿今后写书,如果想给石叔记一笔,请一定记得我当年是身在曹营心在汉!让你费心了,拜托拜托……"

石叔进不了正史,进得了小说,只是需要小说家费心来描写。

二

"蒋百里是抗日派,还是中国政府对日作战计划的重要设计者,怪不得令尊当年也推崇他。他在老一辈日本人中的名气和地位,远非汪精卫可比。"

那天,小野从日本老报纸译述了我父亲访谈时引用蒋百里的话后,有一番感慨。

天下兴亡之际,每个人固然可以有不同的救国主张,但在全民抗战上升为国策时,汪精卫却还要背道而驰求和,搞"曲线救国",显然大逆不道。

更何况,在此之前,蒋百里对两国实力与战略态势有过准确把握,在参与国府对日作战计划的设计时,曾掷地有声地提出:"胜也罢,败也罢,就是不同它讲和!"

我带着课题来日本后,每每接触那些稍经风雨的旅日老华侨,蒋百里的名字时不时就要随着恭敬的语气入耳。而且,日本人嘴里也总会高频率地提到。小野便是其中之一,那个被赶上中国战场的老鬼子三浦也是。

那天,我大感诧异地问这个武夫怎么会知道蒋百里。

三浦反问:"能不知道蒋先生吗?"

此蒋非彼蒋。

小野曾说,蒋百里在日本的知名度恐怕一点儿也不逊于中国,日本军人和学者在战后研究中日战史时,曾流行"一个蒋百里两次打败整个日本陆军"之说。

这个"一比二"是我知识的盲区,我对此陌生的说法顿现几分好奇,并刺激了小野诲人不倦。这才知,蒋百里当年在日本陆军士官学校毕业时,轻松夺冠,而他的日本同学,三十年后不少是中日战争的重要将领、甲级战犯。

"蒋百里是让日本陆军有史以来最为尴尬的外国人。当时该期毕业生中,有一批后来堪称日本陆军的一代精英,皆败于蒋百里之下。"

我饶有趣味地听完,兴致不稍减:"那第二次又作何说?"

小野对这个历史掌故似乎烂熟于胸:"中日终战后,战史研究者对照蒋百里的既有论述,意外发现,日军的重要行军路线,中日战争的发展,好多地方都听了蒋百里的'指挥'、按其预料进行,最后陷入泥沼式的持久战中不能自拔。中国在战役上失利的例子虽然很多,但战略上日军的失败却早已注定。"

天方夜谭般的立论,"神马!"

小野顿了顿,又说:"如果说当年的中日之战,毛泽东回答了中国是否战之能胜这个难题,那么蒋百里研究的就是中国怎样取胜这个大问题。"

小野说完，别有意味地看着我："蒋百里是这场战争中的猫头鹰！"

"为什么说蒋百里是猫头鹰？"

小野莞尔："黑格尔不是说过，'智慧女神的猫头鹰总是在夜晚起飞'嘛！"

蒋百里！这个若隐若现的名字于我并不陌生。只是经小野提醒后，我才沐手焚香捧读起他的《国防论》，以及其他阐述对日战略的著作来。在日光和灯光下穿行于字里行间，我不由自主地感觉到有一双猫头鹰的慧眼在傲视宇内，吞吐八方，而慧眼背后是勇摧强敌的如椽铁翼。

一如过度的强光能让人精神崩溃，阴暗的环境容易滋生思想。在那个日本战机可以肆意妄为的战争年代，中华大地处处布满了黑暗和死亡的倒影，这样的绝境或许就是给蒋百里们带来思考的猫头鹰。于是，便有了这些血肉筑成的文字，向行进在血泊沼泽地的中国发光导航，时人和后人藉此不仅可以理解一个沉痛的时代，还可以在这片沉痛中辨认到一些始终未曾泯灭的光芒。

如是这般，能不让人拍案：有此中国军人，中国岂能灭种？！

蒋百里穷毕生心血编著的《国防论》，成为国府抗战战略指导依据之一。这部千钧之作的扉页上，落下他饱含深情的寄语："万语千言，只是告诉大家一句话，中国是有办法的！"

中国全面抗战爆发后，蒋百里发表《日本人》及《抗战基本观念》，断定日本必败，中国必胜。不幸，他未见到这一天，一九三八年即英年早逝，举国恸悼，山河失色。黄炎培的挽联最为经典："天生兵学家，亦是天生文学家。嗟君历尽尘海风波，其才略至战时始显；一个中国人，来写一篇日本人。留此最后结晶文字，有光芒使敌胆为寒。"邵力子的挽联亦力透纸背，情溢字里："合万语为一言，信中国必有办法;打败仗也还可,对日本切勿言和。"

"胜也罢,败也罢,就是不同它讲和!"喃喃地重复着蒋百里逝世前不久的豪言壮语,我像是触摸到了那个年代中国人至为珍贵的骨气和坚毅不挠的硬气。

通过小野和三浦的讲述,我又找了些资料,对蒋百里的日本太太肃然起敬。其夫人,中国名佐梅,因护理将军而与之结为连理,之后主动断绝和母国的一切联系,向已沦为魔鬼的故国宣战,不辞劳苦地为中国抗日伤兵治疗裹创。将军身故,她于误解和怀疑中艰辛抚养五个子女,教以中国传统文化,而不习日语一字。

凤遨游于千仞兮,非梧不栖。才高品洁、气昂骨硬、讲武不动武的中国代理陆军大学校长蒋百里,值得扶桑这位奇女子的深爱!

英雄的悲剧大多是赍志而殁,蒋百里亦然。蒋百里梦想亲自领军击败日军,遗憾受猜忌未能提兵上阵,也没等到自己的理论和梦想变成现实的那一天。战后,其遗骸由当年的病逝地广西宜山迁葬浙江杭州,起棺时竟尸身不朽。其生前至交、曾任浙江大学校长的著名物理学家竺可桢抚尸恸哭:"百里,百里,有所待乎? 我今告你,我国战胜矣!"一时,众泣,天地间落叶纷纷,山河色变。

以我一己之见,中国宋朝诗人陆游是个易动感情也理性的智者,他那句"纸上得来终觉浅,绝知此事要躬行",于社科和自然研究者都不啻箴言。大凡壮志未酬之人,包含蒋百里在内,或许都曾被各取所需地过度包装,很多东西被神化后,往往便难辨真假。我虽然提醒自己警惕世间一切造神行为,但对蒋百里却仍有偏爱。

后来才知,蒋百里曾拜蔡锷之师梁启超为师,所著《欧洲文艺复兴史》为梁高看并亲为撰序,难怪乎他还是徐志摩的至交,胡适、竺可桢的密友,著名才女林徽因的亲近之人,萧伯纳、泰戈尔、罗素、杜威等世界名流的朋友。后来,他那个成了著名音乐教育家的女儿蒋英,竟还给他找了个名叫钱学森的女婿!

我现在一点儿也不自夸,民国时代著名的"我的朋友胡适之"之谓,也可移花接木在蒋百里身上。

历史不曾走远,总有些人让你惦记,值得你惦记。但你当知,我花这么多笔墨"惦记"蒋百里,并非是为了单纯的叙述。

时光绿了芭蕉红了樱桃,飞快地把一个甲子抛送,我对父亲救国之路的探索和了解,也是曲线的:从太平洋东岸上日本,接触日本人、日籍华人、旅日中国人,甚至"汉奸"后人,再考虑飞渡太平洋西岸。

前面我曾提及,父亲抗战当年奔走日本政商界时,都住侨胞钟秋生家,与老同盟会员钟父交好。钟父虽已作古多年,但正如我所料,钟秋生掌握了一些往事。他不仅自己挖历史的深井,在我从俄罗斯查档回来后还特意为我接风,请来几位有可能接触历史的侨胞餐叙,共同回忆。

几位驻日侨胞几乎众口一词:令尊希望团结旅日华侨,发挥华侨中的老同盟会员作用,进而影响日本人士,营造反战氛围。

赵汉平也在提供帮助。这次见面,他又有新发现,说当年我父亲因为和他爷爷赵一龙有交情,而赵一龙的妹妹又嫁到了日本,所以当年给我父亲引荐过不少旅日华侨精英。

他特地带我去拜访一位知情华侨。

路上,赵汉平意味深长地叮嘱一句:"见面后,可能人家会骂您,不,应该是骂令尊大人吧,关键是您得沉住气,免得生疙瘩。"

我三分意外七分好奇:"为何?"

赵汉平轻叹一口气,道:"听说令尊大人当年害得他家丢了亲人,关键还是冤死的。"

我登时更加吃惊了:"究竟怎么回事?"

却原来,父亲当年潜往日本时,除了做日本人士的反战促和工作,还向华侨介绍祖国的现状。一位叫傅正柳的华侨青年听后,血脉偾张,马上就动了回国效命之心。抗战胜利后,大量日俘都被释放回来,而傅正柳不知何因却被当作"日特"杀害。

从这个角度来看,父亲是"始作俑者",系"我虽不杀伯仁,伯仁却因我而死"的重版。忐忑不安中,双脚已跨入傅家,赔罪的言语在脑海里急急如律令般组织。

得知我的身份,年约六旬的主人却说:"顾闽先生原来是令尊啊,失敬失敬,大战当前,还敢深入虎穴,真乃大丈夫!"

一番赞誉,毫无追责之情,我讷讷提及:"家父害了傅先生……"

"这话从何说起哟?"老傅一脸诧异。

赵汉平告知所以后,老傅摇了摇头,一字一顿说:"傅正柳是我伯父没错,但并非死于'日特'之罪。"

老傅说罢,就近从身后的书架上取下一张报纸,却是中国的官方纸媒。在我们面前摊开,指着一篇名为《与祖国同生》的文章让我看。

哦,原来,傅正柳归国后加入了中国共产党,却受命潜伏在国民党内。抗战胜利不久,因身份泄露而被当作"匪特"处决。

文章这么说:

> 回国参战之路虽然凶险,但大批华侨青年还是奋不顾身,毅然作出抉择。此情此景,正如日本归侨青年傅正柳所说:"我是中国人,连中国话都说不好,祖国是什么样子都没见过,只要能踏上祖国的土地为祖国母亲尽微薄之力,就是死了也心苦情愿……"

"伯父被祖国评为英烈,前些年,我还带孙子回去祭奠呢。"老傅边说边拿出相册,给我们看现场照。

从照片可见，那是北京西山无名英雄纪念广场，环境庄重肃穆。窥一斑而知全貌，可见中共执政后一直在着力推动爱国主义教育。其实，抛开国家制度不谈，哪个国家不进行爱国精神、英雄主义的塑造，哪个国家愿意自己的民众毫无国家观念？一个没有英雄的时代，一个不尊重英烈的国家，是没有精神，看不到发展希望的。

傅正柳的名字，和密密麻麻的那些名字一道被阴文素镌于花岗岩上。名字下方摆放着鲜花，老傅和家人就在此留影。

"原来如此，坊间为什么说傅英雄是被当作'日特'给杀害的？差点连我都信了，跟着传谣了。"赵汉平怅然。

老傅却一脸淡然："现实有时就是很残酷，这类事不下一例，台湾导演侯孝贤还根据真人真事拍了电影《好男好女》。"

"哦，说的是谁？"我问。

老傅娓娓道来：抗战中，钟浩东等五位留学日本的中国台湾青年，相约回祖国参战。为了筹集经费，他们冒险把金条塞入肛门带出境。他们把路途估计得太乐观，也天真地以为去重庆找蒋介石就能抗战。历尽千辛万苦，经香港抵广东惠州的淡水后，油然想到台湾的淡水河，遂唱起《淡水河之歌》，还用日语哼响进行曲。国民党边防军听他们唱日文歌曲，以为是日本间谍，遂将他们逮捕入狱，而他们又拿不出任何证据，只能等着挨枪子。关键时刻，军法处一位军官将此情告知正驻惠阳的东区服务队队长、乙未保台英雄丘逢甲之子丘念台，请他再审一次。丘念台在台湾时就认识钟浩东的父亲钟蕃薯，也认识钟浩东女友蒋碧玉的舅父兼养父蒋渭水，知道他们在台湾都是著名的反日分子。一番问话后，丘念台认定他们是爱国青年，绝非"日本间谍"。

老傅最后说："不畏艰难回国参加抗战，得到的不是欢迎，而是当头一盆冷水，庭审之后是冰冷的铁窗生活，还差点招来杀身之祸。这是五位中国台湾青年没想到的,但还是没有湮灭爱国热情,全体跟着丘念台抗日。抗战胜利,台湾光复,钟浩东回到台湾不久,却在国府戒严时被枪毙。"

我不知他说的是事情本身,还是电影内容,抑或兼而有之。

我问老傅:"难道他真是共产党?"

"是啊,后来也被大陆评为烈士,和我伯父一起安灵于北京西山无名英雄纪念广场。"

我后来上网搜索过这个无名英雄纪念广场。这是中国为纪念二十世纪五十年代为国家统一、人民解放事业牺牲在台湾的大批隐蔽战线上的无名英雄而建。这个纪念网页常有人祭悼,一位"路过老兵"的留言大气磅礴,看后热血为之沸腾:"五千年来,我中华民族,历尽劫波,几度亡国,却总有无数豪杰义士,前仆后继,奋斗牺牲,顽强地托起中国脊梁,临生死而不退,濯血海而不折,披肝沥胆,昂首昆仑,铿然一曲曲黄钟大吕,遏云绕梁:'金瓯已缺总须补,为国牺牲敢惜身!''待从头收拾旧山河,朝天阙!'"

当年,台湾作家蓝博洲把钟浩东的人生写成了《幌马车之歌》,继而被侯孝贤改编成电影《好男好女》《悲情城市》。"

"《幌马车之歌》是一首歌吗?"我打破砂锅问到底的兴趣被老傅吊起。

"是,这是钟浩东恋爱时唱给恋人蒋碧玉的,难友们正是唱着这首他生前最喜爱的歌送他上路的……"老傅说到这里略有哽咽,在情感略为抑制后,补上一句,"后来,蓝博洲便把这个极有画面感的临刑场景,用作了书的开篇。侯孝贤的电影《悲情城市》也用到了它。这首歌很好听,我当年在台湾学唱过。"

"能唱给我们听听吗?"

无需赵汉平怂恿,我想老傅都能主动开金口。

"黄昏时候,在树叶散落的马路上,目送你的马车,在马路上晃来晃去地消失在遥远的彼方。在充满回忆的小山上,遥望他国的天空,忆起在梦中消逝的一年,泪水忍不住流了下来。马车的声音,令人怀念,去年送走你的马车,竟是永别。"

我们沉浸在歌声和故事的浪漫与悲情里。而唱歌的人,竟因感情投入而泪流满面。我不知他是因为钟浩东的事迹,还是油然地联系到了他伯父傅正柳的命运?

"马车的声音,令人怀念……"人非草木,孰能无情?

老人的泪水深深地打动着我,我一时不知如何安慰,只能感叹:"英雄主义和浪漫主义的情怀,确实让人礼赞又感慨!"

他擦了擦泪水,略带歉意地说:"对不起,情绪有点儿失控……他们的事迹太感人了!"

我想,老傅话里和心中的"他们",肯定包括傅正柳,哪怕他的事迹没有钟浩东典型和突出。

情绪安定后,老傅继续说:"钟浩东夫人蒋碧玉被台湾情治机构逮捕时,镇静且淡然地说:这次,我们难逃一死,但是,能为伟大的祖国、伟大的党在台湾流第一滴血,我们感到无比的光荣。"

赵汉平微微皱眉,道:"傅叔,这话,怎么听起来有点儿像小说?"

老傅正色地说:"别不信,我看过当年抓人者和审问者的回忆,大意如此,你看,上面也是这样说的。"边说边从相册里把相关的照片递给我们。

还是北京西山无名英雄纪念广场。两端的花岗岩墙壁上,分别镌刻了题为"家国"和"信义"的两段铭文,其中"信义"曰:"因为皈依信仰,坦然面对生死;因为心怀大爱,无悔血沃中华。中共地下党员钟浩东夫人蒋碧玉面对保密局特务平静地说:我们难逃一死,但是,我们能为伟大的祖国、伟大的党在台湾流第一滴血,我们将光荣地死去!"

"好吧,当真,当真!"赵汉平恭恭敬敬地递还照片,问了一句,

"除了唱歌,钟浩东临刑前对妻子有没有特别交代?"

"钟浩东身后,有几个细节令人无限感慨,所以才会感动蓝博洲、侯孝贤他们进行艺术创作……"

我们静静地坐着。

老傅深情款款地说:"钟浩东家人收尸时,在他身上发现了写给妻子的诀别信,说:'我希望汝能很快就丢掉悲伤的心情,勇敢的生活下去……我将永远亲爱汝怀念汝,祝福汝。'多像林觉民当年的《与妻书》啊!说实话,当时我读后,心情久难平静,这真不是小说啊!更让人感慨的是,他弟弟将骨灰盒捧回家中,不敢告诉七旬老母真相,只说这是佛祖的骨灰,放在家里可以保佑狱中的阿哥逢凶化吉。不识字也不知外头情况的老母连声称好,直至闭目,她都不知道心爱的儿子早已被张榜处决,只有一缕骨灰无声地为她送终。"

老傅说至此,眼里又蕴含一眶热泪,仿佛钟浩东也是至亲。

"那个时候的台湾,真这样恐怖?"

赵汉平这个问话,好像台湾的白色恐怖、两蒋时期的"国家暴力"是人为宣传出来的,只是故事而已。

我说:"我听父亲说过,那些年,中国台湾清查人的历史问题,上天入地,称得上是'上穷碧落下黄泉'。为了彻底清除共产党,可谓是宁可错抓三千,不可放走一人。"

老傅接口说:"是啊,所有的监狱不断装满新犯人,又经常腾个半空,马场町的土丘,淡水河两岸,被成千上万人的血浇灌过……"

马场町,不就是台湾光复后首任行政长官、后因策动汤恩伯起义而遇难的国民党大员陈仪上将的亡命处?!不就是中国台湾抗日民族英雄李友邦将军等左翼人士被大肆枪杀的地方?!

青史岂能尽成灰,马场町可以说是台湾左翼的圣地。

老傅怎会对这段历史这般熟悉?我不能不问。

"钟浩东和我伯父的经历有点儿相似,而我在台湾生活过一段时间,去年到台北又刚好碰上他的展览。"

老傅说罢,利索地从一个信封袋里抽出若干照片给我看。

"幌马车之歌——钟浩东与蒋碧玉的乱世恋曲"展览照中,年轻的钟浩东明亮如朝霞,蒋碧玉清丽如小花,更触动人心的则是另一张照,七十高龄的蒋碧玉满头白发,一身黑衣,双手环抱着钟浩东年轻旧照,面容悲伤而坚毅。

我不觉百感交集:这样的展览,既能让人缅怀上世纪那些为理想慷慨赴死的热血青年,也令人感叹"革命伴侣"那一份深沉而至死不渝的爱情。

俄顷,老傅像是想起什么似的,问我们:"钟浩东的弟弟你们知道吗,台湾著名作家钟理和。"

赵汉平不知所以,我不觉瞪大了眼睛:"钟理和?"

老傅点点头。

赵汉平看着我:"顾老师知道这个人呀?"

我还知道钟理和在日据时期所写小说中那句著名的话呢:"原乡人的血,必须流返原乡,才会停止沸腾"。有一年,中国总理在全国人大、全国政协"两会"回答台湾记者提问时,曾专门提到这句话。也许你不知道,此句还有后半句,就是"二哥如此,我亦没有例外"。钟理和的二哥,正是钟浩东。

"我曾思考伯父和钟浩东的故事,他们本可以活着,为什么却要选择慷慨赴死呢?究竟是什么样的情感和觉悟,让一个个风华正茂的生命,敢于直面那原本可以避开的淋漓鲜血?换在今天,我会如何?刚才顾博士提到的钟理和那句话给了我一些启示,是啊,'原乡人的血,必须流返原乡,才会停止沸腾',我想这话不会过时,只要你原乡的情结还在,只要这个原乡还回得去。"

"我父亲生前告诉我,伯父从毅然回国抗战那天起,是不惜舍身成仁的。所以,从这点上来说,我得代伯父感谢令尊。是令尊当年的一席话,成全了他的壮行,给了他生命一线光亮。"

老傅在台湾读完大学,又服务了多年,才和母亲迁居日本,和父亲团圆。父亲过世后,他和台湾仍然时相往来,台湾是他的"原乡"。

告别老傅后,我在思考台湾那个叫蓝博洲的作家为什么要写钟浩东的人生?

这位通过漫长调查,将钟浩东等一批台籍中共党员、左翼人士的奋斗和牺牲向读者呈现的作家,曾如是向媒体介绍:"他们都是爱国的台湾人,都希望实现祖国统一。其中不少人家境都不错,是台湾社会的精英,但他们同情底层群众,选择加入共产党,为追求社会进步将生死置之度外。"

蓝博洲表示,这份痛,是促使他不断深入打捞那段历史的重要动因,"那整整一代人都是理想主义者。所以我愿意这一辈子就专注这一件事。持之以恒的精神对一个社会总是好的。

思考中,我一厢情愿地把他列为同道中人,列为下次赴台必访之人,"但愿一识韩荆州"。

我父亲对日本并不陌生。如果赵汉平所说不虚,赵一龙妹妹当年真有把一些华侨精英向他引荐的话,也是属于锦上添花罢。

父亲知道日本朋友的一些影踪,同时还想寻找我祖父的几位重要东洋故交,期冀通过他们一起给日本朝野施加反战影响。

而在日本方面,军中"不扩大派"在政府决定出兵中国华北后并没有停止活动,一些冠以"工作""机关"称谓的机构秘密与华接触,对中国国民政府既打又拉,双管齐下,试图尽快地屈人之兵。

父亲就是在这样的情形中来到日本的,接触"竹工作"等机构。

我至今仍深深感谢小野对我在日本期间给予的关照。若不是他事先花足了工夫摸底，估计我这位外邦人很难找到当年曾与我父亲有过交集的日本友人之后。

大江忠雄是我父亲当年在香港时结识的日本朋友，当时身份是日本早稻田大学教授。他在听了我父亲的介绍后，很快就筹办了一场反战演讲会。

这是大江忠雄之子大江康夫的忆旧。

大江康夫说："演讲一开始，家父就明确表示，日本以前侵占满洲已经不对，再肆意剑指华北、华东更是错上加错。侵略和杀戮不仅让大和民族贴上了魔鬼的标签，还更激起了中国军民抗战的决心，这将使日本走上穷兵黩武、万劫不复之地，我们必须停战，召回我们的儿郎。此话一出，现场顿时就炸了锅，有人骂他混蛋、不是日本人，威胁要对他不客气。可家父不为所动，坚持发声，直到被人暴打下台……"

竟有这样的事！我吃惊之余，不觉情动于衷："我很敬佩令尊！一个日本人在那种形势和环境下，不顾个人安危，匡扶正义，道常人不敢言，何其难能可贵！"

小野接过话来："即使在当时战云笼罩中的日本，仍有不少像大江教授那样的人士，包括日本共产党，一直在致力于和平、反战工作。"

大江康夫貌甚谦恭，起身给我续上一杯绿茶，在回原座那一刻，看着我语声缓缓："令尊曾给家父写过一封信，不知顾桑知否？"

哦，我大感意外，摇了摇头。

大江康夫也无多话，转身拖着木屐囊囊地到书房，顷刻手捧一册书而出，翻到某页后，示意小野译转给我。

"大江忠雄教授的演讲，使我明白，日本人民中间有一股反战力量，应该团结并联合他们，才能更好更快地瓦解和打倒日本军国主义。作为中国人的我们，更应该义无反顾地为苦难中国的独立和自由做一番奋斗，我今后愿为此甘奉肉身，也愿为中日的和平友好而舍身求法。祝愿大江教授早日康复,早日为中日停战、和平相处发挥作用。尊敬您的顾志平返国即日。"

我一个激灵,接书如捧信。

显然,这是父亲当年回国前给大江忠雄的留言。甘奉肉身,舍身求法,为祖国的独立和自由一搏,这是父亲从海外回国抱定的生平志向还是某个时刻的心血来潮? 在他后来息影异域时,心头可曾擂鼓般地响起过年轻时的豪言壮语?

我心有所触,问大江康夫:"请问有原信吗?"

"抱歉,这是家父生前文章所记,至于令尊信函原件,我一直未见,请原谅我没有收藏文物的习惯。如果今后能找到,一定完璧归赵。"大江康夫言罢就是一个重重的点头,接着又说,"顾桑若不嫌增加行李重量,这本书就送您做个纪念吧。"

一位自称当年陪同其父会见过我父亲的日本议员说:"令尊大人相貌堂堂,就是固执得很……"

一问之下,才知,当年他那位列公卿的父亲是所谓"竹工作"的重要成员,反过来劝说我父亲识时务,践行"日中亲善",说服蒋介石接受"大东亚共荣圈"。

父亲该是明白了这个所谓的"竹工作"机构,不过是试图透过战争与和谈交叉进行,从而对国民政府施加更大压力,以达"促和"实则是"逼降"之功。道不同不相为谋,但身处敌营,想来父亲断不能拍案而起,再拂袖而去。人在屋檐下不得不低头,他只能嘿嘿几声后走为上策。

及今再问当年这位"竹工作"的后人,他打着呵呵,皮里阳秋:"当时日本大量征用民间钱财物,反战人士也是有的。至于效果如何,属于机密,无从知道。但从后来的事态可知,令尊的东京之行不太如愿吧。"

"不识时务"的父亲几乎无功而返,却被抗日救亡中高度警觉且敏锐有加的国内记者分头捕捉到行踪,一经报道,立马成众矢之的,"投降派""汉奸"的帽子由此如影随形。

三

二月春风似剪刀。

早春二月,我收到了一枚印制精美、状如剪刀的请柬,受邀参加在东京举办的"理解真实的中国史"研讨座谈。

一些机构和会社打着商业、文化等旗号,介入并影响政治。只是不知,这请柬怎么飞入我这"寻常百姓家"?

赵汉平语带调侃:"看来顾老师在这方面还挺有话语权。"

大凡研讨会都有专家学者莅临,我喜欢学习和探讨,尤爱倾听各方高论,而且,"理解真实的中国史"这题目特别吸睛,主办机构的意图我茫然无所知,但其来头当可了解。

小野把玩着崭新的请柬,像在虐待一把钝剪刀,语带不屑:"他们要给顾桑灌输别样历史,慎去为好。"

小野自称对方不会给他寄请柬,即使收到他也弃之不顾,显得很有几分诡秘。

赵汉平知道此事后,笑道:"所谓物以类聚人以群分,他们八成是把顾老师引为同道中人了。不过,去听听右翼史家的观点,也蛮好玩的。"

左和右都是相对的。我不左也不右,只相信真相。广闻博见不赖,好玩就更棒。

酒店门外一左一右恣意生长着两根大树,叫不出名,只觉得树上长出的肥硕而半透明的叶子,像是生物的骨骼,又像是昆虫的巨大羽翼。

对号落座,听主持人介绍来宾阵容。此会确实与国际"接轨",

日本、俄罗斯、中国台湾来人不说，张三李四王五中，还有我这位"被代表"美国的学者。

准时开始，日本人自诩的比中国人礼貌、守时，所鼓吹的日式文明，并非浪得虚名。我佩戴的无比轻巧的同期声耳机，该能不打折扣地译转日方主持人的开场白吧。

日本人一向擅长暧昧，没承想，这天的学术会倒如此开门见山，直奔主题。

我的座位正对着会议主席那列。在主持人的特别介绍中，我的目光落在一对日本夫妇身上：神情有几分呆滞的男人是冈山司博士，数十年专攻中国史、蒙古史与日本近现代史，著述颇丰，有某种神秘的分量和色彩；女人宫能玖虽是历史学教授，但其纤瘦的体形和实力能成何等比例，我一无所知。

"冈山司博士以对中国现代史的深入研究和高水准理解而闻名于世，可惜五年前脑梗后，说话变得困难，幸好他的学生兼夫人宫能玖教授深得他的真传。这次就由宫能玖教授转述博士的最新研究成果，博士若认可，就说对，反之就说不对。"

冈山司"哈"一声后，宫能玖的话语也差不多直奔主题，这也有点儿太迫不及待了吧："我想先提醒各位知道的是，在中华人民共和国成立前，虽然表面上说是'中国'，实际上不过是不同地域的集合。……"

在众人反应不一却偏向志得意满的神情中，我看出了端倪，这一对儿并非是"抛砖引玉"，而是此次学术会的主角，作主旨演讲。

宫能玖一通话下来，主持人扭头问一侧的冈山司："请问冈山司博士，您是这个意思吗？"

"哈！"冈山司爆出口的这个音节出奇地大，刚才还蔫然无助的眼神猛地炯亮起来，真看不出是个脑梗之人。

"我敬爱的导师和丈夫冈山司博士，基于历史认识，一贯抱持日本文明改变东亚、改变亚洲的主张。如果东亚日本化、亚洲日本化，世界的美好时代必将到来，这也将是日本未来的历史。"

宫能玖纯属一家之言的话越多，越像是泼妇骂街；冈山司"哈"得越频繁，就越给我的脑海中制造噪音。我今后著书立说，能不放厥词半句，能不赤裸意图，能给外泄的感情穿上得体的衣服吗？我也许不能完全做到，也许世人的言行举止都是旁观者清，但我相信自己再出格，也不致像这对学者夫妇一样不堪推敲。我当遵循自己的内心，只是依照历史本真书写，再干巴再不济也绝不捏造。中国唐代史家刘知己所说"史才""史识"固然重要，但"史德"更应养在胸怀。

宫能玖冗长的阐述之后，一些学者跟进发言，鱼贯而出。

这些观点闻所未闻，大胆猎奇，直教人瞠目结舌。学术自由，政治的影响固然可有，但学者的操守、基本的认识，不说放之四海而皆准，也起码有个相应的尺度，一切随心所欲、率性和任性，都是引诱学术沦丧的魔鬼。

我看出来了，也听到了，在这座冠冕堂皇、标榜学术自由的研讨大厅，魔鬼正在打开潘多拉的盒子，而不少早就精心准备的论点，像各国不同花样的点心冲着这个盒子竞相"献礼"。你听好了，诸如辛亥革命实际上并不伟大，日本是中国革命之母，日本提出"二十一条"要求有正当理由，国共合作不过是孙文和共产党双双接受苏联经援，炸死张作霖事件系共产国际捏造，"支那事变"创造了中国统一契机，等等等等。言之凿凿，让人目瞪口呆。这些发言者似乎都有足够的定力，不管行不行得通，即使无法自圆其说，哪怕强行说谎，也装作一副若无其事样。

赵汉平给我发来短信："上帝啊，快让这些'砖家'闭嘴，要不就统统带进右边车站上天吧，路费我掏！"

我回复："真有钱啊，上帝都想让他们自己走路呢！"

在我难忍这荒谬、聒噪之言,摘下耳机回短信时,忽然诧异于发言者中有不少操中文者,他们多是围绕中国抗日战争而发言。

不听也罢,不是数典忘祖之辈,就是哗众取宠之徒。我到底还是知道北京有个佟麟阁路、赵登禹路、张自忠路,那还不是为纪念抗战中阵亡的国民党将领而设,他们的鼻梁上哪里画上了白色?!

那个日本主持人,一脸严峻中,不适时机地加以点评:"不听不知道,一听吓一跳!"

在一阵嘘声中,我发烧的脸被对面这位主持人的目光逮住:"美国哥伦比亚大学历史学者顾华博士,长于东亚问题研究,对中共的历史研究已久,我想请顾博士与我们分享。"

把我当枪使呢,八格牙路!我心里忍不住骂了一句,在起身向全场鞠躬示意时,脸愈发地发烫。

"我可能要让主持人先生有所失望了。我治史不深,对中共党史只知皮毛,知其然而不知其所以然,所谓的骗子命题从不曾涉猎,更无从揭晓。但我非常遗憾也非常抱歉地指出,汉语里有句话叫'恶人先告状',一个在众目睽睽之下长年掩盖战争罪行、拒绝就历史问题进行反思和忏悔的国家,不仅给自己贴上开明标签,还要推行所谓的安保法案,而且冠冕堂皇地'替天行道',集合世界学者声讨一个拜它所赐一度遭受深重苦难的国家,文过饰非,奢谈人权、正义和正确史观,让我在敬畏之中也认识到,世界真是进步到人类的交流可以不分黑白,学术真是自由到可以不负责任了。这是我今天与会的最大收获,也是我正式发言前的一点说明。"

偌大的大厅只响起稀拉的掌声,我不想去分辨来自何方,也不去理会主持人和四周瞬间转变的脸色,径自旁若无人地阐述开来:"今天我想表明的,是从历史而非政治立场出发所见所知的中国抗日战争史……"

我明白,这当儿,为世界反法西斯战争暨中国抗日战争胜利七十周年纪念而敲的钟声，隔着岁月幽深的门缝，已隐隐传来。

透过玻璃窗，外面不知何时飘起了绵绵细雨。

在我发言前后，室内的观点多如雨丝，众说纷纭，一个比一个老生常谈，一个比一个出语惊人，堪比"争奇斗艳"的场景。

如你所知，这些学术右翼，自二十世纪八十年代以来就和街头右翼，一分子一分子地遥相呼应了，到而今已是群抱。如果说，街头右翼有一言不合就游行示威、扰乱秩序、搞暴力活动等 N 宗罪，学术右翼则道貌岸然地穿行在历史、文化、教育各界，随心所欲地书写和删改历史，制造另一种声音，扰乱公共秩序。于是乎，《南京大屠杀之幻想》《虚构的南京大屠杀证据》等被相继抛出；于是乎，在大阪召开否认南京大屠杀的会议；于是乎，在教科书中删除强征慰安妇的史实。他们以文化活动与学术研究为幌子，或明或暗地给街头右翼支持，甚至也赤膊叫阵，上演全武行，在钓鱼岛上立灯塔建神社，涂写反华标语……如此如此，中日关系还能正常发展吗？

观点在交流中也碰撞出了别样的火花。一位来自中国香港的学者，就国民党腐败问题说："当年国民党要是不腐，能一夜之间垮塌吗，有'四大家族'这样的害群之马还不够?!"

原先的持论者 A 先生反击："'四大家族'是中共的捏造，是为了把国民党当靶子开火，从舆论上搞臭国民党，可笑现在还有人中招。"

香港学者不甘示弱："美国该不会也一样捏造吧？早在一九四三年，联邦调查局的调查报告就这样写道：'宋氏家族对中国经济具有极大的影响力，他们对金钱的欲望更超过对政治的欲望，美国五亿美元贷款相当一部分已经装入了宋氏家族的腰包。'这个报告事隔五十年才公开，可以查阅到。"

A 先生和旁人咬耳朵，不知在嘀咕什么。

"材料档案都有可能造假,是否捏造也不是今天可以一锤定音的。"A先生身旁之人接话道,声音小得有点儿发虚。

"姑且不争论'四大家族'的是是非非,中共的厉害,就在于敢整风纠错,敢向世界亮丑,有能力有信心正本清源。如你所说,真有那么多的前'腐'后继的话,换作其他国家的政党早就下台了,但中共却越反越有战斗力、领导力和执政力。猪才相信中共没有廉洁楷模,列出名字来,怕是连鬼神都敬。周恩来是其中一个代表,日本人民不是一向敬重嘛。"一位来自澳门的学者也加入了讨论。

冷眼看A先生,原先微红、猪才相信是血压高所造脸色,显然挂不住了。不独他,主持人也是,他和那位被抬高的"大牌"冈山司、宫能玖在交头接耳,嘀咕不止。让人听了起鸡皮疙瘩的冷嘲热讽接连抛出。

香港学者却依然温文尔雅:"请尊重任何一个人的自由发声,我不过是一家之言,想替历史和现实说句肤浅的公道话,背后不受任何人的指使。至于有的人背后是站着大象,还是鼻子上插了根葱——装象,我想,没有人比他更清楚。"

现场又是一阵轻笑。

笑,也许是此会议蛮有趣的地方。

我也笑,以足够的耐心来听两种不同信念无法接轨的争辩。

有如现在比比皆是的现象,此次会议没有一致结论,更没有一致通过的文件或宣言——伪造除外。那位倾向性明显的主持人,面对莫衷一是的众说,也不敢妄下结论,在收官时言不由衷、有几分不甘地用上了"我不同意你的观点,但誓死捍卫你说话的权力"的名人名言。

"猪才信",倒成了这次会议的流行词、核心印象。

诙谐的还有,有出席费呢!我踌躇片刻,还是签领了。掂了掂,有些许的分量。

就在这刹那间，闪光灯一亮，马上有记者过来提问——呵呵，她还会英文，像是专门来逮我的："顾博士来日本做访问学者，日本人的历史观对您有何影响？"

"我从中国历史、中国立场出发做课题研究，并不依循日本人的历史观。"

"顾博士治学，是受了小野教授的影响吧？"

我心有不悦，脸上却也云淡风轻："小野教授是我的学友，谁影响谁还不好说呢，我们都还在探求真相。"

还是给这次研讨会补上几句。其相关内容在日本一家华文报纸上做了一个专版，报上赫然登着我签领出席费的照片，而会上发言却连寻章摘句都没见上榜。能不让人郁闷？！

更有一家日文报纸，无中生有却又言之凿凿地说，研究中日战争史的美籍华人学者顾华一向是站在客观立场上从事自由学术的，这次竟然阵前"哗变"，刻意替中共张目，如此转变，乃因受了日本"左"倾学者小野的影响。链接的新闻中，特别用上了有关人物对小野的一番谩骂。

你说出席这样的学术研讨没意义，不入流，其实也不然，于我，算是见识了某个学术动态。

学术界尤其社会学界，交锋是正常且应提倡的，但指鹿为马，而且硬要引着人们趋之若鹜地向你的"马"阵靠拢过来，就显得滑稽可笑。从中也可看出，所谓的纯学术常被政治利用、诱奸。

学人们，我是爱你们的，但你们须警惕啊！

日本真是个多震国家。来扶桑之国小半年不到，就受到了过于频繁的骚扰。只是人们司空见惯，泰山崩顶于前而不变色，社会秩序有条不紊。

让日本骚动不安的倒是政坛地震！

日本政府紧锣密鼓推进新安保法案的消息不胫而走，俨然八级地震，不啻福岛核漏。新安保法案的实质内容是为"战争立法"，其背后是重塑军事大国的野心。

海那边的中韩等国，强烈抗议，日本国内的反对声浪也在持续高涨。大小游行示威像戏剧节演戏般你方唱罢我登台，抗议的标语挂满大街小巷。在正义力量的驱使下，我有时也会加入游行队伍。

我略知这个国家的人民反"安保"由来已久之历史。一九五一年，《美日安保条约》签订，事实上构成了规定日本从属美国的法律依据，且将日本变为美国的军事基地，用于保证其在亚洲的武力运作。上百万市民和学生为此进行了长年累月的游行和抗议，换来的却是十年后新的美日安全条约的出台。日本如同涉世不深的风尘女子，在暧昧的灯光和色调下，半推半就中被摆上献祭的桌案，成为美国对抗亚洲共产主义的堡垒——一座"永不沉没"的停机坪。连电影艺术界都有《东京沉没》的惊扰，停机坪还能永不沉没，你骗谁呢？不多让你染血先沉，那才是活见鬼了！于是，游行游行，抗议抗议，熙攘吵闹，持续至今。

这一天，我从学校的报夹上信手拿过《读卖新闻》，看图猜文。头版赫然刊登着黑压压一群民众在东京首相官邸前手举反对标语参加集会的图片，一位高举"战争法案是死神"标语的人，看着十分眼熟。这不是小野嘛！

于是，两天后见着小野时，我多了个话题："我知道小野君前几天去哪儿了。"

他语气淡然地轻"哦"一声，兴趣快快。

"好家伙，小野君不仅立言立德，还身体力行地反战游行，照中国话来说，可真是'为天地立心，为生民立命，为往圣继绝学，为万世开太平'呀！"

"没顾桑说的那么崇高,"小野的情绪忽然阴沉下来,"战争法案肯定是死神,如果现政府执意要推行,我就……"

见他沉吟着没往下说,我忍不住打趣:"别吓我,小野君该不会像汪精卫那样搞刺杀,来个'引刀成一快,不负少年头'吧?"

"哈,看来希望我死的人还不少,连顾桑也算一个。"

"天地良心,我可是给小野君念过阿弥陀佛的人,希望日本人民最正义、世界人民最善良的儿子小野君长命百岁。哎,谁诅咒你呀?"我半认真半开玩笑地说。

"还不是拜顾桑所赐?几家报纸都在说哥伦比亚历史学博士顾华的史观最近"左"转,自称是受了小野教授的影响,被小野教授洗脑了。有人为此谩骂我,说我是中国人的走狗、日奸……"

小野一本正经的伤感,不禁让我瞪大了眼睛:"几家报纸? 真是岂有此理,我什么时候说过被您洗脑了? 我也看过一份报纸,完全是胡言乱语! 哼,还联合上阵了!"

"顾桑和我一样,压根就不是一个易反易覆的人,更遑论被洗脑。可报上是这么采写的。"

"报上采写我?"我吟哦间,脑海里浮现出那天记者现场采访一幕,不觉生气起来。"我当时是说,我们之间谁影响谁都难说,我们都是喜欢探索真相、追求真理的人。这些记者怎能如此断章取义,无中生有呢? 可恶!"

小野抬手捋了捋有些卷曲的头发,道:"新闻多半有浮夸、造假、媚俗、从政的德性,一如猴子,只捡自己中意的东西吃;又如狗,屁股后面是不会落下屎的。"

新安保法案如同其始作俑者肚里日见其隆的怪胎,像是来自天外的神秘幽灵,搅得这个文明与野蛮齐飞、混沌共长天一色的国度狂躁不已,校园又哪里是世外桃源呢?

面对学生们课堂内外就此话题三三两两的议论和提问,参加过游行示威的我能噤声失语吗?!

"中国有句话叫前事不忘后事之师,由于众所周知的历史原因,亚洲邻国和国际社会对日本在安全领域的政策走向高度关注,自是题中之义。如果现政府如愿以偿,这个结局会是日本之福吗,又会是地区和世界之幸吗? 是不是危言耸听,但请诸君思考,并拭目以待。"

我很快受到警告,课堂上莫谈政治。

最让我诧异的是,东洋报上那篇我鄙夷之中视若无睹的报道,竟然钓出被惹恼的程宁宁。

请恕我不那么怜香惜玉,不那么字斟句酌,像胡吃海喝般,竟从繁多的汉语词林里胡乱拎了个"钓"字信口道来。只因为,这位程大小姐太让人捉摸不定了,她不认我这个突然被欧风美雨刮过来的长辈也就算了,还在我面前摆谱并让人难以置喙。

我承认,我们的初次见面并不愉快。不过,我感觉,这个冰雪聪明的丫头似乎发现了自己的傲慢或冷峻,似乎也觉得忽略或拒绝那一份其实命里注定的情分纯属庸人自扰,于是开始有意修正。在这中间,她曾自作主张地推荐我出席中国驻日大使馆的活动,之后还主动邀请我参加了一场有几位特殊华人参加的饭局。再之后,"双边关系"似有微微改善,没想这次却是兴师问罪来了。

程宁宁在一杯茶之后,气咻咻地质问:"你怎能如此胡说八道?!"

"我说什么了?"

"你看你看!"程宁宁指着那份她一进茶室就信手扔在桌上的日文报纸说。她是日语专业的,别说那些平假名、片假名,就连日本坊间最新的流行语都能信手拈来。

我不去拿那张一开始就遭扔弃的报纸,也不去理会她的脸色。

"你口口声声说政治观点中立、只凭事实说话,却信口开河,与那些右翼学者一个鼻孔出气,看来拿了人家的不仅手软,连嘴也给收买了!"

如此不问青红皂白、劈头盖脸的一顿羞辱,怎能不让一个七尺男儿愠怒?但我面对的是一个女流后辈,还是我"失而复得"的一位晚辈,我家上辈子就欠了她的,我得忍忍她那一半源自我顾家的小姐脾气。也许正因为我有次说了上辈子欠她的那个意思,她才会在我面前如此飞扬跋扈,不讲道理。唯女子与小人难养也,古今中外皆然。

看来远不止是说受小野影响那么简单,竟无中生有地涉及政治层面了。但我仍旧表现了一贯的吊儿郎当和漫不经心:"我没说这些垃圾话,是他们移花接木,我是受害者,在你这儿又成了受气包,哈,真是猪八戒照镜子——里外不是人。"我故意气定神闲,就是要气气她。

她听了这话,气似乎消了不少,语气从凌厉中明显地冷却下来:"那你别置之度外,可以去告他们呀!"

"小题大做,我哪有这么多闲工夫理这等破事儿,要不,你做我的代理人好了,看能不能玩转。"我知道她气在哪里,却继续我的温吞水。

"反正你撇不清这事儿!你说气人不气人,上月我在台北,一个台湾商界大佬忽然提到两岸纪念抗战胜利七十周年一事,一本正经地强调,九三阅兵主场应放台北,有人马上跟着起哄。"

我一脸无辜:"这怎么能扯上我?我可没有能力教唆他们。"

"你在'中央研究院'不是有个同父异母的姐姐嘛,正是她,向你的姐夫——那位商界大佬提供了你哥伦比亚大学的硕士论文。不仅台湾,我看大陆不少学者也在引用你这篇反共论文呢。你可真是国际学者呀!"程宁宁一激动,情绪似乎又要爆炸。

这么心浮气躁的女人,怎么进行商业谈判?难道她在谈判时会有卓异的另一面,难道她的戾气只针对我?

"你怎会知道我那位姐姐?"

世界可真小,我略有几分惊奇,难道我那位姐姐也在寻亲?

"你姐夫广而告之嘛。他说,我内人是'中研院'的历史研究者,我小舅子是美国哥伦比亚大学历史学博士,他们在不同的地方得出相同的结论,那就是抗战的胜利功在国民党。他边说边把你的论文复印件给我们每人发一份。我一看作者名字,嗬,原来真是顾华博士呀!你姐夫还说,你人虽在美国,但维系历史真相、捍卫国民党抗战地位和尊严的心,隔着大洋大海,和他们一起深情地跳动。"

程宁宁绘声绘色,却明显透出一丝厌恶。

我一时无言以对。

"你是不是有'特殊'的治史心理呀?"

我听出了她的弦外之音,无形间,也加深了我对这篇论文的反思。此文刊发后,曾数期转载于美台等地的报刊。据中国台湾友人相告,此文在台岛影响很大(其实在美国影响更大),至今仍有不少人劝我在此基础上扩充成书。我却愿意相忘于江湖,乃因此文虽有史实与感情,但对不少史实只看到表层,先入为主的感情一叶障目,再未能探索史实的深层及其背后的史实。我可以对此自暴自弃,甚至当着小野的面检讨,但不能在这个边嘲弄边教训长辈的小女子面前丢乖露丑,我得挽救并保持一定的自尊,乃重重地说:"扯淡,我们失联都快十年了,哀莫大于心死,还谈什么!"

我那位同父异母的姐姐,能勾起我回忆的,除了她对父亲的精神折磨,对我母亲的谩骂、污辱和伤害,再没别的。更别提她那个铜臭味儿十足、热衷政治投机的丈夫,我们似乎压根儿就没认识过。

"这么说,你们沆瀣一气的论调是不小心'撞衫'的,你被人盗名利用了？"

我不喜欢程宁宁这副冷嘲热讽的神情，回击道："这么说，他们也知道你的身世了？"

"怎么可能！就是他们知道，我也六亲不认。跟着民进党瞎叫嚷、连祖国都不放心上的人，是六亲么？"程宁宁激动得就差没弹跳起来。

"哟哟，他们可能想策反你，你年轻貌美，有地位又有背景，少不了'票房'号召力。不过，我看也没那么恐怖，不同阵营的人在非政治场合谈历史认识，言者无罪，毛泽东不也说过'有则改之，无则加勉'吗？你可以辩论呀，不是说真理越辩越明嘛。"我不无揶揄。

我感觉自己有些贫嘴，老大不正经了，忙正容正色起来："其实，那只是我的毕业论文，我承认有囿于史料不完整造成的认识偏差，我正在修正呢。"

"修正？"她眼里波光一动，"怎么修正？"

"以史实说话，有一说一，有二说二。树独立精神，行自由思想。"

她嘟了嘟粉红而性感的小嘴："这才像人话……还是听其言观其行吧。"

"程总也能分辨史上的香花和毒草？"

她杏眼一瞪，道："隔天若有雅兴，请来我办公室看一段视频，可以边看边辩，我不介意您带学生助阵。"

她的小气恼虽未全消，但总算又回到了那个"您"字称谓上来。

四

程宁宁美得别具一格、玲珑剔透，还显几分高冷。赵汉平见过一面之后，就忍不住感叹起来：比他见过的任何一位女优都够味儿!

我抬手扫了他的头一把,这家伙,什么不好比,比作这!

我相信,赵汉平有此感叹,还是因为见识了程宁宁的另一面。在此之前,我和他差不多,总难免先入为主地把高颜值的女人往花瓶上靠,并未涉及她的工作和能力。

我带着赵汉平去她办公室。受邀请与做不速之客的境况不一样,主动约见与被动会面的心情自然也不一样。我不知她是否略施粉黛,也不知是她身上散发出的淡香,还是办公室的花香四溢,总之四周的气息十分怡人。

视频的发生地在香港,别管是谁录制的吧。

饭局上,程宁宁端坐如仪,镇定自若:"……我对许董的话一点儿也不吃惊,因为,这样的言论不独在香港,在大陆也屡见不鲜,更不消说台湾了。不知从何时起,一股阴气弥漫,通过微信、博客,甚至学校正规课堂和五花八门的讲坛,不约而同地歪曲中国抗日战争的历史,摇唇鼓舌抹黑共产党,不遗余力地为蒋介石歌功颂德,甚至还想为汪精卫翻案。明眼人都该知道,这里面既有别有用心的唆使,也有不打自招的目的,还有不辨麦黍的跟风,除了几个真正做学术研究的,莫不是在戏说历史、糊弄世界。"

那个有几分秃顶的中年男人显然就是许董了,一脸老道,言语不疾不徐:"那请程小姐告诉我们,究竟谁才是真正的抗日英雄,是共产党还是国民党?"

程宁宁微微一笑,欠了欠身,道:"一般情况下,双方发生争执时,往往寻求第三者仲裁。我看,作为当时敌国的日本,在这个问题上最有发言权,只有他们才最清楚谁对自己打击大,谁真心抗日,他们又最怕谁。"

"程小姐在中日商业活动中,难道还能获得第一手史料?"

程宁宁报以一笑,道:"我有幸得到有限的一些,也许已有助于还原历史真相。"说罢,一边优雅地打开 IPAD,一边说,"先请诸位听听蒋介石对日本采取的不抵抗政策语录。"

众人神情不一,都被她的伶牙俐齿给牵引了去:"如果日本能担保中国本土十八行省的完整,则国民政府可同意与日本谈和,或可在不损我国尊严之前提下让出东北。这是国民政府密使许世英'九一八'事变后赴日本谈判时转述的蒋介石口信。"

"这个口信从哪来,准确吗?"

"当年的日本新闻,我这里刚好有扫描的日本报纸。"

许董还是不动声色:"总归是日本人的新闻,捏造的可能也有。"

程宁宁并不就此争辩,只管搬动史实说话:"一九三三年三月,日寇占领热河,向长城各口大举进攻,共产党力量有限的武装坚决抵抗,而数倍于日寇的国军却抵挡不住。蒋介石与日本签订《塘沽协定》,认可长城线是与伪满的政治分界线,由此默认'满洲国'的存在以及日本对它的控制,同时为日军进一步侵占华北敞开了大门,这该不会不是丧权辱国吧? 两年后,蒋介石在中日签订《何梅协定》后,讲'奢言抗日者,杀无赦'。当时中国的报纸都白纸黑字地印着这个讲话,这个大家总该相信吧?"

前头那个问话人说:"有些是权宜之计,为的是麻痹敌国,争取时间,蒋介石总归是抗战的,是中国抗战领袖,这点共产党也认可,连美国《时代》周刊都把他作为封面人物呢。"

程宁宁截住这个话题:"好,我来说说蒋介石所谓'抗战'的底线。"

视频上,程宁宁几乎没看 IPAD 屏幕,信口道来:"我在南京第二历史档案馆和台湾国民党党史馆,分别查过国防联席会议记录,都如出一辙地记着蒋介石一九三七年八月七日,也就是卢沟桥事变一个月后的讲话:许多人说将满洲、冀察明白地划个疆界,使日本不致再肆意侵略,这样能保中国五十年安全,'划定疆界可以,如果能以长城为界,长城以内的资源,日本不得有丝毫侵占之行为,这我敢做。可以以长城为疆界'。蒋介石一直就这样把恢复卢沟桥事变前的状态作为对日媾和的交涉条件,还企图通过德国大使陶德曼促和。但日本政府却以继续攻占上海、南京,终止'陶德曼调停'作为回答,接着,日本首相近卫文麿还于一九三八年一月十六日发表'今后不以国民政府为对手'的声明。之后,蒋介石亲自部署复兴社的要员密赴香港与日本谈判,日本政府对其要求未加理睬,并宣布决定扶植汪精卫成立中央政府。其中内容,东京一九七三年出版的《小川平吉关系文书》第二卷多有披露,忘了告诉诸位,这个小川平吉正是当年香港谈判的日方代表之一。"

有人似乎有所感慨:"照这样看来,老蒋的抗战领袖并非名至实归,乃是浪得虚名呀。"

程宁宁却还是温温不作惊人语:"共产党确曾一度把蒋介石当作全国抗战领袖,但这个抗战领袖却反共、防共、'剿'共,还背着他的党政军民,试图与日本缔结防共协定。即使在汪伪政府成立后,在一九四〇年的日蒋谈判中,重庆的和平意见竟称,放弃抗日容共政策乃和平协定后中国所取之必然步骤,最高国防会议秘书主任章友三强调,停止抗日后努力'剿'共。这些情况,《今井武夫回忆录》有记。我和在座诸君一样,对回忆录并不全信,但许多文件相互印证着,就不能不信了。起码,日本人的回忆录和文件没有记载共产党要和谈的事嘛!"

"老蒋既想讲和,为何还抗日?"

程宁宁道:"蒋介石想以恢复七七事变以前的原状作为苟安的'底线',对日谋求妥协。而日本却变本加厉,出台了推翻中国当今中央政府、搞垮蒋中正的方针。双方'底线'如此天壤之别,蒋介石只能边打边说了。"

"蒋介石的消极,好像不能与国军不抗日划等号吧?"

"国军在抗战中付出过重大牺牲,光忻口会战,就阵亡军长郝梦龄、师长刘家祺、旅长郑庭珍,另有师长李仙洲、旅长于镇河和董其武负伤,战斗惨烈可见一斑。但需说明,忻口战役时,朱德是第二战区的副司令长官,可以说,此战是国共两党团结合作、在军事上相互配合的一次成功范例。此后,台儿庄战役、长沙保卫战、中条山战役等,国军也都打得相当出彩。但国军一触即溃、不战而逃的例子也不在少数。相比之下,共产党的人数和武器远远逊于国军,战斗力却远胜一筹。"程宁宁娓娓而谈。

有人质疑:"除了平型关战斗,共产党多半是搞地道战地雷战,能有多大的杀伤力?"

"还是以档案说话。我这里复制了一九四四年一月十五日的《朝日新闻》,上面刊载着日本华北军昭和十八年(一九四三年)度综合战果,充分说明了日军在那时已转变为以'扫荡'中共军队为主要任务的事实。因为太长,也太枯燥,我记不牢,还是照本宣科选读一二吧。"程宁宁启齿一笑后,微微低头,看着屏幕,声音清澈如潺潺流水,"敌大半为中共军……交战回数一万五千次,与中共党军的作战占七成五,交战的二百万敌兵力中,半数以上都是中共党军,我方收容的十万九千具敌遗尸中,中共党军约占半数。而七万四千的俘虏中,中共党军所占的比率,则只有三成五……"

程宁宁清了清嗓子:"请大家仔细看,《朝日新闻》报道的这则消息,内容和数据均来自日本华北方面军的年度工作总结。虽然八路军、新四军战死和被俘的数量被夸大,但日寇实在没必要张冠李戴,把国民党的抗战移植到共产党头上。你们想想,共产党军队在华北一年作战次数竟占总数的七成五,而且与日寇交战的部队、战死沙场者都占了半数,可见,蒋介石当年指责共产党军队'游而不击'是别有用心的,是污蔑。更能说明问题的是,共产党部队落入日寇之手的俘虏比国民党军队少之又少,所以连日寇自己都承认:'这一方面暴露了重庆军的劣弱性,同时也说明了中共党军交战意识的昂扬……'我们不禁要问:在日寇眼里一支'劣弱'的军队能称为抗战的主力吗,一支交战意识'昂扬'的军队能说他们'游而不击'吗?!"

温温之语也能惊四座。有人微微颔首,有人交头接耳,有人干脆闭目养神。

程宁宁皎洁的脸上显而易见地添上一丝自信,她双手抚着桌面,身子微微前倾,显得很有范儿,又抛出一个话题:"无独有偶,叛国投敌的伪军也有说法。"

这是一般人所不知且感兴趣的话题。从视频上可见,大家的眼睛复又聚焦在程宁宁身上。

"北平伪政府所办《新民报》一九四三年十二月四日如是记载:'中共军……潜行于地下,发动正规军二十万,配之以六十万之农民游击队,与组织突破二百万之农民自卫团。……吾人对解决大东亚战争之关键之中国事变之终局,乃在解决中共军,此当再加确认者也。'诸位看到没有,在日伪军眼里,消灭中共军已经上升到结束战争的战略高度。自诩'武运长久'的日寇,没把数量庞大的国军放眼里,却把微小的中共军队作为主要的作战对象。在座诸位,如果你们因为各种原因不信共产党的宣传,也总得相信日本人自己的年度总结报告吧,总可以参考伪军的话吧?"

程宁宁这么一说,有人马上议论开来:"要我看,作为第三方的伪军,说法最实在。他们充当日本人的炮灰,和八路军、新四军真枪实弹地交过火,有发言权。"

又是一番七嘴八舌的议论,许董的表情渐渐就有些僵硬了,挺直身子,挥了挥手,道:"我们只是对这场战争有兴趣而已,至于真相如何,还是交给历史学者吧,我们在商言商为好……"

视频归于静默。

我脑子里却还嗡嗡回响着程宁宁适才有点儿咄咄逼人的话语:"某些抱着阴暗目的,试图从历史上唱衰中共的汉奸'精英',以及浑不知共产党抗日历史就鹦鹉学舌的人们,听了日伪军自己的说法后,还会认为抗战是国民党完成的、共产党'游而不击'吗?"

"我当时是气不过而做的即兴发言,毫无准备,也不讲逻辑了,不当之处,顾大博士尽可当笑话。"程宁宁言罢,一改视频上显现的霸气,恢复淑女形象。

我也回过神来,道:"人不可貌相,失敬失敬!"

程宁宁莞尔:"您不笑话就好。"

"洗耳恭听呢,给我们上了堂视频课,有些内容我还是第一次知道,当然,准确与否,日伪何以这么说,我还得进一步研究。"

"历史学者当然有责任纠正史实,对讹传更不能轻易放过。"

"哎,我就奇怪了,你满腹经史,既然不认同我的论文,为什么不同我辩一辩,却拿一副冷脸对我?"

程宁宁不急不恼:"本小姐的脸何时冷何时热,完全由我作主,无需外人说三道四。"话一出口,觉得似乎硬硬的欠妥,那灿若桃花的脸上略带微笑补一句,"当然了,我们毕竟还是内部矛盾嘛,我又何须班门弄斧呢!"

此妹言语不说滴水不漏,字斟句酌,到底也是缜密实在,不容小觑。好歹是准备写程家百年的人,弄懂些历史自在情理之中。只是,她似乎也太通了点,与一般的业余爱好迥异其趣,而我这位所谓的史学博士,在她面前却好像玻璃一般,让她看了个透彻。让我略为宽慰的是,她把我们之间的异同视为内部矛盾,弦外之音我们还是自己人。这个自己人,是看在我华人的份上,还是顾程两家曾有的情谊使然?

赵汉平咋舌之中,开口就是一份好奇:"程小姐哪来的功底和神通,弄来这么多档案?"

程宁宁盈盈一笑,道:"我大学第二专业虽是历史,毕业后却改了行,现在全凭业余爱好捡些'洋落'。这些材料也可能有出入,仅供参考,也请你们不吝赐教。"

一如既往的处世方式,人家一客气起来,我就信以为真。不说赐教,也可以是商榷嘛,于是问:"你知道蒋介石集团借抗战之名发国难财之事吗?"

"这个当然听过,只是没见过第一手资料。"

在美国,我曾查阅到二战期间美国驻中国战区参谋长史迪威向罗斯福总统的一份密报。其实,这些秘辛,我父亲生前也知道一些。在世界反法西斯战争进入白热化状态时,国民政府竟走私贪污军用物资,堪称二战中的丑闻。珍珠港事件把美国拖入世界大战后,数年间一直隔着太平洋坐山观虎斗的美国,终于姗姗来迟地向中国伸出了援手。让山姆大叔意想不到的是,他们根据"租借协定"提供的总价值三十五亿美元的军用物资,却被国民政府大小官员视为见者有份的"唐僧肉",于是,装满战略物资的卡车从印缅公路开进中国后,很大一部分先是下落不明,继而赫然出现于黑市,还通过走私方式落到日本人手上。

"亏您还研究这段历史,连祖国都没回去过,绝知此事要躬行!"程宁宁又恢复了刀子嘴。

我欲争辩,但脸已红。

这次小小的抬杠后,我心里头那个不知高低轻重却不时登场的跷跷板,渐渐平衡了下来,对她也不再有磕磕碰碰的别扭。从她的神情来看,似乎也印证了人心是肉长的这话,情与貌,略相似。

程宁宁就近请我们吃午餐时,不无好奇地问:"你们的中文怎么都说得这么溜啊? 看起来不像是恶补的呢。"

"我从小就有个说双语的家庭环境,上小学时,父亲认为中国文化不可荒废,特地请了位定居纽约的台湾老师到家来传授。老师给我选读《史记》和《古文观止》,晚上父母则分头教我背唐诗宋词,真是苦不堪言。不过,今天能说一口不走调的汉语,对中国文化略知皮毛,与当年的苦读分不开,也常让我想起父母的一番寒窗暖灯之情。"

我的回答似乎过于认真和正经了。在程宁宁啧啧两声中,赵汉平俏皮地接过话来:"幸福的家庭都是相似的,不幸的家庭各有各的不幸,真是奇巧又奇缘,我差不多和顾老师一个经历呢,详情就不说了,否则江湖就没小哥的秘密了。"

"厉害了我的两位帅哥!"程宁宁吃吃一笑,摆出一副漫不经心样,看着我说,"日本有几位好事者,想成立一个汪精卫诗词研究会,挑事的是位知道些历史的老侨胞,听说已有部分日本人和跨国学者报名参加。他们有个小型活动,不知您是否有兴趣见识见识?"

"好啊,与我的研究有关呢!"我近乎雀跃。

"老郭就知道您会去,所以要我通知您,他要不是在大陆讲学,该也会参加。"程宁宁轻快地说。

老郭,就是前面提及过的那个给我和程宁宁牵线搭桥的美籍华人郭小颐。

现在,我想有必要交代一下老郭了。

老郭大名郭小颐,是我在美国时有交流的华人史学家。他父亲郭颐当年是台湾"中央研究院近代史研究所"的著名学者,二十世纪七十年代到美国讲学,从此定居夏威夷。家学渊源,使得他对父亲遗留的只言片语都视若金不换,算是子承父业的一个典范。这些年,他在美和中国台湾之间进进出出,意外接触到程宁宁及其家人,进而打探到了程家和我顾家的微妙关系,就古道热肠地为我们搭起了桥梁。

郭颐抗战当年在西南联大执教,并兼某报主笔,提出办报以国家与民众利益为至上,以公理与正义为前提,发挥媒体社会公器作用,绝不为任何党派宣传。当然,他并不反对"一个政党、一个主义、一个领袖",对蒋介石个人是捧场的,但对蒋之外的国民党衮衮诸公,尤其对CC系、政学系不掩厌恶,有时痛恨之情不下于对卖国求荣的汉奸,曾公开称国民党的执行者是一个比一个坏。他树敌不少,却因才华超众、个性圆通,从国民党最高层到三教九流,倒也行得通吃得开,消息快得有时赛过中统、军统。

那年,他到哥伦比亚大学进行学术交流,一半时间泡图书馆。一位华人馆员一来二去和他混熟后,不时在他面前数落国民党的种种不是。正对台湾白色恐怖心有所触的他,情不自禁地跟着骂,一吐胸中块垒。

交流结束回台湾,郭颐所买几箱书籍被查扣,说箱里装满了马克思主义。在他理直气壮地否定中,查扣的那个愣头青一口气从中挑出了几本 Max Weber 的著作。哈,德国著名社会学者马克斯·韦伯,被人家误以为是马克思了。对牛弹琴般解释了好半天,始得放行,却被逼立下"誓约书",这些外文图书拿回后不得影印和外借,引文不得指责三民主义。不久,又有情治单位某个头脑找他谈话,说你在美国,怎么能信口开河骂国民党呢。他百思不得其解,几番追问,方知台湾派了不少情治人员到美国、日本,多在图书馆和公共场所工作,如果要试探台湾来人之心,就会在你面前骂国民党,你有所共鸣跟着起哄,那就着道了,回台后有你果子吃。

彼时的中国台湾,白色恐怖气氛达到顶点。我父亲就曾心有余悸地和我说起过那段往事:大规模的整肃令人喘不过气来,日常生活都罩在恐怖里,食不甘味,全岛上下或许除蒋家人,谁都有"匪谍"之嫌，谁也无法保证自己的生命安全。郭颐能化险为夷，是不是有人通融，不得而知，但他后来以自己为教材，不时提醒那些赴欧美交流和进修的同事和亲友，逢闲杂人员鼓吹政治，务必小心，莫谈国是。

此后，郭颐时常往来美国和中国台湾，参加了福特基金项目的申请和落户工作，与哥伦比亚大学韦慕庭教授、哈佛大学费正清教授过从甚密。之所以提到这两位美国著名学者，不仅因为他们是该项目的关键人物，还因为我后来的导师曾师从费正清。

新中国成立，美国政学两界对中国大陆的政治巨变大为困惑：中国是个传统的文明古国，何以会轻易地被马列主义、红色风暴征服？美国又是何以失去中国的？不独美国，整个西方都有意研究，寻找答案。鉴于中国大陆此时在"严厉制裁"中已被隔绝往来，中国台湾便成了西方唯一能够直接接触和对话的中国社会。福特基金正是用以合作开展这样的研究和交流，一九六二年初正式实施。

但福特基金最终划定的研究范围，以清末即十九世纪的中国为重心，回避中国革命史和民国史的研究。对此，胡适有个解释：近代史从何开始有两种说法，一是从明末耶稣会到中国算起，一是从鸦片战争开始；为什么不研究民国史，乃因为材料不易看见，譬如说蒋介石在民国史上最重要，他保留的材料也最完备，但谁能看到呢？这个时候写民国史，又有谁能作出客观的评判？

胡院长发了话，也不能停止各种闲话，郭颐和同事们不时受到口诛笔伐。一笔学术研究资金分配问题，引起学界几位泰斗级人物的攻讦和杯葛。郭颐曾为之叹息，说福特基金既有成事之功，亦有败事之鉴。他后悔引进此款，生发众多纠纷和非议。

福特基金风波尚未完全平息，又因政治原因，不断有人锒铛入狱。惹得美国的费正清在《纽约时报》抗议。费正清还指责郭颐办砸了事，只知独善其身，见死不救，容忍政治戕害学术自由。

郭颐精神上大受刺激,在主张"容忍比自由更重要"的胡适突发心脏病而故后,更觉事无可为,乃接受哥伦比亚大学之邀,赴美讲学,从事口述史研究。他广泛搜集、阅读档案和文献资料,直面历史,写出了被称为超越政治斗争和政治宣传、合乎史料检验原则的"中国近代史纲",其中充满前人所未能发的见解。

大凡一本书,倘若它的价值只够得上读一次,那么它的价值必够不上读一次。郭颐的不少著作,一直以来都是我的案头必备书。

日走月来,余生也晚,我是在就读哥伦比亚大学后才知道郭颐这个已故著名华人学者的。我的导师很推崇他,还说其导师费正清也看重他。我拜读了郭颐一些著作后,怀着敬意寻找他留在美国的后人。没料,他有位儿子也就是老郭——郭小颐,竟是同行。

记得那是个阳光欢快遍地撒的春日午后,我在郭小颐的书房细心浏览其父的几篇文章后,不觉想起鲁迅的一句诗"敢遣春温上笔端",郭颐笔下的人物、事件,读来总能让人察觉到执笔者隐秘的温情。

听罢我的粗浅认识,郭小颐道:"是啊,普遍都是这个感觉。钱穆不是说过嘛,研究国史者必怀一份敬意与温情。父亲曾和我谈及对钱穆这句话的理解,对历史怀有敬意,就是要尊重客观史实,对历史抱有温情,就是不带任何成见,是什么就是什么。父亲对自己的东西还是担心有所偏废。"

郭小颐一看之下,就给人教养颇佳、正派儒雅的感觉,一派学者风范,温温道来,出语不凡,显示出深厚的史学素养。

"郭老能在国际史学界取得影响,靠的是学问,您认为他的治学有哪些特点?"

"父亲对历史人物和事件的态度,主要基于两点:首先是存信,也就是说,尽可能去探寻真实,还原真相,惟其如此,才可能接近人和事物的本真;二是立场必须中立,不逾矩,与个人得失和自身利益无关,摒弃功利心,这才有助于对历史的客观认识。"

"我倒觉得,郭老和胡适有颇多相似处,与权力保持一定距离,能更好地彰显知识分子的独立性和作用,让后人心怀善意地去解读他们,追思他们。"

话语投机,加上机缘巧合,我们在一次推心置腹的交流之后,已成知交。

作为近代史家,郭小颐对汪精卫一向持有某种好奇,对他热心撺掇我参加"汪诗会",我只可意会。他虽是学者,做人做事却一向认真、热心。

赵汉平看着程宁宁:"程小姐,我可以陪顾博士一起去吗?"

"小鲜肉也对老历史有兴趣呀?"

"怎么说呢,我毫无选择就成了汉奸之后,自然对这个汉奸头子多些关注,看看能不能了解他是如何把我爸的爷爷引上汉奸之路的。"赵汉平自嘲。

我补上一句:"小赵有想法,想给他家祖上一个说法呢。"

程宁宁轻"哦"一声,云淡风轻:"别走火入魔就好。"

我问:"你也去?"

程宁宁呵呵一笑,轻摇其头:"我还是算了吧,您若有心得,回头赐教就是。"

程宁宁怕惹一身臊。

五

"再怎么也别做汉奸!"父亲的日记上白纸黑字这样写着。

父亲过世后,母亲曾说,当年负有特殊使命的父亲,最提心吊胆的就是给他扣"汉奸"帽,还说万一被捉去公审,说又说不清,没完没了,倒不如一头撞死来得痛快。还好,父亲并无具体的卖国言行,上头也没丢卒保车(其实即使丢"卒",也不为保"车",要不是靠得住的上头指使,父亲焉能勉为其难地冒天下之大不韪?)也还好,父亲并非大人物,眼见一度热心的"曲线"危机四伏,通车无望,遂改弦易辙,抗战胜利不久瞅准时机跟着顾维钧出使美国,躲开了一片水深火热。

当我可以自在地和父亲交流历史时,并不完全附和父亲的分析,而认为汪早年舍命"刺清"虽有让人仰慕的一面,但后来就是个自大到弱智的空想政治家,一个不识大体又谬托知己的蠢货。

父亲以略带诧异的眼光看着我,道出的话却平静如水:"不说这些,汪先生走到这地步,她是有责任的……"

我和母亲都听懂了,父亲口中说的"她",指的是他在南洋时就认下的干姐姐陈璧君——汪精卫之妻,唯一一个被国共两党都开除党籍的女人。

人是最复杂多面的,尤其是那些纵横四海、阅览风云之人,连历史学家都难以定论。很多时候,我们也会迷失自我,又怎能苛求历史学家探究历史人物的真情实感呢? 每段历史都来自现实,现实中又有太多的变数和难言之隐,那些历经坎坷波折的历史更是如此! 昔我往矣,对"事情突然起变化"后的转述,只能是众说纷纭;今我来思,不禁满心纠结,一声喟叹。

如父亲所言,汪陈之恋因政治而起,而最终,又因政治落个悲剧的结局,"白茫茫一片大地真干净",物是人非,不胜唏嘘。我忍不住和父亲抬起杠来:"陈璧君在感情上如何忠诚都无可厚非,但在政治上,特别是抗战胜利后,大量铁的事实已经证明其夫汉奸之罪时,她仍拒不承认现实,这就不能用感情、性格等因素解释了,实质是冥顽不化了。"

母亲其实并不喜欢汪精卫,为此和父亲常有抬杠。她从汪精卫的名字说起,说他一点儿也不精明,他投日时,末代皇帝溥仪到

"满洲国"再披龙袍已有六年,受到日本人怎样耍弄、戏谑,不说人尽皆知,你汪精卫总不至于闭目塞听,却偏偏还要去跳这个火坑!

"哦,'皇上'的处境您也知道?"父亲眯缝着眼问母亲,神情有点儿打趣。

"不能自由行动随便见人,不能升降官员调动军队,不得祭拜自己的祖先,连婚姻都无法作主,这是什么狗屁'皇上'? 啊呸!"

"也是因为日本人太鬼,轻诺寡信,欺世盗名! 成立'满洲国',日本最初打的是种族之旗,请溥仪去做皇帝,只因他是满族的龙种。谁知溥仪一进圈套,日本马上改调门,要他到东京晋见天皇,与天皇结为兄弟,严令他从此改奉日本天照大神,原先口口声声的'同文同种'被单方面改成了日本文、日本种。再怎样的傀儡皇帝,怕也要羞死、气死啊!"

"鬼知道溥仪是怎么个行尸走肉,要我看啊,受到戏弄后真不如一头撞死算了,也好向列祖列宗有个交代! 汪还要奋不顾身做溥仪第二,对照他当年冒死刺清,别说世人嘲笑,怕是连溥仪也要瞧不起。"

"汪'还都'南京后曾被日本人安排去过'满洲国'访问,与溥仪见过面,溥仪是否待见还真不知道。"

"有什么好看的,丢的是中国人的脸,开心的是日本人!"

毕竟在联合国工作过,母亲也算见多识广,较起劲来,伶牙俐齿有得一说。

我听得有趣,自由站队:"我同意老妈的观点,汪精卫这个名字再漂白也是汉奸了! 人生在世,什么都可以做,唯独汉奸万万不可为。做侠客好汉有'佐罗'的英名留下,做强盗土匪还可以写一部《水浒》,自古汉奸呢? 不尽骂名滚滚来,哪管你雌雄真假!"

"好好,有你这一说,我就不担心你走弯路了! 来,儿子,为娘的敬你一杯!"

那天在餐桌上，母亲陪着父亲喝了点酒，兴致渐高，也就把我牵扯了进来。

父母的开明、平等，纵容我可以在一些问题上和他们平等对话。

父亲和母亲，半生家国，身世似逃禅。

日出之国的明媚阳光，在两个来小时的当空照耀后，慢慢地斜挂西边。室里的暖气和人气都还旺着，安之若素地听诗词，以及它们背后的掌故。

我不知汪精卫是何时将自己的住房命名"双照楼"的，猜想该取意于杜甫"何时倚虚幌，双照泪痕干"之句，以此再为诗集取名，可见其蕴"泪"之内心，也让人想象其"愁苦求诗"后的灰暗政治人生。春风不度，日月无光。

倒是日本的阳光，照耀了他生命的最后时光，甚至还有明月千里"照尸还"。如此"双照"却何益，白白汲干了他的热血，落他个人亡魂魄散，骂名传千古！

诗如其人若不假，一首诗便可以演绎出一部活剧。汪精卫朦胧的身影倒映在诗词集注释本上，却已是星光暗淡，残照当年。

透过诗稿，我看到了当年他鬼使神差登上日本"北宫丸"护救轮船的画面：星月沉没，无边的大海一片漆黑，已是深夜了，可身心俱疲的他毫无睡意，或许还想到了早年在狱中所作诗句"行去已无干净土，忧来徒唤奈何天"，茫然中再寄情于诗，写下"凄然不作零丁叹，检点生平未尽心"之句。坐上这条赴日之船时，彼岸的国度已远他而去，他再也回不到彼岸。

桌上的诗稿，还照着汪精卫行走在"曲线救国"道路上的身影，渐渐地，歪歪扭扭得不像个人形。

已是"海天残梦渺难寻"了，他在迷惘中想回头是岸，可不是岸在眼前心不度,就是心在岸上岸不留,心和岸竟是咫尺天涯。他在日本咽气前仍说要回中国,还说死后能守在总理的近旁就了无遗憾。

谁读汪诗,联想他的诗里诗外人生,都不免心有感慨,汪的生命终结了,可一切的是是非非,却没有随之烟消云散。

晚餐一点儿也不简单潦草,一张长条形大桌,让大大小小的身体和屁股各有着落。二十来人分两排就坐,我刚好在严先生的正对面"安营扎寨"。

宴会也是餐叙,鸟鸣嘤嘤,每个人的心中都蝶飞蜂舞。

身旁被严先生称为黄哥的人说:"我很想知道,令尊生前是否透露过汪临终前的一些事,特别想知道他是否向林柏生交代过要收藏好他的诗词。"

这个问题我也关注过。

黄哥的父亲是广东华侨,早年来日本开中餐馆,与汪精卫熟悉。黄哥说,汪精卫那年是来日本治病的,能见他的人控制很严,汪精卫自知来日无多,很想吃家乡菜,其父就专门做了送去,但日本人不肯放行,还是陈璧君发火了,才允许送进的,但汪精卫其实已经吃不进什么了,只是流泪,一派哀矜。黄哥还说,其父并没亲见汪如何交代前去看望的"南京政府"宣传部长林柏生,但他在接待林柏生时,倒是听他提过汪先生如何如何看重他的诗词稿,看得比命还金贵。

为了证明绝非借"名人"、死人自抬身价,黄哥特地拿出了其父当年和汪精卫、陈璧君夫妇等人的合影。

照片辗转到我手里,不觉陡吃一惊,忙问黄哥:"陈璧君身旁这位,黄先生知道是什么人吗?"

黄哥瞄一眼,信口道来:"名字我忘了,听父亲提过叫顾先生,是国内秘密派来的,名为推动中日民间友好,听说是为刺杀汪精卫而来。奇怪的是,他不仅和汪精卫熟,与陈璧君似乎更好。"

"刺杀汪精卫?"我像是在浑浊之中猛吸了一口新鲜空气。

"呵呵,猜想吧。"

我突然明白程宁宁和郭小颐要我来参加这个活动的目的了,是纯属意外,还是他们对我藏了一手? 让我自己去探秘。

我不去理会这个目的了,只是在餐叙后,恳请黄哥借步说话。

他接过名片,得知我的身份,比我还吃惊,也不多说,点点头。

我们的话题,是在移步咖啡厅后展开的。他人皆散,赵汉平陪着。

"听我父亲说,令尊在汪精卫叛国前就曾来过日本,经赵媛媛介绍,认识他的。"

"黄老伯说的赵媛媛,是我太婆。"赵汉平说罢不无俏皮地看着我,"顾老师,这下没错了吧,我太婆当年曾给您父亲引荐过不少爱国华侨呢。"

黄哥端详着赵汉平:"那么,你是赵东方的儿子?"

"是是,你们认识啊?"

"真是巧了,怪不得……"

"黄老伯,还是讲顾老师父亲的事吧,改天我请我爸来拜访您。"赵汉平谦恭十足。

"有天,我父亲请令尊来我家餐馆喝酒,令尊对海那头受难的国家有说不尽的感伤,对乱世中自身的命运也不如意。那晚不知是酒话还是酒后吐真言,说要不是汪精卫已病入膏肓,他真想对他'引刀成一快',与他同归于尽,也好在历史上做个手刃头号汉奸的英雄,为国除奸,但汪都快病死了还想着'和平救国',让人看不透。可能令尊说的是酒话、气话,这是我父亲的分析,实际情况他也不知道,只说令尊和汪、陈的关系非同一般,如果真有你死我活的纠葛,汪以自己的死亡,算是体面地解决了他们之间的恩怨。"

赵汉平插科打诨起来："关键是如果真刺杀汪,别说顾老太爷难以成功,即使得手,自身送命不说,估计我太婆、黄老太爷等一干人也难逃干系,毕竟接近汪精卫要有知情人带路。关键是他们都死啦死啦的了,也就没有我和顾老师了,我们要经过亿万斯年的各种运动,才有可能重逢。"

又来了那么多"关键"口头禅,我微微一笑,正色道："所以,我父亲应该不会这么极端,他虽有几分武艺,但一向并不太赞成暗杀。那晚肯定是酒后的真言。"

黄哥打量着我,犹豫片刻,恂恂地说："看顾先生的年龄,出生那年该没见过您爷爷吧,可知他当时也在东京?"

我一愣,他竟然听说过我爷爷,而且知道爷爷他老人家那会儿正在东京。看来,他知道的事情不少。

"令尊是我父亲告诉汪精卫并促成他们见面的,而您爷爷则是日本人安排与汪精卫见面的,我父亲当时也在,一起合了影。"

"日本人为什么要这样安排呢?"

"听我父亲讲,您爷爷在南洋和香港有影响,香港沦陷后他不愿做维持会会长,就被日本人'请'到了东京。那会儿,刚好汪精卫来治病,日本人可能知道他们熟悉,想让汪说服您爷爷参加'和平运动',配合日本人统治香港,即使您爷爷不答应,届时也可以曝光他和汪的过从。那个时候,中国人要在日本见汪谈何容易,日本人也许是让您爷爷见汪后惹一身臊,跳进黄河也洗不清,最后乖乖听摆布。"

噢,故事多起来了,也复杂起来了,像窗外弥漫的夜色一样凝重。

"事情究竟如何,我不知道,令尊这次来日本,是否肩负什么特殊使命我也不清楚,但我分析,与救您爷爷有关。"

父亲和爷爷在日本交集的情况,经我们"疑义相与析",大致如此：爷爷被日本人"礼请"到东京滞留多时未归，父亲救父心切，极有可能带着重庆政府的另一使命而潜往日本，伺机疏通。

这么重要的事，父亲生前为何没对我提及？是有不可告人的秘密或交易，是不愿触及那段剪不断理还乱的往事，还是怕我会因他们父子两代的"汉奸"嫌疑加重心理负担，抑或是担心我无法理解徒增烦恼？

无论如何，这是一个谜，光回避就是一个谜。

我进一步明白程宁宁和郭小颐今天要我"咸与维新"的目的了，我和黄哥的见面肯定在他们的预料或设计中。他们知道的事情可能比我多，是否还对我藏了另一手已无关紧要。关键是我看到了历史照片，从存照中回到了历史，父亲和爷爷当年与日本、与汪精卫，确实有着难以撇清的关系。

"先生，免费赠送新书，请自取笑纳……"

一位妙龄女侍推着塑料小车，袅袅婷婷地从旁经过，莺燕婉转。

瞄一眼层叠在小车上的书：《南京大屠杀虚构论》《受冤的日本》……赵汉平飞快地摆手。

黄哥轻声相告："歪曲历史、美化战争的图书满天飞，前几年横滨一百多所市立中学，已开始使用右翼团体编写的美化战争的历史教科书。"

我说："他们在欧美国家也四处散播右翼图书呢。"

"八格！"赵汉平骂完，又说，"所以我们不能视若无睹，得有动作，替祖国分忧。黄哥您把时间和精力用在宣传中国历史和文化上，岂不更有价值？"

黄哥嘴角浮现尴尬的一笑，语声轻缓温和："各司其职就好。我是散漫无拘之人，没能力登高而呼，更别说行天下之大道了。我不过是偏好汪诗的文学价值罢了。"

赵汉平拱手作揖:"失敬失敬!"青葱年华有此一套,可见有其父影响。

黄哥却又自嘲:"即使我歪了心,企图借汪诗来对中国文化自黑、自残,也是蚍蜉撼大树,可笑不自量吧。我从来就不是精致利己主义者,精致利己主义者也不会这样自讨没趣吧。"

步出咖啡馆,但见光风霁月,灯火闪闪,我们在"双照"中作别。分头上路后,我在出租车里忍不住给远在美国的母亲打去越洋电话,告知今天的一些意外收获。

母亲也说不清那些之所以然,却又似是而非地说:"我好像听你父亲说过,当年是要让他除奸,他下不了手,还说将死之人,除之何益,花开一时,草枯一世,任其自灭吧。"

母亲一向没有煲国际长途电话的习惯,三言两语后,便把电话给了芊公主,这宝贝隔一段时间便要和我视频呢。

回住所,洗漱罢,记下当天见闻。手机里跳出芊公主关切的短信,我回:"谢谢宝贝,晚安!"

夜已深。上床,却辗转难眠,月儿弯弯挂窗前,一梦依稀蹁跹来。

六

"政治人物都很复杂、都有争议吧?"赵汉平搔搔脑袋,长吁短叹不已。

"别说复杂年代里的政治人物,平常生活下的人,心路历程哪个不比电路来得复杂啊。"

"看来程宁宁说的有道理,世上最难摘的是汉奸帽,我家的关键是找不到过硬的自证材料。"

"找不是口头上的,得拿出行动来,得回到中国,回到他和日本人合作的那个地方找,才不是缘木求鱼!若能弄清楚你爸的爷爷为什么选择和日本人合作,厘清功过是非,不也能减轻他的罪愆?"我套用了赵汉平对他祖上赵一龙的一贯称呼,安慰过后,才汗颜自己好为人师,忘了身份。

"即使有材料,也存在怎么看的问题,最关键的是,大多数中国学者的抗日战争史研究很难抛开民族情感,谁与日本人合作谁是汉奸,谁是汉奸谁就是过街老鼠。"

"没有这样的民族情感倒不正常了!老郭在这方面深有体会,他说,对于那些身处沦陷区,与日本侵略军'合作'之人,眼下出于民族情感与文献现状,很少进行深入而平实的研究,而沦陷时期政权的创建和运作又很复杂,并非由少数几个道德沦丧的傀儡在外部权力的强制下就能草草成立,进入再生产。有个奇怪的现象,大量与日本人保持私人关系的中国人选择了抵抗,合作者中以没有留日背景、地位相对较低的人居多。"

"老郭在这方面很有发言权?"

"他这些年一直致力于沦陷区的研究,但这段历史之旅让他步履维艰,哪怕是美籍华人学者,要跳出与生俱来的民族情结,也不容易。"

是的,我和郭小颐谈起过我爷爷顾志平。不管怎么说,他也在沦陷区和日本人有过"合作",而且有过东京之行,但我强调:"香港沦陷前,我爷爷曾在香港的报纸上呼吁抵制日货,特别不要为孩子买日本玩具,否则,每付出的一分钱都会变成一枚枚枪弹落在中国国土上,间接地帮助日本杀害我们的同胞。"

"您爷爷被日本人看中,除了他此前与日本人保持的某些私人关系,与他的爱国言论不无干系。"

郭小颐这话让人暖心,我说:"不管我爷爷与日本人是否有过

'合作'，反正我相信他为祖国和民族做过事。"

"我想搁置意识形态和民族情感，而从现实生活的角度切入，来考察这些通敌者或事敌者，探视他们的心路历程。"

我不假思索地称说："视角新颖，有创新力。"

郭小颐这么一说，我不觉笑了，却又道："王鼎钧先生在书中回忆说，有位善隶书的医生在大街口镇坐行医，平时写行草养气，一张纸比桌布还大，信手挥洒密密麻麻。主张抗战的人来了，他就写'干城同抱寸心赤'；主张和平的人来了，他就把纸张换个角落，写汪精卫的'经霜乔木百年心'；鬼子兵不怀好意地来东张西望，他也即兴写'武运长久'，等他们走了再撕下来点火烧掉。"

"沦陷区众生相，写出来肯定会是一部精彩的小说。"

我话语真挚："历史学家和文学家描写同一人同一事，各擅胜场，相互辉映，您的洋洋巨著，只怕汪精卫他们的后人都等不及了……"

"别等不及，更别指望我的笔下会温情泛滥，特别是对汪精卫这样的汉奸。"

"为什么?"

"汪精卫的一生，是革命和'反革命'的一生，我父亲生前曾用几个坚决来概括：坚决反帝反封建，坚决反蒋，坚决反共，坚决投敌误国。过了这么多年，我基本上还是支持并继承我父亲的说法。"

"您这说法已够温情了，为什么就不遗春温上笔端呢?"

"别人可以'曲线救国'及其种种，但他不可以，不管他想如何为釜为薪，都不可以，除非他伺机接近东条英机他们后，找个机会舍生忘死同这些战争魔鬼同归于尽，否则所有的做法都不合时宜，因为他是汪精卫，他的一举一动都影响着整个民族的尊严、军心和士气!"

我看着他，咀嚼着他的话，期待着后续高论。

"剧透了,得保密啊。不过,也许会有新的材料佐证他们的言行,为他们局部撇清,或加重他们的罪行。"

"是啊,历史的魅力和吊诡或许正在于此,揭开一个一个谜,揭开一个一个不同的人生。"

"相比于沦陷区,解放区给历史交出的答卷确实不一样,令人敬佩。"

"愿闻其详。"

"你听说过吗?在汪精卫及二十来个国民党中央委员先后投敌后,老蒋曾说过共产党从来不投降这句话,也算是共产党留给他的最深印象吧。中华民族危亡关头,共产党给这个民族注入了前所未有的精神气概,毛泽东说过:'这个军队具有一往无前的精神,它要压倒一切敌人,而决不被敌人所屈服。不论在任何艰难困苦的场合,只要还有一个人,这个人就要继续战斗下去。'你能指名道姓共产党有哪个高官向日本投降,八路军、新四军有哪支部队集体当伪军吗?"

郭小颐以学术视野广阔著称,他一双巧手、一对慧眼,接触过汗牛充栋的文献档案,对很多事情,即使几十年来约定俗成,妇孺皆知,他也要较真、存疑,想方设法做出自己独到的研究。其治学成就让海内外高山仰止。这些年,他突然从社会文化史的角度切入,致力于中国抗日战争时期沦陷区及相关人物的研究,把知情者的胃口又吊高起来。

他的许多观点,别出心裁,源于他自己早早走进了抗日战争史的"旁门左道"——他称之为灰色地带与灰色人群。他细致而耐心地梳理,为人们打开一幕幕场景,呈现大小通敌者、各式合作者的挣扎——如何在乱局中求生?如何在生存中角力?如何在看似风平浪静中走向万劫不复?他从未讳言日军的罪恶,他只是想在研究中另辟蹊径,撬开一个侧面,展开沦陷区普通民众的生活,了解芸芸大众如何在铁蹄下苟且偷安,分析身怀二心者如何伺机作为。

"恢复一段历史真相,可能需要一个世纪的时间,我不自量力先做些基础性工作,万一完不成,老弟你们觉得还有价值的话,就可以踩着我的肩膀继续前进。"

郭小颐这么说,我大为感动。海隔一隅,天各一方,父子两代薪火相传,乐作海外太史公,他们守护的,何尝不是祖宗的另一种文化疆土、历史江山! 千百年来,一介又一介书生,在治乱之间,行走天地四方,只图维系那一脉文化江河,以免真的亡了天下。

郭小颐的史才、史识、史德,莫不给我诸多启示。现在,我结合自己的一知半解,和赵汉平在某些方面疑义相与析。

"我想啊,赵一龙既然崇拜先祖赵云,名字又响亮得很,龙种一枚,该不会是贪生怕死之徒吧? 关键是自古汉奸没好下场,他该不会不知道吧? 他在经历了日本人的疯狂屠杀洗劫之后,与日本人合作,不管是忍辱偷生还是忍辱负重,本身都要备受煎熬,其中的艰难险阻,并非简单的道德标准所能衡量,这就如同并非所有的德国人都是希特勒的帮凶,并非所有的意大利人都是墨索里尼意志的刽子手。"

这个在日本生长的"龙种",还真是个新新人类! 我不由想到初识不久他那番慷慨激昂的中国抗日荣辱辩。

"你觉得赵一龙有隐情或冤情?"还是直呼其名来得随便,"你爸的爷爷"绕来绕去,拗口得很。

"赵一龙当年自己做过辩白,可最终还是难逃一死,有冤也无处伸了。也不是他一个人这样,那时代有同样遭遇的很多人都百口莫辩吧,只能沉默,在沉默中灭亡。可我觉得自己不能做沉默的大多数,他托梦给我呢,我想为他辩一辩,可又难为无米之炊。"

"等米下锅不成,天上不会掉材料,得自己找! 这个我们得向老郭学习,放宽视野还须更上一层楼。"

郭小颐告诉过我,他依据的史料有几大来源,除了馆藏档案,便是沦陷区留守人员的回忆、日军宣抚员的报告与回忆,当年处身沦陷区的外籍人士的书信、照片及日记。战乱和政权更迭,让很多文献荡然无存,而且几乎所有的"通敌者"都无意留下罪证,所以这些史料本身就经过了战火的"洗礼"和"筛选",特殊的价值和意义自不待言。他甚至满脸含笑像捡了宝贝似的对我说,有的材料对当时中国东南城市居民的日常生活与基层社会有着极为细微的观察,并涉及"合作者"与占领军交涉的细节;即使"合作"的材料,也能于字里行间呼吸到黑云压城城欲摧时却不绝于耳的地火。我感觉假以时日,他必能精心结网,再现沦陷区中国人与日军的过往和过招。

"我们可以想象,大小沦陷区一经战火,乱象丛生,一方面是民生凋敝,一方面仍要生存繁衍,甚至还须以残存之躯艰难地应付侵略者的再次盘剥。你不从,组织武装反抗,却又导致日军的疯狂报复。中国那么大,日军并非对每个地方都那么有备而来,打累了也想着绥靖安定,于是在宣抚中寻找合作对象,扶植伪政权。赵一龙这类人也就应运而生。"

我这么说罢,赵汉平击掌道:"是啊是啊,只是不知他们的心态究竟如何,但愿顾老师今后能作个论证,细腻描摹一番,好让我引经据典。"

"如果,战时生存的考虑能成为这些'合作者'和'通敌者'应运而生并长期存在的理由,那么,他们的行动过程和个人体验,就将被赋予再度发现、论证的价值。赵一龙的帽子摘不摘都非无足轻重。"

"关键还是如何发掘到史料,这是根本性东西,有了它,才不致模棱两可,也才能直面历史研究的复杂性。顾老师您说是吗?"

我得承认赵汉平的天资和悟性，但我也告诉他，发掘史料是史学的根本，而在这方面的发掘，必将像老郭那样步入一片荆棘丛生的灰色地带，而对于那些"合作者"和"通敌者"，哪怕是情非得已，历史都将记住他们在集体迫害中有着助纣为虐的罪过，哪怕像西施那样以特殊方式作过特殊贡献，中国史书都将吝于笔墨，有也是春秋笔法，孔子作春秋，乱臣贼子惧。

赵汉平嘻嘻笑道："这个我知道。中国史家向来有夷夏之辨的传统，中国史学还有个'发潜德之幽光'的崇高目标，司马迁早就划定了重于泰山和轻于鸿毛的死法，只是现在世界一体化，你再以中国文化化之，怕也是'何能发潜德，空有泪沾巾'了。"

望着这个朝气蓬勃富于思想也有挑战性的青年才俊，我不觉语重心长起来："要正视新问题，吸收新气息，但也不要轻易就被虚无主义给收编了，学习老郭，做麦田里的守望者。"

赵汉平清澈的眼眸里闪烁着真诚："有机会我一定要拜访郭老师，今天通过顾老师的介绍，我已经间接地从他的经验里获得了启迪和鼓舞，今后他也就是我的老师了。"

孙中山逝世，我父亲从南洋奔"国丧"。闲来无事的大伯顾前受其父之命，相随回国，投身孙中山未竟的三民主义。我父亲因此前的异见，在国民党内不受待见，一气之下听从汪精卫、廖仲恺建议，远赴莫斯科留学。行前草草给在老家福建的我大伯一信，就负笈向着未知前方远行了。这时大革命正是轰轰烈烈，大伯辗转来到厦门，协助筹备国民党福建临时省党部，就地投身于"联俄联共扶助农工"的事业中，不出一年也谋了个小职务。一九二六年底，北伐军东路军出广东，由闽南向福州进发。那时，大伯以国民党省党部委员身份兼县执委，发动农会沿途支援北伐。一天，司法科长说枪毙了三个农会叛徒，大伯感到事态严重。经了解，才知那三个佃农对地主的斗争激烈了些,还激进主张实行农民革命,组成农民军,遂被抓起来,在农会大会上被枪毙示众。大伯严厉警告司法科长,今后胆敢再这样枪毙农民,就先把你抓起来毙掉。司法科长未料大伯态度如斯,急奔福州,恶人先告状,诬陷顾前"左"倾,秘密加入了共产党。很快,福建临时政治会议就派人替换了顾前。

大伯目睹国共合作中出现的种种怪现状后,感慨有加:"国民党总有人指斥共产党这不好那也不是,但我觉得共产党是诚心合作的,是为国家独立自主而奋斗的,反倒是国民党内部争权夺利,勾心斗角。"

政治分歧愈演愈烈。一九二七年四月三日,风云突变,福建的国民党右派率先在全国拉开了所谓的"拥蒋护党"帷幕,肃清在福州的共产党员和国民党左派,史称四三事变。事变翌日,全省戒严,福建临时政治会议通过了对三百余名"不良分子"的通缉令。大伯事前接到好心人密报,在这股黑云疾速压向厦门时,急急登船潜逃回到南洋。此后,他对政治再无兴趣,直到抗战中期,我爷爷顾志平组织华侨团回国慰问,他才再度回国,却不料把命也搭上了。那次,华侨慰问团在浙江遭日伪军伏击,幸有中国军队赶来相救,才化险为夷,但我的大伯、程宁宁的曾祖顾前,为保护他的父亲而殉难。

听我讲来,程宁宁又是一声轻叹,喃喃自语:"没想到……"

"没想到什么?"我问。

她是没想到她家三代一辈子都没见过面的曾祖顾前会是这么一种死法,还是没想到我和她还能续上缘?无论如何,总不至于是没想到恶人有恶报吧?

"没想到我爷爷也死在祖国……"

前面说过了,一九四九年,身在美国的科学家、我曾经的大伯母、程宁宁的曾祖母程璇,因为想回国共襄盛举而遭美台暗算,一颗原本要扔向她的炸弹,却要走了她儿子儿媳——程宁宁双亲——之命。

"怨吗?"我语声幽沉。

"太婆给我讲过一个故事……"

故事是这样进行的:程璇在美期间,有次参加国际博士学术会议,坐船出海,前往科罗拉多大峡谷。同船者有世界十来国的博士,华人中除了她,还有一位来自中国大陆,黑头发黄皮肤显得鹤立鸡群。快到雄伟壮观的大峡谷时,主办方请大家一起喊"Love",在喊出同时加上一些具体的人和事。还特别强调:不是一般的喊,要深情并茂地喊,连续高声地呐喊,声嘶力竭地嚎叫。她起初只把它当作旅途的娱乐和游戏,没想到不同种族不同肤色不同衣着的博士都积极参与,争先恐后地用各自的母语大喊大叫,一时间,"Love"声震天动地。那位看起来有些腼腆的中国博士,高喊的内容她听得真切,他在"Love"后加上了长江长城——黄山黄河——中国中国等名词,汉英并用,似要让英语世界的人也听到赤子之声。她情不自禁地也喊了起来,越喊越响亮,越喊越自信,连贯着在"Love"后加上中国、中国、中国……她本可飙英语,最终全程都用汉语,也没有像其他人那样辅以踏脚、拍手等动感姿势。之所以中气十足,激情澎湃,是因为中国的抗日战争胜利了,她第一次感到了做中国人的尊严。多少年过去了,回忆起那一幕,她仍感觉自己的声音庄严而奇特,合着横扫千军万马的威力,骤然间让大海都为此波翻浪涌,悠长的回音淹没了世间的耳朵。

一直喊到嗓子嘶哑,却见那位中国博士手扶船杆,远眺浩瀚无比、波涛滚滚的太平洋,不停地擦拭眼泪。她上前关切地询问,他说自己也不知道为何会如此,也许是因为遥远的祖国正遭受战争荼毒吧,而身为七尺男儿,却无法报效祖国,不免触景生情,无限感伤……就是在那一天，她心里第一次装下了祖国，中国在她的情感世界不可理喻地变得非常有分量起来。后来，她在美国陆续接触了不少中国留学生，和钱学森等声名卓著的华人科学家还有过对话，海外赤子一往情深的中华情，深深地感染着她，让她后来不由分说地踏上了回国之路。她对好意挽留的美国友人说，新中国成立了，我觉得我应做回一个中国人。

程宁宁讲得有些煽情，淡妆素抹的脸上蓦然泛起一层红潮。我听得有些动情，心头像是跑着小鹿："没想到，大伯母还是位爱国学者！"

"还曾经是文艺青年呢！太婆告诉过我，那天她在回国的船上，给我爸吟诵了《母亲，你同你那一群平等的儿女》。"

我兴趣盎然："这首诗说什么了？"

"……我望着你前进，吸收着当代，超越着既往，/我看见你的光明照耀着，你的阴影遮蔽着，正像整个地球/……当代容不下你，因为你的发展如此壮大，/因为你腾飞得无可匹敌，因为你那群众多的儿女，/只有未来会容纳你，而且能够容纳你。"

她这是以诗明志呢，我不觉脱口而出："哟，她怎么也喜欢惠特曼？"

"就允许您爱呀？！她也读秋瑾，晚年还教我背秋瑾诗呢！"

程宁宁说罢挺胸收腹，吟诵起来："祖国沉沦感不禁，闲来海外觅知音。金瓯已缺总须补，为国牺牲敢惜身！嗟险阻，叹飘零。关山万里作雄行。休言女子非英物，夜夜龙泉壁上鸣。"

"失敬失敬，真是爱国世家！"我肃然起敬，喜欢秋瑾诗词的大伯母，看来也有几分侠气呢。

来日本后，我不止一次到过名古屋大学。小野还曾专门陪我去该大学医院看过——一九四四年十一月十日，中华民国头号汉奸汪精卫病故于此。

是年三月三日,陈璧君和三个子女及十多位随从陪同汪精卫飞往日本就医。十年前遭刺后留在他脊椎上的一颗子弹引发了压迫性脊髓炎。虽经救治,但病情仍持续恶化。十一月八日,美机空袭名古屋,汪精卫在转移到地下室时又因受冻感染肺炎,引起并发症,两天后"驾崩"。

我和小野为觅史访踪而来。小野说:"历史上很有一些人物和事件,并非我们想象的那样简单,只要深入研究,就不难发现其中的复杂和吊诡。

也算一次凭吊,却并非发思古之幽情,有也是空发议论,但我内心沉沉,念天地之悠悠,怅然若失默无语,只是听小野说。

"中日战争的惨烈程度,大大出乎想象,而英美等国却袖手旁观。国民政府在抗战同时,暗中也有几条渠道与日本接触,令尊要是铁心抵触,恐也不会去涉这趟浑水……"

有点儿老生常谈,我信马由缰地让脑子开小差,脑海里汩汩冒出几个历史小气泡来。

此前,郭小颐曾向我提及,他的父亲、已故著名现代史学家郭颐生前曾专门去过名古屋大学,到美国后还曾和傅斯年学生有过一番交流。

傅斯年诚为学贯中西的文史大家、教育家,胡适眼中"一个人间最稀有的天才",他担任台湾大学校长时,还兼职"中研院"史语所所长,延揽一流人才,和郭颐既熟又近。傅英年早逝,郭颐痛失良友。

我去台湾,只要得暇,总要去台大和"中研院",拜谒傅斯年的故居和纪念馆。我喜欢傅斯年,不仅因其才情、个性、学问,还因为信奉他"上穷碧落下黄泉,动手动脚找东西"的治史原则。

这个曾先后留学英国爱丁堡大学、伦敦大学和德国柏林大学的"五四"运动学生领袖,堪称以学报国的代表。

"九一八"事变的熊熊烽火,燃起了学者傅斯年满腔的爱国热情,他积极参政议政,将学术与抗战紧密联结起来。此时,日本学者大放"满蒙在历史上非中国领土"之厥词,他紧赶慢赶,在事变一周年之际出版《东北史纲》一书,周详论证东北自古即为华疆之史实,字里行间,莫不洋溢着强烈的民族情怀。此书英译本出版后,送交国际联盟,为李顿调查团报告书明确指出东北三省"为中国之一部,此为中国及各国公认之事实",起到了不可忽视的作用。

傅斯年初为人父,本应按傅氏家族"乐"字辈为儿子取名,可面对日军蹂躏下的破碎山河,为了表达誓将外敌赶出中国的决心,特意借博涉文史、首次把日本人打得全军覆灭的唐朝将军宰相刘仁轨之名,为爱子取名仁轨。

再没有民族认同感的人,对傅斯年的民族自尊心和气节都不配说三道四吧。抗战胜利后,他代理北京大学校长时,对但凡在伪政府任过职的教职员工绝不录用,称"汉贼不两立"。"下水"教授周作人去信自辩,并称:"你今日以我为伪,安知今后不有人以你为伪。"傅阅信拍桌,怒目而詈:"妈的,难道反了这些缩头乌龟王八蛋不成!"接着刷刷刷下笔回敬,云:今后即使真有以我为伪的,那也是属于国内党派斗争的问题,却决不会说我做汉奸;而你周作人之为大汉奸,却是已经刻在耻辱柱上,永世无法改变了。

傅斯年的故事一串又一串,大多教人喜欢,我还能信手拈来呢。我不附庸风雅地说什么见贤思齐,起码也能从他身上汲取到中国现在言必称说的正能量吧。

我父亲认识傅斯年,对其心生畏惧,他虽可自辩自己决非汉奸,但毕竟从事过一言难尽的"曲线救国",万一碰在人家那一张炮嘴上,可不好玩,这可是个连宋子文、孔祥熙都敢公开弹劾的主呢!若不幸被他瞄准,父亲当然要和他激辩,可他有严重的高血压,一言不合，血压上蹿，让不让他呀？还是敬而远之吧。

一九四七年，傅斯年在妻儿陪伴下赴美治病，一年多后出院。虽然他终生拒绝加入国民党、拒绝出任国民政府要员，对国民党彼时处境也是哀其不幸怒其不争，但面对美国几所大学的聘请，依然认定自己的事业在中国，携妻东返，只留下儿子在美国读书，嘱旅美好友、著名语言学家和音乐家赵元任夫妇代为照看。

才过三年余，傅斯年在台湾省议会答复教育行政质询时过度激动，突患脑溢血而逝。年方十五、在美国读中学的儿子没钱回家奔丧，乃给悲痛中的母亲发去安慰信，其称："父亲是祖国所需要的重要人物。我确信父亲也是一位非凡的人物，一定也能受到后人的赞扬。我并不迷信，但是永远没有人能够使我相信人死就是'过去'，人死身体虽然毁灭，骨头虽要变成灰烬，但是他们的灵魂，那里去呢？我确切的感觉父亲正在守护着我们。"

信写得再深情，却仍感不近人情，堂堂台湾大学校长怎会清贫如洗呢？情况却也千真万确！

郭小颐、傅斯年虽先后过世多年，但中国人的基因，中国文化的信息密码，却没让他们这辈人在四海内失散，而是牢牢联在了一起。郭小颐对傅家后人的道德文化修养、严格家教养成的做人行事风格，心存敬意。

"顾桑的心飞到哪里去了？"

小野说话时，脸上的肉轻轻一跳，眼光有一丝冷峻。他定是觉得我失礼，哪能如此心不在焉呢？

我迅疾回到现实，告知郭熙与傅斯年学生见面之事。

小野脸色缓和，看着我说："看来还真是人同此心，心同此理，再过几代，恐怕也不会原谅汪精卫，再来几个史学家，恐怕也洗不去汪精卫身上的污泥浊淖！历史只相信一个真理，一个人永远不要背叛自己苦难中的祖国，真要有什么原因背叛了，就不要求宽恕谅解,自作自受吧!"

"好,说得酣畅淋漓!"

"历史,不应该也不可能永远为当事人隐瞒过去,也不会被随心打扮、任意玩弄,它会苏醒,会长大,会自查自纠,会正本清源。"

他语调悲观,眼眸里还透出一种累。

前脚刚离开名古屋大学当年汪精卫的断魂处,小野却又一个回头,面无表情地望了望,寂然半晌,语声幽沉:"死,对汪精卫不失为一种最好的结局,对近卫文麿、东条英机亦然,对很多人也是……"

白云在蓝天中轻轻飘散,苍翠的树木,蜿蜒的河水,动静分明的红男绿女,眼前的一切都那么清澈明了,远去的历史和人物,却背影朦胧。

| 第四部 |

思悠悠，恨悠悠，恨到归时方始休

　　这条生于忧患、成行于战火、承载着厚重历史的跨国公路，我不在意它曾遭遇的破坏和修复，因为待我来见，路还是路，仍是这般平淡无奇，毫不惊艳。而一个甲子之前，南侨机工们奔波于斯，把使命如血如汗般嵌入其中，点石成金，使之从平凡走向神圣，从一条路走成一座脊梁，把一幕幕传奇刻写在人类战争与和平的史册上。

一

程宁宁去缅甸考察,能主动地邀上我,我猜想与我们的一次对话有关。

那天,她请我陪同两位来自缅甸的华人吃饭。我不知她为何要无厘头般地把我拉进商务饭局,更莫名三杯两盏清酒过后,来了个神转折,把话题引到她曾有过一辩的国共两党抗战功绩上来,让肴馔飘香的饭桌隐隐散发着一丝火药味儿。

年长的缅甸华人那一口中国话,听起来总是有些别扭:"我虽在缅甸出生,但也算是接受国民党教育长大的,上学时父亲就让我读《缅甸荡寇志》,对国军二战的功勋还是佩服的。"

他的同伴马上佐证似的附和:"这本书我也看过,留在泰缅的中国人大都看过。"

我这才摸清程宁宁的意图。其实,即使在生意之外也还有共同语言,任何人都不要先入为主地把行外都视作旁者,以为对牛弹琴。

我当然知道《缅甸荡寇志》,这是关于中国远征军在缅甸作战的书,出版于抗战胜利翌年。我也知道,在泰国、缅甸的中国人不少,除了中国远征军的后人,还有就是国际社会中所谓的"泰缅孤军"之后。一想到"泰缅孤军",我心里突地打了个激灵,看来这个饭局有点儿意思,不觉向程宁宁投去带点示好的一瞥。

程宁宁却视若无睹,径自对两位客人说:"这我了解。我不是不知道国民党的抗战,更不是说国民党的好话不能讲,我只是奇怪现在有些人好像有一种逆反心理,讲国民党净说好的,坏的也说好,讲共产党则净说不好,好的也说坏,这也太不符合事实了吧!"言罢,才微微侧脸看了我一眼,仿佛是专门说给我听的。

我并不心急,更不会吃了人家的而嘴软,不软不硬地回应:"只要站得住脚,有史实有证据,完全可以翻案的嘛,历史上逆袭的人和事并不鲜见。"

程宁宁轻轻舒出一口气后,道:"众口铄金,一般性的常识有出入也就罢了,但错误的史观对年轻一代潜移默化的影响无以复加,进而影响到一个国家、民族和政党的道德感召、凝聚力及民心向背。你想呀,一般人是进不了大学历史系的,即使有点儿业余兴趣,到底也没时间和精力去一层一层剥历史的'洋葱',他只看社会提供的结果。所以,从这层面来说,借用鲁迅先生的话,得救救孩子!"

我觉得她言重了,看似锦心绣口,到底是政治说教。我不予理会,转头看着那位年长的叫老金的缅甸华人,问:"这么说,令尊是国军抗战老兵,还健在吗?"

脸膛黝黑的老金双手合十作答:"托您的福,还在还在。"言毕松手,指着同伴道,"老严的父亲也是,也还健在。"

老严脸膛的黝黑程度和老金如同一个模印打造,只是脖子上多挂了一串珠琏。他礼貌地对我点了点头,道:"还在还在,还在做亚细亚的孤儿。"

"亚细亚的孤儿。"我重复一句后,马上"哦"了声,泰缅孤军,孤军之后,难怪难怪。

程宁宁一张秀脸徐徐转向我:"顾博士,想去缅甸看看,采访采访快成世界记忆的泰缅孤军,加深加深您的研究吗?"

我不假思索地相告:"我本来就有去缅甸的计划。"

程宁宁蛾眉一扬:"我就知道您会去。"

我语带揶揄:"程小姐是钻进铁扇公主肚子里的孙悟空呢!"

"那就把计划提前吧,我下周动身!"

程宁宁在不容置疑的话语之后,是一抹微笑,红润的嘴唇绽出了两颗好看的小虎牙，我还看到了她光洁的嘴角那两个浅浅的酒窝。

我就这般神使鬼差地跟上了程宁宁的时间表。

坐上飞机头等舱，在咖啡缭绕的香气中，她徐徐道出一个让我诧异的话题："您肯定想了解您爸去缅甸的事吧？"

诧异中，我只能如此发问："你也知道我爸去过缅甸？"以你爸、我爸相称显得亲切、随和，不似令尊、家父之称那般文绉、客气并带有的生疏。

机舱里的冷气似乎太足了，她把空乘送来的毛毯往胸口处拉了拉，道："我太爷也去过缅甸……"太爷，就是曾祖父，也就是程天章了。哦，原来她和缅甸竟有此不解之缘，不仅仅是生意。

"当年我太爷曾协助陈嘉庚先生组织南侨机工，和您爸在缅甸有过交集……"

哦，我登时明白她请我同行之意了。我父亲顾闽和她太爷程天章，如果照她所说当年在缅甸有交集的话，该是为了援助南侨机工。至于她说她太爷曾协助陈嘉庚组织南侨机工一事，也有我爷爷顾志平的一份力。

听她说话的语气，舒展鼻翼闻她身上散发的气息，我忽然有些沉醉。这是我从女性亲人身上闻到的稀罕而清新的味道，除了我妈，鲜有她人。至于我那个远在中国台湾的同父异母姐姐，打我记事起就似乎与我苦大仇深、水火不容，谈何亲情味儿。还是这个未出五服的程宁宁来得亲切，自然而然地唤起我的某份亲情。我相信，那份味道，绝不始于摇摇摆摆的机舱，它发自程宁宁的身上，也来自我的内心。世间那些曾被岁月撕裂的美好东西，往往能在真心期待中复位，即使曲折颠簸。

长话短说，从白云千载空悠悠的历史纵深，回看正从舷窗外悠悠飘来的那几朵棉花糖似的白云，我不禁感慨："南侨机工的作为，可谓惊天地泣鬼神，让整个世界都感到不可思议。"

"我太爷和您爸,还有您爷爷,是为祖国尽了忠的。现在我们也当接过他们的衣钵,抛开历史的误会和积怨,尽一己之力,努力来改变不恰当的现状。"

我灵光乍现,抓住她话中的吉光片羽,问:"照你这么说,我爸,还有我爷爷,不是汉奸?"

"我只知道他们为祖国做过好事,后来是不是有污点,有多大的一块,要您自个求证,我说了也没用,有用时我不会沉默。"

你听你听,程宁宁益发地真诚了,越来越向亲人这头儿靠了。

我隐隐感觉,程宁宁只知道我父亲去缅甸援助过南侨机工,并不知他后来在联合国工作时曾赴缅甸从事过另一层工作。

踏访南侨机工的足迹,是我缅甸行的推手之一,所以,此行谁陪谁不消说。所以,我动身前就做好了有关功课。

一九三九年,中国抗战在胶着状态下进入至暗之期,沿海重要港口失陷殆尽不说,西北公路和滇越铁路也在国际局势的变化中先后中断。可以说,所有的国际通道几乎都被关闭,只剩偏居大西南的一条滇缅公路。此路还是国民政府未雨绸缪,鉴于抗战有可能出现水陆断路危机而于上年紧急抢建而成,从云南昆明修至缅甸,和缅甸的中央铁路连接,直通著名的仰光港。

透过当年的图片,我领略过这条被国际社会称为中国抗战生命线的战略通道,巍巍乎横跨高峰大河,险巇叠叠,迷雾重重,望之生畏。它在当时之所以被冠名"死亡公路",除了险象环生,更因为已成日军的眼中钉肉中刺,是绝对重点的打击目标。

滇缅公路自建成就肩负着重如泰山般的使命,不仅要抢运以军事物资为主的国际援助,还要运输从国外购买的工业生产原料和大后方人民的生活物品。这些物资之于中国,犹如奶水之于嗷嗷待哺的婴儿。

公路能否发挥作用,第一要务是须有汽车! 据统计,自一九三九年至一九四二年三年间,国民政府购买和国外援助的汽车、卡车,多达一万三千辆。

汽车是翻山越岭的铁骑,还是一堆百无一用的废铁,关键看有没有司机! 落后又遭逢战乱的中国,司机难觅,修理人员难寻。虽然国民政府事先招募和训练了大量司机和技工,依然杯水车薪。关键时刻,东南亚华侨领袖、抗战之初即组建南洋华侨总会支援祖国抗战的陈嘉庚,发出"南侨总会第六号公告",号召华侨中的年轻司机和技工回国,与祖国一同战斗。

爱国当先的陈嘉庚,断断是海外华侨中卓有影响的人物,登高一呼,应者云集。如同程宁宁所说那样,我爷爷顾志平、她太爷程天章,当年身为南侨总会的重要骨干,追随并协助陈嘉庚,在组建"南洋华侨机工回国服务团"中出力不小。

志愿回国援助抗战的南侨机工前后有三千多人,分九批回国,向海那头饱受战火蹂躏的祖国伸出了救援之手,组织起了堪称二战中最大的民间运输车队,成了四万万中国人的期待。

捐躯赴国难,视死忽如归。那条同时被称为"抗战生命线"的"死亡公路"并非危言耸听,数年间有一千多名华侨机工捐躯于此。他们用自己的生命承运着炎黄子孙齐心抗战的血液,以钢坚的意志捍卫着一个民族的尊严,以舍生忘死的精神与祖国的山川融为一体。

彼时,面对海那头祖国大地熊熊燃烧的狼烟,身处南洋的华侨们为何没有置身事外? 回到祖国参加抗战运输的华侨机工们经历了怎样的生死磨难、命运多舛? 我略知台前幕后那些并不如烟的往事,而且并非临时抱佛脚恶补,没有第一手资料如何做历史研究?! 前些年我赴新加坡、马来西亚探亲,并参加我那位在二战中当过盟军上校、被誉为新马地区抗日英雄的叔叔顾阳的百岁诞辰纪念会后,专门寻访到几位已白发苍苍的南侨机工幸存者,从他们口中有幸抢救出一些鲜为人知的史料,在故事之余聆听到的回答很是震撼心灵。

我的记忆力并非好到可以过目不忘,但确实还记得杨洋在新加坡寓所接受我采访时的一番话:"祖国大陆是我们的根,是我们的祖先庐墓所在,故国山河,祖先基业,岂容日寇霸道逞强?!"

年逾九旬的杨洋,是南侨机工群体中的普通英雄。当年,刚从机务学校毕业的他,听了我爷爷顾志平的动员后,毅然报名参加"南洋华侨机工回国服务团",成为第三批团员。

我爷爷之所以有影响力和发言权,当有榜样的力量。彼时,我老顾家的成年男丁,除了他留在南洋协助陈嘉庚打理南侨总会事务,几乎都回到了祖国效命。我的父亲更不消说,他是继我那位英勇牺牲的二伯顾骧之后最早回国参加革命的人。我叔叔顾阳,则是台儿庄战役后从英国投笔从戎回到中国参加抗战的,后因恶疾转回南洋医治,在日军兵犯南洋、英军丢盔弃甲时,就地参加领导当地抗日。那时,已从祖国大陆历尽艰辛回到新加坡的杨洋,和一批南侨机工再次投身南洋抗日,和我叔叔顾阳曾一度并肩作战。

"战争,你死我活的战争,把天空撕裂了,把阴霾集合了,把一切闷葫芦打破了,让一个个不愿做奴隶的人们站起来了,让一个个英雄站起来建功立业、四海名扬了,也让一切怕死鬼、无动于衷的庸碌之辈淘汰了!战争让我们长大,知道有国才有家,祖国需要我们,抗战需要我们,在抗战这艘神圣的大船上,我们要与祖国人民一道航行,同唱'把我们的血肉筑成我们新的长城'!"

现在回味杨洋老人的话,仍觉掷地有声。他说我爷爷当时正是这么动员的,他烂熟于胸一甲子,不过是信口引用而已。

爷爷说过这般豪气干云的话不足为奇,奇的是,经过几十年的风雨,仍有人清晰地记得,引用得仍如此铿锵有力!历史虚无理当批判,精神的力量确实能穿越时空。

"是的,'天下兴亡,匹夫有责',责任在肩便让人变得崇高,我意识到自己的神圣使命和人生价值后,似乎一夜之间就成长起来,无所畏惧地投入抗战洪流,如同果敢的潜水员沉入不着边际的深海。"

说这话的杨洋老人还给我看了他当年在南洋的照片,西装革履,家境的殷实跃然纸上。报名参加服务团时眼神坚定,内心的执著一览无余。他驾车奔驰在滇缅公路时的唯一一张旧照,更让人侧目,上面赫然题着南宋抗金英雄岳飞的诗句:"驾长车,踏破贺兰山阙,壮志饥餐胡虏肉,笑谈渴饮匈奴血。"一九九二年,中国大陆海协会会长汪道涵和台湾海基会会长辜振甫在新加坡举行那场开启了中国海峡两岸"九二共识"的著名会谈时,杨洋带着孙子在场外留影,并在照片背后题写:"待从头,收拾旧山河,朝天阙。"

杨洋老人颤抖的双手抚摩着那两张相隔了半个世纪的照片,喘着气说:"这两张照片,算是把岳飞的《满江红》最后几句弄完整了,只是祖国山河却还没收拾妥当,我怕到死都看不见统一那一天了。"

我的心突然就被某种柔软击中了! 一种比子弹更有劲道的精神力量,不由分说地罩上了我!

陪同接待我的老人孙子,也就是当年和他在汪辜会谈场外留影的小杨,在一旁说:"爷爷从青年走到晚年,心里一直念着那边的中国,我算是知道了什么叫'身在曹营心在汉'。他还特别交代,在他百年后把骨灰撒在滇缅公路,陪伴长眠在那里的战友。"

我不胜唏嘘。

"我听说红军长征时,有父母送子妻送郎的情景,我们离开南洋时,何尝不是如此!我们那批回国的南侨机工有四五百人,在马六甲码头送别时真是人山人海,连一些外国友人也来了。我们站在船的一边向岸上挥手告别,整条船都歪了。"

他说得很动情,听不出有何不妥,我在互动时不时引出问题来:"听说南侨机工都有理想也都很爱国,许多人还抛弃了海外的优越生活,报效祖国?"

他沉吟片刻,语气低沉却不乏力量:"也不是百分百地纯洁。不排除有纨绔子弟为了华侨世家的面子,或借机赶热闹;也不排除穷苦人家为了不菲的报酬,或借机历练。但那些怀揣各种想法或对祖国观念淡薄的人,参加这个团体回到祖国后,看到河山破碎、同胞流离失所、生命惨遭涂炭,尤其看着身边战友一个个惨死在日军的轰炸中,震撼之中,正义的力量和家国之情能不同时满上心头,能不重新调校生命的意义和前进的方向? 而实际上,他们确实是这样做的,牺牲者和幸存者在血与火的洗礼中都取到了真经。"

杨洋是千万华侨中的一个典型,却也心病难消。日军攻陷马来亚后,其胞兄卖身投靠,助纣为虐。他奉抗日游击队之命,劝说胞兄反正不成,只好将其引诱至游击队埋伏处。游击队没有履行原先只关不杀的诺言,当场将其枭首。他伏尸痛哭,无以名状。之后,他忍受着亲人、朋友和抗日队伍的误解,照料胞兄一家,坚守自己的信念,在生死之间游走。马来亚独立后,经资料发掘,才知其胞兄系马共成员,受马共指使为日本人做事,可惜委曲求全不成,反被自己人给除"奸",背负罪名身死,堪比窦娥冤,此痛曷极?! 胞兄的平反让杨洋宽心不少,更让他欣慰的是,胞兄的独生子在了解真相后,并未责怪,回中国大陆定居以来,还时常与叔父联系。纵然如此,负罪感仍纠缠着杨洋的大半生。

老人感人的肺腑言语,多半是因为我父辈特别是叔叔顾阳的关系。我不觉同病相怜起来,油然想及父亲生前爱引用的那句"同是天涯沦落人,相逢何必曾相识"。眼前这位老人不说三分话而全抛一片心,引着我不由自主地和盘道出"家丑"。杨洋摇了摇那望之俨然的皓首,坚称故事中有故事,只是故事的真相有赖于后昆恢复,哪怕匪夷所思啼笑皆非,都要既告先人,也提醒自己,警示后人。

我父亲当年在缅甸的那些事,他知道些点滴,之所以留心,还因为这是侨领顾志平之子。在此不赘。

高速公路驱车五来个小时,抵达吉隆坡近旁的一座小镇。沿途触目可见的除了大海,便是胶林、油棕园,蕉风椰雨,特有的马来风光让人心旷神怡。我小叔顾阳一脉一直在此定居。我顾家有不少历史在这里生根发芽呢。

堂兄弟姐妹间的聚会就不去渲染了,亲情总是美好的;搜集到的史料也不说了,得暂时保密。在这里必须说的,是我在堂妹顾丹萍陪同下,来到了马来西亚东海岸关丹港新码头。

眼前一派繁忙。以无边无际、分不清天涯还是海角的南海为背景,起重机、龙门吊、抓斗,还有什么输送带、卷扬机,以及上下船的码头设施等等,大小巨人般屹立在白色的砂石上,巨大的轰鸣声让此起彼伏的鸥鸣变得微不可闻。为了建设全长两公里的新码头,这里正在热火朝天地进行填海作业。在乱哄哄的繁忙景象中,让人体会到建设的节奏,有如浪涛,有如大海激剧的心跳。

堂妹送我一张当地报纸,上面转载着日媒的说法:中国所提现代版丝绸之路经济圈构想——"一带一路"倡议正在马来半岛变为现实。

堂妹对日本有着天生的反感。还在读小学时,每次经过日本大使馆,总少不了对着太阳旗骂一声。某年,日本企业在新加坡举办商展,开幕之日,群众一拥而上,把迎风飘扬的太阳旗给扯了下来。跟随我小叔在新加坡观光的她,竟情不自禁地拍响了小手。长大参加工作后,她胸中块垒未消,好像日本与她有世仇,欠了她什么似的。

置身眼前热闹的工地,我一时摸不着头脑,这做什么用呢?

"您眼见为实了吧,中国已决心开辟一条从南海直接西出印度洋的独有路径。这个计划与大马政府合作,通过铁路横向联通马来半岛……"堂妹的中国话说得还蛮流利,看她举手投足,感觉像在指点半壁江山。

"你就不担心风险,中国花这么些钱这么多精力就不会打水漂?"

"中国又没把所有鸡蛋放一个篮子里,再说了,道高一尺魔高一丈,现在的中国,不会做亏本生意的啦!"

"嗬,谁给你这样的自信呀?"

"中国呀! 世界自由经济呀!"

在已经完成的工地走了一圈,随海风灌进耳朵里的几乎都是中国话,似乎中国话是这里的官方语言。

我不觉诧异起来:"怎么都是中国人?"

"别说建设工人,重型设备之外的操作人员,也全部来自中国。"

"搞垄断?"

"不,不得已而为之,因为大马一直缺少有经验和技术的工人。"

我们走走停停,边走边聊,一路上不时有人和她打招呼,从彼此的神态中可知,堂妹不是工地普通的管理人员。

"丹萍妹子,刚才说你担任什么职务来着?"

"KPC(马来西亚关丹港务公司)部门经理。"

堂妹启齿一笑,有点儿腼腆,继而迎合着我的好奇心,详加介绍:KPC是由中国央企出资四成建立的合资公司,承担港口运营,目前已投入三十多亿人民币增建的可供大型船舶停靠的十八米深水港工程正在进行中。这些年,大马与中国的贸易量急剧增加,关丹港的年货物吞吐量已接近承载上限,乃决定与中国合作,实现吞吐能力的翻番。

"这个大工程完工后,关丹港将成为自由港,并通过横贯马来半岛的铁路,与二百五十公里外的大马最大港口巴生港联通。一旦两港联通,一条战略性的陆上运河就将出现。"

她说起话来难掩喜色,仿佛可以想见明后天这里就会有排列如山的集装箱吞吐。

我环顾四周,问:"这么有前途的项目,别的国家就不会来抢?"

"大马东岸的开发一向滞后,日本企业大多集中在西海岸,对东海岸极少关注。而东海岸距中国较近,中国一直积极对东海岸的开发提供合作。"

停停走走,不知何时,金乌西坠,"半江瑟瑟半江寒",暮色像海水一样,从四周悄悄地涌上来,不声不响地包抄了忙乱中的港口。

忽如一夜春风来,千灯万盏次第开,刹那间,港口亮如白昼。

堂妹偎依着我留影存照:"我很荣幸,能投身现在的建设,我想这可以告慰老爸的在天之灵吧……"

我得再强调一下,我小叔顾阳,当年虽然因故没能成为南侨机工的一员,后来却担任了盟军上校,成为新马一带富有影响的抗日英雄。

二

波音飞机穿云越雾,天马行空。因了南侨机工的交谈,延长了诗意,缩短了旅程。人与人相处,还是有共同语言的好,当然,共同语言也是磨合、改造来的,如我和程宁宁一般。

机身倾斜,大片大片的白云朝眼前飘忽过来,这是要降下云端了。我话锋一转,道:"这么多年过去了,南侨机工的抗战历史怕是要湮没了。"

程宁宁扭头看我,又像是不认识我似的。

"某年,中国央视曾播出一部反映南侨机工的多集纪录片,叫《被遗忘的卫国者》,可见民间的遗忘程度绝非一般。"

程宁宁眼中的戒备消失了,流露出一种诲人不倦的神色:"您可别抠字眼,咬文嚼字的,其实祖国并没有遗忘南侨机工,纪录片起个那样的名字,不过是为了引起关注度,提高收视率。我个人并不喜欢这样的名字。"

此非虚言,中国官方对南侨机工的事迹确实不曾任其被岁月的风尘掩埋。据她介绍,继《被遗忘的卫国者》之后,又拍了电视连续剧《南侨机工英雄传》。还说,在阅读风气江河日下的大陆,电视剧的传播速度和影响力,直教书籍和纸媒望洋兴叹。

在知道南侨机工事略之前,我不止一次地感叹中华民族曾有的强大凝聚力,感叹滇缅公路曾经书写的惊世传奇。一个甲子之后,在我即将站在这条神奇的公路上时,我想到的不是遗忘,而是一个疑问:如果中国再有外敌入侵,海外华侨华人当如何?

我并非诅咒父母之邦再遭劫难,纯属下意识的一个设问。我想,一个在百年来饱受列强凌辱、建立新政权后能把"中华民族到了最危险的时刻"写进国歌的国家,是不忌讳外敌入侵这类字眼的,也说明这个国度是居安思危的,这点值得敬重,并教世界不敢小觑。油然间,我脑海里又响起另一首有名的"红歌":"朋友来了有好酒,若是那豺狼来了,迎接它的有猎枪。"现在,这个国家不再只有可怜的几枝猎枪,能亮瞎豺狼的"杀手锏"在武库里比比皆是,严阵以待着呢。

我进而想到毛泽东的名言:"武器是战争的重要因素,但不是决定的因素,决定的因素是人不是物。"我由此及彼,忍不住还在钻牛角尖：哪年哪月，海那头真有战事爆发，海外华侨华人当如何？

飞机放慢速度缓缓下落。我的思想辘辘比飞机转得快。

一群风华正茂的生命，怀揣梦想降临南洋，有的在这片泛滥着淘金热的土地上还没做过几场梦，就转而赴一场突如其来的战火机工之约，把人生彻底改写。前一批人的身影随着歪歪扭扭的船刚消失在海平面，后面几批人又血气方刚地紧跟着迈进国门，抵达中国抗战大后方。

多年后，我脚踏南洋的土地，站在海岸静静远眺。海天一色，千帆竞发，逆风鸥飞，湛蓝的天空中，是南侨机工们弯曲的倒影。我在心里激情吟诵着惠特曼的那首《给一个遭到失败的欧洲革命者》，为他们擂鼓壮行：

> 走过去，走过去，你们年青强壮的肩膀背着背包和步枪
> 我站在你们出发行军的地方看着，壮怀激烈
> 走过去，——再擂一通战鼓，
> 一支部队出现在眼前，另一支正在聚集
> 成群尾随在后面，啊，你这叫人生畏的源源不断的大军
> ……
> 只有当英雄和烈士完全被人遗忘，
> 只有当所有生命、所有男男女女的灵魂在整个地球灭绝，
> 自由，或自由的观念才会在整个地球灭绝，
> 背叛者才能掌握一切
> ……
> 我们曾以为胜利是伟大的吗？
> 对的——但是现在我认为，在不避免时，失败也伟大，

死亡和沮丧也伟大。

这些来自南洋的热血青年，大都受着英国殖民文化的浸染。当他们毅然转身投入祖国怀抱时，才发现一切与自己最初的想象大不相同，一场血与火的洗礼，严峻考验着每一个卫国战士。

蜀道难，滇缅路的崎岖险峻也不逊于蜀道。南侨机工们回国前，多驾车行走于城镇之间，到了中国大西南，就得掌握在崎岖山路上行车的技术，一着不慎，往往车毁人亡。杨洋和另几位垂垂老矣的南侨机工幸存者，都曾目睹战友座驾在前方撞崖或跌落山谷之惨状。或系机械故障，或因路况复杂、气候恶劣，或缘于疲劳驾驶，司机体质和驾驶水平的参差也是有的，但总归是路难走。

"沿途悬崖峭壁随处可见，停车时，偶尔往窗外飞速地投去一瞥，但见断崖式的万丈深渊，让人不寒而栗。"几位参加过那场运输战的老人对此仍心有余悸。

各样军事辎重、战备物资不说，随着抗战形势愈发严峻，大后方新组部队，也要通过汽车运输源源送往前线投于战场。南侨机工们连日目不交睫，事故岂能避免?!

一位老人的孙辈显然不太理解历史现场，陪我听故事时，多有不解，插问："不是说磨刀不误砍柴工嘛，为什么不休息好，计划计划?"

"滇缅公路上运输本身就是一场战斗，大批武器和物资得赶在日寇发觉前从缅甸抢运回来，也还好我们没误事!"老人的话里充满着自豪。

经历过那场战火的南洋上一代老人，也都称日军为日寇、鬼子。日本鬼子、德国鬼子，看来，"鬼子"还真是对世界上臭名昭著的法西斯主义者的通称。

我知道，滇缅公路运输有过一段难得的黄金时期，虽有自然界风云雷电、道阻且长的障碍,但幸无日军袭扰。

人事的风平浪静总让人感时伤春般歌颂或叹息历史。日军的侵略无以复加,东南亚前沦后陷,养在深山的滇缅公路像被掀翻了天花板、推倒了多面墙的房子,一时间,便暴露无遗了。日军既知滇缅公路的重要,千方百计要将它腰斩,断绝世界对华援助和中国与外界的联系。于是,公路的咽喉要道在狂轰滥炸和硝烟弥漫中历尽沧桑,来往的车辆频遭浩劫,一个又一个南侨机工斗志未酬,再也回不到亲人身边。

滇缅公路干系重大,一天也不能停止运转!公路两旁的中国军民打响了保卫战。

架设于澜沧江、怒江之上的昌淦桥和惠通桥,是日军攻击的重点。空袭一轮比一轮凌厉,抢修工作却也丝毫不见畏缩。每每驾车路经那两座满目疮痍的大桥,杨洋和战友们心中依然能激起同仇敌忾之情。

我曾看过一份资料,说的是一九四一年一月日军在第十四次空袭中,将昌淦桥彻底炸断,之后通过电台宣布,滇缅公路三个月内断无通车希望。一时间,紧张不安的气氛充斥于几大盟国上空:滇缅公路果若瘫痪,饱经战火之痛的中国一旦无力再扛反法西斯的重任,后果将难以想象?!让日本和世界同等惊诧的是,时隔不久,滇缅公路就又恢复如常,焕发着不甘屈服的生机。这里头,有中国军民众志成城的抗日意志,也有南侨机工们无私无畏的奉献啊!

"桥被炸断了,在空袭和炮火下还怎么修复通车?"不仅杨洋那位上中学的重孙好奇,想来你也纳闷。

叙述这个故事,就把未雨绸缪、暗渡陈仓、三个臭皮匠赛过一个诸葛亮等中国成语连了过去。却原来,抢修队在对敌斗争中已考虑到大桥最终的命运,所以事先想到了替代办法,采用空汽油桶和木板做成"渡船",司机们只要将汽车开上"渡船"即可。再后来,为了提高通行能力,又使用空汽油桶和渡船搭建起浮桥。

第一批上"渡船"和浮桥的南侨机工,就有杨洋。他难抑紧张和兴奋,在硝烟弥漫中,颤悠悠地驾车驶过了滚滚奔涌的澜沧江。

滇缅公路自诞生之日起,就显得不平凡,更不平静。

史载,一九四二年三月,日军集结重兵突然强攻缅甸,驻缅英军弃守,仰光港大批没来得及运往中国的物资落入敌手,日军随后强势向缅北推进。经英国政府邀请,为保卫滇缅公路这条抗战生命线,中国远征军出兵缅甸抗日。由于中、美、英联军组织指挥不力,中国远征军未能挡住日军攻势,且战且败。生死一线间,南侨机工仍冒死抢运对中国抗战无比珍贵的每一箱军火。五月,日军攻入云南境内,占领怒江以西地区。紧急关头,中国军队对滇缅公路上的咽喉——惠通桥实行爆破,以阻止日军进攻,滇缅公路也由此被彻底切断。

英雄没了用武之地,公路沿线原本繁忙的司机,和车辆一样变得"寂静"起来,运输大军被解散。失业后的南侨机工们处境狼狈,他们在大后方举目无亲,再加上东南亚地区多被日军侵占,无法再回,饥饿、疾病、轰炸和死亡的威胁如影随形。自一九四二下半年开始,南侨机工们开始了一段难忘的清苦岁月,不少人在那段日子凑合成了家。

我看过不少有关南侨机工的照片。如年轻的杨洋那般,当年的他们总把自己收拾得精神焕发,据说能一眼把他们从当时公路沿线的人群中辨认出来。这些南洋来的小伙子,头发和仪表总是收拾得一丝不苟,有文化,又有素质,那时国民政府所给工资也较高。这么有讲究,大后方的人对他们特别有好感,所以虽一时落难,仍有很多家庭招他们为乘龙快婿,并帮他们寻找新的工作。

我想向杨洋探个究竟："据说当时有三分之一的南侨机工与当地女子共结连理？"

杨洋说："多少我不清楚。反正我也是那个时候成的家。"

我有几分诧异，更感几分新鲜："您在云南成了家？妻子后来和您回南洋了吗？"

"没。"杨洋说着，满是皱纹的眼睑溢出一滴清泪，"一次鬼子空袭，她因有孕在身跑不快，就被机枪弹给追上了……咳，一尸两命！"

老人哽咽着，举起干柴般长满黑斑点的手，擦擦眼角，又说："要是妻儿还活着，我可能也不回南洋了。"

谈话变得艰涩起来。

再美好的命运和爱情，在残酷的战争面前都不堪一击，会被碾得支离破碎乃至齑粉。那场战火虽已远去，但刻在每个曾经沧海的中国人、每个南侨机工身上的伤痕，却不曾消失，他们的此后人生难以摆脱战争的影响。

沉默许久，在新加坡的海风轻吹中，杨洋才徐徐地切入另一个我关心的话题："抗战胜利后，你爸来看过我们，了解滞留在中缅边境的南侨机工状况，差不多同时来的还有程天章前辈。得知你父亲是顾志平前辈的公子，我们瞬间便拉近了距离。我不知他是不是国民政府派来的，也不知我们后来顺利回南洋与他有没有关系，但感觉他很关心我们。让我弄不明白的是，为什么陈嘉庚先生会严厉指责你爸？"

我几分心虚，语声喃喃："我也想弄明白呢……"

战争画上了休止符。可三千多南侨机工只有三分之一登上旧码头，伤痕累累地回到南洋那个出发地。六年战争，四年漂泊，朋辈成新鬼，这些都让劫后余生的他们此恨绵绵。回到南洋后，他们该如何适应那个曾经熟悉的家园，开始新的生活呢？我从父亲那里知道,我爷爷顾志平当年在南洋曾接济过他们中的不少人,把他们安排进自己的实业做事,这也是我们顾家与南侨机工及其后人们有千丝万缕联系的原因。

我欲问杨洋回南洋后的人生,一时词穷,更忌伤口撒盐巴,一出口,道的却是:"中国没有忘记你们?"

"赤子功勋,岂会轻易忘却?"老人一时激动起来,身子哆嗦着,"我告诉你……"

杨洋最近一次到云南,是二〇〇二年。那年,恰是南侨机工解散六十周年。清明节那天,他和当年留在祖国的部分健在战友及其后人在昆明祭奠机工英烈,竟遇上由中国侨联领导陪同到来的陈嘉庚之孙。几方人员不约而同做一件事,"把酒话桑麻",怎一个故国情怀?!

"我爷爷陈嘉庚先生生前总觉得愧对南侨机工,嘱咐家人每隔几年便要来昆明,代他祭奠那一千多名长眠于滇缅公路的华侨青年……"陈嘉庚之孙祭奠时的一席话,说得山河肃穆、松柏垂首,说得鸟止啼、风止吼,说得杨洋一干人等泪飞如雨。

年年岁岁,怀着这种情感来云南祭奠的人络绎不绝。不仅有当地人,也有包括南侨机工后代在内的世界各地来客。春城无处不飞花,著名的春城昆明有地方寄托哀思、传承精神。

杨洋记得牢靠:一九八五年中国抗战胜利四十周年时,一座九米高的"南侨机工抗日纪念碑"在昆明耸起;二十年后,也就是抗战胜利六十周年时,"南洋华侨机工回国抗日纪念碑"在原滇缅公路中国段的终点——畹町落成,碑悬云空,直指苍天,气势恢宏地俯瞰滇缅公路。

建此两碑目的,不言自明。

有资料说,抗战时中国军队的物资和装备三分之一通过滇缅公路运进。南侨机工抗日纪念碑上所书"赤子功勋",是祖国对南侨机工三年间舍生忘死的敬意与铭记。

"赤子功勋"四字,杨洋记了大半辈子,绝不允许别有用心之人对此染指歪说。功昭日月之事,何须每日念叨。世上挑拨离间的说辞,无损其大,停留在表面的宣传,亦不过锦上添花。南侨机工在中国抗战史、现代史和华侨史长河留下的英名,任谁都不能轻视、抹迹。

波音飞机穿云越雾向下滑翔,倾斜的大地如同犹抱琵琶半遮面的女子,一点点露出真容。沉静的山脉,裸露的田地,蜿蜒的河流,交错的城乡,蚂蚁般行走的人群,机翼下的一切都那么透明。哦,我们离天国越来越远,离现实越来越近了。隔着窗户低头看,扑入眼帘的是大片大片的菜田。

飞机徐徐降落。舱外阳光灿烂,传说中的缅甸在面前徐徐展开,无拘无束,无遮无拦。

三

"顾博士可知缅甸曾是中国的藩属国吗?"

晚饭后,程宁宁公司的驻缅助理小吴奉命陪我在办事处近旁一座镀金佛塔周围转悠时问道。

我不动声色:"愿闻其详。"

吴助理眉飞色舞讲述其详后,又大讲了通谁谁谁曾是中国的藩属国,似乎泱泱中华曾恩泽四海,就差美国鞭长莫及,春风不度。讲述时,那份民族自豪感,溢于言表。

古代中国哪个朝代不拥有几个藩属国呢,汉武时期就逾五十。与近代以来西方帝国主义国家的殖民地有着天壤之别,中国历代王朝对藩属国多予怀柔,无偿提供保护,鲜干涉其内政。说实话,我曾嘲笑这种并不具有统治和被统治实质性内容的宗藩关系如同鸡肋，于宗主国是种自大，是虚荣泛滥。当然，说得动听点，是善之善者的"不战而屈人之兵"，是维系和平友好的外交手段。

周边国家之所以趋之若鹜地投其所好，一是羡慕渴望富裕的中国文明，希望在中国的政治、经济、文化影响下成为如是国度；二是希望得到强大中国的政治、军事保护。这些国家要向中国"称藩纳贡"，受中国的册封，并由中国赐予印玺，表面上看是以小事大，不平等。但总以"王者不治夷狄，来者不拒，去者不追"之心待朝贡者的天朝上国，为了显示自己的富有、威严和礼仪，总是薄来厚往。藩属国眼见所得赏赐远甚于进贡，哪个不乐意多来。再者，来华朝贡的同时，也与中国进行贸易往来，每每赚得个盆满钵满回去。中国统治者也不都是阿斗，往往也心知肚明，为了给自己减负，乃对各国朝贡时间和规模作出了限制和规定。只是尝到甜头的朝贡国，总能找到种种理由逾矩，泱泱大国还能扫人家的兴、驳人家的面子？

鸦片战争后，别说这些藩属国相继改换了门庭，连中国自身的许多地盘也被鲸吞蚕食为西方的半殖民地。一夜狂风骤雨，昔日的天朝上国被扫荡成病大虫、奄奄如睡狮，却还要被硬说成"黄祸""中国威胁"，遭受列强的口诛笔伐。自古真理事强权！

作为一个有人文情怀的历史学者，我对此是有感慨的，在中国历史的很多问题上我持有异见。现在踏上缅甸这片土地，感慨不说万端，发思古之幽情也不是味儿。偏偏，吴助理会有如此一问。

我伫步，看着他，忍不住揶揄："现在还剩几个，还万邦来朝吗？"

路边耀眼的灯光下，吴助理原先兴致勃勃的脸色立马黯淡下来。

我不留情面地戳破那层面子："此情可待成追忆，现在只能作为阿Q式炫耀的资本了吧?!"

吴助理叹了口气,溢出几分不甘。对照历史,忆昔抚今,有几个中国人甘心?!汉唐景象和天朝上国的气象,谁不希望沾些雨露?

遥想大汉当年,曾公然向世界宣称"明犯强汉者,虽远必诛",何等的睥睨宇内,威震八方。谁能料,风水轮流转,汉唐"万邦来朝"的盛况,在清道光之后便江河日下了,成了"万邦来分唐僧肉"的悲剧,八国联军公然联合打上门来,好一个割地赔款了事?!

散步回,浴毕,我照例打开电脑写观感。小野发自日本的电子邮件跃然眼前。

小野称,昨天他在学校凑巧听到我也认识的一位日本教授如是"教诲"其中国学生:"再怎么样中国都有过大汉帝国,——那可真是个充满光荣与梦想、童话般华丽的王朝。这个前无古人后无来者的伟大帝国投下的背影与梦想,值得今天的日本和亚洲一次次去追忆与品味。如果七十年前的'大东亚共荣圈'建立起来了,那么,不管是叫大汉帝国,还是叫大和帝国,这个世界就是我们主宰的了。"小野婉劝他不该这样别有用心地"毁人不倦"。对方拒不改口,爆粗不够,还动手打人。

我关切地问:"小野君吃亏了吗?"

小野很快回复:"我自卫反击,打得他满地找牙……当然,得支付医药费。"

小野没受伤就好,我开起了玩笑:"正义战胜邪恶,想不到小野君还文武双全,失敬失敬!"

小野回复:"威震寰宇、煌煌盛大的大汉帝国,受到后世东方文明乃至世界文明的推崇与景仰理所当然,只是这家伙用理不得其正,借机为军国主义招魂,还充当新安保法案的吹鼓手,欠揍!"

我已渐渐明白,小野的亲华是言行毕露,但其思想的核心是和平、正义，担忧着日本政客在花言巧语中逆流而动，一步步把日本人民的福祉葬送，真可谓：知我者谓我心忧，不知我者谓我何求。这个常年结合历史和现实反思侵略战争，铁心致力中日友好和世界和平事业，一到重要节日总爱在广岛、长崎核爆遗址凭吊，不惜与右翼叫板，在各种尖叫和谩骂中坚持向学生和市民讲解核爆真相的学者，诺贝尔和平奖竟没关注到，真是一桩憾事。我知道，新安保法案这个怪胎近来蠢动得很，该会如何收场呢？

小野称："估计会强行出台。彼若一意孤行，我必一意孤行反击之！"继而发来一个流泪的表情。

日本真让人捉摸不透，其走马灯似的政府真让人捉摸不透！与他做邻居，是福是祸都躲不过。还是中国的老子有智慧："福兮祸所伏，祸兮福所倚。"居安思危，小心驶得万年船。

缅甸人不管承不承认，都该心知肚明，中国自元朝开始与它的宗藩关系，和后来英国同它的殖民关系，不可同日而语。

历史那团麻还是理得清的，只要你愿意扯，只要你不是瞎掰、存心搅事。

还是不去扯缅甸历史上的宗藩问题吧。每个国家和民族都有兴衰荣辱，能从耻辱的冰窟里长出有异禀的花骨，已是造化；该如何保持独立和尊严，如何功德圆满地繁花满枝、花香四溢，除了天时地利人和，尚需道义。且来关心缅甸的华侨华人。

经年融入一方水土，和这里的空气相摩擦，连老金的父亲、那位参加过抗战的老华侨，也摩擦出了缅甸人特有的气质。老金父亲二十出头参加中国远征军赴缅荡寇，因伤留下，伤愈也没回国。

我们到来时，金老爸斜靠在客厅的藤椅上，桌上放了瓶开盖的中国产二两装"劲酒"，手中握着的看戏机正播放着中国歌曲MV。

老金招呼我们就座后，说："我爸爱喝酒，有事没事总要来两口,只要是中国酒,什么牌子都无所谓,说是喝酒能解乡愁,其实也不知是浇愁还是解闷。"

简要的寒暄后,老金从父亲手中接过听戏机关了,而后轻轻抚摩着老人的头,道:"爸,您告诉祖国的客人,当年真打过日本鬼子啊?"

"当然了!"金老爸说着,撩起衣服来给我们看。右边肚腹有块花花的皮肤,像巴掌一样赫然在目,这是战争,是日本人留给他的永久纪念。

老金一旁道:"身上还有几处呢,屁股上都开过花!"

已然验明正身了,我关切地问:"这是怎么伤着的?"

他听任儿子帮他把衣服掖上,却伸手拿过酒瓶来,闷头就是一大口,眼泪像是招之即来般哗哗直流。抬手用袖子擦,一放下,哗哗又流下来,再擦,这才止住。再喝一大口,眼睛发亮起来,摇了摇瓶,将所剩无几的酒一仰脖子统统灌落肚,闭眼睁眼后,才开始痛说家史。

老人杀过多名鬼子,每杀一名,身上也几乎要挂彩一次,战争的纪念无处不在。有次他和两名战友被打散了,退到山洞,不料四名日军尾追而来,一番激战加肉搏,两名战友俱死,他在刺死最后一名日军后,带着累累伤痕一瘸一拐死里逃生。差不多过了二十年,他和几名留缅战友终于找到了这个被丛生的杂草树木封闭的山洞,敌我双方六具尸体均成白骨,而兵器的零件大都还能转动自如。

我们莫不唏嘘,看着九十有三、身板依然硬朗的老人,道:"您这副铁身板,是打日本练成的呢,活一百肯定不成问题。"

"那是,那是!小日本那么凶,都没要我的命,现在死早就值得了,可我还得多活几年,活过那些老鬼子、二鬼子就好!"

闲话休提,我们把日本时常聊的话题带给金老爸。金老爸在国内和国外都有过反法西斯的参战史,对国共抗战业绩既有发言权,评论起来也超脱些。

金老爸听了我提纲挈领的说明后,轻咳两声,道:"你说的这些有的我也不太知道,要我说,有的是事实,有的恐怕只是事实的一部分。人的心理往往是这样,哪个新鲜就信那个。你们太年轻,又没经历过那些事,能知道什么?"

我和程宁宁不禁相视而笑,对一个老顽童式的过来人,不能计较,更不能求全责备。我带着几分敬意,小心翼翼地探问:"抗战胜利后,您为什么不回中国?"

他沉默复沉默,半晌才开腔:"抗战胜利后,我的伤确实是养好了,但回不去呀……"

吴助理冒失地截过了话:"是在缅甸成了家吗?"

"成家是后来的事……"金老爸摇了摇头,抬头看了看儿子,像是在征询什么。

老金不假思索:"老爸您就痛快地说吧,顾博士是知识分子,在研究抗战,正好可以供他参考呢!"

金老爸屏声静气片刻,像是凝聚精神下定了决心,终于来了下文:"我当年是共产党游击队,被国民党俘虏后,发誓不打中国人。所以跟着远征军到缅甸,我是抱着必死的信念,杀一个日寇值了,杀几个赚了。没想只是受了伤,部队转移时把我们留在了当地,抗战胜利后才找到我们这些失散人员,要我们回去打内战,清'剿'共产党,我不干。有人好心地叫我先回去,然后伺机回到共产党那边,这个我也不能干。我在两边都有战友,打谁我都不情愿,就磨蹭着留了下来,在这里结婚生子……"说着说着,哽咽的频率和身子颤抖的幅度不断增大,继而老泪纵横,一双枯枝般的手在眼眶周围来回擦拭。

神一般抗争与存在的老人!

我错愕的表情,我投向老人的目光,不知变得怎样地复杂起来,我自己看不到,但分明能从程宁宁的脸上看到她的变化。

眼前这位老人,廉颇老矣。他每折皱纹,每滴顺着或大或小或起或伏的纹路流淌的泪水,都隐藏着不一般的故事。故事里的曲折、幽怨、酸涩……能不让人一咏三叹?!

程宁宁适时起身来握老人的手,很是情真意切:"过去的事就让它过去吧,一家人都会有误会,牙齿有时还咬伤自己的舌头呢。现在好了,祖国欢迎你们回去! 您什么时候回去,提前让老金告诉我,我一定请您吃饭。"

金老爸点点头,又连声道谢,浑浊的眼里闪动着感动,像是照单全收的样子。

说话时,我再次打量了眼前的房子。

并非蜗居,倒宽敞,只是表里恰如房主的肌体,砖墙老旧,有风化的迹象,转角处的线条也不甚垂直。要是靠海,只怕台风一来,就能把这片房屋夷为平地。但他还是不愿搬去和儿子住,待在老屋,既得清净,又可随心所欲。真要有那一天房倒,也就把他给埋了,省事。戎马半生涯,征途几万里,英雄梦已残,世事无牵累。金老爸数十年来一直坐在自家门槛上,看着岁月一寸寸缩短,壮心一步步消磨,远望鸟飞雁过,也就只能这样了一余生了。

老严干咳几声,赔着笑脸:"那是很久很久以前的事了。主要是他那帮老兵兄弟,弄不清形势,围着台湾转,害他跟着瞎起哄了一段。现在好多了,好多了。"

老严语速极快,音质含混,而且咬字欠准,仔细辨听之下,有时也只能听个大概。

"同样在缅甸生长,老严的汉语为什么没老金说得好?"

我现在觉得吴助理也许并非冒失,他性格本就这样,快人快语。这样的人,他藏不住的心头之问,也会是多数人有兴趣了解的话题。

老金拍拍老严的肩膀，代他回答："能说就不错了，不少华人都不会说汉话了。"

老严呵呵直笑，神情憨厚，不羞不恼。

归途中，我没话找话地对程宁宁说："老金他们黑是黑了点，但长的还是透明的中国心，红的！"

程宁宁微笑地看我一眼："还以为您是花岗岩的脑袋，原来也不尽然。"

为什么她这样认为？谁是谁的假想敌？

一场看起来规模不小、欢快不少的泼水活动，在我们的轿车逼近时已然接近尾声。欢声笑语里有多少缅人，又有多少华侨华人？谁分得清！但我知道，我和程宁宁只是一个过客，谁也无心下去同乐。

洗心自古皆有，但从来不是水洗，更非水泼。

四

这天，在我下榻的宾馆说话的是泰缅孤军第三代宋婕。年近而立的她怎么看都显得过度热情，一张口就滔滔不绝，天马行空，荤素搭配，毫无遮拦，像是在找人练口才。

宋婕从中国台湾求学回到缅甸，在首都仰光经营一家自称与世界接轨的文化公司。所谓的文化，其实以宝石、玉石文化为主，仰光的宝石和玉石在世界极负盛誉。因为从事宝石、玉石的外贸，长年奔跑于中国台湾、缅甸和中国大陆之间，欧美和俄罗斯，甚至伊拉克、叙利亚也都去过。她依旧大大咧咧，还带有自我解压："我就一颗红心两种准备，东方不亮西方亮，西方不亮东方亮，总能开辟光明前途。你可别反动，扰我军心！商机如战机，风暴来了，你还没被现实的号角洗脑,今后就一边哭去吧!"

宋婕像是一道瀑布,奔腾着奇思妙想,连话语都铿锵有力,光彩透亮。她说人要有所思,人要有所用,人要有所行,瞻前顾后的人生只能毁在自己手里。

所谓被世界现实洗脑,是在她眼见为实地进行横纵对比之后,心许中国大陆的政治、经济和文化的发展模式。她是缅甸政治女强人昂山素季的粉丝,如有机会参选,兴许她也会粉墨登场,且能长袖善舞,把装得满满的理想蓄水池,如甘霖般洒向万千选民。

交浅而言深,不知老金他们是如何找到这种人才给我做文化导游的。

到缅甸两天后,正赶上中国传统的元宵节。仰光的唐人街,和开在美国、加拿大、日本等地的总号或分店基本大同小异。极度奢侈的张灯结彩,红红火火,连着琳琅满目的水果、糕饼,氛围浓烈得像海腥味一样扑鼻入眼,瞬时把我幼时的元宵印象,从记忆的储存里调出。

几位穿唐装的男孩女童,叽叽喳喳地向我们奔跑来,几双肉嘟嘟的小手晃晃荡荡地伸向我们眼前,把我们团团围住。

我问陪游的宋婕:"你认识他们?"

宋婕笑道:"和你一样,人生路上初相识。"

我有点儿莫名其妙:"他们这是为何?"

宋婕又是笑:"看我们顺眼,就来要压岁钱,讨吉利呢! 今天一过,就没这规矩了。"

呵呵,对陌生的观光客也不见外,逢着合意的就逮。压岁压岁,要给要给,钱不成问题,可红包呢?

宋婕显然已有准备,往坤包里伸伸玉手,满脸含笑地一人一个红包打发,派发完,还摸了一下女孩儿微黑的脸蛋。几个孩子发一声欢呼,小鸟般扑愣而去,飞快地消失在眼前。

印度裔小孩和华人小孩一起过中国节,倒不需惊奇,新鲜的是竟在一起沿街讨红包。原来,唐人街隔壁就是印度街。

我忽地明白,文化在缅甸这个首善之区,似无清晰的边界划分,所以华裔、印度裔孩子携手嬉闹,在一起长大中相互包容着对方的文化。或者说,他们在仰光都因同化力量,渐渐失去了自己原先的文化,却也因属于弱势群体,而相互依存着。

"印度的光明节,华人孩子也会一起欢天喜地庆祝吧,当年你也是这样过来的?"

"欢迎你来证实。"

宋婕的弯子没绕远,从她的盈盈笑语中我能寻找到答案。

街头的舞龙舞狮者,敲锣打鼓中渐次向着店家而去,他们也是要红包讨吉利的。这样的场景,和我过往熟悉的海外华人社情毫无二致。

不远处矗立着一座"庙",在四周的建筑中显得鹤立鸡群,宋婕径直把我往里领。

缅甸和泰国一样信仰佛教,佛寺抬头见。而作为中国民间传统图腾的"庙",倒是稀奇,只有进入华人聚落才能得见,那也是华人聚落的一个象征。仰光一带的华人,多为明朝迁居来的闽粤移民,他们的信仰象征,与现时的中国南方沿海还有几分类同。我从影视和图片中,知道中国南方莫不多庙,庙大庙小香火皆旺。因此,双脚一进这座庙,心里立刻涌出几分熟悉感。泥菩萨、木牌位、铜香炉,连同红烛、鞭炮、随喜功德箱等等,都仿若印象中却未回去过的老家。上香跪拜的妇人神情虔诚,香烛柜前看华文报纸的老伯目光专注且淡泊。突然,一丝难以言说的乡愁,便在这缭绕的香火中,不经意地窜上心头。

修路建桥造庙,是中国人行善向善的德行,对庙要有个敬畏,别动辄就联想"庙小妖风大，池浅王八多"。在美国时，父亲曾带我看过不少庙，有过这般教诲。他说，年少在南洋，后来回中国，大大小小的庙看过众多，也寄托着众多华侨众多的祈愿。

我在庙内细细感受光线和气息，仿佛这也是生命中曾经之地。一位六十开外的老人轻风一般飘了过来，像是道士呢。

在他不失热情的招呼过后，宋婕笑容可掬地两边介绍："这是庙公。这是美国的华人博士。你们可都是客家人。"

"客家人，欢迎，大驾……"庙公似乎在努力尝试以汉语和我搭话，但含混不清，而且，往往只能吐出单字单词。

"他已经不会说汉语了，所以你听到的是掺杂着几个汉语音节的缅文。"

透过宋婕的翻译，我才了解到，他祖上是福建汀州府迁来的，遇见我这个客家人非常兴奋，所以试图和我说上几句他学会了的客家话，谁料，我却鸭子听雷公一般，宋婕也是，还误以为那是什么新语种。

"有机会的话，我很想去福建看看……"

宋婕的翻译有一搭没一搭，听起来不甚精准，她的表情也暴露了吃不准。所以，好半晌，仍旧兜不起老人的故事来。或许老人的"四不像"话音难倒了她，或许他说的故事太过遥远，表达的东西无法确定，也可能根子在于她不能理解。

两个在缅甸土生土长的华人，为何却无法沟通？我不解中，隐隐感到，庙公看到我那一刹那表现的热情和兴奋，不过是因为我同样来自客家族群，是 long long ago 的同胞。

庙不小，还有个后院，咿咿呀呀地传来一声声中国戏剧唱段，不说字正腔圆，抑扬顿挫还是拿捏得稳当。抬眼望去，几位演员正在正中的戏台上轻挥水袖，曼啭歌喉，有人拉着二胡、吹着笛子伴奏，弦乐悠扬，听起来，颇有一种漂洋过海在当地生根的非物质文化遗产之韵。后院一角,宰牛烹羊,做中式和缅式的年节食品。一片忙乱中,太阳带来的光线漫出氤氲,衬托出仪式的肃穆之感。

庙公告诉我们,每年他们族人都要在庙里举行元宵宴会,还有说唱节目。他一脸诚挚地邀请我们晚上和他们共度佳节。这倒是有点儿意思的事,但我们的晚宴已有安排,只能敬谢不敏。

绕庙一周,伸手触摸这个被岁月凝结透着凉意的建筑,抬头望一望这个话语和目光里透出中国传统的移民族群,我仿佛看到了与现代化、世界一体化抗衡中说不出之所以然的痕迹,不禁唏嘘无言。

在向随喜功德箱做了表示后,沾了香烛味的身子便移出了街头,感觉庙公目送我们,因为我们转弯了,后头隐隐还响起他的送客声。

老金在饭店专门安排的元宵饭,其实已没有多少中国味儿,呈现的是融入了中国味儿的仰光特色。

照老金的说法,即使这餐元宵饭全上中餐,即使和中国传统别无二致,咸辣浓淡也是众口难调。更何况,也还是串味儿的中国味儿,倒不如这样来个多元饮食印象餐,元宵节也别过得那么呆板,吃得有趣些为好。

除了多元饮食,我得特别记住,这是我和不同国籍的华人之间的一次团聚。而且,宋婕的酒量和她散发的热情一样,着实让人咋舌。连程宁宁也被灌了好几口。宋婕叫嚷,这样斯斯文文地吃饭、中规中矩地喝酒,你们不觉得呆板,我都感到无趣呢!

老金目许她的酒风,并向我连敬三杯,道:"明天有宋婕陪同,不会单调的。"说完呵呵笑,丝毫没有那份暧昧。

宋婕要亲自带我去缅北拜访所剩不多的第一代孤军。

是的,我要去寻找相关人,得去缅北!

缅甸和泰国交界处有许多国民党老兵及其后代,他们的居住地,照宋婕预告的说法,有点儿像中国台湾的眷村。她还说,"泰缅"这个区域在台湾的知名度比"缅甸"这个国家还大,很大程度上拜台湾著名作家柏杨之作《异域》被改编成的电影所赐。

"影片中,泰缅孤军在罗大佑别有味道的歌声中,一个个成了'亚细亚的孤儿',当年我父亲那辈人听了直流泪。这首歌,别说泰缅孤军的后代,不少中国台湾人也都能哼上一两句。"

宋婕说的这部电影,尤其是借用来的《亚细亚的孤儿》这首歌,有着相当的国际影响力。当年在美国工作的父亲,正是因之奉中国台湾方面指令,专门奔赴泰缅援助泰缅孤军,消除相关影响的。

你该知道,日据时代的中国台湾曾有过一部名叫《亚细亚的孤儿》的小说,诉说台湾被祖国抛弃的命运,时隔二十年,泰缅地区竟再现事关中国的"亚细亚的孤儿",其中悲情,能不让人动容?事是事,歌是歌。《亚细亚的孤儿》这首歌成于台湾,有其独特的创作背景。二十世纪七十年代,中华人民共和国替代中华民国进入联合国,中日、中美相继建交,台湾移出联合国不够,还被世卫组织除名,国际上空前孤立,许多台湾青年自称"亚细亚的孤儿"。同名文艺作品,小说的深刻内涵和艺术成就,非一首体量短小的歌能比,而歌的影响力之大,又非小说能及,连我都耳熟能详。

我怂恿道:"你能来一段吗?"

她清嗓,定神,大有未成曲调先有情的况味。俄顷,歌声从艳若桃红的唇际飘起:

> 亚细亚的孤儿在风中哭泣
> 没有人要和你玩平等的游戏
> 每个人都想要你心爱的玩具
> 亲爱的孩子你为何哭泣……

歌声抑扬顿挫，如泣如诉。我跟着哼唱，她却在高潮处嘎然打住，看着我说："罗大佑当年以歌来抒发怨尤之情，他表达的是否代表了多数台湾人的真情实感，是否符合他现在的心思，大陆如何看待这首歌，我不得而知。还是就歌而歌，让听者自听、'律'者自其'律'的好吧。"

我听懂了，她所说的"律"是旋律、歌曲本身，于是近乎附和道："不同的时代之所以造就不同的人群和文艺，环境之外，归根结底在于心。"

她眼睛一亮，像是遇上了知音："说得好，你看过吴浊流这部小说吗？他自己都说，离开了那种环境和心情，可能就创作不出那种味道了。"

"想不到你这新新人类还知道吴浊流呀！"

她樱桃小嘴一撇："我还在台湾专门见过他呢！"

我不禁赞叹："真是文艺青年！"

"不消你说，我本来就是文艺青年呀，今后还想写一部关于泰缅孤军的小说。"

我赶紧点头如仪，及时送上恭维："期待，期待！"

她莞尔一笑："届时你的研究出成果了，别忘提供给我做背景参考。"

吴浊流的《亚细亚的孤儿》，大陆一直奉之为爱国小说，是以小说写历史的范例。我读过，且有记忆，宋婕的提及让我在那晚通过神奇的互联网，找到了吴浊流一九五六年为此书日文版所写的自序：

> 历史经常会重演，在历史重演之前，我们探究正确的史实，指出过去由于被扭曲的历史所造成的命运，避免重蹈覆辙。因此，我们经常征诸过去的史实来寻求其教训。

《亚细亚的孤儿》这部小说，是我在战争时期写的，也就是从一九四三年起稿，至一九四五年脱稿，以中国台湾在日本统治下的一部分史实做为背景。但当时这是任何人都不敢写的史实，这些事情我照史实毫不忌惮地描写出来。

说起来胡太明的一生，是在这里被扭曲的历史下的牺牲者，他追求精神上的寄托离开故乡，彷徨日本，也渡海到大陆，然而哪里都没有能够让他安住的乐园。因此，他一生苦闷，觉得没有光明，心情忧郁，他不断追寻理想，但理想往往背弃他，终于遭遇到战争的苛酷现实，他脆弱的心灵受不了，一下子就发疯了。

啊，胡太明终于发疯了。

有心的人，谁能不发疯呢？

……

吴浊流的爱国，连同这部"冒生命危险写出的作品"，是足以让人肃然起敬的，我不由得又回味起宋婕的点评来。有这样性情的人陪同去调查我父亲当年援助泰缅孤军一事，就显得不寂寞，且有意思了。

第二天早餐时，程宁宁悄悄地对我说："可别被勾走了，热情似火的妹子，开放着呢！"

我装得一脸真诚："要不，你就搁下生意一起去，我倒希望被你勾走，哪怕当电灯泡也好。"

她轻声啐道："在美国也学会了耍嘴皮子，没大没小！"

现在追求时尚、热衷活在当下的年轻潮人，大度得可以让再厚重的记忆都轻易地化作烟云，从眼皮底下溜走，遗忘症候像亚健康、心理疾病一样流行实属正常。历史又不是娱乐，有一两个吃饱了撑着的人过问过问也就行了，何必去拨弄出那么多恩怨是非，雾里看花水中望月有时岂不更好？对已成昨日黄花又事不关己的泰缅孤军轶事，只怕连有偿收听都激不起多少热情。

因此，潮人加美女宋婕，还有程宁宁，在我眼里就显得弥足珍贵。冲着这份滚滚红尘还有知音的上好心情，不管你是否想听，我都愿意把泰缅孤军的沧桑简史，从历史包藏的旧围巾里抖出。

泰缅孤军来源于中国，这是一支长年滞留在缅甸、泰国边境的国军。早期有一部由李弥率领撤往台湾，麾下眷属被台湾方面安排定居于桃园县中坜市龙冈的忠贞新村；后期归台者则和泰缅侨民一起，多定居于台北县中和市及永和市一带；另有不少滞于缅北金三角山区从事有关产业。在这中间，一部分军队曾应泰国政府请求，协助扫荡反政府武装，维护泰北安宁，从而获得在泰北的居住权。

那时还没维和部队，这支国军焉何会与泰国、缅甸结缘，结的是善缘还是孽缘，说来话长。我和宋婕现今坐在由仰光开往曼德勒的列车上，有的是时间细聊。

宋婕好像一开始就没打算向我这位有志于觅史访踪的人隐瞒家史："我爷爷就是这支明撤暗留部队里头的一员。他们在美国新式武器的装备下，整训成了一支骁勇善战之军。"

为了避免给泰国造成外交被动，这支部队仍经缅境实施所谓的反攻，但每每被缅军和中共击溃。缅甸屡次抗议，联合国再次介入调停。

一时间，这支部队成了哀哀欲绝、天地难容的国际孤儿，求生中接受了泰国军方之请，以雇佣军形式协助泰政府远征。泰王感动中，御赐公民权和居留权，不过，他们的生活圈几乎局限于泰国北部。

我不知这些放下刀枪、有了泰籍身份的中国人，和当地原有的华人如何交融,想想也有可能通婚吧,中国人不是常说肥水不流外人田嘛;但我确实知道,在他们到来之前,当地不少华人已改了当地姓名。背井离乡常常是为了逃难,在异国生存更要智慧。但他们如何隐姓埋名,时隔多年仍会续上族谱关系。中国人的族谱真是个好东西,兄弟叔伯,七大姑八大姨,时隔数代,不管你漂得多远,在海内还是海外,总有一根无形的线把你拉回,树高千丈还能找到根。

话说回来,这支"孤军"历经洗礼后,虽有合法的居留权,终难获泰国人的充分信任,生活圈局限于泰北,家眷不得在其他地方求职。一九八二年,中国台湾作家柏杨无意中得知孤军之事,亲自前往访问并发表文章。这批在泰缅边境荒野客寄二十年、一度肩负"反共复国"大业的"志愿军",状如难民的生活始得浮出水面,引发台湾和香港的救济风潮,孤军的生活和子弟教育始有改善。

在一同回忆这段往事时,我明确告诉宋婕我父亲当时也参加了捐赠,之后略带俏皮地加上一句:"至于有没有到你爷爷手里,就不得而知了。"

宋婕却不领情,反唇相讥:"本该如此,你父亲是始作俑者呢,他在美国天堂享受,却让我爷爷他们在炼狱里挣扎。"

我不禁为父亲叫冤:"他怎么成了始作俑者了?"

好半晌,耳边响起的却是变换了频道的莺声燕语:"后来,我爷爷一批人便来到缅甸落地生根……"

局势安定后,泰缅孤军一代也逐渐仙去,孤军二代多接受中国传统教育,情感上对台湾前来的人员多抱有亲切感。但凡前往泰缅一带的中国台湾相关官员和民间团体,知晓历史情由,也大都对孤军及其后裔怀有歉意和同情之心。孤军后裔经多方努力,渐次过上安定生活,但要如一般华裔泰国人、缅甸人那样融入居住国主流社会,仍有看不见的阻碍。回中国台湾深造发展遂成他们普遍的选择,宋婕便是其中之一。

宋婕一声轻叹,却仍心直口快:"到中国台湾求学的孤军后代,因为没有身份,无法经一般管道留台求职,连返回泰、缅都有问题了。"

我不无同情地看着宋婕:"所以,那些年,你们在努力地争取生存权。"

"其实,中国台湾很多善良正义之士也一直为我们呼吁并奔走。作家柏杨就是其中让我们感动的人。他不仅到现场深入访问孤军并写出报道,还出版了《异域》这部小说,拍成电影后,更让世人知晓泰缅边境有一群受难的同胞。那些年,媒体每有泰缅侨民的事情公诸于世,总会引发社会的高度同情和关注。"

让人不解的是,好不容易拿到居留权的她,为何没留在中国台湾发展,又往缅甸跑?

她大大咧咧地回答:"认不认同是一回事,往哪跑又是一回事。前者关乎尊严,后者关乎自由。"

我对此颇赞同,道:"改匈牙利诗人裴多芬那首名诗来说,是:权益诚可贵,身份价更高;若为自由故,两者皆可抛。"

她两眼放光,毫不见外地拍了拍我的肩膀,说:"是,就是这意思,我就看得出来,顾博士不仅会做历史研究,还有几分文艺小清新。"

我有点儿受宠若惊,脸上更有火辣之感。我那个擅书法会做古体诗的父亲,生前可是一直批评我没有遗传他的文艺细胞呢。

她的纤纤玉指又轻轻捅了捅我的胳膊,一脸期待地问:"泰缅孤军的种种,够尴尬,够不可思议的吧,顾博士从历史角度怎么看?"

"额,这可是个大问题。"

我觉得火候已到,可以抛出这个有可能涉及别人难言之隐的问题了:"令尊到缅甸后以什么为生?"

"您直接问我爷爷吧!"她第一次给我吃了个闭门羹。

"我们有全市最好吃的全麦饼,有肉食咖喱,有各种烤肉……"一位身着某个品牌啤酒服装的华裔少女,忙着在我们的眼前吆喝促销。

我们穿过露天大排档缭绕的烟火、扑鼻的菜味儿酒气和嘈杂的人群,朝着定好的大桌走去。

宋婕边走边说:"这里虽不事修饰,但凭借美味的缅甸咖喱菜肴俘获了吃货的心,长期受背包客的青睐。我爷爷非要请你吃这个,说是增加印象,有感觉。"

我忙道:"好啊,好啊!"

缅北的食物原始不说,有的还过于豪放,像茹毛饮血,让我触目惊心,嘴上没碰肚里都开始翻江倒海,哪敢全盘照收?

宋爷的话虽也像某些食物一样粗陋,却让我听得津津有味。

宋爷即宋婕爷爷,这里的侨民都叫他宋爷。年长是一方面,更多的是影响力,当年他曾是孤军的一个团长,老首长级人物。

脸上有块明显刀疤的宋爷,脸红红的,胃口极好,还能大碗喝酒,大块吃肉。想来,宋婕打小就受其影响。

"这么说,顾秘书是你的父亲?"

我点点头。大概父亲当年受命来缅甸时的身份是大使馆秘书。

"我……有点儿印象。当年他一表人才,西装革履,哦,原来他还是你的……父亲。想来美国真是资本主义的天堂,他年龄比我大不了多少吧,竟还有你这样小的儿子。"

"爷爷!"宋婕一旁使眼色。

我知宋婕好意,淡然安慰道:"没事没事,宋爷是我的父辈,怎么说都成。"言罢,把目光转向宋爷,"我是我父亲的老来子,为的是能代他再到泰缅问候你们。"父亲最后一次从泰缅回美国不久,便和我母亲结了婚,此后再没去过泰缅地区。

"树老根多,人老话多,莫笑我老夫说话啰嗦。"宋爷喝完一杯酒,又举箸夹菜,颇见朵颐之快,鼓着腮帮子也把老年斑给鼓动起来,"我戎马半生,后来虽弃刀枪,却仍执马鞭,把孤军兄弟组成马帮,在泰缅边境地区运送罂粟。"

我略为吃惊地望着这位不拘小节的老人:"罂粟?"

"是,我们要在这个生产罂粟的异乡安身,得认命。那时,只能干这个赚钱,摆脱贫穷,要不,哪来的钱供宋婕去中国台湾读书呀。当然,后来这个买卖的风险越来越大,此物的危害天人共诛,再做下去就丧尽天良了,于是斩断了自己的一根手指,解散马帮,金盆洗手了。"宋爷边说边伸出左手,果然,中指那地方空洞得晃眼。

宋婕给我舀了小半碗刚上桌的清汤,慢吞吞地补充道:"爷爷虽然解散了马帮,但他那帮兄弟后来又因种种原因重操旧业,最后非死即伤。"

宋爷摆摆手,一双混浊的眼睛定定地看着我:"这么说,你是美国人?"

"准确地说,是美籍华人。"

宋爷并不去纠缠词语的表达,仍以原先那神态望着我,语态也如旧:"这么说,我们都是失去过祖国,又得到祖国的人。"

我琢磨着他的意思。

他似乎压根不需听我的回答,语境转折和语速一样快,让人想象他兵戎生涯中打枪的速度:"我们虽成亚细亚的孤儿,但真的未曾遗忘'祖国',总想着攒了钱,把孩子送回自己的国家。"

从他顾左右的眼神,倏忽间还觉得,他说的"我们"包括眼前的宋婕在内,似乎要把我给网进去。

宋婕的接话印证了我的猜测："不管是中国台湾人还是缅甸华人，反正我们都是中国人。"

宋爷看着我，微笑中颔首："我们老宋家的根在云南，那不是中国还会是美国?!"

耳闻目睹尤其在实地真人的近距离接触后，缅甸华人，具体地说是缅北华人，如缅北边境丰富得让我眼花缭乱叫不出名字的水果一样，给了我一种异乎寻常之感。

那一晚，宋婕呼来的孩提伙伴侯小姐说："三代人连着几十年的抗争，虽然开花结了果，我们根子里就是中国人。"

意思我听明白了，隐隐约约，不说含悲忍泪，也是恨别鸟惊心。侯小姐要不是过于纤瘦，还是有几分美丽的。连一个小女子都有族群意识，在乎身份认同，看来再怎样成地球村，各色人等都还会有自己心灵的故乡。

"落花有意流水无情，别自认为是中国人就是中国人了，还要考虑别人认不认，只怕是猪八戒照镜子——里外不是人，我们哪里人都不是，只是一个自己。"

说话的是宋爷叫来陪酒的孤军后人，小崔，前几天刚从中国台湾回来探亲。宋婕曾悄悄告诉我，他在台缅人社群中颇为活跃。

宋爷指着小崔："这小子有故事，能写成一本书。"

我看着小崔："说说。"

"我从小就知道孙中山创建的中华民国和国民党，当然也知道毛泽东创建的新中国和共产党。小时，我和那些流着相同的血的伙伴，不知伊洛瓦底江，却很早就知道长江、黄河，知道日月潭、阿里山。父辈们的世界和故事，多半和国共战争有关。听着听着，我有时真不知自己是什么人，既不是中国大陆人，又不是中国台湾人，也不是缅甸人。不过，我们的父辈，像宋爷这样，几乎还坚持说是云南人。对他们而言，国家概念太抽象，他们认的是生养自己的土地,感叹的是回不去的老家,怕就怕哪里人都不是。"

小崔的话伤感连连,我蓦地看见,宋爷眼里沁出了泪水。这小子,说到老人的心坎上了!

"崔小哥,别老发这些没边际的感慨,还是说说你自己的故事吧。"宋婕催促完,转头告诉我,"崔小哥从缅甸华校毕业后,也到中国台湾读过书,以依亲方式取得身份……"

小崔一边摆手,一边打断了宋婕的话:"哈,说这个不顶用,在台湾人眼中,我还是个外人,这个我们自己最清楚。"

我问:"在中国台湾都快二十年了,又取得了身份,怎么还是个外人?"

"即使再生活上二十年,也还是要被人见外,我也没敢想象自己是台湾人。"

看小崔不假思索样,不像是矫情。

我不无同情地看着小崔:"现在有答案了吗?"

"没,一无所有……"

小崔拖长音说完,举起酒杯一饮而尽,抹抹嘴,再无言语。

眼前这些人,老的少的,男的女的,大概都和小崔差不多,既不认同缅甸,在缅甸也得不到认同,尽管偶尔也能为悲壮的民族命运伤感甚至抹泪,却困在自己想象的国度里,在现实世界里找不到真实身份认同的答案。

冷场片刻,宋婕忙打趣道:"小崔说事,有一说一,只是别借酒浇愁啊。每个国家不都有黑户嘛,我们就把自己当'黑户'活吧,活着活着,也许就明白了,释然了。"

话是这样说,但每个人都知道,有些东西能明白,有些东西永远不明白,也永不释然。

那一晚的话有很多很多。不少话题,在炸下一道沉重后,叹息便像湖面的水纹一般散开。

缅甸华人的饮食习性润物细无声般改造着当地，也被当地悄悄地改造，喝得极甜，吃得极辣，以极端强烈的滋味撞击味蕾。在饮食间听他们吐露与自己相关的故事，更让人体会到在此生存的滋味。

　　边喝边聊，喝到后头，宋爷不时苦笑，苦笑中还在劝酒。看上去貌不惊人的肚子，却装下这么多的酒，还能挺住，真叫人佩服。但我明显地感觉到，连着一口口酒吞下的，还有那些说不出来的心情。这个豪饮者最后夹起一只鲜红夺目的辣椒，和酒下肚，接着连打几个呵欠，坐在藤椅上打起盹来，那张刀疤脸不知何时淌下一行清泪。

　　"听，海哭的声音……"台湾的张惠妹就听到了海哭的声音，如泣如诉的挽歌油然在我耳膜响起时，感觉可以借几句来祭奠一代人的灾难、一个民族的灾难。

　　我忍不住想象，父亲当年是否曾听到海哭的声音？他当年在联合国为泰缅孤军的出路发言，并亲赴泰缅边境调查，该有海哭的声音？

　　曼德勒是缅甸的故都、第二大城市，也是华人聚集之都。因了地缘关系，在缅华人，多数聚集于缅北离中国较近的区域。

　　也就是说，由曼德勒再往北，越来越多"唐人街"，繁花似锦，千姿百态，虽然命名不一，却尚能固守中国传统文化和语言。

　　坐巴士或三轮车才更接地气，更便于深入了解风物，但宋婕却硬生生地把我托给了那晚被她拉来的发小侯小姐的胞兄。

　　我有点儿疑惑，也有点儿失落，撇撇嘴："不会把我卖了吧?"

　　她有点儿不正经起来："这里有卖春的，但很少卖人，再说了，你又不是小鲜肉，老腊肉谁要啊！你若是斯诺登，兴许还有人出大价钱。"

我听后故意正色道:"斯诺登靠的是情报,情报多半是会过时的,我脑子里装的是学问,怎么说学问也是有价值的。"

她懂得就坡下驴:"那是那是,你多深入接地气,于你的研究和学问都有价值,比我的宝石、玉石都值钱。"

这马屁拍得我心头一热,却依旧严肃:"你在逃避!"

"拜托拜托,我爷爷很传统的,我们孤男寡女在他眼皮底下相处,怕他生气要说我,气出病就不好了。"

她见我不接话,有点儿急了,接着说:"好,全招了吧!老侯,侯大哥比我更适合陪你做田野调查,这个你过后就会明白。另外,我刚好被一笔买卖撞上,赚点钱好到美国来看你,我在世界天堂请你吃饭。"

世界天堂?我一番苦笑。

待和老侯见上面,说过一番话,我才认定,宋婕的决定是对的。

老侯上门找我时,手里竟捏着本《辛亥革命》,当然,是中文书,像是当年地下党的接头暗号。

我微微一惊:"侯先生好有雅兴啊!"

老侯笑笑,语气很平淡:"刚在地摊上买的。英雄业绩岂能被风吹日晒,怎么也要请回家里供着,虽然家里已有内容相同的书。"

见我不甚明白,他又说:"我伯公是武昌起义的烈士。"

像是怕我不信,落座后,他特地翻开书页,找到名字,指给我看。

我无从验明正身,只能照着书看,果然是同姓,遂拱手作揖道:"失敬失敬,原来是烈士之后!"

老侯咧咧嘴,苦笑道:"就怕有损烈士的英名。你想啊,我伯公好歹是有功之臣,而他的弟弟、我的爷爷竟沦落成弃民,你说造化是否作弄人!"

我顿时又有了不时泛起的"同是天涯沦落人"之感,一边倒茶,一边忍不住掏心窝："是啊，造化弄人，我们两家还真有点儿同病相怜了。"

"哦，说来听听。"

"我二伯是黄花岗起义的烈士。"

"黄花岗烈士不止七十二个，这我知道，还有不少无名无姓的英雄，你有这么个二伯，可得珍惜啊……"

没想到在异国他乡，英年早逝的二伯在百年之后还能受到致敬！我代九泉之下的二伯向他投去感激的一瞥。

"我打小爱看三国、水浒，也看辛亥革命一类的志书，有英雄崇拜情结。看了黄花岗起义、武昌起义烈士事略后我曾想，如果祖国有需要，我会听从召唤奋不顾身精忠报国的，有作为，能青史留名，总比耗在这里要强！"他的话语由平稳而激昂。

在给他续水的当儿，忍不住还是抛出心中疑问："没回去过？"

"台湾去过，大陆还没呢。"

他两边都提到，显然把两边都当成祖国的一部分。

"中国台湾人爱说台语（闽南话），本土化气氛很重，排外，除了生活条件比缅甸好，很多东西让我们无所适从。"

他的情怀和惆怅，一触即来。

昨晚，《小崔说事》中曾用到"归化路径"这个词，我听后颇觉玩味儿：他们是化外之民吗？"归化"之路怎么比朝圣还要来得漫长无际？现在，我有点儿莫名地把这个词借用在老侯身上。

老侯的"归化"路径与宋婕、小崔不一样，与其他无国籍的缅甸华人也不同，他是手持缅甸护照跨海来中国台湾的。谁都无法选择自己的出生地，尽管对缅甸这块出生地打心里没认同过，走出国门才意识到，这个原本只停留在口头上的国家，是国门之外认识和承认你的唯一合法证据，具体证据就是手上的缅甸护照。

老侯和我是同龄人。对这个同样不在中国生长，却对中国历史故事和英烈志士同样喜爱和熟悉的同龄人,我心里多了种说不出的亲近,也多了份道不白的悲悯:曾几何时,他对缅甸这个国家印记模糊,但他到底还只能是"亚细亚的孤儿",姥姥不疼,舅舅不爱。

为着安排调查路线而在我下榻处的交流,增进了我和老侯的彼此了解。最初的,往往也是最有记忆的。

老侯确定我带上护照后,才出门下楼,领着我步行前往宾馆近旁的巴士停靠站。路经几家挂有中文日历的商铺时,一首在吉他伴唱下的歌,迎着微凉的风,绕着我有几许熟悉的耳朵,无拘无束地飘荡开来:

> 亚细亚的孤儿在风中哭泣
> 黄色的脸孔有红色的污泥
> 黑色的眼珠有白色的恐惧……

歌声带着罗大佑淡淡的哀切,跟着我们的步履漫上巴士。此时此地响起这首歌,好像是老侯的安排,抑或是为他作的准备。

罗大佑,这个祖籍广东梅县、生于台北的"华语流行音乐教父",如他的创作一样脍炙人口,从《童年》到《东方之珠》《野百合也有春天》,我偶尔也能哼上几句,但只有这首歌,听起来让我分外地忧伤。

说得准确点,我是在几分狼狈中被人流裹进巴士,继之在充塞行李的狭小通道挤蹭着对号入座的。老侯为了便于我接触一些毫无瓜葛的缅甸华人,领略三教九流,有意和我分坐。我落座后朝左侧后座瞧了瞧,只见他在那里旁若无人地看那本《辛亥革命》。

靠窗的小青年理平头,穿 T 恤,身材微胖,把一个鼓囊囊的旅行包置放过道不够,还直接抱着一个小提包,费了一番工夫才落座。车子启动后,我感觉到了某种的不适,往外挪了挪,也便于给他腾出更多些的空间。他朝我友好笑了笑。

我是要无话找话的。话好找，从他 T 恤上头印着的"不到长城非好汉"，便可轻松地找到话题："看样子，是中国人——在缅甸的中国人？"

明知故问，却是为了开头，开好头。

"呃……"他显然注意到我在看他 T 恤上头的字，便下意识地耸了耸肩膀，看我的眼神警惕中略带狐疑，"你难道不是？"

"我是外国人，会讲汉语而已。"

"外国人？在缅甸的中国人多半也都是外国人。"他的语气有点儿遗憾，像是因为对话者不是同类。

他话一多，汉话讲不太利索的特点便暴露无遗了。

"这么说，你没有加入缅甸籍？"我小心翼翼地问。

"这年头，没入缅甸籍，在缅甸还怎么混？"他显然又抖了起来，好像缅甸籍提高了他的身份。

"到缅甸多久了？"

"第四代了，在缅甸土生土长，你说多久？"

"够厉害，在缅甸这么久，还会说中国话。"我不失时机地半恭维半认真。

他笑得满嘴都是牙齿："中国人，要会说中国话。你也是嘛。"

我回应道："是是，祖上是中国人，可我还没回去过。"

"中国不错的呀，我给你看一些东西……"他边说边拉开放在腿上的那个小包，趁机向我兜售起长城、故宫、武夷山的明信片，以及风景地的钥匙扣来。

我把玩着几个钥匙扣："你经营这个？"

他略带几分羞涩地点点头，悄声道："是，你有兴趣可以买些，给打折。"边说边打了个"八"的手势。

买卖拉近了我们的距离，并获得了他有点儿皱折的名片。汉语和缅文并行,上面什么头衔也没有,除了经营范围,便是名字和电话。我由此知道了他的大名:陈中。

他恭维我中国话讲得好,自嘲道:"清末时国内大动荡,我太爷就把家从广东移到这来了,现在后悔药吃了也不管用。中国这些年神速发展,缅甸脱了裤子也赶不上。不过,老祖宗那时也还是富有的,帮过国内不少人……"

再落魄的中国人讲家史,少不得都要添油加醋地讲祖先曾如何发达如何阔过,鲁迅笔下的阿Q谁说过时了呢!

巴士摇摇晃晃地在一个检查站戛然而停,乘客一片骚动,噪声四起。陈中告诉我带上护照下车检查。我回头朝老侯望去,他点点头。

落地后,陈中继续代行老侯的职责,手指一处:"你在那等,有人来带路,我们本地人得去另一个地方,出关后还坐这个车。"

说话时,老侯已挤眉弄眼地和我们擦身而过。

孤零零地站在陈中所指之地,只见他手捏身份证,跟着人流排队,依次坐上那几辆停靠在路边的破旧小巴过关。

一名制服女带着脸上的笑容和脚底的清风来到眼前,以生硬的英语询问是否需要帮助,而后将我引到"外国人"专区。查验官随意翻看着我的护照,外加抬头一望,在本子上记了些什么,连话也省下,便挥手示意通过。

缅甸近年并不国泰民安,时有军政府登台。我想象此类政府该是刻板而严厉的,这个境内的查验关卡却如此轻松,不禁给了我一个不大不小的困惑。

过关后,我看见陈中提着大包小包在外头等着,不觉心头一热,趋前和他会合,也问起这个困惑。

陈中偏了偏头,不知是安慰我还是在做解释:"别担心,这只是为了查明旅客身份,没什么太大目的。"

我认真起来："不不，查身份一定有目的。"

他认真想了想，道："可能是怕有些不明人士，或到处乱闯的外国人吧。缅甸总爱限制人随意移动。"

不明人士和四处乱闯的外国人是什么意思？限制移动又是什么意思？他说不明白，我也捉摸不透，但我知道，我身上的护照和他手上的身份证，得以让我们在这个被限制移动的国家获得一点儿最起码的移动自由。

上车继续摇摇晃晃向目的地移动途中，我就身份证一事问起个究竟来。

身份证是缅甸政府允许国民在国内移动的资格。对那些因战乱逃到缅甸的华人来说，不管你在这个国家住上几代，身份证都不会从天而降，除非自己想办法弄到一张。缅甸政府根据华人移民的时间长短和归化程度，颁发不同的"旅行证件"。多数华人只持有外籍人士暂居证，等于身份不够完整，行动受限，连离开住所到其他城镇都得向警察局报备，因此常常成为敲诈对象。物竞天择，适者生存，破财消灾由此变成生存之道，每每有华人回国哪怕出远门办事，都会先行备下专门对付军人、警察勒索的费用。

陈中说："要申请到长期居留证才好，这个相当于准国民身份证，除了没投票权，其他几乎等同于当地人。"

"很难申请吗？"

陈中感叹有加："不容易真不容易，我一位朋友的父亲申请了四十多年！"

我有点儿好奇："你的是什么证？"

陈中嘿嘿一笑，大大方方地把已装进钱夹的证件亮给我看："国民身份证！"

我很是当一回事地端详片刻，点点头，问："听说每个缅甸人的身份证明上都会标记他的族群，你上面是怎么标识的？"

他的脸色顿时黯淡下来："中国人，缅甸所有华人的身份标记都是'中国人'！"

"为什么？"

"你还不知道啊，缅甸政府从来就没把华人当作自己人！不说这事了，说起来窝火！瞧，也快到站了……"

陈中来送货兼办事，到目的地下车后，他踌躇了一会儿，向我推销起 T 恤来："嗨，哥们，要不也来件 T 恤，价廉物美。"

老侯叫了一声，欲来干涉，我朝他摆了摆手，让陈中给我挑了三件印有"不到长城非好汉"的 T 恤。

陈中接过我递上的缅币，连声道谢，飞快地融入人群里。

老侯过来问："为什么买这么多？"

我笑道："不多啊，一件送给你，一件准备回去后送给宋爷，另一件犒赏自己吧。"说罢，把其中一件往老侯手上塞。

老侯谢过后，望着陈中远去的背影，道："华人在缅甸就是想办法多赚钱，无可奈何地当政府口中的肥羊。"

咀嚼着老侯听起来不尽是俏皮的话，半晌无语。

下榻，沐浴，已然夕阳西下。

我穿着新买的 T 恤出来，不意老侯也穿上了。

"哈哈，我们这叫撞衫。"听得出，老侯对中国新词汇了解不少。

边逛边找饭馆。一溜边的民宿、饭馆、商店，甚至便当店，弥望处尽是中文招牌，那些象形汉字像长了手和笑脸，千姿百态地召唤着各方顾客光临。

逛了一小圈，折进"北京饭店"。生意不错，店员小伙计正手忙脚乱收拾桌面，连声说"请"，待我们落座，再捧来铁皮罐，给桌上两个玻璃杯酌情舀放茶叶。

我抬头问："为什么叫北京饭店？"

小伙计操一口含糊的汉语："老板是中国人呀,北京是中国最有名的地方啊。"

"你们老板呢?"

小伙计似乎是刚接触汉语不久,有些难为情,却并不胆怯,依赖比手画脚式的沟通,我算明白了他的意思:老板外出应酬了,走时并没告知在什么地方,何时回来。

我友善地问:"你是缅甸人?"

他点头,憨态可掬。

"为何学汉语?"

"实用啊,在北京饭店打工,不会中国话怎行?"

他说罢,一副言多必失惶惶模样,转而关心起我们的用餐,并推介说:"北京饭店在这一带最棒,不仅有中国餐,也有丰盛的当地特色菜。"

老侯点了几道菜,小伙计转身前去安排,像是解脱了。也不知回答是否真心。

曾经的排华浪潮,让缅甸华人不仅学会了一口地道的缅甸话,还起了缅甸名,和当地人杂居,在公开场合穿同样的服饰,极力掩饰原先印记,以免受歧视。

我抬头看到,有些吃客使用人民币结算,便问:"他们该是中国人或华人吧?"

老侯看一眼,道:"在缅北,不管是缅甸人还是华种,已习惯用人民币了,还通过中国移动或中国通信的通讯系统交流,你能说他们是哪里人呢?"

"能用手机微信或支付宝支付吗?"

"这个没听说,可能不行吧。"

中缅荤素混搭上齐后,老侯又说:"你再来三五回,都别指望在这店里见到华人老板的真身。或许这个老板神龙不见首,有更重要的生意要做,或许这压根儿就没有华人老板。"

华人族群在这个国家虚晃晃地不踏实。老侯说他看过一篇对此进行描述的文章,好像是中国台湾人写的,很有意思,还记得大意:像是悬浮在汤碗上的一层油,似乎成一体,却又溶不了,想要打捞,却怎么也弄不干净。

我承认这位台湾作家的比喻独到,有见地,堪称一语中的。品味中,只觉得眼前五彩缤纷的饭店招牌,桌上琳琅满目的中国菜肴,墙上红字当头的日历,连同各种腔调的汉语,都不过是缅甸社会里去不了的油渍、打捞不净的油水。

桌上两个盛着掸族菜肴的瓦罐里头,油光可鉴。我环视眼前各自奔走忙碌的芸芸众生,喃喃自语:"浮油一般的命运?"

"对,"老侯笑笑,不忘加上一句评语:"我差不多就是这么个人。"

我不禁怃然。

五

天下熙熙皆为利来,天下攘攘皆为利往。基本保持睦邻友好、和平合作关系的中缅双方,在一九六七年夏曾深陷危机。

造成危机的原因层层复层层。中苏关系失和之后缅甸军人政府对苏美投怀送抱,缅甸社会对华人财富的妒忌和垂涎,莫不加重着危机这头的天平砝码。一九六七年六月间,一场前所未有的反华排华烈火,从仰光蔓延至全缅,张着血腥大口,不分青红皂白地向全缅的华侨扑来,一天中就有四十人在光天化日下被杀身亡。受操纵和指使的缅甸暴徒,还冲击中国驻缅大使馆和新华社、中国民航办事处,纵火抢劫。与之同时,缅政府出动大批武装军警,老鹰抓小鸡一般,大肆逮捕。不少华侨纷纷通过各种渠道和方式向北边的中国境内逃亡。

今我来此地思古，脑海里不免浮起那些怪力乱神。

在家千日好，出门万般难。在过去的两个世纪中，华人移民史是一部沾满血泪、备受欺凌屠虐的苦难史。其原因众多，不一而足。或因窝里斗，或因强烈的抱团意识，或因聪明过头勤劳过度，或因财富积累太厚遭人眼红，或因移民过多过速建起了自己的社区让当地政府担心难以掌控，或因恶劣政府为了转移国内矛盾……

那年缅甸排华，我父亲虽然身处不同政治阵营，但他没有像中国台湾某些政客那样，为这场实为反共的惨剧幸灾乐祸。作为一名中国人、一名华侨、一名追求正义和良知的外交官，他是谴责奈温政府制造这起野蛮透顶的法西斯暴行的。

父亲晚年曾在美国会见来访的亲历那场劫难的缅甸华人，谈及冲击驻华大使馆一事，仍愤慨不平："驻外大使馆象征着所属国的领土，神圣不可侵犯；外交官享有豁免权，人身自由不容侵害。一个公然践踏国际公约、侵犯外交使者安全的政权，不垮台才怪！"

缅甸老华侨说："真是恶有恶报。奈温靠政变上台，晚年失势后却遭新政府软禁，女婿和几个外孙因密谋政变而被新政府枪毙。真看不懂这样的人，亲华时可以抱腿，反华时可以无所不用其极。"

不管是出于何种考虑，是不是发自内心，奈温确曾一度亲华，曾给两国的"胞波之情"添了几朵小花絮。只是，国与国之间的友谊通常比想象中的要脆弱，政治家的话有时比放屁和儿戏更不堪，照刚冒出来的中国大陆流行语来说，友谊的小船说翻就翻。

这位老华侨居留仰光五十年，谈及他亲历的缅甸这起排华往事，时隔半世纪仍历历在目，此恨绵绵："亏奈温还有华裔血统，据说是广东客家的，顾先生您是福建客家？"

我父亲不知是厌烦还是不胜疲乏，摆了摆手，道："俱往矣，独裁小丑,忘了,忘了⋯⋯"

遥想我父当年,也该是同意《人民日报》社论《奈温反动政府疯狂反华只能自取灭亡》之论调的。一个国家政权,竟公然对驻于己境的他国使馆打砸抢杀,成何体统?

父亲摇头叹息中,固执地认为,两个月后北京之所以发生红卫兵火烧英国驻华代办处,以及中国驻英代办处受到英方报复等荒唐事,是受了缅甸的影响,缅甸是此事的始作俑者。不同的是,北京之举是极"左"思潮下的民众所为,且很快被政府制止,中国政府随后投入巨资修缮馆舍,并作赔偿,政府总理周恩来还专门向英方正式道歉,也算体现了大国外交胸襟,远非事发后百般抵赖的缅方能及。

后来,我有幸淘到当年发表社论讨伐奈温暴政的《人民日报》。社论指斥奈温政府"公然充当美帝苏修的反华走卒",一手制造法西斯暴行,对中缅两国人民犯下了滔天大罪。

缅甸如此行径,中国政府岂能坐视不管?发表声明,强烈抗议,宣布断交,不再派驻缅大使。两国关系降至冰点。在那个冷战加剧、反华反共被串通的时代,父亲一谈排华事件就上火:"受害者有的虽然入了他国国籍,算是别国内政,但他们毕竟是炎黄子孙,总要让中国难过的,只是实力不够,能怎么做啊,难不成上门兴师问罪,和人家拼命?"

现在看来,父亲当年的话值得商榷。要说实力,邻家小邦之于堂堂大国,岂能等量齐观,此时又在毛泽东思想武装下,打你个半死半残有何悬念!更何况,此前已和两个超级大国交过手。先在朝鲜大干美帝,十年后又在珍宝岛小干苏帝,现代世界能找到第二个如此果敢的国家吗?所以说,中国今天的国际地位其实是当年那几场硬仗奠定的基础。想彼时,"枪杆子里出政权""一切帝国主义都是纸老虎"这些理论的版权人,并未老态龙钟,气吞万里如虎,而且越老越霸气。一个无理取闹的小国,在他"冷眼向洋看世界"的眼里,只怕就是那个在小小寰球碰壁后"嗡嗡叫,几声凄厉,几声抽泣"的"苍蝇"吧。

历史已有说法,华人与缅族间的矛盾因这次事件进一步加深,多年不化。缅北很多事情就讲不清听不明了。于是,你当知道,回头了解,是为了向前看。

二○一五年,冬去春来,我站在孟古河,眺望对岸那片国土,追寻一个未曾谋面也注定无法再见的人。老侯和华人导游练立一路上你唱我和的介绍,让我知道了这片土地曾经的波谲云诡、刀光剑影。

所谓河,其实是中缅两山间夹着的一条小溪,也就十来米宽吧。风徐徐地从对面吹来,伴着微雨,裹着花香,无声地拍着我的心扉。眼前的风雨无国界,头上掠翅的鸟儿也没有国界,但人有。

"逝者如斯夫,不舍昼夜。"孟古河昨天流着,今天流着,明天斗转星移了,也不知是否沧海桑田。而我要寻找的那个人,昨天刚趟过孟古河,今天已成绝响,明天我也将相继成为背影。河水把于斯经过的众多背影淘洗了一遍又一遍,发散,发白,发淡,他的背影却还宛在水中央,随着每一朵水花每一束水沫,在风中不绝如缕地飘起一丝怨艾。

我迎风面对孟古河,追寻背影,两眼发花。

"来了。"

应声回头,却见黑乎乎一瘦高个,从一辆叫不出名字的车下来,活像没有烧透的芦柴棒,向我们这边沉沉地移来。

练立语气中略带几分嘲弄:"瞧他,一把黑皮包骨。"

我一愣,正待说什么,练立却抛下我们,亲热地叫着"乔大哥,乔总",连奔带跑迎驾。

介绍和寒暄从略,乔总从嘴里拿下雪茄,连着手一起指向哗哗作响激起如雪水浪的孟古河,瓮声瓮气地说:"我们就是从孟古河雄赳赳气昂昂跨过国界的,这里相当于鸭绿江呀,今后得立碑纪念!"

乔总说话时双手叉腰,让人想见曾经的颐指气使。他的骨架大于常人,虽不再年轻,国字脸上仍有承受压力的肉和遒劲的纹。

练立看来和此人还有生意或利益上的往来,还须仰仗他。

我不能任由他们不着边际地打情骂俏,直桶桶地问:"你们当初为何这么狂热?"

"狂热?"乔总微愣之下,大眼一瞪,反问,"知道切·格瓦拉吗?"

"格瓦拉谁不知道呢?!"

是啊,格瓦拉谁不知道呢!戴着"红色罗宾汉""共产主义的堂吉诃德""拉丁美洲的加里波第""完美的人""浪漫冒险家"等众多桂冠的他,是反主流文化的普遍象征,全球流行文化的标志,同时也是第三世界共产革命运动中的英雄和西方左翼运动的象征。他被美国《时代》杂志列为二十世纪百大影响力人物。

可能是练立和老侯有失恭敬的介绍,连同他做那个生意的形象影响了我,让我对乔总有了某种先入为主的感觉。他既无礼,我回答的话语也就少了学者平时的谦谦自牧。

那还真是个狂热的年代。乔总和一群身处边陲的中国青年,正是怀揣中文版的《格瓦拉日记》或手抄本,怀着切·格瓦拉一般的骄傲,投身异国,加入缅共,在缅甸那块冠名"金三角"的著名热带丛林鏖战搏命的。他们的热血,染红了格瓦拉的头像,浸透了被弹片啃噬成齿状的纸页。乔总就是他们中的一员,枪口下幸存的"革命者"。

缅共既亡,乔总就又另起炉灶了。身在异邦的他,却总在为中国牵肠挂肚。

也难怪,那些年,新闻里传来的尽是西风压倒东风的消息。先是东欧剧变,各社会主义国家纷纷易帜,柏林墙被推倒,同一个民族在几十年刀光剑影的相互仇视后,一笑泯恩仇,又抱在了一起。强大的苏联无可奈何地解体,更惊起世界哗声一片,那毕竟是世界上第一个社会主义国家,当世仅有的两个超级大国之一啊!照过去曾高喊过"中苏友谊万岁"的乔总原话来说:"眼看美国式的和平演变步步得逞,我们就越发地为老家担忧。"

现在来看,二十世纪八九十年代之交,还真是国际共产主义阵营的多事之秋,镰刀锤子旗纷纷落地,东风和西风都扫落一地红叶。

罩在欧风美雨中的很多人,一直是敌视并诅咒红色中国的。在"早已森严壁垒"的中西两个半球,渐渐靠向地球村、一体化时,他们这些被斥为小小寰球中四处碰壁的"苍蝇"们,在"嗡嗡叫"中,就等着看海那头那个红色帝国终结。谁料等了数十年,却硬是"岿然不动",浑不见瓜熟蒂落,浑不见融入他们自以为是的制度和道路。

这些年,他们中很多人抱憾而死。让未死者再次咋舌的是,这一次,虽然中国上空也乌云翻滚,但五星红旗一如既往地在日出日落的祥和气象中迎风升降。

一九九二年,邓小平发表南方谈话后,父亲不禁隔洋赞叹:"邓小平还真有两把刷子,中共简直不可思议!"

此时,父亲那些先后成为国共两大阵营重要人物的莫斯科东方大学和中山大学同学,包括蒋经国在内,多数已然作古,巨星当数中共第二代当家邓小平。他以其超能量被美国《时代》周刊和世界反复聚焦,自然更成了父亲津津乐道的政治巨人。

"中共是只不死鸟,能在有惊无险中穿破一切铁网,像凤凰那样浴火重生。当年美国那个欲亡红色中国的包围圈够强大了,中共却能一次次打开缺口,让那一环无法下扣。相比之下,别说缅共,就连苏共之于中共,也不是一个等级。乔大哥那时有点儿杞人忧天,不过却是一片冰心在玉壶啊。"

练立的话,把我的思想从穿越中拖回了现实。原来,他也能窥知乔总的担忧。貌合神离的人多年之后仍能做朋友,也是一奇。

乔总语声淡淡:"是啊,杞人忧天。"

山风呼啸,云卷云舒,乔总似乎对眼前的孟古河有些缱绻,我想我还能理解他的情怀。他眼看就要抬腿走人了,不妨又冒出一句:"如果老家那头邀请我回去联系缅共衰亡历史讲反腐之必要,我可能有些发言权。"

乔总说话时,痴痴呆呆地注目不舍昼夜奔流的孟古河。

我问:"乔总若回去,想说什么?"

乔总沉吟片刻,又举目蓝天:"世上任何一个政党,在民族和阶级遭受双重压迫之时,在民生遭受践踏之际,举旗革命,往往可以一呼崛起,但如果不能顺应时代要求,革命的初衷和方向不觉就出现异化,理想破灭,也有可能弄得天怒人怨、千夫所指,盛极一时后都还要崩溃,党息人亡。读史使人明智,也让政党长心,缅共的教训,中共不能熟视无睹,更不能忘记自己来时的路。我看这些年,中共一直强调与时俱进、科学发展、中国梦,这挺好,在我看来,反腐恰是有力保证……"

这是一个战士,一个曾经的共产主义战士的即兴之论。

他误入歧途后尚能回头是岸,这是他曾经被主义武装的心性使然,还是"羁鸟恋旧林,池鱼思故渊"的自然触动?站在孟古河边,眺望对面的故国,我们这几个现在回不到故国的人,思绪纷繁,莫衷一是。乔总不仅一次次想到故国,还能对故国的道路有所思考,该是故国认可的海外赤子吧。

"哈,乔总真是吃咖喱汤的命,操中南海的心!"

练立不仅打断了乔总的话,也中止了我的思绪。

催我们吃饭的手机铃声再度响起。乔总招呼着大家下山,上车,一边说:"有年,我女儿回国,跟着她国内的姨妈走了段红军长征路,沿途都在惊叹,红军选的路线,大多是风景绝美之地呀!在国内从事档案工作的姨妈说,翻看当年长征幸存者的回忆文章和日记,几乎没人提山水风光,有的只是炮火、饥饿、艰险和死亡。"

老侯道:"今天,我们能在和平环境中面对山河,眼中有山水,也该是身在福中了。"

练立问:"可是,为什么就没有诗情画意呢?"

乔总拍拍我的肩膀:"顾博士来一首!"

我哈哈一笑,高吟辛弃疾:"回首叫,云飞风起。不恨古人吾不见,恨古人不见吾狂耳。知我者,二三子。"

六

越野吉普在山脚下飘扬着"中华食府"酒旗的餐馆前还没停稳,一位操着汉语的小伙子就热情地迎迓前来,给人宾至如归之感。

端上桌的据说都是绿色食品,是真是假,假假真真无从置喙。但对我们这些血液里流淌着中国基因的游子来说,中餐无论如何都比缅食好入口。在日本,楼馆会所的中餐并不是可以随心所欲享用的,那往往是逢年过节的盛宴,并不比日式料理便宜。

且吃且聊。乔总对以我为主的提问尽其所知,几乎有问必答。在虚无主义蔓延,许多人无所谓到连自己历史都怠慢的现实世界,能找到忠实的听众围着历史之树神"砍",既是享受,也是发泄。

讲着战友们命运多舛的个案故事,乔总在我的期待中,果然主动提到了一个人：顾天亮。

这才是我此行要找的人！

这个人由乔总主动说出，既自然，也能求得客观。一旦提前知道本意和彼此关系，就难免有所隐讳和取舍，像上好的葡萄酒，在品评前，酒杯接触不当，都有可能改变温度而影响酒质和酒味。

"这个顾天亮，还真是个有血性的情种。他入缅第二年，看到有人对中国女战友欲行不轨，马上挺身相救，比我还愣头青。谁知道呢，这个姓许的姑娘却有中国台湾方面的关系，因不满大陆政治运动才来缅甸，伺机联系上了在中国台湾的叔叔。这次英雄救美，她对顾天亮产生好感，也许是顾天亮向她透露过他父亲的身份，哈，我们都不知道，他父亲原来是位给国民党做事的华侨。许姑娘说服不了顾天亮一起投奔台湾，便通过国民党驻缅机构只身逃台，随后发表相关声明，自然连累到了顾天亮。在缅共'整肃'中，尽管他叫喊无辜，但搜出的日记却清楚地记着他和女'叛徒'的交往，加上有人蓄意公报私仇，他哪还有命?!"

乔总说罢，独自喝了一口酒，似在抑制自己的情感。

我也抑制着心头的火，问："这么说，日记成了他的罪证?"

"当初我要是尽力尽力再尽力，他可能也不会被枪毙，因此对他的死，我也有责任。"

沉默半晌，我问："顾天亮的日记还能找到吗?"顾天亮也有写日记的习惯，可见基因遗传之强大。

"我那里有。"

我一脸诧异。

乔总解释说："我收藏了不少战友的日记和信件。他们有的牺牲了，有的回国前因为各种考虑，把日记留了下来，我一直舍不得扔。我正在筹建一个纪念馆，用来存放当时的相关实物。"

"我能看看顾天亮的日记吗?"说话间，我的鼻腔里有酸涩的感觉。

"可以可以!"乔总说罢,又问,"只看顾天亮?"问号后面还跟着为什么。

我点点头,脸部表情忍不住扭曲:"他是我同父异母的哥哥。"

一屋子的鸦雀无声。人心都是肉长的,他们与我异体同悲。

老侯瞪大了眼睛,他只知道我在寻找一个人,却不知是寻找这么个人。

顾天亮是我父亲第一段婚姻留下的孩子。知道他客死缅甸,还是事隔多年后。我那位同父异母的台湾姐姐跑到美国告知,父亲当时就愣了,老泪纵横,转身站在窗口,望着远方许久不语。

据我母亲讲,父亲其实蛮挂念那个在他离婚后一直留在中国大陆的儿子。那场婚姻虽然不是始乱终弃,但显然因过于草率而埋下一页风云散的伏笔。对婚姻树上结下的果实,他除了一些金钱补偿,无从情感打理,一直心怀愧疚和亏欠。

那个许姑娘潜到台湾投靠其叔叔后也许还一直关注顾天亮的命运,在中国台湾打听缅甸那头的消息比较容易,得知天亮之殇,她伤心中顺着天亮对她讲过的身世这条藤,虽没摸到已在美国的父亲那颗瓜,却找到了父亲二婚后落在台湾的妻子。父亲的第二任妻子在父亲与我母亲热恋时曾吵闹到联合国,当年一度成为联合国的重要新闻。她愤愤回台湾定居后,意外得知顾天亮的死讯,不知出于何种心理,让其女儿、我那个同父异母的姐姐到美国时,特意上门报丧,回头还给我母亲扔下一句话:"我妈说了,这就是他的风流孽债!父债子还,小心可别拖上你儿子!"

我母亲当时很无语,一向伶牙俐齿的她并未反驳。

也许,她还沉浸在与父亲一起伤心的情绪里;也许,她为"夺爱"而内疚,只好退避三舍;也许,面对做客上门、与她年龄相仿的丈夫前妻之女,她得有长辈样子,不予睚眦必报,息事宁人为上。

我父亲不知道他儿子顾天亮经历的是不是真正的爱情,儿子横死给他的打击有多大我当然也不知道。反正仇恨的种子在他心里深植。

我这么想着,乔总起身道:"走,我们去看顾天亮的日记!"

一处地下车库改装的四十平方见外的空间,是乔总筹备中的纪念馆。门口简单得连块招牌都没有,看得出创办者虽有意纪念,又不敢大张旗鼓。

落在地下的空间,多半单调不说,还给人无形的压迫感。但踏入里头,却感觉耳目一新,大量的绿色长条状照明灯具犹如四处攀爬的藤蔓植物,充满亲切和流动感,洋溢着生命活力,犹如一个蛛网般的巨大网络,消弭了地下空间的紧迫和阴凉。

乔总在左边长条柜横七竖八摆放着的书堆里逡巡片刻,轻车熟路地抽出一本红皮笔记簿,回头递给我。

接过的一刹那,我双手倏地感觉有电流经过。日记的扉页上,写着两行话。一是"大海航行靠舵手,干革命靠毛泽东思想",一是"无产阶级不但要解放自己,而且要解放全人类"。扉页背后,则是他抄录的切·格瓦拉的三句名言:

革命是不朽的。

我怎能在别人的苦难面前转过脸去!

应当永远对这个世界上任何地方发生的非正义事情产生强烈的反感,那是一个革命者最宝贵的品质。

对中外革命语录如此并行膜拜,可见格瓦拉对那代中国年轻人的影响力。之所以有此影响,除了格瓦拉是一个真正能为自己的理想而活着和死去的革命者,是真正的世界公民,还可能因为他也是毛泽东的"学生"。从阿根廷到古巴参加革命时,他就读过西班牙译本的毛泽东选集,曾由衷地说:"毛是游击战大师,我只是个小学生。"一九六〇年十一月,古巴革命胜利的第二年,格瓦拉特地来到神往已久的中国,在欢迎他的宴会上,他向周恩来提出了想见毛泽东的"最恳切的要求",并说这也是古巴领导人卡斯特罗兄弟的愿望。

一九六四年十二月中旬,这个怀着一个让世界更美好的希望、怀着一个用生命做燃放的梦想、发誓要为世界革命奋战至死的传奇人物,代表古巴到纽约出席联合国第十九次大会发表讲话时,我不知父亲是否注意到了这个影响他长子人生的"异端"。

我想,正是格瓦拉那个充满魔力的革命实践,使得顾天亮他们敢于把他的理论拿来武装自己,进而如理论者践行的那般,"像鹰一样战斗"。他们自身虽不是英雄,却在穿越中与英雄并肩作战。

我注意到,顾天亮这本日记始于一九六八年十一月八日。

> 今天天刚亮,我到了界河边(孟古河),卷起裤脚趟了过去,就算到了缅共的天下,投入到光荣的国际主义的战斗行列。我希望在这片广阔的天地里大有作为,把青春融入热火朝天的世界革命,以热血浇灌人类最美好的共产主义之花,我告诫自己,一定要忘记曾有的不快,以实际行动报效祖国,报效毛主席的教诲。

顾天亮"曾有的不快"会是什么呢? 不言而喻。

日记是人类最好的倾诉对象,只要没有功利思想作祟,没有造假或避祸的动机,那根本用不着对它设防,完全可以裸露真情实感,让其原始地承载自己的思想。顾天亮的日记当如是:

> 我并不是当兵的料,以前连继父的枪都不敢摸,以前浑不知革命为何物,对支援世界革命更是没有概念。但在毛主席

的教导之后，就不能揣着明白装糊涂了，只是第一次参加革命，竟一下就是这般国际模式，实在是别有一番滋味在心头。且以格瓦拉的话自勉，"我的出征之日将是我实现壮志和我不息战斗的开始"。想到格瓦拉，头脑里莫名就冒出他当年给母亲信中的一句话，"我们已经被人逼到了墙角，无论结果将是胜利或是死亡，我们都将继续抵抗。"我也想写这么一封信。

接下来的日记显示，他一半激情一半迷惘地踏上异域武装革命的征程后，对革命的热情先是渐渐地与日俱增，又渐渐地与日俱减。

他在日记中动辄格瓦拉，让我怀疑他记日记的习惯可能并非完全是父亲的基因遗传，更多是这位老外的言传身教，何况差不多已成美国"老外"的父亲对他毫无言传身教可言。

今天又是一个难忘的日子，我拿起了沉甸甸的 M21 半自动步枪，参加了伏击战，这也是我平生亲历的第一场战斗，在兴奋的颤栗中斗胆地把枪口对准冲上来的敌人，并一次次扣响……这天下着大雨，我总算见证了什么叫血流成河。我要做毛主席的好战士，要有革命精神，唯有这种革命精神能让我告别压抑的过去！

我透过白纸黑字，仿佛看到了顾天亮在阵地上摸爬滚打的身影，但我弄不清那是一个"国际共产主义战士"，还是一个出身"反革命"家庭的"黑五类"试图脱胎换骨的身影？不知那是盲动的还是自觉的身影？

最初的战斗，令谁都印象深刻，但顾天亮的日记显然过于简略。我扭头问乔总："乔总可曾记得第一次在缅甸参战的情形？"

"记得记得，怎能不记得！"

乔总绘声绘色的叙述，相比顾天亮当时的日记，更能还原初战时的情景，虽然他们打的也许并不是同一场战斗。

从后来的日记可知，顾天亮立了二等战功，被授予战斗英雄称号，提了干。和他一同作战的那个大胡子老康就没他这么幸运，在战斗中失去了双腿。

老康立了一等战功，被授予战斗英雄称号。缅共领导去医院看望，称他是缅共的保尔·柯察金。他却无法忍受被截去双腿的痛苦，曾试图自杀，首长遂让我来做他的思想。老康没看过《钢铁是怎样炼成的》这本书，也不知保尔·柯察金是谁，我就跟他讲解，给他诵读本书作者奥斯（特洛夫斯基）借主人公保尔·柯察金说出的句言，鼓励他也把整个生命和全部精力，都献给世界上最壮丽的事业——为人类的解放而斗争。老康却告诉我，自己死了才好。似乎只有出境革命，战死沙场，才能一雪家耻，现在弄得生不如死，岂不更难受。

康愈后的顾天亮很快就又投入新的战斗，不久有了迷惘。我注意到了他有天的日记：

今天我积极参战，今天领到了革命军人身份证明书，缅共信誓旦旦地说已与国内达成共识。我也不知真假，但决定把证明寄回家里。和母亲已有两年多没联系了，非常想念她，不知她近况如何，也不知继父是否还关在牛棚里。如果再不联系，母亲会不会因为我的下落不明被扣上叛国投敌嫌犯的帽子，继父会不会罪加一等？这个证明会不会改善家里的境况呢？但愿有些作用！

乔总也一直在战斗，正是经过几场硬仗和胜利的考验，他在缅共的地位开始上升，从排长开始，一路扶摇直上，干到了副团。

但这时,缅共已经开始了下坡路。

此前,中国政府已开始调整外交策略,中断了三年多的中缅两国外交已见恢复迹象。是年六月,缅甸联邦革委会主席兼总理奈温接见了中国驻缅大使,继之对中国进行"友好和非正式的访问"。消息传来,身在缅甸的这些"国际共产主义战士",识时务地陆续往中国撤,寻找新的人生变革之路。

顾天亮何以坐失良机呢? 我从他的日记中找到了答案:

> 今天收到玉妹的回信,才知继父已被斗死,母亲虽然日夜都在思念我,但仍希望我不要很快回去,待情况明朗一些后再说,现在能立功受奖最好。从玉妹信上还知,对我生父的清查一直没有中止,最近上头又说他在联合国发表了不少反动言论,罪不容赦。我即使回去又能如何? 我感觉茫然,怆然涕下。我该怎么办?

这个玉妹,想来是顾天亮同母异父的妹妹。我想,如果不是家庭背景糟透了,顾天亮多半也会退回国内,开启他的另一种人生。

> 乔大哥显然是个异类,是坚定分子,他是在火线上加入缅共的。他说缅共需要我们,我们不能撒手不管,毛主席的教导还管用,都一走了之,如何实行国际共产主义呢! 他慷慨激昂地说,有人说像我们这样的人是理想主义者,总是想着一些不着边际的事情,但我要一万次地回答,是的,我们就是这样的人! 他还说,不要问篝火该不该燃烧,先问寒冷黑暗在不在;不要问子弹该不该上膛,先问压迫剥削在不在;不要问正义该不该祭奠,先问人间不平还在不在……我知道,他的话有不少引用了格瓦拉的名言,但一经他嘴里铿锵有力地说出,就有一份给人精神上振衰起弊的作用。他甚至嘲讽那些急于回国者是丢盔弃甲,是逃兵。他鼓励我们留下的人要在这片土地上

实现人生价值。我已然感到，这里是一片炼狱，能不能在这片土地上实现我的人生价值我无从知道，但起码不能碌碌无为地活着。我要向保尔·柯察金学习，向切·格瓦拉学习。我决定跟乔大哥一起转战。

飞快地浏览完这天的日记，我抬头问一旁泡茶的乔总："这个日记里说的乔大哥，是您吧？"

乔总凑过来看了数行，点点头："没想到还被顾天亮写进了日记，真是惭愧。"

接过乔总递过的茶水，我微呷一口，又继续看下去。

今天，我们转战到了萨尔温江以东，这里远离边界，人烟稀少，我隐隐感到，真正的流亡生涯开始了。格瓦拉说，"我用能拿到的一切武器为我的信念而战"。我要做有信念的人！

最让我高兴的是，今天意外见到了许菁，原来她和一帮姐妹也分到了我们这支部队，她在政治部当干事。许菁让我感到一种美好，和前几次见面那样，我们似乎有说不完的话，她暗地里称赞我有书香子弟风度。格瓦拉曾说，"革命与美并非势不两立"。但愿许菁是一朵常开不败的鲜花。

爱好文学和写作的顾天亮，闲时喜欢和有文艺细胞的人扎堆，时不时便有一位文艺女青年参加，她正是许菁。许菁在他的日记里开始频繁出现。

这天，我们说着说着就互道了身世。原来，她也有海外关系，而我的海外关系真有点儿牵强，我对那个给我生命不久就撒手不管跑到美国的人毫无印象，为什么还脱不掉关系呢？这辈子我还能不能见到他无关紧要，只要能让我经常见到许菁，同是天涯沦落人呐！

一段时间的接触,把我对许菁的感觉推上了一个极致。我几乎毫不掩饰对她的渴望。有时远远看到她的身影,有种感官上的刺激。与她近距离接触,更有狂喜之感。能和她说上一句话,是一天最大的快乐。如果一天不见,心里便有些失落,甚至空了……

　　今天许菁跟我说了她的苦恼,原来美也会惹是生非,成为一种负担,才有天生丽质难自弃一类的感叹。我和乔大哥说,希望他出面帮她调离政治部,离开那个纠缠她的家伙。不知是乔大哥官不够大,还是因为也在热恋中,似乎是多一事不如少一事。我很为许菁担心,也为自己担心。我幻想着世外桃源,幻想着神仙美眷。

　　革命队伍里常常隐藏着坏人。那家伙据说特别能喝酒,性格都被熏陶得和六十度的老包谷酒一样火爆刚烈,还一身痞气。今天傍晚我散步去政治部找许菁时,居然见他借着酒劲想非礼许菁,我气不过,上前推搡了他。不会就此闯下大祸吧?

　　看到这,我轻叹一声,我这同父异母的兄弟,竟这般有正义感,还那么纯真、善良。

　　怀着一份强烈的好奇心,我急于知道后续之事,于是跳跃式地阅读:

　　几天不见许菁踪影,听说是跟政治部到部队检查工作了。今晚望着窗外的月亮,我多了一份担忧,也多了一份思念,许菁,许菁,许菁……

今天传来一个最坏最坏的消息：许菁逃到敌方那里去了！说她和政治部主任到基层检查工作时开枪打伤了醉酒的他，然后就投奔了敌营，说她本人原本就是国民党潜伏下来的特务，和缅甸政府早有暗中往来，传递情报。我不太相信这些七嘴八舌，我倒是怀疑那个狗主任心怀不轨，而逼使她开枪自卫并出逃的，她该是逼上梁山吧。许菁真是跑了，跑到哪里去了呢？还会回来吗？

想到我们在文艺篝火晚会上曾一起诵读的保尔·柯察金那段金句，也想到我们朗读的格瓦拉名言，"当死亡不期而至的时候，让我们欢迎它吧，只要我们战斗的呼声能被一个乐于跟随的耳朵听见，那就会有另外一双手拿起我们的武器"，我怎么都不相信许菁会是叛徒？叛徒，这是一个多么锥心锥肝的字眼呀！

日记在杂乱无章地记了几天感怀后，戛然而止。

日记本的空白页还厚厚的，但再无内容，预示着主人的命运出现波折，自由受到干扰，生命遭遇意外。

缓缓合上不可避免地沾染着些许灰尘的日记本，我抬头问乔总："乔总，我有个不情之请，这个日记的几处内容我能拍照吗？"

"你们是亲人，别说拍照，复印都没问题。"乔总不假思索地说完，手指对面那个柜子，"那边还有顾天亮看过的书和立功证书。"

我起身，缓缓向柜子走去，似乎顾天亮在那边一脸期待地等我过去参观他曾获得的荣耀，以证明他在异国他乡并非虚度人生。

书是毛泽东的"老三篇"和格瓦拉日记，上面不时有曲曲折折划下的红线穿行在白纸黑字间，可见阅读之认真、之虔诚。我知道，在那个年代，它们是顾天亮们的精神支柱。

这个从形式到内容都有点儿古怪的证书，活像一个古董文物，我边拍照边和乔总搭话："和你们大量使用格瓦拉语录可有得一比？"

"那还是不能同日而语的。毛主席那个时候在我们的心目中是神，格瓦拉不过是位有点儿时髦的'佐罗'一类的外国英雄，和毛主席比，不仅'略输文采'，还'稍逊风骚'。毛主席逝世时，我们可都是放声大哭的。"

跷着二郎腿坐在茶几旁啜茶的练立嗤笑一声："真是愚不可及！"

这态度显然激怒了乔总，语气跟着神情走得颇为不悦："在我们心中，毛主席就是再生父母啊！你们好歹也是中国人，俗话说打断了骨头还连着筋呢，怎么就没有这份阶级情感?!"

乔总光顾自己的愤懑，似乎忘了我们不在中国，更不处同一个阶级，他也不再是那个阶级的人，但保留着那份所谓的阶级情感，一句"打断了骨头还连着筋"，倒让人诧异。

我不能与他计较、争论，臧否人物，冒犯他心中的神灵，于是小心翼翼却仍觉词不达意地说："我理解并尊重这份感情。"

眼见乔总的脸色缓和过来了，我转而问："他们给了顾天亮什么罪名？"

乔总沉吟片刻，道："我们都知道，顾天亮获罪与许菁出逃有关，更与他揍过缅共那家伙有关，但最后定的罪名却绕了一个圈。顾天亮他们不是爱在一起讨论文艺嘛，政治部就说他们借文艺之名散布反革命言论，惊动了军区高层。那时国内的极左思潮也都越过孟古河来这边了，甚至被放大，毛主席不是教导过了嘛，'牢骚太盛防肠断'，谁有涉及政治的不满言论，动辄就被上纲上线。当时正是缅甸人民军南下战役失利、险遭全军覆灭之后的休整期，他们几个就被抓了起来。有人被隔离数日后写个检查什么的也就放了，但顾天亮没有，被说成和敌人站一队，被敌人的美人计给策反了，成了革命阵营里的内奸，到处散布反革命言论，还掩护内奸情人出逃。他被处决时也就是这个罪名。"

我半晌无语,脑海里却沸反盈天。

一股冷冷的风从门口灌进,似乎也带来了格瓦拉的声音:"正义,有多少邪恶假你的名义而行!"

我曾考据过这个句式,最早应由法国大革命时期著名政治家罗兰夫人创造。她被雅各宾派送上断头台前,在自由神像前,曾如是留下这句令人心酸的名言:"自由啊,多少罪恶假汝之名而行!"

打着动听的进步的革命的旗号,干的却是卑劣的反动的事情。古往今来,在汹涌澎湃的时代变革中,有多少借着正义、自由或革命等等名义犯下罄竹难书的罪行。

我不止一次地想,谋害他们的与其是凶手和无耻之徒的子弹、大刀和其他工具,不如说是黑暗气氛的产物穿透了他们的胸膛!

我顾家几代人,也因此永失我爱!

七

灌进的不止是风,还有一串超出一般亲热的呼叫声。不知是哪个星球的话,反正我如同鸭子听雷公一般。

乔总应着,回过身来,把已然快步进来的两人直接带到我身边,热情地介绍:"小顺子,小王,都是跟着我出生入死干过多年缅共,有故事的人!"

不经乔总介绍,我是不敢认定他们也是中国人的,脸膛上呈现的黝黑似乎比缅甸人还略明显,或许这正是他们在缅甸打拼多年留下的"胎记"。

我问乔总:"他们刚才叫您什么来着?"

乔总腼腆地一笑:"哦,叫我老旅长呢!"

在我们握手之时,乔总道:"你们来得正好,顾博士是顾天亮的亲戚，想了解一下我们共同的历史。"言罢，挥手召来司机，"你先去把日记给复印了，小心别弄丢！"

大家都落座后，那位叫小顺子的呷口茶，放下杯，搓搓手，抬头恂恂地问："聊什么呢，从哪聊起？"

乔总在自己的兵面前，恢复了原有的杀伐决断气魄："就先聊你为什么又返回缅甸吧。"

这么破题，让聊天者彼此都轻松下来，小顺子连声道好。

"我是一九八八年回国探亲的，想着在保山安置家小。那时候，稍有门路和想法的战友，大都回到了国内。博士你可能知道了吧，缅共那时无可救药地在金三角堕落了下去。我回国不久，就听说老彭发动了政变，缅共转眼间烟消云散，我就傻了，幸好乔大哥没事。让我意想不到的是，缅共的灭亡与我们的命运竟还息息相关，可能是失去了最初的革命母体，我们在国内得不到正式承认，有关方面还担心我们走私贩毒。毕竟那些年，缅共一直以毒养军，名声臭得很，染上毒瘾的知青为数不少，国内对此一清二楚。"

趁小顺子喝茶的工夫，乔总接上一句："所以，小顺子和几位兄弟最终又回来了，怕我有闪失，也顺便帮我把事业撑起来。"听得出，乔总这话有自嘲的况味。

"老旅长那个时候已脱颖而出，通过'二次革命'弄得家大业大了，我们就是过来蹭口饭吃。"小王嘻嘻一笑。

"二次革命"是什么呢？我思忖间，小顺子咂咂嘴，接过话茬："那段时间心里郁闷得很，感到祖国像是异国，我们一切都要重新开始，从零起步，为生存打拼。干了几年还找不到北，一气之下就扔下家小，干脆又投奔老旅长来了。"

练立起身给大伙儿添茶，一边道："好马按理不吃回头草，是中共不够意思，逼得你们重上独木桥。"

小顺子点点头，又摇摇头，说："要说不够意思也讲不过去，毕竟，七几年吧，国内征求过我的意见，说如果愿意回国将给予正连级待遇，但那时老旅长不走，我们又如何撇下他，因此错过了一次良机，也不能全怪国内。"

老侯是不甘寂寞呢，还是对这个话题有兴趣呢，揪住不放："乔总靠什么挽留了你们，又吸引了你们？"

小顺子、小王像是事先商量过似的，呵呵一笑，并无具体内容，最后小顺子见没法交代，道一句："乔总人好，口才又好，三言两语就把我们给俘虏了。"

不管是事业还是商业，都有不便明说的机密，当然也不好过问、细问。我由小顺子的话想到了顾天亮日记的记载，心思一动，看着乔总道："乔总能否在老部下面前做一次演说？能带上格瓦拉的一言半语最好。"

掌声鼓励下，乔总也不推辞，起身踱了两步，算是酝酿，看着我们道："好，我套用格瓦拉的话来说吧：我出生在中国，这对谁都不是一个秘密。我虽在缅甸，但始终是中国人，如果各位尊敬的先生不介意的话，我认为我是一个决不比任何中国人逊色的爱国主义者；任何时候，只要祖国需要，我甘愿献出自己的生命，而决不会有任何的索取，有任何的要求。"

他说开后，像是打开了某扇闸门，打着必要的手势，语气也抑扬顿挫起来。

率先鼓掌的练立不忘抬杠："乔大哥说的比唱的好！"弦外之音，感叹号变大问号。

大家嘻嘻直笑中，练立瞅着小顺子又问："国内就没再意思意思？"

小顺子没好气："我一个小兵拉子，算老几呀，配得上三顾茅庐嘛。给脸不要脸，想要正连级待遇的人多了去，好事还会求着等我？！"

乔总感叹起来:"小顺子如果回去,按连级待遇,当时差不多每月有一百元吧,现在好几千了。是我耽误了小顺子的发展,该由我来作补偿。"

小顺子急忙摆手:"哎呦,老旅长话不该这么说!"在激动的争辩中,他的脸都红了。

我问:"接二连三重返缅甸,是不是回国后遭冷遇、不如意或生存出现了状况?"

小顺子"嗯"了声,继而道:"可能也有个比例问题,一半对一半吧。"

"重返缅甸后,有跟着在金三角干那事的吗?"绕得虽然含蓄,但还是个敏感之问,我确有兴趣了解那些人的现状。

"这个有。但我们这批人都金盆洗手了。"

乔总回答得毫不含糊。只是,他说的"我们这批人"是哪批人,我却不能再细问,即使他告诉了我也不知是哪批,依旧是陌生人。何况,乔总得有个颜面。

小顺子道:"乔总是那种该出手时就出手,该收手时就收手的人,大气,让兄弟们心服口服!"

"可有人还不高兴呢!"乔总说罢,瞟了练立一眼,意味深长。

小顺子上前拍拍练立的肩膀,眨巴着眼道:"老兄,回头是岸,放下屠刀,立地成佛。缅甸好歹也是佛国吧,阿弥陀佛,善哉善哉!"

练立就差没吹胡子瞪眼了:"少跟我讲这一套!"掰开小顺子的手,直桶桶地说,"你还是跟顾博士讲顾天亮吧,我得跟乔大哥说个正事。"边说边来拉乔总离座。

乔总笑笑,对小顺子和小王摆摆手:"你们就好好说吧,有什么说什么。历史的真相总该让人知道。"

小顺子和小王几乎异口同声:"得令!"

他们亲切、随意、恰当的抬轿和掩护,让我想起在缅北岁月里他们曾有的交集,交集中还有顾天亮模糊的身影。

小顺子讲到顾天亮的死,遗憾中有几许愤懑:"还是格瓦拉说的好,'正义,有多少邪恶假你的名义而行'。顾天亮就是假正义、真邪恶的受害者!"

我听着不觉心头一震,刚才我不也想起了格瓦拉这句话嘛,这也算交集吗?

是啊,交集不仅是身体,更有心和魂!

老侯感叹里又含几分悲悯:"顾天亮搭上了生命,而你们中的很多人则错过了许多人生中不该错过的机会。"

静如处子的小王这时开口了:"这就是命!所不同的是,一种命没了也就解脱了,一种命苟活着,却虚虚晃晃,混混沌沌,不着边际。"

我得向小王也提几个问题:当初到缅甸,是革命理想和激情多一些,还是改变自己命运的想法多一些?

小王说:"这本身就是命运安排的。当时我们每天都在干枯燥的农活,得知山水相连的国境对面,成了世界革命前线,一个个就都动了心。那些在运动中站错了队和家庭出身不好的人,在国内本就四顾茫然,面对跨界便能到达的世界革命前线,谁不想着去寻找出路、改变命运呢?不管是怀着小九九也好,抱着革命理想和激情也罢,不由分说地到异国他乡履行国际主义义务去了。"

"当初知道这是命吗?"

"我是试图改变自己命运的一个。说实话,到这里的最大好处是不讲出身,在队伍里基本没有阶级歧视,有段时间心情还是相当愉快的。"

"那阵子顾问组撤回国内后,你们留守者还想着'不怕牺牲,排除万难,去争取胜利'吗?"

小王笑一笑,该是因为我套用了他比我还熟悉的毛泽东语录,他说:"毛主席逝世后,大家陆续回国,几乎每次送行,哭声都要响彻孟古河。我们自愿留下或一时走不了的人,哪会知道从此会失去中国国籍呢。如果得不到祖国的认可,我们排除万难争取来的胜利有什么意义,任何奉献和牺牲都显得无所谓。"说着说着,语气和神情都不无伤感起来。

"国内没关心过你们的性质和回国问题?"

小王搔了搔头,道:"还是有的吧。记得是一九八〇年前后,国内渐渐开始正视这一情况了,并出台了有关的接纳和回国政策。接到告知后,许多人都哭得稀里哗啦,那滋味儿,就像是无人认领的孩子突然找到了亲娘。"

"对对,当时我也哭了,人非草木,孰能无情。老旅长一向坚强如钢,但那天请我们喝酒庆祝时,我记得也哭了。"小顺子插完话,抱歉似指着小王对我说,"小王有故事,还是听他那些经历吧。"

"哈,那些破事,国内好几家报刊都报道了,不过多数不准确,有的失实,还有添油加醋胡编的,只一篇还算正经。"小王边说边上微信,把他认可的那篇调给我看,省去了他的几口唾沫。

小王的有关回归手续,好像要与国内姗姗出台的政策相适应似的,折腾了前后四年还没办下来。正所谓来时容易去时难,手续一天没办下来,他就还是缅甸这边的人,还得给人家当炮灰,好几次险些命丧黄泉。漫漫无期的等待简直要把他逼疯了,再等下去也许就要成孤魂野鬼了,缅共有些混蛋心黑手辣他是知道的,缅共的衰腐气息也让他难以忍受,三十六计走为上策!他瞅准时机,带着好上的缅甸女人,开始了逃亡之旅。在密林深处,天当房,地当床,两厢情愿地一边把青春欲火煽得呼呼生风,熊熊燃烧,一边百折不挠地往中国边境靠。他搀扶着身子越来越沉重的女人,又一次跨过了水声喧哗的孟古河,在中国边境畹町镇买到了假通行证,登上开往昆明的长途客车那一刻,两串眼泪突然像断线的珠帘,不能自已。

阔别十六年的故土,迎接他的是父死母嫁,物是人非,刚成家的弟弟惨淡维持着生计。遥想当年风华正茂,青春热血,却在年近不惑之际这般落魄、狼狈地回来,除了缅甸媳妇,身无他物。黑人黑户的他,能不心生苍凉?幸好,肚子越来越挺的媳妇,不多久就生下一大胖小子,哇哇啼哭声增添了一份慰藉。数年后,在弟弟奔走下,根据政策,他总算重新获得了中国国籍、户口和一份养家糊口的工作。顾不上喘息,便拖着战争负累的身躯,投身中国方兴未艾的改革开放大潮,几经沉浮,当上了一家边贸公司的经理,与缅甸做起了生意,后来干脆下海自己当了老板。

哪能想到,小王的故事曲里拐弯,一波三折,既有"上穷碧落下黄泉,两处茫茫皆不见"的怅惘,又有"行到水穷处,坐看云起时"的希冀,还有"达则兼济天下"的情怀。

"我下海几年后,在几个至关重要的拐点上频频失误,或者说经营不善,干脆点说没有运气,企业资不抵债倒闭,我从老总沦为人下人,重新在社会底层艰难讨生活,痛食命运苦果。"

显然,这是刚发生不久的事,他可能已不再具备新闻人的价值了,或者他压根就没找也不想向媒体诉说。

我轻"哦"一声,看他的目光也带上几分同情,在大胆猜测后问:"这也是您回来找乔总的原因?"

小王腼腆一笑:"我还不老,总不能去争低保,也只有找老旅长合作,在缅北野人山挖金矿。看看能不能靠'二次革命'来个东山再起,'赢得战争'。"

看他说得神采飞扬,我忍不住泼洒几滴清凉水:"历史不会总在低级阶段重复,'赢得战争'的机遇不会永远存在。而且,听说野人山可不是一般人能呆的,你们就不怕再入樊笼?"

小王挺胸,显得踌躇满志:"人生能有几回搏?这次拼死一搏,也得改写自己的人生,改写在缅甸呆过的丛林春秋,再不济,就只有遗恨终生了!"

缅北野人山人迹罕至,当年中国远征军为避日军追"剿",转移时曾受困于此,一路留下累累尸骨。一个甲子后,怀着淘金梦"复登临"的虽然多是中国人,但已非"我辈",远征军将士的亡魂是惊还是喜? 他们挖到了真金还是只挖到远征军的遗骸,抑或两者兼有? 不管怎么说,在仓促和惊险转移中可能连青冢都没有,只被蒿草没了或尸骨无存的抗日将士,有来自祖国的人来相伴、凭吊、看望,再把他们的孤魂引回国内,想来也是上天的安排。那么,这个让人望文生义、望而生畏的野人山,硝烟和血汗,军号和出工的哨声,一段时间内交相回放,同为中国人,却已是隔世。

小王给出的答案是:"再来一次,我可能会后悔,即使再没有出路,也不做二傻。但只经此一次,也谈不上后不后悔,世上也没后悔药。"

小顺子嘿嘿直笑:"好玩,像是一场梦!"那神态还像在回味。

"'我想,革命是不朽的',这是切·格瓦拉的话,或者可以作为我们的注脚。"已重新落座的乔总,虽然也绕道而行,但显得豁达淡定,有高度一些。

老侯也感慨:"我比诸位谁都先到缅甸,我觉得啊,只要心里多一点儿祖国,有个感情寄托,啥都能好。"

"真是画饼充饥、望梅止渴!"练立瞪了老侯一眼,不服气地说。

乔总打断了练立的话,半认真半开玩笑地说:"够了够了,多你一个不多,少你一个不少!"

我忍俊不禁,座中几位,连练立也跟着笑了。

笑声让话题也跟着轻松起来,我没来由地问道:"王先生这次从有中国特色的社会主义国家打回缅甸,是什么样的心情?"

"那天,我站在中国一侧的楠伕江边,眼望江对面原缅共中央的'都城',只觉得那个长满荒草的孤岛,像一座巨大的坟墓,心里好一阵凄凉苦涩,感到这里埋葬着自己的青春,感到还是中国好,同时也激励自己这次'胡汉三回来',绝不做大龄失足青年。"小王说到这里,忽然反问起我来,"顾博士身在美国,该知道美国一直是希望和平演变,等着看笑话吧?"毕竟是来自大陆的人,好奇心中带有几分警惕性。

我语带俏皮:"人心隔肚皮,这等机密白宫不会告诉我,也不会让我参与……"

神思飞越,往事如昨。

苏共垮台那年,刚立志于研究共产党和东亚历史的我,曾和父亲有过一场对话:"我就闹不明白了,前几年中共不也经历了一场风波,也算是同一国际大气候下先后上演的两场性质相同的政坛大戏吧,为什么结局截然不同,一个挺过风雨后稳如泰山,一个却摧枯拉朽,墙倒众人推,还老大哥呢!"

父亲感叹道:"中共真是奇迹呀,那年连中情局都等着看笑话了,谁知邓小平竟有回天功力。这不仅是命数,中共内部确实高人迭出,有其安邦定国一套。遥想当年,由金圆券风波引发的金融危机,轻易就动摇了国民党根基。"

那天,父亲意气风发,以一个曾经沧海冷眼向洋的眼力,以一个外交官惯看春花秋月的阅历,条分缕析,娓娓道来,对故国山河,对曾经的敌友,流露出深深的怀想。

今天在缅甸,连我都想不到,会围绕中共之兴、缅共之灭这个话题,和一群有些来历的华人探讨。

唱反调的练立不敢过分放肆,轻描淡写说一声民族主义、民粹主义过了头都有害的话后,就基本闭嘴,转头寻了本皱巴巴的书翻看。

那正是《格瓦拉日记》。

一会儿工夫,那位奉命复印的年轻帅哥带着一个二十出头、娇小玲珑的姑娘回来了。姑娘还没让我瞧见芳容,就亲热地张开半裸的胳膊在背后缠绕上了乔总。

帅哥把工工整整装订成一厚册的复印件给我,却坚决不接我递上的钱,带两分羞怯说:"您是我见过的第一个博士,写书的话能添上我爸一笔就好了,让我也跟着沾光出名。"

哦,原来他父亲那年也来参加过丛林战争,返乡后一直生活在失落中,儿子大学毕业即失业,便干脆让他到缅甸来投奔乔总。反正乔总网罗了一批战友和战友后代,总有共同语言。

"加上一笔容易,但这钱您得先收下,我不能贪小便宜。"我边说边把钱再次递给他,"另外,得告诉我为何让我写上令尊?"

他只好遵命,一把塞进口袋,一本正经地说:"您想啊,我爸在缅甸瞎混了十几年,没进主流社会,回国后又被边缘化。两边都不当他是自己人,连他都快不知道自己算哪根葱了,总觉得名不正言不顺,别说流芳千古,连遗臭万年都没门路,一生失败,天天失落,能在您书中做个反面教材,不管印成汉字还是英语,也算榜上有名。"

"他后悔来缅甸了?为什么还要把你送来,不怕步他的后尘?"

帅哥有点儿难为情起来:"他后不后悔这个得问他。能活下来,没受任何伤,算是幸运了。只是感到这大半辈子一事无成,浑浑噩噩,做一天和尚撞一天钟,做生意连老本都赔进去了,赌博又都是孔夫子搬家。他送我到缅甸来,是希望我养活他。哪天我要是被乔总给开了,我自己都不知道怎么活,我可不步他的后尘。"

"小翁啊,有我一口饭还怕少了你们一口?就怕你们都嫌淡!"乔总掰开撒娇姑娘那一双扣于身上的玉手,起身,上前拍了拍帅哥的肩膀,话语不咸不淡。

"你们多心了,"姑娘的语气刚一撒娇便打了个转儿,变得有几分凌厉:"他泡在蜜罐里还敢嫌,小心我做了他!"小巧精致的鼻子还不轻不重地哼了声。

如此重话，出自小女生之口，让我悚然一惊，忍不住正视起来。只见她腰束一根特制的皮带，身材苗条，脸蛋圆润，皮肤略黑却光洁，额头开阔，一双大眼眯缝，瀑布般的黑发飘肩。这等俊俏却言行出格的女孩，在缅甸也该是少见的吧。

乔总嗔怪的话语却不掩内心的疼爱："月月温柔点，来，见过顾博士，美国来的历史学家呢。"说罢，赶紧又转头对我说，"小女月月，从小宠惯了，缺少熏陶，见笑见笑。"

"谁说我缺少熏陶了，没做成淑女，也是父不教之过，我都没和老爸算账呢。"月月噘着粉嫩的小嘴，把仰起的脸从父亲那头移开，朝我鞠躬如仪，"顾博士好，顾博士真帅！"接着对着一屋子的人一个个甜甜地叫了过去。

她转身太快，我都来不及还礼，只好讪讪道："月月，名字真好听。"

乔总脸上浮起一朵花来："月是故乡明嘛，提醒她别忘了自己是中国人。"

小顺子接过话来："老旅长不会白费心的，你家这轮月亮迟早会被人拐到中国去，到时和您来个千里共婵娟。"说话时眉飞色舞，眼光还飞速地瞥了瞥小翁。

乔总笑笑，很放松，也很写意。

月月抛洒下一串银铃般的笑声，一字一句，认认真真地说："我这月儿呀，可是有来头的，是我爷爷为纪念我姑婆而起。"

"是啊，是啊，忘了介绍。"乔总不失时机地向我解释，"她姑婆是个革命烈士，当年曾留学过莫斯科，和邓小平、蒋经国不是同学也是校友。"

我内心不由一紧："哦，叫什么大名？"

"乔明月，顾博士不会知道的。"

我顿时愣住了,词不达意地说:"怪不得您也姓乔。"

乔总笑了:"她是我亲姑姑,我当然姓乔了。"他没在意我那个一瞬惊讶又迅速平复的表情,自顾说下去:"她从莫斯科回国不久就舍身成仁了,但革命的火种不能灭呀,我爷爷在生下我父亲后,名字有个朝,我的名字不是有个朋嘛,都有月在里头,朋分开来还两个月呢,都是有特定意义的。我在缅甸虽然无成,但生下女儿后,国内的老父亲说什么都要叫这丫头月月,期待基因代代相传,她还在五服内嘛。"

月月笑嘻嘻嚷道:"我宁愿做个没心肝的月亮,也不想被赋予和承载这么多,革命怕是要沽名钓誉了。"

是啊,对像她这样隔世的后人,乔明月她们那代人经历的残酷命运连同革命理想,已渐渐平息,隐匿在远去的时光里。

"这孩子就是任性,爱闹小性子,不过,是刀子嘴豆腐心。当初她对我建馆不以为然,见我一意孤行,她也马上搞起了设计。"乔总不知是解嘲还是乐道,起身指着一屋的"绿网"对我说,"顾博士你瞧,这设计还凑合吧?"

我得识货,当然也能识货,说:"刚进门就给了我一个震撼,原来出自美女之手,果然不同凡响!"

"这么小的地方,也只能露点雕虫小技,不见笑就好。"月月话是这么说,却显然透出了她的得意。

练立怕是不懂艺术,打起岔来:"乔大哥说对了,革命不就是动完刀子吃豆腐嘛。"他的语气和表情都略显暧昧。

乔总忍不住反挤兑:"道不同不相为谋。"

练立放声大笑,半认真半玩笑似的说:"乔大哥不知自己有多红,也不知我有多黑。邓丽君有首歌叫'月亮代表我的心',我倒希望我们的月月姑娘,不仅人如其名,代表革命的心,还能像太阳一样,红彤彤地照亮宇宙,届时我给你摇旗呐喊。"

"拜托拜托,别灌迷魂汤,我可学不了我姑婆,活到现在也不知要革谁的命,有什么值得我舍生取义。"

小姑娘仪态万方,伶牙俐齿,越看越觉可爱,那脸蛋在我的瞳仁中竟有几分月形。

没想到乔总还有这等隐藏,由月月的名字才曝出家世渊源,怪不得他心向着那头呢。

"我的人生也走过弯路,总觉得对前人有所辜负。"

乔总这么开口,我倒期待他能多说点什么,没想却点到为止,忽然间来了个神转折,看着我,语重心长起来:"顾博士研究历史,应该常回大陆吧,下次若有兴趣,可在北京找我妹妹,她前段时间还去了莫斯科查阅红色档案。但千万别说是我让找的,……我们已经多年没联系了。"

我有些不解:"为什么?"

月月抢过话来:"你懂得!"

乔总神情有点儿黯然,我不好再问,忽然一个闪念,我真懂得了。

我拿过乔总写在纸片上的那个人和她的电话,正是我在苏联查档时巧遇的乔能,哦,现在才想到她名字里也含有个月字。他们这家族,血脉和名字里可能都有这样的精神烙印吧,也就难怪乔总会积极参加国际共产主义了。

偶遇?巧遇?奇遇?冥冥之中我感觉有双看不见的手,推动着我做一篇文章。是父亲还是程宁宁,抑或是……?

人非草木,和人与事之间有了某种天然的联系之后,那些曾经流淌在血脉里的情感和记忆,往往就割舍不去。

"刚才讲到后不后悔那事,"乔总指着小翁,环顾众人,"小翁他爸可能会后悔,毕竟在缅甸十多年,结局和初心大相径庭,功名灰飞烟灭,感到人生如梦。但对我来说,这可能是笔精神财富。不是说任何苦难都是财富嘛,我这些年一直琢磨着写一本自传,革命革到缅甸四十来年的经历,让我的自传有了丰富的素材,我得有思考和总结。"

"乔总届时一定签名送我一册好好拜读。我说小翁啊,你都不用舍近求远,乔总保准可以把令尊写得血肉丰满,届时分别用中缅两国文字印刷,令尊也就花开两处了。"话一出口,我感觉自己有点儿左右逢源。

小翁搔搔头,局促道:"乔总想法对头,可他太忙,猴年马月的事?"

"臭小子,你会舞文弄墨就好了!"乔总的一声笑骂,让人会意。

"乔总认为顾天亮在生命的最后一刻会后悔吗?"

问话的是老侯。他如此用心,我心知肚明。

乔总道:"明天上午我们一起去看顾天亮,当面问他好了。"

大家会意而笑。

"要去你们去,我睡我的大觉。"练立嚷道。

"你去本身也就是累赘,你不在宾馆里睡大觉,倒担心你把坟墓里的人吵醒了跳出来。"

练立脸一红,嘴里嘟哝道:"我不信这个邪,也不怕鬼。"

"心里有鬼或本身想做鬼的人,当然不怕鬼啰,另外,给死人祭扫也要讲究个非诚勿扰。"月月适时地将了一军,算是还了练立刚才的戏弄。

练立有点儿恼羞,可怎么好意思跟一个说话嘻嘻哈哈的小女子较真!

我看出了月月的率真、可爱,主动和这位有些特别的侨二代合影存照。

天格外蓝,蓝得疑是海洋扩张上了天。

风追着车轮或徐或疾，连着红尘、各色人等和远近高低的树木，在乔总霸气十足的"悍马"窗口，在我们的耳边眼中忽闪而过，却把话留在了车厢内，留在了我心里。

"那个狗屁主任可恶、可恨，不仅杀害了顾天亮等人，还捞黑财，喝兵血，恶贯满盈，罄竹难书。"

"顾天亮死得不值，冤大头！"月月的话最吸引我的注意，"咦，我们的名字怎么有点儿关联呢，月亮也是一亮呀！"

"月月呀，顾天亮是你爸的战友，人与人间的缘分是天注定的，你就是要争做京剧《红灯记》里那个革命的后来人铁梅……"

月月打断了对方的话，却还是嘻嘻哈哈，绵里藏针："拜托拜托，这样的重活还是你们男人做吧，我好好享受你们的革命成果，记得你们的好就是。让一个小女子成天叫喊革命，不是女魔头也是女汉子吧，你们是希望我嫁不出去是不是啊？"

我在心里也念着"拜托"，顾天亮和乔总还陌生时已有此名，你们谁知道他的名字里其实也藏着父亲念叨着的那轮明月呀！

那年那月，在一次丛林战斗中阵亡的中国战士，被绿色军用塑料布一裹，匆匆掩埋在异国荒草丛中。十年前，乔总等热心人士经旷日持久的倡议、奔走，找到一处陵园，他们这才有了一块灵魂的安息之地。

但今天，他们的灵魂好像不安静，或者说，有人想让他们不安静，想让亚细亚的孤魂在风中哭泣中声讨。

吉他弹唱的《亚细亚的孤儿》，在我这个没有音乐天赋的人听来，也是耳熟能详的了，只是在此时此地，显得不太入调。因为，在歌者的身旁，两面用门板大小拼成撑起的法轮功宣传栏，青面獠牙，煞了风景。

在美国、日本和中国台湾等地，我都见过这类无孔不入的宣传，熟视无睹，对其言过其实的种种图说知其然也知其所以然，一向懒得理会。只是,他们会择这一片连着森林公园的小墓地而为之,可见煞费苦心,再配唱这首歌,其目的显而易见。

乔总径自向华语吉他歌手走去。歌手身边那个小老头上前迎接并递上印刷品,乔总看也不看,一脸冷峻地说:"你们这样是会打扰人家的!"

乔总出力甚巨建起的陵园,倒成了人家法轮功的宣传战场,想想他都心有愠怒。

"打扰是为了唤醒一部分人沉睡的记忆。忘记过去就是犯罪,忘记一个民族的苦难也是犯罪……"

乔总打断小老头的话,盯着对方的眼睛:"你信吗?"

"我信,我当然信。"

乔总威严地说:"眼见为实,你亲眼见过吗?"

小老头支吾间,乔总转身盯着起身过来的吉他歌手问:"这位小兄弟,你亲眼见过?"

歌手连连摇手,嗫嚅道:"我是受雇来的,只负责唱歌。"

"小兄弟别干没智商的傻事,你没地方上班,可以考虑到我公司来。"乔总言罢,对小翁说,"你把电话留给他。"又回头对那小老头吼道,"滚,马上滚!"

小老头和歌手呆若木鸡。

"再不滚,就砸烂你的摊子!"乔总瞪大了牛眼,目空一切,凌厉得像刀剑。

"好,我滚我滚……"

小老头招呼着歌手,像是以收尸的心情收拾那两块青面獠牙的板报,草草扔上一旁的机动车后,急急忙忙溜之大吉。那个动作,像是逃难。

乔总则挥手招呼我们,直奔目的地而去。

陵园坐落在小山丘上。灵位和衣冠冢一律面向东方中国。这阵势,颇符合他们当年的集体偶像格瓦拉的语境,把其原话中的古巴国籍改为中国,那便是:"如果我葬身异国,我临终时想到的将是中国!"

我们的脚步被乔总带到了一块墓碑前,"顾天亮烈士之墓"赫然在目。

我看到了嵌入石碑上的照片,我极力从照片中辨别父亲的影子,忍不住道一声:"We are overcome by anguish at this illogical moment of humanity."

老侯问:"你说什么?"

这个时候,我觉得用英语表达更为恰当。这是格瓦拉的话,我在顾天亮的日记中记住了这句:"在这个人类最不合理的时代,我们都被痛苦所征服了。"

顾天亮,我的同父异母哥哥,就是在那个最不合理的时代,被痛苦所征服的。

乔总带着小顺子、小王他们,在墓前除草添土,摆放祭品。大家都像山川一样肃穆。我伸手为顾天亮的墓拔草,面对墓碑合掌,全当亲人就在面前。我坚信墓碑不是全部,墓里墓外都潜藏着一些未曾被看见的事物,顾天亮才于我如此亲切,才让我一再问自己,这位哥哥为何那般崇拜格瓦拉呢? 老切曾说:"人一生的关键时刻,就在于他下定决心面对死亡时。如果他决心坦然面对死亡,他就是个英雄,至于他的事业成功与否,那已经不再是关键。假如他回避死亡,那么,他永远只不过是个政客。"这是一九六五年初,切来到开罗,向认为靠得住的埃及总统纳赛尔透露,他想带一个古巴黑人兵团支持刚果,在激烈的谈话中他如此谈及自己的生死观。

现在,在缅甸这个鲜为人知的陵园,站在顾天亮的墓前,我除了替父亲致意,也在琢磨顾天亮是否坦然面对死亡,这决定他是否后悔。老切应该是坦然面对死亡的,就义前两年就曾对一位追随者说："我希望至少有一只脚踩上我的故土的时候，我才死去。"从这点上来说，顾天亮的遗憾无以言说！

我仿佛看到，照片中年轻的顾天亮朝我微笑，欣慰于我能来看他，扫墓，让他从此不再做孤魂野鬼，也欣慰于我对他的理解。我似乎听到，他也在吟诵格瓦拉的诗句："我走上了一条比记忆还要长的路，陪伴我的是朝圣者般的孤独。我脸上带着微笑，心中却充满悲苦。"

格瓦拉刚走上革命道路时，曾婉转地向革命知己伊尔达求婚，请她陪自己去墨西哥和中国，但遭到了拒绝，他心中那个她更想回其祖国秘鲁。自觉很受伤的失恋者格瓦拉，在重新上路时，写下了这句伤感之诗。顾天亮日记中透露的恋爱，如果不属于一厢情愿，他似乎并没有经历失恋，只是那场恋爱没能修成正果，在挽歌式的低吟中随风而逝。

以顾天亮，以及我这次接触到的乔总等人的个案为例，动荡的年代把这个特殊群体的青春一卷而去，留下的只是创伤、磨难、迷茫和痛苦的回忆。

祭奠仪式开始，没有跪拜，没有哭坟，只任一沓沓纸钱幻化了，像五颜六色的火舌摇曳，不可分离地纠缠，融合为一，吸纳着祭祀者的万千心愿，送去对战友和亲人的无限告慰。

乔总他们分别和墓中人呢喃小半响，有话则长无话则短。乔总最后说："天亮兄弟，你的弟弟顾博士看你来了，这应该是你的第一个亲人来扫墓吧。他想和你说几句话呢。"

我能说什么呢？我的哥哥，人生恍如一梦，大半个世纪的家国恨、父子情，俯仰之间，尽成传奇。你的这段经历是许菁辗转告知父亲的，他老人家当时就流了泪，他有生之年念叨着你，并一直心怀歉疚，事情都过去那么久了，你对他别不容不谅了吧。父亲生前苦痛无处说，死后仍背负"汉奸"的污名，让我们成了"汉奸"之后，但我告诉哥哥，在我心中，父亲是清白的、忠义守节的、传奇的，在历史上他对得起国家，对得起民族。他到天国后，定会来找你。你们应该在另一个世界重逢了吧，我想，以父亲的率性，是会当面向你道歉的。我来，主要是为了替父亲完成一个夙愿，为你扫墓，另外就是了解那段历史，把你写进我的文字里，复活在我的记忆里……

我双手合十，在心里说完这些，从月月手里接过一束菊花献上，接着俯身斟了三小杯酒，依次洒在墓前，最后一杯奉在顾天亮的遗像前。我不知他是否爱喝酒，但父亲是喝的，我偶尔也能凑个数，相信我们之间的基因遗传不会相差太远。悠然间，我似乎从空气里，从天边那一抹云端里，看见父亲和顾天亮腾云驾雾迤逦而过。

我起身肃立好一会儿，眼看着最后几沓纸，在火光中跳跃成一面面愤怒的旗帜，飘扬漫卷中，又化作一串串黑红的蝴蝶，招呼着浩浩荡荡站起的一地英魂，飞向青山，飞向山那边的祖国。

静默中，耳畔传来乔总的声音："昨天不是有人问顾天亮后不后悔吗？你们今天都亲自问了吗？顾天亮又是怎么回答的？"

小王调皮地说："顾天亮说，他只跟老旅长一个人说，由老旅长转达就是。"

大家都前仰后合地笑了。中国式的扫墓也实在应向西方借鉴借鉴，没必要搞得阴森森、悲戚戚，哭个昏天黑地才算数，毕竟是逝者已矣，生者如斯。

乔总也不推辞，大大方方说："既然这样，我就说说吧。格瓦拉在《革命战争回忆录》中，曾描述他愿为卡斯特罗的革命理想奉献一切的心态，他说：'最初我参加革命时，觉得胜利不大可能。从一开始，一种浪漫的同情和冒险的精神让我相信，为了这样一个崇高的理想，就是死在国外也值得。'我想，这句话完全适用于我们的战友顾天亮。"

突然而起的掌声,把几只在树上来回跳跃、望着供品跃跃欲试的鸟雀给惊飞了,扑棱棱而去。

有一千个读者就有一千个哈姆雷特。若以顾天亮为坐标上的一点,则他们这些人都有不同的定位。

乔总和小顺子、小王以军人姿势肃立,异口同声地诵读:"从现在起,我不再将我的死看作是我理想的夭折,而仅仅像希望一样,给坟墓带去对一首未奏完的乐曲的伤感。"

小翁左腾右挪选择角度拍照,月月则叫嚷:"老爸,你们也不能光说格瓦拉,也得说说毛爷爷的话给人家听听,毕竟他们都是毛爷爷的人。"

小顺子不知是顺水推舟还是出于真心,连说月月的话有道理,看着乔总问:"毛主席语录那么多,说哪一句好呢?"

乔总沉吟片刻,道:"这个我倒要考考你们了,当年在缅甸背熟的语录还能记下几条?"

小顺子豪气冲天:"只要老旅长开口,我们在后面肯定跟上。"

小王也怂恿:"好,我们今天来个主席语录接龙,也算是给在这里安息的战友们送上一瓣心香!"

乔总看天,看地,最后看着两位老部下:"没有中国共产党的努力……"

小顺子和小王立马跟句:"没有中国共产党人做中国人民的中流砥柱,中国的独立和解放是不可能的,中国的工业化和农业近代化也是不可能的。"

乔总刚说"捣乱,失败"几字,后面又跟了上来:"再捣乱,再失败,直至灭亡。这就是帝国主义和世界上一切反动派对待人民事业的逻辑,他们决不会违背这个逻辑的。这是一条马克思主义的定律。我们说'帝国主义是很凶恶的',就是说它的本性是不能改变的,帝国主义分子决不肯放下屠刀,他们也决不能成佛,直至他们的灭亡。"

乔总和他们一同诵完后,一阵眉开眼笑,歇口气,又说:"斗争,失败……"

"再斗争,再失败,再斗争,直至胜利,这就是人民的逻辑,他们也是决不会违背这个逻辑的。这是马克思主义的又一条定律。苏联人民的革命曾经是依照了这条定律,中国人民的革命也是依照这条定律。"

乔总大声道:"好,不愧是毛主席的好学生!'革命不是请客吃饭……'"

"革命不是请客吃饭,不是做文章,不是绘画绣花,不能那样雅致,那样从容不迫,文质彬彬,那样温良恭俭让。革命是暴动,是一个阶级推翻一个阶级的暴烈的行动。"

纵情"合唱"完,鞭炮也纵情地四下飞溅。那清脆刺耳的声音,让人想到缭乱的枪声。在弥漫的烟雾中,分明探出了两张脸的轮廓。哦,像是我远在天国的亲爱的父亲,还有我从未见过面的哥哥顾天亮。他们纠缠不清地爱过,恨过;恨过,爱过。

蓦然,我想,于父亲和顾天亮之间,他们生前或许也曾相互记挂,在一个人死后,也留给生者这样的梦呓。而现在,所有的爱恨,都消解于随风而逝的鞭炮烟雾中。

"我必须在身体恢复元气,精神完成救赎,形象重塑阳刚后,才有脸面回国见江东父老,向祖国和祖宗忏悔谢罪,求得我妹妹的原谅……"乔总说着,不觉泪花闪烁。

这确实是个有故事的人!我看到的他,怕还只是冰山一角。

"我想写一本像卢梭那样的《忏悔录》,届时麻烦顾博士翻译到美国,我来资助。"

我笑对这位"剁手党"说:"能让我产生兴趣的,不是资助,而是书本身。"

他像不认识似的看着我,看着我的眼睛好半晌眨也不眨。

我感觉有点儿奇怪,问:"怎么了,我说错了,还是得罪了?"

他语声喃喃:"怎么觉得,您和顾天亮那么像呢!"

午饭后,乔总特意叮嘱驱车沿滇缅公路走了一段路,游览一块山坡地。这是他和顾天亮等人战斗过的一个地方。当年他们的双脚,不知踏碎了多少时间,每一颗沙砾都留有他们的脚印,每一株花草树木一岁一枯荣之后,依旧能闻到一沾不脱的中国味儿。

山坡上,稀稀拉拉的草在阳光下摇曳着参差不齐的身段,灌木的叶子经春雨一浇就泛青了,远处浅浅的河水被风吹得直皱眉头,像乔总那张饱经沧桑、沟壑纵横的脸。

乔总接过小顺子点上火的雪茄,指点江山:"你们知道吗,亿万年前,这里是一片海,连着中国,所以,别说这里的每一条溪、每一汪水塘,就是泥土和石头,都能闻到海洋的气息。"

乔月月站在我近旁,春风满面:"瞧我爸,说得天花乱坠,还说自己有诗人气质。"

我笑道:"还别说,真有点儿呢。"

乔总之所以在意这个地方,还因为这是他和老彭初次会面之地,后来就跟他入了伙。

我饶有兴趣地问:"你们说的'老彭',这人究竟怎么样啊?"

"老彭这人呀,不能说没两把刷子。当初他复出树旗后,政府军着实吃过亏。谁他妈想得到,当年被政府军打得几乎只剩一条裤衩逃命的他,竟能咸鱼翻身,带了这么多人打回来,不仅全副武装,还他妈不知从哪学会了一套流氓战术。"

我又问:"啥叫流氓战术?"

乔总大大咧咧地说:"管杀不管埋,打完就跑,不带走一片云彩,这不是流氓战术又是什么?"

众笑。

"老彭的归来,当然让缅共如虎添翼。在站稳脚跟后,一时也风展红旗如画,人民军迅速向萨尔温江西岸进发。在高潮中终于两腿发软地从血泊中站了起来……"

翁帅哥"噗"地笑出声来。

乔总看他的脸色有点儿威严:"有什么好笑的吗?"

翁帅哥登时就有点儿面红耳赤了:"请原谅我笑点低,听您说得好,又形象,便忍不住笑了。"

"老爸您说什么呢,男女有别,少儿不宜。您说人家搞流氓战术,我看您比人家好不到哪里去,真是就怕流氓有文化啊!"乔月月圆瞪杏眼,一边嚷,一边装腔作势地捂住了那对玲珑剔透的耳朵。

包括翁帅哥在内,大家又都笑起来。

乔总兴头上的话一时就给浇熄了:"哈,真是近墨者黑,那年头跟着他们学坏了……"

乔总多半时间想必也是说一不二的角儿,可对这个宝贝女儿的抬杠,除了自我解嘲,还有什么办法呢?世间人和事,真是一物降一物。

乔总没说下去,弦外之音谁都能听懂。

翁帅哥被乔月月叫去做"御用"摄影师了。

乔总手指对面,对我说:"爬过这座山,就是云南的腾冲了。腾冲,顾博士知道吧?"

我点点头,道:"听说那里有中国远征军纪念馆,有国殇园。"

"腾冲有共产党的烈士陵园,也有中国远征军的国殇园。两个园我都去过,不说远征军纪念馆,光国殇园就比中共烈士陵园宏大、气派得多,与我们刚才看过的墓园更不是同一级别。谁能说中共眼里没有国军的抗战英烈呢!戴安澜牺牲后,连毛泽东、周恩来都赋诗、送挽联呢,追授他为革命烈士。"

乔总似是无意之论,却仿佛在说给我听。

我感觉,他有事没事爱上这儿的另外一个原因——对面是著名的腾冲呢。

落日斜照,山坡变为黄色,渐渐又变成粉红,最后在余晖下成了深红色。群鸟叫着,从已挂半空的一弯新月下飞快地穿行,在无垠的天空下寻找自己的栖息地。它们会飞向中国吗?抑或它们原本就从中国飞来,现在不过是"飞鸟恋旧林"。

缅甸这个小山坡,是我遥望中国最近的一个地方。

腾冲升起的炊烟,隐约传来的歌声,把我拉近,再拉近,像父亲把儿子搂进宽阔的胸怀。近乡情更怯呢,我惊讶地发现,情怯会让人难以忍受,即使隔山、隔水、隔着国境线,我的心仍被远处像卫星般辐射的气息,烫得发颤,隐隐生痛。

"我在仰望 月亮之上/有多少梦想在自由地飞翔/昨天遗忘啊 风干了忧伤/我要和你重逢在那苍茫的路上/生命已被牵引潮落潮涨/有你的地方就是天堂……"

悠然间,一首神曲旋律悠长,在乔月月的纵情高歌中,入耳入心,入骨入髓。绿水青山像我一样,竖起了没有音乐细胞的耳朵。

在深情地抱着花蕊一同沉醉的暮色中,我看到树木在风中伴舞,向我们张开了坚实的臂膀。又一群在天空中掠翅的鸟鹊忘了寻找归宿,在我们周围忘情地盘旋,情不自禁地放开了美妙的歌喉。

"有你的地方就是天堂",你在哪呢?落日收敛最后一线光芒。风呜呜吹过,我的乡情像蒲公英一样,花飞满天。好风凭借力,想来,也能把顾天亮的乡愁送回国内安放。

八

　　滇缅公路,抗战时期举世关注的大动脉,自中途被切断后,一直落入沉寂的山腰。如今我也走过一小段。

　　山一程,水一程。地上一程,空中一程。我依依作别了这几天有缘结识的个性鲜明的新朋友们,在丽日当空的曼德勒,和整装待发的宋婕会合后,一起回到了海风扑面的仰光。

　　侨领谢先生在金碧辉煌的国际饭店设宴,显然这是程宁宁的面子。

　　程宁宁一见面就说:"欢迎英雄、美女双双凯旋!"

　　宋婕笑着抢先回应:"我可是毫发无损地把顾博士交还给你们了,你们可得验收好。"

　　程宁宁助理小吴话里有话:"如果做了手脚,又该怎么验收是完璧归赵?"

　　"就算我高攀,只怕人家眼里还没我呢,顾博士是个柳下惠式的正人君子。"宋婕兵来将挡,水来土掩,对这类带色的调侃她八成已习以为常。

　　吴助理"哦"一声后,道:"原来验证过了,顾博士是坐过怀的,只是没乱而已。"

　　宋婕娇嗔一句:"贫嘴!"

　　吴助理撇开宋婕,向我伸出手来:"对了,我听程总讲,顾博士是福建客家人,我是广东客家人,不知谁说过,有人的地方就有客家人,天下客人一家亲!"

　　我握上他的手后,他显得很焕然,像是经这么一握,就套上了近乎,表达了某种默契。

　　程宁宁见热身差不多了,道:"顾博士没乐不思蜀就好,再不回来,我可得撇下您先走了。"

272

介绍完宾客,依次绕着宽大气派的红木茶几旁落座。我向谢侨领的盛情致谢,他笑脸相对:"不客气,我祖上也是汀州客家人,我家和宁宁小姐家是世交呢。"

我听得新鲜:"世交?"

谢侨领点点头,道:"宁宁小姐的太舅公程贵发,在民国时就和我爷爷相识,后来作为中华人民共和国外交官驻缅甸,与家父接触就更频繁了。当年奈温政府反华时,我爷爷受到严重冲击,要不是程老伯援手——先是把我爷爷和父亲接到大使馆避险,而后又紧急送回国内,怕是要遭不测,那也就没我了。所以,程家是我家的救命恩人。"

原来程贵发还当过驻缅外交官,程宁宁为何此行入缅一直不说?我不悦地看了她一眼。她视而不见,岔开话题问:"士别三日,顾博士黑了一圈,有收获吧?"

我不冷不热地说:"满满当当的,哪能白跑一趟!"

程宁宁还是不理会我的情绪,又问:"看了那边的陵园有什么感想?"

连这她都了如指掌,还有什么事不知道呢?我蓦地想到了那双暗中操纵的无形手,没好气地说:"能有什么感想?青冢一堆草没了!"

思忖间,吴助理忽然又瞄上了我:"这几天我抽空'百度'了一下顾博士,果真如程总所说,学富五车呀!那天是我班门弄斧了,失敬失敬!"

我想起初识时他的满口大中华感觉,不觉莞尔:"交流就要坦率,凡事都是见仁见智,何况,吴助理对缅甸的国情肯定比我清楚,我得主动讨教才是。"

他听后,像是恢复了自信:"我从泰国转到缅甸工作的这些年,对我们中国和东亚一些国家的解放和独立方式产生了兴趣。我认为,不同的独立方式最终又影响和决定了各自的生活和外交方式,这里头大有文章可做。顾博士是这方面的专家,不知有何高见?"

"说来惭愧,虽然我的课题和研究目标有志于此,但尚在求学阶段,今后希望能多多交流。"

在公共场合面向闲杂人众高谈阔论,一向不是我的性格。我本以为这样的谦虚可以妥妥的煞尾,却不料,那个看似老成持重的谢侨领不知轻重地领受了话题:"我只知道,中国与缅甸虽都曾是殖民地,但社会和国情不同,解放的方式也有别。"

宋婕一双纤纤玉手端着绣有九龙的精致茶杯,在我耳旁吹气如兰:"我说谢总,中国从来就没变成过殖民地,最多就是半殖民地。另外,中国再怎样沦陷,也不好拿缅甸作比吧,两国相差很大的。"

有才女助阵,吴助理立马眉飞色舞起来:"就是就是,殖民地与半殖民地大不一样。"

谢侨领倒是从善如流,先看了看宋婕,再看吴助理:"刚才是我说错了,抱歉抱歉! 还好是私人场合,不是外交照会。那么请问,殖民地与半殖民地有什么不一样呢?"

吴助理不假思索地说:"如果说,殖民地沦陷得尽是水深火热的话,那半殖民地则是一半是海水一半是火焰,烤得太热了就泡水里,泡在水里太冷了就烤烤火,总之还有个选择的余地。"

谢侨领和颜悦色,一副求教之态:"大国与小国不完全是按照面积大小来划分的吧?"

"对对,大国与小国的根本区别,可以从决定自己国家民族命运的事情上看出。"

在吴助理回话的当儿,程宁宁一旁对我说:"别看小吴搞经济这行,却特别喜欢文学和历史,爱看正史、野史,还会写网络小说。他在缅甸呆久了,就有了自己的一套理论。"

我一向有兴趣倾听关于历史文化的不同见解,只要它确实是见解,哪怕偏颇,但有独到之处,就可以给治史提供参考。

"比如,解放的方式就大相径庭。"程宁宁的夸赞,让吴助理年轻的脸神采飞扬,完全没了初次见面时的拘谨,"同是殖民地,不,中国是半殖民地,反正性质有相似处吧,中国的独立自由是靠武力赶走殖民者,搬走包括帝国主义在内的三座大山。当年还在筹办建国大典,解放军就敢用大炮同长江上耀武扬威的英国军舰对阵,硬是把人家打得丢盔弃甲。"

吴助理呷了一口茶,道:"与中国的武力立国不同,缅甸是靠与殖民者谈判签协议才获得独立的。这就好比在沙滩上建高楼,随时可能倒塌,分崩离析。"

谢侨领显然听得新鲜,点头赞许:"吴助理说的这个问题,缅甸独立之后的历史,有所证明。"

这样说历史,我觉得有几分趣味。

在耳边热烈的言谈中,我这个研究东亚史的人不觉天马行空起来。

吴助理对历史的兴趣和某些见解颇值一听,但他的"理论"基本上还是在因循中适度引述学者的既有成果。亚洲国家武装建国这个问题确实可以做一篇有意思的文章。有人总结,当年亚洲革命建国的模式主要有三:一曰苏联模式,以武装夺取敌人力量强大的中心城市为主,让革命之光辐射全国;二曰中国模式,在政府控制力弱的边远山区和农村扎根,农村包围城市;三曰印度模式,非暴力、不合作,耗死敌人。缅甸实行的是第三种模式。

程宁宁呷一口茶,看着谢侨领,轻启朱唇:"谢总认为缅甸未来方向在哪?"

谢侨领轻摩略见谢顶的头,道:"不好说,不好说。"

程宁宁又问与谢侨领同来的侨商秘书长:"龙秘书长有何

高见？"

龙秘书长笑笑，有些不自然地说："惭愧，惭愧，我只会做些小买卖，对政治既不感兴趣，一向也迟钝得很。"

不瞒你说，在这样的场合，我的问题多得就怕人家心烦。这下，我缠上了龙秘书长："缅甸的华人社团也不好做吧？"

"可不是嘛。"

"缅甸有百年侨团吗？现在怎样？"

"我们这家就是百年侨团呀！全缅其他几家虽还在延续工作，多数已失血，惨淡经营吧。这些上了年岁的老侨团，被戏称为老年协会，有的被戏称为'人头团'，就是会长、社长的数量比侨团总人数少不了多少，人人都有职务。我年过半百，却还是社团里最年轻的骨干。"龙秘书长苦笑后，看着我，"美国呢？"

"美国也有类似情况，光从唐人街的变迁就可看出。不少老侨团相继退出江湖，不是合并、改名，就是被类似联谊会的现代侨团取代。"

程宁宁像是担心我什么，接过话来："我接触过美国和日本的一些现代侨团，大都很活跃，更有朝气，也更现代化，真是一代人做一代人的事。"

谢侨领似有感触："是啊是啊，所以我多次跟理事会和龙秘书长说，今后我们要改革，多向人家取经，努力振兴侨团。"

龙秘书长道："我们侨团主要是政治不敏感，再就是会员间普遍存在能共患难不可共安乐的痼疾。"

宋婕揶揄道："连政治方向都不懂，还指望做成大生意？"

龙秘书长反唇相讥："你不也是做生意的嘛，那你谈谈好了。"

"这个我没有多少发言权，"宋婕边说边拿一双亮晶晶的明眸瞟我，"得问顾博士，人家是历史学家，刚好可以给我们免费科普。"

我摆摆手："三人行必有我师，你们一个个都亲身体验过，才是

276

我的老师，我今后好好地吸取和归纳你们的观点才是。"

在我准备在却之不恭的情况下交流浅见时，吴助理跳了出来："顾博士不便说，就由我来抛砖引玉吧。缅甸曾是中国的藩属国，接受中国的保护，历史上的所谓朝贡这个就不说了，顾博士上次已告诉我，朝贡对中国来说是一桩亏本的买卖。"这家伙抬出我来为他的话加分。

程宁宁笑着对我说："小吴情商很高，在北京生活了几年，耳濡目染，对政治和时事特别上心，都快成时政评论家了，我们公司曾请他作过报告呢。"

吴助理急急地摆手："哈，承蒙程总厚爱，让我有机会献丑。我呀，挺多就是街头评论家而已，入不了流上不了台面，照我们老家的客家话说，是'跛脚子爱走，结巴子好说'，不晓得藏拙，好表现。当然，我这样出风头的目的，是为了在交流中抛砖引玉。"

在大家的轻笑声中，吴助理又开玩笑说："顾博士可能不知，北京的出租车司机一向以善谈时政出名，外国间谍只要在北京城打几次的士，保证可以收集一箩筐情报，回去再慢慢消化和甄别。"

国与国没有永恒不变的友谊，政治和外交更不会一成不变，你说为生存和发展秀智慧也好，误判情势也好，勾心斗角也罢，反正角度和立场不同，很难理清之间的是非对错。谁都有难言之隐和权宜之计，在磨合中合则聚，不合则掰，向来也是国际关系中的规则。用极端语言攻其一点不及其余，厚此薄彼，不应是史家的公正立场。

宋婕对这个话题显得特有兴趣，缠住吴助理不放："就是说，面对西方抛来的'橄榄枝'和利益诱惑，缅甸有可能不顾胞波之情？如果缅甸真投奔西方了，对华影响会如何？"

吴助理对这个问题似乎有过思考，自信满满地说："在那个西风恶的年头，美国都没能把'反华战略包围圈'这根链条给扣严实，在今天东风激荡之时，别说美日对华包围链条的缅甸这一环难再扣上，即使缅甸主动向山姆大叔拱手奉上那一环扣，怕也无济于事了，即使他不怕伤到自己，强扣之下，这一环扣子八成也要断成废铁。再说了，不管民主党、共和党谁入主白宫，和中南海执政的气度还是不一样。我们回望一下历史吧，当年，中国差不多是内外交困这样一个国情，竟能抗美援朝、抗美援越，支撑境外几个国家或政党进行革命战争，还要物质援助阿尔巴尼亚和东非等穷国弱党，这样的气度，普天之下，还能有谁?"

人和国一样，有时一开始就看错了。比如吴助理，原以为他有点儿冒失、爱吹牛，是个言必"中国梦"的愣头青，没想还有一套一套能抽丝剥茧的国际政治思维。宋婕呢，一个做生意的小女子，竟也有盎然的兴趣谈论政治。吴助理话音刚落，她就像抢答一般接过了话题："再说了，在这个既现实又多元的世界，谁都不想做傻瓜一号，别说一棵树上吊死，有人还脚踏两只船，搞三角恋。只要你有实力，又睦邻世界，谁想惹毛你?"

兴许吴助理是熟人，兴许他的话语风趣且大众化，兴许我的身份和矜持让人感到了距离，几个问题像一双双眼睛一样转向吴助理。

这个傍晚，我们像是隔着一个时空，在历史的海岸评点彼岸的江山和人物。

眼见吴助理见招拆招，宋婕略见夸张地嚷了声："哈，你都可以写小说了，或者也写本像《明朝那些事儿》的书。"

吴助理面有喜色，起身鞠躬还礼。

程宁宁道："哈，小吴你抢了顾博士的风头了。"

吴助理笑笑："不好意思不好意思，我这是抛砖引玉，好让顾博士一眼看出我的浅薄，来作批评指导。"

我忙摆摆手："吴助理过谦了，听君一席话，我脑洞大开呢。"

吴助理大喜过望："那下面我就噤声了，我的砖已抛完，就等顾博士亮玉。"

我忙说："我能亮的也就是脖子和双手，你们都瞧见了，我浑身上下可没一块玉呀，有玉的是宋小姐，谢总和龙秘书长也戴着上等好玉，话语权在你们那边。"

笑声盈室间，谢侨领忽地来了感慨："中国现在是日益强大了，我们海外赤子也都乐见祖国繁荣富强。"

原来，程宁宁这次急匆匆入缅，乃因中国在缅的某个重要项目差点被日本"横刀夺爱"，经她一番折冲，日方铩羽而归。这个女人可真有点儿不简单。

席间，我们在碰杯时，我压低声音说："这么重大的事，你一路上竟能秘而不宣，不是举重若轻、稳操胜券，就是把我当成敌人了。"

她呵呵一笑，道的却是："您真要是敌人，我也有责任化敌为友！"

我忍不住揶揄起来："噢，这么自信，看来你化人的功夫和做生意一样，到家了。"

她又是一笑，却又岔开话题："后天就得回了，本来还想明天陪您在仰光遛遛弯儿呢，不巧临时有个重要的公务得处理，真是抱歉了。不过倒好，有宋婕陪同，您收获更多。"

第二天，与其说观光，不如说在宋婕的陪同下，再接地气，望了望滇缅公路。

是的，世界反法西斯战争暨中国抗战胜利七十周年前夕，我一路颠簸而来，得多靠近这条著名的公路。伫立在这条入缅公路的终点，想着它的开头，以及中间种种，心潮像仰光港在蔚蓝色调中起伏的海波，久难平息。

这条生于忧患、成行于战火、承载着厚重历史的跨国公路，我不在意它曾遭遇的破坏和修复，因为待我来见，路还是路，仍是这般平淡无奇，毫不惊艳。而一个甲子之前，南侨机工们奔波于斯，把使命如血如汗般嵌入其中，点石成金，使之从平凡走向神圣，从一条路走成一座脊梁，把一幕幕传奇刻写在人类战争与和平的史册上。

　　还有八十周年、一百周年、五百周年的纪念，只要生命不息，世界不陷黑暗，势必还会有千万周年的纪念。纪念不是记仇，纪念是为了不要忘却，不忘却是为了继往开来，世界和谐，天人合一。

　　如果海的那一头再有国难，海的另一头黑发黄肤的同胞会如何？

　　日夜奔腾的海会回答，连接四方的路会回答，欢呼雀跃的风会回答。耄耋之年的新加坡老华侨杨洋会回答，年轻的缅甸女侨胞宋婕和乔总、谢侨领他们会回答，远在天国的陈嘉庚会回答⋯⋯我想，骨灰还寄在美国的我父亲——顾闽也会回答。

　　正如你所知那样，我时时不失恭敬地提到陈嘉庚，尽管他骂过我父亲。被"华侨旗帜，民族光辉"骂过的人，能是好人？如同当年鲁迅文章中骂过的人，管你是不是胡适、林语堂、梁实秋，有段时间都被大陆当作跳梁小丑。"敌未出国前言和即为汉奸"，陈嘉庚当年在国民参议会上的这个伟大提案杀伤力实在太大，隔着云隔着雾，隔着山隔着海，仍深深地伤到了我父亲。陈嘉庚对我父亲的辱骂不是平白无故的，不是个人恩怨，他是秉着他那个暴得大名的提案骂尽天下汉奸的，由此更加深了时代对我父亲的误会。

　　一度被钉上耻辱柱的父亲，虽没机会向陈嘉庚解释，但有生之年对其仍不失恭敬。陈嘉庚是一代华侨的领袖，我至今也还这样认为。我想，他们若在天国相见，会握手言和的，但需要我拿出证据，作为他们见面的必要条件，烧作纸钱，抵达天国。

我收住如飞的思绪,也收回最后一次远眺的目光,宋婕的话像风中的音符一样,在耳边欢快地跳跃:"路的起点在那头等着顾博士呢,如不嫌弃,届时叫上我同行呀,这叫有始有终,善始善终。"

　　听着,心儿有一丝颤抖。是的,我站的是终点,起点在前方。

　　蓝天之上,飞机刚从摇摇晃晃的醉酒状态中改平,程宁宁注意到了我手中把玩的精致玉龙,要过来端详片刻,问:"向宋婕买的?"

　　我如实相告:"她送的。昨天要是你也在,肯定也有收获。"

　　昨天分手时,宋婕送我一尊文化玉龙,坚决不要我付钱,说:"把我当朋友吧,到一个地方没收到一份礼物,就是没交到一个朋友,就不算真正到过那地方。"我由衷地被这话感动了,也就恭敬不如从命了。

　　昨天一幕,及今思之仍觉温馨,我小心翼翼地问眼前这位看似对玉有所了解的丽人:"不便宜吧?"

　　"美女送的东西,再便宜也是贵的。"程宁宁秀眉一挑,道,"这丫头不仅大方,也挺会送东西。龙是中华民族的象征,龙文化是中华民族最重要的图腾文化,人家挑选玉龙相送是有讲究的,不说您也明白。真看不出您倒挺有女人缘啊!"

　　"那是那是,君子温润如玉,我得不负这个馈赠。"

　　我俯瞰舷窗,机翼之下,人如蝼蚁。

　　天上地下,父亲和哥哥,还有那些叫得出叫不出名字的华人,在我的旅程中晃悠悠地如影随形。

| 第五部 |

落日楼头,断鸿声里,江南游子

　　整整五页,全是中文书写,页面有些磨损,有虫蛀痕迹,不少字迹也模糊不清了。显然,这是原稿,而非复印件,落款时间是昭和十三年(一九三八年)十二月。最让我激动的是,上面的字迹我再熟悉不过,除了我父亲还能出自谁之手?!

一

雨是好雨，风不正经。这是短裙女子酷暑遇风雨时的笑骂。久旱逢甘霖，下雨还降温，自是份美好心情，但骚动的风却吹得裙裾翻飞，春光乍现，便有些恼人了！

由着这话，赵汉平就大胆地套改："人是好人，头脑一根筋。"他说的是小野。

得知我回来，赵汉平立马赶到，焦急万分地告诉我，日本右翼史学家最近集中火力对小野教授口诛笔伐。小野教授变得很郁闷很消沉，要我开导开导他，别一根筋地单枪匹马作战，不知进退。

见小野之前，我先和一位找上门来自称村上的神秘人物见了面。年过七旬的他，带了神秘材料来，拜托我能实事求是地写出一部传世的信史，并说千万别受小野影响。他先后把几份材料郑重递到我手里时的神情，感觉像是在做买卖的商人，试图证明自己手中的东西才是货真价实的。

村上生于中国台湾，准确地说，是日本和中国台湾的"混血"。所以，村上自称是半个台湾人。

村上操一口尚能交流的汉语，鞠躬如仪，落座后首先说："令尊当年赴日促和，曾拜访过我伯父呢。"

我微微一惊："当真？"

村上"哈"一声，一双青筋暴突的手抖抖索索——疑是缠上帕金森病——从手提包里拿出一帧旧照递上。我接看，左边那位果然是当年的父亲，西装革履，英气勃发。

"令尊当年运交华盖后仍能赤胆为党、忠心为国，气节情操令我伯父佩服不已。"

村上的语气越是谦恭，我就越是感到一股莫明的逼人寒气，轻咳一声后,问:"家父如何与村上先生的伯父结缘?"

"有次您爷爷携小公子,也就是令尊到东京,住我伯父府上。孙先生创建中华民国后,我伯父曾多次赴华会晤,听说当时令尊也常在孙先生左右,这份缘就越结越深了,这也是令尊后来衔命到东京斡旋能来拜会我伯父的原因。"

"后来我伯父根据与令尊的会谈,曾给近卫首相递过报告书。"

竟有这等事,我不由一喜,急问:"报告书可曾保留?"

村上顿了顿,道:"田中角荣首相访华,谋求中日邦交正常化那年,我曾见过伯父的这份底稿,后来由我父亲保管,但之后不知去向了。我想,档案馆也许会有的。顾博士若有需要,我也可以帮助寻找。伯父的底稿是否是真迹,是否送出,我也不太清楚,但他确实希望'大东亚共荣',不,希望中日和平。"

他的及时改口,让我好感大增。若能寻到此份函件,不就可以探知我父亲当年所衔使命及主张,我不由得大喜过望:"那就太感谢了!"

村上抖抖索索地摆着手:"事还没做呢,感谢吃不消。"

"有这份心就得感谢了,村上先生也肯定会尽力的,是吗?"

村上点头后,我忽来兴趣,又问:"村上先生是怎么打听到我的?"

他脸上略显尴尬,眼睑也略略下垂:"通过台湾那边。我们在台湾都有亲人。"

我不觉惊讶起来,连这个都知道。

他微微颔首道:"真是抱歉,做了不速之客。"

"不不,我要是知道有这层关系,肯定要主动上门拜访,岂敢劳您大驾。我们就该对前人和历史负一份责任。"说罢,我拿起桌上的照片又看了看,掐指一算,问,"村上先生的伯父后来情况如何?"

"伯父那年携全家回广岛老家,死于核爆,惨不忍睹……如果还在,也早过百岁了,他是致力于'大东亚共荣'的,不,不,应该叫中日和平友好,对不起,叫习惯了。他可是有一肚子故事呢,可惜都跟着他化为灰烬了。"村上说罢,轻声一叹。

"那么,先生的父母呢?"

"二十年前就相继过世了。"叹了口气后,又沉沉地道了句,"被国民党逼死的!"

"为何?"

这个人可真有故事,不容我不吃惊。

他喝下一口茶,调整下情绪,语声缓和,说来话长。一九八九年后,西方制裁中国、唱衰中共,中国台湾有人自称奉新主李登辉之意,有选择地找到村上父母,要他们伺机策动大陆驻日机构人员和留学生,为其所用,并答应提供一笔巨额经费。事情已有起步,几年后却来了个汪辜会谈,国共达成"九二共识"。台湾方面事先不仅没告知会谈走向,还要村上父母带人到新加坡会谈现场作梗。国民党参会的一位要员当众把他们骂个半死,严斥他们别做两岸交流的绊脚石。台湾方面对汪辜会谈有不同意见,事先没沟通好,却拿老村上夫妻出气,让他们羞愤交加。而后,又拒不付足事先许诺的活动经费,任由他们欠债,夫妻俩颜面扫地,郁郁而终。

哦,原来村上父母都曾是国民党潜伏在日本的谍报人员。

"我听说顾博士研究国共抗战,尊国抑共,其实国民党只知一党利益,毫无民族观念,把中国搞得像一盘散沙。顾博士对共产党在抗战中的作用有质疑,对国民党也应一定保持距离,期待能站在客观公正的立场上,切莫为他们张目。"村上边说边扬了扬手中的材料,"铁证如山,老蒋一边高喊抗战,一边议和,还想抢在汪精卫前得到日本承认。"

我浏览材料,思忖村上恨国民党渊源有自,不解的是,他为什么又喜欢看我"抑共"呢?

"这是顾博士的学术主张和自由,我对共产党是否抗日,有过怎样的成绩,说实话不是很清楚。但我负责任地告诉顾博士,我父亲从没上过战场,也从没杀过中国人,他只是个政务官,要不是对华友好,也就不会娶我母亲了。总之,我得尊重并捍卫顾博士学术自由的权利。"

　　他说话时,几缕稀疏的头发落到额角上了,也不撩回去,一张脸涨得通红,说话声音急促、高昂。

　　村上以帕金森式的症状,抖抖索索地展示了中国台湾几位现当代人物与其伯父和父亲的通信。瞄一眼,都可以感觉到跳跃在字里行间的分裂台湾火焰。

　　他在借打击国民党来为分裂台湾张目呢。我打住他的话,看着这张突然间阴暗下来的脸:"村上先生为什么对分裂台湾的主张也这般有兴趣?"

　　"国民党背信弃义,过河拆桥,早非和我伯父交好时的孙中山先生那个国民党,日薄西山自是历史必然。至于现在的民进党,我也看不上,只会卖嘴皮子,算哪根葱啊!台湾如何行事,关我何事?共产党和我从无瓜葛,无冤无仇,现在如日中天了,我犯不着冒犯。其实,我也没必要那么仇视国民党,只是,唉!台湾这个现状我看得难受,我很想看到台湾的一个未来,我想看戏,就如同看'新安保法',现在日本要强推,我算知道结果了,我当然不赞成,那可是祸国殃民的伏笔啊!而台湾今后会是什么结果呢?哼,走着瞧吧。"

　　我不知村上要表达什么,又是出于什么心理。他喘息的频率,暴露出身体的隐疾,而云遮雾绕、让人摸不着头脑的言论,则透析出他心理的亚健康。这样的人,竟还祈使我写信史!

　　信史之成谈何易,单说看清深奥材料后隐藏的各种细节信息就有难度。他带来的所谓神秘材料,有的只让我过目,连拍照都不允,有的则大方赠送——当然,那是他事先准备好的复印件。

即便如此，在送村上出门时，我依然不忘言谢。

村上微微鞠躬，一脸真诚："中国有句话叫骏马赠壮士，美人配英雄，这些材料能到顾博士手中，化腐朽为神奇，也算是有了一个理想的归宿。"

这些材料，尤其是父亲那张照片，伴我一夜无眠。

隔天，我邀约小野，毫无保留地"奇文共欣赏，疑义相与析"。

他瞪大眼睛左瞧右看，最后，用手指轻轻叩着被他漫不经心扔过一旁的几份文件，看着我："这也叫好？"那模样，倒像是怀疑我的智商和识见。

我微笑着颔首："当然当然，材料都是好材料，关键是看你想靠这些材料做成什么文章。材料的好与坏，取决于做文章的目的、动机和正邪。"

再隔天，赵汉平见识了这些不劳而获之材后，不假思索地套改了本章开头那个著名句子："材料是好材料，制作和发送材料的人不正经。"

其实，我在接受材料时，已知就里，煞有介事地问村上："村上先生这么错爱，我有那么重要吗？"

村上一脸的严肃、虔诚，语气也十足的庄重："当然重要，顾博士是位严肃而且有影响的史学家。"

我如实告知赵汉平材料奇遇记后，也若无其事地问了句："我有那么重要吗？"

赵汉平没有直接回答，而是转了个弯："听说有人每年都要拿出一笔巨款来网罗水军，在网上攻击、谩骂、抹黑中国。一个历史学家的分量，总比一位'水军'来得重些吧，哈，您有争取价值呢。"

"我有那么重要吗？"事后，我也略带几分轻佻地这么问小野。

小野正色道："历史需要正义之声，未来需要正义之声的引领，今天更离不了以正视听。顾桑肩上的担子不轻呢。"

我纵声大笑:"哈,小野君以己度人也。"

小野为何饱受"围剿"?

小野这些年,不管是学问,还是处世,皆已养成扎硬寨打死仗的脾性。还在哥大留学时,他自称是中国特色社会主义的倾慕者,对中共体制不无同情且有几分理解,为此在国内和人颇有争执。和日本右翼格格不入之后,近期还连番发声。小野又何以如此冒天下之大不韪呢?

那天我大致弄清事情起因后,开玩笑似的说:"我还以为小野君只会替共产党讲好话,没想,也能为蒋介石辩白。"

小野不亢不卑:"我秉持求实存真的良训,不夸大其词,更不无中生有。一般人容易被材料迷惑,牵着走,但历史研究绝不能如此。那些死材料,不说真伪,也得分析它产生的历史环境和背景,以及实际效果。孙子兵法说'兵以诈立''兵者,诡道也',不论军事还是政治,都是这样玩过来的。对手想玩,给你设局,你就奉陪,设一个更大的迷宫,能玩死对手才显高明。我一向主张,再真实的具体材料也还得具体分析,发现一份材料就像是发现了一个新大陆,唯材料是从,这样治史必然漏洞百出,走火入魔,后患无穷,甚至危害到人类的和平发展秩序。"

由错误的历史认识引发国家冲突乃至战争,并非危言耸听。

"小野君是说,日本军国主义在玩弄和耍花招,蒋介石则以其人之道还治其人之身,也跟着玩,互相刺探虚实,也互相迷惑?"注视着杯中升起的袅袅雾气,我缓缓举杯。

小野一摊双手:"战争够残酷了,不这样,岂不太无趣了。"

于心承认,小野的分析视角有几分独特。蒋介石掌权的国民政府是否真和谈,关乎我父亲的"曲线救国",其真相正是我欲破解的。

村上让我过目但谢绝拍照的史料中,竟有蒋介石署名的电报,事关国民政府行政院长孔祥熙当年与日本之间的秘密接触;送给我的几份材料复印件,多是孔祥熙与日本要人密谈的电文和日方当事人盖有手印的回忆,且几乎都牵涉蒋介石。

无风不起浪。所有这些,该不能只当作坊间传闻漠视吧;如果你一味采信,或习焉不察,只说明你压根就没有基本的史学素养,更非有过训练的史学从业人员。如果材料是条船的话,那么,历史学者就好比艄公,在史海中行进,不管顺流还是回游,都该是任凭风浪起,我主沉浮笑谈中。

其实,上述论调在日本倒不分左右翼史学家,早就快成共识了,小野是为数不多未被同化的异见者。他冷眼旁观多年后,突然起了商榷和反驳之意。上周我还行走在抗战时的滇缅公路,他就通过电子邮箱与我往来,疑义相析。原因是那些人在聒噪中,又"考古"出蒋介石战后自愿放弃钓鱼岛的谈话回忆,以及日本早在二战前就曾驻军南海的材料。小野为此嘲笑掩耳盗铃的无良学风,呼吁警惕不良居心,还在文中引用了捷克作家伏契克的名言:"善良的人们啊,我是爱你们的,但你们得警惕啊!"

没想到,我降落日本,屁股还没坐热,就见着了不速之客和他送来的这些所谓原始材料。如果"黄金无假",那么,不独我,大半个历史学界,都得对那个久经政战、一向多疑且行事谨慎的蒋介石,来个重新认识,因为,这实在是一个相当惊人的情况。

且不管村上手中材料的品相及其真伪,当一个历史人物连外人都热衷于加入到对其讨论中时,他就更值得历史学者不厌千回地品读,才能有自己负责任的见解。我和小野正是因之把蒋介石读了一遍又一遍,每每温故而知新,相继摸出了他的一个又一个侧面。

"这么说,顾桑也是认定蒋介石坚持抗日的了?"

"不说济南惨案和'九一八'事变以来老蒋对日本的态度,在讲演中的种种激愤言词,也不举证他曾指挥'一·二八'抗战、长城抗战、绥远抗战,单说他在卢沟桥事变以来领导全国军民八年浴血,即可证明他的抗日决心和业绩,难道还能抹杀和否定吗?"

小野一板一眼地说:"历史人物尤其是政治人物总是一言难尽,横看成岭侧成峰,怪不得众说纷纭。不管生前还是死后,世人对老蒋抗战的怀疑和否定,一直也没消停过。谁叫他当年奉行'攘外必先安内'和'不抵抗政策',先后主导签下那么多丧权辱国的协定,谁敢断言他在抗战期间没有对日媾和的幻想,没有与日本秘密接触谈判,寻求妥协?"

他说话的神态和语气,让我感到有点儿滑稽突梯。不过,蒋介石的抗日态度,确实历来备受争议。

小野的面色显得有些凝重:"卢沟桥事变前,中国积贫积弱,四分五裂,日本侵华也以蚕食为主,这个时候对日本一边交涉一边抵抗,尽力避免战争升级,情有可原;但全面抗战打响,在地无分南北人无分老幼,国共合作共御外侮时,他作为一国统帅,还虚晃一枪,秘密寻求和平途径,那就让人不好理解,也没有讨论余地了。"

我提醒他:"我们不能简单化地从'和''战'不两立的观点出发,把妥协等同于投降。"

子不语。探讨历史犹如捉着迷藏,像深夜望星空,那些朝你眨眼的星星,怀着什么心思和秘密?

我徜徉在这片历史的深海,像纵横交错的迷宫,乱花纷繁,渐欲迷人眼。我在努力辨别方向,但也许世间只会多添一名迷失者。

我到此一游时,没想小野也会殊途同归地潜入这片深海,还游得这般投入,这般专业。

在这片史海,我们且游且交谈,迷宫不绝,我们的共识也不断。

我们互相影响着。具体地说,他影响着我对共产党抗战的公正认识,我影响着他对国民党抗战的客观认识。

关于抗战期间中日秘密交涉问题,学界依据的史料多来自中日双方部分当事人的回忆,其中关键性的文献资料大多来自日本,五花八门,甚至不乏相互掐架的回忆录。这当然不足作史实凭据,而过多地依据日方史料来说明这种关乎谍报工作的秘辛,无疑也存在严重偏颇。

那天,小野飞速检阅我在游弋之途的"不劳而获"后,一脸的不屑:"村上这些东西,基本来自日本背景复杂、目的各异的诸色人等,他们当年又是从那些身份真假难判的中日两国中间人那里得到这些半真半假的内容。它们是否确实来自老蒋和国民政府,能否准确反映老蒋的态度和看法,疑点太多,反正我是不信的。"

你懂的,我比小野更有兴趣亲近这段历史,甚至希冀游向源头。因为要守住这份兴趣,所以只能是半信半疑。我要在存疑中,牵出那双隐在重重黑幕中的操纵之手,进而穿过时空隧道,和我父亲相握。

日月经天,江河远去,我即使做了"浪里白条",也断断游不回父辈曾经的沧海,只能在游进美国胡佛研究所,翻过中国现代史档案馆所藏蒋介石日记的一页又一页后,再游进中国台湾蒋中正档案,在有所限制中摸出一条条被岁月窒息、被心理意淫、被目光强奸、被人为雪藏的"鱼儿"木乃伊,感触如泉涌,慨叹似云飞。那已经不是弱水三千但取一瓢饮了,主义和欲望齐飞,庄严和苟且俱在,国格人格和现实背离,隐私成透明,人性供解剖,正和邪、光明正大和阴谋诡计泥沙俱下。站在历史阴影下的各色人等,大的或变小,小的或变大,任凭后人在声声叹息中评头论足。

列位看官,请允许我以历史"淘海人"的身份指出,中国台湾蒋中正档案的开放,为深入探讨蒋介石的抗日态度提供了一个便利。胡适生前曾对北大校长蒋梦麟说:"蒋先生保留的材料最完备,他在民国历史中最重要,但谁能看到这一部分的材料?"尽管"蒋档"保存的材料仍有遗珠之憾,但我相信,它开放的姿态和发掘的努力,已然给一度阴暗的小屋开启了一扇坦然面对阳光的门窗,一些与事实相左或大相径庭的历史讯息,在源源不断的传送中,足以让人丈量出抵达真相的距离。

而且,这些日记和档案,也正是对照验证我这些年来所获林林总总史料的过滤器,或者是"密码"通行证。我非判官,不是某个人事的终结者,我也只是沧海面前的一个过客,我只是不容历史让居心不良者胡说八道,借题发挥,混淆视听,胡作非为。

每次去中国台湾,巍巍乎大哉的台北中山纪念馆,都少不得瞻仰。我顾家之所以隔海不隔心,跟故国重续情缘,投身革命,为创建民国毁家纾难,血荐轩辕,成为天地浩然之烈属,都蒙孙中山所启发。端详着孙中山的高大雕像,我父祖两代与他交往的情景,仿佛历历在目。

能不去中正纪念堂吗?我还去过阳明山,去过士林官邸,那时台湾很多地方都有蒋公雕像,还没有惨遭民进党人泼漆、肢解。对那些雕像,我总要情不自禁地投以一瞥。众生春秋任臧否,对过去留有文治武功的历史人物,后人当有一份胸襟和雅量来评说其千秋功罪,即使要让他们淡出视野,也当讲点文明,揉进些人文情怀。

我辈从事历史研究,又如何让他们淡出视线?其人其事其况,其言其行其状,我们还得费踌躇,再思量,复登临。

走进历史,走出历史,在进进出出、出出进进中,我似乎看到了人事本真的面目,虽然也还模糊,但轮廓初现。

古今中外任何一场战争爆发,有主战者,也必然有谋和者甚至乞降者,中日战事亦然。此观点前已有涉,这个其实连贩夫走卒都知道。

在我撞入这段历史旧闸门之前的之前,如你所知,日本朝野一些有头有面有分量之人,不管是为了日后能写进历史,还是受正义或认识所驱,或是为了表现担当,不约而同地秘密穿梭于谋和的"曲线"。谁都有亲人朋友,战场上刀枪不长眼,你恃强杀我十人,我不要命地以暴易暴,总能干死你一人,也总得有人为死亡买单。这次访学日本,使我有条件接触更多史料,进一步证实,那段时间,日方致力沟通关系的主要线索竟一条复一条,军部、情报、外交各系统,乃至经济界和民间组织,都有人或明或暗地在为"和平"奔走,各方有识者对"和平"的重视可见一斑。

看官须知,同盟会之所以曾把日本作为总部驻地,皆因日本有一股同情和支持的力量,孙中山政商各界的日本友人皆有,彼人亡,此情在,一些活着的日本友人这时也纷纷以民间人士身份谋和。只是这些动作对日本顶层能起多大作用,对蒋介石和国民政府又能起何等作用,无从置喙。这方面的研究,过去较常利用的是经中间人转述的蒋介石谈话精神,和蒋基于外交目的所做的公开演说,但蒋内心深处所思所想究竟如何,则成了一个盲点,既注意不够,也可能压根就没法关注到。

在村上主动向我抖料之前,我无从知道其伯父竟也从事过这项"和平"工作,我父亲还和他有过那样的关联。村上伯父应是同情中国革命吧,否则也不会与孙中山及尚在襁褓中的同盟会擦出火花。

他们之间接触的详情,早已被时光深埋。父亲生前对他从事过的这个秘密工作一向讳莫如深。要不是那张显然没有 PS 的老照片,我也不太相信村上的一面之词。不言而喻,真正把父亲打成"汉奸"的有力"罪状",是他为汪精卫的几次辩护,以及在日本和汪见面,白纸黑字俱在,他无从辩驳。

汪精卫离岸"下海"之际,父亲初从日本斡旋回香港,接受华文报纸采访时仍不信汪氏会叛国投敌,坚称这是乱我中华者散布的无耻谰言,还天真地对汪氏人品和革命经历大加褒扬。此番访谈刊发后,白纸黑字再难抹去。父亲看到汪氏附逆发出的"艳电"后,能不傻眼?

父亲后来轻描淡写地说,他回到陪都重庆后曾把误为汪氏辩诬之事主动向蒋公报告并作了种种曾有过的亲汪检讨。想来这也是他能继续被蒋政权信任,并继续担纲"特使"的原因之一。

记得蒋经国去世那年,父亲带上尚读高中的我,赴中国台湾吊唁。之后在下榻的台北圆山饭店,与一帮旧雨新知谈及当年的中日和谈。父亲坚定地认为:"蒋先生具有军人血性,对抗战是坚持的,即使和谈也有保留,是权宜之计,一方面是党内巨大压力所致,一方面是等待英美介入、苏俄援助、国际干预。他深知在军事不利时,不管是与敌和谈还是向敌求和,都必成城下之盟,瓦解军心民心,因此他内心极度反感党内高层对日妥协。"

有人问:"既如此,老兄为啥还去趟这混水?"

父亲心如止水:"我哪有资格去和谈,只不过是想了解敌方的一些情况,争取一些日本友人和华侨反战而已。"

"老兄倒说说,究竟是不是受了老蒋的委派?"

父亲笑答:"我早就说过,在这个问题上你们不必乱猜。"

"要是没有老蒋的袒护,老兄事后不可能毫发无损、免予处分吧?"

父亲沉吟半晌才接话:"这正是蒋先生作为政治家的一面。军人死就死了,战死沙场本是军人的归宿,一副臭皮囊何足惜哉!但政治家却得考虑国计民生,得外交折冲。"

"你去了一次又一次,是你,还是代老蒋在外交折冲?"

如此步步相逼，父亲仍没有不悦神情，只是直言相告："这个问题，也许我终生不会给答案！"

历史往往就是待解之谜，只有时间才能给出最后也是最好的答案。

若干年后，我带着许多未解之谜，再接近历史老人时，从蒋介石日记和中正档案中，不止一次地听到这位已故政治家的一番番痛斥和叹息。诸如"老派与文人心皆动摇，主张求和，彼不知此时求和乃为降服，而非和议也"；诸如"文人老朽以军事失利皆倡和议，而高级将领亦有丧胆落魄而望和者，呜呼！若辈竟无革命精神若此！究不知其昔日倡言抗战之为何也？"

我不敢妄言这是否蒋公的心声心画，也不敢揣测政治家是否都擅长做两面派，但我度己及人，他此时的记事该还是接近心声的，否则在日记中造假、作秀给谁看呢？如果是想留给历史，就不怕历史老人笑掉牙？！

历史老人又不是没领略过他曾有的误国政策。比如认为，中国太弱，日本太强，倘若"贸然和日本开战，日本可在十天之内，完全占领我们中国的一切重要地区，就可以灭亡中国"，其意谓抗战必亡，先得练兵、搞生产建设，还需要"剿共"，"安内而后攘外"。

"九一八"事变后，蒋介石能不知日本的狼子野心吗？可叹他的练兵、"国防准备"，却依然在"安内"。谋国者一误再误，焉能不让谋事者酝酿并丛生求和之声，又焉能不吹"曲线救国"的空气？

说说父亲"曲线救国"前，一九三七年十一月亲历的一场国际会议。会上，中国代表顾维钧吁请与会各国采取道义和财政、经济上的具体行动，恢复与维护远东和平，并称倘不如此，远东的暴力和动乱"就会达到不经受另一次世界大战的考验和磨难，就不可能制止和控制的程度"。中国参会，目的在于争取各国对华同情和帮助。现在好了，德国大使陶德曼出面"调停"了，你中国政府不积极配合,岂非欺世盗名?

史载,蒋介石在寻求苏联援助、出兵参战之中,于是年十二月二日接见了陶德曼,正式表示可以接受德国调停,但也强调不承认日本对华北主权及国土完整不得侵犯等基本条件。他这种复杂的心理,当天日记有所暴露:"联俄本为威胁倭寇,如倭果能觉悟,则可与之谈乎?"

按胡适"大胆假设,小心求证"的治学教诲,我们大概可以窥测蒋内心的判断,那就是强势的日本绝无可能作此让步,因此,他表面上接受陶德曼"调停",内心却并不能尽释疑惑。你若有兴趣和我一样"小心求证",肯定也会有收成:仅过了几天,蒋即断定调停无异于缘木求鱼、与虎谋皮,暗下决心"对倭政策唯有抗战到底,余个人亦只有硬撑到底"。

在蒋公日记中和这段文字打照面时,我是相当震惊的,倒不是被其信誓旦旦感动,而是因为,我父亲晚年在追忆他时,曾如出一辙地记其"嘉言":"我们对日本的国策除了抗战到底还是抗战到底,我个人首先必须硬撑到底。"父亲这段文字与蒋日记的夫子自道大同小异,可见并非捏造,父亲对蒋还是有所敬畏的。

边谈边打,边打边谈。政治和战争犹如天气,一会儿雨过天晴,一会儿阴转多云。

日本军方最初并不在乎"和平"和"调停",狂妄叫嚣打垮蒋政权、征服全中国指日可待。

十二月十三日,国民政府首都南京陷落,日军展开惨绝人寰的屠城。蒋介石紧急召集会议商讨对策,从其日记可知,"主和主战意见杂出,而主和者尤多"。

蒋虽再三强调"此时如和,无异灭亡!"并发表宣言表示抗战决心,主和之声却仍不绝于耳,甚嚣尘上。蒋在日记中不禁慨叹:"各方人士及党中重要负责同志,均以军事失败,非速和不可,几乎众口一词,殊不知此时求和,无异灭亡,不仅外侮难堪,而内乱益甚,彼辈只见其危,不知其害,不有定见,何能撑此大难也。"

"党中重要负责同志",自然少不了二号人物汪精卫。汪精卫不仅是主和之声的重要来源,甚至提出与蒋一同下野,由第三者出面组织政府,以换取日本方面的谅解。

如此同床异梦、内忧外患,蒋能不备感困扰吗?

十二月二十六日,陶德曼转达的日方所谓四项原则与九项条件极为苛刻,且以承认"满洲国"为前提,蒋断然拒绝之后,在另一种意义上如释重负,"余见此为之心安"。东汉末年曹操大军压境时鲁肃劝孙权那句"人皆可降,唯将军不能"之真谛,作为"一国统帅"的蒋介石岂能不知?!

我对这段历史的研究心得是,蒋多半是出于礼节才接见陶德曼,内心既不相信所谓的"调停",也不愿意和谈漫无边际,无休无止。为什么呢? 他的日记已然揭示心路:"其条件与方式之苛刻至此,则我国无从考虑,可置之不理。而我内部亦不致纠纷矣!"就是说,蒋最担心日方以和谈条件或制造假象作诱惑,使国民政府党政军高层内部发生争执与动摇,日久生变。

在决定和战大计的最高国防会议上,国民党高层内部依然意见杂陈,一些主和元老还嘲笑蒋优柔寡断。蒋的态度十分明确:决不能订立不堪忍受之条件,"今日除投降外无和平,舍抗战外无生存"。他劝说那些主和元老们:"抗战方略,不可变更! 此种大难大节所关之事,必须以主义与本党立场为前提。今日最危之点,在停战言和耳!"

通过日记,我仿佛看到了一个不一样的蒋介石。日记虽然不能完全说明问题,对那些有志于青史留名的人物,日记往往也并非其真实内心的反映,文过饰非和自我标榜者不乏其人,但恰恰因为是日记,总能让后人找到其心灵轨迹哪怕是矛盾的、在挣扎中有变更有校正的轨迹。

在这种"抗战方略不可变更"的氛围中,我父亲却从事"曲线救国",甚至还跑到了日本。谁给他那么大的胆子,不是一号,难道会是二号、三号?如系二号差遣,为何他没跟着走下去,为何在汪被国民政府通电为"叛党叛国"后,他除了挨上几句谩骂,并没受到实质牵累?

一位与父亲交好的国民党高层人物,生前曾告诉我,在军权至上,思维粗糙的那个乱世,你父亲面对某些指责和构陷,没被行事鲁莽地治以重典,甚至连半点惩罚都没有,可见"背后有人"。

我直截了当地问:"那么,家父由谁派出的呢?"

老者摇摇头:"我不知道的不能乱说,但可以猜出来,还是不猜吧……"

话中有话,隐约有指。

"那么,您认为家父有汉奸嫌疑吗?"

"汉奸罪肯定不能成立,这个从重庆中央对待跟了汪精卫一阵又迷途知返的高宗武、陶希圣的态度亦可证实,至于有没有汉奸嫌疑我也不好说……"

有意思的说法!

父亲是有道义的人,哪怕戴上"汉奸"帽吃哑巴亏,也要"为君之故,沉吟至今",在幕主死后,他再去揭幕说短,有何意义?既撇不清,还失了节。

水火不相容,日本人的狼子野心和阴谋诡计,注定父亲和任何一个中国人的"曲线救国"都不会有效,要救国,只能是蒋百里说的"战也罢,败也罢,就是不同他讲和"!

就是蒋介石所言"舍抗战外无生存"!

就是共产党毛泽东宣称的"为保卫祖国流最后一滴血"!

日本军方一直傲慢无礼，这个傲慢建立在中国积贫积弱、一盘散沙的现实上。"三个月亡华"是一种狂妄，近卫文麿内阁在日军攻陷南京一个月后"不以蒋介石为对手"的公开宣示，又是一种狂妄。

这个公开宣示，让刚被动接受陶德曼"调停"的蒋介石备感羞辱，清醒地认识到鬼子之"鬼"，清醒地认识到只有通过抗战，才能挫杀日本军方的傲慢无礼和狂妄，提振举国上下的抗敌士气。

我认为，那段时间，羞愤中的蒋介石是真心抗日的，共产党的抗日态度更是一贯鲜明且积极。总之，在国共合作的大背景下，全民抗战，同仇敌忾，这才有血肉长城下让侵略者始料不及、不愿正视的"泥潭"：至一九三九年下半年，日本被迫在中国大陆投入二十多个师团、总数近八十万的庞大军队，但他们欲行征服的目标却犹如海市蜃楼，远远地飘在天边，如梦似幻。

快速终战摆庆功酒，纯粹是一厢情愿，痴人说梦。眼看绑上了国运家运和无数个人命运的战车在异国左冲右突不得凯旋，在对华政策上本来就存有分歧的日本统治集团内部，再次出现了重估军方既有方针的声音。

迅速结束对华战争，把主要军力抽调出来，以便在一九三九年九月欧洲战争大规模爆发后，乘机南进夺取遭受德国沉重打击的英、法两国在亚洲的众多殖民地，让那些土地上富产的橡胶、石油等战略资源，保证战争机器持续运转。这既是日本统治集团，也是军方亟须考虑的迫切问题。

但这个时候，自陶德曼"调停"无疾而终后，中国在战争一根筋的紧绷中，沟通日蒋关系的渠道已被极大地堵塞。得疏通！于是，日本上下各派势力在主动和被动中，如秘密出动的过江之鲫，分头寻找接通重庆政权的各种关系，通筋活血。

蒋介石最恼的就是这个！

他怕动摇军心,怕那些好不容易服帖的元老们又来摇唇鼓舌。两国交战,不斩来使,而且这些从外表和里子都乔装打扮过的日本"来使",又往往出入秘境,有的还是真正同情中国的"友人"。在海陆空大面积沦陷的当儿,你既无力阻止并驱逐他们,而且即使辨别了也不能对他们一概乱枪打死。他只能让军统、中统多长几双眼睛。再有,他也想反用这些"来使",借机刺探敌情,知己知彼,比智斗勇。

在这复杂的背景下,日本人主动找父亲来了。来者何人,尚无定论。

在这复杂的背景下,日方媾和的愿望和努力一直没有停止,劝降诱使,软硬兼施,这样的事实一直延续到太平洋战争爆发,甚至终战前夕。

父亲生前只轻描淡写地说,与日本民间有过往来。究竟打过几次交道,他没说,官方也无记载。我所看到的蒋介石部分日记,对此也一片空白。

父亲晚年,曾被一位昔日同僚开涮:"在狂澜既倒中,异想天开想以弱国之身份影响强国之决策,不惜冒风险,委曲求全,即使无功,也绝不能说有过,虽不说与苏秦张仪相提并论,一片冰心也是天地可鉴。"

父亲这位昔日同僚后来还对我说:"你父亲虽先后加入过同盟会、国民党、共产党,但骨子里却是自由主义,精神上一直追求独立于党派,他不只为一党一姓效劳,而是心怀民族。因此,他为国事、为民族命运伤心也是难免。他在当时是个异类。"

因我的关系,小野当然也知道我的父亲是个异类,但他更感兴趣的显然是蒋介石在陶德曼调停前后的态度,"在这个第三国的调停问题上,蒋介石并没有明显的妥协退让。面对南京及太原失陷后严峻的军事形势，他的抗日决心并无削弱。正是他坚定抗战，最终扭转了党内动摇恐慌的氛围，做出了有利于抗战前途和国家命运的重要决定，以实际行动告知世界，泱泱中国非武力所能制服。"

说完这些，他狡黠地朝我眨眨眼："我这一家之言，超出了顾桑过去的研究所得吧？"

"去去去，不过是英雄所见略同。"

和一位力求客观公正的历史学者爬梳史乘，是件很有意思的事。在观点交流碰撞中，各抒己见，最后又能殊途同归跟着真理走，不失为治学的一大妙事。

所以，我会拿出这么一个话题诓他："有人竟把家父说成是汪精卫、周佛海等降日的牵线人，小野君怎么看？"

小野不假思索地摇了摇头："令尊还没有那样的功力吧。再说了，人家都下海了，牵线人却一直在岸上逗留，于情于理都不合吧。"

我心生感慨：踏破铁鞋探寻父亲的史迹，线索若隐若现，时断时续，依据目前所公开的文献资料，根本无法还原父亲"曲线救国"往来穿梭的全过程。苦啊！

小野再三怂恿："得回中国找。国民党在大陆留下很多档案，或许会有顾桑需要的宝贝。哪怕是间接的档案，也能提供有益线索。"

小野还说："只是，档案史料也常有陷阱，有时文件规定、档案记录是一套，实际操作则是另一套。就拿我们看到的日本文件、档案史料来说，并非完全真实。"

在这点上，他和我，真的是"心有戚戚焉"，难怪中国古人曾叹："假作真时真亦假，无为有处有还无"。

小野围绕蒋介石真抗还是假抗、积极还是消极、坚持还是妥协等问题，已然撰写宏文，作出一己评价，于我赴缅前公开发表。

这篇学术论文长且不说,以我还够不上"三脚猫"的日语水平,无从译转,想来即使请别人翻出了也没几个看官能耐心看完。算了,还是择要道个大概吧。

小野在剖析种种事实后,作出如下几点结论:第一,蒋坚持抗日,抗战爆发后,虽然并不拒绝停战议和,但始终坚持以恢复卢沟桥事变前的状态为目标和基本诉求,随着内外形势和力量对比发生变化,他还进而提出废除不平等条约和其他种种限制日本人特殊权益的要求,突破了原有的基本诉求;第二,蒋在抗战前期缺乏持久战的认识和准备,也没有及早明确提出收复东北的抗战目标,但并不等于说蒋在东北主权问题上没有坚持,实际上他不承认"满洲国",极端反感日本将"日、满、华"相提并论;第三,蒋抗日基本立场没有动摇,许多传闻甚广的蒋日谈判,其实未必有蒋直接参与其间。

这篇在既往国际学术研究中尚不多见的作品,导致小野遭受日本右翼学者的围攻。学术上被调侃为:使用单一或不充分的论据得出普遍性的结论,在小野的文章里再次印证了这个在历史研究中经常出现的错误。政治上则被戴帽:吃里爬外的日奸。

众口能铄金,积羽可沉舟。那些天,正是小野心情郁闷之时。

二

"环球同此凉热",说的是政治,而非自然气候。人间四月,南北半球的气温,冰火两重天。

一段时间以来,如同碎片化阅读现象带来的困扰一样,海外的年轻华人华裔给我一个非同一般的警惕:他们不读历史久矣,不再关注中国的古今久矣,他们已经不是一个真正意义上的当代华人了。如是与种族和文化的某种断裂,曾让我百思不解。待我走出书斋,走向广袤的现实后,始才失笑于自己的庸人自扰。

就拿世界反法西斯战争暨中国抗日战争胜利七十周年纪念来说,在日华侨华人华裔关注热度之高出乎意料,使得这个政治事件纪念日,如日本和东亚的四月,火伞已高张。

钟秋生热心过人,问他为何这么惦念中国,他幽默地说,我没去过绝情谷,倒吃过还魂丹,剪不断来自祖先的脐带,逃不出如来佛的掌心。

前头已报告各位看官,我父亲顾闽当年与老同盟会员、钟秋生的祖父钟伯中交好,抗战之际赴日从事秘密使命时曾蜉寄钟家。钟伯中作古多年,辗转商海不事文史,生前经历鲜见文字记载。钟秋生有心在史海中搜集祖父过往的浪花,自是困难重重。

我在这个时候重提钟家,乃因钟秋生向我亮出了一份令人意外的材料——《村上岸信向近卫文麿首相进言书》。整整五页,全是中文书写,页面有些磨损,有虫蛀痕迹,不少字迹也模糊不清了。显然,这是原稿,而非复印件,落款时间是昭和十三年(一九三八年)十二月。最让我激动的是,上面的字迹我再熟悉不过,除了我父亲还能出自谁之手?!

进言书大讲修和止战,止戈为武,才能建设"大东亚共荣圈",一味穷兵黩武,换来的必然是中国军民拼死抵抗,要灭亡一个有四亿人口、领土辽阔的中国谈何容易,最终即使胜,也是杀敌一千自损八百;一旦战争胶着,则首相辞职不说,还可能动摇日本国体。进言书提到:"近有中国顾闽君,对大和民族和天皇陛下素怀敬重之情,代表中国朝野吁请近卫首相诸公,以万万千千的两国军民生死为念,沟通两国外交,化干戈为玉帛,诚为不二之选,请近卫首相徐察。"

噫,在这段涉及父亲言行的字里行间,未见"卖国求荣"的影子,却见在"对大和民族和天皇陛下素怀敬重之情,代表中国朝野吁请近卫首相诸公"之下划了一条线,并打上问号,是父亲对这段表述不太赞同还是拿捏不准?

不难推测,父亲当年是和村上岸信一同制订此进言书的,或者说,村上岸信写此进言时,父亲曾参与修改,之后另行誊抄了一份中文译本。为免丢失或其他考虑,父亲回国时将之寄存钟家,至于是否再抄一份带回国内不得而知。

"怎么找到的?"

"我母亲略知一些情况,曾说,爷爷和父亲罹难不久,有人受美国朋友所托来家,想取回当年寄存的东西。来人在得知我爷爷身故,而我母亲遍寻不得后,慨叹一声也就走了,从此再无联系。前几天我修葺祖屋,发现祖父卧室旮旯儿有处空心墙,埋有小铁罐,里面装着几根金条,还有一个上面写有"顾闽材料"的牛皮信封,心想这该是令尊当年派人来家寻找,也是顾博士现在急欲一见的宝贝吧。"

钟伯中如何扎根日本,又是如何参加同盟会在此不赘,他在二十世纪六十年代初携妻儿坐游轮赴地中海时,于一场突如其来的海难中丧生。时年两岁的钟秋生,因为严重湿疹跟随母亲留在家中,才幸免于难。

我听后不胜唏嘘。

牛皮信封里,还装有父亲驻美国时给钟伯中的一封短函,大意是请兄代为保管此件,他日择机"完璧归赵"。从此信不难推测,钟伯中曾想将"进言书"等还给我父亲,但我父亲不知何因却继续让他保管。

我父亲淡出江湖后,也看破了红尘中的是非功过,决意让历史沉海。晚年看到我有兴趣治史,经不起我的再三缠问,才在一次酒后微醺中透露:日本某某侨胞那里有我的部分资料,可惜对方遇难后不知下落,你日后有兴趣可去找寻。

我曾求助几位日本友人，甚至拜托小野找寻，都茫茫不可见。这也是我在父亲魂归天堂后决定赴日访学，伺机寻找之因。这个有点儿像金庸武侠名篇《笑傲江湖》里，林平之回福州祖屋寻找"辟邪剑谱"吧？这个进言书，还真是父亲的"辟邪"之物！

　　那天，从村上嘴里意外得知世间有此物后，我和小野、赵汉平踏破铁鞋，分赴有关档案馆查询，皆无功而返。没料钟秋生得来全不费工夫，竟在不经意的"挖地三尺"中，刨出了父亲的一段历史。

　　我小心翼翼地捧着进言书看完，又翻了翻父亲在日本期间的记事本，心潮澎湃，别说感激涕零，都几乎要叩首作揖了："您爷爷把它们同金条放一起珍藏，可见重视的程度，真是感谢钟先生一家！"

　　钟秋生一脸喜色："是金子总会发光，它们可是比金子还贵重呀！"接着又说，"我打听到了，这个村上岸信是日本贵族、参议院议员，是日本当年的主和派，可惜日本投降那年全家死于核爆。"

　　村上岸信的身份和村上那天所言对上了，他就是村上的伯父。我不明白的是：为什么我们没能在档案馆寻找到这份进言书？

　　"可能村上岸信没送达，也可能送后被近卫文麿给毁了，这样就无从进档案了。"

　　我若有所思地点了点头。

　　说话的是日籍华裔欧阳俊。刚才已说，钟秋生不仅自己淘历史的深井，筑中日和平友好之门，还在日本专门组织起了一个朋友圈。欧阳俊是圈内死党之一，上次在钟秋生做东的饭局上与我有过一面之缘。从事园林绿化的他，对日本政府不加入"亚投行"耿耿于怀，中国提出的"一带一路"建设宏图深深吸引着他呢。

　　欧阳俊还说："我也找到了一张有意思的合影，是祖父留下的，顾博士看看上面有没有认识的人。"边说边从包里取出一本杂志，再小心把夹在里面的照片递给我。

我双手接过，一眼便瞧见照片众生中站着的父亲，不禁惊讶至极，问欧阳俊："您没见过家父，怎知里面会有他？"

欧阳俊笑眯眯地指着老照片说："请看背后。"

我狐疑地翻过相片，背后一行手写的汉字跃入眼帘："顾闽先生期待在日华侨合力施加影响，停止日军侵华。一九三七年夏。"

在我又翻转照片端详时，欧阳俊说："要不是认识了顾博士，要不是背后注明，我即使在秋生的号令下翻箱倒柜发现了这张老照片，也不知上面会有令尊。"

这张照片，尤其背后说明，难道不是父亲在抗战当年奔走日本，竭力游说，试图拉住各个线头的明证之一？ 我喜不自禁地说："这张照片太珍贵了，不知是否可以复制一份送我？"

"我已经复制了一张，我想背后的题字对顾博士更有价值，就把原件送您吧。"

"那真是太感谢了！"我起身向欧阳俊一鞠躬，又微微转身对钟秋生说，"进言书能否也复印一份给我？"

钟秋生笑道："不，不是复印，是复制，届时复制件是我的，原件归您，才算完璧归赵。至于书信，因为是写给我爷爷的，只能给您复制件了。"

他们无异于雪中送炭。

"这些照片和书信，连同令尊在日本所写札记，顾博士今后可以送给中国大陆档案馆，作为回大陆的见面礼。"

我不觉惊诧："您怎知我要回大陆？"

"那是必然的！ 有人文情怀，心里却没有祖国，那就良心大大的坏！"钟秋生学着日本人的腔调，说完，一挥手，道，"晚上大家来几杯，为这几件文物出土庆贺庆贺！"

确实值得庆贺。

我坐钟秋生的新款奔驰，随风潜入曲径通幽的"秋丸"料亭（高级饭店）。他和几位在日本的华裔企业家，相约不配日系轿车，其中有真意。

料亭环境宜人，华灯初处起笙歌。笑靥如花的服务生鞠躬如仪，连着甜软的欢迎语句，着实让人受用。中国很多地方已在反超日本，但在服务质量服务精神上，估计日本仍将长期遥遥领先。

我们被热情引入一个带有舞台的套间，落座不久，欧阳俊的声音带着两位客人的脚步也就到了。新朋旧友话还没说热，四位年轻貌美的和服女子已款款而至。从她们的一脸粉黛，浓妆艳抹，可推知这就是著名的Geisha（日本艺伎）。日本艺伎的世界一向神秘，我不知道她们的行业为什么要被称为"花柳界"，毕竟，此名易生花柳病之联想。亵渎了，罪过罪过！

衣香鬓影掩过了几曲歌谣，歌声温厚婉转，抑扬顿挫传递着小提琴合奏般的韵律。艺术的气息就此在这个空间荡漾开来。继而，一姝鼓乐，一姝吹笛，两姝柔软的身段在作蝴蝶般轻盈地翩翩起舞。

眼前表演，让人在新奇且兴奋中，大略理解了这个"艺"字的真正含义。我只能用正襟危坐以示对艺术和表演者的尊重，但每一寸肌肤都油然舒张，心扉也翩然而开，浑身上下的细胞都活跃在艺术的味道里。钟秋生和欧阳俊的表情也很放松，新来的秦总和蔡总时而挤眉弄眼，时而交头接耳窃窃私语，脸上像室内的灯光般浮现不一样的暧昧。

艺伎的话题在干杯之后，就像一件无关紧要的道具搁下了，钟秋生目示我："他乡遇上娘家人，顾博士就不关心那头的事？"

我知其心意，呵呵一笑，举眸来看一旁的秦总、蔡总："听说今年中国准备大搞抗战纪念，还要在天安门搞阅兵仪式，你们怎么看？"

秦总不假思索地说："我们是小小老百姓、生意人，不太关心政治。"

张嘴首问,便被呛了一口。

眼见钟秋生有点儿愠怒了,欧阳俊道:"他喝高了就这个德性,别和他一般见识,今后我一定要让我们的爱国思想好好影响他。"

钟秋生摇摇头,显得无语,径自低头喝了一口酒。

蔡总一旁适时地提醒同行积积口德:"出了国你就代表中国,可别胡说八道。"责怪完,又赔着笑脸对我说,"他有点儿醉了,别介意,他的话也不代表我们。抗战纪念要搞,小日本不是什么好鸟,确实太坏了,有句话叫什么,前事不忘后世之师是吧,对,历史总得搞清楚!"

我转了个话题问蔡总:"'一带一路'商机多,你们响应号召没?"

"前段时间去中东考察了,感觉太乱,想着去非洲看看,可秦总又嫌太远。"

"非洲不远吗……"秦总口齿愈发地含糊起来。

商人无国界,中国与世界、世界与中国的交流窗口,很早以来,便是靠着商贸合作打开的。

在秦总手舞足蹈、颠三倒四嚷嚷间,钟秋生起身招呼服务生,交办艺伎退场事。

蔡总见状,豪气干云地说:"今晚这单我买,来来,扫二维码……"边说边掏出手机来。

欧阳俊道:"日本还没有微信支付宝呢。"

蔡总明显一愣:"啥,还不能微信支付? 这么落后! 哥们知道微信支付的方便吗?"

欧阳俊道:"知道,但还没体验过。比银行卡还方便吧?"

"方便多了! 有了微信支付宝,出门不带一分钱,一部手机就可以把衣食住行全搞定。"蔡总一手搭在欧阳俊肩上,口齿一直还清晰,"告诉你们一个好玩的。微信支付流行时,秦总还不愿学,说掏现金显得有感觉。有次他带妹子出去吃饭,掏钱买单时竟掏出一避孕套来,要是用微信支付,就没这尴尬事了。所以他马上现学现用,到现在是一天都离不开了。"

秦总似醒非醒,懵里懵懂地看着我们,那神态有几分萌,大家便都笑了。

鼓乐息声之际,适才经钟秋生要求近前和我有些交谈的艺妓柚子一双眼睛像在寻找我。我朝她礼貌地点点头,一直看到她娉婷的身影拖着艳丽的长裙,像一朵温柔旖旎的花,消失在长长的走廊尽头。

钟秋生用现金买的单。两个小时的服务费,每人高达一万日元。怪不得一般人不敢问津,能不惜千金一掷的不是巨商富贾,便是花花阔少。

春风沉醉中暧昧的一晚。

有一种说不清的气息,像落下柚子花,一瓣两瓣地飘忽在我的脸旁,枕入我的梦乡,悄声地呼唤。

春天被朦胧雨季润泽的日本,是日本女子一年中最为柔情之季,她们轮廓鲜明而纤秀,香肩小露已是光艳四射,如果略含几分哀愁,更能诱人心动。

比这更让我心动的是程宁宁的约见,难得空闲的她主动给我讲华侨投身新中国建设的事略呢。正听得津津有味,小野打来电话,恳请我明天陪他去清水寺,扬言我若爽约,他就从清水寺的悬空舞台跳下。

他越来越情绪化,我为此忧心忡忡。

从清水寺回来不久,小野发在网上的一篇文章,再次引发新一轮"围剿"。

事因是几天前,具体地说,是二〇一五年三月,德国总理访问日本,与日本首相会谈后召开记者会,德国总理郑重表示期待日方缓和与中国等邻国的紧张关系,并说"认识和反省过去是和解的前提"。一些民间学术团体据此开展学术交流。小野是受邀嘉宾,随后他的发言在网上和微信上被刷屏。

小野在这个题为《大和民族到了最危险的时刻》的发言中,针对日本近年各种匪夷所思表现,深层分析和解剖了日本错误史观的根源,呼吁包括日本人民在内的世界人民共同抵制和批判之,以免历史悲剧重演。同时呼吁日本应学习德国,正视和反省过去那段侵略历史,遵守基本的国际信义,追求光明的未来。

对同为二战战败国的日德两国,我和小野此前曾有过一些讨论。

一九七〇年十二月七日,联邦德国总理勃兰特在华沙犹太人殉难者纪念碑前下跪谢罪,让欧洲和整个世界为之动容。此后,德国历届政府不仅一如既往地承担战争罪责,真诚向纳粹受害者道歉,还开展各种活动,让年轻人充分了解纳粹德国的罪行,牢记历史教训。

前些年,我在德国一位华裔历史学家陪同下,曾专门前往勃兰登堡门附近的纳粹大屠杀受害者纪念碑群参观,那二千七百一十一块别具一格的方碑震撼人心,像一个个无声的警钟,时刻在警示这个世界,纳粹的历史绝不能重演!

滚滚风雷把昔日动荡无序的历史垃圾埋葬在了身后,旭日当头,触目该是一派祥和之景,却不忍见,朗朗乾坤下,太阳之处的日之国倒还有小鬼跳舞,阴魂不散。

两相对比,小野便不免感叹:"德国对那段不光彩的历史不遮掩,更没混过去,如实地写入教科书,教化下一代。日本在应该忏悔的历史面前,真应该以德为师!"话里话外,都恨不得日本多出几个勃兰特，而不仅仅只有村山富市。

他也提到中国国家主席上年三月在德国演讲时引用的那句名言："谁忘记历史，谁就会在灵魂上生病。"因为"历史是过去传到将来的回声，是将来反映过去的倒影"，而所有的"重蹈覆辙"，都是从忘却开始。

在这次民间交流的发言中，小野拿出了中国根据新发掘的一批日本侵华档案而出版的《铁证如山》等书。据说，小野在发言时被人扔了鞋子，重重地砸中了他的脸；据说，《铁证如山》等书被人抢走，当众焚烧；据说，支持和反对者在台下扭打成一片……

我吃惊且关切，但没向当事人小野求证，在这种情况下求证，必然再次波动他的情绪。在日本，支持和反对者所代表的两种历史观向来势不两立，将长期存在。

赵汉平给我翻译了小野发言的全部内容，请允许我在此摘录几段：

"首相和政要们参拜靖国神社的实质问题是，日本至今仍没有正确认识和深刻反省军国主义侵略历史，这是造成与亚洲有关邻国关系长期不睦的根源。试想，德国在历史问题上的立场和态度，如果也像今天的日本，欧洲其他国家的政府和人民将以何种态度相对？欧洲何以保持七十年的和平与繁荣，欧盟又从哪里来？"

"历史是与现在、未来相联系的。历史是一面镜子，只有正视历史，才能开创未来。日本不仅歪曲昨天的历史，还企图在今天让军国主义复活，这能不关系到日本的未来？能不关系到亚洲与世界的和平与安全？能不关系到人类的未来？"

"四十五年前在华沙跪下的是勃兰特，站起来的是德国。日本领导人如果不正视和反省历史却想着翻案，要狂放不羁地'从战后的历史'中'夺回强大的日本'，那么，长此以往，只能使日本在东京审判之后继续跪在历史的被告席上！"

这些发言虽然犀利,却不锋芒毕露,所涉内容大都是我们平时交流的看法,你能看出什么出格?

但小野的发言,在获得阵阵掌声时,不绝于耳的嘘声和哨声也朝他奔涌而来。他在会后回家的路上,还冷不丁被人泼了墨水。接着,纸媒、电视、网站等新旧、大小媒体"陆海空"铺天盖地地讨伐,其中"被中国收买的乏走狗"等标题尤其触目惊心。

谁也想不到,那几天郁郁寡欢的小野,却再次向地方法院诉讼日本首相。

此际,中日韩三国外长在中断三年后,在韩国首都首尔再次举行会谈。新闻如是称,"三国将本着正视历史、开辟未来的精神,妥善处理有关问题"。

小野选择此时起诉日本首相,除了不言而喻地试图彰显意义,想来,还有他的深深失望。

他的失望也太大了点!

德日两国总理会谈不过半个月,中日韩三国外长会谈时又不避讳地再次提到历史问题,并有"一致同意"的看法。如是这般,该会有可喜成效吧? 他却一忧到头!

他能不忧虑吗?

电视和报纸都刊发了消息,中日韩三国外长会谈那天,竟有不少日本人,老中青混搭,穿着原日军军服,开着打出极端标语的宣传车,挥动旭日旗,妖魔般乱舞于靖国神社门口,超乎狂热地播放各种右翼思想言论。什么"南海是日本的生命线! 保卫先辈用鲜血赢得的产业!"什么"尖阁群岛(钓鱼岛)是保卫帝国的前线!"而平常,这据说是"固定的一小撮人"——其实既不固定也并非一小撮而大有扩张之势,——向来是在特殊日子如"终战"纪念日等,在靖国神社等敏感地点出没的,至于打不打扮成"皇军"倒还不一定。

他能不忧虑吗?

"固定的一小撮人"，已发散为一些极端的团体，连他的学生中也冒出了极端，有了类似"中韩不与我们来往更好，我们可以更安静"的说法。

他能不忧虑吗？

日本右翼这么"狂"，正是目前日本的舆论环境和日本社会的精神状态。

这是小野继上次未被法院受理之后再次状告首相，但很快就被驳回。

"顾桑，我们做事，要有抱着从清水寺的舞台跳下去的决心！"言犹在耳，谁会想竟一语成谶！

言行之决绝、之壮烈，心情之糟糕，可见已到无以复加的境地。

事有必至，理有固然。原来，人的情绪可以那么深不可测，后果可以那么难以预料，这也许是古往今来许多人修心制愤的起因吧。制愤胜过勇士，此言不差矣。

一个从事历史研究的人，理应比常人更明智、豁达，怎会如此轻率？是什么让他如此寂寞和绝望?！

与其说小野被愤怒情绪所害，中了愤怒的计，不如说他入了那些论敌的彀，着了他们的道。一个人长期处在被人为控制的批判和语言暴力的密集训斥、声讨之下，多半要陷入一种失语近乎条件反射的恐惧，而越是无言以对，就越是失去话语权，情感萎靡，思考能力迅速退化。所以，我要说，来自右营的"围剿"没抹杀小野的肉体，却乱了他的灵魂和方寸，逼着他以自戕成全他们的弹冠相庆。

小野身后，赵汉平、大岛友直参与发起的网祭活动步步升温，如火如荼。隔空慰灵者纷至沓来，挽辞如云："我们始终是小野教授的坚强后盾""小野教授走好，我们还在战斗，直至胜利"……

网页上晒着小野雨中漫步樱花丛的照片。那场景是，一树一树的灿烂樱花在一场突如其来的雨中纷纷飘飘坠落,"花飞花谢花满天",像是一场樱花祭。

端详中,我不由想到几天前德国总理访日时,小野请我同赴富士山下的箱根赏樱情景。

每年春风一度,日本樱花便以红、粉红为主打颜色,由冲绳岛向着北海道依次盛开,犹如一片红云由南往北飘过日本全境。箱根的花期向来长些,而且,相继在山脚、山腰及山顶披红挂彩。

三两株樱花看起来身单体薄,但成亩相依,十亩、二十亩相拥,就有声势了,俨然要改变这个岛国。越过一株,再过一株,沿着山脚一直走进去,像是深入红霞之中,及至山腰山顶,张望这个世界,哪里会想到什么战乱忧患?

越走越高,落樱铺路,喜欢汉诗的小野还借杜甫的诗献上:"花径不曾缘客扫,蓬门今始为君开。"

有点儿味道,可我哪敢领这个"借花献佛"来的情,怂恿他:"小野君何不即兴来首汉诗?"

他不好意思起来:"没毕业呢,怕又被顾桑骂作狗屁诗,还是顾桑来一首吧。"

这个时节的箱根,露天温泉热气腾腾,水汽弥漫,随处可见。我莫明地就借用上了刘禹锡的诗句:"花红易衰似郎意,水流无限似侬愁。"

没承想,他借题发挥起来:"光极则暗,花盛则谢,就像我们登上顶峰后,再无处攀登了,只有折回头下山,当然,最好的收场是飞起来,就像眼前灿烂的樱花,在行将凋谢前来场雨,划一个'花飞花谢花满天'的句点……"说完,他还金鸡独立,站在山顶上作了个飞翔的动作。

"那是文学,不是历史。我们做史的态度应该是,'路漫漫其修远兮,吾将上下而求索',没有比脚更长的路,没有比人更高的山。"

他向天大笑，末了调侃一句："我看顾桑有野心，想做当代司马迁。日本不说，俄罗斯不说，整个美国，装有多少中国国共两党的历史，装下了多少中国人，你扫荡半圈，就够别人吃一辈子的了！我期待你能像黄仁宇那样写出个《万历十五年》来，可别让我失望啊，否则按中国人的话说，我做鬼也不放过你。哈哈！"

现在，他真是"飞"走了，"生当作人杰，死亦为鬼雄"，小野兄弟，我只能这样认准你！

赵汉平曾说，小野自杀几天前遇着他时还说，你有什么问题就快问吧，过几天出门，就问不着了。他还认为出门不是公干就是散心呢，没想到是进了天国之门。

连同他对我表示的"跳下去""飞起来"，凡此种种，都是他弃世念头的流露。我为我的迟钝而心怀歉意。

惠特曼的《狱中的歌手》，小野生前读过吗？且让我抄录一段参与网祭，寄托哀思：

> 她走来走去，无止无休，
> 哦，白天里心痛，黑夜里忧愁！
> 握不到朋友的手，看不见友爱的脸，
> 听不见关爱的话，寻不到支援。
> ……
> 不是我犯下了罪孽，
> 是无情的肉体拉我下水；
> 虽然我长期勇敢奋争，
> 但肉体于我太沉太重。

无所不能的网络，还出现了一幅意味深长的漫画：抱着"×计划"大吹法螺的日本领导人，被装入一口丧钟里，几只乌鸦拉着钟绳在敲钟。

对丧钟里的东西,有多少辩护和抵挡,便有多少匕首,如跳动的火苗,直扑过去,要把世间的魔障赶尽杀绝,烧成灰烬。

有关"×计划"的内容,众说纷纭,莫衷一是。如此在黑暗中层层包裹的秘密,只怕比那口象征意义的丧钟更邪恶!

让人大跌眼镜的是,"×计划"被打上了红叉叉,一颗要将其熔化的太阳,交相辉映着一则"毛主席语录":"捣乱,失败,再捣乱,再失败,直至灭亡。这就是帝国主义和世界上一切反动派对待人民事业的逻辑。"

不由得想起在缅甸陵园时乔总他们的那个"合唱"。毛泽东在"小小寰球",真的还大有影响呢!

我曾亲耳听一位日本右翼史家说:日本的历史书,如果使用帝国主义一词,即使作者没有公开声明,也可以视为左翼或左派。

小野的网祭不断被黑,遭恶意谩骂,还出现了删帖现象。

照赵汉平和大岛友直的理解:这是日本"网络右翼"在联合反扑。

你可能不相信,这帮"网络右翼"的影响,不亚于那些开着宣传车、挥舞旭日旗、在街头巷尾群魔共舞的"固定的一小撮"。

大岛友直曾自曝沉迷右翼网站之事。他起初爱看一些痴迷日本的外国人所写的盛赞日本的链接合集,这些网页常常有批判中国和韩国的链接,日本优秀、中韩劣等的观念长期种植在他的脑子里,直到上大学后,某天父亲拿着爷爷所拍照片告诉他一些历史真相,才知自己被蒙蔽了。大岛友直在同学中做了个调查,喜欢看右翼网站的人不少,被拉走的"民心"有增无减。

小野生前就有过警示,那些颠覆之心不死的人,必然挖空心思,通过网络加强联系,一有风吹草动,一人发声众人援,混淆视听,大造右翼妖氛。

这场网祭活动在不见硝烟的交锋中,一次又一次挺了过来。

小野泉下有知,当欣慰乎?

"生之空,死之实,万籁静寂,高洁清和转鹤飞。"

小野所作俳句的墨迹,和他的血迹一样,很快就被东海上空呼呼而来的风吹干了。德日两国总理会谈的事关历史认识的内容,中日韩三国外长"一致同意"的看法,怕也都似一阵风吹过。

程宁宁等中方驻日机构人员,钟秋生、赵汉平等一批日籍华裔,甚至包括我认识或不认识的许多日本人,都怀疑日本高层对历史问题能有"一致同意"的看法,怕是虚与委蛇,纯属外交辞令。

我也不信。

我自问且自答:如果对日本当朝政客有所期待,小野当不致纵身跳崖吧?!

小野魂断清水舞台一个月后,在雅加达召开的万隆会议六十周年纪念峰会上,中国国家主席会见日本首相,指出"只有正视历史,才能增进相互理解"。日本首相表示,"将从整体上继续坚持包括村山谈话和小泉谈话在内的以往历届政府在历史问题上的立场"。

日本首相面对世界闪烁不定的言词,让世界疑云难消。

小野有言在先:"首相即便言之凿凿、信誓旦旦,也别相信。在历史认识问题上,自他而下,日本大大小小的政客不是掩耳盗铃,就是欺世盗名。"

果真?

小野死了,崇拜王阳明的日本,仍有一些"致良知"的声音,像太阳一样照常升起在东方,响遏行云:"如此种种,是世界和亚洲邻国的不幸,更是日本的悲哀,有一天日本必定要为此自食其果!"

三

周末,躲在寓所里,一份一份地翻看小野留给我的一摞资料。

英文的东西太少，而那些平假名、片假名，以及原始的档案和报纸，我只能领会大致内容。我其实也看不太下去，小野的脸总是浮现在字里行间，接连发生的离奇怪异之事，也干扰着我的心境。

数天前，名古屋一位七老八十的右翼政客在某个集会上公然宣称：从来没有发生过南京大屠杀，所谓的中日战争，不过是大日本皇军为帮助中国汪精卫政府建设"大东亚共荣圈"而发生的小冲突，而"倒汪"后的中国为了获得一笔战争赔款，有意捏造事实；历史上日本从没向中国支付战争赔款，可见南京大屠杀这类事纯属捏造。

我现在觉得汪精卫很讨人嫌，死后多年，依然阴魂不散，到现在还被日本拿来做不利于中国的文章。

宫能玖，对，就是上次我在"学术研讨会"上见过的日本历史教授，又代表其不久前暴卒的丈夫、右翼史学家冈山司博士，信誓旦旦地说："照中方的说法，当年中方在南京投入的兵力远远多于日本，那怎么还可能发生屠杀三十万中国人这样的事，莫非中国真是东亚病夫、任人揉捏的烂柿子？"

仿佛经她这样歇斯底里地强调，就可以完成其已列鬼籍的丈夫之遗愿，继承其衣钵，捍卫其学术"成就"和"尊严"。

这两个所谓的名人连骂带损，一唱一和后，几名男子高举喇叭叫喊："支那人造谣生事，支那人滚出去！"

我是在赵汉平转发的视频中得观此事的。

赵汉平和我交流时，愤愤地说："这阵子，正是日本现政府民调支持率暴跌之时，日美真是穿一条裤子，国内一有矛盾，常常莫名其妙地就骂中国，好像可以转移矛盾。中国成了帝国主义的出气筒，真是躺着也中枪的冤大头！"

我一向认为，有些事情是超越纯粹的所谓民意调查的，民调并不靠谱，它谋划的并非长期之事，而事情是在不断变化的。

要是我亲见，或许会焕发内心深处归属的血性，不是嗤之以鼻，就是与他们据理力争。

事实上，现场是有人出头的。

视频显示，一名中年女子就想着与他们理论，但刚说几句，就被喝止发言，几名右翼性质的女子还当众羞辱她，接着，两名维持秩序的警察把她强行架走。

秀才遇见兵，有理说不清。我看在眼里，如身临其境，几乎要拍案而起。

这位女子在日本警察的连拖带架下，仍挣扎着反抗，用汉语高喊："中国人不是懦夫，你们的辱骂，我们终将会还回去！"

"时穷节乃见""板荡识忠臣"，这位中国女子勇气可嘉！

感慨万端地站在窗沿，把有点儿干涩的眼睛投向阳光下的桃红柳绿，手机响了。传来的是钟秋生有点儿急促的声音，说是他妻子想见我。

我刚参加他们的婚礼不久，喜糖还搁桌上呢。钟秋生重新装修房子是为了结婚用，真是一举两得，因为装修，让父亲的那些材料得以重见天日。他们是资源重组后走在一起的。钟秋生丧偶多年，她则因日本丈夫酒后常施家暴而离异。海外存知己，两颗曾经沧海仍渴望爱的心碰在一起，瞬间便擦出了火花。大致知道，她是日本一家知名电视台国际新闻部的出镜记者，也是该电视台录用的第一名华人正式职员，年纪约摸三十六七，长得比这个年龄段的一般女人要好，而且挺知性。

除了婚礼上那一面，我与她毫无往来，名字现在都还想不起来呢。她为何想见我？刚要问，钟秋生电话已掐断。纳闷间，门铃声清脆而响，开门一看，两人已迅疾如风般抵达眼前。对，是两人，这让我稍微安心一下，要是一个女子上门来找，多少总会有些不自在的。你别笑我迂腐。

我一边热情地请进，一边佯装责怪钟秋生："突然袭击，万一扑空怎么办？"

钟秋生笑容可掬地说："我运气一向好。"边说边落座，道，"是这样的，我陪筱芳在名古屋做调查，涉及您，自作主张地建议对您做个采访。"

我有点儿莫名其妙："涉及我？"

"筱芳想给小野教授做个专题，能不采访您吗？"

原来是这样，我明白了，转头看着筱芳问："嫂夫人和小野教授认识？"

"见过几面，更多的是拜读过他的文章，那天得知小野教授的消息，我还发了个微信悼念，真是太遗憾了……"

在她说话间，钟秋生已把相关的微信调给我看。

我接过手机，一行文字带着十二分的感情扑入眼帘："最终坦然选择死亡的人，却以自己永不坠落的憧憬，在正道上留给世间一个生生不息的言行。这是柏拉图倡导的灵魂：'将死的存在，总是寻求着尽可能一直存在着的不死。'义无反顾的燃烧，悲壮的牺牲，看似毁灭了单个个体，却凤凰涅槃般，催生了无数个个体，终将前仆后继抵达生命延续中的意义……"

文字的温度不言而喻，只是，表达得有点儿不太中国化……我递还手机，想着先对她作个了解。

我一边给他们拿矿泉水，一边说："我听秋生兄说，中日签订和平友好条约第二年，您就到日本来了，那时还在读幼稚园，这些年来的日本给您什么印象？"

"刚来那几年，日本电视台关于世界各地的新年报道，把欧美说得欢天喜地，而每次介绍到中国，不外乎都是播放人们在嗑瓜子，主持人还差不多是同一个评价，说中国人过新年只有瓜子吃，多不开心，多可怜啊！我爸看了就很生气，说在我们中国吃瓜子明明是开心事啊，怎么跟可怜挂起钩来！这事给我的印象特别深。长大一些后，耳旁老是响起我爸我妈的话，说日本怎么还戴有色眼镜看中国啊。我就知道，日本关于中国的新闻报道不是一段时间的偏，也不是一般的偏。那时我妈老说，小芳好好努力，今后当个记者，报道一个真实的中国给日本人看。"

钟秋生拧开手中的矿泉水瓶盖，给筱芳递去，回头看着我说："我那老岳母呀，至今还给筱芳灌爱国鸡汤。"

我笑道："看来您陪喝了不少？"

钟秋生笑得一脸幸福。

"从幼稚园到小学，都只有我一个中国孩子，周围的同学，甚至老师，都爱向我打探中国的事情。"

"他们常问些什么呢？"

"比如问，在中国吃不吃得饱、洗不洗澡呀？升入中学后也还是差不多，比如会问中国是不是也有汽车？回国探亲，带了些点心给日本老师和同学，也常常会被提问，这东西安全吗？能吃吗？好像我是天外来客，好像中国还在茹毛饮血。让人很郁闷，却生气不来，得好好解释一番。但他们对我送上的中国长城等明信片，倒是一个个喜欢。升入高中后，正值北京主办亚运会，我发现同学们说的话开始变了，'中国看上去还蛮不错的，争取去看一看'。北京成功申办奥运会后，我已参加工作，周围的同事开始有人羡慕我会中文，还说会中文今后肯定是好事，工作上也有优势。我从身边日本人的变化，感到中国的发展，真是祖国强大一分，海外华人就能得到多一分的尊重。"

筱芳升入日本大学后，坚定了成为媒体人的志向。在读研究生期间，曾到中国传媒大学交流学习一年，加强中文学习和对祖国文化的了解。时值北京奥运会召开，她毛遂自荐到与会的日本电视台的北京事务组"打杂"。从奥体场馆的建设、千年古都的面貌变化,到志愿者的灿烂笑容、会务安保的井井有条,乃至"福娃"诞生的过程、盛典的隆重开启,那一年她见证了北京奥运的点点滴滴。看到奥运圣火在世界各地竞相传递的影像时,她几度热泪盈眶。

大学毕业后,她过五关斩六将,终于梦想成真。

"能进入日本主流媒体,固然有个人的素质和能力,但应该说,日本媒体有全面了解中国相关信息的强烈需求,也是我当时能脱颖而出的原因之一。"

她身上不仅闪耀着知性之光,还有着难得的坦率呢。我接过她的话问:"就是说,他们希望有合适的人来做涉华报道,让日本了解一个真实的中国?"

她点点头:"是的,台里给我贴的标签是'知华记者'。"

"他们有明确想了解的内容么?"

"有,有。"她略一思忖,语速飞快地说,"比如中国年轻人最关心什么啦,中国的官二代富二代怎么怎么啦,中国的社交媒体最流行什么啦,甚至连中国的先锋艺术家是谁、中国城市和农村离得有多远这些,都有强烈的兴趣。有时连轴转地报道,也有点儿供不应求。但中日战争、教科书这样过于敏感的事尽可能回避,即使要提及,也要通过现实发生的事,适当结合进历史。在这个事情上有点儿如履薄冰,表现虽有不慎,如果受到右翼的攻击,极有可能被开除。"

在日本这段时间,我通过小野也接触过一些日本记者,他们私下感叹:如果在涉华稿件中不加入批判中国的评论,往往很难发稿;有时也并非编辑部有过明确指示,但记者们出于对氛围的体察得有所表示,"政府说右,我们不能往左",这是主流媒体顶层承认附和政府的鲜明例子。久而久之,以真实为生命力的新闻自然是大打折扣。

前些年,筱芳意外得知一位中国小伙子到福岛地震灾区做志愿者的消息,觉得这有助于改善日本人对中国人的印象,马上向电视台报告,并受命做了个专题。

"这位小伙是位自费留学生,前一年曾到玉树地震灾区做过志愿者。福岛地震一发生,他带着女友马上赶过来,白天做搬运工、清洁工,晚上就睡在避难所里,他还不愿接受采访呢,说什么举手之劳、不足挂齿。节目播出后,收到很好的反响。日本前首相福田康夫看后,曾对我说,日中两国之间就应该这样互爱互助,而不是互相伤害。后来,中国国内的电视台也转播了。"

我送上赞许:"由于历史问题,中日关系非常脆弱,也正因此,更需要媒体客观真实地传达情况。"

"是啊,"她点点头,又娓娓道来,"大前年吧,日媒大幅报道中国的反日游行,多数日本人觉得这时到中国有危险了。我第一时间联系了在华工作的日本人,延伸跟进,得到的回音几乎都是,这些游行很有秩序,只是中国人维护自己历史认识的一个侧面。友好的声音远远超过不友好的传言。我做出节目后,安定了日本人心,让一些谣言不攻自破。"

"筱芳还参加过中国雾霾的报道,介绍了北京攻克并解决难题的决心。"

钟秋生这般津津乐道地补充,我不觉莞尔:"看来您真成了嫂夫人的粉丝。"

"筱芳的节目我只要有空,每期必看,从中也了解真实的中国。所以,筱芳做小野教授的专题,我才会推荐来采访顾博士。"

"呃,真是抬举我了。"我看着这对有心人,眼里不觉流出一丝担忧,"介绍小野教授,必然涉及右翼……"后面的话不说他们也知道。

"阻力肯定有,但头头说了,小野教授是日本人,又是知名学者,不能让他白死,也不能让日本民众犯迷糊,更不能任由右翼领着日本向右转。"

"这么说,你们的头头倒挺有头脑啊!"

钟秋生接着说:"以前说到右翼,说实话我很不屑。这是啥玩意儿呢,莫不是普遍得了'幼稚病'吧,嘴尖皮厚腹中空,一出口就露馅儿,一露馅儿就撤下去换馅儿,纯属一群乌合之众,在各地游荡、啸聚、聒躁。没想到,'幼稚病'眼下已成'狂犬病'流行。"

筱芳道:"是啊,右翼简直像疯狗一样,越来越狂了,魑魅魍魉居然还在网络上嚣张,包括不少右翼议员,再三公开否定南京大屠杀。日本右翼到底有多大能量和市场?它的滋长原因是什么?这样的舆论和社会氛围是否影响中日邦交正常化?今后改善中日关系和民间感情是否更加困难?我想就此进行一系列调查和采访。"

钟秋生道:"我支持筱芳这样做,万一被开除了,我们就自己来做,这就叫'死生契阔,与子成说'。"

我以欣赏的眼光看着这对妇拉夫唱、琴瑟和鸣的新婚夫妻:"看来上天真有好生之德,让你们还能执子之手,怕是相见恨晚呢!"

"筱芳是啥感觉我不知道,反正我是枯木逢春,久旱逢甘霖。"钟秋生大大咧咧说罢,径自先笑了起来。

"好,好,我为你们喝彩,我向你们致敬!"我看着这个想着有作为的"知华记者",道,"小野教授生前曾多次受到右翼分子的恐吓和攻击……"

话到这里,就被钟秋生叫住了:"等等……"

钟秋生征得我的同意,打开了摄影机,对准我们。

"小野教授曾亲口告诉我,他的一位老师,年过七旬的老教授,在最新的一次选举中,把票投给了自民党,原因是听了那些不切实际的宣传,感到'中国很可怕''世界很邪恶'。小野教授生前忧心忡忡的事情之一,是在这种舆论氛围和社会环境之下,日本民众容易停止思考,接受排斥外国、敌视中国的言论。"

随意式的访谈,唤起了我对小野的深深追思。当筱芳问小野和我是否交流过对日本民主的看法时,我不假思索地回答:"日本固然是实现了一人一票选举的民主,却还不是自由的民主,缺乏对个体自由的保护,缺乏自由民主精神的支撑和引导。当今世界,只要是一个负责任的国家,就不会像日本那样,允许政客或学者散布带有严重种族歧视倾向的言论,允许社会团体公开为侵略罪行翻案,与人类的和平与幸福为敌,容忍和纵容与自由平等精神相背离的民族主义和右翼势力,但在日本这个标榜的民主国家,这一切都在经常地发生着,甚至为法西斯主义招魂也不会受到法律的严惩。那些代表公正和正义的主流媒体呢,已然熟视无睹,非但没有反对和批判,反而一个鼻孔出气,争先恐后地堵塞、'围剿'民众中微弱代表了公理、正义和良心的声音。日本媒体就是一边拿言论自由说事,一边又被掌控舆论的势力所利用。这就是日本为何没有在世界尤其是东亚发挥一个民主国家应有的作用,反而经常成为麻烦制造者的原因!"

"请问顾博士,这些观点是您还是小野教授的?"

我声若洪钟:"共同的认识!"

访谈结束后,筱芳不无动情地说:"顾博士说得好啊!"

我摆摆手:"拙见而已,只怕言辞激烈,出不了镜,还误了您。"

"我会努力争取的。有时我也觉得日本人活得累,过劳死不少,自杀也那么多,所以多数人并不很在乎政治,不管世界发生了什么,只管过好自己的生活。凭这一点,今后应多些正面宣传、引导,不要被右翼蒙蔽或带跑了。坦率地说,以前日本对中国的介绍,我们毫无话语权,在这方面有许多工作要做,哪怕是逆流而上,不断地被浪潮推回到过去,也要奋力前行。"

钟秋生不忘给妻子送上鼓励的眼神:"也要看到有利形势。中国毕竟在日益崛起,不管日美如何遏华,日本媒体和民众对中国的关注还是越来越多,告诉日本人一个真实的中国,消除对中国的误解、抵制涉华的谬论,增进双边的友好,不仅显得更加重要,也更加刻不容缓。"

"我们都有工作要做!"我受到鼓动,便也涌起了一股热血,继而想到小野讨伐的"×计划",便好奇地问起耳聪目明的"知华记者"来。

筱芳摇摇头,道:"没听说有关内容,想一想,八成是拉拢美国、俄罗斯和东盟等国围堵、遏制中国的坏主意,这样的捣乱,只能破产!"

听着她如此果决的话,我耳边再次响起乔总他们在缅甸的激情宣读:"捣乱,失败,再捣乱,再失败,直至灭亡……"

我有点儿想他们。但愿他们每次祭奠时,能替我给顾天亮烧一炷香。

日本的校园是整洁美丽的,日本的环境是整洁美丽的,不需要媒体别有用心地大肆炒作,炒多了、炒过头了往往是物极必反。面子上的过分强调,恰恰暴露了骨子里的缺失,套用中国话来说,就是欲盖弥彰。

天地间并无私照的阳光,也并不在日出之国才更美丽,就像月亮一样,并不是美利坚的月亮就比东方圆。迎着下午的阳光步入校园,成片成片的樱树在繁花落尽后,仍执着地把校园分为好几宫格,在两边行道梧桐花开正盛时,既不欢畅,也不伤感,更不在乎人们的评头论足,只是默默地存在于天地之间,仿佛只为了印证与这个国度与生俱来的约定。

一树树樱花,开与不开,都该是一种太平岁月,为什么却偏偏在这个国度里，让人不由得把它与武士道，和过去漫天的烽火联系起来？

手机铃声骤响，是大岛友直打来的。都快上课见面了，还打电话，有什么要紧事呢？正待接听，"叭叭"，后脑勺发生了一些动静，是被树上掉下的梧桐砸中了吧？

但又连续几个"叭叭"，雨点般朝我前后左右袭来。脸上有液体流淌，腾出手一摸，黏黏的，置于阳光下细看，黄黄的，还沾着一层薄壳。天，我被人扔臭鸡蛋了！

有好几人吧，闪躲在樱花树和梧桐树四周，一边向我扔鸡蛋，一边骂个不休："支那人滚回去！跟小野一起去死吧……"红男绿女，有年轻人，有中年人，有男人，有女人，公鸭般地叫，母狼般地嚎。

我一个激灵，马上辨明了这番突袭的由来。我停下脚步，正视他们，语气激昂："士可杀不可辱，有本事我们可以辩论三天三夜，大战三百回合，污辱和谩骂绝不是战斗！"

说罢，我迎着"枪林弹雨"大踏步向前。他们退居侧后，有人只作观望不再动作，有人仍然向我边扔鸡蛋边叫嚷"支那人滚回去"。

大岛友直冲了上来，伸开双手掩护我，并急切地解释："顾老师不是中国人，他是美国人！"

几个鸡蛋不由分说也砸向了他。他肯定知道有这埋伏和突袭，想提前通知我，但我没来得及接电话，就中了"彩"。

我却没有接受他的好心，君子淋雨而不乱，停下脚步，以迎战的目光看着那些比鸡蛋其实还脆弱的孬种："我是华人，我是中国人，怎么啦?!"

像刚才那样，我用的是汉语，连英语我都不用，我不管他们听不听得清楚。

"支那人滚回去!"吼叫声还在耳旁喧哗，却明显地比刚才小了。

我不再作任何的辩护，只是在轻蔑中挺胸阔步往前走，毫不慌乱。人世间冷到极致的蔑视，和伤到极致的痛苦一样，都可以省略言语。在不可理喻的狂徒悖论面前，沉默是一种表态，让鬼哭狼嚎见鬼去！

路过的一位校方负责人认出了我，忙冲上前来制止："顾博士是美国人，不能这样，失礼了失礼了！"说完，对我鞠躬如仪，"对不起，他们打错人了！"

"打错人了?!"

那些扔鸡蛋的人把手中、口袋里的鸡蛋，就地一扔，悻悻而去。

大岛友直一旁微噙着泪，小声地说："顾老师，今天就不上课了吧?"

我并不狼狈，我就要带着一身的臭鸡蛋走上课堂，我是一个钢筋铁骨般的学者。

校方负责人跟在我身后，小心翼翼地说："顾博士，今天真对不起，请回去休息吧……"

我将了将被蛋清黏糊在一起的头发，盯着他，道声"NO"，昂首迈步进了教室。

不少师生跟着我身后，有人还掏出手机拍照，急得跟在后头的校方负责人和大岛友直连呼："别拍照，别拍照。"

我却转过身来，道："这就是我即将结束访问学者时，号称民主、文明的日本，给我留下的纪念。你们照吧，照吧。"

坦然走进教室，迎着数十双无比讶异的目光，我放松姿态，自我解嘲："很抱歉，我做梦也想不到会以这副尊容来见各位同学，但没办法，号称民主、文明的日本，在光天化日之下，容许暴徒袭击一个传诵民主和文明的学者！"

几位学生窃窃私语中，一位女生掏出印着樱花的手帕，蘸上别人递来的矿泉水，上来要给我拭擦。

我分得清敌我，却用手势制止了一切的表示。

一位男生的话无比关切地传出："顾老师别和这些人计较，不要生气嘛！"

"我能不生气吗？我怕生气吗?!"

我声色俱厉，课堂上鸦雀无声。

我仰之弥高的旅美作家王鼎钧曾放言中国人会生气，敢生气，怒不可遏时，也曾"地无分东西南北，人无分男女老幼"，一齐怒火炙心时，也曾使"山岳崩颓，风云变色"，一个人忍无可忍时，也曾"忘其身以及其亲"。

我这样表达时，那位欲用心爱手帕为我擦拭的女生立定在原位，嘤嘤而泣，梨花带雨。

台下一片吱吱声，一个女声小心地问："顾老师是不是有什么言论被他们抓住了把柄？"

迎着那些瞪大的眼睛和那些等待拍摄或录影的手机镜头，我的滔滔话语几乎文不加点："日本不是号称言论自由吗？为什么我的言论要遭到暴力攻击、人身污蔑?! 每个人都有自己的观点，每个人的观点都不可能是唯一的真理，它应与这世界的主流价值观合拍，即使求同存异，也要在'真理越辩越明'的信条下从善如流，同时捍卫不同观点自由发声的自由权利……"

"他们真是太过分了，我们和顾老师一起抗议！"

不知何时，东山广达——我的日本导师，也出现在了我最后的课堂上，脸色严峻。

好半天，我的语调才缓和下来。我看到，在我说话间，已有学生提了几桶清澈的水过来，有的男生还脱下了自己的衣服，要给我换替。

这天发生的一切，皆因为筱芳那个已被剪得面目全非的节目。

就在前天,对,前天,在日本电视台,多名右翼分子在街头举着喇叭,借题发挥地高喊:"小野是日奸,抗议电视台为他正名!""筱芳是中国的卧底,这样的人怎么能在日本重要的电视台工作?!""明明就没有过侵略战争,怎么可能跑到中国杀那么多中国人?"

几位路过的中国留学生愤愤不平,走上前理论,却被警察拖走,并被一群右翼分子当众羞辱。

此情此景,和前几天赵汉平发给我的视频几乎如出一辙。这个国家怎么了?

筱芳那天是在台里被几名好心的同事强行拖住,才没下楼理论。但她显然连自己都看不起那个被剪没商量的专题片,特地写了篇有关我和小野的印象记,放到日本的华人世界网站,算是对右翼的应战。招来如雨点赞,也吹来风沙般的冷嘲热讽和恶评:"顾华这厮,和日本鬼勾搭成奸,不安好心!""这个汉奸三代,墙头草一个,还来灌心灵鸡汤,呔,滚远点,有多远滚多远!"……

筱芳抱歉给我添堵,安慰我说,公道在人心,我们既要堂堂正正做人,又要为捍卫荣誉而战。不似女人讲的话,一经出口,让人不得不对她刮目相看。

既然节目和文章都涉及我,我就不能让她单独作战,面对随后跟进的网媒采访坦然承认:筱芳女士没盗用我的名义,她文章的观点也是我的观点。过去,正是中国人的忍让,助长了日本右翼的气焰,他们的嚣张其实是软蛋;日本轻易被右翼绑架,就像是一个不敢承认有过血腥历史的屠夫,虚伪至极!

接受采访时,我真的几次都想爆粗口,但到底忍住了。

程宁宁也看到了,微信中说:"真好,您的正面形象终于在魑魅魍魉的日本立了起来!"

郭芸芸肯定是从程宁宁那里看到的,发来语音留言:"您不愧是小野的同道知音,他九泉之下有知,也当含笑。什么时候能在中国接待您这位国际学者呢？请务必在第一时间告诉我，否则罚酒！"

对，郭芸芸，我很快就要提到她了。

小野留给我的包裹中，装着满满的日文资料。我把它们排成一字长蛇阵请赵汉平浏览，他瞪大了眼睛说："依拙眼浅见，这些可都是宝贝啊！"接着就照文件名译起大意来。

噢，它们除了原始材料，几乎无一不是对大量多样史料的严肃考证与综合。从中可见，小野大半生驰骋史坛，从未曾离开中日战事及其他，中日战争的研究课题几乎成为他无时不刻随身携带之物。

我惊喜，我惊讶。其中的一份目录索引，告诉我一个特别有价值的事实，日本现存的文献中，保留了大量侵华战争的有关资料，包括照片、记录甚至实物等，有很多材料，我还没听过呢。

史学在某个程度上即史料学。为了得到这些宝贵的第一手史料，小野不知下了多少精力、耗了多少心血，不愧是名副其实的历史学者。现在，他要将未竟的事业托付给我。

史学界有个公认，日本的史学同人，史料用功之勤，远超一般中国学人。我治史以来，史料上务求超过日本学人的志愿虽然十分坚决，但面对小野遗留的部分史料，仍感自己的欠缺。

里头有一纸用英文书写的便条："顾桑，我说过，我们做事要有抱着从清水寺的舞台跳下去的决心。我跳了，这是我的宿命；你要回中国去，那是你的宿命！"

看着那熟悉的字体和熟悉的内容之下的具名，我眼睛不禁有点儿潮。

赵汉平看着小野的纸条说："是啊，顾老师要是回到中国，祖国会为您高兴的！"

"你不也没回去过嘛,倒说起我来了。"

"岂敢岂敢,不过是共勉!"赵汉平话到这里,又说,"前些时候偶遇日据时期中国台湾诗人的一首诗,七十多年了,还能在我心里头引发共鸣,倒真要拿来与顾老师共勉。"

"哦,怎么写来?"

> 未曾见过的祖国
>
> 隔着海似近似远
>
> 梦见的,在书上看见的祖国
>
> 流过几千年在我血液里
>
> 住在我胸脯里的影子
>
> 在我心里反响
>
> 啊! 是祖国唤我呢? 或是我唤祖国
>
> ......

这家伙兴趣于日台史料的搜集和研究,"偶遇"这样的诗并不奇怪。

这首诗有些冲击力呢,我记住了:诗人巫永福,诗名《祖国》,作于一九三六年——七七事变前一年。

"顾老师认为文学和历史孰优孰劣,哪个活得更久?"

"虽说文史不分家,但两者承担的任务还是不同的,怎好作这样的比较?"

"我觉得文学是历史的另一种表达,或者说文学可以表述历史,有时更劲道,更易对灵魂产生震撼。"

你不觉得赵汉平有着胜出同龄人的见解吗?

循着小野所抄目录索引指引,我像抢什么似的,几天连轴转,在一些档案馆里撷获了它们,但有不少仍属高度机密,连照面都不得打,徒呼奈何。

赵汉平忙着博士论文的答辩,忙无暇处,我的访学期限也进入倒计时。即使不倒计时,估计也要被赶走了。扔鸡蛋事件后,未见有当事人出面道歉,倒是接到几次书面和电话警告,称再不滚出日本,必定让你溅血横尸。

现实让我晕眩,也让我清醒,我像是看到了日本的隐私和底气。

我不会怯场,只是有时性急。是的,我天生性急,凡事都想着先睹为快,比如,不尽快将小野的这袋日文资料译成中英文,好像夜长梦多,他日就变成了天书。这样的东西,当然不能假手日方翻译。

就在我寻思出路时,一天,赵汉平领着一人降临眼前。

即使在审美众口难调简化到"主要看气质"的今天,我仍得公正地说,二十七八的她,气质和美貌恰似孪生姐妹。淡妆衬托她的凝脂肌肤,薄荷之馨当来自她的体香,在春风拂面的夜晚,天地人的曼妙容易让人沉醉。

我定定神,穿过她披在肩上的月色和晃在我头上的灯光,望着笑吟吟看过来的她,咽了咽口水:"是你,舒心小姐?"

舒心抿抿口红画出了性感的嘴唇,一笑:"顾博士好,我说过我们还会见面的。"

一旁的赵汉平不无讶异:"原来你们认识!"

不待我开口,舒心已然大大方方地代答:"要不是赵帅哥牵线,我们这对偶遇的风筝也许就断了线,再难交集了。"

赵汉平吐吐舌头,忙说:"我可不敢掠人之美,不过是交钟老板的差。"

事情的经过很简单,钟秋生从赵汉平那里得悉我急需靠谱的日汉翻译后,就热心襄助。只是,钟秋生怎么会想着引荐她,她又是怎样认识钟秋生的?

请恕我此前一直没向各位读者坦白交代，把美女私藏心头，到今天被捉现形后才不得不说。

舒心来自上海，到日本留学毕业后在一所日语学校教汉语，同时在中国驻日大使馆附近与人合伙开设了一家译事店，兼做口头和书面翻译工作，和大使馆的一些人员熟络。我是在第一次步入大使馆时认识的她，准确地说，是她主动来递的名片，还说对历史有浅浅兴趣，看过我的一些介绍和文章，很高兴在异国他乡遇见自家的国际学者。"自家的"？一个有着悦人颜值的知识女性，对大千世界都矜持得很，却对你有着似火的热情，这不能不让我这个凡夫俗子受宠若惊。回头就顺理成章地把一些日方史料整出，请她帮助翻译。

第二次见面是在我期待中到来的。为了表示我的礼貌和矜持，我言不由衷地说："翻译好了，发邮件过来就是，何须亲自送来。"

她坐下后，细长的两腿交叉着，有点儿紧张，但面含微笑："网络不太安全。这么宝贵的东西，万一泄密可不好，连同原稿还是当面交还您为好，省得今后让我负责任，也刚好让我这个崇拜学者的小女子，找到一个恰当的借口接近国际学者，多添几滴墨水。怎么，顾博士不欢迎？"

"哪里哪里，只是辛苦您了，要跑也应该我来跑。"

"那好那好，下回就麻烦顾博士的大驾了，这叫一来二往。"

我开启电脑后，始终谨慎地等候着的她，手脚麻利地把手中的U盘拷入。彼此的手不慎碰在了一起，那份感觉特别奇妙，我连忙抽开。

她盈盈一笑，用柔情似水的目光"致敬"我，我却怀一份内疚，赶紧回避她那一汪清泉般的眼眸。

泼辣的她,身上又有着一种让人非常想靠近的味道,我不知天底下有何香水能如此让我意乱情迷。我分明感觉到了下身的某些可耻变化,心跳也加快了,强行镇定笑了笑,假装扭转身子,给她倒水去了,掩盖了这份尴尬。

一来二往,一回生两回熟。我们以翻译为桥梁,在"桥头桥尾"接触过几次,感觉不可言传。以至于在程宁宁那段时间有意无意躲我时,我也有了疏忽她的理由和借口。

那段时间,她成了小野之外最常和我喝酒的人。远在他乡,有投缘的美女酒友,也是人生的快事。

某晚,三杯两盏过后,她忽然诉说起日本遭遇来,脸上罩着忧郁的云翳。每吐一次苦水,便是"咕噜"一杯酒。喝着喝着就醉眼朦胧了,竟又骂起日本如何如何地不堪,在留学期间如何被日本人骗婚,婚后的生活如何地生不如死,拼死离婚后如何的债务缠身。那晚的每一杯酒,似乎都落下了她辛酸的泪水。她酒逢知己千杯少的交心,在发酵催熟我的共同语言之后,还让我有了怜香惜玉之感。

离开时,她脚步踉跄,要不是我及时扶住,可能就真摔倒了。她就这样揽住了我的胳膊,蹒跚着上了出租车,那香汗涔涔的头就整个地安放在我腿上了,发丝拂过我的脚踝,撩拨着我卜卜乱跳的心。

是的,必须送她回宿舍。

她一个人居住。进了门,她一屁股坐在沙发上,嘴里含糊不清地叫道:"冰箱里有冰镇水,我口渴……"

待我从冰箱里捧出大半瓶瓶装水时,沙发前的茶几上已肩并肩地站着两个玻璃杯。她左手撑起曼妙的露着香肩的身子,右手在半空中来回挥舞着:"满上,满上,我们继续喝……"

我摇着水瓶,憨憨地笑了:"这是水,还能让你贵妃醉酒?"

"杨贵妃为唐明皇醉酒多值当啊,在天在地,都相看两不厌,要是有顾哥哥做我的君王,我也愿意醉,一醉解千愁……"

她边说边笑,却一点儿浪态也没,有几许兴奋,有几许悲苦,捎带着几许挑逗。

我莫明地有几许亢奋:"你真是醉了,醉了,胡言乱语……"

我边说边倒满两杯水,一杯递到她面前,一杯留给自己。

一灯洒清光,房里的阴影交织扭摆,像是什么东西神秘戏耍。

刚坐上沙发,她支撑身子的左臂像划船般向前匍匐两步,那颗不施粉黛、云鬓如瀑布般飞散的美人头,便不轻不重却很要命地跌落在我的大腿间,纤纤一双玉手紧紧地揽上我的腰,话语柔得能软化石头:"顾哥哥,你陪我一会儿,我害怕……顾哥哥……"说话间,梨花带雨,楚楚动人。

这个绝色美人,竟有这么多的苦水,天见犹怜!

汩汩热泪顺着她的白嫩脸颊,径往我的大腿间流淌。我感觉到了湿漉,不禁浑身燥热,给她擦了擦泪,腾出右手,端起水杯,"咕咚咕咚",喉咙间像在打鼓。

水漫过我燥热的心,却抑不下我上升的血压。这水怎么比酒精还让人意乱情迷呀? 我忽然情难自禁……

我事后回想,水是我倒给她的,她有没有喝,喝了多少,我至今毫无印象,反正我是喝了的,喝后只觉血脉贲张,手忙脚乱地骑马奔向醉人的云雨谷。再后来,马跑不动了,人也累了,昏迷迷地跌落酒池,一醉同浇万古愁了。

事后我非常自责,我从来就不是轻浮的人呀! 我从来就不是爱占便宜的人呀! 我从来就不是趁火打劫的人呀! 我这算怎么回事? 我们这算怎么回事?

得失之间,很多美好的东西因之破碎! 我诅咒自己,我当面向她忏悔,但她除了笑,还是笑。她只是笑,我却负累得很。唉,此等孽障由肉体欢愉而来，看来还真是只有无欲和健康才能让自己天然地同他人及万物和谐相处。

我以沉默，来承受、衬托从她嘴里和身上倾泻而来的别样情愫。她巧笑倩兮间，却忽然人间蒸发，芳踪无觅，一切联络均如泥牛入海。去她那家译事店，也已然物是人非，门庭改换。

现实生活不比历史研究，我遇人容易往好处设想，遇事则爱往坏处停靠，难不成她红颜命薄？枕着这一份担忧，失眠时不时便来拜访。

我只道她是给过去画上了一个句号，奔向了世外桃源，却不料两个月后又从天而降，真是神秘之人啊！

现在，她说"劳燕双飞"，这词用得可真有点儿意味。其实，她说的"偶遇"，更为贴切，让我油然想到徐志摩的诗："我是天空的一片云/偶尔投影在你的波心/你不必讶异，更无须欢喜/转瞬间消失了踪影。"但我不能吟诵送她，我既不能自视甚高、孤芳自赏，更不能再伤人心。

赵汉平一旁道："舒小姐的日语说得可真地道，要不是事先知道，还以为是东洋女子呢，想来翻译也是一流！"

"哪里哪里，顾博士还不想要我呢……"

她轻启朱唇，一对善睐的明眸还着意地要闯入并停留在我的眼瞳里，一个"不想要我"，别人可真听不出来，我不觉脸红耳赤，连声说："见笑见笑……"

赵汉平因论文之事先行告辞。我们起身相送后，舒心毫不见外地向我走近一步。我不由得后退一步，面对曾让我意乱情迷的人儿，艰难地咽了咽口水："我凡夫俗子一个，今后得克己复礼才对。"

"哟，原来顾博士还想当圣人！"她吃吃一笑后，幽幽道，"不要那么多自责好不好，是我占了便宜好不好……"

语带嗔怪，令我无语。感情这东西真让人无解，灵魂被肉身诱惑真让人无解。

"这么长时间音信全无，我认为舒小姐心怀怨恨，绝尘而去了。"

"我为什么要心怀怨恨呢？能和不食人间烟火的大博士做一夜夫妻，已是前世烧了高香。"她用词大胆，却不再有任何失当、轻佻的举止，定定地站着，眨巴着透出调皮和狡黠的眼睛，"我回上海了，手机丢失后，也没理睬，想闭门静修一段，让自己成为断线的风筝，再考虑出不出家。"

"为什么还到日本来？"

"还是红尘好，想见你呀，怎么，真不欢迎呀？"

"我只是日本的过客，有何资格欢不欢迎。"话一出口，便觉生硬了些，乃补上一句，"你若安好，便是晴天。"

"好浪漫好浪漫，连徐志摩和林徽因的话都用上了。"

她给了我一个白眼。秀美的丹凤眼热辣辣的，我不敢多看，也不敢再往下接招，咽咽口水，只能言归正传："你还有兴趣做翻译呀？"

"不重操旧业，哪有机会为你服务。说来真是缘分，刚回日本，钟总就给我介绍你这位重要客户，他还不知道我们认识呢。我想你再怎么拒绝我，也不会不给钟总面子吧。"

"我为什么要拒绝你呢？"话是这么说，心里头还是在打鼓：她怎么和钟总熟呢？

"我这次回国，碰巧看了些有关汪精卫的文章，感觉他真是个悲情的历史人物。"

她怎么会跟我谈这个我所感兴趣的历史人物？我有几分欣喜，也有几分奇怪："一个锦衣玉食的八〇后，和一百多年前莫衷一是的政治人物，不搭界啊！"

"贵人多忘事,上次你不是让我翻译过一份有关汪精卫的日文资料嘛。"

哦,想想,是有这回事,我略表歉意后,问:"你看了什么文章?"

"有人主张给汪精卫翻案。"

"这个铁案谁能翻? 汉奸帽是他给自己量身定做的!"

"这么高深这么玄。"她左手托着下巴,朝我眨巴着一对仿佛会说话的眼睛,"即便是汉奸,那也是不同一般的汉奸。不是说要么流芳千古要么遗臭万年嘛,流芳和遗臭都能在历史上留名,千古和万年便不分彼此了。"

一个门外之人,一位模样可人的小女子,竟也无厘头地和我谈古论今起来,不觉让我竖起了耳朵。

阳光直射进来,晒热了整个屋子,天花板和四壁散发的热气,仿佛抵不过她身上的热源。从岁月那头折返到这头,舒心还在兴致勃勃地说,仿佛这是她从岁月之河好不容易淘到的宝贝。

"你怎么知道这么多?"我再次狐疑起来。

"哈,现学现卖,班门弄斧。现在网上有不少文章哩。"从微信里调出一篇文章,"你看看这最后一段。"边说边拉过椅子靠近。

我接过手机,正襟危坐自己看。和异性特别是成熟美女的肌肤接触,哪怕蜻蜓点水,总让我心猿意马中有所不自在。

这篇网络文章愤青式的泛泛之谈,说不上什么标新立异。我把手机递给她,并转换话题,借此结束这样的谈论:"你回上海探亲?"

"我打算在上海办学,筹备一所日语补习学校,待你回大陆也有落脚点。"

我一头雾水:"回大陆?"

她嫣然一笑:"必须的呀,你懂的!"

可我懂的什么呀?! 她又懂的什么呀?!

我心里一阵苦笑,言归正传,谈翻译的正事了。

四

城乡和公园的一树树樱花,转眼成空,日本又回到了落寞。日本人常从樱花的易逝中品味人生的苦短,连我们这些寄寓之人,也不免染上这份情绪。

历史研究,总不免与皓首穷经这个词联在一起。我一点儿也不排斥甚至向往皓首穷经,这是我的安身立命所在,一个人选择了事业,那就要赋予自己相应的心性和气血。皓首穷经有什么不好呢,为什么不把它看作是另一种"执子之手,与子偕老",只要你坐得住板凳,从冷板凳中找到无穷的暖意和乐趣,便不失为一种善始善终安度人生的守则。

我正浸淫在舒心的译文中,程宁宁的电话不期而至。声音比电话铃声要好听,我愉快地答应明晚共餐,并对此表示惊喜。

"惊喜? 你能惊喜就好!"程宁宁电话那头的语气也显得开心。

踩着时间的节奏如期而至,包厢里只有我和程宁宁两人,桌上却摆着三套餐具。我问:"还有人? 谁?"

程宁宁微笑着,也不言声,只是拍了拍手,样子好不神秘。

三声之后,屏风外闪出一道丽影,笑盈盈地款款而来。她简装素面,苗条清俊,明眸皓齿,那么地清新靓丽。我忍不住起身,惊叫:"郭芸芸!"

"好个顾兄,我还担心你认不出我这个大妈了呢。"她的声音还是带着那种磁性,风度还是那么超凡脱俗。

我边握手边打量郭芸芸:"世上还有这样娇艳如花的大妈,真让我开了眼界!"

"见笑见笑,顾兄倒是风采不减当年!"郭芸芸朱唇张合间,一口牙齿还是当年那样白如珠玉。

程宁宁一旁怂恿："这么久没见，不来个拥抱？顾博士你倒是主动点呀！"

我腼腆起来："还没学会这习惯，也没这个勇气呢。"

程宁宁啧啧两声："一点儿也不像美国绅士。"

"他根子里就是中国人嘛！"郭芸芸说罢，看着我，幽幽说，"我说顾兄，不是说分久必合合久必分嘛，你怎么到现在还忍心和祖国剥离……"

各位看官，请再宽恕我一次，此前一直没让郭芸芸公开出场，我只道我和她之间，真是天空中的两片云，今后在人生中难有交集的机会，没承想今天能在异国他乡重逢，那就如实向各位交代吧。你们得理解，做历史研究的人多数古板，那些风流韵事和红袖添香之举，还是让位给商人和文士好了。

我们分宾主落座后，程宁宁看了看我，再转向郭芸芸，显得一脸欣慰："不错不错，芸芸姐有魅力，顾博士还是表现了相当的惊喜。"

原来她昨天的电话是话中有话，埋伏的是这个惊喜呀！

我笑道："怪不得宁宁会突然请客，还上这么高档的酒店，原来是沾了郭小姐的光。"

从缅甸回来，我已经习惯直呼宁宁了，她显然也乐于受之了。

程宁宁也不客套："那是那是。不过，倒是芸芸姐点名要见顾兄的。"

"荣幸荣幸！"我看着她们灿若桃花的笑脸，"咦，两位美女怎会在一起，又怎知我们之间认识？"

郭芸芸笑顾程宁宁："顾博士可真是历史学者，凡事都想搞清楚个所以然。"

"我和芸芸姐同在中国，为什么就不能认识呢？不过，说起我们的故事，倒是话长，还是请听下回分解吧。"程宁宁说罢，仰头看着我，"今天你需要弄清楚的是，芸芸姐为何而来？"

我想了想，看着郭芸芸，压低声音道："是为小野君而来的吧？"

程宁宁抢先回答："这是一方面，另一方面也是来看你。"

说得这么庄重，我受宠若惊，却不敢置信："到日本看我？ 我哪敢当啊！"

郭芸芸是我在哥伦比亚大学时的校友。你知道的，哥伦比亚大学位于纽约，美国常春藤八校之一，考取这顶尖大学的功名颇为不易。哥大名人辈出，活着的有美国历史上第一个黑人总统奥巴马、"股神"巴菲特，已成历史的名人有美国最伟大总统之一罗斯福等。不能不说的还有，在为二十世纪中国造就"精英"、耆宿方面，海外再没有比哥大更显赫的大学了。试看哥大的中国校友：

外交界以顾维钧、蒋廷黻为最；

哲学方面有胡适、冯友兰、金岳霖三巨头；

教育界有蒋梦麟、张伯苓、陶行知；

政治学方面有张奚若；

财经方面有马寅初、冀朝鼎；

化工界有侯德榜；

政界有宋子文、孙科、陈公博；

文史界有梁实秋、陈炳棣……

就历史系和社会科学诸系而言，哥大和哈佛的实力比肩，哥大不是"新史学"的诞生地。至于和我同时代的中国校友，后面再提几位。你瞧，各界人物都有呢。

我得说，要不是小野的关系，我和郭芸芸这辈子八成是缘悭一面的。那天，小野难抑喜色地悄悄告诉我，他和一位中国女子留学生对上了眼。郭芸芸在哥大学读的是生化，和历史八竿子打不着，怎会和小野认识呢？ 老套路，英雄救美！ 某个晚上，郭芸芸和一位女同学在校园附近遭两名醉汉拦截熊抱撕扯，小野刚好路过，毅然挺身相助，为此没少挨拳，要不是又有路见不平的人赶来援手，他的脑袋八成都要开花了。当然，这不是小野自导自演的，完全出于正义。他受伤后，郭芸芸和女同学少不得去医院探望、护理。无巧不成书，凡事有因缘。小野兴趣研究中日战史，而郭芸芸的爷爷是八路军，参加过那场著名的击毙过日本名将之花阿部规秀的黄土岭之战。一来二去，共同语言和好感在艳阳里草长莺飞。小野出院后，郊游、聚餐什么的，也会拉上我这个纯华种的同窗好友。当着当着电灯泡，我和来自中国的公派美女留学生郭芸芸也熟了。但后面的故事很悲催。郭芸芸的爷爷得知宝贝孙女和日本人热恋，勃然大怒，说就是嫁给美国佬，也不嫁小日本，否则就不认！

在烽火硝烟中差点裹进马革的郭芸芸爷爷，总把功劳让给那些倒在沙场的战友，却向找上门来提亲的小野夸耀自己的战绩，并恶狠狠地扬言："打日本，我这辈子还没过足瘾呢！"

郭芸芸爷爷打日本有瘾，小野不消说心知肚明。当年的日本并非今天的日本，穷兵黩武，一心要征服世界，并明确以征服中国为先，蚕食鲸吞，一口比一口血腥。甲午海战狂拽不过二十年，提出蓄意灭亡中国的二十一条；又不过二十年，发动"九一八"事变，让松花江上无数的难民"整日价在关内流浪"；继而像得了狂犬病，"一·二八"事变的枪声还在黄浦江上空回旋，又在古老的北平挑起了卢沟桥事变，铁蹄过处，山河战栗，万骨涂炭。四万万中国人不全是孬种，在血泊中前仆后继的就有郭芸芸爷爷！听说有次肉搏，他连斩五个鬼子一口被污血覆盖的钢刀都卷了刃，而他的锁骨也险些被砍断。他把命拴在裤腰上，在抗日战场上确确实实过了把"瘾"。

现在的中国绝非当年，给了郭芸芸爷爷果决的语气，他压根就不想和小野兜圈子或维持沟通。

他对小野本无恶意,但这个日本人要娶他心爱的孙女,生儿育女,他就不干了,仿佛有新仇旧恨,难消一股恶气。

　　郭芸芸的父亲是孝子,还是共产党的党员,也毫不留情地棒打鸳鸯。后来我知道,郭芸芸的外公有汉奸嫌疑,她要是再嫁日本人,这个革命家庭可真是浑得说不清了。她思前想后,只能屈从家庭的压力。毕业后想着追随心爱的姑娘在中国安家落户的小野,带着一颗失恋的心快快而回。除却巫山不是云,此情可待成追忆,他直到最后仍孤身一人,她能不为之内疚?

　　"你怎知小野君……?"

　　"你不是发了微信嘛。"

　　她还真是有情有义的女子,知道小野空等了她一辈子,她得来他的墓地吊唁。

　　"这么说,已经看过他了……?"

　　"是啊,他自杀前一天还给我写了封长信,告知墓地位置,希望我有空时能到他的墓前送上一朵白花,再动员你回中国看看。我不知能否替他办到,但我得来。他认为你会写出一部信史。"

　　"他太高估我了!"心里猛然一个激灵,以前每见他如是这般作诲人不倦状,我总报以一声"我与我周旋久,宁作我",卖着关子,倒让他学会了这句,活学活用地上了遗书。

　　"还记得他当年在哥大为你作的辩护吗?"

　　我一脸茫然,听任她叙述过往。

　　当年在哥伦比亚大学,郭芸芸有次笑我对中国无动于衷,太过冷血,一个真正的人所该具有的热血和情感,在我身上好像从来没表现出来过,没真正起过作用。一向对她言听计从的小野却表示了不同意见,他半认真半开玩笑似地说,可别被顾桑的自我隐蔽给迷惑了,像顾桑这种既用心又有耐心,在等待中养精蓄锐的爱国方式,一旦爆发出来,会有无穷威力,即使是最训练有素的老手也会上他的当。

我想起来了，确实有这一出。小野还说，顾桑磨刀不误砍柴工，带着一份深不可测的警觉，先听凭那些冒充的爱国者、纸糊的学者张牙舞爪，有时还不免虚与委蛇，以便收集并分析他们的失误，然后找准时机，予以石破天惊的一击，一石二鸟，为自己也为中国立言立德立功。

"真不知道他为何要这样期待你，人之将死，仍在期待。他既然对你有信心，为什么还会对自己这样极端呢？"郭芸芸说着说着，有些哽咽。

小野的死，总让我联想到那位写完《南京大屠杀》不久即绝尘而去的张纯如。只不过是把一件已有定论的历史事情，说得细致些、周全些，表达一些己见，竟会遭受这么大的压力！

我安慰郭芸芸："这是他的方式，现在也只能尊重并敬佩他的这种选择了。只是，他太高估我了！"

"你不会让他的期待落空吧？"

落空？难不成没有小野的期待，我就要放弃以学术精神讲述中国那段历史的远大理想？有一次，我俩酒醉当头，我还擅改拜伦的名句放言呢："不要述说历史上那些光荣的名字，当我们修史的时候，就是我们骄傲的日子！"

郭芸芸无从知道我和小野的点滴，我也不知怎么回答她的问题，只是说："你能来日本看他，想来他也就无憾了。"边说边给她呈上一方纸巾。

郭芸芸接过擦泪时，程宁宁在一旁道："难得你们这位日本同学，死时还不忘撮合你们见面，看来日本还真有不少国际友人啊！"

我道声"是啊是啊"后，问郭芸芸："你和宁宁究竟是怎么回事？"

郭芸芸笑着看了看宁宁，再看着我："你听宁宁叫我姐呀姐的多亲,我就是宁宁先生的表姐。"

我一时就傻了眼,原来,她们还有这层关系。

"虽然中国人说'一亲二表',但我们和表姐却走得很亲很近。"程宁宁得意地说。

我有点儿纳闷:"你们走亲戚,也犯不着拉上我当灯泡呀,哈,真是躺着也会中枪。"

"那天您找上门来后,得知是哥伦比亚大学的博士,我马上就想到了表姐,过后就不经意地问了她,谁知,嗬,你们还真认识,奇了!"程宁宁说得眉飞色舞,接着又补上一句,"其实,我隐约感到你们会认识。"言罢,向我露出一个意味深长的微笑。

我相信这样的无巧不成书,一如相信有天作之合。

服务生给我们酌上酒,我看着高高地耸立于眼前的华丽酒瓶,道:"拉菲,这么奢靡?"

"表姐驾到,你们又多年没见,就偶尔奢侈一把吧,酒是我自带的。哎,我可没用公款呀,今儿个是我自掏腰包的。按国内的八项规定,我们这餐不能列入接待范围。"

我说:"我来请客吧!"

"宁宁不差钱,收入不知是我们的多少倍呢! 就是他们这些金字塔上的人,拉高了恩格尔系数,造成了巨大的贫富悬殊。顾兄别有思想负担,再说了,我来日本能不打她的土豪?"

郭芸芸说得愤愤不平,显得有些夸张。

程宁宁嚷道:"哟,还是你们亲呀,连表姐都站在顾博士一边说话呢。"

我嘴角浮起一丝浅笑:"八项规定真有这么严,真能成达摩克利斯剑?"

程宁宁认真地说:"那可不是闹着玩儿的,是动真格的。公款吃喝太生猛,以前反腐倡廉,总是雷声大雨点小,但这届中央和政府拿出刮骨疗毒的态度来了,你胡吃海喝不仅要叫你吐出来,党纪国法还等着你!"

我嘿嘿两声,看着程宁宁,拿腔捏调地说:"我说宁宁呀,要当就当个好官吧。我告诉你啊,'国家之败,由官邪也',换个角度看,'官员变邪,由国败也',都很不堪,得有认识。"

程宁宁一字一句地说:"反腐深得人心,为党和政府增加软实力,本人坚决拥护,坚决执行。"

我啧啧数声,问:"你们驻外机构真不能例外?"

"一视同仁。"

程宁宁说,"中国只要有壮士断腕的决心,没有做不成的事。"

我顺着她的话意:"中国一向强调人定胜天,敢叫日月换新天。"

郭芸芸笑了起来:"哟,顾兄对毛主席诗词还挺熟稔的,张口就来。"

程宁宁拿起酒杯,优雅地摇了摇,道:"别抬杠抬轿的,喝酒!"

三个曲线柔美的酒杯碰在一起,发出悦耳的声响。

拉菲有别样的滋味,让人暂时忘掉忧愁和暗恨。郭芸芸几杯酒下去,人就渐渐轻松起来,还问我她有什么变化。

郭芸芸既不古典也不浪漫,既不唯物也不精神至上,诚然是有气质的知识女性。人的内在学养形之于外,就成为气质,气质平添了人的吸引力和亲和力,若能加上天生丽质,这样的女人就不是寻常妇道了。呵呵,郭芸芸就是这种造物有私、得天独厚的女人。

郭芸芸听了我的花言巧语,吃吃地笑着,同时还给我一个不算曲意的奉承:"你不过是多了几根数得着的白发,算什么缺陷呢,只是表明你不再是二十岁的毛头小子了。智慧比青春更可贵,士别三日,没想到顾兄已是全球有名的历史学家了。"一席温婉中听的话后,她还作了个刮目相看状。

我连忙摆手："岂敢岂敢,全球的帽子可别随便颁发,我消受不起。"

程宁宁笑道："反正是纸糊的桂冠,不当回事就好。"

"是呀,宁宁说得对,一些所谓的专家、学者、大师多数是纸糊的桂冠。哈,做历史研究,很多问题都弄不清楚,总是一头雾水。要是小野君……"话到这里,我立马在舌尖上打住,不能触动郭芸芸那根敏感的心弦。

"小野还是好的,他研究中国,起码到过中国。"程宁宁话到这里,微微生起气来,莫名其妙地冲我开了一炮,"我算服了你,通过镜子里的映像也能研究世间事物,隔海也能看清中国!"

我忍不住回敬："我可没想过要忽视事物本身,只是时候未到。"

郭芸芸关切备至："啥时候才是时候呢?"

"我得先找到属于自己的历史研究法……"

眼见郭芸芸脸上挂上疑问,我感觉自己有点儿掉书袋。

果然,程宁宁不耐烦地摆了摆手："不说这个了,他爱回不回,中国不差一个人。"

我默默地抿了一口酒后,换了个话题问程宁宁："贵公司翻译的情况弄清了?"

"查清楚了! 以前我们也隐约听说她的高祖曾在汪伪政权任过职,但觉得事隔多年,又经过红旗下的一番番教育,早该与过去的家庭作了了断。没想到,汉奸之后果然还是汉奸……"

话有些刺耳,我有些反感："什么神逻辑?!"

程宁宁道："我不是说你,不要太敏感了。"

她这话显然就带有此地无银三百两之味了,我不敏感都不成了,乃正色道："我不是汉奸之后! 哪怕你认为是,我也不是!"

程宁宁脸红起来："对不起,不小心伤你了,没想到言者无心听者有意,我罚酒吧……"说罢,倒满一杯酒,仰头便咕噜咕噜了下去。

"前辈如果还不解恨,我再喝……"她看着我,眼神有些委屈。

"前辈"? 我忽然感觉这个字好怪,也好温暖,我确实是她的前辈呀,前辈得有前辈的雅量,这么一想,言语不觉温和起来:"言者无罪闻者足戒,你们不当我是汉奸之后就好。"

郭芸芸一旁道:"如烟往事,该记的要记,该忘的得忘,宁宁你认顾兄为前辈就对了。"

哎,她怎么知道我们的关系,八成是程宁宁和她说过了。

在我琢磨郭芸芸颇有些意味的话时,程宁宁举起了酒杯,道:"那我们是一家人了,一家人说错了话也不要见外。"

碰杯,喝下,再看彼此,不觉亲近了许多。

顺着酒后好心情,我不假思索地向程宁宁推荐了舒心。舒心做双语翻译一点儿都不成问题,而且,形象也比程宁宁麾下那位吃里爬外的翻译要好吧。我为何要操这份心呢,连我都觉得有些莫名其妙。

程宁宁看着我:"你们怎么认识的?"

"纯属偶然。她经人推荐帮我翻译日文史料,感觉她做事认真,文字也好,又是留学生。"我说话间感到心里有点儿跳。

"真有那么好,个人又有意,倒可见见。"程宁宁嬉笑着说,"顾前辈可别命犯桃花呀。"

"哈,真要遇上桃花运,也就可以不做'单身汪'了。"

"你也不要挑肥拣瘦的了,我看我芸芸姐就不错,你们是校友,又是高知,肥水不流外人田嘛。"

郭芸芸白了程宁宁一眼:"宁宁,可别乱点鸳鸯,我一个半老徐娘,哪入得了人家法眼?"

我略带吃惊地看着郭芸芸:"老夫眼拙,怎么你也成了单身贵族？"

一丝伤感飞快地掠过郭芸芸的眉宇间，她轻喟一声："前几年分开了。嗨，不说这个了。"

程宁宁气咻咻地说："有什么不好说的！他都做贪官、包二奶了，跟这样的人还不散伙？"

"八项规定要是早几年，他可能也不会走上这路……"

程宁宁打断她："别再为他说好话了，今后赶紧找对的人嫁了。"

"单身有单身的好，再说人老珠黄了，还会有谁稀罕。"

我适时送上好话："郭芸芸，这个你得自信，真是造物有私，怎么说你都是美女中的'战斗机'。"

"美女中的'战斗机'？"程宁宁捧腹而笑。

我一脸无辜："词不达意吗？"

"难得听到顾兄赞美，我信以为真了啊。"郭芸芸边说边轻抬右手，玉笋般的手指拢了拢飘到额前的秀发，看着我，语声柔和，"我倒想知道，令尊历史上的事搞清楚没？"

程宁宁的目光透露了她也想了解的兴趣，她也在"修史"呢。

五

往事有资于治道，所以，也可以说，一切历史都是当代史。那么，说清楚我父亲的那段往事，自有其价值。

弃"共"投"国"，是父亲的隐痛。因为这成了他投机的指证，而他，一向并非见风使舵、精神错乱之人。

我是从钟秋生提供的父亲留在日本的笔记上知道一些内情的。

"今日酒后微醺，钟君忽问起国共合作前景及我投国弃共一事,吾心苍茫。倘若明月不死,该党若有瞿先生掌舵,而无王康之流作乱,以其主义,别说区区如我,连小蒋先生都可能归附。岂知党外有党,王康回国后忝列中枢,小蒋先生尝私聊王康种种劣举,如是,毛周堪忧矣。可叹我梦里不知身是客……"

父亲日记注明时系一九三八年,若对那段历史不甚了了,一般人难以对号入座。"钟君"自然就是钟秋生祖父钟伯中了,与父亲当年同是追随孙中山的华侨老友。"君自故乡来,应知故乡事",时在异国,自然可以直言不讳。"明月"是乔明月,中共女党员,父亲在莫斯科中山大学时的初恋,父亲对她可真是一辈子也没忘怀啊,古往今来,多少儿女之情"可待成追忆"!"瞿先生"是瞿秋白,曾一度担任中共中央总负责,在驻共产国际期间,其人品和学问给留学莫斯科的父亲留下过美好印记,父亲日记曾如是记:"看似文弱,却有着常人难及的执著、冷静和忠义,任尔东西南北风都摇撼不动,这正是秋白先生的精神力量,欲望诱惑不了,神经控制不住,他所有的激情都蕴含在深不可测无法穿透的眼眸里。""小蒋先生"是指蒋经国,他在莫斯科中山大学留学时曾公开反对蒋介石屠杀共产党人,并申请加入共产党。"王康"指王明、康生,他们结党营私、排除异己的做法,伤害过父亲和蒋经国,父亲无法回归共产党阵营有他们的阻挠。"毛周"是毛泽东、周恩来,显然,蒋经国回国后曾给王、康劣评,父亲以圈外之人担忧王、康排挤毛、周,给这个党带来灾难,进而影响抗日民族统一战线政策的建立。

父亲并非投机分子。

按父亲的口述,他与康生本无交集。康生一九三三年来莫斯科成为中共驻共产国际代表时,父亲已回中国。至于康生有没有间接知道他,不得而知。父亲之所以被康生"秋后算账"挂上号,不仅因为他与国民党的关系,更因为王明回国后一度与我父亲有往来,这让康生极不舒服,更不放心。

这样,你就听明白了,我父亲是在国共第二次合作后"得罪"康生的。

西安事变和平解决后,经中共积极协调,一九三七年春,在红色苏联滞留了近十三年的蒋经国,获准回国。史称,蒋经国回国前在与斯大林、苏联驻华大使、与他有过冲突的王明等人会谈中,曾书面保证今后绝不反对中国共产党或附和托派。这样,他才被允带着苏联妻子与长子蒋孝文从莫斯科搭乘火车,重新踏上带他来到世界上第一个社会主义国家的西伯利亚大铁路。

回到睽违已久的中国,蒋经国如何重拾蒋介石的信任并登上权力场,是其他历史学者的课题。我的兴趣在于,他见我父亲时谈了什么? 可惜,这方面的资料一片空白。

"国共合作,共御外侮,同建中华,乃为至要。遥想当年,陈大哥自称其政治抱负侧重建设,与同盟会革命至上的流血主张并非一致,是故最终分道,真理在谁手只能留待历史评说。话犹在耳,未解难题今又是。

父亲日记中所说"陈大哥"即陈炯明。父亲从南洋回国革命之初与他接触颇勤,心里一直隐藏着陈大哥的容貌和影响,不时左右着自身言行。

全民抗战进入第四个月,王明摆出一副共产国际"钦差大臣"的派头,从莫斯科回到延安,继而到武汉担任中共长江局书记,同延安俨然对垒,与国民党军政要员来往密切。现在回头想想,父亲那时与王明来往,乃因王明表现了较为彻底的合作,或称服从。

直到后来,王明——这个先压毛泽东一头,继而在毛泽东领袖地位受全党拥戴并得共产国际认定后,又拿出擅长的吹拍手法,提出大力"学习毛泽东",却抑制不住彻底失势,才让父亲这份纯属多余、事不关己的担忧放下心头。而皖南事变已让痛心无比的父亲明白,王明当初鼓吹的"一切通过统一战线"主张,险些把中共带入万劫不复之境。大概也因为这样的原因，王明在延安整风时被毛泽东如是训斥：人屎可以喂狗，狗屎可以肥田，你们的教条比狗屎还没有用！

在国共两党貌合神离、难成一家的情境下，虽然各为其主，但父亲对那个影响日隆的阵营总留有一丝温情，既敬又畏。

敬且不说，畏须赘言几句。父亲日记里曾说："不明白康生为何能在中共吃香走红，总觉此人堪比来俊臣。设想我若留中共，能有好果子吃？只怕在莫斯科多停一年，八成就被他收拾了。此人实在可怕，但愿一辈子都不与此等人打交道！"

因为从骨子里厌恶康生，父亲此后鲜有提他。对王明，倒是在其死时，父亲在一九七四年四月一日的日记上落下数笔：

> 王明死了，几天前死在了莫斯科，这不是愚人节的笑话，是真新闻。身为中共中央委员的王明，以赴苏联治病为名，在外一呆二十年，直至生命最后一刻，带着苏共"国际主义战士"的称号死去，真是经典笑谈。
> ……

今天读来，父亲这段日记的笔触仍然相当细腻，将人物灵魂的每一处褶皱，每一个角落都披露无遗。只是，王明去世的消息并未在世界上引起关注，也不曾引起别人的好奇心，一缕淡淡的青烟从他那业已消逝、变得无足轻重的名字上轻悠悠地飘起，无影无踪地飘散在另一个时代宁静的天空上。

上次在苏联查档巧遇曹先生一行时，我们在中国驻俄大使馆曾短暂地把王明置于口头。我从他嘴里证实，王明一九五五年携全家赴苏治疗后，再未回国，依仗与苏联特殊关系，向中国驻苏使馆声言，其在苏费用由苏共负责，但中共中央仍按月将其夫妻工资折算成卢布寄去，直至一九六六年才终止；早在一九六三年，中苏公开论战后,加入了苏籍的王明化名"文攻"毛泽东和中共,歪曲史实,狡辩自吹,还把有关文章以《中国共产党五十年和毛泽东的叛徒行径》结集出版,中共虽一再批判他,却没有开除其党籍。

我不急不慢地问:"你们现在怎么看王明?"

曹先生不咸不淡地答:"老一辈人讲起王明,基本是嗤之以鼻,以叛徒相称。"

"为什么呢? 他多少还算个人物吧?"

"他在历史上错误不少,还死不认错,做的好事又屈指可数,更重要的是,他丧失了作为一名中共党员、中国公民的基本准则。"

那天,乔能也加入了我们的讨论。她完全赞同曹先生之说,并称:"当年的共产党员要讲国际主义,同时也要讲爱国主义,更应把本民族的利益放在首位。王明最大的错误,恰恰是本末倒置,为实现个人野心,把他国利益放在本国之上。这样的'国际主义战士',专抱洋火腿,只能成为人家的代言人,能不被本国人唾弃?!"

在异国他乡前后做了数十年寓公的"政治华侨"王明,是被本国人唾弃了,偶尔提起,也只是作为史书上的反面角色,那么,他一辈子热爱的苏联又如何看待他?

我在拜访俄罗斯科学院远东研究所研究员库西克时,专门提及:"王明加入了苏籍,去世时苏共中央评价他是'国际主义战士',他的妻子孟庆树也称他一生最热爱苏联,现在俄罗斯人还记得这位'国际主义战士'吗?"

库西克耸耸肩:"苏共评价和王明热爱苏联都是事实,遗憾的是,被王明心仪为尽善尽美的苏联一九九一年已然解体,掘墓人刚好就是苏共,他有什么东西值得现在的俄罗斯人铭记呢?"

我嘿嘿两声,忽然近乎促狭地提出一个建议:"库西克先生,能不能别这么早下结论,是否可以即兴打个电话问下俄罗斯人民,顺便做个民意调查?"

库西克笑了笑,如是照办。连打三个电话,叽里呱啦一通,放下电话,朝我摊摊手,摇摇头,不言而明。

其实我早已死心了,只是忍不住某种好奇心,后来又问我的翻译、俄籍华裔青年张尧:"俄罗斯的华人还会有知道王明的吧?"

张尧笑笑,照库西克的做法,也连着打了三个电话。他说的是中文,人家回答的也是中文,谁都不知这位"热爱苏联"的中国人为何方"神圣"。

就这样,王明的墓地或者塑像之于我,已是索然无味。它即使还保存着,也已被遗忘;即使暂时还偶有人记得,却已被时代抛弃。而明天,必然是无人知晓吧。

莫斯科红场,一群红发飘扬的少女的曲线身段,牵着我的目光,被余音绕耳的萨克斯吹奏曲追逐。看她们匆匆走过的身影,可曾在乎过红场内外的人物塑像。我收回有些放肆的目光,心头莫名地响起一声歌吟:"大江东去,浪淘尽千古风流人物……"

父亲弃"共"投"国"纵有隐情,故事再怎样一波三折,别人也许都没多大兴趣,而座中伊人却听得认真,还不时忧伤、惋叹。我知道,那是因为她们和我有关,我和历史有关。

程宁宁眉头微蹙:"王明和康生确实比左冷禅还坏,比岳不群还虚伪!"

我一时没听明白,只觉这两个名字耳熟,略为诧异地问:"他们是中共什么时期的人物?"

程宁宁启齿一笑:"哈,真是老外! 金庸武侠小说《笑傲江湖》中的人物,那个左冷禅一心想谋武林霸主,岳不群则是从头到脚的伪君子。"

我想起了"辟邪剑谱",有点儿难为情地报以一笑:"哦,你们评论历史,纵横上下五千年不够,还拿小说人物来凑呀。"

郭芸芸打起了圆场："历史总让人沉重，来点'关公战秦琼'，好比冷笑话。"

程宁宁一旁送来冷嘲热讽："关公战秦琼，顾前辈不会没听过吧?"

我装作没好气："你猜?"

郭芸芸像是担心我们会互咬，及时插话进来："没想到王明、康生竟然还是改变你父亲命运，改写你顾家历史的人。"

我不假思索地说："这也是父亲的宿命，塞翁失马，焉知非福。"

"看来，我太舅公他们对您父亲确有误会。"

听程宁宁这么说，我眼睛不觉一亮："什么误会?"

"这个……"

我冷冷一笑："不会永远都是个秘密吧?"

程宁宁沉吟半晌，咬了咬薄而性感的红唇，道："这件事待我理清头绪后，一定和您好好交流，两家的恩怨总得化解嘛。"

郭芸芸接过话："没想到你们两家还藏着这么多秘密。"

我耸耸肩："有些人倒希望这世上要有秘密和恩怨，否则就太无趣了。"

"别人我不管，也管不着，只希望你们两家，所有的秘密都能揭晓，所有的恩怨都能随风而去。都什么年代了，中国和日本不都早都友好了嘛!"

"别说中日友好，一说我就来气!"程宁宁白了她表姐一眼，转头看着我，见我一时无语，她的眼光和语气倒变得温柔起来，"令尊的日本记事可曾透露他当年赴日详情?"

我想了想，卖了个关子："这个我也暂时保密，到时我们再一起交流，看看能否填补一段历史的裂缝。"

"好，我们一起来补天裂，是同心同德还是貌合神离，我都得干，一厢情愿也得干!"

程宁宁话音落,郭芸芸一副欢欣鼓舞样:"到时别忘了邀上我旁听,学习学习历史,加强加强爱国主义教育哈。"

程宁宁已把刚才的自己调整到开玩笑的样子,看我的目光又掺进了关切之情:"日本现有资料还不够说明吧,顾前辈打算到中国大陆还是中国台湾查档?"

我看着程宁宁,脸色彻底和气起来:"算你聪明,不过,台湾早就查过了。"

郭芸芸道:"太好了,小野就断定顾兄会回中国大陆。"

我摇了摇头:"不,他断定不了。"

郭芸芸"啊"了声,程宁宁接过话来,揶揄道:"顾前辈可别耍大牌呀,表姐也别给你那个小野操心了,你能断定顾兄会回就好。"

郭芸芸不觉也话外有话起来:"这样的大牌,我哪能断定他的行动。"

我知道她在古灵精怪的程宁宁调拨下,心里产生了别扭,受了某些抵触,笑笑,主动找了个话题:"哎,你那位嫁到日本的闺蜜妹妹,现在有家可归了吧?"

在哥伦比亚大学时,郭芸芸曾透露她一位闺蜜的妹妹,大学期间和来华留学的日本同学相恋。其父怒:"老子当年参加武工队打鬼子,就是因为婶婶被日本鬼子害死,现在自己的女儿却主动找个日本人,你叫我如何做人?!"女儿则说:"民族仇恨为什么还要带到下一代?爱情没有国界,中日世代友好就是要多多通过爱情和婚姻改进。"最终,不惜与家庭决裂,决然嫁往扶桑,照习俗随夫姓改姓二瓶。生米煮成熟饭并生下中日混血儿后,她几度回娘家,都被拒之门外。

郭芸芸听我这么问起,迟疑片刻,道:"凭吊小野,就是她带我去的。她和家庭一直都没解扣,她父亲死时都不让通知她,照她姐的说法,老人差不多是被她给气死的。"

是啊,这样一位民族仇恨难以化解的父亲,连续面对这般强烈的刺激,能不怒火攻心?!我知道,郭芸芸和她曾一度同病相怜。只是,人家总算争取到了自己的局部胜利,而郭芸芸,却不敢越过爱情的国界,她们的心灵和情感,都像那场远去的战争,伤痕累累。

"真不容易,爱需要付出代价……"

"关键是付出了代价也得不到真爱……"

我和程宁宁相顾一愣,静静地听下去。

"她的日本丈夫在一次酒会上,竟当众口无遮拦地介绍,我内人是中国的抗日后代,她爸爸,当年八路的干活。她为和亲而来,把日中友好放在爱情之上,就不能抗'日'。这家伙,还讲了一通此日和彼日的异同。"

我觉得匪夷所思,不无气恨地说:"亵渎!真是亵渎!"

"更恶心的是,她丈夫还是个花心大萝卜,在生下女儿后,就想和几位狐朋狗友玩换妻游戏。"

程宁宁怒不可遏,少有地爆粗:"操!混账畜生!"

郭芸芸微叹一口气,道:"她离婚后自己和女儿过,发誓一定要让女儿嫁回中国。想想也可怜,她不仅失掉了中国,也失去了亲人……"

"爱本无罪,情却常被玩弄,天作孽犹可恕,自作孽不可活!"

程宁宁说罢,带点玩世不恭的神情,看了郭芸芸一眼:"表姐,我觉得你不幸,同时又很幸福。"

郭芸芸听出了她的弦外之音,嗔道:"宁宁,小野跟人家可不一样!"

我立马附和:"是的,小野君不一样!"

"不一样就好,我当然知道日本并非没有好人,只是不希望成大熊猫啊!哈,表姐一到日本就和顾前辈结成了同盟、统一战线!"程宁宁边说边掩嘴而笑。

郭芸芸手指程宁宁,摆出一副训斥的架势:"看你疯疯癫癫的,目无尊长,我回去可得告你一状!"

"我没说错做错,怕你不成?"程宁宁说着说着,吃吃地笑了。

郭芸芸一脸无奈。

我不觉莞尔:"不管她,我们喝酒。"

我们刚举起白里透红的酒杯,程宁宁便也不甘寂寞地跟了上来,道声"别落下我",不由分说地和我们碰上了。"嗡……"玻璃杯发出和弦般悦耳的声音。

昨晚程宁宁就下了命令,她今天有重要生意开谈,郭芸芸一天的行程由我安排,做全职导游,必须保证人家赏心悦目。

我们在辽阔的海边落脚,脚下细白的沙子犹如巨大的毡子恣意铺张。郭芸芸一双激动的眼睛,被蔚蓝天空下曲折蜿蜒在海岸线上的木栈道给吸引了,她张开修长的双臂,被风簇拥着快步走上栈桥,而后回首招呼我,"我们走木栈道!"

不走,光看,这条架在沙滩上长长延伸的木栈道本身也就是一道风景。人走在上面,自然也成了风景,还让风景活了起来,亮了起来。

两脚踩在木板上,别样的柔软。雪白的浪花唱着气势磅礴的歌,向着木栈道高高溅起,好像飞翔而来的白鹭,落下几分美丽的惊叫。

走了一段,郭芸芸伫步,扶栏远眺良久,看我靠近了过来,回头道:"大学毕业后曾来日本旅游,小野带我来过这里,只是那时还没有这条木栈道。"

"所以你今天来此怀旧。"

"咳,说不清……"

我想起往事,小心翼翼地把它端上来:"你爸当年真是警告过你如果要嫁小野,就打折你的腿?"

"更狠的都有呢,有次他喝醉酒后,还说要把我剁了喂猪。"

"看来,他太恨日本人了。"

"我爷爷更恨,这我理解,毕竟参加过抗战嘛。可我奶奶……"

郭芸芸说到这里,笑了。

"你奶奶怎么了?"

"我奶奶见小野第一眼,就蛮中意的,说小伙子讲的中国话都比我这个老太婆好,肯定是被人贩子卖到日本去的中国人。她还偷偷地叫我跟她一起吃斋念佛,菩萨一感动,或许就普度我们了。"

"你们这么革命的家庭,还有其他信仰?"

说话间,有人凑上来,说着汉语:"看你们也是中国人吧,请问有房卖否? 我们可以高价购买。"

郭芸芸笑道:"你再高价,我这个无产者也变不出房来呀,在日本上无片瓦下无寸土,北京的房要吗?"

对方啧啧:"北京的房比东京还贵,你还无产者呀!"

我接过话来讨趣:"要不,我们跟你一起炒房?"

"见笑见笑,不打扰你们度蜜月。"对方说着,撇开我们,大步流星地追赶刚从身旁经过的几位行人了。

"看这样子,真像是在中国啊。"郭芸芸不觉感慨起来。

我们比肩而行,海风一次次飘忽起郭芸芸秀丽的黑头发,像海潮涨退时的惊艳起伏。我看在眼里,有了一份很好的感觉,乐于回首曾有的交集:"记得在哥大时,你和小野最爱往海边跑,不时还拉上我当电灯泡。"

"感谢你们的陪伴,那段美好的时光,大海为我们做了见证。"

"得感谢你们不嫌弃才是,让我有更多机会走向大海。大海那么辽阔,天空那么辽阔,我的胸怀也跟着辽阔,哈哈。"

"那时朦胧诗兴起不久,我特别喜欢海子的'我有一所房子,面朝大海,春暖花开'。"

"那时,母亲教我背'海上生明月,天涯共此时',父亲则教我背雨果,世界上最大的是天空,比天空还大的是海洋,比海洋还大的是心灵……"

我们迤逦而行,恰逢两朵飘移的云彩,在如洗的天空、蔚蓝的海洋分别投下倒影。

打开心扉后的郭芸芸讲了回国从事的科研,果然有着不菲的成绩。问及她拿到国家科技奖的内容,她却不语了,说是国家机密。一个在科研上能参与国家机密的人,不能不说有能量和分量,还有几分神秘呢。

多年不见的郭芸芸在我眼中像一幅剪影。以前不管是在远处看她,还是隔着小野在近处看她,她怎么都是我眼中的一道风景。此际走近,以心欣赏,忽地感觉她由眼到心,成了我心中一道独一无二的风景。

走在木栈道上,蓦然想到《新约》里的施洗约翰,在旷野里"预备主的道,修直他的路"。

再弯曲的路,在心里都是可以修直的。

"中国漂亮的木栈道也有很多呢,期待能有机会在中国陪顾兄走走。"

"是正式邀请吗?"

"我还不知怎么表达虚情假意呢……"

从木栈道下来,我们一路笑语盈盈,就到了我特意安排的福州鱼丸店。

我们在某个话题产生了分歧,小小的毫无面红耳赤的争论后,我退了一步,说:"我可能胡说八道了,可别介意。"

她含笑道:"也可能是我强词夺理了,但即使你胡说,我都容忍,因为我喜欢胡说。"

"喜欢胡说?"

"胡适不是说过'容忍比自由更重要'嘛,我很推崇这个主张。"

哦,原来她喜欢的"胡说"是这个,我不觉也笑了,道:"我也喜欢胡适这个说法,认同容忍是一切自由的根本,真正教人向往的民主,确实应是'人人都有说话的自由,个个皆是平等之身,王公贵胄固我友,贩夫走卒亦我友'……"

我请郭芸芸吃福州有名的鱼丸、肉燕。她虽然来自中国,但恐怕也不是经常能遇上此类美食的。"海上明月共潮生",夜在店里的喧嚣中,已经落下翅膀了。

看我买单,她也不争,只是有感于日本依然流行的现金支付方式,少不得给国内手机支付的便利几声赞美。店主是个中年妇女,听后也凑上一句:"是啊,有比较才有发言权,中国这几年确实在很多地方领先世界,让我们为自己的国家感到骄傲。我们在日本被问是韩国人还是日本人时,都自豪回答是中国人。开这个店,我们干脆就打上了老家福州的名字。"

她说的"我们",起码应该包括她那位同样戴着白色厨师帽正和几位小伙在敞开的厨房里忙碌的丈夫吧,在她和我们搭讪时,已然传递过来友好的微笑。

我和这家店已打过几次照面,混了个面熟,于是送上一个点赞:"你们为中国和老家做了个很好的广告呢。"

女店主说:"我们回国,也常常现身说法,就是要告诉那些天天吐槽自己国家这不好那不好梦想着出国享受的人,虽然有些东西中国一时还比不了别的国家,但也有很多世界第一,千万别自己贬自己,骑着自己的马,说看那个驴真好。"

郭芸芸道:"你的话,和你们的鱼丸一样,味美肉鲜,你们生意兴隆,也是为国争光!"

"中国人向来是站在'食物链顶端'的，我们的鱼丸货真价实，也要征服吃货们的胃！"她倒挺会拉呱，热情的语句里不失自豪，这也是她争得许多回头客的原因呢。

泡了一天，我们带点儿柔情蜜意分手后，她一整天的影子，叠印着哥大的过往，在我脑海里还像电影似的倒放。

一晃多年，女人的青春开始像冰雪消融，崭露冰山一角又一角，渐次大面积裸出美女峰下的土地或真相，就该明白纵是天生丽质，女人之美也不止是外表，而最容易凋谢的恰是人之外貌。郭芸芸这个曾经的哥大女神，经一寸一寸光阴的磨砺，经一阵一阵风雨的吹打，依旧从容淡定，言行举止进退自若，收放自如，有着一般中年女子望尘莫及的知性、豁达和情怀。难不成这些年她的韶华封冻在了冰箱里了？

正倒放着电影胶卷，程宁宁打来电话，无关痛痒地问了今天的安排情况，接着别有用心地问："拉过我表姐的手了吗？"

"没呢。"

"真没劲，我还认为你们能干柴遇见烈火呢……"话筒里她的声音变得诡异。

我毫不在乎，顺着她那个意思调侃道："太熟了，不好下手。"

"你真是道学先生，多好的机会啊。这样吧，给你将功补过的机会，明天上午我们一起送她去机场……"

"……"她的用意这么明显，我本想借金圣叹所言人生三十未娶则不得再娶，四十未仕则不得再仕之语加以对抗，但一踌躇，还是换成："要这么隆重吗？"

"必须的！"

闲话休提，第二天上午一路说笑到机场后，程宁宁和郭芸芸来了个拥抱，之后怂恿我们也来个拥别。我们笑笑，彼此的眼神里传递着某种默契，只是重重地握了一下手。旁观者清，聪明如程宁

宁,能看出有一种情意在温暖我们已不再青春得可以活蹦乱跳的
生命吗?

六

俄籍华裔青年张尧虽然不止一次地怂恿加邀约,我还是无缘
二〇一五年五月九日在莫斯科红场举行的庆祝卫国战争胜利七十
周年阅兵式。毕竟,他不能代表克里姆林宫。

我的父亲不过是曾在俄罗斯留过学,并没有亲身参与那段历
史,他与俄罗斯的关系,随着苏联的解体,随着他的过世,只留在我
和经过我的文字梳理而对他的经历发生兴趣的些许读者心里。对
那一段遥远的历史,没有直接或间接地经过和参与,那么,远远的
观望、致敬,加上道多不少的评论,于我,也便从容不迫起来。

莫名地,心中也对红场阅兵的现场直播充满期待。既然举世
关注,那么,每一双眼睛便不要被忽略,包括我的眼睛在内。

比起有观感有气势的阅兵,俄罗斯总统的讲话更吸引我的关
注。政治人物,尤其是大国领袖在国际场合的讲话,总能透露一些
重大信号。对这么一场旨在借纪念历史说话的活动,我这个历史
学人有此特别关注,想来不会让你讶异。

总统表示,即使过了七十年,历史仍然值得铭记,不能忘记排
他思想导致了血腥战争。总统还说,必须正视当下建立单极世界
的企图,正视军事结盟思想正在滋长,这些都在破坏世界发展的
稳定,务必制定各国平等安全体系,重视并维护联合国成立以后
所建立的现代国际法体系,这些制度曾在二战后有效地维持了整
体的和平,今后仍要以此来帮助人类解决争端和冲突,避免灾难
突降。

这些硬硬的火花四溅的言词,明眼人都知道是有针对性的广

播,警告美国切勿带着今天重演历史的"血腥战争",同时也警告欧盟别跟着美国搞新冷战……只是,他的话美国和欧盟愿意倾听吗?

总统向所有曾和纳粹及军国主义战斗的国家致谢,提到中国,"在二战时期和苏联一样,中国失去数千万人民,在他们那里是亚洲反军国主义的主战场"。

赵汉平本来要陪我收看实况直播,但我谢绝了,在他打电话给我时,舒心已在来看我的路上了呢。

那天,我向程宁宁推荐舒心后,程宁宁很快就回了话,说是经调查,发现舒心背景复杂,不宜做公司驻外机构的翻译,还意味深长地叮嘱我要小心与她交往,别被利用。我当然没有一五一十地向舒心照转,只是轻描淡写地说曾给她推荐某个看起来不错的职位,可人微言轻,心余力绌。舒心听了显得十分感动,所以,也就这次特地要来看我,她真会选时间,刚好撞上红场阅兵。

现在听她这么即兴点评,我不觉有点儿刮目相看了:"咦,我发现你对历史越来越有兴趣,也越来越有研究了。"

"是嘛,"舒心似乎有点儿兴奋,但很快就恢复了平静,语声淡淡,"要是没一点儿兴趣,见了你都不知道说什么好呢。"

"是嘛?"我故意拖长了声音。

舒心给我添了添她自己带来的福建肉桂,道:"请教一个问题,这位大总统感谢这感谢那的,为了什么?"

肉桂的口感柔柔顺顺的,父亲生前爱喝福建茶,尤其钟情肉桂。舒心不经意地,就让我对她平添一份好感。

一口茶顺顺地入喉后,我轻轻地把茶杯捧在手里,闻了闻杯沿那一息留香,好半晌才放下,道:"这一系列感谢,为的是表示俄罗斯并不孤单,也不会向西方屈服,而会像当年对付纳粹那样维护战后的秩序。他不仅是向俄罗斯人,更是借此向世界展示克里姆林宫的强硬决心。"

"我爱有个性的硬汉。"

"呵呵,听说他也成了单身贵族……"

话到此,赶紧打住,却还是被她截了去:"我都成了你的菜了,你还舍得让别人拱?"

"不不不……"我顿时面红耳赤起来,要是知道她会来将此一军,刚才就不该这样开她的玩笑。男女间的玩笑,真不是随便可开的!

"看看看,吓死宝宝了!"她指着我娇媚一笑后,又字正腔圆地说,"请放心,我向来不喜欢纠缠,也无须别人负责、担当什么,一切都是我自愿的,是我自作多情,是我……"

她强装欢颜,泪水却不听使唤,闪烁着幽怨和愁绪。

我心慌意乱,不知如何是好。

这时,电视上的一幕让我有了恰当的转移:"看,解放军出场了!"

中国人民解放军方阵雄赳赳的亮相,聚焦了视频内的红场,冲淡了视频外我和她的尴尬。

包括中国在内的十国军队,和俄军一起参加了红场阅兵。以前虽在电视画面上见识过中国军队的风采,但这次看到他们意气风发地穿过中国,威风凛凛地在俄罗斯国土以这种方式登上世界看台,感觉还是别有一番滋味。

"如果年年搞,能年年陪你看多好。"

"那岂不要把俄罗斯拖垮,办这种事很烧钱的。"

"烧的是卢布,反正不是我的钱。但愿八十年的阅兵,我们还能在一起观看。只要你召唤,如果我还在这个寡情的世界深情地活着,就准来赴约。"

我听得心惊肉跳,又心花怒放,连耳朵都不觉要醉了。

"铃……"要不是张尧的电话从莫斯科跨洋越海而来,不由自主地接受了她拥抱和亲吻的我,真保不准下面还要上演什么内容。

我像是遭遇了另一场触电,迅速从酥软的怀抱逃离,投进了电话的世界。她意气阑珊地说了句"讨厌",不知是讨厌我,还是讨厌电话。

张尧开门见山说:"顾博士在收看吧!"

"你这么肯定?"

"连我这个无知青年都受了您的感染亲自到红场观看,我就不信您会无动于衷。"

这家伙,什么神逻辑!

我不觉笑了,问:"哟,都亲自进红场了。"

"七十年一次的盛大纪念,既然碰巧赶上,就开开眼吧,以后肯定没有七十年了是吧。所以,忍不住就多花几个卢布,再和您分享分享。"

"哦哦,不胜感动,不胜感动!"

张尧并不客套,对现场所见所闻,结合自己的所思所想,马上来了番解读,还掺入了对世界时局的个人见解。

我想应该对他的热情来个适度迎合:"不简单不简单,见了库西克教授一面,就话语滔滔了,建议去当库西克教授的研究生。"

对方在越洋电话里嘻嘻笑了:"不不,我是受顾博士的影响呢,让我找机会恶补一下历史。您来莫斯科一次,别说影响我十年,几年是有的吧。您多来几次耳提面命,保准影响我一生,只是别笑我现学现卖,浅薄无知。"

我不觉有几分动容:"莫斯科不仅有宝藏,还有张尧兄弟,我们又都是华裔,但愿人长久,今后肯定还会相见的。"

一旁的舒心在投来幽怨的眼光之后,扭着袅袅身段过来,欲亲近我,我及时地以手势,并配合灵活的躲闪制止了。

这个动静,似乎引起了电话那头的某份警觉和歉意:"顾博士现在不方便说话吗?"

我斩钉截铁地说:"没事没事,我单身狗一个呢。"

张尧就又放心地说到解放军:"解放军可真是威武之师,应该是第一次扛枪在俄罗斯集体亮相吧,我周围的华人华侨都比赛鼓掌喝彩,这个太值得点赞了!"

这时,"哆啦咪哔哨,哆啦咪哔哨……"电话铃声骤然响起,是舒心放在坤包里的手机。她一阵风似地转身,取出手机看了看,迟疑片刻,说了几句什么也就挂了。

张尧显然隔山隔水听到了这突如其来的第三者声音,忙抱歉地说:"顾博士有朋友,那您先忙着,我们找机会再聊。"说罢,不由分说挂了电话。

我放下有些发烫的手机,揉揉耳朵,有声如蚁般传来:"对不起,打扰了你们的学术讨论。"

我故作轻松,道:"没事,也差不多聊完了。该道歉的是我,煲电话粥本身就是对在场者的一种不尊重。"

"知道就好,还算有绅士风度。"

她并没指桑骂槐,但毕竟弦外有音。我不想照单全收,笑了笑,心有不甘地补上一句解释:"莫斯科打来的,我看他挺想表达,怕过了这个劲头,可能就无语了。"

"这我理解,不怪不怪,我本来也想凑热闹来听听,只是一拉你的手,却被你甩开了……"

"我怕人家看见呢。"

她笑语盈盈:"又不是可视电话,也不是微信视频,他哪里看得见,弄得你这么紧张,真是傻蛋一枚……"

"你说是看不见现实好呢,还是看不清历史好?"

"拜托,要折磨我,也别用哲学来伤我的小脑。"

"现实和历史都看不清,两眼一抹黑地活着可不好。现实的欺骗性大些,雾里看花也情有可原,但过去了的历史,看不清是脑力,压根无视、听之任之是蛮力,怀有目的伪造是角力,揣着明白装糊涂是智力。历史还是需要看清楚些为好!"

"呵呵,越说越起劲,越说越玄乎了!"

她说话间,那种暧昧的氛围不复存在,感觉她已心无彩凤,我已心如止水。

曾经沧海的女人,心中怎能没个数,于是再无亲昵举止,连语气也变得中性起来,而且,忽地把话题转了个向:"这么说,你这段时间还是挺有收获的,掌握了你父亲日本之行的一些情况,你爷爷那头呢?"

我微叹了一口气,摇摇头。

舒心倏忽间恢复了既有的热情,大胆地拍了拍我的肩,说:"中国肯定有你希望找到的东西,回来吧,我或许能帮上一点儿小忙。"

我看着她,不解:"你在日本,能分身还是能遥控?"

她长长的眼睫毛略垂,心中似有无限事,但很快就抬头正视,明媚的阳光爬上光洁的额头,话语惠风和畅,不挂一丝忧郁:"我已打算回到中国去,这段时间集中精力把上海的培训学校办起来。今天算是向你辞行,翻译好的资料现在就拷给你……"

说罢,她转身从坤包里拿出一个造型精美的 U 盘,不由分说地走近我那台一直没有关机的笔记本电脑。

她拷完起身,纤巧的素手不容拒绝地向我眼前伸来。我一握之下,最终还是和她抱在了一起,脑海里翻滚过那著名得能让人释然的诗句:

> 我赞赏肉体和情欲,
> 视觉、听觉、感觉是神奇的,我身体的每一部分都是奇迹。

我不用手指捂住嘴巴，

我保持下体的精微敏锐如同头颅和心跳……

谁能想到呢，评说起红场阅兵来，赵汉平的话比亲历现场的张尧还纷纭，不乏意气用事，却也有趣味。毕竟，他和我是零距离的面聊，而我和那个他，隔了一层，而且是隔着千山和万水的"电聊"，地远，电波也是障碍，难免心偏。

红场阅兵也确实有些聊头，世界各国已有截然相反的议论。我们更多的是谈论中俄发表的新的深化全面战略协作伙伴关系的声明。

窗外暮云四合，鸦雀乱飞，萌动着扶桑的向晚情调。

我隐隐中莫名其妙地感到，张尧那天说改日再聊的，赵汉平差不多都聊上了吧。海上生明月，千里共婵娟，任怎么分离、阻隔，炎黄子孙对遥远的东方中国，对腾云驾雾在世界上空的中国龙，总有剪不断的爱恨情仇。

忽然，赵汉平眼含困惑地看着我："老师怎么会在网上辱骂共产党呢？"

看他那样子，不像是空穴来风，更非无厘头的戏谑，我不由地一惊："哪来的事？"

他继续狐疑地，像是不依不挠地看着我。

我坦然相对那迎面而来、不解中带着责备的目光："你看吧看吧，多看几眼，从头到脚看个够，我可不会装聋作哑，为人不做亏心事，夜半敲门心不惊。"

"倒不是什么亏心事，学术本就该百家争鸣，只是不像您的观点……"

他的目光徐徐地从我脸上撇开，拿起手机，上全日华人网找证据。

很快就有了，我从他手中接过了手机。

必须承认，这篇学术论文，不少观点是我的，却又有移花接木。关键是，文章标题下赫然标着我的身份和名字：美国哥伦比亚历史学博士、旅日华裔学者顾华。

我百思不得其解："躺着中枪又一例！"

"不是汉奸，就是日本右翼分子搞的鬼，别有用心！"

"为什么呢？"我一脸的无辜。

"扰乱市场，败坏您的名声，离间您和中国的关系嘛。"

我也想到了这点，只是，谁会盯上我这个单纯的学人呢？

我有点儿紧张起来，脊梁骨冷嗖嗖的，感觉像被人偷录了不雅视频成了"网事"风流，我求助似地看着赵汉平："能删吗？"

"这个我不熟，但可以试一试……"

赵汉平说罢，拨通了他父亲的电话，解释好半晌后，朝我点点头："有戏。"

半小时左右，此文果然在全日华人网上销声匿迹了。

赵汉平如释重负，说："删了就好，走，我们解决肚子问题去！"

肚子问题草草解决，"网事"却又浮了上来：那篇文章删是删了，但十几条评论像是约定好似的，鱼贯而出：

"顾华是国际知名的中日战争、东亚史研究学者，他立论持中，不左不右，不红不白，唯以史实为准绳，坚持己见，不随波逐流，其文言之有物，鞭辟入里。如此帮助世人看清历史的好文章，却被删了，岂有此理！有没有言论自由，看来，日本也有不少水军。"——我知道，所谓"水军"，就是指潜伏在网上专门帮助一方说好话的网络评论员。

"只有汉奸才会出此论调，顾华据说是汉奸之后，又出生在亡华之心不死的美国，自有一份根深蒂固的基因，一直跟美日眉来眼去。这次他来日本做访问学者，听说就是美国主子出的钱。不管是行动还是言语,犯我中华者,虽远必诛。顾华伪造历史,必须对他'网诛',棒喝不行就腰斩,让他今后说话小心点!"——我不知道,何谓"网诛"?

"公道自在人心,言论自由,顾华也只是一家之言,何罪之有?我挺一个能自由发声的有尊严的学者!顾华博士挺住,不要被共产党策反!别做共产党的宣传机器!"

"覆水难收,删文章有何用,只能是欲盖弥彰!"

"鲁迅说了,谩骂和恐吓决不是战斗。"

"丧家的资本家的乏走狗!"——后来才知,这句话也是鲁迅说的,是他的一篇文章的标题。

……

晕,我开罪谁了,成了双方交战的靶子?!

我想了又想,同意赵汉平以我的名义跟帖:"各位网友,在下就是承蒙你们念叨的一介学子顾华,在此郑重声明,上述文章非经我手作,更非经我手发,请网友们明鉴。"

刚发出,便招来四面八方的起哄:

"别来捣蛋,有本事站出来验明正身,藏着算哪根葱?"

"我才是顾华。我手写我心,敢作敢当,敢把天空捅一窟窿。"

……

而且,有人又在全日华人网站复制贴出了所谓顾华之文,而且,还链接了几篇货真价实的顾华在愤青年代批评中共的过激文章,很快,又有几家网站加入关注。有的网站弄的大幅标题是"汉奸之子汉奸言论曝光",有的则称"史学界有良知的声音"。

不管是正是反,"顾华"一时成了靶心,快被刷屏了。

我心绪像不安宁的风,呜呜呜,呜呜呜,这究竟是什么回事呀?此类问题着实比解决肚子问题复杂得多!

"射击的人要先竖起靶,你可别成靶子呀,撤,别吭声,让他们找不到目标!"赵汉平看我有点儿干着急,又送来一个安慰,"干脆别理它,流言止于智者,让它自生自灭。"

我忽问:"你说这些人中会不会有'水军'?"

我已听说,这些年,被高薪雇佣充当网络"水军"、使出各种解数唱衰中国和共产党的大有人在。

赵汉平肯定地点点头:"完全有可能,所以,单凭我们,辩不过他们。"

我欲语还休,却故作轻松:"那就谢谢他们提高了我的知名度吧,看看能不能成'网红'。"

"纸币全球贬值,反共反华反动的行情像熊市那样大跌,要想雇佣'水军',吸引别人眼球,少不了丁当作响的真金白银打头阵,有用没用还不好说,他们能撑多久? 哪个傻 B 会不惜血本?"

赵汉平的反讽,多多少少对我是种安慰。

几天不理这档无厘头破事,我忽然想搞个恶作剧——回访村上!

按照他上次提供的联络处,我有意做了次不速之客。

谁能想到呢,我在他家竟"偶遇"了我接触过的两位日本右翼人士。他们是一伙人吗? 在商量什么呢? 他们似乎正穿插了什么得意之事或粗俗笑话,才有那些富有表情的动作。

我不能多想,抢先表示冒昧打扰的歉意后,把村上当初送上门来的那些材料还给他,说已经全部认真看过了,不敢占为己有,觉得还是完璧归赵为好。

村上抖抖索索地接过,掩饰着一分尴尬,语气却有几分着急:"这些材料对顾博士有用吗?"

我平静地说:"材料真真假假,想来帮助村上先生搜集的人中,有人欺负先生不识货,在变相哄骗呢。"

"不可能，不可能，我死都不相信……"

村上在愕然中辩解，感觉他已乱阵脚，帕金森症下的双手抖得无以复加。

"可别搞错了，村上先生的材料怎么可能有假呢?!"

两位右翼经过刚才的小声嘀咕，异口同声地像在声讨我。

我并不争辩，转身而去。对他人冷到极致的轻蔑，便是省略一切言语。

村上即将死去。

台前幕后炮制假材料者，也将和假材料一样寿终正寝。

一段时间不理，也懒得上网，可树欲静而风不止。

舒心来电话表示了关切，程宁宁也说："顾大博士怎么还这样写?"

又把前辈换回了"博士"，一个"还"字，表明现在之我与昨天之我并无两样，我好像是个被他们"统战"过来后又"反水"的小人。

我没好气地说："程大小姐，别不问青红皂白就兴师问罪，知道什么叫躺着也中枪吗?!"

我似乎还不曾这么"凶"过她。

她显然震了一下，电话那头沉默片刻，徐徐道："我信，有人在构陷，您得小心了！还有，您何时回美国，我来为您饯行……"

| 第六部 |

浪淘尽，千古风流人物

"是我祖爷爷的忌日吧，对，一百三十年忌日时。呀，时间真不知是怎么过去的！一百三十年算不上地老天荒，但我们隔着千万里，却还是实实在在地和祖先的土地有着千丝万缕的联系。那个心灵的故乡还在，动辄逼着你去追寻。"

一

世界各地有多少唐人街？我不知道。记忆最深的是最初去的唐人街，在纽约，在曼哈顿。

从历史纵深走来，纽约一直是世界最大的移民入口港。"纽约客"不觉成为一个约定俗成的名词，把来自地球上不同角落不同肤色的男女老少都确确实实地包括了进来。联合国总部设于纽约，事出有因。这个以开放性和世界性著称世界大都市，对我此生为人和治学的胸襟及心态，都有着不可磨灭的影响。

一九八五年十一月，十几郎当岁的我，随八旬之年的父亲和年过半百的母亲，坐着计程车，穿过纽约的大街和小巷，走进吊唁厅，送别一位年近百岁的传奇老人顾维钧。

作为北洋政府和国民政府时期外交界的翘楚和领袖，顾维钧头上那顶"民国第一外交家"的桂冠并非虚荣。从一九一二年到一九六七年这五十多年间，数不胜数的外交职务，万花筒般地展现在他的人生画卷上：外务部顾问，驻墨西哥、美国、古巴、英国公使，驻法、英、美大使……我熟悉的那位著名的旅美近代史学家唐德刚有一家之言：自有近代外交以来，中国出了"两个半"外交家，一是李鸿章，另为周恩来，顾维钧算半个。人数如此稀罕，顾维钧作为一名职业外交家，仍能与宰辅之身的李鸿章、周恩来一同列名，虽系"半个"，已属不易。

吊唁归途，父亲携我们母子又一起去了趟曼哈顿唐人街，告诉我，这是他当年最常去的唐人街。当然，这也是我的最早之行。父亲故地重游，显然是触景生情。

把上百年历史从中国写进美国的纽约唐人街，自形成规模以来，一直是纽约华人最重要的商业活动中心，发育为亚洲之外海外华人最早设立起来的华人商业街之一,带着某种"模范"的作用,被美国政府列入国家史迹名录。

现在,我仍会浮想当年一幕,父亲在满是秦砖汉瓦、唐宋流韵的异国"华埠"中伫立,满头银发随风翻飘,悠悠思绪也飘到了远方。远方,再远方,有他和顾维钧交集的诸多往事。

父亲很大程度上是跟着顾维钧做外交的,每每说起这位年长他近二十岁的老长官,总是肃然起敬。因为卸任后都旅居纽约,父亲为顾维钧晚年撰写回忆录有所帮助。顾维钧曾劝他也动笔书写,父亲却说"眼前有景道不得,崔颢题诗在上头"。我知道父亲的自谦之意,顾维钧的光环太大了,父亲在他面前只是一个光晕,有老顾的回忆录问世,在老顾光环覆盖下的小顾何足道哉?

因为父亲的关系,我对曾代理中华民国国务总理的顾维钧事迹如数家珍。知道他在美国哥伦比亚大学专攻国际法及外交,曾获博士学位;一九一九年作为中国代表团成员出席巴黎和会,以出色的辩才即席演讲,即著名的"山东问题说帖",其中"中国的孔子有如西方的耶稣,中国不能失去山东,正如西方不能失去耶路撒冷"一句,震慑了在场的欧美代表,扭转了国际舆论形势;"九一八"事变后以中国代表身份参加了国际联盟李顿调查团,调查日本在中国东北的侵略罪行;一九四五年出席旧金山会议,参加《联合国宪章》的起草工作,并代表中国在宪章上第一个签字;退休后定居美国,以十七年时间完成了口述回忆录,记述半个世纪来的外交经历……

但父亲时不时还要给我灌输,而且叙述时的语气绝对敬重:"改变中国屈辱的对外关系、维护国家利益和民族尊严,是顾维钧投身外交抱定的目标,并为此作出了历史性贡献,他本身就是现代中国的一部外交史……"

待我大略掌握史乘,可以和父亲对话时,曾告知他:"毛泽东其实也肯定顾伯伯的外交才华和为人。"

父亲"哦"了声,并没就此探询什么,只是说:"你顾伯伯一生坚持为中国服务,他工作的献身精神应是跨党派和国界的。你知道吗,世界上很多国家的政府和外交官,都对他表示相当的尊敬。"

父亲曾希望我看完顾维钧的回忆录。但六百万字的大砖,一度让我望而生畏。在随意翻看中,倒是考进了顾维钧十六岁那年就读的哥伦比亚大学,专业虽不一样,也总算成了博士校友。

但现在,我吃起了回头草,啃上了这部巨著。父亲在美国和联合国的经历,即使顾维钧的回忆录里只字不提,也可依稀照见他的影子,或者是时代的影子,寻找蛛丝马迹后再按图索骥。

"其实,你们家也可以做一部百年家史。我太舅公程贵发生前就曾感慨地说,顾志平可惜早殁,顾闽一生其实够传奇,又活得比谁都长,为什么就不能像顾维钧那样整出个回忆录,给自己和历史作些交代呢? 当然,他说话时,对你们家还有些误会。我倒觉得,您现在来做这事天时地利人和,又驾轻就熟,要不,我们来个比赛,互通材料,既对家族历史负责,同时也一起为华侨的历史叙述和文化建设添砖加瓦!"

在日本为我饯行时,程宁宁郑重其事的说法,使我蓦然想到了父亲和顾维钧的过往,以及顾维钧洋洋大观的回忆录。

于是,我回到美国后,不顾舟车劳顿,便急不可待地从书架上取下《顾维钧回忆录》,十几本书刚一字形排开,心里忽然一个激灵,踟蹰半晌,信步来到父亲走后依然陈设如旧的书房,从红木书架上请下他自己珍藏的那套巨著。

顾维钧,字少川,和他的第二任岳丈、民国首任国务总理唐绍仪同一个字,成为民国时期的一桩佳话。我隐约听说,顾维钧当年受袁世凯委任出任美国公使时,携唐家千金唐宝玥一同前往,并在美国生下长子。

泡了咖啡,也就把自己泡在了书吧。竟然发现,父亲在每本分册上都留下了长短不一的批注,既有读后感想,也有把自己摆进去的内容。天啊!这是多么珍贵的文字,我以前怎么就忽略了呢?

他生前只是建议我看此回忆录,并未说自己另有一套并在上面有批注。我现在想,父亲可能有他的考虑,如果我不热爱研究和著述这一行,岂不误导了我?父亲一向民主,尊重孩子意愿,就像对他那些日记一样,从不将观点强加于人,要如何如何珍惜"遗产"。兴趣是最好的老师,你有兴趣,不远万里不辞辛劳也会寻找,兴味索然,就是黄金在手也会弃之如敝屣。

父亲以漫长的时间,等待、考验着儿子。

我在波云诡谲的史海中,奋进、告慰着父亲。

父亲和顾维钧的交集,主要在外交领域,密集于抗战胜利前夕同赴旧金山参加国际关系史上规模空前的盛会——联合国制宪会议。于是,我在一目十行翻看几册后,怀着先睹为快的心绪跳跃着从这里看起。

哦,原来,父亲和顾维钧一样,竟也在共产党派代表参加筹建联合国会议一事上起过"一丁点儿黏合剂之用",只是他更幕后。

从父亲这段眉批可见,他们当时秘密找到王若飞通报了情况。那时,抗战期间衔命驻陪都重庆的周恩来回了延安,时任中共南方局工委书记的王若飞成了单线联络人。

原来父亲他们也"通共"!他们何以能"通共"?

国共合作,国民政府背后订出"限共、防共、溶共、反共"的种种办法,看起来严丝合缝,胸有成竹,实际成效却远不如字面漂亮。为什么?有人说乃因共产党的密度大。物理上,油的密度大,不溶于水,水银的密度大,泻地无孔不入。与其说共产党是油和水银,不如说是鱼,是游弋在百姓这个大江大海中的鱼,其言"鱼水关系"所指即此。毛泽东还说人民战争是汪洋大海,你要在大海里捉一条条鱼,无异于捞一根根针,如何"限"如何"防"如何"反"?! 甚至,毛泽东这条"大鱼"都亲自到了重庆,还不是照样安然游回延安,而后在《关于重庆谈判》中不忘幽默地给对手有力一击:"我们共产党人好比种子,人民好比土地。"在任何地方都能同那里水乳交融,"在人民中间生根、开花",这样的种子你如何能"溶"?! 在水陆皆可存活的共产党,只要海不枯,就不会成涸辙之鲋;只要有春风,野火就烧不尽。鱼群浩荡成阵,小草蔚然成片,也会吓退鲨鱼,抵住疾风。

"弃我去者,昨日之日不可留,乱我心者,今日之日多烦忧。"父亲为何"通共",何以能"通"? 过去他没说我也没问,如今已成谜团。

以往在穿行东西两个半球后,便需要足够的休息来"倒时差",但这次,疲劳荡然无存。这时的我,完全像一只蜜蜂,在文字的花丛里如饥似渴地采"蜜",不觉东方既白。

抬头端详父亲的遗照,他似乎笑了,狡黠地笑。

我忍不住笑了,朝父亲鞠躬如仪,而后,又向回忆录封面上的顾维钧鞠了一躬。

书里书外,连接着一页又一页暗淡了刀光剑影、远去了鼓角争鸣的历史风云。一切庆幸没走进这些事件的人们,一如我,在某一天可能会借着阅读走进去。再走出来时,眼前是已然风流云散,还是飞扬着一个个鲜活的面容,抑或"鼓角灯前老泪多"?

遗忘和被遗忘,记忆和被记忆,尽在书里书外。

父亲在顾维钧回忆录上的眉批,连同他那些纸页泛黄、字迹渐糊的日记,在我读来,多是一种坦率对过往的追忆。这些回忆,让历史在它所有的细节中一点一滴地重现。好记性不如烂笔头,哪怕是昨天发生在眼前之事,往往都让人感觉自己对它的记忆,远不如笔下来得确定。当然,当然,我不能只是个拾荒哥,只会从中照捡历史的碎片、模糊的线索、断裂的轨迹,而不去翻开被它们掩盖的面貌,不去思索个人和历史命运的由来及出口。

我在哥大的博导斯特尔教授曾向我指出,中国的许多历史研究者不关心或懒得下力气考究第一手资料,对一些说法的出处和渊源疏于穷原竟委,反而对现成的回忆录过于重视。

回忆录不可靠,不保险,之于导师,犹如街头贩卖的狗皮膏药。

"我接触过不少政治人物的回忆录和口述,真要我一句评价的话,大多如同百宝魔槌,可以得心应手地幻化出所谓的'史实',把真的和假的槌在一起,久而久之便成了混凝土。一般的人见了条件反射是要瞻仰,略知真相者,又如何掰开、分解?哼,还是把它们当作小说家言吧……"

哥伦比亚大学躺着一屋子的中国名人口述史、回忆录,你能不信?能全信?

洋洋大观的顾维钧回忆录,我的导师接触过,更别说他的导师费正清的回忆录了。"吾爱吾师,但我更爱真理",他对此的看法不免固执己见,但他说了,求同存异本属正常,见解分歧并不重要,重要的是不要听任一大堆东西被遗忘、被遮蔽,也不要任由那些新发掘的东西作主,掩盖了既有的一切。

我也爱吾师更爱真理,这些回忆录我还得看,我有自己的思辨。

顾维钧是父亲晚年来往最多的中国人之一。因之,我年纪尚小,便和顾老爷子及其大多家人混了个脸熟。

顾维钧把许多亲人都变成了华侨,而且大都有出息,在各自领域成绩卓越。

不止一次,"两顾"的后人见面时,顾维钧的儿女们曾半认真半开玩笑似的对我说:"我们家到今天为止,对中国都还有些贡献,你们家可不能断层呀,小弟得赶一赶啊!"

虽是谈笑之言,但也不无警醒、激励之意!

父亲唯一的女儿在追随李登辉、陈水扁混淆视听,大放厥词时,耳未聋目尚明的他曾大动肝火:"没想到,老顾家到底戴定了'汉奸'帽,辱没家门! 道不同不相为谋,从此以后我没有这个女儿!"

父亲一脸愠色,少有地拍了桌子。

我在母亲的示意下忙加安慰,伺机转移话题,手忙脚乱中问的却是:"您在美国生活半个世纪了,为何不入美国籍?"

"不入美国籍的又不止我一人,顾维钧也是。"

有点儿答非所问,心灵和眉宇间却见闪烁的家国情怀。

我又问:"顾维钧为什么不入呢?"

父亲微叹了一口气,语重心长道:"'曾经沧海难为水,除却巫山不是云。'古往今来,爱情如此,爱国又何尝没有主义,不把异国当故乡,在我和顾维钧心中都没成绝唱! 哪像一撮黄口小儿,有奶便是娘,数典忘祖……"

父亲说着,轻咳起来,我起身为他拍背揉肩,问:"既然这样,你们为什么都不回大陆看一看?"

父亲喉咙里咕哝两声,接上气后,也接上了话:"是啊,我们是有家回不得,顾维钧做了死不能还家的千秋鬼雄,看来我也要步其后尘了。咳,有政治和历史的误会,也有不得已的苦衷。故国梦里游,心有千千结。"

母亲手托瓷盘款款走来,端上了三杯自磨咖啡,屋子里顿时袅袅飘香。我接过呷一口,父亲的话沾着香气和热气,在我心头蔓延、萦绕。

遥想当年,国恨家仇集一身的少帅张学良,在父亲张作霖被日本人炸死后,坚拒日军拉拢,于翌年元旦宣布易帜,服从中央。谁也想不到,闹得沸反盈天的张作霖之死,最直接的后果是让四分五裂的中国在军阀长年混战后,获得了一统。皇姑屯事件的策划者怕是压根没往这想吧。张学良改写了历史!谁也想不到。血气方刚、兵强马壮的张少帅会在一夜间弄丢地大物博的东三省,松花江上飙泪飙血漂冤魂!又有谁能想到呢?纨绔的张少帅会为这个国家、这个民族冲冠一怒,奋不顾身地导演一出逼蒋抗日的活剧,不惜以下犯上囚了拜把子的结义大哥,吼响国共合作抗日的大风歌!

国共两党的是非恩怨,对一个在阅尽千帆后沉重转身、皈依基督的老人来说,既无需盈缩,亦无需妖魔化,客观、公正地看待那些风流云散的陈年旧事,恰需这么一种心境:看庭前花开花落,宠辱不惊;望天上云卷云舒,去留无意。简而言之,花开花落两由之。

今我来思,当年要是还能亲耳聆听后来我着重研究的国共抗战往事,该有多好——虽然其后有张学良口述史面世,但终究是过了一手。面对我的遗憾,父亲在张学良身后淡淡地说,张学良促成了国共合作抗战,但全面抗战还未开始,即成了蒋先生的阶下囚。言下之意,他于抗战既未亲历,也不知情,能有多少发言权?

母亲凭记忆的叙说,只是给我提供了历史的某个片段或某种视角,作为孤证,其准确性、完整性有待考证。我是在细读父亲那段时期的日记后,两相结合、比对,再加上自己的大胆假设和小心求证,才获话语权的。

父亲从莫斯科回国,彷徨了一段时间后,之所以选择与国民政府为伍,有惧恨王明、康生的因素,有国共第二次合作的大背景,也有汪精卫、蒋经国等人的关系。

父亲进入国民政府后,起初参与港澳事务。上任不久,受命接受南洋侨领、"万金油大王"胡文虎所创《星岛日报》采访。谈完对英国治下的香港同胞各种期望后,聊起了"非正事"。

记者问:"为什么非要革命呢?"

父亲答:"不经革命,没有人能到三民主义那里去,这是一条最有效的捷径。革命就是道路本身,借约翰福音的话说,'我就是道路,真理,生命;若不藉着我,没有人能到父那里去'。"

不管是参与港澳事务,还是后来到了海外部、外交部,革命华侨的身份、蒋经国的留苏同学、不同于政治官僚的一贯作风——父亲虽未成风云人物,但也非木偶摆设,倒也顺顺利利,于乱世中苟全了性命。

父亲回忆,差不多有二十年间,他每每回中国台湾述职,不仅能从军政系统里,还总能从大中小学那里听到"反攻大陆"歌:"反攻,反攻,反攻大陆去,反攻,反攻,反攻大陆去;大陆是我们的国土,大陆是我们的家园……"

不仅唱,也练,真刀实枪地越过海峡。说到底,"反攻大陆"离不开美国的支持。身在美国的父亲,当年也曾助力台美之间的种种合作。

在"西方公司"的幕后支持下,"金门防卫司令"胡琏和大陈岛指挥官胡宗南的上万"反共救国军",不时突袭解放军控制的沿海岛屿。蒋介石的战略意图是:积极配合韩战,将共军吸引和牵制在南线不得脱身,同时显示国军实力,扩大政治影响,争取更多美援。

国民党军突袭大陆沿海以牵制中共在朝军力的企图屡次失算,蒋介石急,美国军方更急,CIA 控制的"西方公司"遂从幕后跳到台前,策动国民党军加紧"反攻大陆"的步伐,于是,遂有一九五三年的东山岛之战。此仗堪称国共大陆的最后一战,结果是,国军先胜,而后败退。

东山之役是中情局所属"西方公司"在中国台湾及外岛准军事作业的转折点。此后,"西方公司"认为蒋介石是扶不起的"阿斗",逐渐停止了支持蒋记"游击队"活动。

东山战斗五年后,海峡两岸又发生更大规模的金门炮战。中共大口径炮火竟敢向有美军军舰护卫的台湾舰群泼洒而来,美军舰丢下小老弟不管,三十六计走为上策。

蒋军屡屡败北之后,让明眼人心知肚明,"毋忘在莒"就算是真,但在台湾这个弹丸之地再怎么卧薪尝胆,"反攻复国"也只能是梦呓。

父亲当是明眼人之一。

现在我们当然知道,"反攻""复国"有其特殊涵义,这是蒋介石在台统治是否合法性的基础,也是凝聚军心民心的精神支柱,是神话,亦是信仰。因此蒋氏父子只能以暴力镇压来维系这个信念。口号和远景都很浪漫,行动却步步见血,残酷到要血染海峡。

两岸力量对比太过悬殊,"反攻"闹着玩儿也就算了,"复国"怎么可能?几仗下来,美国人自然也明白了,因此,对中国台湾方面并非有求必应。

"反攻""复国"无效,台湾方面的心理崩溃不可避免。

一九七一年十一月一日,"中华民国"的"国旗"黯然从联合国总部大楼降落撤下,被色彩更为鲜艳的五星红旗取代。美报说,中华人民共和国的五星红旗第一次在联合国总部升起,标志着联合国迈进了新时期。

几天后,父亲的日记如是落笔:"今晚约饭,诸人均感国际社会抛弃了'中华民国',我们成了'亚细亚的孤儿'。可叹士林官邸里还在高喊'反攻',不知自己已沦为名不正言不顺的政体,身陷自欺欺人的窘境中。时乎,运乎,教人垂泪到天明。"

风一程,雪一更,大陆不时释放善意,金门前线不仅停了炮火,连宣传弹也不打了。海峡两岸少有地风平浪静,大陆的改革开放国策,引得一批批海外游子心潮起伏。

一九七九年元旦,大陆发表《告台湾同胞书》,但直到一九八一年国民党十二大召开,蒋经国与台湾方面仍死死坚持"绝不谈判、绝不接触、绝不妥协"的"反共拒和"路线,未能在审时度势中为台湾的政治前途开创一条新路。

父亲此时虽已退休,但作为资深外交官,仍被赋予重任,哪怕逆流而动,也得负累前行。

父亲日记如是载之:"有些事我虽不以为然,但'上命'难违。美人诡异,明里与台'断交',却又通过'与台湾关系法',仍暗中支持对抗,损害者乃我中华民族之利益,美人届时'救火',或幸灾乐祸,全凭其意矣。事物总在发展,知己不知彼,或一叶障目不见森林,于事无补矣!"

父亲能猜透蒋经国的内心,知事不可为,却仍然负重而行,为什么?"但为君故"罢。

自感去日无多的蒋经国,面对世界政治出现的新情况,意识到不能传位于后,乃开始政治革新,设计包括民主化、本土化、民生以及与大陆"发展工作关系"的另一套政治路线,并为此与时间赛跑。

一九八七年七月,蒋经国表示解除实行了三十八年、史上为期最长的戒严令,并开放党禁和报禁。大半年前,岛内民运分子就已闻风而动,迫不及待地成立所谓的民主进步党。我那位同父异母的姐姐,连同她的母亲,不知是吃错了药,还是真像父亲所说借此报复他的"抛弃",母女双双于此时加入台岛第一个反对党。

父亲淡然说:"人各有志,她们对自己负责,你们凭你们的办法做主。"

我,一个在美就读的高中生,随父亲赴台吊唁时,看到当地报纸纷纷刊载有这么个消息:"中共中央委员会致电中国国民党中央委员会:'惊悉中国国民党主席蒋经国不幸逝世,深表哀悼,并向蒋经国先生的亲属表示慰问……'"

这些字眼让我很是吃惊。我虽然少不更事,但身为蒋经国同学的儿子,怎会不知这一暗电口吻跟过去一贯听到或看到的口径大不一样呢?让我琢磨不定的是,对岸为何要表露某种善意和肯定呢?

问父亲,他却反问:"还记得《哈姆雷特》那句经典台词吧?'时代整个儿脱节了'……"

现在看来,其实从五星红旗替下青天白日旗在联合国总部大楼闪亮登场迎风飘扬之后,父亲的外交生涯就差不多走进了死胡同。

其实,幕后也并非老死不相往来,大陆那头还是主动联络或曰"统战"的,但他们几乎不知半个来世纪前父亲曾有的中共预备党员身份,只知他是个参加过大革命的华侨。但父亲那时受命不与大陆外交人员过从。

一九九二年,汪辜会谈达成著名的"九二共识"。父亲闻讯记之:"有理由期许,变革以巨大的惯性继续向前,但愿有生之年能听到故国河山一统之声。"

在我决心探秘父亲历史的正面和侧影时,曾走访过父亲当年在美国和联合国工作时的一些故旧。他们说:"你父亲一度希望能在两岸关系上担任一定角色。""你爸确实是想在两岸关系上做点益事。不过,(台湾)方面对他热衷此事恐怕是另有看法。"

蒋经国作古,特别是民进党上台后,叫嚷分裂台湾。

台海危机加剧时,美国国务院还曾前来问询,父亲说:"如此罔顾事实,挑战大陆底线,势必引发台海动荡,也有违美国'一个中国'的原则。"

时局波谲云诡,父亲渐行渐老,对为两岸事务"做点事情"已力不从心。

"你爸曾说,蒋经国准许他在美国工作一直到退休定居,有恩于他,他无法接受大陆的统战,更不能与大陆私相授受,或找机会跑回大陆,这样生前死后都不好向蒋经国交代。所以,他说,我这辈子只能士为知己者死,哪怕既有承诺有局限也得坚守,至于后代,只能听任他们顺应潮流。"

我明白了,父亲驾鹤西去后,台湾方面还派员吊唁、送花圈,足见仍认可他的"忠诚"度,并想继续影响我们家属。

父亲的墓碑上刻着几行简单的汉字:

姓　　名:顾闽

国　　籍:中国

出生地:不重要

生卒日:不重要

职　　业:曾任中华民国驻美国、驻联合国使官

言简,意不简,在重要和不重要的表述中让人知道轻重。

几十年后,墓碑若依旧在,目睹这些文字,不独我顾家后人,也许其他有心之人,也会在某种时刻从碑身上,发现、揣摩并感悟一代华侨"旧迹斑斑"的过往。

眼睛的用处有限,世上有许多东西肉眼看不见,只能靠心灵揣摩,靠思想感悟。惠特曼诗云:

你可以看见我的嘴在动,你看不见我发出来的声音,声音要用耳朵听。

你可以看见花,你看不见花香,花香要用鼻子闻。

你可以看见盐,你看不见咸,咸味要用舌头尝。

我们不能用肉眼看见神,我们是用心灵去感受神,神确实存在。

那天,父亲乳白色的骨灰盒轻轻落定于两棵健壮松柏簇拥的碑位后,母亲仍不愿离去,没来由地一声叹息:"你爸是有遗憾的。"

　　死而有憾,又岂能瞑目?不知为何,我的心跳个不停,越跳越快,仿佛在打鼓,想听到什么,又怕听到什么。我越是屏气敛息,气氛就越觉凝重起来。

　　"台湾不希望你爸回大陆,大陆呢,也可能不欢迎。大陆,在你爸眼中,就像是海市蜃楼。他到死唯一放不下的,就是这事……"

　　哦,原来是这个。我知道一些。

　　父亲曾一再告诉我,不可中断自己的历史,除非你能真正进入别人的历史里。但父亲在历经沧桑之后,却自行中断了自身历史,毫不在乎是否能进入他人乃至我的历史。宠辱皆忘,生命再无负累。

　　"你身上什么都可以改变,但流着的血不会改变!"说这话的人,却没能再回大陆,至死都不曾当面和大陆来个互相谅解,有点儿悲怆,更有不甘。

　　父亲最后一天望着窗外的夕阳,吃力地抬手指东方,嚅动着毫无血色的嘴唇,却说不出话,一双眼睛定定地追着我,透着哀伤。我俯下身,在他的耳旁说:"爸爸,您就一万个放心吧,那些日记必定是我们的传家宝……"他听着听着,眼角滚出两颗老泪,久久不坠。

　　父亲回光返照之际,母亲紧握他的手,俯在他耳旁说:"我知道,中国占去了您一半的心。"他已不能说话,却微微抬起右手,伸出指头指向我们。母亲看明白了,眼底深处充满着流不出来的真情的热泪,道:"还有我们,我们也占去了你一半的心。你就放心去吧,但愿来生再有缘!"他这才落下最后一口气。那情景,是我一生最难忘最感动的一个。

　　父亲真的想回中国,盼望和这个国家握手,但上苍没给他机会,他死时外表安详,内心想来有憾。

死亡对年愈百岁却仍饱受家国之情折磨的父亲来说,不啻是一种救赎,幸运的是,他的日记留存于世。如果文字是我们灵魂的家园和对祖先的祭奠方式,那么,他也算得上活在自己和别人的历史里。

父亲的精魂若能化作彼岸花,当开不败。

据说,彼岸花在花落后才生叶,花和叶不能相见,于是有人煽情地用它来比喻人类一切没有结果的情感。佛家却说,即使情感没有结果,彼岸仍会开出绚烂的花朵。谒曰:

> 彼岸花开
>
> 花开彼岸
>
> 花开无叶
>
> 叶生无花
>
> 想念相惜不得见
>
> 独步彼岸路

父亲当知彼岸在哪,也当信彼岸花开吧?

一粒种子播到泥土里,在阳光、空气、水分等条件下,就会再开花结果,会有"来生",怎么可以说人死后一切就没了呢?

也许,开或不开,彼岸就在那里,不生不灭。

那天,伫立在父亲的墓前,母亲语声喃喃,如泣如诉,欷歔之中,不觉让人想到"料得年年断肠处"之句。

皈依基督的张学良,后来葬于夏威夷,不知他为何选择此处?彼岸是否花开?

张学良自始至终是中国人。

顾维钧自始至终是中国人。

父亲自始至终也是中国人。

回顾他们相衔相接的历史,他们只是一个时代的一部分,许多时代也只是他们的一部分。

他们仨,死后都葬在美国,魂梦依稀中只能把异乡当故乡。在清冷的明月夜,隔着苍苍的海、茫茫的洋,张学良的后人,顾维钧的后人,还有我——顾闽的儿子,或许还有和我们一同悲欢过这个故事的你,耳旁是否会响起国民党元老于右任晚岁作于台湾的那首著名的《国殇》?

当年,这首诗长了翅膀跨洋越海传到美国后,父亲曾抄录于日记本,偶有吟诵。我从父亲的抄录中拜读后,想着有个回应,惠特曼《在蓝色的安大略湖畔》的诗句在脑海中飞翔:

> 一切的根基是祖国,
> 我发誓我将站在祖国一边,虔诚与否就这样了;
> 我发誓除了祖国我不会迷恋别的,
> 只有祖国的男男女女、城市、民族才叫漂亮。

父亲和于右任不同于惠特曼,与自己的祖国相隔甚远。国殇,也是人殇,是谁造成这种至深的伤害?是政治,也是自身。

二

父亲过世后,我获得了一个重要信息,事关父亲的风流韵事。

父亲"头七"时,母亲一说到父亲有憾而去,我还担心此憾是不是外头传说的那个憾,并由憾生愧?父亲的一位顶头上司就一直被这么说的,还说他被此憾此愧困扰到死,憾愧终生。父亲不会也是这样"一丘之貉"吧?所以,我心里咚咚咚跳得紧。虽然母亲嘴里并无彼憾,但这事于我总是个谜团,不解决,我心里就像是住了头鸟似的,闹个不停。

好一段时间,各种中文书刊对国民党几位海外外交家的私生活都特别感兴趣。在顾维钧之后遭炮轰的,是另一位杰出的外交家蒋廷黻。蒋的婚外情(他认为算是离婚再娶)闹得满城风雨,他为此付出了巨大代价,不止声誉,甚至健康。父亲紧随两位上司之后遭到解剖。说父亲是蒋的翻版,甚至还说近朱者赤近墨者黑。这样的事我不好问别人,也不好问母亲,母亲即使说了,作为当事人又涉及个人感情,说法也是要打折的。在知情人相继奔赴天国后,我只能从当年父亲联合国的同事那里抢挖真相。

"哪有这回事,你爸当时就是跟着玩玩桥牌而已,那时他和前妻分开了,是不是离婚,这个离婚算不算数我不知道。当然,也有些风言风语,但你爸曾正儿八经地告诉我,是台湾前妻造的谣,你爸前妻可不是省油的灯呢!就我所知,那段时间,你爸一直单身来着……"

这些话消解了我心中的疑团,心里顿有如释重负之感,像是验证了自己确非私生子。明媒正娶不仅于女人重要,也关乎后代的声誉呢。

谈及往事,这位同事对蒋廷黻毫无不敬之处。她说蒋前后在美当外交官十五六年,以其卓越的学识、爱国的情操、客观冷静的处事作风,以及常常语惊四座的辩论发言,赢得了西方外交界的普遍尊敬及同人的推崇备至。

某天,郭小颐也和我谈到了顾维钧、蒋廷黻这两位在中国现代外交史上留名的风流名士。

才子风流,伐之颇为思量。郭小颐说:"谁也无权站在道德制高点上对感情这东西进行判决,关键是他们在婚变时有公权私用的表现,就难免被人诟病。难道一个平素有操守的学者,一旦沾上权力,也逃脱不了类似规律,甘于突破感情被权力绑架的底线?"

这个问题很新颖,也很难解。我说:"法无可恕,情有可原。这也是所谓的'在山泉水清,出山泉水浊'吧。"

"不管婚变后是苦是甜,决定他们婚姻命运并改变人生命运的,恐怕还是缘于对婚姻的认识。在那个时代的学者文人中,胡适半途知返,蔡元培、傅斯年就与他们不同了,陈寅恪更是完全相反的例子。"

文史泰斗陈寅恪十来岁起就东渡扶桑,后辗转于欧美各国求学二十余年,及至回国在清华大学任教,孑然一身。面对赵元任等同事和友人的促婚,公开称:"学德不如人,此实吾大耻。娶妻不如人,又何耻之有?"又道:"娶妻仅生涯中之一事,小之又小耳。轻描淡写,得便了之可也。"郭小颐说罢陈寅恪的婚姻观,道:"这是一个立志献身于学问者的悟道之言。"

"陈大师不是一般的人,他的见解岂能适用于普通人群!"

"但毫无疑问,蒋廷黻应该是一个比较适宜的倾听者,他那时是陈寅恪的上司,该听过此论吧。他们的夫人都姓唐,要是蒋廷黻像陈寅恪那样有个好的婚姻,他的学问岂止于现状!"

"蒋廷黻的学问已经够让后人吃一壶的了,再大,会大到哪里去呢?"

我对蒋廷黻素怀敬意,进哥大前翻开这位老学长的回忆录,立时被其中一段话给吸引住了:"当我一九一九年夏入哥大时,我有一个很奇怪的想法,认为我应该专攻新闻。我想如果我成为中国报界大亨,我就能左右中国政治。……为此,我进了新闻学院。但我……突然感到新闻人员对一国政治的了解仅是表面的,无法深入,所以他们只能随波逐流,迎合时代。我认为:为了左右政治,就必须懂得政治,欲想懂得政治,就必须专攻政治科学。因此,乃于一九一九年秋放弃新闻改修政治。但是不久我又觉得,政治也有它的限度……我的结论是:欲想获得真正的政治知识只有从历史方面下手。我已经由新闻转政治,现在我又从政治转历史。"

蒋廷黻前半生学者论政,事业巅峰时学者从政,前后生涯着眼点不同,却都在"救国"这个大政治上。其实,他那个时候已经走着与陈寅恪不同的路,他想在政治上也露一手,虽然一直不忘本行。

　　我说出了一些与郭小颐有所不同的认识,并说:"我读蒋廷黻的《中国近代史》,内心是佩服的,他治学研究精细严谨不说,还能对历史的剖析独辟蹊径,层层深入挖掘历史的本真。"

　　"是啊,这是一本不可多得研究历史剖析时代潮流的好书,但我读后,却感遗憾,甚至痛心。"

　　"为何这么说?"

　　"凭着蒋廷黻的天才识见,却只弄出这么个大纲性的东西,并不是权威性的中国近代史,能不遗憾吗?!他一直希望自己有生之年能再写出一部作为传世之作的中国近代史,但上天没给他机会,能不让人痛心吗?!曹植曾说'常斐然有述作之意,其才学足以著书,美志不遂,良可痛惜',从这点看,有司马之见、子建之才的蒋廷黻,死而有憾!"

　　这世上又有几个完满的人生呢?没有缺憾无以成真实的人生。我还想到了外界纷传的蒋廷黻另一个大憾,并就此请教在这方面该有发言权的郭小颐:"蒋廷黻和费正清的关系后来真没愈合?"

　　"这是他们彼此间的至憾⋯⋯"

　　一九九一年费正清过世时,我刚进大学校门不久,与他缘悭一面,却知道江湖上盛传的"哈佛学派"名号。哈佛毕业的东亚研究学者那年代已占据全美七八十所主流大学的相关讲席,即使在今天,要在美国各大知名学府中找出一所没有费正清徒子徒孙的学校,并非易事。

　　既成晚辈同行,又兼中国关系,我对费正清自有敬重的感情,因此也喜欢和郭小颐谈论他和蒋廷黻。

这对异国师徒之间的某些遗憾,并未消泯费正清对良师的感情。一九七二年,费正清首次受邀重访北京,演讲时再三表达对亡师蒋廷黻的敬意。更感人的是,费正清在生命进入倒计时,仍在竭尽所能寻找老师平生收集、积累的与其个人生涯相关的各种资料,最终得以收藏于哈佛大学燕京图书馆。受着他的精神感召,后人追随他的脚步,再把馆藏的蒋廷黻全部相关资料进行整理编辑。

"整整有二十四册呢,已联系上了出版社,可望面世。"郭小颐谈及此事,少有地兴奋起来。

"您肯定出力不小吧?"我关切地问。

"这个不值一提。"郭小颐摆摆手说,"红楼梦《枉凝眉》有一句,'若说没奇缘,今生偏又遇着他',我觉得不独蒋、费之间的师生缘,就是蒋廷黻这些资料书籍的寻找出版,也是个奇缘。"

听郭小颐津津道来,我知道了串联这个"寻找出版"故事最为传奇的一环:费正清聘了一位有着华裔血统的秘书黄爱莲,她从费正清的自传中对号入座,觉得自己的母亲与蒋廷黻四公子蒋居仁的太太为亲姐妹。由是这般验证后,在蒋廷黻婚变之后寻找其后人苦无线索的费正清,终于在逝世前几年找到了自幼生长在美国、毕业于麻省理工学院、不能阅读中文的老师之子……

回味着这个感人的故事,我说:"因为政治和观点原因,费正清和蒋廷黻一度分道扬镳,这次也算是愈合了师生的情感裂痕。"

"是啊!"郭小颐也心生感慨。

我沉思,如饮甘霖。

父亲在联合国的同事去世了。

吊唁回来的路上,我脑海里不时浮现最后一次陪他走唐人街的情景。

没了他们的唐人街,还是唐人街。

只要是中国人,是华侨华人华裔,对唐人街就会有一种与生俱来的特殊情感。

我明白,这也是有乡难回的父亲,为何经常带我到唐人街的原因,他在寻梦呢!

梦回秦关,在人生的孩童时,忘了具体何时、唐人街的哪个角落,却分明记得有此一问:"为什么叫唐人街?"

"唐人街就是海外华人居住的地方。因为中国历史上曾有过无比辉煌、让世界朝拜的汉唐盛世,所以中国人又称汉人、唐人。我们也都是唐人、汉人。"父亲的回答尽可能简洁易懂。

"所以,美国人就在这里给我们建了个唐人街?"我异想天开,想来也是童稚可亲。

父亲连声"No,no"后,道:"你想的可真美呀,还真是天朝上国的人,天朝上国的心呀。"说着说着,迎风大笑不止。

父亲抚摸着我的头,缓缓地说:"世界是变化的,事物也是变化的,由于好长一段时间中国人不争气,不思进步,上国的地位一落千丈,成了被侵略的对象。落后就要挨打,我们这些唐人、汉人的后代,也就沦落成猪仔一般的命运了。所以,你爷爷就背井离乡,到南洋讨生活,求生存。"

想来我是奶声奶气地问了:"爷爷去的是南洋,跟唐人街有什么联系呢?"

父亲由远而近,尽可能通俗易懂地说道:"在比你爷爷更早的时候,十九世纪末,中国人像猪仔似的,被运到加州修筑铁路和淘金。这批最早的中国移民对当地有极大的贡献,却与黑人、贫穷的白人、水手一道,被当时的政府视为次等公民,规定他们只能在特定范围生活,以免'污染'其他地方。他们被画地为牢后,不断有新的中国移民迁入,经历过包括排华在内的众多动荡,发展到现在,便成了眼前的唐人街……"

现在回想起来，父亲那一番深沉的叙说中，莫不透出一份厚重的故土深情。

父亲闲逛唐人街，很少空手回过，一些疑似出身东方的老古董等东西总会被他用美元换回，于是乎我家大小宝贝、真假古玩琳琅满目。母亲问，买这么多干什么，难道要开古玩行？父亲笑，以后找机会捐给中国。我蠡测，父亲认定我们总有一天会回国，只要顾家不灭，子子孙孙中，总会有这一天。父债子还，父罪子赎，虽不是天经地义，却总是这个民族的传统礼仪。

淘古董并非父亲爱逛唐人街的唯一理由，接地气才是。唐人街那股味道和那群人，就是地气。他和卖鱼丸及各类杂货的小贩、理发师、挖耳师傅，越混越熟，有的还成了朋友。父亲买古玩也不止于唐人街，他从事外交这么多年，去过那么多国家，能通过其他方式或从老外们的手里弄一些到手。

父亲乐于做"中华民族的遗老"，每每向我或上门来的年轻一代华裔展示和摆弄这些宝物时，不管人家听不听得懂，总少不了一本正经地说，中华民族五千年，能不留下几件宝贝来？只要文物不被毁灭，民族的文脉便能承续下去。

你听你听，难脱遗老本色吧。

小时，父母和客人在家谈事或聊天，我坐在一隅的小方桌上堆积木、拼汽车，做自己的事，割据一方小小的儿童世界。后来见他们聊得有趣，便经常把小屁股挪过来。有少年伙伴到家来，不管是同文同种还是他族，免不了要父亲给讲故事，像是多了份送给伙伴的礼物。

文物并非父亲的道具，只是供他借题发挥。在少年好奇和求知的眼里，他实在是个受欢迎的人物，像魔术师一样，伸手到那无形的大幕之后，时不时就能亮出一件让人咋舌、令人惊喜的新鲜玩意儿。我们像是在看"东洋镜",有时哪怕期待的东西不好玩,故事却能补救你的胃口。父亲肚子鼓鼓的,怕是装多了故事呢。我不知道他的故事,哪个是三国演义,哪个是三国志,反正爱听。小时谁不爱听故事呢?我年少就迷上中国历史,与此不无关系。中国长什么样子呢?有时晚饭后,看他在阳台上翘脚喝茶,我便搬个小凳子,夏天还席地坐在他面前。听他拉家常,也算是回了趟中国。他并不过多地说中国的好,也不过多地说中国的不好,只说那些风景,只说那些传奇故事。故事里也有战争,却没有现实的政治。父亲看我听得认真,哪怕全场只有我一个听众,也想着要把故事讲出彩。上下五千年,纵横五湖四海,绘声绘色,唾沫横飞,半天不见倦色。我兴致盎然地看着父亲,仿佛他脸上的每道皱纹都藏有故事,想着把它们听到底。

现在想起来,要从老年人那里抢救和打捞史料,重要的一招是肯定他的过去。你认真且满怀兴趣地听他讲,就是对他的肯定,如果还能做笔记,更能让他感觉自己也是个能留在历史上的人。

我小叔顾阳回国后意外身死,父亲得知,一脸泪水。时值夏日静夜,繁星临空,他独立阳台,一望半晌,身后流淌着无尽的孤独。听了四面八方传来的不甚确定的消息后,他偶尔还使酒骂座,歌哭无常。这是我所见父亲最失常的一次,对方毕竟是他的胞弟,兴冲冲地要为他这个当哥哥的,也为遭受非议的顾家,寻石问路,却意外死于非命,此痛曷极?此前一度压抑的种种情绪,瞬间暴涨崩溃,胸中块垒无剑可削,有酒难浇。母亲偶尔安慰几声,却不小心碰到他的伤口,触发他抖出更多的历史。

父亲讲到了我前所未闻的故事呢。无论是所谓的英雄气概,还是所谓的卑微苟且,他遭遇的人和事,他在台前的活动和幕后的秘密行动,像是他政治生涯中一张略具轮廓的画稿,让我着迷和兴奋。我莫明地产生了某种偷窥的冲动,不仅想看到时代的舞台层面,还试图看到舞台后面不同人的扮相和着色,特别是父亲的言行。

顾阳小叔出事,年老的父亲一夜间更是鬓色繁于瓦上霜。看到他悲不自禁,难遣心绪,不消母亲暗示,已进中学的我都会想着和他多聊天,说些让他开心的事,让他从愁煞的屋子走出。

父亲在我的牵手下,终于从颓唐老境、沉沉死气中,置身到了阳光下。顾阳小叔的死,似乎让他感到死总有一天也会降临到他头上,他得参透,得留下一些家史。我有一个细节,可能让父亲大慰老境,那就是无师自通地做起了记录。我自诩心智成熟较早,与小时喜欢窥探成人世界有关,我不仅在意他们的喜怒哀乐,还希望了解这喜怒哀乐的背后。

母亲看在眼里,布满鱼尾纹的眼角砌满了笑意:"真好,真好,老顾家的历史今后有人能来传扬了。"

"哼,我们家可没出过史官。"

"史官也不是世出的,你当年要是从史,兴许也会有作为。"

母亲一直怂恿父亲把自己所经历史写下来,父亲总觉自己既非科班,一辈子也没成就什么业绩,谦辞不动笔。"我那点经历和水平,又缺少坐冷板凳的本事,哪能奢望成名成家,能入时合制就不错了。"父亲自我否定后却又说,"华华接触过不少创造历史和影响过历史的人物,今后当个史官也并非不可能。"

其实,父亲一直在有意无意地培养我对历史的兴趣和感知,所以,才会带我回中国台湾参加一些活动。他引发了我的好奇心,好奇心像蒲公英,飞呀飞呀,在我的眼中拥抱了整个世界。我后来进了历史研究的门,父亲也许并未架桥铺路,但在沿途种上了几株让我生长好奇心的蒲公英,至少撒下了种子或因子。

再伟大的人物,也得依靠别人做他的史官,因为谁也不可能完全洞察自己的历史,谁也不可能给自己打出让别人信服的分数。

皇帝对自己的评价,也不算数,也得听史官记述。人生能被史官追着,说明生命的分量。人生若能得一史官,可以无恨,那人不一定是最亲近你的人,也不一定是最关心你的人,却是最在意你的人。

父亲许可我有做史官的可能性资质后,加重语气说:"好啊,但愿华华能做我的史官,做太史公尽责称职的徒弟。我相信,我们家跟着中国一起经过的风风雨雨,过一百年、过一千年,一定会有客观公正的评价。"

小时问题多多,想着打破砂锅问到底,却常常问不到根本;及长,兴趣却又渐退,沉迷于自己的天地。所以说,少年喜欢窥视成人世界,青年梦想经营自我世界,中年热衷进入名人要人世界,老时只能探测上帝世界。我之所以早熟,或"早更",与少时广闻勤问爱思考有关。

我后来固执地认为,"读万卷书行万里路"的祖型当属司马迁,他青少年时期的经历,为后来的入仕准备、登"史圣"之位,奠定了坚实而必要的基础。西方历史文化中,类似之例也不鲜见。

这样,史学家成了我从小的梦想之一。有意无意地阅读传记、名人回忆录、史稿、方志,从中看到不少有用的东西。上大学后,图书馆里的不少中文书刊,都有我浏览的痕迹。不管里面有鱼没鱼,且先撒上一网。工作后也一直是历史发烧友,直到遇上一个"热爱闲聊的女生",辞枝失根,身不由己地把自己"烧"在了情爱上。

沉浸在蜜罐里的爱,使我不能专心治学,再者,初涉那段历史,颇有茫然不知适从之感。父亲不免对我失望起来,感觉我做不了他的史官,而他既无心也无力来写自己的回忆录了。

有一天,接到母亲的电话后,我才抽空回家,陪他们逛唐人街。那天他只是享受了掏耳朵这个习惯,却少有地没带回一件古玩。"东流不作西归水,落花辞枝羞故林",他吟着李白的诗句,语气里好一股怅惋,似还夹着思乡之情。

那是我最后一次陪父亲逛唐人街，竟让他空手而归，及至思之，徒有追悔。

父亲絮絮叨叨地说："唐人街在世界各地有很多，在北美，历史最悠久的就是旧金山的唐人街……"

父亲屡屡提到旧金山唐人街，除了它被称为美国唐人街的一个缩影和代表，也许还有另一个特殊的个人情由。多年前，他就是从旧金山入境，首次踏上美利坚合众国的土地，并由此开始了他海外——中国——海外的人生。

三

唐人街，如你知道的那般，又称华埠，现在多叫中国城（Chinatown）。

在美国这些年，除纽约之外，我还去过洛杉矶、芝加哥、休斯顿等大城市的唐人街。这些地方，可能你也大都去过，甚至还去过在其他欧美国家和日本星罗棋布的唐人街。

如果你有心，不妨把你曾身临其境的那些唐人街做一番梳理，或许会对这样一个观点"心有戚戚焉"：中国人的历史总是以悲情为地基，以磨难为梁柱，打造出安身立命之地，生根发芽中的辛苦和付出，你在唐人街看得到、听得到，也吃得到。

这话不是我说的，是郭芸芸的版权。

现在回想，我对唐人街会产生某种说不清、剪不断的情愫，固然有作为华人与生俱来基因的关系，有父母的影响，与郭芸芸恐怕也脱不了干系。

郭芸芸在唐人街打过工洗过碗刷过盘子。她一个公费留学生，又家境殷实，不为穷，照她的话来说，只为增加一份经历和体验，自食其力，给自己买几套漂亮的衣服。哥伦比亚大学就在曼哈顿附近，距唐人街不远。因此，她周末和节假日常往唐人街跑。那天晚上，她就是去唐人街打工回校时，给小野创造了英雄救美的机会。

不久，小野就大大方方地请我当了电灯泡，我们一起坐地铁去唐人街接郭芸芸吃饭。小野大赞唐人街的好，说还要感谢唐人街的救命之恩。

听得我们一头雾水之后，这家伙才道出原委：二〇〇一年九月的一天，他在造访纽约世贸中心时，鬼使神差地先去唐人街闲逛了一通，决定解决肚子问题后再从容地去看"双子星"。就在饭间，发生了震惊世界的9·11事件。

"你们说，要是没有唐人街，我不就跟着'双子星'飞上天了？你们说，唐人街是不是我的救命恩人？"

他这样卖关子，又说得绘声绘色，就权当是真的吧。反正恋爱中的人，什么鬼话、讨好的话，什么花言巧语，都编的出来，你当了真，它就美。

那天，郭芸芸不仅把小野的话当了真，而且还接着说了一通她经过一段时间打工体验后对唐人街的感受。简而言之，就是说，在唐人街能看到、听到，也能尝到华侨华人历史中的酸甜苦辣。

我每每置身唐人街，尤其是旧金山唐人街，总能看到、听到，并吃到一些苦苦的、酸酸的、辣辣的，偶尔也包进了一丝甜味已凝为历史的东西。

旧金山唐人街岂止历史最悠久，还是迄今为止全球亚洲之外最大的华人社区。按路透社的说法，旧金山是华人漂洋过海穿越太平洋登陆美洲大陆的第一落脚点，也是美洲大陆中国元素最集中的地区之一。是故，旧金山唐人街已成当地重要旅游胜地，据说，每年的访客量甚至超过了不少小国的人口。

现在，我就是一名访客。旧金山在美国的正名叫三藩市，提起它,嘿嘿,谁人不联想到旧中国移民往昔的私闯、淘金、"卖猪仔"、修铁路那一串辛酸史。

西方列强轰开大清帝国的门户后,久被闭关锁国的中国人也开始由东向西。华人是怎样误打误闯旧金山的,怕是难以考证,但唐人街的雏形却因三个中国人而起,而且很快就啸聚成众,华人族群于此蔚然生焉。美国官方的歧视,一八八二年美国政府所颁《排华法案》的影响,乃至一九〇六年旧金山大地震的摧毁,都没能让它萎缩,反而像常青树一样,以旺盛顽强的生命力一路挺到了今天。这些历史的浮光碎影,使得旧金山唐人街至今仍笼罩着某种神秘而魔幻的色彩。

那些以各种身份披荆斩棘的中国人,连着他们的子孙,经历了一代一代的波折后,终于在美国的西海岸稳稳地站住了,高高地立起来了。忽如一夜春风来,这个华埠竟然冒出了十万人头。不仅人,连习俗和文化也以原生态的血脉和骨骼在异国土壤中生长、壮大。

我迎风漫步,思绪翩跹,像是个穿越时空的潮人。眼见那个著名的龙门(Dragon Gate)已腾飞于前,便给苏嘉打了个电话。对方接电话后哈哈地笑了,说他算好时间,已在此恭候了。

我抬头看,果然有一个身材不高不矮、体型略显单薄、光头锃亮的中年汉子在龙门前向我挥手示意,并很快迎上来,见了我一脸的兴奋:"老舅真来参观?"

"这用得上装假吗?"我反问。

我得如实告诉你,我充其量只是苏嘉的表舅。只因当初苏嘉喊我表舅时,我妈说,一表三千里,也别表来表去了。他会意过来,立马更正为舅舅,叫习惯后有时也称老舅。他这么叫,我恭敬不如从命。其实已有人叫我舅舅——我同父异母姐姐的女儿也在美国呢,可来往并不多,兼着你知道的原因,不免有点儿小疙瘩,起码给我妈的感觉她才是一表三千里。

苏嘉只身而来，知道我不喜欢前呼后拥，尤其是不三不四的人咋咋呼呼。

"那我给您当导游。"不待我同意，他张嘴就来，"旧金山唐人街是东方巨龙的化身，是世人了解五千年神州的一个窗口，是一张散发着华夏民族魅力的亮丽名片……"

"哟，你是拿我练嘴皮子，还是拿我当外来人？这些还用得着你费口舌。"

我对他的一本正经既感到好笑，又有点儿好气。

"对对，您说对了，就是拿您来练嘴皮子，练胆量。我在你们这些名人、文化人面前，不知为什么总觉底气不足，怕哪里说错了，贻笑大方。"

他有点儿尴尬，却马上以自嘲化解，边说边松开白衬衫的纽扣，胸前隐隐可见刺青——一条穿过腰间的青龙。

"只怪你以前太肤浅，只知喝酒、打架、泡妞，不过，现在真是有进步了。知耻近乎勇，谁能再小瞧苏长老？"

我一通调侃后，略为同情地看着他，指指他那发达隆突的胸，道："衣服扣好，好吗？"

他如实照办，却又打开了手中的折扇，又是一龙盘桓。

"苏长老，今天我是作为游客身份来贵宝地的，全程听你指挥。"

他笑笑，不假思索地说："当然是 Grant Avenue（都板街）。"

其实，我约他这里见面，已经告知方向，刚才不过是明知故问，看他是否灵敏。

走都板街，当然是从龙门起步。抬脚前，我凝望起唐人街这座绿色门楼来。

"我听姑婆说，姑丈公当年曾专门参加捐赠仪式。"

是的,当年,准确地说,是一九六九年,中国台湾方面为了争取华侨,挖空心思地向旧金山唐人街捐赠这座有特殊含意的中国古典建筑。楼牌正上方镌刻着孙中山著名的"天下为公"之手迹,上面龙盘鱼跃,下面两头石狮把门,意象简洁明了。落成那天,父亲专门从纽约赶来剪彩。此后,龙门遂成旧金山唐人街的门面和象征。从龙门进去,即为都板街。

扁担宽板凳长

扁担想绑在板凳上

板凳不让扁担绑在板凳上

扁担偏要绑在板凳上

板凳偏偏不让扁担绑在那板凳上

到底扁担宽还是板凳长……

一首绕口令式的说唱随风传来,如此中国化,不容那些能听懂汉语的耳朵不竖起倾听。

我听了半晌后,忍不住问:"什么歌?"

"一个叫 SHE 的美女组合唱的《中国话》。好听吗?"

"我想,美国人听了可能会恐惧。'让世界都认真听话',这也太双关了吧,美国人能听不懂? 能让世界都认真听中国的话?"

苏嘉咧嘴而笑:"几个中国美少女有口无心的说唱,别弄得这么敏感!"

"是啊,也只能是自娱自乐,要是有心、有底气,就直接用英语唱好了,To make the world listen to the voice of China,the world cheer for China。"

"让世界倾听中国的声音,让世界为中国喝彩。您这也唱得太中规中矩了。写歌词不仅是表达意思,更要适合演唱,发音重复多了,唱起来也不好听。"

没想他倒来劲,我淡淡地回一声:"是吗?"

他带有节奏地以折扇轻拍手心:"真的别太敏感!这歌在唐人街唱了好些年了,没见一个抗议,倒是您这个华人听不舒服。哈,我说老舅啊,您的心都长哪了,华人听了可都是振奋精神的呀。"

"这一颗中国心,长在我心上呐!"我不能容他反击、奚落,转口道,"不过,这首歌对中国形象的宣传,既有政治意义,也有趣味。歌就是歌,好听,也没丑化别的国家抬高自己。"

"这才对了!"

> 纽约苏珊娜　开了间禅风 lounge bar
> 柏林来的沃夫冈　拿胡琴配着电吉他
> 各种颜色的皮肤　各种颜色的头发
> 嘴里念的说的开始流行中国话……

说唱的旋律在风中扩散。歌声背后,也有事实依据,那就是全世界现在很多地方都掀起了一股学汉语的热潮,孔子学院在全世界批发落地。

"老舅,中国话怎么是孔夫子创造的呢?"

"当然不是,但孔夫子是中华民族最有代表性的人物之一,又名列世界十大思想家。这首歌里借他代表中国人,借他的话代表中国话。"

苏嘉点点头,继而哼唱起来:"好聪明的中国人,好优美的中国话。"

苏嘉是我母亲福建长乐那头的晚辈亲戚,他的毕恭毕敬,绝非因为我是他表舅,而是把我当成了他的文化顾问。虽然我拒绝列名,但抗议无效,业已成为不挂名、不领饷却须"顾"的人。

我们走着,就到了热闹的朴茨茅斯广场(Portsmouth Square)。下棋的,雀战的,打扑克的,奇门遁甲都有,而且一旁总有一群观战和支招者。唱戏的，练气功的，也大有人在，各有市场，都扎堆在这了。

我驻足四望，道一声："看来，'唐人街心脏'的称呼并非浪得虚名。"

"是啊是啊，一百多年来当地很多活动都在这里举行，连美国国旗也在这里第一次升起，只是第二年就被中国人接管了。"

我知道，他说的美国升旗事件，发生于一八四七年美国—墨西哥战争期间，翌年即有华人光临此地。我白了他一眼："别夜郎自大，听说当年只来了三个中国人，他们因何而来，是有目标还是误闯，谁都不知。也许在当地人看来，是惶惶如丧家之犬呢！"我对"上国"的心态一向反感，你穷，你落后，别老说上辈子富强，英雄莫提当年勇。

在这个又名花园角广场的地方，一尊东方面孔的自由女神塑像鹤立鸡群，最是引人注目。

苏嘉只是眯眼瞪了女神一眼，眼光淡漠，并满不在乎地迅速转睛，看着我："等老舅做一部正正当当的华侨史，我让唐人街的男女老少人手一册，号召大家一起来重振雄风，再铸辉煌。"

能登高一呼、"号召"大家的人，该是什么样的角色啊？他此前小心翼翼的藏拙，一不小心被这陡然出口的大话给毁了。

我冷冷地说："这么大的事，我做不了。"

这个刚才还在盛赞《中国话》的愣头青，却似乎听不懂中国话的双关语，依然大大咧咧地说："老舅不做，我就自己来写一本专门介绍旧金山唐人街的书，为华侨树碑立传。"

"你？"

"对呀，我！怎么，您不信？"

他还挑衅了呢！

我揶揄道："人贵有自知之明，苏长老还是先把你的那个堂会整出雄风来,看看后人会不会把你的雕像也立这里。"

他并不在乎我的挖苦,手指前方,嘿嘿笑道:"这哪能成!你瞧,孙中山的雕像在前,有哪位中国人敢和他并立,能相提并论呢!"

我忍不住促狭道:"你干脆上前拍拍伟人的马屁,他是先行者,你后行又何妨,革命不分先后吧,不须扬鞭自奋蹄。"

看到了孙中山雕像,圣玛丽广场也就到了。

孙中山雕像比那个东方面孔的自由女神像来得真切,而且历史悠久。自一九三七年起,孙中山一直在这里叉手伫立,目光深沉地注视着自己曾经访问和居住过的唐人街。为推翻"满清"王朝,建设民主中国,孙中山曾数度来到旧金山和美国其他城市,寻求北美华侨的人力和财物支持。

"老舅肯定知道孙中山加入过'洪门'堂会吧,是否知道他还一度入过美国籍,做过美国公民?"

我点点头:"这些都是历史事实,为了革命事业嘛。"

我记得很小的时候,在孙中山某个年龄段的诞辰时,父亲就曾告诉我,辛亥革命推翻清朝时,孙中山人还在美国,但因为他对共和民主革命有着不可替代的贡献,中华民国临时大总统之席还是虚位以待。

从父亲留在《顾维钧回忆录》中的批注可知,早在一九四五年,父亲就来此祭拜过孙中山。此后,只要来旧金山,他几乎不会遗漏。

我忽然有点儿后悔让苏嘉来作陪。他在这里多少是个人物啊,不时有人来打招呼,干扰即兴游历。所喜,他还懂分寸,往往挥挥手,点点头,或三言两语就打发了。使得我在走走停停中,也还能不时天马行空、随心所欲地抛出一些让他难以招架的问题。比如在经过建于一八五四年的 Old Saint Mary's Cathedral(老圣玛丽大教堂)时,我便问:"孙中山是信过教的,你说当年他来旧金山时,是否进过加州这个最古老的 Cathedral(大教堂)?"

"这个我没有考证过。"他面露难色,继而道,"但据说老圣玛丽大教堂当年基本由华工修建,大理石等材料还是从中国运来。旧金山大地震时,周围的建筑几乎都夷为平地,只有教堂屹立不倒。"

我知道,教堂已成加州注册历史地标,今天仍在使用,和社区内的佛堂、妈祖庙等各类宗教和祭拜场所各领风骚。我即兴点评:"我看当时的报道,教堂为中国争了光,起码能证明中国人的建筑和材料不是'豆腐渣'。"

苏嘉脸泛喜色:"就是就是,西方不要老黑中国,老拿中国说事嘛。"说罢,又回到前面那个事来,指着面前那座 Great Star Theater(大明星戏院),说,"老舅肯定知道吧,大明星戏院曾是唐人街的娱乐中心,也是加州硕果仅存的一座中国戏院,现在还时常举行戏剧、电影、时装、娱乐等活动。届时您的新书出版,我要为您办个隆重的发布会,请中美两国政要和媒体来捧场。"

见我有点儿无动于衷,他又往手心敲起了折扇,转口道:"老舅,我很想表达一份感觉,我觉得我们这个旧金山唐人街呀,是海外华侨华人与祖国同呼吸共命运的见证。"

"哦,有什么事实说明?"

"当年"九一八"事变的消息传来,广大华侨同仇敌忾,纷纷表示愿做祖国后盾,组织起了'抗日救国会',举行一连串反日示威、募捐救国等运动。中华人民共和国成立时,侨胞们奔走相告,不畏阻碍,隆重集会庆祝。可以说,自有旧金山唐人街以来,祖国的喜怒哀乐莫不牵动这里的神经,同胞亲情和关爱川流不息:对无情的自然灾害,则慷慨解囊;对孙中山、毛泽东、周恩来、邓小平的逝世,隔洋致哀;对任何一次排华反华事件,也都坚持发声。总之,那一份赤子之心、故国之爱,承载着血浓于水的深情,与祖国同声相应、同气相求。"

士别三日,这小子连口才都练上了,我差不多也要对他刮目相看了:"哈,你不是在演说吧?"

过去连着现在,现在也不能脱离过去,今后的一百年牵着前面的一百年,海外华人群体和中国人一样,都铆着一股劲,始终不渝地追求个体和国家的富强,追求在新的、不断变化的国际秩序中,"多快好省"地建立个人形象、国家和民族威望。哪怕当初是辞枝失根,二代、三代之后融入了异国他乡,时间一长,疙瘩消,块垒释,又忍不住要对遥远的故国投去一瞥关注。

我们在唐人街像切蛋糕一样横竖上下走了好几圈。我以游客身份,同时也作为一名美籍华人,来此凭吊某段历史,并借此更多地了解海外华人华侨的当下生活。

走马观花式的了解,当然肤浅而片面。但毕竟是温故知新,那些著名的人文景点,老树新花一般,又一次一次地开在了我的相机和内心。

苏嘉从一个亦正亦邪的江湖中人,蜕变为一个对历史文化感兴趣的人,于他而言,这个转身颇为不易。他的讲述不过是唐人街华人口耳相传的常识,且常有不准确之处,不过,一些细节的叙述却别有一种动人的效果。比如,他说当年唐人街成立"抗日救国会"时,一位华侨女学生表示捐款十美元,但手上没那么多,先欠着,等放暑期后她义卖鲜花和冰淇淋交上。

午饭后,苏嘉要带我去他一直期待我能光临的"圣地",我突然想考考他:"慢,参观完联合国宪章诞生地再说,你知道在哪?"

"我说老舅呀,我是那样不学无术的吗?要是连这个地方都不知道,别说不配做堂堂'长老',都枉做旧金山华人了!"他说着,握拳在眼前一晃。

"就你这样子,不会是靠贿选才当上堂主、长老的吧?"我继续损他。

"啊呸,贿选,我虽粗野,也知礼义廉耻,咱靠的是实力,拼的是气质。做人要是没一点儿境界,怎会受命于危难之际?!要是没两把刷子,又岂能号令群雄?!再说了,吾貌虽瘦,必肥同胞,李小龙还不是那样子?"说着,他手脚麻利,身轻似燕地做了几个挪腾扑闪的功夫动作。

我在眼花缭乱中,那两龙刺青似乎要从他的胸前腾飞而起。

有人在旁鼓掌喝彩,我忙说:"好好好,别秀肌肉了,得有内涵,显摆也得低调些。"

他气咻咻地说:"谁叫您小看我!"

我鞠躬如仪:"得罪了,苏长老!"

他嘴一撇,嘿嘿笑了。

华文世界几乎无人不知的著名功夫影星李小龙,就出生在旧金山唐人街的华人医院,凭着出生证自然而然地成为美国公民,而后从香港到美国开始了他"功夫皇帝"的征程。苏嘉打小崇拜李小龙,这是我早知道的事,但愿这么一个崇拜李小龙的华人,也能开创一番事业来。

我拍拍苏嘉的肩膀,亲热地说:"先参观大歌剧院和俱乐部,再到你那里吹牛。"

四

在日本和程宁宁走近走亲后,曾听她的"金口玉言":一九四五年初筹备联合国成立大会(即联合国宪章制宪会议),国民党一党独大,有国民党人暗中活动,希望中共抓住机会,派人参加到中国代表团中来,以扩大国际影响。

程宁宁的目光透出某种只可意会难以言说的味道:"这人是您

爸,您爸之所以这样,因为他有长年以来和共产党藕断丝连的情结。"

那天,我们在东京银座喝咖啡。我对这个心中有数的话并不感到吃惊,搅动着咖啡棒,问:"这是你的猜测还是来源于档案资料?"

"不,我太舅公晚年一篇没发表的回忆文章提到。"

父亲赴旧金山参加此会,他也正是在那时认识了我的母亲,当时的母亲还是个十来岁的小女生。母亲之父、也就是我的外公,也曾是老同盟会会员。陈炯明下野后,外公就告别了革命,离开中国,前往美国加州,继承父业,继而在美国结婚生子,母亲便是这之后的果实。父亲和老友见面,忍不住就抱了人家伶牙俐齿的小囡囡。谁能料,这一抱,有分教,成了终身之缘,人世的姻缘真是一"缘"难尽。

父亲曾如是笑谈其"老牛吃嫩草":"人不风流不是无财,便是无才,幸好我两边都沾了些,只是我的风流和才华不及顾维钧十分之一!"在父亲心中,顾维钧是民国政界另一美男子,是华侨女界的"杀手"。

我经常来旧金山,不仅因为这是我母亲的出生地、我外公的归宿地,还因为这里可以寻到父母相遇并融入美国最初的身影。

一九四五年,世界大战还在如火如荼地进行着,战争把世界弄得四分五裂。世界淹没在血泊里呻吟,旧金山却像世外桃源一样,飞起了成群成群歌唱和平的白鸽。

这年四月二十五日,根据两个月前的雅尔塔会议所作决定,国际关系史上规模空前的盛会——联合国制宪会议,在旧金山歌剧院(San Francisco Opera)召开。历经两个多月讨论,起草了《联合国宪章》,于六月二十五在歌剧院一致通过。

八十年雨打风吹后,旧金山歌剧院仍耀眼地挺立在旧金山的市中心。这不仅是旧金山文化艺术的指标、享有国际声誉的地标建筑,还是北美第二大歌剧院,也是全球最好的歌剧院之一。

它哪怕有天天爆棚的演出和秀场,可能都经不起岁月的雕琢,忽略在雨里,淡忘在风中,但一九四五年六月二十五日的这场会,在历史长河中激起的浪花,却长久地定格在世界的大屏幕上。

这是近代以来中国参加的一次超重国际会议。

关于中国代表团的组成,重庆政府虽然一开始就反对放进共产党人,不过倒也考虑过从政治影响无足轻重的无党派人士中产生若干人选,做做样子,让世界相信中国代表团具有的代表性。

然而,当问题进入到代表团正式组建时,蒋介石就头疼了。

自诞生以来就饱受打压、"围剿",常有生死之虞的中共,此时正渴求疏通与美国等国的关系,怎会忽视在国际舞台上亮相呢?一九四五年初,中共中央明确表态,中国赴旧金山代表团必须要有本党代表参加。蒋介石对此置若罔闻,他的小舅子、受命组团的外交部长兼助理行政院长宋子文,也断然将中共代表排斥在外。

世上没有不透风的墙。中共打入国民党高层的卧底,现在已披露了不少,让人不可思议中也叹为观止,而这些,还不包括父亲这类纯粹出于同情或激于正义和民族大义的人呢。

周恩来综合各方消息,立即致电美国新任驻华大使赫尔利,提出出席旧金山会议的中国代表团,应包括国共和民主同盟三方面代表,国民党的代表只应占三分之一,而且还应包括国民党民主派的代表,如此才能体现出中国人民的意愿,否则绝不能代表国家解决任何问题。在第二次致电时,周恩来强烈要求赫尔利将中共的意见转达给美国总统罗斯福。

这个赫尔利,一九四四年九月以美国总统私人代表身份来华,继而担任驻华大使。一心想改变中国的他,执行起美国对华政策来刚愎自用,现在给他的盖棺定论是:出尔反尔,扶蒋反共,角色双簧,行径卑劣,造成美国与中共之间的种种误会和紧张关系。他是被毛泽东点名驱逐的第一个也是唯一一个美国外交官。

世事不孤立,往来成古今。赫尔利的来华,与史迪威有关。

在中国人的眼中,史迪威的知名度和传奇性都比赫尔利大。

太平洋战争后,罗斯福希望中国拖住日本,前提是蒋介石要坚持抗日,其次不能反共发动内战,因此彼时的白宫希望中国统一,国共团结合作。也因此,在美国宣布对日开战一个来月后,罗斯福就建议成立包括越南、泰国等在内的盟军中国战区司令部,由蒋介石出任最高统帅,嗣后派史迪威来华担任盟军中国战区参谋长,兼中缅印战区美军司令。

中国的抗日形势危如累卵,而国共却生事变。大敌当前,国民政府还能腾出手来"反共",可见并没把主要力量放在抗日大业上。父亲在读《顾维钧回忆录》的批注中,曾有"白宫对此一度忧心""周恩来借力斯特朗向美传递皖南真相"之说。

"别说你爸和你姥爷,就连你顾维钧这个'民国第一外交家'也佩服周恩来。周恩来逝世后联合国降半旗,我也是参加了默哀悼念的……"那些历史,在母亲心里,并不陌生,也不如烟。

依我来看,在中共早期,周恩来可能是最多,也可能是最早同"美帝国主义"打交道的高层人物。父亲曾明白无误地称,周恩来关注对美工作由来已久,在重庆时就同美国驻华外交官戴维斯、谢伟思等人建立了良好关系,并与美国民间人士多有往来。

一九四○年底,周恩来利用美国新闻记者斯特朗到重庆会晤之机,告知两年来国共军事冲突种种。斯特朗表示要公开披露,周恩来却请她先保持缄默。翌年一月,皖南事变骤发,周恩来马上让人转知刚回美国的斯特朗发表她所了解的真相。斯特朗这个石破天惊的报道,让西方知道皖南事变并非偶然,多年来国民党一直在武装暗算共产党领导的抗日部队。我姥爷在旧金山创办的华文报纸及时作了转载，加上之后种种同情共产党的报道，周恩来的名字在幼年母亲的心里也就生根了。

"你爸说过，周恩来那个题词绝了！"

母亲记得，父亲这话是联合国决定为周恩来降半旗之后对她说的。也真有点儿"同悲"，周恩来逝世于一九七六年一月八日，而三十五年前的那一天，皖南事变正惨烈地进行中。

母亲所称，乃皖南事变后周恩来发表在《新华日报》上的十六字题词："千古奇冤，江南一叶；同室操戈，相煎何急！"简明扼要、掷地有声、鞭辟入里的题词，连同周体书法，都堪称千古一绝。

像翻看《时代》周刊一样，我也曾翻阅彼时的美国《生活》周刊，里头所载周恩来当年的一张照片让我尤为震撼。图片的桌面铺着白纸，已落完的"千古奇冤"四字清晰可辨，端坐桌前握笔的周恩来一袭深色西装，领带结歪了些，他似乎被什么事所打断，刚写完"江"字，突然抬起头来，脸色沉重，神情悲壮。一九四一年一月十七日这天，国民政府发布取消新四军番号之命，周恩来为此抗争，在重庆周公馆忙于接受中外记者采访，题词之间，被记者抓拍了这瞬间，将他的情绪无声地诉说出来。

当年斯特朗的报道，连着我姥爷等海外大小媒体的鼎力相助，终让皖南事变"震惊中外"。

在世界舆论哗然中，罗斯福先是致函蒋介石，要求国共继续合作，犹不放心，又派代表居里到中国战时首都重庆，传其意旨。与之同时，苏联政府也对国共两党有所考察和了解。

史称，在国内外各方压力下，蒋介石既不敢投降，也不敢放手内战。

史迪威是在国民党"第二次反共高潮"时，也就是一九四二年三月来华的，这是他第五次来华，此前曾任美国驻华大使馆武官。

有过一战经历的史迪威,颇具个性。身为洋将参谋长,面对中国战场节节败退的现状,却如鲠在喉,三番五次建议蒋介石改革军事,改组军队,撤出包围陕甘宁边区的几十万大军进攻日军,甚至要给八路军、新四军划拨美援。他将此设想报告国内,称:"华盛顿必须了解中国的政治现实,以免上当。"

一九四三年十二月,美、英、中三国首脑在开罗举行会议,商讨联合对日作战诸计划。罗斯福当面告诉蒋介石宋美龄夫妇:"你们必须设法和共产党合作,美国不准备卷入中国的任何内战,我们希望中国一致抗日。"

同样是在《顾维钧回忆录》的批注中,父亲对开罗会议留有一小段文字:"尝听亮老言,罗斯福和蒋公在开罗面晤时,两次提出战后可将琉球群岛划入中国,却为蒋公放弃,不知何因?惜乎!"

"亮老"系王宠惠,字亮畴,曾任中华民国临时政府第一任外交总长、北京政府内阁总理、国民政府外交部长和行政院长等职,美国耶鲁大学毕业的著名法官外交家。王宠惠当年以国防最高委员会秘书长身份,跟随蒋介石同赴开罗。因此,他掌握一手秘辛。

不独这则批注,父亲一九六二年三月下旬的日记也透露心声:"台湾《联合报》记者指责政府在当年的开罗会议上不提琉球归还问题,孰不知一个执意要送,一个却执意要共管,不可思议至此!遗祸至此!"

我按图索骥,找到了彼时的中国台湾《联合报》。原来,美国总统肯尼迪公开承认日本对琉球群岛的主权后,《联合报》一位名叫司马桑敦的记者激于民族大义,发表文章抗议,同时指责"中华民国"政府在开罗会议上没用心,以致本该归还中国的琉球群岛落入日本之手,使中国的东部海防被撕开一道大裂口。父亲看到报纸后,略知内情的他不免有所感触。

身在美国从事外交的父亲还知道,美国在琉球群岛问题上的立场发生如此重大改变,乃因中华人民共和国成立和朝鲜战争爆发后,美国改变了对中日两国的态度,开始扶植日本为其亚洲战备服务。

蒋介石因故谢绝琉球群岛,不仅让日本后来坐收渔利,美国也坐享其成。一个甲子以来,这一地区的政治军事态势愈发复杂,各种资源的纠纷愈发繁乱,都发轫于那次安排的大框架。遗祸产生之因,着实让一代代炎黄子孙欲哭无泪!

开罗会议初步奠定了中国的大国地位,当时几大列强中,只有美国支持中国。共产党的作风和红色外交,开始为史迪威看重。他在日记中写道:"我根据亲眼所见的事实来判断国民党和共产党。国民党腐败无能,经济混乱,强征暴敛,言行不一,囤积居奇,经营黑市,私通敌国。共产党的纲领是……减轻赋税、地租和高利贷,发展生产和提高生活水平,他们还政于民,言必信,行必果……"

史迪威既生亲共之心,就有另类主张。蒋介石不予理睬,还一再希望美国将其召回。罗斯福犹豫不决。

一九四四年,太平洋地区狂风吹落叶,日本人的阵地和防线像多米诺骨牌效应一样,一个接一个丢给了盟军,美国牢牢控制着海域和天空。但日本人仍觉自己有希望打胜仗,当然那是在中国战场。四月爆发的河南会战,国民党汤恩伯、胡宗南所部大军望风而逃,一溃千里,日军连下郑州、洛阳、长沙、衡阳等要地。

罗斯福被震醒了,非但没召回史迪威,反升其为上将,并敦促蒋尽快授其实际军事指挥权。蒋介石"阳奉阴违",史迪威见自己的建议和计划无法实现,常用英汉双语"击鼓骂曹"。两人的矛盾持续升级加剧。

高度关心中国抗战事业的罗总统,持续向中国派人,并于是年六月派出副总统华莱士访华。在华莱士的压力下,蒋介石不得不同意史迪威的建议,美军可以派观察组到延安。而在此前,只允许记者到延安采访。

"罗斯福很想了解中共的真实面目呢!"父亲曾如是津津乐道。他之所以这样肯定,乃因他曾奉命把一些西方记者送到西安,而后自己也到了延安。

美军观察组到延安,历经前后七年不懈的努力,是开在彼岸的花果。

中共与美国开始合作,只是樱桃未红灯先红,芭蕉未绿脸先绿,眨眼之间,随着赫尔利来华、史迪威撤职,无疾而终。

详情不赘。史载,史迪威和蒋介石之间的矛盾由国民党的抗战表现和腐败问题而引发并加剧,蒋介石为了摆脱这一尴尬的"困境",恳请罗斯福"派一位熟悉政治及军事问题并得到总统完全信任"的代表到重庆,想以此限制史迪威的权力。赫尔利就在这种背景下来华。

赫尔利在重庆听信了蒋介石的一家之言,欣然为之做说客,到处宣称蒋介石是防止中国崩溃的唯一领袖。罗斯福经不起赫尔利和蒋介石穿一条裤子后的同声相应,认为蒋史之间确实水火不容,为维护美中战略伙伴关系,乃下令召回史迪威。

早先来华的美军派驻延安观察组包瑞德他们,依据自己的观察和思考,得出的结论与赫尔利截然不同:中共领导的抗日武装不可低估,中共领导人"有着伟大的作为领导者的能力和品质",中共领导的根据地"正在变得越来越强大",建议美国政府"不能无限期地担保一个政治上破产的政权",而应推动国共两党向着联合政府的方向发展。

每个人观察事物、看问题的视角和方式方法都不同,结论难免有差异。好长一段时间,我不完全认同包瑞德他们的结论,对赫尔利的看法更不偏听。都说三个臭皮匠赛过一个诸葛亮,有点儿以多压少;说众人皆醉我独醒、真理只掌握在少数人中,也有点儿夸大其词。让我诧异的倒是,他们为何这么看?为何看得大相径庭?问题不仅出在方法论上,也出在世界观上。

赫尔利是不是个胸襟狭小、寻机报复之人,我不敢断言,但他将包瑞德他们视作史迪威的人倒是确凿无疑,否则也不会必欲扫地出门而后快,否则也不会在使馆的训话会上作如是严厉警告:没得到蒋介石的明确同意,任何人都不得帮助重庆政府以外的个人或团体。后来的事情是,他先是设置障碍,使包瑞德失去晋升将军之机,再无端地将之调离中国。

一九四五年二月,联合国制宪大会张罗之际,赫尔利回国述职,他不知是倒时差倒懵了,还是间歇性地忘记自己已非胡佛总统时期的陆军部长而是外交官了,在华盛顿记者招待会上,对延安发出了听起来确实粗暴且强硬的威胁,自行扯下了"调解人"的面具,以一百八十度的转弯影响了罗斯福对中共的判断。于是,美国对华政策在犹抱琵琶半遮面后,还是发出了扶蒋压共的信号。

毛泽东对此颇不满,一九四五年三月中旬同来访延安的美国外交官谢伟思长谈时,甚至想到美国面对面地同罗斯福讨论所有共同关心的问题。但不日后罗斯福辞世,毛泽东的遗憾无以言说,却仍展现了外交礼数,致唁称:"向美国人民及总统遗族表示吾人之深切吊唁。举世均将沉痛此种损失。"

赫尔利未能解决国共两党的冲突,反而加深了这一冲突。这位易受感情操纵的将军政治家来华,代表着美国一个新的对华政策时代,他是第一个在政治问题上与国共两党打交道的美国高级官员,也是众口一词的一个失败者。哈佛大学教授、真正的中国通费正清,对他曾有个风趣的讽刺:"这个来自俄克拉荷马州的美国人,爱好浮夸,头脑简单,是一个较早出世的里根式人物。"

后来,里根入主白宫时的一位智囊、中国问题研究专家,也曾当我的面不客气地说:"赫尔利毁了自己,也毁了那时已有良好开局的美国与中共之间的外交关系。"

父亲到美国工作后,所接触的美方人士,普遍也是这样评论赫尔利。

赫尔利成事不足败事有余,推动美国走向扶蒋反共道路,不仅加剧了国共间的僵局,也造成了美国政府和中共间的死棋,使相互保留的一份好感和敬意消失殆尽,乃至交恶,这样也就差不多可以理解毛泽东在"开国"之初为何要发表《别了,司徒雷登》。

这一别,中美关系大门訇然关闭,隔了二十多年才重新对开。

费正清教授认为这是美国外交官囿于政治短见,影响美国政府而酿造的悲剧。他为此告诫某些年轻会汉语的美国外交官:"记住:钟摆是会往回摆动的,而且一向如此。"这不啻是对美国对华政策的精辟概括。此是后话不表。

不时冒头的"后话不表",是我写这本书的特点,历史和现实在时空中交叉穿行,话语有时也得互有交叉。但关于我父亲的延安之行,在我渐渐理出一定的头绪后,却还是要提前到这里来说。

父亲为什么会到这个红色大本营呢?有别林平夫的邀请——对了,别林平夫就是那位被斯大林派驻延安、后来以其名义篡改出版过那部攻击中共日记的塔斯社记者,他和父亲早在莫斯科就认识,来华后两人在武汉和重庆都有交集,也有"探听"的使命;当然,也有周恩来在重庆时的邀请。但父亲能成行,最关键是少不了当局的批准,否则岂不明里"通共"? 所以,肩负着使命。

此际,一九四三年五月二十二日,共产国际向全世界公布了解散的决定。

有史家曾这样表述:国民党借共产国际解散之机,渲染要求中共退出政治纷争,叫嚣"解散共产党""取消陕甘宁边区",中共在延安掀起了猛烈的抗议国民党"第三次反共高潮"的活动。

父亲受命来探听虚实。

共产国际解散后的中共如何应对,面对重庆主导下甚嚣尘上的"解散共产党""取消陕甘宁边区"等论调有何反应,重庆很想知道。因此,我猜想,应该不是别林平夫主动约我父亲到延安看看,而是父亲受命与他联系,他遂有此怂恿。不管父亲是否主动报告过,特务活动无孔不入的重庆,都知道他的大背景以及和别林平夫的这层关系。父亲再衔命到"八办"(八路军驻重庆办事处)半公开拜访,拐弯抹角一说,延安之行便顺理成章。

别人一直夸说我博闻强记,但我对父亲如何提到与别林平夫的延安见面却依旧一片空白。上次去俄罗斯拜访别林平夫的后人,也无从了解,只能从他那个"假作真时真亦假"的日记中,姑妄听之。

他和别林平夫见面的窑洞充盈着泥土味,纸糊的小窗子几乎透不进光来。父亲着实领略到了延安的艰苦,与饱受日机轰炸却还不乏灯红酒绿、莺歌燕舞的重庆,还真是两个天地。

口无遮拦中难免不合时宜的对话,从窑洞里延伸到了窑洞外,从自然环境走向延安军民。

在没有一寸柏油路到处尘土飞扬的延安,在不见朱门酒肉臭却不时洋溢着欢声笑语的延安,父亲看到了,听到了,也感悟到了许许多多。

别林平夫不忘好心地提醒一声:"要提防那个康生,弄不好我也是他的耳目。"

事实上,不需我父亲求见,康生都会主动找上门来。父亲心里不觉十五只吊桶打水——七上八下。

父亲语焉不详地招架了好一会儿,倒让康生换了个话题,提出陪他参观武器修理厂。

说是厂,不如称工场。一大堆叫不上名字的旧武器在叮叮当当、吱吱呀呀中进行维修。几支不能用的枪拆解后,七拼八凑,始得装配成一支能用的枪。不远处熊熊燃烧的原始熔炉,在冶炼做弹壳的金属。空气中弥漫着铁硝、铁锈的味道,一群光膀子的工人挥汗如雨,他们像是不知疲倦,以良好的精神状态,以各司其职的秩序,也以一身身汗味儿,接受参观者的检阅。

"你也看到了,我们缺少武器弹药。蒋委员长不给,苏联又不肯援助,我们拿什么来抗击日本侵略,只有命一条!"

从眼前这些五花八门、缺胳膊少腿的武器,可以想象延安和八路军的后勤有着多大的压力。

康生还说:"我们希望得到武器,只是为了能更好地同日寇作战,罗斯福总统该会为此高兴!"

康生是随便说说还是在信誓旦旦作保证,父亲无从探知,只是表示将如实报告,但人微言轻,得听从上峰裁决。

"共产国际是自己解散的,蒋先生想取消共产党,这个怕他这辈子是看不到了。"康生一边走,一边说。

康生忽又说:"乔明月同志的事情我弄清楚了,为她恢复了名誉,真是可惜啊!说到底她是王明路线的受害者!"

连自己和乔明月的事他也知道啊!父亲不由分说就想知道具体死因,康生却徐徐道:"出事点在河北,那里现在沦陷了,待赶走日寇,你可以去烧炷香,有空我陪你去。"

这般云里雾里,像延安没有路标的土路一样,让父亲摸不着头脑,找不到北。

父亲只是说过他在延安见过毛泽东,日记里略略几笔带过,我自然不能胡编,欺世盗名,且借用别林平夫真真假假那个日记,即便大事不虚,也并不完全代表我的观点。

父亲在延安自个儿也没想到,耳边会响起一个久违的声音,面

424

前会闪过一个熟悉的发小身影。对,你猜对了,是程贵发。

他们是分头从南洋回大陆的。父亲在国共第一次合作前就回国当了真正的革命童子,小他几岁的程贵发则在第二次国共合作前姗姗到来,名为回厦门探亲,实是接触并资助共产党(据称在南洋就被发展为秘密党员),被国民党蓝衣社拘捕,拟送福州处决。时父亲已在南京国民政府任职,接程贵发的求救后,救兵如救火,经多方周旋才把他保释出来。此后音讯全无,没想会在延安遇上。

前面说了,虽然我爷爷和程贵发父亲程天章芥蒂未除,但抗战爆发后,两人爱国不甘示弱,比赛捐输,并组织华侨青年回国参战,不同者在于对国共各有亲疏。

打量着这个穿身八路军粗布军衣、打着绑腿、精神十足的程家小弟,父亲关切地问起了他父亲程天章的近况。才知程天章访问过延安后,心有所属,在新马地区沦陷后,把部分实业迁到越南、柬埔寨一带,不畏艰险地在那里发动华侨为八路军捐款。

见我父亲竖起了大拇指,程贵发便问:"这么说,三哥不反对我父亲和陈嘉庚先生的共同看法,中国的希望在延安!"他还是照南洋时那样,称在顾家排行第三的我父亲为三哥。

"中国总该有希望。"

"三哥,我们为什么就不能在同一阵营呢?"

"我们不在一起,还不是照样为国家效力!"

程贵发看着父亲道,"有延河水、宝塔山见证,我们是有信仰有精神的人,共产党终究有一天会实现自己的抱负!"

由着这话意,程贵发不由分说地拉上父亲,骑着比毛驴还瘦的马,一起穿过蜿蜒流淌的延河水,去了延安最雄伟的建筑宝塔山。

朝圣的人背着夕阳陆续下山,一路上不断有言语随风传来:"只有八路军和新四军打日本,那么多国军躲哪里去了?""延安一直在帮助重庆抗战,重庆却不识好歹,敌我不分,时不时就派特务过来捣蛋,派重兵包围,真是脑子进了水!"

议论者有身着土布军装的人,有头缠白布的陕北百姓,还不乏风华正茂的知识青年——从国统区来投奔延安的知识青年可真不少!

隔天,程贵发还带着父亲到简陋的医院看望了一位从前线送回的被迫截肢的八路军连长,说是一位归国华侨。年轻的军官动弹似乎都有些困难,见了父亲这位来自重庆的人,抱怨声却出奇地大:"要不是重庆断绝对八路军的物资供应,不发一枪一弹,我们怎会这么被动,我这条胳膊也不会丢!你倒回去替我们问问,蒋委员长还要不要全国军民抗战到底?"

负责医治的一位外国医生在一旁用含混不清的汉语说:"像八路军、新四军这样忠于祖国、忠于民族的军队,古今中外都难找,怎么还会被你们的蒋委员长打入另册,挑起武装冲突呢? 真是匪夷所思,对上帝犯罪!"

"我们付出牺牲都不要紧,只要祖国记得,有一支简陋到只有小米加步枪的军队,曾为这个国家拼死战斗过!"华侨军官说着说着,想挣扎起身,但被医生及时地按住了。

"重庆政府里肯定有不少汉奸和日本特务……"医院里躺着其他八路军伤病员,七嘴八舌表达的没有不是对重庆消极抗战、积极反共的愤怒的。

"陪都能有什么好事呢?"一位自称从重庆弃暗投明过来的医护人员不无鄙夷地说,"重庆只是把抗战挂在嘴皮子上,到处贴标签,玩文字游戏,名不副实。比如,他们信誓旦旦说的'轰炸东京'不过是一道菜,'收复香港'是治疗脚气(按:脚气又称香港脚),'反攻南京'是捉臭虫(按:臭虫又名南京虫),而发誓绝不能白流的'前方将士的血',只是红葡萄酒……"

一个接一个诘责和嘲笑像炸弹似地飞向父亲,他躲无处躲,左右招架,慌乱不堪。父亲知道重庆的事情比他们还多呢,真教人颓废呀!

从医院出来,程贵发不忘说:"中国有句俗话叫做'有奶便是娘',八路军现在是'无奶也是娘'呀,却还在不遗余力地协助国民政府打鬼子! 真希望三哥能设身处地想一想,我们今后对许多问题就不难有一致的看法了。"

父亲没好气:"光我们有一致看法有何用! 你是毛泽东还是我是蒋介石?"好像参观医院这出,是程贵发别有用心的安排,故意要让他出洋相。

夏风卷着黄土热热地吹,程贵发停下脚步,看着父亲,耐心地说:"我们肯定不是,但群众中有'毛泽东'和'蒋介石'。"

父亲不知所以,程贵发道:"等会儿请三哥看戏,看群众中的'毛泽东'和'蒋介石'。"

露天戏台简单得不能再简单,是鲁迅艺术学院演出的《岳母刺字》。黑压压一群观众,有伤病员,有八路军指战员、边区政府工作人员,还有当地百姓。说的当然不是毛泽东和蒋介石的故事,故事和台词里的弦外之音却显而易见。阵阵掌声,也表明了观众们对现实抗敌的情绪。父亲事后追记:"中共拥有第一流的策划高手和宣传人才,寓教于乐,推出来的作品符合广大士兵和工农的趣味,激发他们的想象,拉近他们的情感。普罗大众都偏爱这种艺术和内容,久而久之,延安自然成了抗战的圣地。"

曲终人散,一路上人们还在意犹未尽地议论,沉浸在戏里的故事中。

归途中,程贵发问了我父亲的观感,并准确获得我父亲对消极抗战现象的不满乃愤懑情绪后,以鼓动的口气道:"三哥身在曹营,何不像当年参加洪门那样,参加到我们的秘密组织来,在不同的阵营奔向相同的共产主义!"

"像当年参加洪门那样?"

程贵发道:"我们就是要把所有的人团结在一起,与日本法西斯作斗争,与国民党的一党专政、黑暗统治作斗争。官员、军人、富人、穷人、农民和工人,只要靠得住,向往光明,我们都欢迎。"

父亲的语气仍旧平淡:"只要有利于全民抗战、民族利益,不管明里暗里我都愿意尽力。"

"共产党追求团结和进步,不管国民党搞的破坏再多,我们也不怕,到头来鹿死谁手都不知道呢! 三哥你得明白!"

程贵发说得有点儿激动,还带点弦外之音。想到各自所处阵营,父亲不由得就对他保持着一份距离。哪怕不久后程贵发受派到重庆八路军办事处工作,父亲与他偶尔还能见上一两面,却再也亲热不起来。人与人之间尚有距离,党派之间从来就不可能严丝合缝。

父亲在延安的见闻和所见诸人,在此恕不一一赘述。虽然言语不甚契合,但父亲发现,确实有种精神在延安蓬勃生长,以致他在日记中如是说:

> 这个考察报告,我必须严格要求,一定只写真实情况,绝不欺上瞒下,无病呻吟。我要告知当局,几年来,延安没受到日军侵扰,中共把它弄得还算有秩序,并因此巩固了自己的地位;延安的物质极其困乏,但老百姓并不萎靡,对自己的土地有不可思议的献身精神;延安虽然清贫,但精神面貌绝非重庆可比,他们做事有效率,俘获民心,其野心亦非同寻常,整风运动不可小觑,已造成其全党的高度团结。共产党大都是有信仰的人,怪不得张国焘反水时连自己的警卫员都带不走! 中共有什么理由不借此炫耀,并巧妙地大肆宣传这一切? 我还告知当局,共产国际对中共的作用早些年就大大地削弱了,如

今它的解散,反而刺激中共进入新阶段。

是不是可以说,延安整风的经验,曾给蒋介石拨亮过一盏指路明灯,尽管有些遥远,但眼前到底一亮过?只是,蒋介石搞不起重庆整风,蒋经国在上海滩打虎也无功而返,共产党的他山之石,在国民党这里攻不成玉!

延安的考察经历,对父亲产生了深刻影响。在抗战大旗下国共双方政治纷争的舞台上,他有机会观察体验两个政党阵营里的情状,越是研究,就越清楚其中的道门。自己的命运虽已深深地与一个党风不正、政风不廉的政权绑在了一起,但他实在不甘心就此与一滩污泥浊水这样厮混下去。他决定辞职,参加第三党的组建。

我以为这是父亲的幼稚和气话,因为他在经历过国共两党的分合后,对加入政党既有疙瘩又无心志,他为此人云亦云地说:政党乃俗人之事,君子不得已而为之。他天真地想以个人立场匡辅国家,此番为何竟要参与第三党的组建?他给出的解释是——站在民族立场上,来推动国共合作,共同挽救中国,探寻中国社会发展之路。

现实很残酷,与第三党浮在表面上的一些骨干人物接触后,父亲没发现他们中有可担大任者。没人,一切便都无从说起。一股悲凉在父亲心底升起。

父亲想着远离一言难尽的政治,却又不知向何处去。

后来父亲决定:"如果还继续留在政府里,那就从事外交吧。"

早在莫斯科留学时,父亲的分配志向里就有了从事侨务、外交的诉求。他对中国外交的抱负,远远超过了对内政的兴趣。他最初从事的侨务也涉及外事,有责任也能为海外侨胞服务,但还不是正经八百的外交。

父亲后来称,他放弃曾有的政治梦想即组党一事,让已到重庆工作的程家小弟等人"空欢喜一场"。

但蒋廷黻、陶希圣等人是欢喜的,他们多了一个"同道"。

对当时中国的现实政治,这几位投笔从政的学人大致有相近之见,首先拥护国民政府,其次重视民生问题,民主宪政等问题暂放一边。他们甚至不太赞成在国难之时侈谈司法公正、社会福利、个体自由等内容的"民主政治"。

抗战期间,有无从事民主与民主化的迫切需要和可能呢? 几位历史学家从历史的考察得出结论:民主政治宜在国家和平安定时建设,在战争或危难之时分手来做只会添乱,现在必须把战时国家利益置在头顶。

如同治学必本实情,评价这些从政学人的言行,也要本乎实情:以他们为例,当时的知识群体在救亡图存这一时代和特殊背景下,纷纷投笔从政,不惜在国共两党阵营与权力发生联系,实为在情感和理性上对国共抗战的一种认同。他们各为其主,各负忠诚,后人不能以最后乾坤谁定、江山谁坐,而简单地对不同阵营的群体来做是非判决。

父亲履新详情不表。

陪都重庆,外交人员、各国记者和美军顾问云集,虽然笼罩着战争的阴云,回响着日机轰炸的余音,但总得生活和娱乐,而舞会是他们常有的生活方式,主人不管是出自真心的待客以礼,还是带有功利的投其所好,打的也是得道多助这张牌。父亲见过世面,性格和识见中留有弹性,不会把凡是超出战时生活水准的现象都视为罪恶,却也情不自禁地为灯红酒绿过多而郁闷,为"轰炸东京""反攻南京"这类"幽默"过多而羞赧。重庆不需共产党的渲染,怕也快接近《旧约》里的所多玛城了。

从世界和国内的各种形势来看,旷日持久的抗战是快胜利了。

可如同越接近黎明越黑暗那般,越接近胜利越艰辛、也越苦闷。别人我不知道,反正父亲是这样的!

五

历史的风筝扯得太远了,有放有收,得回到旧金山会议一事的台前幕后来。

面对赫尔利的拒绝,周恩来方面并没逆来顺受,迅即展开其灵活多样的外交。

蒋介石收到了宣传部转来的周恩来方面电函,他的初心是派个清一色"国"字号代表团,最多加上若干社会贤达、无党派人士装点门面,绝不放进一个共党分子。是啊,一个视共产党为眼中钉、洪水猛兽,连做梦都想将之"围剿""绥靖"的独裁者,怎能容忍对方光明正大登上国际舞台造势?在他看来,派出一个属于自己意愿的代表团,另一层的意义那是不言而喻的,等于向世界宣布,我蒋某人有足够能力和办法控制中国的政治局面。

噫吁嚱,且让我结合顾维钧回忆、蒋介石和我父亲的日记,以及其他相关资料,还原一段历史。

一九四五年三月六日,我父亲出席了工作宴会,主题是研究旧金山会议代表团的组成问题。

父亲回忆往事时曾说:起初,重庆本来只考虑派一个由宋子文、顾维钧等三人组成的小型代表团。深谙国际事务而又相对超脱于国内政潮的顾维钧不赞同,他对国外特别是美国对国共关系的看法有独到见解,认为美国虽然确定了扶蒋的基本方针,但对国民党专制的腐败深为不满,一直希望国民党政府能按照美国模式实行民主改革;而且,美国舆论业已对国民党展开了批评,普遍认为中国问题的根源在于国共双方存在严重分歧。

父亲显然有自己的思考,说:"拒绝中共加入,这与他们眼下的政治影响力不相称,不是说敌后解放区有一亿人嘛。"

那时,国共两党用字和口号各有奥妙。国民党说救国,共产党称救亡;国民党曰抗日,共产党云抗敌;国民党抬出国家,共产党祭出人民;国民党倡导法治,共产党力主民主;国民党标举"一个政党、一个领袖、一个主义",共产党宣传"统一战线"……多数情况下,人一张口,即知其来路,如说"收复"者多来自国统区,言"解放"者多来自解放区。嗣后抗战落幕内战上演,由"救国""抗日"聚集起来的民心薪尽火熄,一个个失地"收复"无望,"国家"无药可救;而被"救亡""抗敌"激发出的士气还余勇可贾,饶有余韵,一城一池逐渐"解放","人民"当家作主。河东河西,桨(蒋)随波翻,锚(毛)定乾坤。

两周后,父亲获悉,蒋介石已定下赴美代表团名单,以行政院长宋子文为团长、顾维钧为副,另外还有胡适和他等一干人。其中,吸收了经顾维钧等人推荐的女性代表和无党派人士、民主党派右翼人士代表,前提条件是"参加时不得附任何条件"。

父亲微微一叹:"果真没有中共代表。"

"这事还得磨。"

正如顾维钧所料,海外舆论对这份名单表示了倾盆大雨般的速度和态度,连美国也大失所望。与白宫有交往的几位华侨名士还公开发声:中国之所以惨遭日本蹂躏,主要是因为政治不统一,责在国民党一党独大,铲除异己。当时,除了白宫,中共还争取到了国外其他支持和同情,他们对延安清明的政治体制寄予希望,认为中共是个能给中国带来希望的政党。

几天后,又有秘辛传出,还在制定中国代表团名单前,美国总统罗斯福就签发了一封电报。

这封代表美国政府立场的电报，大意云：罗斯福总统感到中共向美国特使赫尔利所提建议有道理，认为中国代表团若容纳中共以及其他政党的代表，有益无害，有利于实现中国政治团结；美国代表团就包括了两党代表，加拿大等国的代表也大都如此。

中共迅即发出通电，声明国民党独占旧金山会议代表名额既不公正，也不合理，中共拟派周恩来、董必武、秦邦宪三人参加中国代表团，若此建议不被接受，中共将反对国民党之分裂行为，并保留表示一切意见的权利。中共的通电及其主张，不胫而走，很快得到民盟的欢迎和拥护。

风乍起，吹皱一池春水。国民党高层也出现了不同声音。孙中山之子、前行政院长孙科认为，代表团应有中共的一席之地。孙中山夫人宋庆龄甚至指出，中共在代表团中应占两个名额。

借着美国的干预，在中共义正辞严的要求和社会各界的压力下，三月二十七日，国民政府行政院正式公布中国出席旧金山会议代表团组成人员名单，中共代表董必武赫然在目。

那年那月，不同阵营的中国人，就在旧金山歌剧院一起参加联合国筹备大会了。

世界反法西斯战争如果是一首"呕哑嘲哳难为听"的长歌，这时确实开始进入尾声。这年年初，中英联军和中美联军在缅甸大获全胜，打通了由中国昆明到印度雷多的公路，恢复了西南的国际补给线。三月，与美军攻占吕宋和硫磺岛遥相响应，苏军占领了波兰和匈牙利两国首都。而中国境内的抗日战争却不尽如人意，日军一再发动攻势，人数众多的国军虚有其表，要想驱除日军似乎还排不出时间表。

海这边的国际会议，且开且议。

父亲对董必武的印象很好。不止在于他是中共创党元老兼留学生；也不止于在诸代表中最为年长，有长者风范；更在于他出席联大成立大会期间，谦谦君子，克己奉公，凡有重要建议或提出问题，大多会事先与大家商量。他还曾多次请教或询问有关国际和国内事务的几个问题，父亲有时也敬陪末座。

会前，不独代表团团长宋子文未雨绸缪地"奉天承运"，顾维钧也曾打"预防针"：代表团代表着整个中国，因此只讨论有关整个中国的问题。大家心照不宣，主流派防着"非主流"的中共代表呢！

但所谓将在外君命有所不受，会里会外，有关苏俄问题和中国共产党的问题，总会被有意无意地提及。每逢此时，董必武总是先倾听其他代表意见，有什么刺耳或不中听的，从不粗暴打断，而是有理有节地予以回应。据说，胡适在会议期间，曾要求中共放弃武力，单纯从事政党活动，当即受到董必武的反驳。

"相比于我们这些普通人员，董必武作为唯一的中共代表，当然更是关注的焦点。"父亲如是说。

在中国代表团举行的记者招待会上，作为中国唯一能制衡国民党的政党，中共唯一代表确实备受关注。面对七嘴八舌的提问，尽管彼时国共矛盾日益尖锐，董必武仍以大局为重，原则和灵活相结合，尽量尊重、体谅其他代表，减少矛盾，求同存异，在联合国宪章讨论中通力合作，为中国增色。

父亲后来感叹："董必武绵里藏针，亲和力十足，这般大将风度，源自对共产主义的自信。"

董必武到旧金山，是中国共产党人第一次以公开身份在美国活动。他显然珍视这样难得的机会，一面参加会议，一面广泛接触侨胞和国际人士，介绍中国解放区包括抗日战绩、经济和政权建设在内的诸情况，阐述中共的主张和政策，积极开展国际统一战线工作。

由是,这位后来的中华人民共和国代主席,访问了我刚走过的唐人街,瞻仰了父亲和我先后无数次仰视的孙中山铜像。他忙碌的身影穿梭在中华会馆、中华学校和华侨医院等处,和煦的阳光陪衬他和华侨学生交流的热情,星月的清辉照见他一个一个、一群一群地与华侨代表会面,一手一手地相握。

父亲之外,我外公和母亲都曾目睹董必武的风采。作为当地有名望的侨报发行人,外公还带着总角之年、爱看热闹的母亲参加了相关活动。我外公和我父亲因为祖辈的关系结缘,相差十几岁而成忘年交。

照我母亲的说法,父亲有几次曾陪同董必武会见华侨,实质上是受命当"监军"。为什么偏偏是他充任这一角色呢? 想来是其华侨身份使然。

他对董必武的活动从不限制,报告中亦无任何构陷之词。以致宋子文他们认为我父亲同情共产党,报喜不报忧。父亲一气之下,干脆就推卸了这个差事。而后,董必武几次邀约,父亲为避嫌都推脱不见。再后来,因为父亲一直身在曹营,即使"中华民国"被赶下联合国后,仍"冥顽不化"地为"蒋帮"服务,汉营翰林在写史作传时,便毫不留情。父亲得知,大呼冤枉,郁闷地说,当年还是我暗地里给王若飞传递消息的,他要是不死,我真要找他理论一番,我何苦一面希望中共能有代表参会,一面又阻挠使绊?

父亲的话只能是孤证。知情人即使说了,那时也不一定会为共产党采信,知道情况的中共华侨干部程贵发却又闭口不言。而王若飞在翌年四月八日,和被延安列入参加旧金山会议名单的中共早期掌门秦邦宪(博古)等人,以及皖南事变后被蒋介石囚禁多年始获自由的抗战名将、新四军首任军长叶挺,一道飞往延安途中机毁人亡。中共方面称之为"四八烈士",曾为他们举行隆重的葬礼。

死无对证,父亲的一面之词遂失说服力。尝读"向使当时身便死,一生真伪复谁知"之句,反过来说父亲之事,倘若王若飞等知情人没那么快地如流星般早逝,有关父亲的真相便有作证之人了。当然,这不过是一厢情愿之假想,知情者中不是还有程贵发嘛,顾程两家还是世交呢,为何不见他站出来公开说话,只在晚年良心发现似地留在自己未发表的文章里?

我现在猜想,可能是在我父亲被贴上异己标签后,程贵发他们想独善其身,免受复杂的海外关系牵累。

自重庆一别,父亲和程贵发再没重逢,日记里也鲜有提及,个中情由我不得而知。我只知道他曾感慨系之:当年中共派出这么多重要高干迎接叶挺出狱,足见毛泽东时代的中共何等重视人才。叶挺也值,听说他一出狱就重新向中共递交入党申请,如此行事,对共产主义的如斯信仰,气煞了重庆一班人。

在美国,董必武接受了包括我外公在内的侨胞赠款。曾有记者提问:"不知董先生如何使用这些美金?"

董必武大大方方地回答:"爱国侨胞的善款,连同我此行节省的外汇,将用来购买《新华日报》的印刷设备,以及其他一些急需的公用物资。"

七年前,大半个世界的电台都大略计算好了日本完全占领中国所需要的时间,但现在,中国的抗日战争已见胜利曙光。"战后中国将走向何方呢?"我后来的外公也曾敏感地问及。

董必武的回答言简意赅,耐人寻味:"如同广大爱国侨胞们希望的那样,必将走向民主、光明、富强!"

董必武在美国的外交,证明了此会对中共的意义,以及中共为何非要参加的原因。

革命华侨出身的父亲,耳闻目睹之下,婉劝宋子文也趁机接接地气,笼络侨心。得到的回答却是,有他做代表就行。

好不惘然。有过美国留学经历的宋子文人缘"超好",当地商绅排了长队请他吃鱼翅席,要两个月才吃得完。宋子文当然也可以有话说:享福之中,又可借机笼络侨心,何乐不为!

对这位戴着美国哥伦比亚大学博士帽(呵呵,我的学长)、荣登过《时代》周刊封面、正炙手可热的政要,父亲在位时想必有不少腹诽。晚年和我谈及,一句"他真是把中华民国当作私有财产呀",足见不屑之情。

据说,抗战胜利之时,国库尚有七亿美元外汇,宋子文接任行政院长一年余,就将之挥霍殆尽,因而通货膨胀,遂改币制。通货膨胀和财政失措毁了千百万中国人的生计,并彻底毁了国民政府的信誉。

我又想起了父亲赴延安考察报告上说到的"精神":共产党的"精神面貌绝非重庆可比"!

确实有种精神在共产党的身上蓬勃生长,不管雷电交加、风霜刀剑,生生不息。

而国民党这头,就不可同日而语了。

父亲就曾指斥宋子文身为"国舅",却与蒋介石离心离德,眼见国民党兵败如山倒,赶紧三十六计走为上策,辞去最后担任的广东省政府主席之职,带着夫人前往浪漫的巴黎,而后定居其父子皆留过学的美国,乐不思蜀。

一九七一年,已被蒋介石亲自批准开除党籍多年的宋子文客死旧金山,父亲曾参加追思会。虽然美国总统尼克松唁电称赞宋子文在二战期间"为我们共同的伟大事业做出贡献",父亲却仍在事后的日记上落下这样的字句:"宋身为党内英美派领袖,固然在对日态度上强硬,也为抗战提供过有利的外交环境,但其阵营和政学系阵营一样,都是一伙渴望做官,却毫无安邦治国干才之官僚,攫取高官厚禄后,官商不分,公私不分,败坏国是,党国可悲正在于此!"

我可以想见,父亲这种人,在那个时代那样的政府里做官,是会受人排斥和构陷的,还好他到了天高皇帝远的异域。

话说回来,在旧金山期间,董必武及其几位助手出人意料地撰写了近三万字的《中国解放区实录》,用英文刊发,在各国代表团、新闻记者及国际人士中广为散发。如果说国共在抗战中各显神通的话,与美国人打交道也是。

父亲说:"这个时候,中共也难,不仅要与国民党联合行动,团结全国一切力量结束抗战,还得多些渠道与美国和世界沟通,宣传自己的基本政策主张,争取外国朋友。赫尔利的破坏太大了……"

可以说,直到这个时候,中共仍没有放弃美国,仍在做统战工作,利用旧金山会议展开对美外交,力争影响美国,并通过美国影响国民政府的决策。

难得苏嘉对旧金山往事也知道个大概,交流起来就流畅了。

这小子还主动地说:"老舅,我觉得您姥爷多少受了董必武的影响,靠左转。"

外公创办的侨报,不仅在显著版面刊登了董必武的对侨谈话,在旧金山会议结束后还刊发了一篇短而精悍的社评:

> 国民政府出席联合国成立仪式的一号代表宋子文,宁愿待在豪华旅馆吸雪茄、喝咖啡,也不愿去唐人街亲近侨胞。中共一号代表(也是唯一的代表)董必武却是另一种风格,不时现身华侨中间,在华侨主持的许多集会上讲话,给美国的华人留下了深刻印象。在议论中国在战后世界中的前途命运时,鲜有华人认为国民党继续其独裁统治会有什么好处。

苏嘉说他是辗转多次才打捞到这段轶事的。

想来,母亲把这段"内销"给我的家族往事,也曾向她的远房侄子"出口"。当年那篇社评有如石破天惊,以致我外公被国民党海外部挂上了号。难怪母亲后来进联合国工作时,还被台湾方面质疑,幸有我父亲搬动关系,才有转机。

确实是这档子事。

六

"我脚踩大地,涌出百种情感。"

美国诗人惠特曼的这句诗,像街头绿化道和公园里随处可见的草叶一样,伴我踏入旧金山退伍军人纪念大厦的大礼堂。

当年,一九四五年六月二十六日,联合国制宪会议就在这里进行最后,也是最庄严的议程:通过《联合国宪章》。

历史可以嘲笑现实的无知,现实可以反观历史的肤浅。不管如何,历史事实得尊重,不容篡改。历史到底是光明还是黑暗,都是给现实提供的一个镜子和界面,告知未来一个走向。未经美化修饰的历史照片亦然。

我找看过制宪会议的现场照,签署仪式场面庄重、气氛肃穆。五十个与会国代表依次在宪章上签字,这标志着联合国正式诞生。签字国成为联合国创始国(波兰于翌年加入)。

值得一提的是,中国代表团最先在宪章上签字,——签下的当然是汉字。

我凝视签字台。当年来自东方古国的代表们,在此起彼伏闪个不停的镁光灯下,意气风发地在纸上落下重重的一笔。

中国为何成为第一签字国呢?有说,因为中国抵抗法西斯侵略最先,为时也最长——整整十四年呵;有说,是按中、苏、美、英四个会议邀请国英文字母的顺序。在失重中被迫屈辱地跨入近代的中国虽积贫积弱,但在世界反法西斯战争中做出过重大牺牲和巨大贡献后，如凤凰涅槃，浴火重生，获得了举世的认可和尊敬，由此成为联合国的发起国和创始会员国之一。

我唯物，有时虽也难免唯心，但向非历史虚无主义者。我坚信，无论再经多少个春秋，再历多少遍严寒，哪怕"山无陵，江水为竭，冬雷震震，夏雨雪"，只要人类不灭，这个特别的签字台，都将永久闪烁着照亮世界、引领未来之荣光，不会与君绝！

父亲晚年对宪章的若干规定仍能倒背如流、诠释到位。比如，联合国的宗旨是"维护国际和平与安全""制止侵略行为""各会员国在其国际关系上不得使用威胁和武力""不得侵害任何会员国或国家的领土完整或政治独立""以和平方式解决国际争端"等等；比如，遵守《联合国宪章》、维护联合国威信，是每个成员国神圣的责任；比如，违背、践踏《联合国宪章》，就是对《联合国宪章》的背叛。

"老舅在想姑丈公吧？"

凝望签字台，我恍若看到当年在联合国工作时的父亲，一次次地挥动手臂演讲："联合国宪章必须遵守，联合国宪章不容践踏！"

我回头看一眼刚按掉手机的苏嘉，反问："你来这里，会想到什么？"

苏嘉笑笑，道："历史有时显得滑稽可笑，联合国宪章字字得来不容易，体现着和平、公平和正义，那些原则至今仍具有强大的生命力和现实意义，却从一开始就受大国操纵，成为其维护自身、制约他国的利器。宪章的精神被曲解、亵渎，被违背、践踏。"

这不是嬉皮士式的言论！玩世不恭的混世魔王苏嘉也在进步呢，可不能老是门缝里看人——看扁了他。

是啊，联合国宪章字字含有历史的血影，句句汇成冲洗污泥浊水的激流，可连苏嘉都知道，它如何被那些大国和强国玩弄、污辱、损害、损人利己。

电话铃响起。是程宁宁打来的，开口便问怎么又骂开了？

我不明所以:"我骂谁了?"

"你骂大陆,不仅日本华人网站上见你开骂,今天的微信也被刷屏了。"

"微信?"我诧异莫名,"这不是我。"

"我知道,是有人借你名,你的微信号肯定被盗号了!"

"去了趟日本,不知招惹了鬼子还是汉奸?"

"赶快处置好! 否则影响太坏!"

心绪快快挂了电话,苏嘉一旁察言观色道:"看来老舅在日本结了段孽缘。"

孽缘? 我心里一愣。

苏嘉却没在此停留,却由此切入一个话题:"我去年初也去了趟日本,拜会了几位同道中人,想今后有所动作。"

"什么动作?"

"日本大有可能重蹈军国主义老路,重舞法西斯屠刀,奇怪的是,世界都很警惕,老大(美国)却听之任之,当年宪章的主要设制者,似乎唯独他忘了法西斯的残酷暴虐,似乎法西斯永远不会在他这太岁头上动土。你说对这个联合国宪章,日本现在岂止是无视,还要公然粗暴地践踏呢!"苏嘉愤然有声。

"你想搞暗杀?"

"不值得,但也并非不可能。发动甲午战争的日本首相伊藤博文,后来不就是在中国被暗杀的嘛!"

步出礼堂,苏嘉还在振振有词:"老舅您是知道的,成立联合国,美国的企图是让它成为自己可以随意操纵的机器,当年的韩战(朝鲜战争),就是明证。但随着时代的变化,特别是中国大陆恢复联合国席位后,发挥着安理会常任理事国的作用,切实履行对《联合国宪章》的承诺,美国受到牵制,不能为所欲了。"

我调侃道:"苏长老也讲政治呀。只是你这段话我听得有些耳熟,有不少是从中国外交部长那里移植过来的吧?"

他龇牙,迎风大笑。

要我当外长,我也会这么说。

中国外交在曲折中走向成熟。而在父亲那个年代,在顾维钧更早的那个年代,积弱积贫的中国,哪有真正的外交! 一战、二战中国都是战胜国,但正当权益在西方列强的主宰下,还不是照样被出卖! 这是历史,你心痛不心痛,冷笑不冷笑,它都是活生生的历史!

蓦地,不知是风中,还是耳朵旁,又飘过那首歌:

> 孔夫子的话　越来越国际化
>
> 全世界都在讲中国话
>
> 我们说的话　让世界都认真听话……

在听人家发话的同时,让别人也洗耳恭听你的声音,固然离不开公理,但更得靠与自身强大增色的魅力。

联合国一晃七十年,我怀着太多的感慨,叩访其诞生地。七十年也确实是上了寿的年纪,听管理人员说,今年前来造访、凭吊的人还真不少。望着眼前的红男绿女,我忽然来了某种灵感,示意苏嘉随意逮住人问几个问题。

"联合国不能取消……"

"联合国宪章不能被践踏……"

苏嘉的美式英语讲得真是地道。如果你闭上眼听,绝不会认为这是个华人在讲话,真是连一点儿口音都不带!

我强烈地感受到了父亲他们当年的价值,他们代表的不仅是当年,更是未来,是历史;他代表的不止是当时的四万万中国人,还有现在的十三亿中国人,以及更多更多包括各位看官在列的世界上一切热爱和平的人们!

这样的光荣和梦想,岂能是冷冰冰的出土文物,岂能是有价无市的古董,岂能由着我们这代人熟视无睹,尽付笑谈中!

挥手再见的是联合国诞生地,永不说再见的是联合国及其宪章!

迈步坐上车时,我抬头仰望旧金山的天穹,蓝天正蓝,白云正白,阳光正亮!

建筑是凝固的音乐。唐人街林林总总的楼堂馆所,无声交响着中国的旋律、美国的音符。岁月的斑驳在窗口和屋顶一览无余,如同我们的身影,或驻足,或穿行。

"你是怎么想着当这个会长的?"我饶有兴趣地问。还是严肃点,不以长老、帮主戏称。

苏嘉嘿嘿地笑了:"鬼使神差,差不多是被绑架的。"

几年前,美国退伍军人会华系支会(简称华埠退伍军人会)联合旧金山侨团,在旧金山华埠圣玛利公园举行悼念二战中捐躯的华裔将士仪式。旧金山市长代表致词指出,华裔来美国不单修筑了铁路,在第二次世界大战及其后的数次对外作战中,都能看见他们的身影。他们为保卫美国冲锋陷阵,甚至英勇捐躯,美国人民和华裔将士一样,在珍惜来之不易的幸福生活时,也要铭记为国捐躯的华裔将士,学习他们这种牺牲小我成全大我的精神,告慰他们的在天之灵。

苏嘉简略道来,略带腼腆说:"那天我也有个发言。"

"为什么会轮上你?"

"老舅您忘了,我参加过保卫北京奥运圣火的殊荣呀,他们还争着与我合影留念呢。"

与刚刚的腼腆不同,他的话语里显然带上了几分自豪。

我莞尔:"久仰久仰,你的重要讲话都说了什么?"

"我说,大家不仅要缅怀捐躯华裔将士的丰功伟绩,还应注重培养华裔年轻一代为居住国和祖籍国的奉献精神。"

真这样说的话,有点儿言近旨远吧,我向他伸起了大拇指。

"会后就有人推举我当这个会长。老舅您是知道的,我爷爷当年就是洪门中人,跟过孙中山。"

"哦,失敬失敬,子承祖业,重振雄风。"

"哈,不过是鬼使神差,心里压根就没底,所以要老舅多多指点。"

他边说边转身向我抱拳施礼,胸口那个青龙刺青便跃然在眼。

我沉吟片刻,道:"你第一次回大陆是哪年?"

"是我祖爷爷的忌日吧,对,一百三十年忌日时。呀,时间真不知是怎么过去的!一百三十年算不上地老天荒,但我们隔着千万里,却还是实实在在地和祖先的土地有着千丝万缕的联系。那个心灵的故乡还在,动辄逼着你去追寻。"

听得我心灵为之一震:"你真不愧还是炎黄子孙呐!"

"血液里的很多东西,与生俱来,怎么改都改不了。还没回中国前,我就曾强烈感受到这个国度无处不在。"

这家伙,看似平平无奇的外表,却有一颗不流俗的丰富内心。我感觉都有点儿不认识他了。

他讲得有些煽情,我听得有些动情。

他说着说着,忽然反问一句:"老舅您为何不回去看一看?"

"哼哼,我连邓小平都见过呢。"眼见他情不自禁地带上了点儿感觉良好且诲人不倦的味道,我没来由地将了他一军。

答非所问,却引发了他的某种好奇,以致在报以"哦"一声后,那热切看人的眼光告诉我在期待下文。

我真的见过邓小平,不过,那是在美国,你知道的,他一九七九年一月应邀来美国作过为期九天的访问。

那年一月二十九日上午,美国白宫南草坪上首次并排升起五星红旗和星条旗。美国总统卡特在这里为中国国务院副总理邓小平举行了欢迎仪式。作为一个历史学者,我当然记得这个日子,更知道这是个历史进程中极不平凡的时刻:这年元旦,中美两国正式建立外交关系,结束了长达三十年的不正常状态,对国际形势和世界格局产生了重大而深远的影响;而邓小平是第一位访问美国的中共领导,由此揭开了两国关系的新篇章,里程碑式的意义不言而喻。

　　当邓小平和夫人一行乘车来到白宫时,一千多名欢迎群众挥舞中美两国国旗,欢呼、鼓掌。我的母亲,就在欢迎人群之中,亲历了这一历史瞬间。她津津乐道地说,当时的气氛就像充了电一样,我不知道白宫以前是否常有这样令人激动的场面。

　　卡特总统和夫人陪同邓小平夫妇登上铺有红地毯的讲台,乐队奏起中美两国国歌,十九响礼炮后,两国领导人检阅了仪仗队。

　　父亲事后曾就此大发感慨:"一个国家特别是美国的总统举行正式仪式,隆重欢迎另一个国家的副总理,并陪同检阅三军仪仗队,这在世界外交史上极其罕见。"

　　邓小平访问华盛顿期间,卡特特意为他在肯尼迪艺术中心精心安排了一场盛大的演出。我就是在此时见到邓小平的,因为我参加了最后一个节目表演,我和近两百名小学生用中文演唱《我爱北京天安门》。一曲唱罢,邓小平携夫人走上舞台,热情拥抱和亲吻了小学生。在后排的我虽然没享受到此荣,但真的是看到了邓小平,还向他挥了手,送给他天真无邪的笑容。之所以直到现在才提这事,是因为我觉得惭愧,早早就在邓小平面前声情并茂地唱过这首歌,却至今还没到过天安门,更别说看天安门上的太阳升,心里能不别扭?

　　邓小平一生中两次到美国。第一次是一九七四年四月出席联合国第六届特别会议,代表中国政府宣布:"中国属于第三世界。中国现在不是,将来也不做超级大国。"第二次才算是对美国的正式访问,邓小平向世界展示了中国改革开放的坚定决心、努力学习西方先进技术和文化的成熟心态,以及中国必将实现现代化的充分信心。

白宫隆重的礼遇过后,第二天,全美华人协会在华盛顿希尔顿饭店设宴欢迎邓小平一行。我的哥大校友、著名历史学家、时任全美华人协会副会长的何炳棣,用双语介绍两国贵宾,诺贝尔奖首个华人得主杨振宁以会长身份正式演讲,申说中美两国搭桥梁互利、共谋发展之重要。

父亲不知是有意回避还是碰巧被台湾方面召回,反正在美国与当年莫斯科中山大学时的校友邓小平两次错过。但所谓"躺着也中枪",几年后,台湾竟有报纸借他的话,对邓小平很是发了一些不恭之词。

邓小平访美,自然涉及中国台湾话题。有美国官员问,卡特总统因中美关系正常化问题在国会遇到麻烦,不知中国是否也有类似情况?邓小平不假思索地回答:当然有,在台湾就有不少反对者。邓小平的政治智慧让人惊叹。

自尼克松总统一九七二年访华"破冰",历经多年磨合,美国政府终于接受中方所提与台湾"断交、废约和撤军",中美两国始才正式建立外交关系,也始有邓小平美国之行的成果。台湾方面对邓小平访美自有反应,甚至几年后,也就是一九八四年邓小平在人民大会堂接见里根总统时,彼岸竟还有过激反应,翻出邓小平访美时的一个镜头说事。

这个镜头是说,当年美国为邓小平举办音乐会,一群美国小学生专门用中文演唱"我爱北京天安门,天安门上太阳升,伟大领袖毛主席,指引我们向前进……",以示对客人的尊重和欢迎,当时新闻镜头特意对邓小平来了个定格,但见邓小平脸部表情"僵硬、没有半点喜色"。

我当时虽身在现场演唱,但远远的,没注意也看不清邓小平的脸,不知当时的美国主人是否注意到了,是否感到奇怪。而台湾方面,显然在挑事,标题就是"解读邓小平的脸色"。更抢眼球的是,解读者之一,竟标明系联合国前官员顾闽——我的父亲。

由邓小平在美国听"红歌"时一瞬间的脸色,再推及卡特、里根两任美国总统也在面对面地看邓小平的脸色,台湾方面的忡忡忧心可想而知。

我身在现场,着实不清楚邓小平听我们童声演唱时那一瞬间的脸色,但后来在翻阅当时纷纷报道的美国大小报刊时,邓小平留在美国的一串串微笑,连同此则评论,如花似锦般跳入眼帘:"邓小平真诚亲吻美国儿童的场面,恐怕会让美国不少政治家重新学会如何亲吻孩子。"

中国台湾那篇被海内外很多报刊竞相转载的文章还说,顾闽选择邓小平访美之时去中国台湾,就是为了不看邓小平的脸色,避免尴尬。

父亲自然看到了那篇文章,直呼"莫名其妙"。让人大跌眼镜的还有,文章作者自称是顾闽女儿,是其本意,还是被人利用并授意,他不得而知。一度曾托台湾友人探问,那位确有此人的台湾女儿说,自己也稀里糊涂。

莫名其妙的事多着呢!

父亲情知,他被如此盗名,是有人想弄臭他的名声,制止他和大陆接近。

至于是不是如坊间所说,父亲此番解读和反共言论曾被中国外交部指斥,不独我,连父亲生前都不得而知。但我知道,父亲似乎"罪加一等",至少加重了他的心理负担,给他回大陆看看的愿望之路加堵又加塞。母亲提及，里根任总统期间，父亲对她，也不止一次对来访的海外华人说过，里根虽是演员，但有乔治·舒尔兹（曾任芝加哥大学商学院院长）这样高度理性稳健的人担任国务卿，我对美国的外交，尤其是对华政策，相当的放心。

一九九九年春，抗战时期因亲共而受毛泽东青睐的美国驻华外交官谢伟思在美国家中辞世，享年九十岁。逝前不久还曾接受中国学者采访，如是表达对中国的情感："我出生在中国。我把中国当成第二故乡。我爱中国和她的人民。我衷心祝愿中国人民幸福，他们的国家繁荣昌盛。"父亲看到有关新闻后，一时顾影自怜。

如今听苏嘉诲人不倦，好像在含沙射影，更像是担心我要步父亲的后尘，我无厘头地为自己辩白，道出邓小平访美时的见闻，却油然牵出父亲的往事，心里不觉隐隐作痛。

五星红旗在美国上空迎风飘扬，早非神话。自那年父亲他们带着在泪水中徐徐降落的青天白日旗黯然离场时起，冉冉升起的五星红旗就不仅风雨无阻地亮眼在联合国总部大厦前，也时时刻刻地明媚着旧金山唐人街的视野，红色中国的胜利歌声嘹亮地唱响全美。

旗帜拂面撩眼中，总能在不经意间看到"天下为公"的匾额，矫若游龙照影来，而旁边也常见有人在目无余子地散发法轮功的传单。

这当儿，就有一位中年胖子向我们招手，说着广东话，要递上那些在他们手上招摇着的让人心惊肉跳的"标题党"印刷品。

苏嘉一脸的厌恶，摇手，叱喝："去去去，别来污我耳目，跟你妹去扯淡！"

胖子闻声识人，马上转成国语普通话："天下华人是一家，别……"

"谁跟你们邪教一家人,滚一边去!"

苏嘉喝道,止步,瞪着对方,眼中冒火。

胖子受挫、气馁,却又不甚情愿,嘴里含糊地说着我们听不懂的方言,一步三回头地撤出我们的眼线。

我不由地想起缅甸一幕,乔总怒斥和驱赶法轮信徒的神情与苏嘉何其相似!可见,这个当初引无数人沉迷的"神功",除了仅剩的那些政治利用价值,现在差不多已遭普世厌烦了。

但我还是批评苏嘉要文明一些。做帮主的人,能不爆粗口?但在我面前,他一向还是留有口德的。

"老舅您说,稍有脑子的人会像他们那样思考吗?我真弄不明白,明摆着的邪教、毒草,它能达到多大反华反共的作用呢?差不多已成人人喊打的过街老鼠了嘛,难道还是为了标榜自由?"

我若无其事地问:"听说他们也武力弘'法'、护'法',你们则武力抗'法'?"

"什么神功?豆腐渣,一触即溃!只要我们一出手,这个破轮就玩不转了。平时相安无事倒也罢了,要是扰乱、捣蛋……"苏嘉说到这里,压低了声音,"他们要是胆敢在中国领导人来访时滋事,我们绝不姑息……"边说边晃拳头,停下脚步扎了一个马步,全身的骨骼顿时吱吱作响。

"呵呵,你就爱秀肌肉,武夫一个!你们这样抗'法',是受人指使还是自发?"

"当然自发喽,百分百朴素的阶级情、原汁原味的炎黄情!"

小时以打架出名的苏嘉说这话时,严肃得能唤起一切人回归正经、重新仰视。

"真理和谬误往往只一步之差,正义和黑帮也就半步之遥,别总以正义为号,不问青红皂白地包打天下,那与黑帮无异。"我一贯不善于语重心长,但有时也会加重语气。

旧金山唐人街当然有黑帮。记得十岁那年，我跟随父母来旧金山给外公送葬，就遇上了华人黑帮酒店火并之事，弹雨横飞，殃及无辜，吓得我钻进父亲的怀里大气不敢喘。事后，旧金山警察局设立帮派特别任务组，专门用来对付处理唐人街的黑帮问题。这件事，连累了我对大小帮会的认识和不齿。

多年前的旧事，加上郭芸芸在纽约唐人街的惊险经历，更加深了我对帮会的成见，总觉蛇鼠一窝，乏善可陈。郭芸芸在纽约唐人街打工时的那个店，不时有这个帮那个会的混混来收保护费，老板为了不惹麻烦，每每总要破财打发。她还自称曾目睹两个帮派在街上交火，那令人热血沸腾的场面，犹如电影一般。

堂会和帮派在美国唐人街历史悠久，黑帮也是唐人街的历史，或者是历史不可回避的一部分，是历史的另一面。

穿过五颜六色的旗阵，路经各式堂会与麻将馆、养生会馆、餐馆，就到了一处高悬五星红旗的堂会：四方会。

"四方会"竖排的红底黑字招牌，掩藏在唐人街逼仄的街道中，淹没在楼堂馆所五花八门的牌匾中。倘若不是苏嘉带路，要我独自找门牌，定然难觅踪迹。

闻声出门迎迓的是位风姿绰约的妙龄女子，一身旗袍把高挑的身材勾勒得无比曼妙，一口纯正好听的汉语配上迷人的微笑，让人身不由己地跟她沿着略显狭窄的木楼梯，折进二楼史迹陈列馆。

陈列馆像是一个浓缩版的戏台。各色小旗、刘（备）关（羽）张（飞）还有赵云木雕、舞狮头、八仙桌椅、香炉，应有尽有。墙上还有一整溜的孙中山、廖仲恺、顾维钧等民国要人照片，以及陈天华、邹容、秋瑾等英烈的彩色画。这些画面和题字一样，带人进入一个激越的世界——"民主共和""天下为公"的横幅旁，各有一个镜框，里头分别嵌入了孙中山举旗反清和二次革命时的数封催款电报，另一方则是刊登孙中山在美国海关被扣的《旧金山纪事报》的新闻。

何止美国,孙中山在英国伦敦也曾蒙难,身陷清廷公使馆,要不是使馆内的英国女清洁工为他送出求救纸条,只怕要被引渡回国。一个以迫切心理不顾一切地发动革命的人,焉能忽视海外堂会?!

伫足凝视,义务讲解员老叶声情并茂开来:"我们四方会很早就积极参加孙中山先生的反清革命,对推翻'满清'建立民国起过重要作用。黄花岗烈士中,有很多人是我们的兄弟。孙中山先生在成为国父前,还是洪门的'洪棍'。"老叶明显带着粤语腔调的普通话,听起来倒有些味道。

苏嘉似是担心我对洪门之事不甚了了,补充道:"洪棍,就是洪门中专司武力的头头。"言罢,又对老叶和女助理说,"顾博士的伯伯,就是顶天立地的黄花岗烈士。老叶的叔叔,又是洪门中人,所以我们是一家人。"

在我呵呵中,楚楚动人的女助理向我微微弯腰致敬,说道:"原来顾博士有这样一个华侨革命家庭,真是失敬!可惜我祖上找不到这样的革命者。"

女助理笑语盈盈,我心情大好,道:"洪门我知道,四方会我也很早听说过。"

这绝非讨好人家的虚言。

近代中国与其海内外秘密会社的关系,曾是我非常有兴趣且有所涉猎的课题。孙中山和他领导的同盟会、革命党,之所以能频仍起事、屡仆屡起,所依靠的基本力量,正是秘密会社的一系——会党,其中尤以洪门为重。洪门亦称天地会,或又有三点会、三合会等分分合合的称谓。革命党与江湖会党能磨合、结盟,主要原因在于政治目标相近,能相互利用。

正因为有参加洪门的经历,孙中山在《建国方略·有志竟成》中,对此秘密会党有分量颇重的叙述。

洪门由尊洪武、复大明的民间秘密会社演进而来,其触角一度像章鱼般伸展至全国各地,以至曾有外国学者认为有中国人的地方就有洪门。洪门一直被清廷视为宿敌,一旦发现即抄家灭门,故难在城中立足,往往只能啸聚于穷乡僻壤,还常受清兵剿办,乃渡海向洋而生,试图卷土重来。模糊的历史记载与纷纭的民间传说并行,庶无可考,却因此而更神秘,更有吸引力。

洪门自东而来,在美国生根发芽,再由西卷土向东发力,历史的脉络像海岸线那样蜿蜒曲折。

"没有洪门,中国近代史就不完整,可惜现在相忘于江湖了,没人挖掘洪门深邃厚重的历史,茶余饭后也没人笑谈洪门的故事。"老叶举了例子,前些年他回大陆时,当向人说起孙中山是洪门人时,有人问是辛亥革命的孙中山吗? 得到确定回答后,还一脸诧异,不太相信。

老叶的口气既有自得,更有不满,似乎愤愤不平于曾经辉煌的历史被新的时代淡漠,被祖国忽视。

"我听老一辈的洪门人说,辛亥革命前,孙先生来美国,基本上只有我们洪门中人接待,别人都把他当成瘟神,能躲就躲,敬而远之……"

老叶的叙述,让远去的历史变得一下子具象起来。

海外洪门星罗棋布,在其繁盛的一百多年里,奉行"有奶便是娘"的生存法则和逻辑,谁给好处就跟谁合作。人家是英雄不问出身,他们则是金钱不问来路,一切行动均以为自身的经济利益服务为目的。大大小小的海外洪门之间,既曾互助互惠,也曾反目,甚至大动干戈;既有联合,也有分裂。他们与当地政府之间,时如恋人,时像仇敌。对海那头洋那边中国政府的态度,既仇视,又适度依赖,时常在犹豫和徘徊中摇摆不定。

十九世纪初,南洋的洪门势力,因为当地政府的镇压大为削弱,连洪门大佬都不甚情愿为革命出钱出力,在当地华人社会居霸主地位且为革命捐输的,是陈嘉庚以及我祖父、程天章这些正义商人。美洲洪门却恰恰相反,正统本分的华侨对革命党人敬而远之,而洪门大佬常常主动出面,号召会员有钱出钱,无钱出力。美洲洪门在革命历史上的地位,非同一般。

那镶入镜框的数封催款电报和革命债券,老叶都有话要说。哪怕我委婉地表示过大致知之,他也还要娓娓道来,仿佛从他那里出口的才是历史,才是真实可信的历史。

革命,特别是武装起义,其最大成本,固在不惜流血牺牲,同时也是在烧钱。两者皆沾边的我顾家人,能不知晓!

一分钱难倒英雄汉,有心做大英雄的孙中山,经常尴尬地被阿堵物难倒。没办法,孔方兄固然不是万能,但没有它赏脸却万万不能,"世路难行钱作马"虽腐朽,却不落伍。

孙中山把平日积蓄及孙家变卖珠宝所得都用上了,捉襟见肘,乃和几位核心智囊别出心裁地想到发行"革命债券",想借此筹措一定款项为革命所用。于是,同盟会成立不久,便在日本横滨印制了两千张债券,面额千元,以"中华民务兴利公司"名义发行,实际销售价格为面值的四分之一即二百五十元。债券持有者可获"广东募债总局"(成立于越南西贡)担保,一俟革命成功,即分五期在每年底以五分之一的本金加利息偿还。

同盟会切盼债券能在南洋众筹二百万元,为此广为发动东京的本部会员,并希望他们带动亲朋好友大量购买。凡有父兄在南洋经商的"同志",所寄予的厚望更是层层加码。

我二伯顾骧恰于此时在东京留学,暗中被拉入同盟会,贡献自己节衣缩食的钱款不够,少不得也动员我祖父顾志平投身其中。

然而,那个时候,人们对"革命债券"的认购远没有期待中那么热情和踊跃。

坊间有个说法，"革命债券"的发行受到当地政府的干涉。实际上，还有另外一个重要因素，即华侨富商与一般底层华侨有所不同，他们视同盟会革命党不是儿戏便是洪水猛兽，认为绝无成功的希望。因此，他们宁可与暂时失势流亡海外的立宪保皇党人相交往，也不与布衣出身、被清廷斥为"盗跖""恶徒"的革命党人联合。

我爷爷顾志平彼时便是这样的眼光。唉唉，为尊者讳，切莫怪罪他们落后。

兵马未动，钱粮先行。同盟会和革命党人为筹措起义经费绞尽脑汁，四处奔走，手法多端，但总的说来，终不如向华侨劝募省事、靠谱。

一来二去，我爷爷逐渐看明了局势，和先行一步接触革命党的老友程天章，开始联手为国内革命解囊捐输。

是的，众所周知，孙中山曾公开承认，海外华人乃中国革命之基础。不管是革命党还是晚清的保皇党，在过去很长一段时间，他们主要的时间和精力，都是游荡于这广阔的海外华人社区，寻求人力财力的支持。孙中山曾有个著名口号："海外同志捐钱，国内同志捐命。"可面临的情况常常是，要钱没有，要命有一条。革命因此常因没钱而功亏一篑。某年孙中山到海外募捐，曾流泪作是言：华侨一次次毁家纾难，革命再不成功，我都无颜再向诸位化缘了！

在"谈钱伤感情，谈感情伤钱"这类华文段子海内外满天飞的当下，有谁会去联想当年钱和革命的关系呢？钱真是革命的发动机、再造革命的急先锋。好几次起义失败，究其内因，都可归咎到经费不足或后援缺乏。不独孙中山，陈炯明等民国要人也曾多次说过，某次革命要是有足够的资金和枪支弹药，可能就成功了。

毫无疑问，海外华侨也好，洪门也好，对祖国的感情，比人体组织还复杂。笼统地讲，他们大体希望不管谁当政，都有一个富强的中国，是故他们对清廷的笼络、保皇会的拉拢以及革命党人的贴近,都来者不拒。从细处看呢,每个华侨对"祖国"都有不同的体验:挤入社会上流的华侨,居住地优越的生活,或许消退或模糊了他们的祖国概念;处于底层的华侨,或因惯受歧视、欺凌,或因希望跻身中国的上层社会,民族情感像是蕴藏在心底的一座火山,一俟时机来临,必然喷发,如大江大海,汹涌澎湃,势不可挡。

哪个时代离得开政治?哪个国度能让政治绕道而行?而你要沾染政治,就要选边站队,往往非黑即白、非此即彼、非香即臭,凭的是视觉、嗅觉,还有第六感觉。桃花源之外,政治无孔不入,无处不在。一如现在美国各个华人帮会,立场不尽相同,二十世纪亦然。

于是乎,因为政治和革命的出口,那些原本只想做普通人,只是做着"淘金梦""金山梦"的华人,身不由己防不胜防地被卷入了一场政治化的过程。而洪门,则不胜其重地突然肩负起了"驱除鞑虏"、复兴民族的重任。

常年与流亡相伴、与追杀随形的孙中山,踏破铁鞋在国内苦寻不到革命基地,却意外在海外社区和异乡客、天涯人中,觅到了一堆助燃革命烈火的干柴。一人一户的热情可能是杯水车薪,可千家万户的支持,却奏响了革命壮观的胜利序曲。

"洪门和四方会甘当革命军中马前卒以来,一直源源不断地提供人力、物力和财力的支持。当年,孙中山的美国军事顾问李荷马,还在加州的唐人街训练一批年轻华侨,准备将来回中国追随孙中山革命,不少华侨就出自洪门和四方会。老舅,这个应该是有定论的吧?"谈到这段历史,苏嘉莫名地激动起来。

"历史不可能永久欺骗世人,谁想永久地掩盖历史真相,往往都是徒劳无功的。"

我说的有些含混,但苏嘉显得兴奋,仿佛一种被长期压抑的身份得到了承认和亮相。

老叶是个话痨，犹嫌不够，似乎一定要我的正面肯定，看着我说："顾博士，我有个不太成熟的个人看法，倘若缺少了洪门的视角，中国历史，起码是民国历史，既不全面，也难以理解。可是，若对此避而不谈，这也太对不起洪门兄弟了……"

包括四方会在内的洪门中人，有类似情绪难免。辛亥革命推翻清朝后，洪门失去反清的意义，其会徒又为乌合，难为正统社会容纳，在孙中山之后的新政府屡加压制下，只得退为幕后势力，偶尔成为其他政治和社会运动的群众基础。

"我们四方会脱胎于洪门，今后就要为祖国大陆多做一些好事，像当年支持革命那样，助力祖国实现中华民族伟大复兴的中国梦，以崭新面目崭新作为扬名立万。"

苏嘉一边说，一边指向那张印有毛泽东、邓小平以来的中共领袖群像。

好大的口气！光脱胎不行，还要换骨，不独能为祖国大陆接纳，还要为主流社会认可。究竟能走多远，只能拭目以待。

"对，不能让洪门和四方会的辉煌湮没。"

老叶开口闭口都不离洪门，显见要为洪门正名。

苏嘉这些年洋溢的激情和展示的雄心，便是试图把洪门之门再度打开，让世人了解曾经激荡却遭尘封的历史。他的具体做法之一，就是依赖历史记忆来获取认可，刷存在感，进而渐渐恢复在现实世界的影响力。

七

华侨史绩展让我有几分兴趣，来了解苏嘉接管这个摊子前后的心路历程。

坐在他办公室的，还有那个叫小范的女助理，全名更好听，叫范玥。她坐着时,旗袍收拢得恰到好处,身子笔挺,秀峰拔尖,凹凸有致。

捧起汤水微漾的小杯,先闻后啜,我忍不住叫声:"好茶!"

"呵呵,武夷山的牛栏坑肉桂,简称'牛肉',据说极品要上万元一斤。"

"比酒还贵,价格也太离谱了吧,但味道确实好。"我边说边接过范玥续上汤水后亲自递过的茶杯。

"好茶也得会泡,范玥泡的茶,无人不称说,她曾专门赴大陆茶学院学习呢。"

苏嘉有点儿得意,歪了歪脑袋来瞅范玥。

范玥含笑的眼光掠过我们:"光会长夸奖不算数,得顾博士开金口。"

我忙道:"好,真好,真香!"边说边把脸端近了那勾勒了曲线的杯沿嗅,感觉闻的是她身上的芳香。

"主要是茶好,茶具好,加上喝茶人又会品。"范玥冲我嫣然一笑。

她形体气质俱佳,言谈举止得体,不逊大家闺秀。苏嘉看来还真有些本事,竟能罗致这样的可人儿。

同样一杯茶,苏嘉有苏嘉的滋味,我有我的滋味。

言归正传,不谈风月。

在坐上四方会"长老"席之前,苏嘉已有数次入帮的经历。初次出道加入的是陈立夫下属创办的"龙组织",他之所以投身其中,乃因创办者(姑隐其名)经过验明正身,确为洪门中人。但入行不过年把就退会,原因很简单,此组织旨在为反共储备力量,并誓言协助台湾"反攻大陆"。苏嘉父亲闻讯,对这些冠冕堂皇的政治理想嗤之以鼻,道:"靠他主子陈立夫兄弟都不行,他主子的主子老蒋也不行,他能行?撒泡尿照照自己吧!"

457

苏嘉觉得父言有理,于是,身上纹下去的青龙锈汁未干,就借故退出,忍着剧痛用烫发药水将刺青腐蚀掉,见难以抹除,又想着到医院去做镭射去除。父亲说,别折腾了,反正龙是中国的象征,也让自己始终铭记自己是龙的传人,别干亲者痛仇者快之事。女朋友也说,不是说潜龙在渊,飞龙在天嘛,你身上已有飞龙,何不再刺上一条潜龙,两龙护身,总有得志的一天。

他想想也对,又忍着切肤之痛,在身上加刺一龙,并修复原来那条,一在渊,一在天,各有气势。

退帮却有麻烦。帮会帮会,不是你想入就入、想退就退的,来去不自由,金盆洗手往往就是背叛,触犯众怒不说,弄不好还有杀身之祸。也还好,他刚入帮不久,又远离机密,在立誓保密后,也就恢复了自由身。

"你见过陈立夫?"我截住了他的话。

"陈立夫在美国养鸡时,我爷爷关照过他的生意。我去台北时见过他。"

"陈立夫养鸡?"范玥的神情有几分吃惊。

一九五一年,蒋介石为了放手让儿子蒋经国整顿台湾吏治,像宋朝开国皇帝赵匡胤"杯酒释兵权"一样,请走了一批元老重臣。曾主持国民党党务和特务情报的 CC 系头领陈立夫,也许因为毕业于美国匹兹堡大学的关系,选择赴美,带着蒋介石批赠的盘缠,告别病中住院的胞兄陈果夫,在纽泽西州办起了养鸡场。选苗、喂食、捡蛋,夫妻俩莫不亲自动手,连清理鸡粪也不假手他人,还学会了给鸡打针。上手后,陈立夫还兴致勃勃地自制起了皮蛋、咸蛋,以及粽子,为唐人街的中餐馆供货。他还忙里偷闲研究儒家学说和传统道德,著书立说,直到一九六九年才再返台湾。

范玥像在听天方夜谭,光艳的脸上布满疑问:"他不是四大家族吗?四大家族还要借钱养鸡?"

父亲曾向我说起对"四大家族"之首蒋介石的印象。蒋介石没有烟酒之好,连茶都不太喝,他的办公室设在南京总统府二楼,远没有企业家银行家的办公室阔气。介绍起南京总统府来,父亲对体制倒是颇有微词。他说,三楼会议厅召开过许多重要的国务会议,墙上挂着孙中山所书"推心置腹",但国府上下勾心斗角,尔虞我诈,真不知来此开会的人是否在意过这个条幅。他说,大会议室的墙上国民党党旗交叉高悬,孙中山的照片下挂着他手书的毕生理想"忠孝仁爱信义和平",可他创建的国民党,在大陆执政的时间越久,离这个理想就越远。

　　陈立夫作为政治人物,大陆上了年龄的人可能对他不陌生,但作为一名学界人物,知之者就不多了。

　　陈立夫从美国回中国台湾后,担任中华文化复兴运动推行委员会副会长、孔孟学会理事长等职。

　　《四书道贯》是陈立夫研究孔孟学说精髓的成果总汇,程思远晚年为此书的大陆版作序,云:"(立夫)兄老矣,弟亦老矣!惟望有生之年共睹两岸携手共进,以统一强大之国家形象屹立于世界东方,一酬我辈多年之夙愿。"

　　父亲晚年看到程思远这篇序文后,自然又难免一番感叹:"'一酬我辈多年之夙愿'说得好,只怕我们难以看到这繁荣景象了。"

　　二〇〇一年二月八日,陈立夫无疾而终,中国新华社发布新闻:"陈立夫先生今晚在台中病逝,享年一〇一岁。"

　　父亲在水一方闻讯,又是一声感慨:"谁能料到,当年主持CC系何等显耀的陈家兄弟,到头来都只能抛骨异乡!大陆对他们倒还不错,听说还为他们的父亲重修了墓地……"

　　边说边咳嗽的年迈老父,还说陈果夫当年曾写过一首关于故乡的诗,和于右任的《国殇》一样,乡情浓烈。他记不清陈果夫的这首诗了,我是后来找到的,名为《故乡》:

我希望我的故乡，山河无恙；

我希望我的故乡，人文发扬；

我希望我的故乡，腥膻洗尽，从此无人敢侵略；

我希望我的故乡，爱我如慈母，不让我漂泊他乡；

我爱我的故乡，我永远不愿离开我的故乡。

不愿离开故乡的人，却永远离开了故乡，被一湾浅浅的海峡隔在天之一隅、海之一方，生前未再见，死后也回不了故乡。而他心心念念的故乡，却永远在最初的地方等待远游的人回家。

这首诗，促使我对陈家兄弟印象的改观。每个人在不同的社会和时代中都有自己的角色，在适应这个角色中，便有了各自的宿命。我父亲也是一样。

想着拉杆子做事的人，心里对帮会总是念兹在兹。苏嘉某年去香港，便一头扎进了"小龙会"。这个借世界武术巨星李小龙旗号生成的团体，号称弘扬中华武术、传承李小龙精神遗产、增进世界华人互助互爱。这样正统且志存高远的组织，能不像磁铁一样吸引有志青年苏嘉?!

自十九世纪的淘金热以来，香港与旧金山之间的联系一直很特别，称得上相互造就。到二十世纪六十年代末，以香港与台湾为主的又一次华人移民潮，波涛般涌入美国西海岸，给风雨不透且沉闷多年的唐人街增添了新的活力。新繁荣带来的巨大利润，让形色各异的帮派如蚁附膻，分享果实的贪欲之眼夙夜难合。

复兴中华，找回做中国人的尊严，"小龙会"应运而生的理由和宗旨，都堪称宏大。然而，让人大跌眼镜的是，这个"小龙会"一贯忙活和热衷的，却是拿地盘、收保护费，用非常生意和非法手段来维持其生存和扩张。身在旧金山的苏嘉受到倚重，照他后来的自省来说,可以看作是彼时香港黑社会全球狂热扩张的一个例证。

苏嘉打架,就是因为有人辱骂"小龙会"并让无辜的李小龙蒙受污名。小龙会鲜有行侠仗义,所谓的劫富济贫,也绝非振振有词所说帮助底层华人或普天下难民,只是肥了那几个毫无节操、底线和伦理道德的会党首领,当然要被损、被批判。入会后正憋屈有加的苏嘉,在一番理会中就动了拳脚,以之来捍卫李小龙的名誉和尊严,为此不惜坐牢。出狱后,在看清"小龙会"的庐山真面目后,他就借故身有残疾,也不接受总会表彰,直接急流勇退,小隐隐于市了。打小受《三国演义》《水浒传》濡染的他,底子到底不错,知忠奸,识美丑,也能辨是非。

风不止,树也不想真静,待价而沽就是。又有一家洪门忠义堂来拉他,并委以分堂堂主之职。初闻此堂与台湾方面秘密相勾结,再听反共导向,他敬谢不敏,大门不出,二门不迈。

我心不在焉地问:"为什么拒绝?"

"他们排斥异己,还想搞江南事件那样的暗杀!"

党争暗杀,这是常被遮蔽与遗忘的历史,即使偶有叙述,也是冰山一角。我眼睛不禁一亮:"你怎么看党争暗杀?"

"我父亲深恶痛绝!"

"哦,为什么深恶痛绝?"

"受我爷爷影响。"

我紧追不舍:"你爷爷?"

这时,范玥吃吃地笑了,笑得像一株美人蕉:"我说会长啊,你们这样对话真有意思,绕来绕去的,直接说黄远生事件不就得了嘛。"

苏嘉点点头,一本正经地问我:"老舅知道黄远生事件吧?"

我反问:"你说呢?"

范玥赶紧代答:"博士博士,哪个不擅长博闻强记,何况顾博士还是历史学博士。"

一九一五年十二月，中华民国四年的圣诞节刚过两天，与民国同属年轻却已声名远扬的律师、记者黄远生（黄远庸），在美国旧金山唐人街都坂街上海楼菜馆，横遭黑枪，海内外舆论为之大哗。

死时才三十出头的黄远生，是特立独行、戴着"中国三少年"和"民初新闻界三杰"等桂冠的青年才俊。二十岁在清王朝最后一次会试中高中进士，却无意仕进，而选择赴日留学，攻读法律，回国后在邮传部任职。辛亥革命改朝换代后，他脱离官场投身报界，创办和主编《少年中国》周刊，还担任过上海《时报》《申报》驻北京特约记者，对中国官僚政治深恶痛绝之余严词挞伐，其笔下"远生通讯"对袁氏当国多有非议。袁世凯称帝前夜，他为了躲避袁党纠缠，先是避往上海，继而远走日本，紧接着又乘船赴美。没料，这颗追求自由的头颅，还是没能躲过尾随而来的子弹，在自由女神的隔空相望中重重地跌在血泊里。

黄远生成为民初以来因文字贾祸而丧命的第一人，他因何横死海外，为谁所谋，因凶手一直未获，言人人殊，至今仍是个疑案。有人所谓为袁氏"帝制派"不容，乃诛心之论，何来实证？

黄远生长子黄席群晚年追忆时也未能大白真相。他这样写道："我个人的看法是，无论他是死于袁世凯派遣跟踪的刺客之手，还是遭到在美洲的国民党人杀害，总之，他不幸遇害的根本原因，离不开袁贼妄图称帝这个关键问题。如果是死于袁党之手，正因为我父亲不但不接受袁贼的笼络收买，反而于游美之前公开在报上表示反对变更国体，卒致罹祸；如果是死于国民党人之手，那就该怪这帮人没有弄清事实，竟误认为他是袁世凯的吹鼓手，糊里糊涂地杀害一个平白无辜、真正有良心的青年人，的确是冤哉枉也。"

我之所以对此文有印象，乃因当年身为大学教授的黄席群还是著名翻译家，其校译的《美国的历程》《现代英国史》《现代世界体系》等著作,曾给我带来阅读的快感和收获。

黄远生当然是"冤哉枉也"!

一直有人为黄远生叫冤。

当年在旧金山唐人街设宴招待黄远生的华侨中,就有这样的鸣冤叫屈者——苏嘉的爷爷。我后来曾听母亲说,我那位早早就投身报业的外公,当年也曾在旧金山接待过黄远生,对黄远生还相当地佩服。外公和苏嘉爷爷是不是同时出现在那次宴会上,不得而知,但他们都耳闻乃至目睹了黄远生横遭暗杀那一幕。

那个时代的华人报界,谁不知报界奇才黄远生呢?不惟其开创的通讯这种新闻文体——"远生通讯"被视为民初中国新闻界的一大招牌,更因他是中国第一个真正现代意义上的记者——此前的中国报人多为政论家,自他始以新闻采访和写作名闻于世。这也是外公致敬他的缘由。

其实,不独外公,半生从事外交的父亲,在知道黄远生事略后,对他也是赞誉有加的,这从他曾向我荐读黄远生的名文《外交部之厨子》一事可知。此文从一个匪夷所思的角度,切入清末民初的中国社会生态。面对民国"共和"之下各有拥戴盲从鼓吹、政治杌陧不宁、大小军阀累年混战互不相让的现实,黄远生激愤且辛辣地称:"他们若不要国家,我们就不要法律!"

没想,他的死,正应了这句!

黄远生之于我,是作为一位新文化先驱者的形象而存在的。至今,我像那些有志于研究民国初期社会历史的学人一样,仍将黄远生笔下"远生通讯"视作弥足珍贵的资料,今人不看"远生通讯",哪配谈民国初年的政治动态和社会万象?

黄远生事件在我脑海里浮光掠影,忍不住要从腹诽化为嘴上批判:"革命很铁血,很冷血,不和你说道理、讲人伦……"

"是很血腥!"

苏嘉说得郑重其事。仿佛经他这么一肯定，我刚才所言方显不虚。

忍不住就又想起了父辈，还有黄远生曾从事过的革命及其种种。

革命之词，最早见于《易》经："汤武革命，顺乎天而应乎人，革之时大矣哉!"古代以天子受天命称帝，故凡朝代更替，君主易姓，皆称为革命;近代则指自然界、社会界或思想界发展过程中产生的深刻质变。

社会意义特别是政治意义上的革命，都有其初心、出发点和是非曲直。当政治意义上的革命背离实现正义、恢复和建立正当秩序的宗旨，或无法自控地偏离轨道，更多地成为一种以暴易暴的权力转移，或者是发泄不满和试图改变现状的途径，起初愿意以身家性命投身"革命军中"的马前卒，可能也会停下脚步观望，无法遵人遗训——革命尚未成功同志还须努力，无从在别人攘臂高呼中将革命进行到底，甚至南辕北辙，背道而驰。对于一向反对暴力的悲天悯人者或温和的改良派，更是如此，黄远生即为其中之人。

探讨黄远生反对革命的出发点，在我看来，比探究他的死因更具有历史和现实意义。

我粗浅读了点马列经典。马克思主义认为，革命是人类社会历史发展不可避免的政治行动。

革命是为了自由，但要享有真正了无羁绊的精神自由，却往往也有被革命的风险。

而革命一旦向昔日的同志露出狰狞面目，可不是现在调侃性质的"友谊的小船说翻就翻"，后果十分的严重，当事者不仅惹不得，还躲不起。可怜青年才俊黄远生，哪怕只想"探求人生之学"，哪怕远离漩涡一路闪躲到了天涯海角，革命还是没能高抬贵手放他一马，不惜成本一路追杀，在国门之外借华侨之手除之而后快。

"远生"于他，到底还是死门!

我总觉得黄远生死得极冤,他并非一味反对革命。在《忏悔录》一文,他曾高屋建瓴指出:"今日无论何等方面,自以改革为第一要义",要改革国家,则必须改造社会,而欲改造社会,最终必须"改造个人"。这样一个倡言改革和改造的人,岂会是逆流而动的反革命分子?!

　　所见略同的英雄大有人在,有人甚至认为《新青年》所提文学革命、思想革命,正是黄远生的未竟之业。

　　这样的说法,当然不是空穴来风。已有翔实的资料佐证,陈独秀等人正是受了黄远生思想的影响,组成了"新青年"团体,在《新青年》及《新潮》上提到黄远生其名或其言论的文章不下三十篇。后来,胡适在《五十年来之文学》一书中,也把黄远生推为新文学的"先声"人物。

　　这么个以新闻为志业、远非无聊政客的天才人物英年不寿,他躲什么袁世凯,向他射出子弹的是他曾经作为马前卒摇旗呐喊的革命阵营,罪名却是袁党走卒。他死不瞑目。民初社会亲痛仇快!

　　长期以来,反清反袁革命运动,无外乎立党、宣传与起义,三者皆具,方能克竟全功,宣传之重要,即在于"文字收功日,全球革命潮"。知道了这点,你就会明白当时革命党舆论如何先声夺人,凡首恶皆推袁世凯等对立面。早黄远生案两年的宋教仁遇刺案,天下皆以为受袁氏唆使而不疑,据说袁世凯彼时曾自辩:"凡谋二三次革命者,无不假托伟人,若遽凭为嫁祸之媒,则人人自危,何待今日?"宋案这个百年悬案有待重新辨析,真相必能一步步厘清。

　　我的神情,以及道多不少的言语,大概让苏嘉蠡测到我对黄远生事件了解的程度,他轻轻一声喟叹:"黄远生事件算是开启了华侨参加革命党海外暗杀的先河,华侨卷入了被蒙蔽利用的泥潭……"

　　"准确地说,应该是华侨中的秘密会社吧?"

　　范玥边说边拿一双明亮的大眼睛看我,仿佛要得到我的首肯。

我朝她点点头，神情尽量不染凝重。

涉及这样的话题，到底无法教人轻松。历史真相往往就是这样让人匪夷所思、心惊肉跳，但痛定思痛，有时也并不特别意外。

我呷口袅袅飘香的肉桂，看着他们，徐徐道："其实也不能单纯归责革命党，我总以为秘密会社和革命党有着某种默契，两者相互影响，在行动上相承。"

"就是说，当年海外华侨中的秘密会社如洪门会党，能干出些什么动静的话，与他们结盟的革命党也能干出些什么？"

听范玥这么好学且聪慧地一问，我忽然觉得美女们真的并非都是花瓶，苏嘉能找到这个确实让人赏心悦目的佳丽，而且她能乐此不疲，可见有其兴趣和志向。高手在民间，我不能小觑这个一时还摸不着底细的红粉佳人。

一九〇五年同盟会成立甫始，高层就有如此耳提面命："暗杀须顾当时革命之情形，与敌我两者损害孰甚……惟以革命进行事机相应，乃不至动摇我根本计划者，乃可行耳。"年仅二十七岁的同盟会会员吴樾乃专作《暗杀时代》一文，高呼"今日之时代，非革命之时代，实暗杀之时代也"，立愿"化一我而为千万我，前者仆后者起，不杀不休，不尽不止"。他身体力行，而后身怀炸弹，在北京正阳门东站炸伤出国考察宪政的清廷五大臣。此后，暗杀活动成一时风气。同盟会还专门组织了一个专司暗杀的实行部，能吟诗作赋却也巾帼不让须眉的方君瑛曾被任命为部长，后来大名鼎鼎的"鉴湖女侠"秋瑾也是这个实行部麾下的一名暗杀团团员。

历史上，任谁都是匆匆过客，冤也罢，枉也罢，总得有人以不同的方式和归宿来增添历史的丰富性。区区一介书生又岂能例外？于是乎，黄远生这颗一度璀璨的星，黯然落入了邪恶的黑幕里，以他短暂的一生和一段耀眼的传奇，为民初这个动荡不安、忧危丛脞，尤以党争政争为烈的时代，奏出了一曲如泣如诉的悲壮之音。

"民初虽开风气之先,却也动荡不安,一言难尽。袁世凯逆流而动,固然自食其果,身败名裂,而国民党、进步党两大反袁政党也两败俱伤,暗杀不够,还种下了南北大小军阀混战不休的恶果。革命之后竟是此等光景,大伤国人和华侨之心,何以适从。"

"所以,当年同盟会负责暗杀的女革命家方君瑛,感伤时事,后以自杀终结自我,可见其失望和无奈程度。"

煮酒论英雄,品茗说人事,与红袖添香夜读一般,不失为人间快事。

一泡新茶在范玥手中散发着沁脾的香气,一个新话题跟着从白齿红唇间徐徐而出:"历史的记叙,往往只凸显华侨的贡献,而忽略或回避华侨的莽撞、无知,于是,黄远生尸骨未寒,汤化龙又成了冤死鬼……"

我脑子"嗡"了一下,她竟知汤化龙,且能立此言! 我越来越觉得她有些不简单。女性的魅力比起颜值,更多是来自气质。气质的基础是学问,腹有诗书气自华,胸中有墨余韵绕,自信也就自然流露了,一个有气质的女人逢人都会先敬三分。

"所以,我真希望老舅能带头写部完整可信的华侨华人史,还原历史真相。我想,所有的华侨华人都会把您供起来的。"

范玥笑靥如花地接过苏嘉的话:"是啊,顾博士写华侨史,也便把自己写进了历史。"

是啊,这原本是个早该结项的重大学术工程,可至今没有一部让人信服的史著,不能不令人遗憾。

我在哥大的博士生导师斯特尔教授曾指出,一个国家和民族能否诚实地面对历史、直言历史,而非随意曲解、编造、隐瞒历史,乃是其文明、进步的出发点。

多还原一个历史真相,便是对历史人物多一分尊重和敬畏,便是给活着的人多一分指引,便是给子孙后代多留一笔文化财富,这是我从事历史研究的心得和坚持。

我现在觉得,此番来旧金山,与其说是苏嘉有所期待,不如说我受到了他和身边这位有些神秘的女子有所期待的鼓舞。

汤化龙何许人也?

你拿这个名字问遍当下的唐人街,可能无人知晓;问遍中国,也许应者寥寥,但当年却是个响当当的风云人物。做过民国众议院议长、教育总长兼学术委员会长等职的人,能不是个人物?被革命党人盯到海外以消灭其肉体而后快的人,能不是个人物?!

这个日本法政大学的毕业生确非等闲之人。他能从湖北省谘议局议长转任湖北军政府民政总长,足见是辛亥革命的功臣。民初,他能与立宪派头领等过从甚密,足见也已成为立宪派的头面人物。

一九一八年九月一日,在黄远生殒命旧金山三年后,汤化龙遇刺于加拿大维多利亚唐人街,海内外舆论再次哗然。

与刺黄后逃命潜伏大半个世纪的刘北海有所不同,刺汤杀手王昌事成之后,神情泰然地到理发店安排后事,然后自杀身亡。

线索并未就此中断。

对这次事件,革命党倒是愿意负责的,声称汤化龙系"袁之走狗,段之帮凶"。之所以有此称谓,盖因汤在袁执政时做过众议院议长(革命党坚称汤系袁世凯伪造民意称帝的策划人之一),在段祺瑞执政时又做过内务总长。

而且,王昌事前曾给三弟留有遗书,其称:"我不忍坐视国亡,实行铁血主义。……切勿为我悲伤。你虽然失去一个哥哥,将来得番十个哥哥不止。你要积蓄金钱回归祖国,安慰二老亲。"

遗书寥寥不足百字,爱国热情和养亲深意满溢其中,足以打动人心,激励后昆。据了解,王昌之弟王渭敏做了数十年旅美华侨后,于抗战胜利时叶落归根,定居广东省香山县城石岐永安坊,后迁居澳门,以九十七岁告终,一生践行爱国爱乡,受乃兄影响不言而喻。

杀人者和幕后指使者尘埃落定后,留给历史的正题是:刺汤动机和目的何在?

史载,一九一八年五月,汤化龙受段祺瑞政府委派,赴美向六国银行团借款购买军火,以对付孙中山在广东建立的护法军政府。孙中山曾以非常国会之名致电日本政府,指斥段政府军械借款在于"屠戮异己,宰制国民,请予严词拒绝"。

以我拙见,相较于军事,孙中山更长于宣传。在他主导的舆论攻势下,举国上下和海外侨胞对段祺瑞此行径异常愤慨,谴责如潮。汤化龙自是难以置身事外,被视为"卖国求荣",成为"过街老鼠"。三十出头的华侨热血青年王昌认为非严惩汤化龙不可,得知他将借道加拿大维多利亚回国,进而探悉其将在九月一日参加唐人街香花楼的宴会,乃追踪上岛,于宴会散场时枪击致其毙命。

王昌自杀成仁后,护法军政府致电旅加华侨殓以玻璃棺,并派两名专员赴加扶其灵柩回国,在其故乡香山县石岐举行追悼会,并换上檀香杉棺收殓。继而,王昌灵柩又由舰运广州,在中央公园再度召开追悼会,以党礼葬于黄花岗左侧,建石墓旌其所为。据称,王昌乃国民党党葬第一人。

如今忆叙这些被众说纷纭但又难以复原的事件,民初政坛的一幕幕场景,犹如灼目于前的佳人旗袍一样,不由自主地在眼前和脑海里翻腾。风不知来自何处,调皮而好奇地翻卷出它的褶皱,每一个褶皱里,都藏着喋喋不休的故事,也有咄咄逼人的问号。

在国民党美洲支部的革命党人看来,包括刺杀黄远生、汤化龙在内,大率如冯自由笔下所云,"皆在诛锄袁世凯之走狗,以卫共和,而彰天道,其爱国精神,殊堪敬佩"。

我至今仍津津乐道于冯自由的人生和笔下风云。这个出生于日本的粤籍华侨，不满十四岁就在日本横滨加入兴中会，有"革命童子"之称。我后来一直觉得父亲早年的某个侧面与冯自由何其相似乃尔，进而推断"革命童子"岂止他们两人？当然，冯自由的名气和作为，非其他"革命童子"能比。他在海外早早就主持多种华侨报纸，宣传革命，向华侨募款，策划武装起义，成为兴中会和同盟会的知名人物。他后来之所以被边缘化，在国民党内部无足轻重，一度还被开除党籍，乃因未能紧跟孙中山改组国民党，反对国共合作不说，还曾制造国共不和。

　　政治失意后，冯自由转而治史，倒是打开了一方天地。大革命失败翌年，即出版《中华民国开国前革命史》第一卷，抗战胜利前一年出版最后的第三卷。他还撰写了五卷本的《革命逸史》，以及《华侨革命开国史》《中国革命运动二十六年组织史》《华侨革命组织史话》等著作。立言如是，已成方家。

　　冯氏治史，见闻真切，向有依据。《革命逸史》所载乃正史材料，吉光片羽，弥足宝贵，只是"暂以革命逸史名之"。当年，蒋介石、林森都曾亲笔为之题写书名。后来，费正清、唐德刚、杨天石等海内外民国史专家，一致评定此书为民国史第一书。

　　朝鲜战争爆发那年，移居香港三年的冯自由偕妻赴台，任"国策顾问"，不料竟在大陆炮轰金门那年中风而死。

　　冯氏著述，固然对了解中国资产阶级民主革命颇具价值，但这位自命兼他封的国民党正统史家，笔下也绝非字字珠玑，对汤化龙等人的评判我就不敢苟同。

　　汤化龙是不是"袁世凯之走狗"姑且不说，即便是，难道就要遭到这样的政治暗杀？以我的鄙见来看，无论如何，暗杀这一招难掩其中血腥，更有悖于政党竞争之原则。

　　某年，我在台北翻阅"中研院"近代史所的史料丛刊，忍不住为某公当年的一则日记拍案叫好，其称："盖汤氏之为人，固有不足取者，然要是吾国之新人物，贤于旧官僚远甚，且政党竞争，自有其轨道，出以暗杀，殊非所宜，吾于是叹党祸之日烈矣。"

范玥一声轻叹，似是欲哭无泪。

如此血染的历史，有时确实让人无语。

而在彼时，那些施以暗杀手段的人，却像他们扣响的扳机、抛出的匕首那样，莫不掷地有声，莫不以将肉体消灭而后快！

被称作国民党正统史家的冯自由，对革命党人屡行暗杀一端想来也是保留自己看法的，一管春秋笔，流淌着万般愁思："自兹而后，国内曾助袁洪宪作恶之研究系交通系诸政客，莫不爱惜生命，视美洲为畏途，其有赴美游历……咸托人……向总理疏通，必俟取得国民党本部之介绍书为生命保障，始敢安心渡美。"

好个"始敢安心渡美"！

"人之将死，其言也善。那些行使暗杀计划，尤其是杀人不当的人，理应在自身生命终结前对所作所为有个交代，也算是敢作敢当吧。但他们隐而不彰，至死也要让冤死者继续受冤，让背'黑锅'者继续在人间和地狱累积千秋骂名。"

汤化龙，这个辛亥革命的元勋、民主共和的功臣，留给那个他曾倾其热情创建的新生国家的，不过是一座寂寞无人识的坟冢，匆匆过客还无端地钉在耻辱柱上，在百余年的物议腾飞中魂魄全无。

黄远生、汤化龙们的死，一度以来被说成死有余辜。历史让人叹息。

苏嘉镇静地说："过去的事谁也管不着，但暗杀在今天肯定不应是华人社团，更不会是我们四方会的特色业务。我们当与时俱进，理服天下，先礼后兵，以不给祖国添堵、添乱为行动指南。"

"好个与时俱进、理服天下。"

"但我得告诉您老舅，华人中不乏有忠勇之士来维护国家尊严、民族大义的。"

苏嘉列举的几个,让我听得有些发怵。

苏嘉看着我:"姑丈公听说到美国不久也险被暗杀,听说是被大陆'除奸'?"

"胡说!"

"您难道知情?"

我能不知情?只是,这情知道得太迟,而且,还是顾维钧最后一任妻子说的。

八

太平洋略带咸腥的风,裹挟着我却上心头的思绪,漫无声息地回到顾维钧最后一任夫人那年的生日。

二〇一三年九月的一天,一个盛大的生日 Party 在纽约曼哈顿某酒店热闹开始。一百零八岁的老寿星严幼韵,一袭亮粉色旗袍,粉黛略施,翡翠的耳环和胸花在灯光下熠熠生辉。

这是一场主宾皆盛装的生日宴会,而且主色调是中国红——女士们身着红色旗袍或红色晚礼服,先生们的西装虽是黑色,却莫不系有红色领带或领结。晚宴前,数十位晚辈一一向老寿星献上一朵火红色的玫瑰。这场寿宴,不乏艺术家表演助兴。爵士乐显然为寿星所钟爱,第一串音符刚嘈嘈如急雨,宾客们已然切切私语,置身舞池翩翩起舞,流光溢彩,热闹非凡。

我早就知道,严幼韵出生在大上海豪门,父亲是一位排名距杜月笙不算太远的实业家。这样的家世才使得她不仅成为复旦首批招入的女学生,而且还领跑时尚——史上第一个开着私家轿车出入校门的中国金花。

严幼韵和顾维钧郎情妾意,是否"死生契阔,与子成说",在此

472

不赘。她在顾维钧作别人间后，和自己与前夫所生女儿居于纽约，从不顾影自怜，每年生日都要举办盛大 Party。

我脑海里莫明地闪出严幼韵的婚照来。

照片里，严幼韵身披洁白的婚纱，长长的纱裙一直拽到六层台阶下，像是飘忽的一束美丽的雪花。她百里挑一的夫君——从美国留学回来在南京国民政府外交部任职的杨光泩，西装革履，风度翩翩。新人身边，沿阶分立五位捧花团、穿旗袍的伴娘和身着燕尾服的伴郎，戒童、花童按次排列，天真烂漫。

一个世纪后，在传递照片时，一位打入了好莱坞的华裔女星还忍不住啧啧称羡："这样气派的婚礼，放在今天也是引领潮流的！"那天，严幼韵呵呵地乐着，春风满面，无比陶醉。有谁知道呢，二十世纪二十年代末他们那场上海婚礼，连着奢华抢眼的照片，上了当天大报小刊的头条，成为上海滩街头巷议的话题。

严幼韵婚后随夫出国，开始了外交官夫人的生活，先后为杨门生下三位千金。当二女儿杨雪兰牵着母亲的手，跟着出任国民政府驻马尼拉总领事的父亲来到菲律宾时，只有三岁，那时中日战争进入第二个年头。她记得最多的是，不管在使馆还是在外头，也不管饭桌还是床头，总纷飞着战争的讯息，搞得人神经兮兮。有天晚上，有人突然在使馆外燃放爆竹，她还以为是日本兵打进来了，惊吓尖叫中出了满身冷汗而不觉。

三年后，比炒豆般的爆竹要刺耳要持久的枪声，不期而至，马尼拉在日军的枪炮中战栗。杨光泩和领事馆的七位外交官不幸被捕，在日军的刺刀下始终坚挺脊梁骨——拒绝筹集资金并提供服务，因此被下了天牢。

杨雪兰胆战心惊地跟随母亲探过监，看到荷枪实弹的日本兵脚蹬牛皮靴踩得地板咚咚作响，心就一直悬着。倒是母亲勇敢无畏，握紧她和姐姐妹妹的小手传递着勇气。

顾维钧和严幼韵结婚后,两家人合为一大家。严幼韵对顾家子女也视为己出,在顾维钧生前身后,每年都组织一大家子相聚。顾家子女和她一直保持着亲密的联系。

是的,我曾听顾维钧亲生女儿顾菊珍不胜感慨地评价这位继母:"她不容易,我们顾家这些人跟她们原本八竿子打不着,她来后,能很快把我们全部召集起来成为一个大家庭,真不简单。我们并不叫她妈,直呼她的英文名 Juliana,有点儿没大没小吧,可她一点儿也不在乎,所以大家相处融洽。"

顾菊珍对杨雪兰也不排斥,特别称许她行走岁月几十年,功在不舍地致力中美民间外交。有一次,我曾笑对顾菊珍说:"您和雪兰大姐虽不是同父同母,但还真是天生做姐妹的命,梅兰竹菊,你们各自的名字,就为这辈子成一家人打下了伏笔。"一席话,乐得联合国的这位资深公务员呵呵直笑,一张略施腮红的脸,灿若桃花。

想及此,我把这话顺带着告知杨雪兰。她笑了,发自内心。人开心笑时,脸上的皱纹里都像有音符在飘。

端详着杨雪兰不现暮色的动人情状,我由衷称许:"杨姐,您这头发烫得好比自然卷,您穿这身旗袍坐着不动,人家肯定会以为是画中人呢!"

"多谢小弟的谬赞,我爱听。虽然做的只是民间外交,但我这个美中文化协会主席也得有形象吧!"她话里不无自诩。

"我赞同菊珍大姐的说法,您挺适合做外交。"

"是呀,在这样一个外交家庭长大,我从小就梦想当一名外交家,为中国发声。但美籍华人的身份,却无法圆我这个梦。其实,我还是很中国的,这颗心还是中国心。"

她边说边轻轻拍了拍胸脯。可能因为红酒的作用,脸上微然泛红。

她并非王婆自夸。在严幼韵的三朵金花中,数这朵在雪中盛放的兰花最"中国"。兴许是出生在上海的缘故,杨雪兰内心深处始终认为自己是上海的、中国的。相比于比较西式的姐姐和妹妹,她最爱穿中式服装,一口流利的中文张嘴就来。为了提醒自己爱上海、爱中国,她很早就在上海定了一处公寓,方便自己每年来回几次。

杨雪兰大学毕业后在美国一家广告公司工作了二十年,在执行副总裁的任上引起了美国通用汽车的关注,锲而不舍地费时六年才将她"挖"来,成为"通用"历史上第一位华裔副总裁。

"我出来工作时,中美还处于'冷战',美国人普遍对中国一无所知。有位外交官对中国人的印象是个矮、肤黑,弯着腰趿拉着拖鞋走路,妇女还缠小脚。见到我母亲后,他才慢慢改变了原来根深蒂固的看法。"

"这些,我妈以前和我说过。这样看来,杨姐也是改变中国形象的有功之臣。"

她显然并不在乎这样的赞誉,一本正经地说:"我可以说,那个时候美国中部百分之九十五以上是白人,很多人压根没见过东方面孔。我不说第一个,也还是像大熊猫一样珍稀吧。起初那几年,每每抛头露面,获得的回头率很高很高,引起围观不够还要造成议论,就差没上头条新闻。中美建交若干年后,甚至到了老布什访问北京,他们对中国都没什么印象。"

话到这里,杨雪兰顿了顿,改用流利的英语,拿腔拿调地说:"中国?你们那除了长城,有酒吗?有宾馆吗?有热水洗澡吗?"

依照洋人用英语发问后,她又回到流利的中文上来:"他们觉得遥远的中国是个荒凉、野蛮和古怪的地方。所以我这个从纽约到'通用'来的中国人,还是个母的,就成了他们眼中无比奇怪的人。连晚上睡什么样子的床,都被好奇八卦。这么奇怪的中国女人,也不见三头六臂嘛,怎么一来就当上了'通用'副总裁,古怪到底！其实，我和大多数美国人一样，也不知道中国长什么模样，直到中国改革开放打开国门后，才有机会第一次回去，不是老外，胜似老外。"

她说到这里，忽地哈哈大笑，她一向就不装矜持。

我受了感染，不禁也跟着乐起来，接着说："所以，交流、沟通，于人于国都很重要。"

她看着我，不无揶揄："看来，道理你也是懂的，还能为人师，就是说说而已，一根筋。"

我明白她的弦外之音，忙说："不不，认识也需要一个过程，我正在路上呢。"

我抱拳拱手向她致敬后，道："您第一次回去，还记得中国是什么样子？"

"在纽约生活了几十年，去过伦敦、巴黎、东京，全世界的大城市似乎都繁华喧嚣，那年回上海一看，真要傻眼：大街上的汽车简直比熊猫还稀少，满街是自行车滚滚；晚上要么没路灯，要么路灯昏暗得像渴睡人的眼。带儿子到舅舅家，惊喜地看到一个浴缸，却没有热水管，得用暖水瓶装热水一瓶瓶倒进去。刚打开国门的中国，就是这个样。"

"和美国是两重天？"

"但也有很多美好的印象。"她端起酒杯抿了一口，缓缓道，"那个时代的中国人，真是淳朴啊！我把手绢扔在酒店不要了，结果呢，服务员拿着它一路追到火车站，拾金不昧！还有一次，我们在饭店请客，订了个大蛋糕，奶油过多，要把面上一层刮掉，上海家里的阿姨却说，扔了可惜，你们不吃我吃，我肚里正愁没油水呢。拿起来不由分说就进嘴，一点儿也不扭捏。"

我微微叹息，道："现在的中国，脱胎换骨了……"

"美国有个故事，讲一个人沉睡了百年后醒来，我觉得中国就像睡了一百年。他是不是拿破仑当年所说那种睡狮,我不知道,但我觉得他起码醒来了。随着中国经济以高铁的速度一日千里,中国似乎渐渐有了大汉、盛唐的气象,开始前所未有地受到西方和世界的瞩目。"

我点点头,继而道:"与之同时,有关中国是麻烦制造者的声音也此起彼伏。"

"这早就见多不怪了。想当年,备受西方欺凌的晚清刚在洋务运动中弄出一点儿名堂来,就招来西方劈头盖脸的'黄祸论'。你知道吗,当年辜鸿铭,也就是那个懂十国语言、一张利嘴骂遍世界的大侠,写成英文愤而斥之。我顾爸爸对辜鸿铭可是佩服得很。"

我啧啧两声:"只可惜,辜鸿铭作古多年,'黄祸论'又死灰复燃了。是不是可以这样说,如果中国继续沉睡,很多人虽感兴趣,却并不关心,也不会在乎。而一旦中国发达了,有了汉唐气象、复兴之望,那些当年曾参与侵略、瓜分的国家就开始害怕了,担心中国会来报复、算账。中国不是有句古话叫君子报仇十年不晚嘛。"

她马上接话:"这其实是一些蹩脚政治家对中国的误读误判,他们原本唯我独尊,又窝藏狭隘的大国沙文主义,加上缺乏应有的坦诚对话,国家关系会好到哪去呢?"

在欧风美雨混迹这么些年,我发现了一个不足为外人道的秘密:美国的华人圈在对华问题上受居住国的影响,常常表现得模棱两可。想爱国,又怕被联邦调查局格外"关注";还有一些因种种故事避匿美国试图隐姓埋名者,也轮不上他们发声。总之,他们多数昧于情势,面对美国媒体的访谈,也谈不出什么新鲜见解。

当然,杨雪兰是个异数,不由得让我礼敬有加:"杨姐,在我看来,比之于当年您参与通用汽车和中国的合作,您所做的中美间的文化交流更是一种基础,未来的中美关系是靠未来的美国人、中国人对彼此的态度决定的。我想,这也许是您辞去通用副总裁后参与美籍华人组织'百人会'的缘由吧。"

"小弟知我,我很欣慰。是啊,百人会成立时的目标之一,就是帮助华人在美国不受歧视,现在呢,则更多致力于中美间的艺术和教育交流。"

"这也是一种外交。"我由衷地称许。

早早我就听说,她曾将《牡丹亭》带进纽约大都会舞台,还促成了纽约爱乐乐团和上海交响乐团的长期乐手培训和演出交流。

"我也觉得这是一种外交,我的初心是帮助美国人认识华人。我前半生没能做成外交家,后半生却不离外交——中美民间外交。"

说着说着,她又笑了,笑得有几分自信,又有几分怡然自得。

我不觉慨然,经过一个多世纪由东而西的风雨,这个外交世家正逐渐步入历史深处,而家族的后人正以另一种方式入世且积极地延续着父辈的事业,由西而东,步步推进。而我呢?到今天还是"妾身未分明"!

听闻故事,我更觉神奇。当年其实并非大陆要来暗杀父亲,而是台湾方面要杀他,幕后指使竟是父亲那位离异的前妻!

父亲到死想来也昧于真相,即使隐约知道也可能姑妄听之,这也是他对大陆耿耿于怀了一辈子的心结,在积郁的误会中被岁月打成一个死结。

其实,父亲那时并没和我母亲进入恋爱阶段,我妈还在读大学呢。我隐约听说是他前妻与美国议员勾搭,红杏出墙。他受不了戴绿帽之辱,先是把她母女礼送回中国台湾,而后提出离婚。没想她骂父亲是负心汉、陈世美,还跑回美国闹,试图把父亲的名声搞臭,也试图阻止他后来和我母亲的恋情。

当时外界说,父亲是因为协助中国台湾方面和美国签署"共同防御条约",才招致中共特工隔洋暗杀的。现在看来,这显然是无稽之谈。世上很多传得有鼻子有眼的事,其实少不了是"太监对话——无稽(鸡)之谈"!

说父亲是"民族英雄",大有抬高之嫌,我想老爷子如还在世,听了也会汗颜。

我现在记忆犹新,那是一九八四年早春二月,八旬之年的父亲带着我们母子一同前往浪漫之都,目的很单纯,看一场画展——方君璧从画六十年回顾展。

这是巴黎博物馆为一位中国女画家举办的专场画展,因为女画家的艺术之路是从巴黎起步走向世界的,不仅以之纪念,也是对她艺术成就的充分肯定和嘉奖。

那时我离成年尚差几个春秋,看得懂画中的人物、山水和花花绿绿特别养眼的色彩,却读不太懂画意,更遑论画家的人生。对这位我称方阿姨,银发盖顶、气度超凡的画家,倒是面熟。在美国时,她和父母时有往来,父母还带我去过她家的画室。后来,她全世界跑,最后跑到了瑞士,见面就少了。

对大自己几岁的女画家,父亲有说不出的敬重。不仅在于她的画格,还在于她的人品,在于他们曾有的交集。

他们的哥哥,都是黄花岗烈士,他们和民国那几个著名人物,都曾经走得很近,走得悲欢离合,走得一言难尽。

"十一姊身体不好,怎么还亲自出席呢,叫仲鲁他们代替一下也是可以的?"父母亲一直以来都按方家习惯,以十一姊相称,我因此称她为十一姑。

"你们都从美国赶来捧场了,我能不来!"

寒暄之后,她难掩兴奋地对我父亲说:"顾老弟啊,我最高兴的是,在香港、台湾之后,北京和家乡福建都先后为我举办了画展,了了心愿。"

父亲连声道喜,问:"抗战胜利后您不是回祖国办过画展吗?"

抗战胜利国府还都后,方君璧从海外也回到了南京,第一句话就问她的丈夫——被军统当作汪精卫误杀的国民党中央候补执委、交通部次长曾仲鸣到底是不是汉奸?权威人士回答,曾仲鸣死在汪伪政府成立前,不算汉奸,他的财产也不充公。方君璧放心了,马上在上海大张旗鼓地开了一个画展,不叫"方君璧画展",而冠名以"曾仲鸣夫人方君璧画展",轰动一时。

方君璧解释:"一前一后,那可不一样。"

父亲知道"不一样"的意思。

一九七八年,中国美术馆为她举办大型画展。这个过去几十年在世界各地举办个人展的画家,格外在乎和重视。

"能回大陆办展,还真要感谢周总理,他逝世前就开好了绿灯。"方君璧语含感激。

"那倒不完全是为周恩来,而是为一个国家。你想啊,万隆会议上美国国务卿拒绝与周恩来握手,现在倒好,美国总统都奔了过来,作为一个中国人,能不为此感到高兴?毕竟,周恩来和共产党代表的也是中国!"

其实,尼克松跨过太平洋和周恩来那一握,对父亲和中国台湾方面的冲击,远远超过方君璧。一九七一年七月中旬,白宫放出基辛格已秘密访华、尼克松总统决定于翌年初正式访问北京的公报,有如行将结束绵绵阴雨的一声霹雳,把许多人从梦中惊醒,进入一个完全不同的精神天地。方君璧擦干一脸激动的泪水,第一件事就是尽速申请重访阔别二十多年的祖国的签证。

一九七二年尼克松访华,中美关系恢复正常,中国开始慢慢向太平洋敞开大门。方君璧正是在这年中国国庆时归国。百忙中的周恩来特地抱病接见。

方君璧回首往事,不胜感慨:"没想到仲鸣在不长的政治生涯中,还给共产党帮过一点儿忙。"

一九二一年,在蔡元培和李石曾、吴稚晖等中国教育家的努力下,法国政府用庚子赔款在里昂创办了"中法大学",是为中国在海外的第一所大学,成为中国留学生和勤工俭学学生的聚集地。他们中,除了已秘密参加巴黎共产主义小组的周恩来,还有邓小平、李富春、陈毅、聂荣臻、向警予以及著名诗人戴望舒等,他们后来为中国所做贡献有目共睹。早先留法且已先后拿到化学学士、文学博士学位的曾仲鸣,年纪虽轻,却因法语好,热心此事,活动能力强,担任了负责学生事务的秘书长。和夫君曾仲鸣同在巴黎求学的方君璧,和姐姐方君瑛一样,也给中国学生提供过力所能及的帮助。谁能想到呢,里昂中法大学和莫斯科中山大学一样,可以说是共产党在海外的一大发源地,不少后来的著名人物,都是在那儿变成了共产党。

其后十年,方君璧四度回到祖国大陆,足迹遍及名山大川。她画了百余幅作品,称得上艺术生命中最后一段灿烂的盛放。一九七八年国庆之际,作为第一个被邀请的海外中国画家,"方君璧中国画展览"在中国美术馆隆重开幕,展示了一位身处百年巨变中的女画家半个世纪的艺术历程,给中国观众以美好的艺术享受和强烈的感染。适时正值她八十寿辰。两年后,在故乡福建的张罗下,方君璧带着一批画作风尘仆仆从美国回福州亮相。福建方面特意借给别墅。

父亲忽地敏感起来,问:"十一姊,大陆有没有和您招呼,要考虑和中共的关系,在美国不要与国民党方面的人,比如顾闳等太接近?"

"可没有呢!话从何来?"

"老顾,别说这煞风景的话!"母亲分享着方君璧的喜庆,说,"十一姊可真不简单,每次在国内画展,都要惊天动地。"

方君璧笑着摆摆手："我哪有这本事,最多也是运气比街头艺术家好些吧。"

"我妈一生办展次数之多,可能为那个时代的中国画家所罕见。以前在国内不说,国外就有美国、法国、日本、新加坡、马来西亚、泰国、英伦、巴西、阿根廷等处……"

说话的是方君璧的儿子曾仲鲁。他是联合国官员,与父亲一向谈得来,这次正是他出面邀请我们赴法的。

父亲赞叹道:"你妈要载入史册呢!"

"我妈大病初愈,正需调养,我们都劝她要么延期办展,要么派我们做代表就行,可她不听,非要亲自出席。这么一把年纪,还这么玩命,真是黄忠不服老啊,我看这个也要载入史册。"曾仲鲁语气里带着几分心疼。

那一年方君璧来我们家为什么要哭?少年的记忆里只有泪水,没有详情,——那个时候小小的我,又如何能了解那段复杂的历史?而后略知,她是为早已香消玉殒的姐姐、同盟会女杰方君瑛而哭——多少年过去了,方君瑛,像风一样吹过坊间,像流水一样在人们的耳边叮咚作响,一直没有风吹云散呢!

自幼失恃的方君璧,是托了七姐方君瑛的福,公费留学法国的。

辛亥革命后,方君瑛婉言谢绝出任福建省教育厅长,只接受福建女子师范学校校长一职。她的学生、后来成为著名作家的冰心,在《我的故乡》一文中曾充满自豪地写道:"我们的校长是黄花岗七十二烈士中之一的方声洞先生的姐姐方君瑛女士。"

方君瑛投身革命不为做官,只为救国救民,干了不过一年的校长,就和寡嫂曾静等人一起公费留学法国去了。这几个为民国打了天下的斗士,想着学一技之长再来报效国家。所给公费省一省还可再负担一个人的生活开销,她便带上年仅十四岁的小妹方君璧一道出门。四嫂曾醒则带上了十六岁的弟弟曾仲鸣。

方君璧到巴黎后立刻上法语班,周末则随名满天下的前清翰林、民国首任教育总长、国学大师蔡元培学国文。

方君璧苦学三年后,进普通美术学校,再一个三年考入赫赫有名的国立巴黎高等美术学院,成为班里唯一一张亚洲女性面孔。这所美院,迄今仍是世界三大美术学院之一,与中国美术家的关系最为深刻,早期走出国门学油画为今天所熟知的艺术大家如徐悲鸿、林凤眠、吴冠中等,都曾受教于此。方君璧与徐悲鸿还做过一年的同学,那一年徐悲鸿因法文暂不过关,还只是这个美院的旁听生。

中法文流利,能诗擅词,且写得一手好字的方君璧,洋溢着青春和艺术气息,从深闺走向世界,尽情畅游在西方近现代艺术的大海中,并和青梅竹马的文学博士曾仲鸣牵手走进了婚姻的殿堂。

燕尔新婚,并未让方君璧放慢创作的脚步。一九二四年,油画《吹笛女》被法国最负盛名的"巴黎春季艺术沙龙"选入,她由此成为参加巴黎春季艺术沙龙的首位中国女画家。这幅流溢着东方女性美和青春魅力的油画,一经展出,立即让巴黎为之倾倒。方君璧戴着"东方杰出女画家"的桂冠,此后频频出现在巴黎众多主流报刊上,《巴黎美术》杂志更是将《吹笛女》选为封面登出。

打住,我们现在就来看这幅画吧!

现在,不少人可能知道了,此作是至今中国拍卖市场中出现的中国女画家创作最早也最有名的一幅油画,可谓中国艺术史上里程碑式的作品。在二○一二年北京的一个油画拍卖专场上,此画从三百五十万元人民币起拍,经过十多轮激烈竞价,以六百三十二万元成交。

这幅当年惊艳巴黎，在西方为东方艺术竖起独立旗帜的油画，历经近一个世纪的珍藏再次亮相，对神秘的画家，连同画中身着中国传统旗袍、留着时尚发型、眉目轻垂的少女，莫不让人产生无限的联想。

"画中的模特儿是谁呢？"

任谁站在画前，端详耐人寻味的吹笛少女，都忍不住会有此一想，或一问。

"她是我在留法期间认识的一位音乐才女方于……"

想来不管对谁，只要有问，方君璧都会如是有此一说吧。

里昂中法大学创办后，第一批来此学习的中国学生，有不少第一次离开家门的女孩子，包括日后定居法国的著名画家潘玉良、中国台湾文坛奇女苏雪林，还有这位叫方于的画中人。已在法国生活九年的方君璧被请去做这些女孩子的向导，譬如带她们看医生，陪伴上街购买必需品，但凡女生们饮食起居有不适合之地，都通过她告知校方改善，她虽不住校内，但几乎每日必来，热情且尽职。

一来二去，她忽然"爱"上了眉清目秀、极具艺术气质的方于。一天，她请方于做模特，并对她作了番精心打扮：身着中国旗袍，留西式发型，手握一根古朴的长笛。在方君璧性灵十分的笔触里，方于展现出东方女子特有的宁静和优雅，艺术女性不凡的气度，她在凝神吹奏中，淡然迷离的眼神让人浮想联翩，而长笛及悬垂于上的中国结双色挂穗、紫面绿底的斜襟中式罩衫，无不再现原汁原味的东方之美。就这样，东方窈窕淑女的艺术形象，通过吹笛女方于，在法国美术界传为佳话。

而方于的真身，回到中国后，成就也非同凡响，成为音乐家和翻译家。音乐方面，创作过抗战主旋律《黄河大合唱》的冼星海是她执教上海音乐学院时的学生；翻译方面，法国文豪雨果的名著《悲惨世界》，是她和同期在里昂音乐学院留学的夫君李丹共同汉译的代表作,这个最早最权威的中译本,被誉为"许久以来无人敢碰的,为一代大翻译家所译,中国翻译界里程碑式的译作"。

　　方君璧个人的人生却不甚美好,命运因一场著名的异国刺杀而风云突变,所谓传奇不如说离奇。

　　一九二五年,方君璧随夫君短暂回国,执教于广东大学。而后再度赴法进修,至一九三三年归国。家庭美满,创作颇丰,日子平顺,只是好景不长,因夫君跟随汪精卫"曲线救国"而撕裂。曾仲鸣到法国殖民地越南首府河内后,她听从召唤曲曲折折地赶过去,却像是送死。抵达当晚,梦中突然响起炒豆般的枪声,曾仲鸣被军统当作了汪精卫的"替死鬼",她也身中数枪,与死神只差分毫。

　　梦碎的声音比枪声还刺耳、残酷,直教人生无可恋。这个从不过问政治,只醉心于艺术的女人,重重地倒了下去,却为了三个未成年的孩子,也为了钟情的绘画,决心顽强地活下去。于是,她带着身上和心头的巨创,从四十岁的门槛爬起,挣脱各种政治的缠绕,坚韧而自由地穿行在时代嘈杂的声音和别样的目光中,把另一个四十年过成另一种风景。

　　剩余人生不剩余,她的足迹遍布欧洲、北美、南美和亚洲多个国家,每到一处必写生,办展览,用艺术诠释着中国的形象,备受各种色调的眼睛青睐。中国是什么样子,中国女人是什么样子? 中国真的只有男人的长辫、女人的小脚、戒也戒不掉的鸦片,以及萎靡不振的精神吗? 这位中国女人竟有着比欧美人还优越的高贵生活,出国接受高等教育,自由独立而非男人的附庸,有着远大理想、美好情怀。波士顿一位有钱的美国老太太找到她,再三恳请为自己量身订做一份画里的中国风情。

　　方君璧可以说是那个时代举办个展次数最多的一个女画家。别小看这种在今天只道是寻常之事,那时曾让多少同道望洋兴叹。

| 第七部 |

误几回天际识归舟

　　他在训练我，如何从某个视角、某个人、某个环境、某个偶发事件和必然事件中，接近历史的本真。历史具有复杂和多面性，一点一滴汇成他的面，虚虚实实也关联，还具有不完全复制性。

一

"顾博士怎么又骂开了？"

程宁宁打来越洋电话时,我和苏嘉、范玥刚在"中华至尊足浴城"落座,脚下的风还没散尽,沿着裤管缭绕。

我们被请进了一个精致的包间,三席虚位以待,我恭敬不如从命,居中。各就各位后,那双行了万里路的脚听从技师的导引,有点儿僵硬又有点儿急不可待地刚滑进水中,苏嘉便大大咧咧地说:"还是范玥有魅力,能把我这个不食人间烟火的老舅拉下水。"

范玥扭头冲我们妩媚一笑:"光我不行,今天要是我单请,顾博士岂能赏脸?"

不待我开口,苏嘉已接过话来:"那是那是,我老舅是慢热型,又特别爱惜自己的羽毛……"

"现在什么时代了,还把我当作食古不化的呆子,我看你不是别有用心损我利己,就是把小范看得很紧。"

"哈哈……"半倚在按摩椅上的范玥笑得花枝乱颤,不胜妖娆。

苏嘉受呛,却一脸平静:"老舅的适应功力看来真是与时俱进、与日俱增,还学会骂人不带脏字了。"说罢,迅速转向另一话题,"世界真成地球村了,我们在合众国的土地上,却聚在'中国城'。美国离不开中国,中国离不开美国,谁也离不开谁。老舅没回过中国,先到美国的'中国城',算是热身。"

"顾博士一直没回去过?"

范玥的反问,以及背后的潜台词,让我对苏嘉大为不爽,真是哪壶不开提哪壶!

我撇开范玥的反问,直接面向苏嘉短兵交火:"这个就不需要你再三劳心费神了,放心,不会辜负你的!"空气中的火药味儿不难闻见。

我边说边抬起水中的脚,冷不防的动作幅度,以及微微掀起的水花,倒把全神贯注进入角色的技师吓了一跳。

就在这时,程宁宁的电话响起了,虽隔着一座座山、一片片海,仍能感受到她劈头盖脸地质问,还说:"这回骂得可有身份了,什么全美战略与舆情指导中心研究员……"

我望着热腾腾冒气,夹杂着中药味儿的水桶,发呆中耐心地听完,郁闷道:"刚定下的身份人家就知道,可见很了解我。"

程宁宁在电话里"嗤"了一声:"我倒希望这个头衔是假冒的呢!"

"不,头衔是真的,但以这个头衔骂却是被盗名欺世的,还望明鉴。"

"这个指导中心一向有反华倾向,刚好与你的骂人身份吻合。为何要选择这个机构呢?"

"不入虎穴,焉得虎子,我思故我在。"我并非慌不择句,而是一时半刻找不着词来做解释。

程宁宁沉默稍许,远远放来一个隔空炮:"只怕没得虎子,便被人捣弄得臭名远扬,久假不归,也不知自己是谁了!"

我略加自嘲地说:"名声的香和臭,其实都是一种响,有时臭还比香好,越臭,就越为人看重,越有反戈的价值。"

"得瑟! 还是好自为之吧!"

隔着屏幕,我似乎看到了她的微微蹙眉。自接受微信以来,除了母亲及芊公主,我一向拒绝视频。也还好没用,否则让她不经意地看到我正和美女一起享受"腐朽"生活,可能会有另一番冷嘲热讽吧。我不知她是否也享受过这种服务,有朝一日,她若以此请我,我去还是不去?

刚放下电话,苏嘉便蛮有兴趣地来问:"老舅刚才说在哪里谋事?"

"一个人文研究机构。"

"薪金高吗?"

"一般一般,还得先预交一笔押金。"

"交押金,为何?"

"怕你中途跑路嘛。"说话间,我瞥见了苏嘉眼中闪过一丝错愕,乃盯着他问,"有何不妥吗?"

苏嘉讷讷道:"像是当年列强与清朝签不平等条约。"

我不假思索地回应:"我从不逆来顺受!"

"老舅那么出类拔萃的人物,只做个人文机构的研究员也太屈才了吧,当个名牌大学的教授也好,可以有更多机会入世。"

这家伙,还跟我讨论起入世和出世的问题来了!

"其气浩然,常留天地之间,何必出世入世之面目?"范玥见缝插针,吟起全祖望的《梅花岭记》之句来。

我一乐,道:"也没那么多浩然之气,其实先头也有大学收留。"

"那为什么还要选择这个机构?"

苏嘉要不是在乎我,眼光中也许不会透出不解和遗憾,这让我感动,于是认真而细致地回答:"首先是有时间做学术,其次可以接触到大量秘密资料,再次是因为允许我自由地研究中国文化与历史,可以回中国做调研,并不在乎我得出怎样的看法。如果到大学,就要忙于上课,没有足够可以自由支配的时间了。"

说罢,我看着苏嘉,和颜悦色地问:"不知苏会长有何高见?"

"我们的追求真是大相径庭。"

"这个很正常,自古君子也大都和而不同,倒想听听你的追求。"

"老舅重精神,我虽然也看重精神,却也重物质,两者缺一不可。"

我淡淡地说:"精神和物质本来就是相辅相成,精神离不开物质基础。"

"关键是过于实际,被庸俗覆盖。"

我略感新鲜:"什么叫被庸俗覆盖?"

苏嘉说了自己一个很深的感触。不管是土生土长的中国人,还是旅居欧美多年的华人,也不管属于哪个阶层,相比于大多数西方人,似乎都比较注重物质生活的追求,为自己打算不够,还要顾及亲友。华人相聚,谈话内容不外乎是房子、票子和汽车,在世俗生活的享受方面一个个都似乎有很强的从众心理,长年累月地被庸俗覆盖着。

"苏会长和世界各地的华人接触频繁,朝夕相处,是不是潜移默化染上了陋习?"范玥难得地挤兑一声。

"我洗心革面后,便从善如流了,看能不能炼就金刚不坏之身!"苏嘉以夸夸其谈招架完,又看着我说,"世界真是无奇不有,我家新移民来的华人邻居,竟以华人为耻!"

他所在的高档社区华裔不多,六七年前迁来一户不知来自中国何处的新移民,虽然男人那张脸总是怪怪的,他仍抵近了一份亲切感,碰上后主动招呼。谁知那对老夫少妻如临大敌,男人甚至冷冷地用生涩的英语说,"请说英文,我不太懂中文",俨然是几个世纪前的资深移民。不仅大人独来独往,他们七八来岁的小屁孩也很少与别的华人孩子玩一起,而外国孩子群却又融不入,有次被问急了,才泄天机,原来是家长不让他和中国孩子多说话,怕中国人把他带坏了,日复一日会变得不可救药。他说完,微叹一口气。

"也不足为奇。"范玥说了她到美国后一次让她颇生感慨的见闻。初来乍到,她受邀到纽约参加几个侨民的家庭聚会,满以为这些海外人士会因她这个国内老乡的到来,而关心地问及有关中国的一些话题。但三个小时热热闹闹的聚会下来,人们津津乐道的只是如何赚钱,新股何时涨停,何处买房便宜,哪里的中餐馆好吃,等等。有人只是偶尔问她到美国后是否习惯,至于故乡和中国最近有什么新鲜事,有什么问题有什么变化未来又会怎么样,像是被约定俗成地关在禁区内。归途中,自以为受到冷落的她忍不住问带她前来参加聚会的朋友,为什么会这样?朋友答不上来,只是说,你慢慢就会习惯的。

物以类聚,人以群分。但如果这些新侨民真如此蜂拥如此强烈地追求实惠,对拜金主义推波助澜,身上看不到新价值观出现的迹象,倒也是个需要探讨的文化问题。

"即使有此现象,也不能夸大其词地说成是被庸俗覆盖,流行观点没几个不是言过其实。就像民以食为天一样,每个圈子不同,不合者慎入,熟人间多拉扯些柴米油盐才是生活。爱国主义也不能空谈、扯淡,清谈提升不了崇高,倒真要被另一种庸俗覆盖了。"说这话的我更是凡夫俗子,肉眼凡胎。

我的骨子里虽对所有流行的东西持警惕态度,但流行观点像流感,难免让人有中招的一天,完全拒绝不现实,显得太不合群。该如何面对?且搬用他人的经验总结:把流行观点当流行歌曲,听过就算,实在忍不住,哼哼两句也无妨,只是别当真;流行观点袭来时,要学"微信"精神,微微相信,万不可全信。记得,我那位已入仙籍、师出同门的同学小野对此曾提出批评,认为以上做法只是治标,而高尚不流俗之士要有治本的追求,正确的立场、成熟的价值观和稳定的信仰方能固本培元、强身健体,提高免疫力,任凭你流行观点满天飞,我自岿然不动。

小野不仅在为人处世上没被右翼污染,在治学上也没被所谓的流行观点带偏。他拒绝妥协,不惜以决绝的方式"治本"。做中国人怎么了,现代中国人怎么了?中国历史上不是有过孔子独步古今的高度文明伦理美德,不是有过庄子汪洋恣肆卓绝一世的想象力,不是有过太史公笔下那些充满悲剧性格的真豪侠,不是有过关云长义薄云天诸葛亮智绝忠君的典范,不是有过竹林七贤的真潇洒、李白的真浪漫、李清照的真巾帼,不是有过关汉卿、汤显祖感天动地的戏剧,不是有过秦皇汉武、唐宗宋祖、成吉思汗和康雍乾的文治武功,不是有过王阳明和李贽浩渺无涯的思想、郑成功雄视沧海的霸业、纳兰性德绚烂的诗词甚至曾国藩的圣贤……这些文化因子曾受世界的顶礼膜拜呢,怎么就逐渐落寞在现代匆忙的脚步里? 抑或,还是说在戊戌六君子的慷慨悲歌、秋瑾的休言女子非英物、杨靖宇的视死忽如归、万众抗日一寸山河一寸血的遭逢之后,处于休眠状态了?

一时间,我脑子又成了跑马场,场外起起落落的不是马蹄声,不是人仰马翻卷起的灰土,是苏嘉洋洋洒洒的话语。

"这样的事情可悲可叹,却也提醒我辈万勿恶俗,首先莫成物质主义者……"

苏嘉滔滔言及的,也有我脑子里的东西和精神上的困惑。我接住他的话尾,向他伸出大拇指,夸赞有加:"好好好,'真能知行合一,不仅你有望脱胎换骨,四方会也有望重振雄风。"

范玥打趣道:"阿弥陀佛,苏会长从善如流,善哉善哉!"

"所以,希望能更多地得到老舅、范博士的帮助,让我近朱者赤。同样生于美国,但老舅似乎更多一些西方人追求的精神,值得我取经。"

苏嘉一正经,我忍不住就想开玩笑:"你不怕我把你的习惯带'坏'?"

"我倒愿意被您的好习惯带'坏'。"

范玥听罢一笑:"苏会长应该很自信地对顾博士说,有机会时我也希望让我的'坏习惯'带好你。"

苏嘉道声"调皮"后,范玥又不失时机地接过话来:"顾博士把学术视为生活中最重要追求的生活态度,我也希望被您的习惯带'坏',少点庸俗,多点高尚。"

我连称"过奖",看着范玥:"范小姐有志于人文学科的研究,何不去大学应聘?"

"哎哎哎,老舅您怎么能怂恿人家跳槽呢?!"

苏嘉气急,我却开心地笑了:"跳不跳主动权在人家那,我怂恿没用,你想拴也拴不住。"

范玥说:"我是去应聘过助理教职,但没入校委会的法眼,承蒙苏会长高看,免于失业。"

我知道,在美国的大学,人文学科助理教职的收入虽然不那么有吸引力,却是一职难求,经常出现数十个博士蜂拥前往应聘的盛况,其中不少人宁愿放弃政府机关的职位和大公司的高薪,也不愿错失此机。是故,美国大学人文学科的教职竞争非同寻常。

"范小姐能来我这里做事,我一万个欢迎,希望能安心工作,我们的薪水肯定要远高于学校。"

苏嘉有没有弦外之音我不知道,却忍不住送去一个揶揄:"你看你看,谈钱多俗啊! 人各有志,非金钱所能左右。"

"呵呵,一不小心又被庸俗覆盖了,真是中毒不轻。"

这小子倒会自嘲! 我刚想罢,他却又开口,鬼脸对着我,目光却很快越过我,投向范玥:"我就不解了,在美国获个大学文科的教职既然要过五关斩六将,困难重重,你们,还有那么多的人,当初为什么还要选读文科呢?"

"要我说啊,这是因为像顾博士这样的人,确实由衷地喜欢哲学、历史、文学、艺术,也确实有志于人文研究,才会知难而上。"

范玥温温不作惊人语,却很到位,末了还谦恭地问我:"顾博士您说是这样的吗?"

还好,我在他们的对话中并未形同虚设,乃积极附和:"美国知识界把学术当成重要追求乃至安身立命的生活态度，比比皆是啊。如果真有苏会长刚才所说中国人、华人普遍存在被庸俗覆盖的现象，确实要先作自我检讨，知识分子首先要起到表率作用。"

"是啊，他山之石，可以攻玉。"范玥接过话来，"中国人在价值观方面，存在一元化、板块化、同质化现象，官本位之外常常是拜金主义，两者还往往相互影响，并行不悖，缺少欧美人多元的生活态度、崇尚文化和学术的精神追求。"

我于心称道，看着苏嘉道："我说苏会长，你听清楚没有，范小姐是希望你要摆脱'庸俗'的成功，做个与众不同、特立独行的新型华人！"

苏嘉嘿嘿笑着，没吱声。

"不讲庸俗，让庸俗 get out，讲些崇高的吧。例如怎样爱国？"他们既然爱谈中国，我便有此一问。

"关于这个问题，我有段视频刚好可以回答。"范玥边说边把调出了视频的手机递给我。

她那一双白璧无瑕的双脚，和我们一样，正搁在椅上，接受技师的洗礼。她努了努身，幸好玉臂够长，而我也相应地努了努身，在不假手于技师的情况下，顺利完成了这次交接。

录影中，一个中年男人，西装革履，接看学生纸条后是起身回答的，显得很有教养。我点开视频后，屋子里便回响着他的铿锵之声：

中国的确有许多地方需要改进，但也不要把美国比喻成天堂，很多年前的电视剧《北京人在纽约》有一句，说'如果你爱他，就把他送到美国，因为那里是天堂。如果你恨他，就把他送到美国，因为那里是地狱'。我就是从'天堂'和'地狱'的接缝里溜回中国的（掌声响起）。同学们可能不知道，美国对伊拉克发动战争，造成上百万的伊拉克平民死亡。对叙利亚发动战争，除了造成数万平民的死伤，至今仍陷叙利亚于动荡之中。这些都是侵略战争，说明美国并非他自吹的什么民主国家，一贯也是弱肉强食的动物。当年中国最早的海归、也是最早在世界暴得大名的文化怪杰辜鸿铭先生，曾把民主的英文单词Democracy拆字成Demo-cracy，对了，Demo是魔鬼，cracy是疯狂，辜鸿铭说美国和西方的民主就是魔鬼加上疯狂（掌声）。辜鸿铭指斥了西方民主虚假的一面，也许有点儿过激，但在我看来，也确实差不多是这个鸟样（掌声）。自冷战以来，特别是海湾战争后，美国政府打着民主口号，自封为世界警察，其实是世界强盗，对资源丰富的国家发动惨无人道的掠夺性战争，这样不胜枚举的案例，我们岂能充耳不闻?! 那些知其一不知其二懵懵懂懂跟着美国跑的中国人，那些别有用心地教唆中国人趋从美国的汉奸，难道想叫中国步伊拉克、叙利亚的后尘?! 现在的世界真是多元得让人眼花缭乱，自由得令人心花怒放，世上竟有没见过外国月亮却总说外国月亮圆的奇葩！（掌声）所以，我希望每位在座的中国学生，先学会爱国，只要真正地爱国，有爱国的情怀有爱国的本领，真心地推动中国的每一个进步，不说十年，二十年后，中国就一定会超过美国！我今年才知天命，我相信能活着看到这一天，在座的每一位同学都能活得好好地看到这美好的一天！（掌声哗然）

"好，好！"苏嘉隔空鼓起掌来。

在看视频时，我特意侧身举着手机，以便照顾到他的视角。

看完，我把手机以原先姿态递还给范玥前，顺便看清了手机的款式：中国华为。

范玥道："这是我叔叔应国内大学邀请，回去做讲座。那天，主持会议的校领导总结也讲得很精彩,相得益彰。"

我向范玥投去一瞥:"哦,请把精彩处说来听听。"

"我的小脑袋装不下这么多,也学不来人家领导的激情,还是麻烦你们亲自看吧。"

范玥说着,点开那一段视频后,又将带温度的手机传递过来。

主持人说:"二十年前,我考察过日本和几个欧美国家,对人家的新干线、高速公路惊叹不已,也自惭形秽,感觉中国落后他们不下三十年,甚至亚洲四小龙都领先中国十几年。前年,我再去欧洲几个国家故地重游,觉得世界今非昔比啊!当年毛主席提出超英赶美的口号,西方世界还认为是天方夜谭呢,一个被八国联军当烂柿子捏的国家,再过一百年也还是散沙一盘,哪有什么雄风可振?中国人不仅不信邪,还擅长创造神话,'一万年太久,只争朝夕',太空飞船有了,可上九天揽月;潜水艇有了,可下五洋捉鳖,国家实力现在不仅超过了英国,还超过了欧盟和日本!一代代中国人创造了一个个奇迹,难道我们对今天的我们失去了自信力,不相信中国能成为世界强国?!我想,只要你们说可以,就一定可以!只要中国人万众一心,中国就一定无敌!"

学生热烈的掌声之后,也有尖锐的问题提出来。

他镇定自若地回答:"的确,作为世界最大的发展中国家,许多地方不尽如人意,我也骂娘;有许多'坑爹'的问题需要解决,我也等不得,有的比你们还着急。但我不会像很多人那样,接受那些负面信息后,不作理性的分析和思考,就想着要把中国推倒重来。我们又不是没见过别的国家社会动荡,最受伤害的都是百姓。中国倘若真的引发动荡,我可以肯定,大家希望中的幸福自由非但远去,而且还会被更大的动荡与痛苦拖下水。受益最大的又会是谁呢?那些挖空心思要遏制中国的某些国家……"

在他讲话时,掌声密集,且集体爆发,毫不吝啬。看样子,并不一定因为他是校领导。

主持人显然受到了感动和鼓励，起身向台下鞠躬，并说："所以，我非常赞同范教授的话：'抬起头来，好好爱我们的国家吧！'我借范教授的话与大家共勉，并就此结束今天的对话。"

我把手机递还范玥，说："爱国主义通过范玥小姐一张樱桃小嘴，顺利地出口了，有效地扭转了中美之间意识形态的'逆差'！"

"见笑见笑。"范玥边说边拿起茶几上的餐巾纸，擦了擦额头的汗。不知是因为热，还是她的"代演讲"带足了感情和色彩投入。

苏嘉适时地接上话来："中华民族自我珍惜的东西，不管是人是物还是语言，不管是儒家经典、子曰诗云，还是感情道义，总能出口，并逐渐为海外华人认同，也必然影响洋人。"

一场足浴，竟引出如此多的题外话来。

我忽地一个激灵，不当的怀疑未经大脑，脱口而出："哎哎哎，你们不会是借此一唱一和，向我推销什么爱国主义吧？"

"我不会唱双簧呢，"范玥笑道，反问一句，"难道顾博士不爱国？"

"我可没双重人格。即使大脑不想着爱国，这张嘴，这个胃，却一直是爱国的，日常生活习惯就是这样。"

或许有些幽默的话，引发了年轻技师的笑，两个酒窝毕现于洁白的脸庞上。

我不由得抬头正视了一下眼前娴静自如、拿捏到位的年轻技师。不说秀气，相貌倒也周正端庄，乃主动和她拉呱起来。肤如凝脂手如荑荑的姑娘，来自中国。别的手艺不会，到足浴城培训几天后，也就上岗了。

我饶有兴趣地刚问起收入情况，时间就到了。

苏嘉转过头来瞅我："出国谋生不容易，再加一节钟吧，也可以边做边聊。如今国人在外已司空见惯，连留学生都不稀罕了呢！"

与其说我想加钟，不如说想多聊聊，于是在范玥协同怂恿下，也就少数服从多数了："那就有福同享吧。"

三位技师异口同声道谢，重新报时加钟时，我心头忽地涌起一股酸涩的滋味：留学生现在怎么就一点儿都不稀罕了呢，欧美发达国家哪里见不到中国留学生？杨雪兰就曾慨叹，当年她到美国中部时几乎见不到一个中国人，正所谓三十年河东三十年河西，前些年中部某州立大学，差不多有一半学生来自中国，某个野鸡大学则几乎为中国学生"量身定做"。有些中国学生留学两年后连日常英语会话还解决不了，以致有人公开宣称，中国留学生已从二十世纪国门初开时的社会精英，沦落为今日的"留学垃圾"。所谓语不惊人死不休，"留学垃圾"有点儿耸人听闻，但留学的神圣性、神秘感及倾斜性，确已悄然发生变化。早年高不可攀、让常人望而却步的留学，已"飞入寻常百姓家"，成为普遍现象，被视为一个平常的人生选择或发展杠杆。

有海水的地方，就有华人，就回响着中国话。目前华人遍布全球。

华人集中之地，不管有没有海水，都有唐人街那样的华人社区，或称"华埠"。随着时代变迁，传统散发着古韵今香，中生代、新生代华裔在传统的华埠以外，又构筑了新的、更现代化的华人聚居区。物以类聚人以群分，但也有离群索居之人，现在也还层出不穷，有人想刻意抹掉作为华人的痕迹。

纵是中国情结血浓于水，苏嘉也曾有过奇葩经历。他儿子上中学后，不知是处于叛逆期，还是受了欧风美雨的某些潜移默化，抑或是间接受了他那个宁说生涩英语也不爱和社区华人说汉语的新移民邻居的影响，常对家人怒吼："别说我是华人，我非华人，我是美国人！"他把一头浓密的黑发染成五颜六色，除了避无可避的家里，八抬大轿也难以请到他参加华人聚会，像是要躲瘟神，即使偶尔赏脸参加，也绝没好脸色，仿佛天下华人都欠他的钱。有天，苏嘉忍无可忍怒不可遏地把这小子拉到闹市区，大声地用英语问不同肤色的过路人："你们看，他是哪里人？"除了没把他当神经病或因语言隔阂不知所云者，所有的回答几乎都指向"中国人""亚洲人""在美国出生的华人"。此结果让这小子呆若木鸡。苏嘉父亲死前留给孙子的最后一句话不无伤感："做华人哪里辱没了你？你黄皮肤、黑头发，一张华人的脸，在别人眼里能改得了？既然改不了，为什么还要自欺欺人地回避这个现实？"自此后，这个混世魔王那一颗与生俱来的"中国芯"才算安分，似乎也不在意下辈子投哪里的胎了。

苏嘉自曝儿子这桩糗事，我感觉有点儿针对我，再就是误会了我。我不怕他误会，也不怕被他瞧不起，且让我再来补充一下他上次所说那个新移民过来的怪邻居：这中年男原来是个贪官，辗转逃到美国后，还专门做了整容，捉迷藏般地一心想融入美国过神仙美眷生活，几天前在"红色通缉令"中被引渡回中国，一枕黄粱！

我总算理解了，他为何一门心思要去中国化啊！

种族和肤色一样，最是脱身不得，刀刮不掉，火烧不尽，"去华人化"说到底不过是一种意淫，一种讨好，一种媚俗，一种试图引人注目的伎俩。这也是一种毫无出路的自我暗示法，欲行此法，必先练得厚颜无耻，适应自取其辱，否则在现实中有尝不尽的碰撞"玻璃天花板"之痛！

这当儿，我就不太瞧得起自己。虽然我明里暗里都毫无"去中国化"的想法，也并无"去华人化"的自我暗示，而且土生土长在合众国的我，看到英文单词里的"CHINA"，常会情不自禁地梦回强盛而浪漫的汉唐，联想中国精美的瓷器香飘万里的茶……但说到底，也还是这个国度的不孝子孙，自离开娘胎，始终还没踏上父母之邦,未亲炙生命之源的抚摸,遑论反哺?!

苏嘉说过,为什么会有人为生为华人自悲自叹,不是那个叫中华民族的族群对不起他,而是他对不起这个族群,心里有愧,又不自省,就像猪八戒上阵那样,只会倒打一耙。既然不想做华人,既然这辈子错为华人,何不干脆学日本人自戕得了,早死早投胎,只是请小心,猪胚狗胎正虚位以待!

他说得太过激动,我虽不敢苟同,只是想,现在科技日新月异,如果中国武打小说里的易容术真现江湖,如果韩国整形术确实名不虚传,那些贪官污吏或作奸犯科之徒,那些数典忘祖之人,那些刻意背叛或被收买被交易被豢养的一撮,是最想脱胎换骨"去华人化"的。撼山易,撼大陆难!亡我之心不死的一切势力,不管你行文还是动武,我堂堂中国都是兵来将挡水来土掩,春风吹战鼓擂,当今世界谁怕谁!我倒希望看到"金猴奋起金箍棒,玉宇澄清万里埃"的局面,借此扫除一切害人虫,省得有朝一日也来骚扰我等小民。实话实说吧,我对"生是你的人,死是你的鬼"素有好感,对数典忘祖之人则一向深恶痛绝,所以,每当有人以后者评论我对故国的远离时,我虽有苦衷,却也哑口无言,只能顾左右而言他。在许多人眼里,我是个不可思议的人、一个搞怪的人。

自从我脱离华人社区之后,我就成了众人眼里这么一个不可思议的怪人!

二

人到中年后最悲伤的事情,莫过于在痛苦中回忆起往日的幸福和快乐。

大学毕业后,我应聘到一家特别喜欢的人文杂志当采编。为了工作方便,也为了更好地研究中国、了解中国,乃慕名择居于华人社区。当然，母亲早知杂志社不远处有这么个华人社区，善于理财且买彩票不失好手气的她，为我买下了这套价值不菲的房子。

钱多了不去投资咋办，那就等着缴税吧。美国的税那可真是老虎机。拿一个大学教授来说，年薪上十万美元，在美国算中上层，但税后到手只剩六七万，还得拿一半左右的钱还房贷——在美国买房少有一次付清的，因为那样要交重税，人们故意买大而贵的房子，就是为了刨掉税，免得这个国家把你的钱收走拿去做了军费开支。就算一个人死了要把钱传给儿女，百分之五十的遗产税在你进火葬场前毫不客气地等着呢，房产税更是每年一个子儿少不了。你在美国生活，就不由自主地进入了这套游戏规则。就像我在这小区生活，不由自主地要进出大门一样。

一天傍晚，我下班回来，刚进社区，远远望见有一美人迎面走来。她修长高挑，走路的弹性极好，又快，人还在丈外，独特的魅力先扑面而来。飘忽着长发的身段和婷婷袅袅的姿势，还有莫名扑来的气息，让我不由自主地停下了脚步，等着打照面。在我们飞快地对上眼后，都情不自禁地"呀"了一声。

怎么会在这里邂逅大学系友吴小荔呢？得知我们竟住同一社区，我更觉不可思议："离开校园那天，我远远望见你上了一辆车，还情不自禁地喊了你一声，也不知你听见没有，感觉你翩若惊鸿，瞬间消失。我还以为你回中国了呢。"

那张熟悉的鸭蛋脸上，洋溢着久违的粉红色，长长的睫毛在一对双眼皮上伴着节拍和旋律跳动，言行落落大方："哈哈，那天上车后，我是听得有人叫我，没想到是你啊。好个翩若惊鸿，你要是矫若游龙，何愁追不上我？"

我不觉莞尔："我再追你，怕你就成惊弓之鸟了。"

她神态从容，也报以甜美一笑："现在不也还是吃惊嘛，不过更是惊喜！真是有缘千里来相会，无缘对面不相逢啊。"

我一个神转折，不由得认为她离校那会儿不回头还是矜持的，要知道，她身后全是男人的眼睛呀。若说她有什么错，那就是生得太美，是照着画上四大东方古典美女的最精彩之处长的，照着全世界几乎所有审美者想叫她长的那个模样长的。

和吴小荔的初识，是在不知哪个好事者张罗的大学华生联谊会上，她吟诵了中学时代最爱的朦胧诗人舒婷的代表作《致橡树》：

> ……
> 不，这些都还不够！
> 我必须是你近旁的一株木棉，
> 作为树的形象和你站在一起。
> 根，紧握在地下
> 叶，相触在云里。
> 每一阵风过
> 我们互相致意，
> 但没有人
> 听懂我们的言语。
> 你有你的铜枝铁干
> 像刀，像剑，
> 也像戟；
> 我有我红硕的花朵
> 像沉重的叹息，
> 又像英勇的火炬。
> 我们分担寒潮、风雷、霹雳；
> 我们共享雾霭、流岚、虹霓。
> 仿佛永远分离，

却又终身相依。

……

吟诵这首诗的她，正值生命的春天，花枝招展，巧笑嫣然，诗里有她的自画像。

她声音之淳美、抒情，令我顿有"听止"之叹。她张口俏立吟诵时，所有的青春少年都愿意臣服。整个联谊会，此前此后所有的声音，都心甘情愿地成为她的附庸。别人的吟诵和歌唱仿佛只有一个用处，把她的音质和音色之美衬托出来，把她内心的美好世界彰显出来。我甚至觉得，那可能是我脑海里的一种绝响。

说真的，吴小荔是我情窦初开后能正眼瞧上的唯一异性，偏偏落花有意流水无情，连电话号码都不肯给我这个众多女生心目中的"孤独王子"。

天生丽质又有才的女孩越是高冷，于我就越有吸引力。连梦中都有些冲动，她和我像两块大小相同晶莹剔透凹凸相间的铁积木，粘附在磁石上，严丝合缝，脚不点地。男性的那点小心思和情欲，轻易地被春梦侦破了，不由分说地被点了鸳鸯，仓促间成就过一枕黄粱的好事。

她只是活在我的梦里，因为她更活在别人的梦里。我一向不擅长死皮赖脸，更不喜欢强扭的瓜，只能以天涯何处无芳草自嘲，也自怜。好些年了，我在梦里还重温着她的一颦一笑，如今她还被别人的梦重温吗？我有些好奇。

这次意外相逢，她主动给我留了手机号，美国的。

我捧着手机，输入完她的号码，怀着孩子的信心和快乐道一声："我要珍藏你的名字。"

"珍藏？"

"在一处错过了你，我就到处寻找，想着总会在某个地方遇见

504

你。等了这么多年才心想事成,值得珍藏啊!"我说着有些煽情有些夸张却并不违心的话,心扑扑地跳起来。

"你,你寻找我?"我脱口而出的话触电似地使她感动,她的语气竟有点儿吃惊,眼睛的一瞥充盈着喜悦。

"你可以不相信,但我不会伪装……"那一刻,我的魂魄离开多年来一直情感紧闭的心扉,走向阳光下的户外,放下俗套,直抒胸臆,"哈,我属于那种追求会自卑,放弃会自伤的人……"

吴小荔捧腹大笑:"哈哈,天底下就你二!"

喝咖啡,郊游烧烤,看好莱坞新片,我们相互拉拢,一半对一半,谁都不想爽约。她自称是个"热爱闲聊的女生"——前面我曾自曝遇上一个"热爱闲聊的女生"后有点儿冷落父母,说的就是她。我们聊什么呢,什么都能聊,也一起背诗,从唐诗宋词到惠特曼。我们在凡有青草生长的陆地和水旁,在太阳和星星出没的晴天和星空下,一起呼吸寻常空气,一起赤脚走木栈道,聊个昏天黑地,那份感觉真好。大凡"真好"的感觉,都只可意会不可言传,我们只能一同感激上天眷顾,赐予我们一个如此温柔美妙的世界。

在触手可及的一来二去中,我们中了丘比特之箭,不约而同地上了床。那是在她家里充满酒意的平安之夜。那晚,她身穿镂空花纹蕾丝衣,酒后不尽风情;那晚,突然却是期待中的拥抱和热吻,带着闪电般的短促与甜蜜冲击,犹如真空里封闭在暗室的内心世界突然撞进了万丈光华;那晚,因为她,我记忆以来第一次顺理成章没回家和父母同过平安夜。

所有的情感都与肉体起起伏伏地相连,从我与她久别重逢那一刹那的惊喜中,我就笑话我的不良反应,连荷尔蒙都感知我有强烈让昔日春梦一朝成真的欲望。我坏坏地推己及人,从她兴奋的神情以及主动给我留电话那个举止,她也是想让自己的身体和灵魂自在地飞翔的。我们都不假装,再伪装就都老了,感情的世界也就太平了。自然的事情天生纯洁,我自己慰藉自己有点儿不好意思出壳的灵魂。

喝酒常出轨,我后来一直引以为戒,但真希望有轨出,能出轨,也常常得在酒后。酒后有艳遇,也有小说素材。

"你想做司马迁?"

"司马迁只一个,我怕是连做徒弟都没资格呢!"

"要不你做班超,我来做班昭?"

"你的文笔我看差不多可以赶上这位东汉才女了,可我做不了班超呀,封侯拜相这样的事今生无望了!"

"咦,班昭不是有个当史学家的哥哥吗?"

"哦,那叫班固,《汉书》没写完就拜拜了,是班昭帮助续成的。"

吴小荔朝我吐了吐舌头,脸浮红晕:"我说的就是班固,张冠李戴了,他们三兄妹够厉害!"

"偏偏班超看不起刀笔吏,曾说:'大丈夫无他志略,犹当效傅介子、张骞立功异域,以取封侯,安能久事笔研间乎?'他投笔从戎,和张骞一样出塞异域,拜将封侯,赢得生前身后名。"

"最后还不是她妹妹在皇帝面前请命,才把年老多病的班超从西域捞回来告老还乡,没错吧?"

"我做不了班超,也不敢劳驾你捞人,就天天陪你吧,陪你到地老天荒,看你成为当代班昭,我呢,读你的文字成一代情痴。"

"我可不要天天如胶似漆,你真爱我,就去做自己喜欢的事,不管做什么,有精神上的快乐就好!"

我对她热爱闲聊的赞美真不是有口无心,也不是人为地替她编造如此有内涵的对话。她其实比我文字的呈现更善于表述,说出来的很多话像她的三千秀发一样,洒脱飘逸,春风拂面。

吴小荔弟弟结婚时,她回国小住了半个来月。那天,我去机场接驾,她心情不错,一路上大谈故国的新鲜事,还说:"刚到美国时,总爱用社会主义中国的尺度来衡量比对资本主义美国的事物,没有可比性或不好类比时,就改回美国的尺度,偶尔混搭上中国。回到国内,又不免用美国的尺度来比对衡量中国的东西,不好比时,就改回中国的尺度。一来二去,就用上了一种混合尺度,看什么事也都释然了,国情不同,有什么好说的呢。"

　　"哦,要不申请个专利,命名吴尺度,中西世界观,小荔当判官。"

　　她伸出手指作笔,在我眼前半空作业,写了个"无"字,笑道:"无尺度,没是非。"

　　回到家,她兴致未减,还要灌输故国见闻,我说:"我饿了,饿得昏昏欲睡呢。"

　　"那我请你吃国内带来的椎栗,我小时最爱吃了……"她一边说,一边来找行李箱。

　　这样一挪一动,只觉她周身散发着轻飘的疲惫与气息,那是一种引诱雄性的气息,那是专为我绽放的气味。我拦住她:"不,我不要椎栗,要荔枝,我要小荔!"

　　她马上明白过来,美丽的眼睛瞪大了:"我也要你!"

　　我欢喜地拍一下手,飞马过来拆她的"盔甲",犹如剥荔枝。冬日里一碰手,立马擦出静电来。我叫了声"有电",喘着加重的气息道:"我受了惠特曼的'毒害',歌颂带电的肉体!"

　　"我甘愿受你的'毒害'……"她响应着我的企图,伸出一双指如葱根柔若无骨的手,熟练地替我"卸装"。

　　我们不再说话,就这样急急地投入了对方。小别胜新婚,我们顾不了那么多,顾不了梳洗,顾不了礼义廉耻,只想第一时间和对方融为一体,在肉搏中,让一场狂风暴雨浇透彼此的生命。

　　"我得了一种病。"

"什么病?"

"自认识你以来,就患上了无可救药的性瘾,常常有着无法控制的生殖冲动。"

"呸,坏蛋,我算是看清了你的男性特征。"

"有什么特征呢,不过是和历史上那些著名人物和不著名的小男人一样,愿意在温柔之乡花费大把大把的时间,劣迹斑斑。"

"不不,你的大众形象应该是个忠于爱情的好男人,不不,我不是说要忠于我。"她笑容甜美,一笑就露出两排洁白如玉的牙齿。

"不过,对于其他女人,哪怕她有潘安之貌子建之才,我毫不吹嘘地说,把她们扔到我面前,我都不用多看一眼。"

"吹吧,还潘安之貌子建之才,同性恋啊你!"

我打开自己的藩篱,就像她对我那般。这样的自我解剖,有时也觉得放荡无耻,但对她,却又似乎什么话都无所顾忌。

有一天,我们在家拾掇,一夜的激情过后,应该相安无事,互不侵犯了。

不知咋的,我又引火烧身:"你知道你美在哪里吗?"

"旁观者清。"

"东家之子,增之一分则太长,减之一分则太短;着粉则太白,施朱则太赤;眉如翠羽,肌如白雪;腰如束素,齿如含贝;嫣然一笑,惑阳城、迷下蔡。"

"《登徒子好色赋》也能随口来,真有一套啊你。"

说着说着,我情绪开始不稳定,每个毛孔都苏醒了,打开了,五脏六腑七窍恢复了一种特别的感觉,随着全身最复杂一组神经悸动的,是眼里的卧室。一双手不由自主地就腾空而起,抱着,身轻似燕地直冲那个久爱不厌的浴房。

"哗啦啦哗啦啦",整个浴房都欢天喜地唱着歌苏醒了。

男人的伟大和渺小,高尚和卑鄙,阳光和阴暗,一如肉身,点点滴滴都来自女人。再伟大再旷世的男人首先也要在女人那小小而温暖的子宫里形成,在无数牵挂的目光里长大,然后才形成自己。出生以来,我在母亲那里获得了大同小异的生命,在吴小荔那里寻找到了唯我独有的男女之爱,赋予我人生的美好,这样的爱是条捷径,让我体会到成为另一个人是何种感觉。

那个春风沉醉的夜晚,我在窗外的满天星光下,恋恋不舍刚想离开她通体雪白的身子,她却又如胶似漆地缠住我。爱就是一种让男人和女人没理由不找理由聚在一起,并在欲望支配审美指导中百转千回彼此进入身体和灵魂的方式。

她举起了手机,要和我玩自拍呢,她要把美好存档。

因为爱,她没有原则,我也不假思索地跟着出格。只是,把相偎的身体交给镜头,把自己隐蔽的体位化为数码,如同大姑娘上花轿一般,到底让人先有三分紧张。几张照片"咔嚓"过后,肌肉和神情也就放松了,在彻底的托付中展览,倒生出一种探险的快感。她如痴似醉一般,光照片还不够,又花样翻新,安排时间在手机的慢动作、全景、视频的光影上掠过,如露亦如电。

欣赏青春的自拍,竟是如此的美好。我们都交出了自己,你情我愿的私房春色,你送我迎的鱼水欢愉,如梦如幻,却又是那么恒久真实。

"哈,有了这些,你就是孙猴子也跳不出如来佛的掌心了!记住,可别冒犯我!"她拢起秀发,举着手机,装模作样地向我威胁开来。

"要是能卖钱,我帮你数数。"

她扔了手机,重又投怀入抱,呢喃着:"不怕跟我学坏吧?"

"倒愿把一生都交给你。"

"就爱听你的花言巧语。"

在弥漫着荷尔蒙的淡淡馨香和情话缠绵的气息中,我忽来灵感,成功篡改了惠特曼的诗句:"啊,秋天的田野,我要趴在你的胸膛,把自己交付给你,回应你健康平静的心跳。"

她脸上绽开一朵大红花,嘴里送出的却是中性的句子:"我的王子,也有点儿像肉体的诗人。"

"不,我是灵魂的诗人。"我申辩,接着吟诵起惠特曼的诗句:

> 天堂的欢乐和我在一起,地狱的痛苦和我在一起,
>
> 我把欢乐根植于我并发扬滋长,我把痛苦转化为一种新的语言……

那汗涔涔缀着黑油油秀发的头,像是从草丛中,不,从被我覆盖的角落里钻出来,在灯光下亮出了一张天真、烂漫、恬静得很黎明的脸。这张脸现在趴在我的胸膛上,开问:"你有什么欢乐呢?"

"和亲爱的你在一起。"

"哪还有什么痛苦呢?"

"和不亲爱我的你在一起!"

"我懂你了。心比长相好,懂比爱重要。"

她说罢,微微抬起那张比月光还皎洁的脸,由着樱桃般的小嘴,就近咬了我一口,有点儿痛。她把咬转化为一种新的语言了。

我与吴小荔几乎可说是如鱼得水。

女人一旦恋爱,常常不可理喻。

我不过是去欧洲转了小半圈,回来像是小别胜新婚,吴小荔邀我一起吟诵惠特曼的《自己之歌》。受着我的影响,她竟然也喜欢上了这个自由行走、肉体兼灵魂、写了一辈子诗的山姆大叔。

我吟一段:

> 我很少啰嗦那些被人说过的东西,

而是畅谈无人说过的生命、自由和解放

我瞧不起中性的被阉割的家伙,喜欢体格健全的男男女女,

我敲响叛逆的大锣,和逃亡者、和图谋造反的人患难与共

……

她接着一段:

我宁愿喜欢身上有疤,胡子拉茬,长着麻子的,也不要油头粉面

我喜欢那些晒得黑黑的人,胜过躲避阳光的

……

我打趣道:"你喜欢的这些特质,我可是一无所有呀。"

"是啊,你身上究竟有什么让我喜欢的呢?"

"这我哪知道。"

她俯在我耳边,温婉的话语如小弦切切:"我就喜欢你身上有一种发自内心不可抗拒的冲动,像烟花爆炸,擦火就着,灿烂夺目,倾国倾城。"

她在翻版我前些时候说过的话呢!我假装羞恼地瞪着她:"在你眼里,我真和别的男人没两样,一丘之貉,具有跟性欲冲动一样粗野而原始的三观?"

她笑靥如花:"不不,言重了,你在冲动之后还会接着有感觉地品味下去,走向自我成熟。"

我像是接过了她的安魂汤喝了起来,忍不住也笑:"我能达到自我成熟的高度,还不是吸收了你发出的魅力之光。"

互相吹捧共同提高后,她若有所思地托腮看我:"你追求什么样的爱?"

"可以纸醉金迷,但不是逢场作戏,可以不作比翼鸟,但不能大难到头各自飞。只有走得足够远的爱,相看两不厌的爱,才算爱!"

这是我的心声。是的,这种爱的道路,于我是清楚的。

"你挺中国的呀!"

"我就是中国人呀!"

她扑闪着一对宛如星星的眼睛,忽然说:"我要送你一个纪念品。"

我火上浇油:"你送的我都要,多多益善。在哪?"

"Baby,你要吗?"

我有点儿吃惊:"Baby?"

"我感到我会死,我没有安全感,我想为你预留一个纪念品,我是自愿的。"

我更是一头雾水:"你好好的,怎么会死!"

她却不要我不着边际的安慰,直奔主题:"我是认真的,现在快两个月了。"

一直以来,我都觉得这样相处挺好,没有日常生活的琐碎,不过是需要对方,就像鱼渴望水,植物渴望空气和阳光。而现在,却要收获日常消磨后的结晶,生孩子,组成家庭,这是人生的必然还是无奈呢?我对此真的毫无准备,半认真半开玩笑地说:"怎么知道是我的种?"

"是谁的我还不清楚吗?生下后你可做DNA,如假包换。你若嫌弃、不稀罕,我明天就打掉。但我告诉你顾华,我这辈子只为你怀一次。"

虽然没当我们在玩弄感情,但也断断没想她这么快就玩出了真情。她的神情和语气都很果决,不像在开玩笑。其实,我自己不也是为爱情鼓掌的两双手中的一双!

我内心一个激灵,忙说:"我要我要,但我更要吴小荔,我们结婚!"我有点儿不可理喻起来,声音大得像是要站在屋顶上嚎叫,向世界宣告,拿誓言以之抗衡。

她哭了,梨花带雨:"有你这话就够了! 孩子生下后,你一辈子都不能告诉他(她)妈妈的真实身份……"

她一双活泼耐看的眼眸,看我时好似一汪春水,对我笑起来弯成月牙,当我面流泪,整个人常常就更有味儿了。我自始即知吴小荔是富于感情之人,却未知她情感能如此趋极端。她整个人投入我的胸怀,双手反扣紧抱,直到我回答了她。

我淹没在一种无与伦比的亲密中,唯恐失去。

吴小荔日见隆起的肚子,在八个月后,瓜熟蒂落,冒出一个可爱的小天使。我不会去做亲子鉴定的,她说了,我就信,不由分说给取了个美丽的名字:芊芊。

两年间风平浪静。那位不知凭什么能耐竟暗中拥有绿卡的行长,还来美国抱过那个自认为是他的女儿。也就在那次,他们之间进行了一个阶段性的了结。行长因为要继续升迁,而且中国对出境管理越来越严,为了不互相影响,在给了她们母女一笔费用后,签订了一个所谓的君子协定。他的要求像他能弄到的钱一样,出乎意料的简单,大意是:以五年为期,五年内如果男方还不出国定居,则女方完全自由,房子和孩子都归她;如果女方能等他五年,且与他结婚,则一次性再给五百万元人民币,以资奖励。

人无完人,也无全坏之人,行长除了贪财、贪色、贪官,也并非一无是处。比如,把大量的美金转移到了合众国,大大拉动了美国的内需,对女人也可以千金买一笑,并且守诺。

吴小荔从不轻易在我面前谈他,即使偶尔谈起,也并非完全鄙视。想来,这也是当初她愿意从他之因。我渐渐知道,行长之所以送她到美国来,是因为他有可能在世界银行组织谋个差事,然后就在美国筑爱巢退休,没想到,要风得风要雨得雨要女人有女人的行长,到底也会碰上一二桩不如意的事,倒成全了我的露水之欢。

人是最复杂的动物,不可能非红即黑,非黑即白。不能说吴小荔没有瑕疵,卿本美丽善良,奈何也曾贪慕荣华富贵。当然,我也从来就不是一个道德家,更非不食人间烟火的圣人。

结束留学后,吴小荔先在一家华文报纸当编辑,因受不了好色老总的骚扰,遂转到某私立学校当中文教师。哦,对了,在这之前,还做过网站职业写手——这是我们邂逅时她的身份。妊娠期间才辞职,完成生产后就做起了全职母亲,偶尔做瑜伽,没有放弃的是"煮字疗饥",开通了自己的博客,爱上了文学创作,时有作品在纸媒和网络发表,戏言要以张爱玲为偶像,在华人文学圈弄出些名堂来。

世间越现实就越是无趣,越无趣便越残酷,那些教人生死相许的东西,前仆后继地都被充斥吃货的现实蘸着酱油鲸吞蚕食,在嘲笑中饕餮了去,略有些支离破碎的剩余,也捱不过二轮之后周而复始的薄情和寡趣,先在窗外这连绵的梅雨中发了霉,退避三舍,举手投降。多情应笑我,有情怀的人,自古就比普罗大众活得累,活得悲。文字倒还靠谱,也还坚定些,以默默的关切,以情人的执拗,为你营造和呵护一份有理由继续生存的乌托邦,充实你饥饿的身子和思想。好吧,那就煮字疗饥吧!

有文字的陪伴,我便觉得窗外孑立于蒙蒙烟雨中的那株垂柳,并非哭泣之树,我倒觉得它该是一把"爱之伞"。世界上会有个太阳,挂上它的枝头,为它烘干昨日的泪水……

你瞧她这段文字,有点儿水嫩花飞,真挚动人吧!

芊芊三岁那年,我随杂志社同仁赴加拿大温哥华开展国际交流。

温哥华和加拿大另一大城市多伦多一样,是中国新移民最为集中之地。吴小荔说她当初打算出国时,在温哥华所在的西海岸和多伦多所在的东海岸之间纠结徘徊,转而选择了美国。连美国都有不同肤色的人问我"温哥华和多伦多哪个更好""该选择哪里定居为好"这类问题。毕竟,两地之间有四千公里的距离呢。

我这次去温哥华也有些纠结。吴小荔很想跟去,看看让她纠结的温哥华到底长什么样。可我毕竟是公干,孩子还小,而且,我还要参加一位历史老人的追思会,带着她们母女俩远足千里总有不妥。

二〇〇八年一月,一位百岁老人在温哥华辞世,功德圆满。长他几岁的父亲历经红尘,虽然早就把生死看淡,闻讯仍不失伤感,嘱我有机会去温哥华时,记得前往凭吊。如此看重,乃因这位老人二十多年前从美国移居温哥华时,曾专门来家道别,父亲和其父周围那些人曾有过特殊的交往。

我不卖关子,直说了吧,老人就是叶葆定,其父叶举——对了,就是陈炯明手下将领、"炮轰总统府"的实际肇事者。

无巧不成书,叶举的追思会与我要参加的交流会竟有交集,只是时间上提前了两天。我向杂志社说明情况后,先行一步而去。

去过广州中山大学和惠州学院的人,可能会对两座建筑物特别有印象,一是中山大学内的岭南 MBA 教学楼(名为"叶葆定堂"),一是惠州学院的图书馆(名为"叶竹君图书馆")。当然,不了解个中历史者,难将两者联系起来。其实,这都与已然被雨打风吹去的风云人物叶举有关。叶葆定是叶举之子,叶竹君则是叶举之父。

二十世纪末,一笔三百万美元的捐资,隔着重洋向中国广州飞来,促成中山大学岭南(大学)学院与美国麻省理工学院联姻,合办起了中国最早的 MBA 课程。其载体"叶葆定堂",按国际最好的 MBA 教育要求而建。中山大学,那是孙中山当年亲自筹措资金而建的全粤最高学府,原称广东大学,孙中山逝世后改为现名,以资长久纪念一代伟人。叶葆定首个大手笔捐款花落于此,自有历史情怀。

当年,"炮轰总统府"事件发生后,孙夫人宋庆龄情急之下求救于岭南大学校长钟荣光,在其府邸黑石屋避难。这个钟荣光是革命的"票友",更是超然的知识分子,孙中山三度来岭南大学演讲,多在黑石屋与他聊天。

叶葆定夫人李蕙荃是岭南大学的学子,对素有"北有蔡元培,南有钟荣光"之誉的中国现代教育家钟荣光一生敬重。中华人民共和国成立后,新的中山大学入主原岭南大学校址康乐园。曾有的岭南大学,被特设为岭南学院,成为中大最强的院系之一。叶夫人那一代"岭大人",从此也就成了"中大人"。

"叶葆定堂"面向珠江而立,离已成岭南同学总会会址和中山大学贵宾楼的黑石屋不过数百米之遥。叶家的黑石屋情结、中华情结,天地可见。此后,他们的捐赠一发不可收,各种教育、文化设施和基金会,像雨后春笋般冒出。

这也是个我所敬重的华侨老前辈,他的追思会我得来!

谁能想到呢,在这简朴而庄重的追思会上,我竟和郭小颐不期而遇。

"真是有缘千里来相会啊!"

"我曾多次采访叶先生呢,早知顾老弟也熟悉他,我们就有更多语言了。"

看来郭小颐在口述史方面着实下了功夫,有可圈可点之处。

追思会上,我当然有话要说。我把历史的脚步落在了当下:"研究历史人物应回到现场,不宜一味用现行的主流价值标准来评价当时人物的言行举止,那样的话,将无法看清历史人物的真实面目,评价不仅走样,还会谬之千里。我可以肯定的是,不管过去还是现在,我们来看叶葆定先生,都众口一词地称许他是位高尚、睿智、无私的长者,不争地赋予他先生之风。他遵父命远离政治,亲近教育,乐善好施,情系祖国,不愧是父亲的孝子、故国的贤孙。他的一言一行,折射出仁厚的宅心,展示了爱国华侨的风范……"

我不太擅长这样的讲话,不觉间还是触及了政治。连教徒修女和尚道士都不可能完全活在"桃花源"里,一个人要想出人头地,得到主流社会的肯定,谁又能置身"真空"呢?没有离开政治的社会,也没有社会离得了政治。

郭小颐与逝者相交相知多年,讲述了一个难忘的细节。有一年他和两位学生去加拿大拜访,老人非常开心,请的却是路边两元一碗的粥,还连声说包吃饱。

"不会吧?这也太不可思议了!"参加追思会的几位年轻人莫不吃惊。

"一个慷慨捐赠了五六千万人民币支持教育、文化的人,谁不认为是富翁呢,平时即使不挥金如土,生活也是优裕尊贵的,可事实并非如此。我到叶先生的家不下三次,居住条件真的很简朴,没有司机,也没雇人照顾日常起居。有次我见沙发扶手的表皮早已破损,磨得"内脏"都露出来了,就劝他换新,他满口答应,过几年再见,却一切如旧,我真的没遇见过对自己生活节俭得如此苛刻的人!"

郭小颐走近历史人物的激情一以贯之。那年他赴多伦多寻找张国焘的墓后,再飞来看叶葆定,那是他们的最后一面。抚摸着那张沙发只是经过一番缝补的扶手,不禁热泪盈眶。

"叶先生并非富二代,一分一毫都是当年胼手胝足做实业辛苦挣得,一生都节俭惯了,有时苛刻得让人难以相信,不了解他的人都觉得古怪。"郭小颐说着说着，不觉感慨起来。

叶葆定女儿叶尚志一旁佐证："父亲真是这样一个自奉节俭到极点的人，他自己说了，我从来就不是守财奴，却是另一个意义上的吝啬鬼。"

专门从中国远道而来的送别者，声情并茂地讲述了叶葆定的点滴：有一年，叶葆定出席中山大学岭南（大学）学院聘任他为名誉教授的典礼，想买套像样的西服，在香港商场相中了一套，可一看标价二千多元，怎么也不舍得买；从加拿大到中山大学参加活动，旅程长达二十个小时，叶葆定每次都坐经济舱，年逾九十后仍如此；叶葆定夫人李蕙荃当年捐给母校的教授宿舍楼，竟是她一生在国外教授钢琴所得，面对这来之不易的巨额捐款，师生们莫不感到它的分量。

在最后的答谢中，叶尚志说："不能否认的是，我父亲，还有母亲，倾其所有捐款，与那段历史息息相关。不过，现在知情者已经不多了。我们一家曾和孙中山先生的后人多次聚会，度尽劫波后，早就一笑泯恩仇了。父亲临走时对我说，我为你爷爷赎了一辈子罪，这下可以安心地向他报到了……"

她淡淡一说，流露的却是厚重的历史，催人涕下。

现世安稳，岁月纵能抚平个人和民族的创伤，却难以祛疤，缓和再缓和，淡看流年，在追寻中放下一段情或一段恩怨。这些在大历史下跌宕起伏的人物，只能在风平浪静之后，才会让那个曾令很多人失去美好一面的历史给以应有的评价吧？

追思会后，郭小颐神秘兮兮地把我带到了不远的海边。

海天一色，眼界无穷世界宽。

他遥指眼前的码头，道："顾老弟可知，当年，白求恩就是从这里出发，前往中国的。"

哦,白求恩,献身中国抗日战争的加拿大著名外科医生!当年,毛泽东专门写了一篇《纪念白求恩》,白求恩的英名从此植根于几代中国人的心里。

"一九三八年一月二日,白求恩带着足够装备几个医疗队的药品和器材,从这里乘海轮前往香港,近三个月后,他率领一个由加拿大人和美国人组成的医疗队抵达延安,受到毛泽东和延安军民的热烈欢迎。"郭小颐娓娓道来。他博闻强记、博古通今的功力真是名不虚传。

"白求恩为什么选择共产党而不是国民党呢?"我好奇地发问。

"白求恩在加拿大参加过共产党,在美国期间又听了陶行知的情况介绍……"

"中国教育家陶行知?"

"对,当时陶行知自筹经费,先后辗转二十多个国家,发动华侨和国际进步人士支持中国抗战。一九三七年七月底,他在应邀参加洛杉矶医友晚餐会上,认识了已当选为美国胸外科学会理事、在国际上享有盛誉的白求恩。这年年底,白求恩前往纽约向国际援华委员会报名,主动请求组建一个医疗队到中国北部和游击队一同工作。"

毛泽东在《纪念白求恩》一文中写道:"一个外国人,毫无利己的动机,把中国人民的解放事业当作他自己的事业,这是什么精神?这是国际主义的精神,这是共产主义的精神……"

我问郭小颐:"您说有国际主义精神,有共产主义精神吗?"

"有啊!只要地球还在运转,就会有国际主义精神;只要共产党健在,就会有共产主义精神。"

海风轻吹,远处传来鸥鸟叫声,好像也在作如是回答。

"白求恩在加拿大还有名声吗?"

"有,有。新世纪初他被评为'最伟大的加拿大人'之一,前几年加拿大驻华大使评价他是位伟大的人道主义者、一位对中国人民和加拿大人民具有历史意义的人物。"

"这就是所说的精神不死吧!"

"是啊,人总是要有点儿精神的,不管是哪国人。"郭小颐话到这里,拢一拢被海风吹乱的头发,道,"我带老弟见一个人。"

"白求恩的亲属?"

"呵呵,白求恩的化身。"

这家伙又在玩神秘。

在滨海二十公里一个环境宁静、处处盛放金黄芥菜花和白色雏菊花的小镇上,尤其是一块"白求恩的化身——华人傅医生诊室"的金字招牌,更是让人眼前一亮。如此取名,呵呵呵呵。

一位身穿白大褂、中等个儿正为病人开药方的老人,抬头看我们一眼:"你们先请坐,自便啊。"他浓眉大眼,眼神温润。

我的目光落在诊室的正面墙壁上,那里挂着一幅玻璃镶好的字:

> 我们大家要学习他毫无自私自利之心的精神。从这点出发,就可以变为大有利于人民的人。一个人能力有大小,但只要有这点精神,就是一个高尚的人,一个纯粹的人,一个有道德的人,一个脱离了低级趣味的人,一个有益于人民的人。
>
> ——毛泽东:《纪念白求恩》

郭小颐介绍,这是他请中国一位著名毛体书法家所书,作为礼物专门送给傅医生的。当然一旁也附上了英译文字,以便当地居民知其然。之所以和傅医生结缘,乃因为前些年他和友人来此觅史访踪时,生了一场病,经傅医生妙手治愈,偶然了解到他的感人事迹。

高大的白人病患者拿了药,看了我们一眼,问:"你们是中国人?"

郭小颐用英语作答后，病患者说："傅医生是我们这里的保护神，是中国的形象大使，从他身上，我们不仅看到了白求恩的精神，也看到了中国人的精神。"

"谢谢，谢谢，慢走啊，过两天再来复查，没什么大碍。"傅医生起身，先用英语向病人致谢，目送他出门后，看着我们，改用汉语道，"我的头衔还很多呢，我最喜欢的就是'中加友谊的纽带'。呵呵，这个纽带，可不是医用的一次性绷带。"

年近八十的老人，还挺幽默。脱下白大褂，便是一身笔挺的西服，左胸衣袋里还叠放着整洁的手帕，一副老派的绅士风度。

傅医生的曾祖父是在美国修铁路的华工，父母是留英学生，他十岁那年随父母返回浙江，青年时从香港到台湾学医，后赴北美，走南闯北的经历相当丰富。

"傅医生怎么会来这里当'白求恩'呢?"我问。

"嘿嘿，半是自愿，半是替中国人还白求恩的恩情吧。"

傅医生原在温哥华儿童医院工作，某年在给一位议员治病时，议员直夸他的医术，还说要是我家乡有你这样的医生就好了。一问之下，才知，他家乡小镇唯一的医生去年死了，一直没人接班，镇上百姓看病成大问题。议员还开起了玩笑："傅医生要不你去救死扶伤吧。当年白求恩到过我老家小镇，并在近海坐船前往中国支持抗战，你能不能发扬发扬白求恩精神?"

他二话不说，说服妻子，放弃了大城市医院的工作，来到这个滨海小镇，开了这家医疗诊所，凭着医术和医德很快赢得了信任。风吹落草种，就这样在这里生根发芽，一晃三十多年。

"那时，还有之后很多年，他是镇上唯一的医生，我们也是仅有的两个华人……"

傅医生的妻子兼护士，忙完另一间医务室的工作后，出来和我们见面，并说开了往事。他是儿科医生、家庭医生、全科医生，从骨折到内科疾病到心脏病甚至肿瘤,什么病都看。三十多年来,常常一天要看近百位病人,每天都得工作十几个小时,常常连轴转。家里从不锁门,谁都可以直接进到卧室门口把他叫醒。小镇不富裕,对家境窘迫的病人,他从不收取诊费。他还是镇上几年中小学生随叫随到的"校医"。小镇很大,那时又没有导航仪,上门就诊时病人在电话里这样指路:出了诊室沿街往前右转,那里拴着头黄牛,往前左转,那里有匹白马,再继续往前,会遇见两只小狗,它们一叫,我就知道你到了,出门口来接。当然,迷路也是常事,只好到处打听,常常把自己先累趴在路上。

"中国人说,医者父母心,做医生最重要的是要有同情心、有爱心。"傅医生语气平淡。

门口又响起了汽车声。抬眼望去,一对壮硕的中年夫妻满脸笑容出现在眼前,放下手中的篮子,就双双来抱傅医生,对着他热情欢呼:"傅医生,我们爱你!"

傅太太一旁笑眯眯地说:"瞧,这是他们的见面仪式呢。"

我问这对中年夫妻:"你们为什么爱傅医生?"

丈夫说:"三十年前,我们都是傅医生亲手接生到这个世界的。傅医生还为我们学校捐赠奖学金,我是在傅医生的资助下读完大学的。傅医生热心慈善和公益,在我们小镇是大名人。"

妻子热切地补上一句:"别忘了傅医生还是我们婚礼的见证者!记得小时,每逢圣诞节,傅医生就要给我们小学生派送礼物,现在仍这样做,成了镇上孩子们心中不穿红衣的圣诞老人。"

傅医生含笑听完,平静地说:"镇上的孩子大都是我亲手接生的,我能不爱他们吗? 四十年来,我接生的孩子超过千人呢。"

郭小颐问眼前这对热情似火的中年夫妻:"你们今天不是来看病的吧?"

丈夫憨憨地笑了:"不不,我们昨天去农场采草莓,今天专门给

'白求恩'送来。"

他的妻子接着眉飞色舞说:"我们一段时间没见,就会上门来看傅医生和傅太太。我们还准备去中国旅游呢,到傅医生的老家看一看,听说那是人间天堂。"

有客来访,他们也没多留,恋恋不舍地走了。

望着门口的车子在宽阔的道上一溜烟远去,傅太太感慨系之:"这里的老百姓不仅对我们友善礼貌,对中国也是一个比一个热情友好,不少人都去过中国旅游。"

我由衷称说:"你们不仅为天下华人争了光,还为中国做了最好的宣传。"

郭小颐看着我说:"中国医生在白求恩的故乡博得美名,成为白求恩的化身,奇人奇事吧! 中加两国的报纸和电视台都有报道呢。顾老弟感动吧?"

我点头怕是如捣蒜了:"感动,感动,怎不感动呢! 我想,白求恩如果泉下有知,也会感动的。"

傅医生连连摆手:"白求恩在战火纷飞中舍生忘死,光荣牺牲,我不过是在和平环境下做些为人民服务的事,比白求恩差得远呢,我一辈子都在学习白求恩,活到老学到老。"

老人在我心中的形象越来越高大起来,我觉得有必要向他提一个问题:"白求恩能赢得中加两国人民的共同崇敬,傅医生认为是什么原因?"

傅医生稍加思索,道:"要我看,主要有两个原因,一是敬佩他为人类正义事业献身的精神,面对死亡威胁表现出的坚强毅力;二是敬佩他时时处处心底无私地为他人服务、不懈追求光明追求美好生活的品德。"

傅太太端上一碗洗好的草莓,招呼我们享用,眉开眼笑道:"老头儿有心得,更有行动,这些年我一直向这位身边的榜样学习,也以南丁格尔为楷模。"

郭小颐赞道:"说得好啊,我们受教了!"

傅医生接过太太递上的草莓,握在手上,看着墙壁上所悬镜框,慢悠悠地说:"我现在和白求恩是生死之交了。"

"生死之交?"

"生死之交不一定非要同生共死,非要死在同一个时间同一个地方,道义相同,情谊深厚,也就精神合一了。白求恩死在中国,我将死在加拿大,你们说,这算不算'一报还一报'?"

含笑中说出的一字一句,像是一树一树的花开,并无跌宕起伏,却耐人寻味,最平凡最朴实的往往也最动人。"死生契阔,与子成说",人是那人,心也是那心。

"Doctor Fu(傅医生)……"

未见其人先闻其声,又有病人上门寻医来了,我们不能多占用医患者的时间,也得赶路了。

我主动求合影,情真意切地说:"傅医生,我为有您这样的华人而骄傲!"

一到温哥华,我和郭小颐也得言别了,我说:"没想到您对加拿大的华人都这么熟,要是有时间,真希望跟您再走走。"

郭小颐笑逐颜开:"我有使命呢,我力图挖掘到足够的第一手史料,站在客观的立场上,不仅解读这些饱受争议的人物,也要为平凡人物树碑立传,有生之年争取在媒体上开个'小颐说人物'这样的专栏。"

"传统的历史书写常常有个缺憾,皓首穷经闭门造车有余,现场见闻不足,漠视在场者的感受,忽略了场景和细节,也就行而不远。我得学习您身上洋溢的太史公遗风。"

"这个不敢当!哈哈,该不会抢老弟的饭碗吧?

"无友不如己者,期待殊途同归!"

我们的双手紧紧握在了一起。在美国握过,在加拿大握过,今后在很多地方都会握手言欢。

吴小荔有意文学创作,梦想做当代华人文学界的张爱玲,我觉得不管是刚驾鹤西行的叶葆定,还是老当益壮的白衣天使傅医生,都是稀缺的创作素材。这次没带她同来,多少有点儿可惜,今后一定要陪她来此采风。

直到温哥华会议结束,一直没她的消息,手机处于关机状态,住宅电话也光响不听。不详之感突如其来,像电流一样贯遍全身,急忙打电话到社区物业。物业刚说社区两天前发生了一起凶杀案,我就整个人懵了。物业弄清我的身份后告知:凶杀现场确实就发生吴小荔家,她在和入室抢劫的歹徒搏斗时,被连捅数刀,送往医院后生死未卜,孩子倒是无碍。

放下电话,我发疯似地从温哥华赶回,恨不得自己就是飞机。一身淋漓大汗地赶到医院时,只见她静静地躺在手术台上不能动弹,也无法言语。我不敢朝她那儿看,不忍看我无比亲爱的身体像裹粽子那样被纱布里三层外三层地缠住,但我忍不住不看,我盼望很快能出现什么奇迹。

那位我们彼此熟悉的钟点工阿姨大致介绍了情况,并说:"所幸当时芊公主在楼上熟睡,要是被惊醒,真不敢想象……"

我这才想到没见女儿,眼光四处寻找,急切地问:"芊公主在哪?"

"芊公主在社区托儿所,很安全,请放心。"

看过吴小荔的惨状,我忍不住泪水婆娑:"要钱就给嘛,干吗要搏斗?"

"不,据警察分析,入室歹徒不仅要劫财,还想劫色,所以吴小姐身上才有严重的抓痕,吴小姐肯定是为了保持清白之身才与歹徒搏斗的。"

我听得心头一凛，没想到她竟也把贞洁看得比生命还重！

我再次问医生伤情究竟有多严重，似乎这样能引起医生的更高重视，有个让我惊喜的不一样的回答。

医生又一次耸耸肩，摊摊手，耐心相告："伤及肝脾，现在生命体征还不平稳，即使能抢救过来，也极可能会成植物人，家人要做好准备。"

我一番踌躇后，决定直面惨淡的人生、正视淋漓的鲜血。

安顿好医院之事，回到她那个已被撤了警的家，我来不及收拾眼前狼藉的现场，先给她那个耗尽了活力的手机充电。根据她以往开锁的手势，几经琢磨，终于画出了该有的图案，调出了相关电话。

首先打给话薄里的"弟"，竟已停机。看看时间，乃越洋打到他单位的办公室，接电话人听说找他，先是呀了一声，支支吾吾后，才告已被"双规"多时。

我知道"双规"的含义，愣了一会儿才问，他还有亲人吗？对方答，听说只有一个姐姐在美国，再无直系亲属。

挂了电话，又干坐片刻，翻看她的短信，从中分析谁是那个行长。短信是三个月前的，我不看内容，径自把电话打过去，也说是停机。一个行长竟被停机，联想她弟弟"双规"之事，八成他也已失去人最宝贵的自由。

跌坐在地，无计可施，思前想后，起身关好门，前往托儿所，办了请假手续，抱着芊芊径往家里来。无论如何，我得把实情告诉父母，求得他们的谅解。当初我们只沉浸在两人世界里，事业无成，一直没和父母明说。等及这个小生命造出来，又不敢和家里说了。

她答应的是五年之后待解除和行长一切关系，才考虑做我名正言顺的妻子，现在只是试婚。我得遵道义。

我当然不能把她的真实身份告知父母，那样情何以堪？我只能说我们是校友，云云。

猝不及防,父亲像听一个天方夜谭,不知他是老糊涂了,还是容忍我的放浪:"呵呵,还真是我的儿子!"

"情不知所起,一往而深,生者可以死,死者可以生。"汤显祖的戏剧几百年不过时,让一代一代人,隔着山,隔着海,不需任何道具地重新排演,还隔空收下了我们这对父子演员。只要你想当主人公,人生总有戏剧性!

母亲叹了口气,指着我的额头嗔骂一句"你呀",就俯身亲起了芊芊。

芊芊葡萄似的黑眼珠一眨不眨,像是在默默读懂这个故事。

"她真成了植物人,我也得陪她,陪她到死,直到……"我咬牙切齿。一个大男人,由于这些止都止不住的泪水,顷刻变回了小男孩。

我是个怀着美好信念的人。在泪水中我读懂了自己,如吴小荔所说"懂比爱更重要"。我的放浪形骸,与其说是被欲望引诱,不若说被爱情引领,欲望深化成爱情。推己及人,我慢慢觉得,有爱情的欲望,是让社会稳定、阴阳调和、物种生存的润滑剂。一旦有爱,便能冲破我们顽固、狭隘且习惯"以我为先""人必为己"的自私,冲破渐渐使我们闭塞、僵硬、听之任之、阴冷无爱的死角。

我和她说过,只有走得足够远的爱、相看两不厌的爱,才算爱。虽然预感这爱的道路会有障碍,但没想到竟如此断崖式地崎岖。生命只有在爱过之后才是生命,男人只有经历过严峻的考验才算男人。我暗下决心,要让我的爱和所有的激情续航。暗下决心时,我甩了甩胳膊,扬了扬头,理了理三千烦恼丝,我没有半点的混沌呀,我健康,有信仰,完全自然,我还知道,倘若真要这样原始地表达最有男人味的爱情,可能会遭到世界的白眼和争议,但我不怕,在所不惜!

母亲当时并不在意我要陪吴小荔到死之语,只当是儿戏,但她喜欢流着我血液人见人爱的芊芊。她徐徐地把一段话灌入我耳:

"一个人生活下去的意义,在于他对生活的希望、勇气和不屈的精神。如果他因为遭遇困难、挫折和不幸,而失去对生活的希望、勇气和不屈的精神,等待他的就只能是痛苦、绝望和颓废。"

所有的结果并非都是结束。吴小荔往坏处设想极有可能的种种,为什么就不能往好处设想极有可能的种种?不管如何,有了希望、勇气和不屈的精神,等待我们到来的彼岸,就依然会盛放花朵。

那是彼岸花吗?

《佛经》曰:"彼岸花,开一千年,落一千年,花叶永不相见。情不为因果,缘注定生死。"

彼岸花,佛教名曼珠沙华、摩诃曼殊沙华,意为开在天界之红花。传说此花是接引之花,花香有魔力,能唤起死者生前的记忆。又说此花在花落后才生叶,叶茂时无花,花叶不能相见,于是有人煽情地用它来比喻没有结果的爱情。但佛家却念着阿弥陀说,即使爱情没有结果,彼岸仍会开出盛放的花朵。

那是彼岸花。哪怕独自彼岸路,我也情切切恨悠悠地愿意看见彼岸花开,花开彼岸。其实,我不想独自彼岸路,她答应过要陪我一起回中国,笑说能把我带回到中国,也算是一桩功德,哪怕等着她的是一张网一个牢房,哪怕祖国不让她再出来,也比不让她回国要好。我还来不及感动,她就出事了!

你当明白,我这么长时间没让吴小荔在我的叙述中现身的原因了吧。在我独自彼岸路时,不说她,是为了抑制我的痛苦,更不想在痛苦的回忆中莫名地陶醉一下曾有的幸福。是的,我包裹着痛苦,一晃这么多年,但我对她,并非母亲担忧的那样,就像两手捧个刺猬,要丢是块肉,捧着又扎手。

我说过,我是个怀着美好信念的人。对爱情如此,对事业如此,对生活亦如此。

说来我要感谢行长才是,要是没有他,我在茫茫人海里岂能认识吴小荔,又岂能啖上这口吃了还想的荔枝? 从某个角度来说我有愧于行长,他是挖井人,我随风潜入他刻意营造的温柔乡狂饮盗泉之水,还好意思骂他? 我只是喝水,我从不吃软饭,她也从不要我的施舍,我们之间真的没有金钱关系,有的就是爱和情欲。问世间情是何物,从她主动为我留下爱情纪念品即可见一斑。如果行长爱美人不爱江山,凭着吴小荔的性格以及大学期间连电话都不肯留我的警惕,我断断是没有机会的,偏偏行长美人和江山都不愿罢手,而鱼和熊掌难兼得,在他鞭长莫及中我得以趁隙而入,像是偷情,却真是日久生情。

由肌肤之亲口舌之欲到肺腑之欢血液之沸是那么舒畅,该也赛过了做神仙的舒爽吧。只要我们在一起,屋子里便充满了一股淡淡的香气,那无从描述的味道很使我迷醉,只因它永远对我的口味。这才体会,我们为什么会如此地向往男女战争、崇拜男女战争。我不是高冷男神,只是对不上心的石榴裙目不斜视,保持着天性的一丁点儿清高和洁癖。真要到旁若无人地东张西望的分上,必是可能接近男女战争了,有心来物色自己的位置。战争在我和吴小荔之间一触即发,一发不可收,一好百好。每次每次,有她温柔的依偎、苇丝般地相拥,是比工作、休闲和书本更好的享用,给我的肉体和灵魂带来魔法般的信息。亲爱的,我也不怕羞于启齿,那种肉身的飘扬与坠落、轻盈与清爽,心灵的净化与愉悦、激荡与安静,是我在回味中少有的贪婪。

但她出事了,一切恍如昨日。

她和行长间的某个约定得履行。不遵守游戏规则的人后患无穷,一辈子都不得安心。生为女人之幸与不幸,一言难尽,常常的,幸与不幸都有点儿畸形,带点邪。

吴小荔在这个社区时，我不觉得空虚，如今她"植物"在了医院，我的情感世界一下子就被淘空了，陷落了，情无所寄，听夜夜笙歌、龙翻凤吟，感觉醉生梦死。竟还觉得不知何时，这个地方丛生起各种怪味来：男女香水，荷尔蒙分泌的味道，女人衣服、肌肤褶皱、身上窝窝散发的气味，混杂着，开始让我前所未有、忍无可忍地反胃。

我辞去工作，回到父母身边，并把吴小荔转到就近医院。一位不明就里的旧同事，关切地问我为何要从华人社区撤退，我说"耻与他们为伍"。我说的他们是指"包租公"和被包的人，没料，这位爱好写作的美国同事以此做了一篇文章，不知是无意还是别有用心，总之断章取义地把我的话说成"耻与华人为伍"。

此时，为撤退转场诸事焦头烂额、心力交瘁的我，抱着芊芊欲语泪先流，哪有心思理会。这样一来，我受到华人圈的误会能少呢？伤心中的我，对什么都不争不辩，倒成了个名副其实的怪物。

我带着重重的得和失，再次和父母朝夕相处，一边接送芊芊上幼稚园，一边到医院照料吴小荔。每次带芊芊去医院，小小的她都要惶恐不安地对站着和躺着的人左顾右盼，嘴里像是含了串冰糖葫芦，呜呜啦啦半天没说出什么来。这是她，也是我平生遭遇的第一个剧痛。

摊上大事后的那段日子，我离群索居，每天差不多都是家里——医院——幼稚园三点一线来回，无心职场，却在陪伴父亲中，像少年时代那样爱听他讲古，又读了一些历史书后，决定读博。

这期间，在男女私情上我像个绝缘体，直接回绝的异性追求和间接谢绝的媒妁之言不下十次，其中差不多华洋各半。这期间，有些人压根不知我的故事，有些人略知皮毛，有些人感动，有些人不解。

所有的飞短流长，我都不在乎。我只在乎她，我在等她，等她醒来。

　　医院三个月后就下了结论,她苏醒的几率真的很小很小。但我不言放弃,只是在半年后,综合各方面的情况及医嘱,把她转入父母社区里的康复护理中心,专门请了个负责任有经验的护工。这样既能照料她,又能陪伴年迈的父母。

　　一个周末,我拉着芊芊探望我们共同关切的"睡美人"。小家伙轻轻抚摸着母亲的脸,竟咿呀咿呀唱起了"千年等一回,等你归来哟……"最近,《白蛇传》的故事让她对遥远的东方充满好奇。

　　吴小荔啊吴小荔,你能不能也传奇一把归来? 可不要越千年哟,别让我自己都不知今夕何夕了!

　　一天从外头回来,家门未进,先到康复医院。嘘,芊芊正为"睡美人"读惠特曼呢:"你以为一千英亩就算多吗? 你以为地球很大吗? /你用功了好久学习读书吗? /你为自己懂得了诗就特别骄傲吗? ……"

　　摇头晃脑,奶声奶气,天地间充溢着一股淡淡的"奶油味儿"。

　　我在母亲的示意下,静立一边,待芊芊读完,才有节奏地拍响了手。

　　芊芊发现了我,转头就拥抱过来:"Dady,我给妈咪读过十首诗了,等我读到九百九十九首时,妈咪准会睁开眼睛醒过来的。"

　　我抱起她,吻她苹果似的脸蛋:"为什么要九百九十九首呢?"

　　"不是说千年等一回嘛。"

　　"我的小乖乖,谁教你的?"

　　"奶奶说 Dady 从小就爱惠特曼。"

　　汗水涔涔,把她的头发打湿在脑门上,一缕一缕的,她笑呵呵的,在我怀里像一条欢快的鱼。

　　事后我苦笑着对母亲说,惠特曼的很多诗并不适合小女孩。母亲奚落一句,我哪能不知呢,我是有选择的,你可没让她从小就知道神秘的号手。

"神秘的号手"，那是惠特曼的一首诗呢！我忽然知道，那些年，我沉浸在两人世界不能自拔，两个人的篝火照亮整个夜晚，却忽略了父母，还以惠特曼的这首诗来自我解释：

> 爱是一切的脉搏，是命根，是痛苦，
> 男男女女的心都是为了爱，
> 没有别的主题，只有爱——那交织纠缠、包罗一切、弥漫天地的爱。
> ……
> 情人们闪闪的泪光，羞红的脸，跑动的心，
> 有人幸福极乐，有人沉默黯然、悲痛欲绝；
> 爱，是情人们全部的世界——爱，嘲笑时间和空间，
> 爱，就是白天黑夜——爱，就是日月星辰，
> 爱，是深红的，是奢侈的，是带着芳香的病态，
> 除了爱，别无可说，除了爱，别无可想。

母亲窥破了我的心，所以才会在我把芊芊带到他们跟前亮相时道声"你呀"，千言万语尽在其中。

世间有多少爱不曾有过结论，但任谁都能无师自通，一个人不能只沉浸于做一个只会"歌唱带电的肉体"的"神秘的号手"，还要成为爱父母、爱孩子、爱朋友并兼有其他大爱的阳光的号手。

所以，别无可说，别无可想，退回到家庭的我，也开始守护父母之爱。

才发现，即将冲向百岁大关的父亲对我失望已久。

其实，我太不像他了。多少年过去了，我呼吸着美利坚的空气，在自由女神的注目中长成了七尺男儿，虽然讲起汉语来稔熟得就像呼延灼舞双鞭，对中国的历史和文化也有所兴趣，却几乎忽略

他的历史,对他的人生和曾有的家国情怀只道是寻常。眼看我大有朝美籍华人甚至美国人的道路一路走去的倾向,父亲曾不无感慨地对母亲说,名如其人人如其名都不太靠谱,他连家都顾不上,更何况大中华?父亲又自责地说,这也像我,我这辈子顾上什么了,连福建也没顾上看几眼呢,辜负了这个名字,有罪有罪!前面说了,父亲逝前甚至担心我以下的后辈不懂得他那些日记和所收文件信札的宝贵,用麻袋装了拿给收破烂的人论斤出售,所以考虑要捐献给研究机构。

在号称世界最民主最自由的国度呼吸了大半个世纪空气的父亲,对海那头的故国有着无法稀释的情怀,愈老愈浓,也愈烈。

让我顿生好奇,顿生倾听之念。

"那阵子即使知道曲线救国不太现实,弄不成还要背负骂名,可又能如何?就像你高喊爱国口号,却不想上战场杀敌,那你怎样面对亡国的危机,怎样面对涂炭中的生灵,怎样面对无定河边骨和深闺梦里人呢,你不入地狱谁入地狱……"

直听得入迷,一发不可收,千缠万绕的家国情怀,像盘根错节的藤蔓,扎根在父亲的人生里,使之有了长度与广度。我的心绪,也像是窗外张牙舞爪的藤蔓,忽然就有了把父亲的曾经书写出来的那股冲动。我后来重新走进哥伦比亚大学,可不是奔着头上那顶博士帽而去,我打定了主意背起行囊,此去经年,从事历史研究,和父亲对话,和历史对话,和海那头对话。

三

好一段时间,我的人生是空白的。除了医院陪护小荔、家中听父母讲古,再就是读书。读书像存钱,更像我和吴小荔的爱恋,最好悄悄地干。

我开始抢救性地访问那些曾经沧海之后退隐美国颜色不一的党政军前辈及籍贯不同的相关人员。我开始勤读作者和版本不一、文字不一、品相不一的有关史书，一袋袋借阅、购买，打开时的心情好像开封礼物一样，读一本扔一本，扔一本读一本。中国古代那些才高八斗的饱学之士，就是这样把五车之书驮在背上、顶在头上、置于心上的，没压垮压断他们的脊梁，却硬硬的压实了他们的肌肉、意气和情怀。我不禁崇尚古时的明月清风、书香门第。

我想写一部自己的书，穷毕生之力。这该是一本独一无二的书，是我安身立命的书，因此，野心是我幸福和痛苦的来源。不知谁说过，一个人用生命编写剧本时，要先想想自己能在其中扮演什么角色。我想，我当如是。

学问这东西，一深入，便知自己的浅薄。错综复杂的历史，往往更没有从一而终的唯一论定。我晃荡着半桶水，需要补课，课场离不开它的主要发生地中国。只是在回中国前，我要先行补课。金乌西坠，月行中天，课堂课外，带给我精神充足的食粮和莫大的振奋。

我的导师斯特尔毫不怀疑我的能力和工作价值，只是要我莫作为权钱伴唱的夜莺，他嘱咐，研究和写书无关政治，关乎眼界，不要光有情怀而丧失道义立场。还说，历史就是历史，无论你喜不喜欢，作为历史研究者的责任，就是要将它的面纱剥掉，缩小误解的界限，以真实的面貌呈现给世人，在此过程中还不能满足于单纯的事件叙述，不能只关心发生过什么，更要追问为什么，"为什么"应是历史研究者在叙事之外的心之所系，是他所要特别贡献的深度思考。

他对于历史的研究与教学，有着自己独特的方法和视角，主要体现在从档案研究着手，从具体细节中分析和客观对待历史上的人和事。

他的办公室和书房,莫不耸立着引人注目的文件档案架。数以万计的索引卡片、照片、幻灯片、音像文件和稀有书刊,各有归属,向他供出过去鲜为人知的不少秘密,指引他笔走龙蛇地连接历史的缝隙。然而,他说:光靠它们还远远不够,它们只是冰山一角,就像历史总有误解一样,也总有新发现,随着更多档案的解禁、东西方界限的淡化、人类认识和意识形态不再二元对立。

他对中国历史常常可以信手拈来,显示出他对这个东方古国的重视。

在概念框架下的叙述,有时连他都觉得矛盾,但他说,社会总是在矛盾中前进,历史事件也往往是在矛盾中发生,否定之否定等于肯定,肯定之肯定有可能成否定。

讲得有点儿专业,且打住。斯特尔是我的第二个博导。首个导师在学术造假东窗事发后主动请辞。教育本该重师表,"师"为里子,"表"系面子,面子都失去了哪来教化的本钱?即使他学贯古今,即使学校一时还没发逐客令,但形象扭曲了,在学生中没了威信,又如何赖下去?他向我表示了歉意,并将我推荐给了斯特尔教授。经考核,我转了师门。

稍后知道,斯特尔的祖父和中国有着非同一般的联系,怪不得他对中国有着不一般的了解。

他祖父认识的第一位中国人是邓稼先,就是中国那位著名的"两弹"功臣。他们是美国普渡大学物理系的研究生院同学,所不同的是,邓稼先成绩突出,不足两年便读满学分,通过博士论文答辩,时年二十六岁,人称"娃娃博士"。美方开出了优越的生活和工作条件,他却弃之如敝屣,在取得学位第九天,一九五〇年八月底,便动身回一穷二白的中国。原以为邓稼先会活跃在中国科技界,但一九五八年后,他的名字始终不见于国际重要刊物和对外联络中,老斯特尔一度感到奇怪,直到六年后中国成功爆炸第一颗原子弹,继而氢弹上天,他首先想到了这位出色的中国同学,后来知道,"两弹"确由邓稼先最后签字并确定设计方案。

这中间,他们在做着无形的较量。老斯特尔毕业后,受命参与U-2高空侦察机的研制和设计。这是世界当时飞得最高的侦察机,因为 CIA(中情局)发现中国正进行核武器的研发,想借机侦察,再图摧毁。老斯特尔曾随 U-2 机身一道,运抵到处可见"反共抗俄"口号的中国台湾,指导秘密安装等事。

谁能想到呢,吹嘘打不下来,而且确实连苏联都奈何不得的这个"空中蛟龙",在中国屡遭死亡之吻。据说,U-2 历史上在全球作战共计损失七架,其中五架是被中国空军击落的。魔高一丈道高一尺,中国人的厉害让世界称奇。U-2 的折戟沉沙,给邓稼先领导的两弹工程扫除了障碍。

中国改革开放第五年,老斯特尔第一次来中国大陆,见到了三十年未见的老同学邓稼先,并试图了解当年中国空军击落 U-2 飞机的台前幕后。这个时候,邓稼先因受核辐射影响,身患癌症,来日无多。老斯特尔由衷地称道,像邓稼先提前毕业一样,中国的"两弹"上天,创造了世界上最快的速度。生命进入倒计时的邓稼先很虚弱,也很谦逊,只说自己尽了绵薄之力,功在党和国家。他以温和且不容置疑的口气,回答了老斯特尔的问题:假如生命可以重新开始,那么,我仍选择中国,仍会参加中国共产党!

在邓稼先身上,老斯特尔看到了中共不可思议的力量,重精神追求多于物质占有,强调心灵净化多于私欲膨胀,古老的中国正发生着新一轮让世界称奇的变化。漫步在宽阔的天安门广场,端详城楼上高悬的毛泽东像,他虽然没能听到共产主义的脚步声,却也感受到了这个民族的蓬勃朝气。当年邓稼先回国时,反共的麦卡锡主义在美国大行其道,在谁私通苏联、出卖蒋介石集团、帮助共产主义等为内容的一系列严厉追查中,他就曾想,以邓稼先为例,他能奔向中国大陆而非中国台湾蒋介石集团,可见红色吸引力,一味扶蒋反共的美国,不丢掉中国才怪!

中美关系确实是篇大文章,其起承转合,莫不影响世界,关门险象环生,开门气象万千,关和开都是阔手笔。

抗战胜利前夕,美军延安观察组最积极也是最重要的成员谢伟思回美国不久即告被捕,延安《解放日报》为此发表社论,称这一事件是"中美关系的分水岭"。这个中美关系,准确地说,应是中共与美国的关系。

其实,这个"分水岭"本有望产生另一种算法。对这段历史有所了解者大都知道,解放军百万雄师渡过长江直捣南京总统府后,一九四九年八月五日,美国国务院发表《美国与中国的关系:特别着重一九四四年至一九四九年的阶段》(俗称《中美关系白皮书》),指出中华民国的失败为国民政府本身领导问题,与美国无关,美国在战后已尽力,最后失败应由国民党负起全责。白皮书发表后,美国即停对蒋介石集团的军事援助,表明了置身中国事外的态度。蒋逃台湾翌月,联合国决议不介入中国内战。美国认为蒋介石不可靠,无法再忍受他,因此决定与之断绝关系,坐看中华人民共和国成立。

谁能想到呢,五星红旗在天安门城楼升起不多久,一起突发事件——朝鲜战争,也改变了中美关系,改变了世界。一九五四年中美共同出席日内瓦会议,美国国务卿杜勒斯规定美国代表团不许与中国人握手。虽然一年后中美开始大使级会谈,但美国国务院仍不许美国人以普通游客身份来华。美国政府从外头把中美关系的大门紧紧地给抵住了。

中苏关系恶化后,毛泽东开始考虑改善中美关系。如何打通中美关系的大门呢,他首先想到了老朋友斯诺。一九六〇年,斯诺终于获准到新中国采访,这是新中国成立后第一个获准到大陆的美国人。新中国的信息,就通过斯诺的笔,撬开了那扇紧闭的大门。

一九七〇年中国国庆大典,毛泽东在天安门城楼又一次接见斯诺夫妇。十二月二十六日毛泽东生日那天,《人民日报》发表他和斯诺夫妇并排站在天安门城楼的大幅照片,赋予斯诺以美国人民代表、"美国友好人士"的身份,还在"毛主席语录"一栏向世界宣布:"全世界人民包括美国人民都是我们的朋友。"

也是在这年秋,老斯特尔参与研制的 U-2 飞机停止对中国的侦察,这是美国为改善同中国关系而走的一步棋。两年后,美国总统尼克松访问北京。一九七四年,老斯特尔再次奉命赴台,任务是把 U-2 从台湾撤退,以实际行动宣告结束对中国大陆的"穿幕之旅"。美蒋混血的"黑猫中队"(黑猫是 U-2 代名词)也随之解散,成为历史名词。

斯特尔还说,他祖父当年在美国还与不少 U-2 飞行员有过交往。

一九八二年八月,中国大陆宣布释放两位生俘的 U-2 飞行员叶常棣(时任武汉华中工学院副教授)、张立义(时任南京航空学院工程师)。两人被大陆礼送香港后,满怀希望地给台湾方面写信,希望回家和亲人团聚,却兜头迎来一盆冰水:不许!两位"失落的黑猫"在香港进退两难之际,他们的昔日同事、"黑猫中队"原中队长杨世驹,找到当年参与起草 U-2 计划的老斯特尔及中情局官员帮助说情。中情局念及他们当年是为美国工作而遭俘虏的,允许他们两人先去美国居住。

两位"黑猫"告诉海内外的中国人:同是炎黄子孙,同是骨肉同胞,自己当年驾驶外国给的间谍飞机,到生养过自己的大陆侦察,把拍摄的情报送给外国人,用来欺侮自己的祖国,是一种犯罪行为。他们把在大陆期间耳闻目睹的祖国变化,向海外华人作了介绍，希冀祖国和平、民族团圆。

邓稼先病逝几年后，老斯特尔还来过北京，专门慕名拜访退役在家、曾三次指挥导弹部队击落 U-2 的解放军空军导弹营长岳振华，回来后不止一次地以崇敬口吻对家人说："一个只念了三年私塾的人，却能在四个月内掌握世界上最尖端的防空武器，连续三次击落我们的 U-2，中国人真能创造奇迹啊！"

之所以扯上这么多，是因为斯特尔要表明一个态度："对同一件事，如中美建交，每个人的书写有可能都不一样。"

他在训练我，如何从某个视角、某个人、某个环境、某个偶发事件和必然事件中，探寻历史的本真。历史具有复杂性和多面性，一点一滴汇成他的面，虚虚实实也关联，还具有不完全复制性。

不管你愿意不愿意，全球化的脚步越来越清晰，越来越近。在这么一个时代面前，中国的历史书写显然受到今日西方的影响，历史学家是否能以不抱任何目的的态度来撰写历史，是否应该克服以往宏大叙事带来的问题，从关注主导叙事支撑的国家历史，转向被历史造就的普通人、个体事件和日常现象；是否从公开的文字、数据、档案，转向散落在民间和社区记忆中的书面或口头文字，却又不至于将历史记录成一系列无序、无意义的碎片？

是的，他在训练我。

回到我情非得已撤离华人社区不料被人为渲染成"去华人化"的典型案例上，却也有人不分情由地赞扬："其实，就是要走出丑陋的华人社区，才能真正融入美国！"

言下之意，窝在华人社区，你即使不毁，也会同化得"丑陋"，美国不认，世界不爱，枉来美国，白活一生。

我未置可否，打着哈哈："看来您深有感触啊。"

"呵呵，我是过来人。"

我进哥伦比亚大学读博后认识的雷三省，是个特别能讲故事且自身有故事的同道。他自称侨三代，对世界反法西斯期间美国援助中国抗日那段历史情有独钟。如果他笔下纵横的罗斯福、史迪威、赫尔利、陈纳德，还有谢伟思等人的评述，多少让你不敢苟同的话，你却无法不被他嘴里的这些人和事感染，那些在风吹雨打中早已化作泥土碾作尘的历史人物，一旦出现在他嘴里，仿佛又活过来了。那天，我们海聊着这些总有聊头的历史人物，不知什么原因一个煞车，就转弯穿越回到了现实。

　　"其实我大学一毕业，就决意走出轮廓线。"

　　雷三省说的轮廓线，就是华埠。

　　又称唐人街的华埠，在北美当地人和包括港澳台在内的华人眼里，就是华人的轮廓线。这一度是约定俗成的称呼。现在一度流行的"离开了祖国你什么都不是"这句话，如果放在十九世纪的排华年代，该不会像现在这样产生大争议。那时的北美华人若不挤在唐人街抱团取暖，不怕被白人捉去蘸了酱油吃，不怕像过街老鼠那样人人喊打，你就试试独自往来吧。彼时屈指可数的唐人街，不管是华人占山为王还是画地为牢，只有在这"围城"里，身处人家眼皮底下的华人，方有一丝安全感，方能抵御歧视，艰难度日，繁衍生息。

　　炮制"离开了祖国你什么都不是"者，是否真正爱国我不好说，但初步可以肯定，其目的该不是为了刺伤移民们的自尊。只不过，这个时代的国家和政治，乃至大众心理，需要几句现成的观点，最好能提炼得像标语口号般朗朗上口，即学即用，过耳不忘，深入人心。所以，各种打扮入时的流行观点，像女郎们浓妆淡抹的红唇一般竞相绽放，和流行服装、流行歌曲一起，像台风一样，每年变着花样，花枝招展登陆，只是为了热闹这个时代。炮制者不曾经过大脑深思熟虑，你又何须有心较真，要被它左右，当成祖训、家学？热闹过后再反思，多数经不起推敲，转眼间自生自灭。

唐人街有唐人街的好，唐人街也有唐人街的不济。

历史的车轮碾着血雨顶着腥风前进。河东变河西三十年不够，就三百年，不说河晏海清，但总算有了"族裔平权"的理念，并渐渐变成正确的政治。尤其在晚近，华人对美国的历史贡献在血泪交融中被定义了客观新说，由着这份荫庇和千呼万唤，新一代华人总算被赋予了参政议政之权。

有比较才有发言权。外面的世界太精彩，海阔凭鱼跃，天高任鸟飞，唐人街不再是唯一。

唐人街从没活在真空，也没故步自封，一直都在手忙脚乱地自我完善。只是，在缺少更多族群碰撞下，终究难改日积月累的"唐人街综合征"：脏乱差，缺乏上进机会，陈陈相因，"老爷侨团"世袭严重，从唐人鼻孔呼出来的气息转了一大圈后仍被似曾相识的唐人吸进……

即使不被他族戴着有色眼镜的看法左右，即使源于自身感受观察唐人街、离开唐人街，也无需大惊小怪。在这个日趋多元且允许多元的世界，"围城"心理更是香花和毒草齐生，像你我一样正常。

不管唐人街"尚能饭否"，中生代、新生代的移民，渐渐地不再像老侨们那样，把它选作踏上北美土地首个遮风避雨的落脚地。与此相对应的是，一夜春风，越来越多的华裔二代、三代、子子孙孙，开始不约而同地走出唐人街，动机和目的像他们的衣着和发饰那般，五花八门，繁花似锦。

雷三省离开唐人街的想法，酝酿于大学，遂行于就业。

看到他在同一城市却要另行置业，年老的祖父甚不理解，苦苦相劝："当初我们选择华埠，是因为这里都是中国人，既亲切，又方便，能和大家融入，互相有个关照，起码在美国可以不做二等公民……"

雷三省尽可能心平气和地说："我看很多地方连二等公民都不如，直接做了三等公民。商场、超市都是粤语天下，到餐馆、娱乐场，不说闽南话客家话，也寸步难行，连英语都不太管用，爷爷就不觉得难受？"

祖籍山东的老祖父显然也深有体会，但他强调，这些年来一家人已经学会粤语了。

"在唐人街，广东、福建人的优越感深入骨髓，连同歧视无处不在。我可真受够了，走出去起码可以不当'三等公民'！"雷三省固执己见。

"孙子啊，这可是你出生的地方……"

老祖父有自己心头的小九九。他是当地某个华人社团的创会老首领，在儿子不堪寄重后，一心盼望这位独孙能继承其位，以及那个经他胼手胝足创建虽已破落却仍敝帚自珍的会所管理权。

面对老人的苦口婆心，雷三省躬身而问："爷爷啊，中国也是您出生的地方，为什么还要远走高飞？"

老人咳嗽连连："我不愿过那样的生活……"

"是啊，我也不愿过你们这样的生活。"

在些许不忍中，雷三省到底还是反将了一军。

直将得老人哑口无言，咳嗽加剧，面如土灰。

父母和着稀泥，雷三省在三省吾身后，到底还是遵从了约法三章：爷爷在世时，圆老人一个三代同堂梦，老人百年后，去留随心。

"想走出唐人街的人多着呢。"

雷三省的话犹如下雨天留客天，在那天催生和留下了我许多感触。

这位生长在唐人街的华裔，只是作别封闭的小圈子，并不是切割记忆，和中华血脉分道扬镳。他说和美国人杂居一处，他们对中国并不烦，几位退休议员还和他走得很殷勤，特别喜欢在酒足饭饱后和他谈历史和哲学。当然，偶有不友好者骂中国人素质低，甚至爆粗口，他也生气，有时骂人家"鬼佬"，还忍不住和对方论争一番。

"你说什么呢?"我听他这一说，显得有几分兴趣。

"鬼佬你听好了! 你们还在茹毛饮血，中国人已经钻木取火了；你们用弓箭时，中国人已经发明了火药。当中国人烧陶瓷、织丝绸、造纸印刷，并且还会筑长城、开运河、造海船时，你们还刚刚在草创字母。中国文明是世界文化的重要发源地，而几千年来你们白人在干什么呢，单靠你们自命不凡的素质，世界文明的链条怕早就中断了呢!"

"你说得这么尖锐，他们不会生气?"

雷三省笑道："有的也气得满脸通红，但也有人认同，反过来说'Good Chinese'(中国好)。"

他娶的虽是美国女人，某些方面比美国人还像美国人——在美国总统大选中，他选共和党候选人，他的父母，以及妻家都选民主党；某些方面，他真是比中国人还像中国人——在东海和南海纷争上，他引经据典，论证中国对东海和南海拥有不可置疑的主权，批评美日的无理取闹和霸权主张。

现在，他只是点赞我勇敢地离开华人社区，并没有鄙夷和声讨华人的种种不堪，想必是在熟知美国人的纷纭优劣后，倒和华人社区因距离产生了美。还有，就是研究历史的人，通常相对客观。

"要是还窝在唐人街，我的人生可能就照爷爷的设计，按部就班了，接触不到现代中美关系史上那些重要的美国人或是他们的亲属，更无法融进美国。当然，不是说别人在唐人街就融入不进美国，这只是于我而言。"

那天，我们在咖啡吧谈兴甚浓，研磨的是哥伦比亚咖啡豆，缕缕奇香，沁人心脾。

在一浇心头块垒后，我心情大好，笑容舒展："我倒要感谢这次融入华人村，让我对中国，对华人有了更多的直观感受。"

我不能讲那是二奶村，那有辱我至今深爱、日夜盼醒的吴小荔。我特别强调："我离开华人村，并非去华人化。"

"我也是！改变不了的东西，为什么还要自欺欺人呢！"雷三省痛快地回应，继而又道，"不过，类似'两头黄中间白'的现象也不要否认，值得研究。"

我忒喜欢和他一起探讨历史和人文，他说的这种现象我和苏嘉、范玥等人浅尝辄止地交流过。

"两头黄中间白"，指的是黄、白肤色间的融入和排斥：以早期的老侨和二十一世纪后的新侨为两头，他们往往有强烈的华裔认同，也更愿意让子女接受华人文化；而中生代的移民，则更希望融入美国，甚至美国化。这种现象，不仅美国，加拿大华人中也泾渭分明。

我和雷三省的看法近乎一致：之所以如此，很大程度是生存需要，也和中国及华人的国际地位有关。老侨不少还是底层身份，那年代中国和华人国际地位低下，在北美几无"融入"可能，迫使他们顾影自怜、抱团取暖，而普遍低下的文化知识水平又使得他们被动地保持华人本色。新侨文化科技程度普遍较高，英语读写和会话不在话下，对自身能力充满自信，不再单纯为生计而低三下四；而且中国经二十多年改革开放，跬步千里，经济高速发展，综合国力大增，国际上华人精英开始显山露水，华人等同于犹太人的说法不胫而走，汉语热兴起，中文被普遍视作求职的助推剂，在此背景下，新侨们主观上都愿意保留一份华裔认同。而夹在中间的中生代移民，以庚子赔款、世界反法西斯、中美建交等几大事件为着眼点，美国朝野对中国怀有一份难以言说的同情和负疚，给了包括留学生在内的华人移民"老侨时代"不曾有过的宽容，向他们敞开了一条

"融入即上进"之路；另一方面，中美之间国体、政治制度的迥异和物质生活的落差，也让这一代华人移民在自信力普遍缺乏下，不可避免地滋生出自卑感和崇洋媚外心，矫枉过正也就习以为常了。当然，我父亲，还有顾维钧他们，是中生代侨民中的异数，他们完全可以融入美国，却更是融入到了祖国。

身份认同，再置身于某个特殊环境和语境，我的脑海里不时会冒出华人数百年来由移民引发的话题。中国人走出国门，移居海外的历史由来已久，不同时代出于不同目的，或为躲避乱世，或为谋生糊口，或为读书求学，或为寻求发展，一批又一批地通过各种途径，辗转反侧奔赴那一个个陌生的国度，酸甜苦辣，荣辱兴衰，每个人和他们身后的唐人街都有自己的咏叹调。

闲话中，我忽地抛出一个话题：历史悠久的唐人街会败落吗？

雷三省的回答不假思索：必然！

他举了一个例子。号称北美第二大唐人街的温哥华华埠，近二十年来年轻人接踵离去，使得繁盛一时的商业半零落，由是又促使更多华裔远走高飞。如此循环，能不像中国现时农村，不成空壳也是老人家园。

我也拿这个话题和苏嘉做过探讨。

苏嘉的回答也是不假思索：不然！

他自信中略带调侃："只要旧金山不沉，唐人街就不灭。只要借鉴中国经验对外开放对内搞活，老树必然开新花。"

这个决心把华人传统、把四方会维持到底的人，还来了个新总统施政那般的信誓旦旦："我敢断言，那些'反唐''离唐'者，最终仍会'归唐'，即使另有考虑，他们的新居地也必然跟进不少唐人，这就是中国传统文化所说的同气相求同声相应，久而久之，那里必然又是一个个大小不等的唐人街。"

他提到加州某个小城镇，二十年前只有一家华人，英裔白人和其他族裔在那里以"主流社会"自诩,弹指一挥间,华裔在当地的比重和影响力,令人眼花缭乱地快速上升,让"主流社会"感叹华人改变了历史,他们的好时光一去不复返。

比之于相信唐人街百年千年后江山依旧,我的兴趣更在于:是作为人气兴旺、散发着古韵今香的风景存在,还是忝为一个缺失灵魂、形同空壳的废墟般遗址?

四

"顾博士别来无恙,晚上能赏光一起吃饭吗?"

对方边说边嬉笑,来电显示是宋婕。

听她的话,我就知道她身在旧金山,只是竟探得了我的行踪,可就有点儿怪了。世界真小,同处地球村,人的隐私差不多都是透明的了。连我在旧金山都知道,仿佛被人为安装了全球定位。

"美女光临美国,理当我尽地主之谊。"

"酒店见!"

移步餐厅,嗬,宋婕和苏嘉、范玥正在热聊。我如丈二和尚摸不着头脑,他们也会认识?又如何把我也连线了起来?

宋婕是上次在缅甸陪我走访"泰缅孤军"后人的缅籍华人,各位对她该还有些印象吧?她从中国台湾求学回到缅甸,在仰光经营一家玉石公司,长年在世界各地跑,外贸做得和嘴上的中国话一样顺溜。

装神秘的姑娘,到底经不起我这个历史研究者的刨根究底,原来她从日本程宁宁那边来,前些年世界经济低谷中出手在旧金山开设了一家玉石分店,苏嘉持股若干。呵呵,无巧不成书。

她找我,并非向我推销自视世上最好的玉石,而是想介绍我认识几位所熟悉的旅美"泰缅孤军"后人以及国民党抗日将领后代,自上回在缅甸见证我的工作性质后,便暗萌好心,认为这或许有助于我的研究。

能这样被一个相识不久的跨国丽人放心上,总是幸福的。范玥常说自己笑点低,我呢,感动的门槛形同虚设,一感激,还动辄涕零:"没想到,在美国还要受惠于宋小姐,幸福天上掉,砸我没商量,多谢多谢,我也得有友好表示吧……"我脑子飞速一转,开玩笑似地说,"要不,给您当几天翻译看看是否合格?"

宋婕的面容是那般的清秀,冲我嫣然一笑:"好呀,能享受这么高的规格,本宫三生有幸!"

范玥接口说:"要我看啊,翻译就免了,有空陪宋小姐逛逛街倒是锦上添花。哈,肯定是宋小姐在顾博士面前藏住了英文的尾巴。"

我立马意识到小觑了人家,遂出口几句英语。嗬,她的对答像公孙大娘舞剑,丝毫不逊于那一口流利的汉语。在缅甸数日接触,这么个性格的人,咋就藏得这么严实呢!

我略带几分赞许道:"在缅甸,能说这一口英语可真不容易。"

"这个得拜我在中国台湾读书时的校长所赐。"

范玥来了几分好奇:"校长亲自教你们英文?"

"不,他教我们学英文之法,说来很奇葩。"宋婕笑语盈盈,唇红齿白。

面对我们期待的神情,她娓娓道来:"我所在的学校,英文教学在全台超级棒,学校不仅高薪从美国请来几位老师,校长每个学期都要专门训话,训话几乎千篇一律。他说,中国人学英文是国耻行为,可悲至极,但不能不学,因为别人压过了我们,今天我们必须学习他们的科学,才能不被他们欺负、灭亡,才能反超他们,要以夷制夷,就非得咬牙切齿地学,目的并不是为了去伺候欧美人,洗盘子刷马桶,去做丢尽祖宗十八代的事,而是为了给中华民族的中兴添一份力,给自己的人生添一份色彩!"

"有意思,有意思!"苏嘉�&掌大笑。

宋婕道:"他不仅这么说,还把这话印在英文教材的第一页。所以,全校没几个英文不好的,留美班级更是顶呱呱。"

范玥快人快语:"你们这位校长不是段子手,也是设计师,没给你们上课,却变相为英文教学做广告。"

宋婕轻轻摇头:"不,他最喜欢汉字了,专门有汉字和汉语教学的论述。如果一个英文老师上课时宣扬英文是世界上最美最棒最流行的语言,学会英文走遍天下都不怕,等等,以此调动学生的学习积极性,他听到后是要训诫的。听说,他总是这样告诉英文老师:上课前要对学生进行爱国学英文的教育,不要一来就替美英宣传,长他国志气,灭中华威风,别以为你们只是传英文之道、授英文之业,更要传爱国之道、授英文之业。学生们懂得了这些道理,下一步就会知道接受国家和民族的观念,这是中国人的希望!学生们今后如果也从事英文教育,也才会授英文之业、传爱国之道。"

"言之有理,教育就是要改变,要创新。"苏嘉笑道,"这个校长,我看要树为典型表彰,也要好好宣传。"

范玥眼神清澈,看着苏嘉:"我看啊,也要给他授个爱国奖。"

苏嘉道:"哈哈,下次他来美国,请宋小姐告诉我,我请他吃饭。"

宋婕抿嘴而笑:"不太好伺候哦。他来缅甸,我请他吃过饭,可费劲了。"

苏嘉一脸的好奇:"哦,怎么个费劲?"

"他不喜欢缅餐,那次也同意吃西餐,可一上西餐他就说拿双筷子给他。服务员说吃西餐都用刀叉,为什么还用筷子?他说筷子是文明象征,刀叉是野蛮标志,我是文明人,所以用筷子,筷子可夹可戳,还可切可削,无所不能,而刀叉笨重至极,像杀人的武器。"

范玥忍俊不禁:"哈哈,有点儿奇葩。"

"还有更奇葩的呢。学生请他吃烧鸡,他欣然答应,如果请吃肯德基,他必定是坚拒不就;请他说吃面包夹豆腐乳,他赏光,吃汉堡却摇头。他说,你可以吃碉堡,但不能吃汉堡。外国只是科技、枪炮比中国强,吃的能与中国相提并论吗? 中国可是个治大国若烹小鲜的五千年文明古国,食不厌精,吃在中国! 据说洋餐在中国都比他们本国贵,这是洋人在糊弄我们,我们还要花冤枉钱吃洋餐,食不甘味啊,这难道不是一种可卑的怪心态吗? 什么事都崇洋媚外要不得!"

宋婕说罢,自己先忍不住笑了,满脸的胶原蛋白。

"绝对了,有点儿食古不化,可这还真是中国的民族精神教育。"苏嘉看着我,"老舅您说呢?"

我未置可否,以笑代答。

"正是正是,他一直主张要大张旗鼓地进行吃中餐、说汉话、穿中国服装、过中国节的教育,以振兴民族文化,提升作为一个真正的中国人的文化认同和道德水准。一个连中国饭都不吃,满口洋文,一身洋服,只爱圣诞节复活节却不在乎清明春节的人,能叫中国人吗?"

苏嘉再次抚掌:"有意思有意思,宋小姐您有机会时转告他,他来美国,我不仅要请他吃中餐,还要请他到唐人街用中文演讲……"

听宋婕说这位台湾校长,我脑海中不期然又浮现了清末民初那个名噪一时的华侨怪杰——辜鸿铭。什么都是中国好,有点儿偏狭,但一切都是西方好、主张全盘西化又何止不是偏狭? 以偏狭对偏狭,倒是提醒你在比较中思考,怎么取精去芜,得出你的合理看法,并在日后的日后知行合一,对了对了,别尽说知易行难。

这餐饭,倒也吃得精彩纷呈。

两位年龄相差无几的女子,举手投足间散发着优雅的气息。有魅力的女子,即使没有任何名贵珠宝的点缀,也会有宛若白天鹅一般的诗意。你能想象一个珠光宝气却只懂一味傻笑的女人吗!女性之美,外貌固然重要,但内涵绝不能少。

一想到她,我不禁有点儿淡淡忧伤。

恰在这时,宋婕转了个话题:"顾博士,有个惊喜带给您。"

"您今天现身已够让我意外了,还能有什么比这更大的惊喜!"

"顾天亮的女朋友我联系到了……"

原来,我离开缅甸不久,乔总在女儿乔月月的帮助下,建起了缅甸华友群落微信群。生性活跃而热心的宋婕被特邀入群。自称要写回忆录的乔总,还亲自写了篇美籍华人博士顾华入缅给至亲顾天亮扫墓之文,配发了照片,由此引来一个自称是顾天亮初恋女友的真情告白。

"您还记得她叫什么吗?"

"……叫许菁对吧?"

"对,就是她!"

"她在哪?"

"几经漂泊,又回到了中国……大陆!"

宋婕说罢,从手机里调出微信记录,给我翻看"言吾草青"的几段留言,并告诉我,对方就是许菁——好个言吾草青!

缅甸那非凡的年代,岁月苦得只剩下一点真情能度日,以撑命,却还是穿不过那长长的黑暗,我爱的人死于一场卑劣的谋杀。要不是我及时逃命,那个时候也许和他一起埋尸他乡了。他要不是为了我,也不至于死无葬身之地(大哭符号)。

……

花样年华却承受生命之重、之碎,何其不幸!(凋谢符号)

......

　　身在海外那些年,我接触过很多华侨,他们还爱着祖国,在情感起落中也就希望共产党做得好。中国现在是不错了,是站起来了,这个站起来啊,在我们的脑子里,第一功劳当然要算共产党。没有共产党的气魄和号召力、组织能力,能行吗?!(萌萌达表情)

　　时过境迁,我这个海外游子最终还是回到这个国家,我想他如果泉下有知,也会欣慰的。

......

　　看了陵园和纪念馆,我扼腕心痛中,心里不禁也涌起无尽的暖意,甚至也有某种感动,在那非凡的岁月里,我竟然得到过一个真正男人的爱、淳朴纯洁唯一的爱,得到过他付出了生命的庇护,我永远拥有他的爱。这份爱,虽然埋在地下,却升腾在天空。

　　等着我,我会来看你,给你扫墓,带给你白天的光亮!(微笑符号)

　　我为此痛哭……(大哭符号)

　　宋婕带给我的可真是意想不到的惊喜呀!我想,我能见到这个人的,亟待能从她嘴里破译一串疑问。

　　翌日上午,在东升的旭日以九十度的视角探头露脸时,我们坐着苏嘉的大房车,已投入阳光无私无欲的怀抱。得悉目的地,我心里不觉笑了,世界真小!

　　且不说穿,也给宋婕他们一个惊喜吧!

　　心情大好,不觉就默吟起惠特曼的《大路之歌》(Song of the Open Road)来:

我轻松愉快地走上大路，

我健康自由，世界在我面前，

长长的褐色的大路就在我面前，指向我想去的任何地方。

那地方，有个新华人居住区。多年前，我因雷三省邀约，和他一同走近过移民定居于此的几位国民党高官后代。对国共从合作到决裂、从抗战到内战及其余种种，他们的看法虽不尽相同，或左或右，或公允或偏颇，乃至无所谓的态度，于我治史都是一种收获。

窗外，人形树影和房屋倒带般后退。

眼前，曾经的场景历历在目。

"我的任务就是数大陆打过来的炮弹……"

那天，在雷三省开宗明义后，父亲曾任国军陆军中将的老王，率先开起了玩笑。他当年从中国台湾中山大学毕业后服兵役一年，曾在号称"反共复国前哨"的金门岛制高点太武山当炮兵观测员。

"得罪得罪，那时，我的使命就是向你们打炮，还好没伤着阁下。连我打了几发我都数不清，你躲在防空洞里能数得过来？"

父亲曾任解放军少将的老孙，这么跟上一句，让大家都笑了。

"哈，哪数得过来！那时各为其主，谁伤着谁都是命，怨不得。幸好，大家都不是歹命，活到了现在，从中国活到了美国，成了一家人。"

"当年你可不是这样想的，要不然也不会在身上刺那么多东西。"座谈会的召集人老秦幽幽地插上一句。老秦的父亲是个法律专家，出席过当年在东京召开的远东军事法庭，参加了对日本重要战犯的指控。

"这倒是。当初说大陆人民生活在水深火热之中，堂堂七尺男儿能不恨吗！于是和几位兵哥像岳飞一样，在身上刺字。"

我有几分好奇："刺了什么字？"

老王脸上浮现一丝羞赧，想了想，道："各有不同，有的刺'反共抗俄''誓死复国'，有的刺'知廉耻''明礼义'，也有的刺青天白日图案。胸前、后背、胳膊都有。我刺的是'反共抗俄'，烙在背上。"

"脱下来给大家展示展示？"老秦怂恿。

老王愈发地腼腆："做镭射祛除了，好丑，别污了你们的眼睛。"

我问："什么时候消除的？"

"大陆开放后，我第一次回去探亲，为保万全，就想着把身上的反共印迹抹掉，用烫发药水腐蚀不成，又去医院做了镭射，痛了半个月，比子弹钻心还痛。"

"算你聪明，如果胸怀'反共抗俄'的'理想'回来，被我看见，哼哼，非扒了你的皮不可！"老孙装腔作势地举起拳头，语带恫吓。

老王挥挥手："少来这一套，那时你都先我一步到美国了……"

所谓度尽劫波，相逢一笑。曾经有你没我的国共两党，他们的后人在硝烟散尽多年后不期而遇在异国他乡，不仅双手握在了一起，有的还联起姻来。他们自成一个新的华人群体，算是身在"美营"的"华营"，认同自己是华人，认同中华文化，也认同一个中国，虽不轻易表达，但言谈间总会不经意地流露出对故国的眷恋，这就没必要诧异他们走出国门后，为何还多次结伴或独自回大陆旅游、探亲访友，有的还慷慨捐赠慈善。

在我看来，他们与其是移民，不如说是借用这里的蓝天、白云和空气，过的依然是中国式生活，只是不再像国内那样紧张，人际不会太复杂。老孙还说，在美国法院宣誓加入美国国籍的那天，他一点儿也不激动，相反心情还有点儿糟，当了那么多年的中国人，怎么说变就变成了"忠诚地效忠美国"的老美？中国人到哪里都还会想着自己的身世，这是这个民族的性格。从不甘平凡，到甘愿做回普通人,这两种对生活截然不同的态度,如同出世和入世,如同用行舍藏,都给人留下深深浅浅的感受。

在我不着边际回想那个别有滋味的访谈当儿,苏嘉戴着耳机在接听电话,好半天从嘴里蹦出的句子,在表明本人立场时,也让人猜想到对方的通话内容:"你怎么能这样满口胡说呢,像你这样去考察'一带一路',只会坏事!"

待他结束通话,范玥朝我们吐吐舌头,道:"苏会长生气了,肯定不是什么好事儿。"

"一味地骂中国人素质低,是蝗虫,国门出的越多越丢人,我就不开心了!你一个企业的掌门,怎么能这么个认识,怎么能这样自我作践?你的国家认同、民族认同、文化认同哪去了?!"苏嘉话里还透出鄙夷和义愤。

宋婕一本正经地说:"照这样爱国下去,我敢打包票,苏会长这辈子肯定能受邀登上天安门观礼台。"

苏嘉呵呵笑了,大大咧咧地说:"届时我们一起去吧,我们谁都不许落下。"

哈,听他的语气,真像是要做"出乎其类,拔乎其萃"一类的人物。

车在老王的别墅前徐徐停下,一群人已在一树灿红的木棉花下迎候了。

有了上次田野调查留下的印象,老王远远地就和我打起了招呼,笑道:"哈哈,真是顾博士呀,看来您也学会了'持久战'!"

握手之间,大家相互招呼。这群人中,显然,宋婕只和老王熟识,而苏嘉与他们几乎都不陌生,左右逢源,顺带着把笑容可掬的范玥推介了出去。老孙、老李、老岳他们对我的故地重游,看上去也蛮亲热的。

宋婕看在眼里,好不诧异:"原来你们认识?"

老王一脸喜色:"认识认识,地球村嘛。"

"真看不出来,顾博士还这么保密。"宋婕似嗔非嗔。

我连呼冤枉,道:"我糊里糊涂地跟着走,哪知道宋小姐要带我拜访何方神圣。"

宋婕似乎洞察了一切,笑吟吟地说:"那么,真是冤枉你了。"

欢声笑语中,老王恭请大家进屋。老岳拍拍我的肩膀,边走边说:"顾博士,今后有美女陪同,您要来,没美女陪同时,也要来。您多来一次,就可以帮我们多破解一个未解之谜,中国现当代的历史有太多的谜了。"

"呵呵,我可没那么神……"

我真的没那么杰出。不过,这也因为现当代史确实有着太多的未解之谜未曾公开,在客观上影响了我和同道中人的研究。

我们在客厅的长条茶几旁分头坐下,第一泡茶还没喝完,"呜呜呜"的车鸣声闯入耳朵。

紧接着,"咔嚓咔嚓""噔噔噔"的脚步声由远而近传来。我身旁的老岳刚要离开,却听冲进来的五六个壮汉一声断喝:"都不许动!"

劫匪?

在我们的惊诧中,老王起身,上前,用英语礼貌地问:"你们干什么?"

为首者亮了亮手上的搜捕证:"警察,抓人。"

"抓谁?"

一位警察,一看就是中国人,但不知是国际刑警还是中国警察,用汉语说:"对不起,打扰了! 我们接到报告,说中国潜逃贪官莫存勇就在你们中间。"

老王镇定自若地说:"可是,我们这没有这个人呀。"

"他改名了,现在的名字叫岳鹏。"

一时间,嘈杂的现场马上静谧下来,安静得好像没有生命。

讲汉语的警察紧接着威严地看着人群,喝道:"岳鹏出列!"

老岳面无血色地举了手,重重一声叹息:"这一天早来早安心,省得老做噩梦,只是太对不起大家了!"倒也镇静,像是烈士就义前的演说。

两名警员快速上前,拿着照片认真对比了下,回头向警头报告:"没错!"

警头一挥手,那两名警员迅速把黑布袋往老岳的头上一套,推着他往外走。

我们面面相觑,跟着鱼贯出门。只见一辆警车上,坐着同样被蒙住头显然已被控制的女性,——老王的妻子根据装扮,辨别那是老岳老婆;进而分析,警察肯定是先到老岳家,抓完她后再由她带路来王家抓人。

看着三辆警车"呜呜呜"地卷起一地落叶扬长而去,大家不觉傻了眼,这可是在眼皮底下发生的事。

"不会是拍电影吧,中国能从美国这里抓到人?"

"哈,真是两耳不闻窗外事,中美已签引渡协议,开始联手围剿贪官了!"

"真没想到,老岳是贪官,他贪了多少呀?"

"鬼知道!两国兴师动众抓人,可见数额不小。哈,没想到我们这儿也冒出个贪官来,今后弄不好要出名!"

"还是别出名的好,省得扰乱我们普通人的生活。"

"普天之下,哪还有世外桃源?……"

警车连同那讨嫌的警笛声早就无影无踪了,可大家还在原地上七嘴八舌了好半天。回屋后重新落座,却像夫妻间刚行过的房事,已无兴趣再续。

谈兴被搅淡搅没了,只好草草收场,但饭还是要吃的,席间谈论的多还是老岳的事。

　　偶遇中美联合抓捕事件,我于心感叹的是,中国反腐真有一套啊!

　　老岳被引渡回去了,他潜逃多年,警惕如狐,老婆吃斋念佛,到了"世界的天堂"却还不能诗意地栖居。宽阔的太平洋,称霸世界的美国,也没能阻挡来自彼岸的国家意志,如浩荡长风一般,一直扫入他的斋堂之内。而且,他的空中楼阁在瞬间垮塌前,暴风雨还远在天边,不露声色。

　　看起来,这类跨国追逃以及红色通缉令,可不是随便搞几下,今后怕是习以为常了。

　　滚圆滚圆的车轮,奔驰在苍茫大地上,把前方那一片片白云追得羞花闭月,化成脸色绯红的火烧云望风而逃。苏嘉含糊地刚说上几句什么,便在酒力作用下,以轻微且有节奏的呼噜声,唱和车辆的噪响,留下我和一前一后两个美女对话。

　　还好,大天窗敞开着,车窗也半开半合,宽大的空间,倒也没储存多少酒味。

　　范玥赞叹着火烧云的美艳,忙着拿高像素的手机拍照。比她成熟几分的宋婕,却不忘向我致歉:"今天没想到出了这个意外,把大家搞得心绪快快,让你白跑一趟。"

　　她本来就是为我张罗的,我岂能不识抬举,忙说:"也算经历了一个电影中才能看到的场面,何况也不是无功而返,有机会陪你在美国走亲访友,也是收获呀。"

　　"今天不算,你若有心,明天就陪我到海边走走。"

　　我不假思索地说:"恭敬不如从命。"

　　她伸出手来,和我拉勾。

　　只听一声"咔嚓",范玥扬着手机不无得意地说:"帅哥美女达成某项交易，人证罪证俱在。"

宋婕似嗔非嗔："这丫头，人美心坏，唯恐天下不乱，可不许发到网上去呀，别不把我们的清白当回事。"

"哈哈，宋姐这是此地无银三百两啊。"

嘻嘻哈哈间，不觉就回到了旧金山唐人街。范玥摇了摇苏嘉："苏会长，今宵酒醒何处？"

苏嘉睁开惺忪睡眼，伸了伸懒腰，先向我们送上一个抱歉："我睡多久了，把你们冷落了，等下罚酒。"

宋婕道："还喝酒？"

"中国人的待客之道，无酒不成宴嘛，喝多少算多少，醉醉也没关系，一醉解千愁。借问酒家何处有……"苏嘉略一沉吟，告诉司机，"去我长乐老家人开的海鲜酒楼，带你们认识一位传奇人物。"

宋婕有几分好奇："怎样的传奇？"

"她呀还真是中华女汉子！刚开这店时，老被美国几个地痞欺负，收保护费。华人逢年过节在这里办宴席，正热闹得很，黑帮也闻声赶来骚扰，变本加厉要钱，这生意还怎么做？她忍无可忍，办了个持枪证，谁敢来收，就跟谁干，有次还带了几个长乐人反打上门，把地头蛇都镇住了。帝国主义夹着尾巴一跑，这里再无煞气，称得上生意兴隆通四海，财源茂盛达三江。"

苏嘉绘声绘色，唾沫横飞。"中华女汉子""帝国主义"这词让人听得新鲜，明确表达了说话人的思想和情感立场呢。

我冷不防送上一个揶揄："这么说，还真是世界怕美国，美国怕长乐！"

说话间，车子早已适时地往那边拐转了。而范玥，也适时地开始电话预约订餐了。

在范玥打电话当头，宋婕笑骂苏嘉："刚才我故意抬高声音，还吵不醒一头能吃会睡的猪，苏会长可真是好命。"

"你们再高歌一曲,也不过是催眠曲。我告诉你们,我在激烈的枪声中都可安然入梦,胜似闲庭信步。"苏嘉边说边摆了个POSE。

　　宋婕嗤笑起来:"你就吹吧,建议你到影视圈混混,演个上海滩或唐人街的一号二号,过足向观众海吹的瘾,弄不好还能赚大钱,混成个国际明星。"

　　苏嘉大大咧咧地说:"那好啊,你拉我进圈子,四方会会长也由你来接班。"

　　"还别说,有一年某个著名导演来旧金山拍戏,要给苏会长一个重要配角,但苏会长硬是没答应。"范玥联系好吃饭业务,不失时机地插话进来。

　　"可惜了,为什么呢?"宋婕不无好奇,这样的一声吁叹像是包含了千百个疑惑的问号。

　　"什么狗屁东西,败坏中国声誉,我能去捧场吗?!还好没去,否则连带要被海外华人指着脊梁骨骂,今后怎么混!"

　　宋婕愈发地好奇:"什么意思?"

　　"这部电影公映后,海外华人华侨骂声一片,有人还联名致信媒体,投诉它从头到尾,都在丑化中国人,让海外华人华侨为之蒙羞,并承受着来自洋人的鄙夷。"

　　在得知这个近年暴得大名的导演之名后,宋婕的好奇变成吃惊:"有这么严重?电影不过是娱乐,竟影响到海外华人对中国的文化认同啦?"

　　"还有更严重的呢,这样的电影还映及到中国造的日常生活用品。旧金山一位议员,一个有身份、不一定有教养的家伙,有一天公然对我说:中国造在我眼里不过是垃圾,中国造的东西能好吗?你去看看这些高票房电影,中国人咋那么愚昧无知呢?要不是当着那么多人的面,我真恨不得揍他,但他说的是电影中的事实呀,听你的还是听电影的？"

时过境迁，苏嘉的话里犹透一股愤懑之气。

我理解他的这股气。

还在哥大读博时，有一天，小野特地拉上郭芸芸和我，去为一部好莱坞大片贡献票房。回校途中，小野连声吐槽，说这电影是专门来丑化中国人形象的吗？光头、烂面、长须、长甲，实在太不客观，太偏见了！

郭芸芸也有点儿气了，她说："中国不是这部电影中的中国，中国人也不是这部电影中的中国人，中国人的精神气质不完全是这样子的，否则，丁龙就不可能用一生积蓄在哥大建立东亚系！"

此语一出，众皆缄口。

丁龙确实是个让人肃然起敬的中国人、"中国龙"啊！

一百多年前的清末，一个叫丁龙的普通华工，从广东被当作"猪仔"贩运到美国打工，几经沉浮。在他去世后，一九〇二年，全美诞生了首家汉学讲座——哥伦比亚大学命名为丁龙讲座，也就是后来的哥大汉学系，后改为东亚系，我和小野正就读于此系。

常常听说，中国人出了国更爱国，从他们嘴里道出的中国，多半是一个神奇的国度，有时即使想表达对故国的某些不满，也是在拐弯抹角中以期待完善的方式说出，有点儿不可理喻吧。在前辈的人生里，在文艺作品中，也在包括今天苏嘉、范玥在内无数人的经历中，我领略过种种"不可理喻"的爱国方式，却一直未获这样一个自身的经验。世易时移，马齿徒增，我甚至认为当今世界已不大可能再产生像钱学森，还有我大伯母程璇那代人赤诚崇高的爱国激情了。

不管是不是不可理喻还是毫无道理，我都须向苏嘉、范玥他们能保持这样的爱国方式表示敬重，也因此有感而发："西方对中国文艺的评奖，一向还是有标准的，只是简单得不能再简单，那就是，借你在国内赚下的名气向世界广告,报忧不报喜,让中国在国际上保持东亚病夫的形象,让西方和全世界都认为中国是个贫穷且邪恶的国家,以此来遏制中国的发展。"

"老舅说得没错!"苏嘉呼应道,渐渐地玩世不恭起来,"一些文艺家,可能是个假中国人、假华人!我看不少人还戴上了德艺双馨的大红花,也不知是怎么评的?"

我心里一个激灵,我从来就没做过假洋鬼子,也从不狐假虎威,但差不多也就是个假中国人。

车到目的地,一行人正准备移步下车,一个电话突然把苏嘉缠住了。

"……"

"怎么又这个样?"

"……"

依然听不清对方说什么。

"等我,我马上过来!"

苏嘉说完,对我们连声抱歉,说附近城镇有起突发事件,华人商户受本地人欺负,他得马上赶过去协调处理,只好请范玥代他陪我们吃饭。

苏嘉协调的是起棘手且耐人寻味的事。这是晚上他带着一脸倦容,来我房间喝茶时告知的。

我听得新鲜:"什么,美国人抗议华裔搞种族歧视?"

"是啊,他们就是打着'反对种族歧视'的堂皇口号。"

这些具体而微的事,可不是书斋之人能了解的。

此事由该城镇的商铺"招牌问题"引发。

该城镇也算是旧金山的一个缩影,居住着不同肤色的人群,各种文化在这里争奇斗艳。该城镇的华人新区,以香港、澳门裔为主,因此被称为粤语系。不过三十年工夫,这里的华人与日俱增,大有反客为主之势,当地居民就隐约有不和谐声音发出。但粤语系侨领倒也能隐忍、躬身自省,以传统的温良恭俭让和自我约束,在谦让中沟通,在沟通中谦让,双方在同步妥协中相安无事。

在全球一体化进程飞速发展中,这个城镇的变化有目共睹,其中老被拿来说事的是,华裔居民构成大变样,有大陆背景的移民数量后来居上。这些像候鸟一样,从天南地北自由飞来的华人移民,英语好不说,还普遍年轻,有不错的工作和稳定的收入,也善于直接和当地人及其他族裔,乃至政府官员、媒体和民意代表接触沟通。

这些被戏称为国语系的新移民,不少人把新居住地当成了"解放区",一股脑儿地把国内的优缺点和陋习移来。本就对当地华人化心存芥蒂的原住民,睁眼伸手就能抓到他们的一些把柄,虎着脸喊话:Self-discipline(自律)!

先到为"君"的粤语系没受到尊重,也不太接受新新生活,心有不快,也希望这些后来者自律,还说这也是所有华人华侨的意愿。

国语系不为所动,高呼"天赋人权"不够,还越来越不买粤语系的账,认为后者没资格代表自己的意愿,照样我行我素。一位在大陆就有律师背景的媒体人,在当地的中文脱口秀中,还登高而呼,说"华人在这里就是主流社会",引来国语系的一片喝彩。此后,越是让他们 Self-discipline(自律),他们就越要高唱"解放区的天是明朗的天"。有处华人居多的公寓,业主委员会几乎都说汉语。

粤语系一向秉持的隐忍自省传统,变得越来越难奏效。

一夜春风,"解放区"的城镇店铺还出现了多处只写中文的招牌。由于经营有方,夙夜勤勉,常常门庭若市。那些非华裔的脸可就越拉越长了,一度掀起针对城镇店铺中文招牌的"联名请愿",要求政府立法强制要求招牌、广告必须使用官方语言。那个业主委员会均为华人的公寓,几名说英语、日语、西班牙语的业主,将业委会告上法庭,抗议开会只说汉语,排斥他人。几家新老媒体,还众口一词耐人寻味地宣称,任由华裔人数暴增,搞"华裔种族主义",将令当地人丧失地位,任其下去,莫说小城镇,整个旧金山都有可能沦为中国自治区的危险。

事情闹大后,苏嘉作为旧金山华人华侨中有头有脸的人物,又热心公共服务,参与了政府部门的有关调解。

"当地政府为核实情况,兴师动众,投入大量人力物力核查,结果发现全镇上千块店铺招牌,只有中文完全没英文的不到二十块。至于公寓里的业主委员会,系民间机构,并不存在必须说官方语言的问题。"

"就是说,小题大做,那些抗议和请愿夸大其词了。"

不管是不是美国人喜欢小题大做,还是别的移民族群眼红耳热,反正都和华人在当地快速提升的影响力有关。早期在贫困和动荡中远赴海外的老一代华人,胼手胝足,落地生根,只求过普通人的安稳生活。而他们的后代,以及伴随中国改革开放走出去的新一代华人,则英雄不问出身,在全球化的浪潮中不甘只作他乡之客,主动融入当地。他们的声响弄得越大,生存现状就越受关注,一举一动也就容易被放大检视。

"是啊,那次参加应对,我也和各派系的侨领说了,在这个敏感时期,还是采用一些缓和的办法,不结冤家。他们也大多听进去了,还真采取了一些和解、沟通做法。比如,为了避免因过分勤劳影响别人生意,华裔商户每个月都有几天提早打烊,两个晚上关门歇业,中餐馆做好卫生状况。比如,公共场合不高声喧哗,不随地乱扔杂物,遵守交规,有秩序地停车,富二代尽可能不飙车,生活方式合乎公共秩序。"

我呵呵苦笑:"不是办法的办法,有效吗?"

苏嘉大吐苦水："一些非华裔对这些和解的做法，不是熟视无睹就是无动于衷，别有用心的媒体还刻意回避，照常刊登针对华裔不良小节的报道，把一粒老鼠屎夸大成一包海洛因，把偶尔的冲突说成华裔黑帮势力猖獗，还集中火力攻击华裔的假文凭、非法移民等事。有的媒体不知是因为对华裔情况了解不够缜密，还是有意为之，在报道中经常错用当事人照片，把随地小便的日本人、越南人也当成华裔。"

"高度民主自由的国家，也是欲加之罪何患无辞啊！"

"把缺点放大，世上哪有完人！你列举我一串串丑事，我也可以给你罗列上一堆啊，你也妨碍了我的人权和自由呢！真没想到，刚解决不久的事，现在又拿出来折腾，看起来还要大动干戈。"

苏嘉愤然有声。他是有理由反抗议的。有次，他在小区里通宵打麻将，可能声音吵了点，被举报，为此曾遭警察调查。

我不无同情地看着他："真要大动干戈起来，可有苏会长忙的了。建议你竞选议员，最好是州长，再参加总统大选，好为华人说人话，打抱不平。"

"唉，对华裔看不见的歧视由来已久，哪里会一视同仁！"

我们闲聊中，也探讨了出现这些情况的原因。认识虽然并不完全一致，但总还是略同。比如，我们均认为，导火线之一是华裔在当地比重上升太快，发展太顺，让原本以"主流社会"自诩的美英白人和其他族裔感到被抢了风头，好时光一去不返，而部分华裔对这个标榜自由和民主的新国度真的毫不见外，只要不犯法，言行举止想和美国人一样随心所欲，我行我素，原先在国内养成的固有陋习，便也暴露无遗，让原来的"主流社会"心里愈加不爽。

苏嘉参加调解时感到舒心的是，华裔和非华裔的拉锯已然势均力敌，问题虽难以彻底根除，矛盾隔三差五就爆发一次，但华人的影响力却与日俱增，而且不管是哪个派系的华裔，与非华裔一样,也有绝对正确的政治主张,也即政治保护伞。比如,非华裔高喊融入主流社会、反对选举性族裔歧视,华裔则可以脱口秀般,拿美国强调的大熔炉、尊重多元文化和非官方行为不受官方约束等政策护身。

其实,你也知道,当下的美国和加拿大一样,公开抨击某个族裔都可能引起不小的麻烦,何况是针对人数众多的群居华裔?各党各派和政客哪怕心存歧视,看在华裔族群选票集中的份上,也不敢轻易地公开"捋虎须"。

一杯茶,两个人,天南地北,谈着族群,也连接上了不久前发生在纽约轰动于全球的华裔警员案。

一年前,一位入警不过一年的华裔警员在纽约一处暴力多发的昏暗漆黑之地巡逻时,因紧张,手枪走火,导致一个无辜的黑人青年死亡的悲剧。法院陪审团一致裁决对他的五项指控罪全部成立,最高将让他面临十五年有期徒刑。

消息在当地华人社区引发的反响,如龙卷风刮过。大批华人自发组成声援团,一周内,全美多地十二万余名华人自发在白宫请愿网站上联署签名,呼吁检方撤销起诉。某天,全美四十多个城市的数万名华人同时上街,由此掀开了美国历史上华人群体规模最大的一次游行。

身在纽约,我当然知道这事,而且业已瞅到了事情的幕后。表面上看,这不过是一个华人菜鸟警察误打黑人平民,但深一层看,华人和黑人都是美国现有体制的受害者。你也许还不知道,纽约市民尤其是黑人和拉美裔市民,与警察的矛盾尖锐程度多年未缓,每年都有警察打死黑人之事发生。而纽约警局在对待白人警员和非白人警员上,一向采取双重标准和种族歧视,白人警员滥杀黑人不被起诉,该判罪的也不判罪。现在,有一位菜鸟级华裔警员失手闯下了此祸,警方乐得由他来承担警局和黑人长期累积下来的社会矛盾,对,全部落在他一人身上。我这样一说,你就看得出来了,这位倒霉的华裔新警员被警局抛出来背黑锅,当替罪羊,由此成了十多年来同类事件中第一例被定罪者。

越来越多像我这样的在美华人,看出了事情的端倪后,不平则鸣,除了游行示威,还乐此不疲地持续利用微信等社交网络,发起维护华人及亚裔族群权益的维权活动。

古道热肠的苏嘉,远在旧金山,却没有冷眼旁观,自愿为这个华裔小警员两肋插刀。全程关注案件不够,还在风口浪尖上,广发"英雄帖",组织多场游行示威。

我看过"英雄帖",记得有这么一层意思:一个穿制服参与美国政治的华裔警察都受到不公平待遇,一般毫无政治地位的华人情形就更糟了,我们要借此为中国人在美国讨一个公道,要让美国听到华人之声!

有人质疑:"我们和他非亲非故,去搅什么屎?"

苏嘉像群众运动的领袖,振臂而挥,声如洪钟:"我们华人族群和其他族群一样,来美国是要在这个社会上得到法律保护,我们要从这位背黑锅的小警察身上看到我们自己的影子。我们今天帮他,也是帮我们自己和后代。如果今天你保持沉默,明天你的孩子也可能会成为替罪羊,请你为孩子的未来出声!"

这样的话触动了多少华人父母的心!鲁迅式的"救救孩子"呼吁犹如一阵热风,多少年来不问政治、总爱息事宁人的华人,第一次走上了街头呼号,不再是患得患失、小心翼翼的华人形象。

在我既有的认识里,美国的执法者面对此类情况,会像中国的武林对决一样,听任别人的激情白白耗尽,而自己则在耐心等候,一俟别人露出破绽,或者势衰力竭,再行无情地猛击过去。是的,在这小小案例上,美国法律想维持原状。没想到,挺华裔警员的激情在经久燃烧。

一位美国政界朋友曾这样告诉我,为一位本族裔抗争而导致全美华人联手,这在华人移民史上还未曾有过呢!他还说,在美国的不同族裔中,华人的政治参与度一向淡漠,华二代、华三代也基本一成不变地处于挣钱、买房养孩的状态,导致美国社会对华裔的印象很刻板,不参政,不议政,不干政。出现这次游行抗议,倒很意外。

美国华人中的冷参政现象确实值得思考,我当时问:"这样联手抗议会有效果吗?"

他狡黠却不失真诚地说:"说不准,但必须明白,没有政治和法律上的保证,即使建起了经济和物质上的大厦,也并不牢固。"

各种渠道都在努力、角力,而公众舆论所造成的声浪和压力,大大影响了该案的最终判决。一年后,法官正式宣判量刑结果:华裔警员的罪行由陪审团原先裁定的过失杀人罪,降为刑事疏忽杀人罪,判五年缓刑以及执行八百小时社区服务,免于入狱坐牢。

能有如此峰回路转,背后的推手之力功不可没。从签名请愿到上街游行,华人群体表现出的空前一致团结,不仅改变了这位小警员个人的命运,改写了华人移民史,还告诉西方主流社会,华人不再是沉默族群,不再是"哑裔",华人也有自己的声音,在政治觉醒之后的能量不容低估。

此案宣判那天晚上,苏嘉和当地几名侨领聚会,连呼痛快,连饮三杯后,抹抹嘴,大论滔滔:"此案虽小,却是一个里程碑。告诉我们话语权何等的重要,今后我们必须从物质生活中跳出来,多参加当地的各项政治活动,尤其是选举、投票,别不当一回事。只有通过参政、议政、干政,多扩散自己的声音,才能真正真正捍卫自身权益,也才能真正融入当地社会。"

让那晚聚会者们深感佩服的是,第二天,美国《侨报》就该案发表社论,语气竟与苏嘉大同小异。

各位看官,可能有所不知,华裔小警员案件的台前幕后,还折射出了一个北美华人从对立到团结的剪影。

在这个小警员被起诉前,第一个跳出来高呼要将之"绳之以法"的,恰是纽约市的一位华裔议员。既已判决,一派华人认为审判过程毫无问题,该警员罪有应得,另一派华人则咬定有种族歧视,坚称要为他和所有华人打抱不平。司法进行中,前者有人还劝阻后者,别出来闹事,这样不仅让华裔族群受歧视坐实,还会被人指责亚裔搞"亚种族主义",接受审判结果,才是融入主流社会的表现。

直到明显感到宣判不公后,不同派别、来源和政治倾向的华人,才在打抱不平上高度趋同。是否示威游行呢?意见虽然不一,但一脚迈出,却是步步生风,而且北美各主要城市的华人大游行,步调竟然出奇一致,声援华裔警员、呼吁司法公正、反对族裔歧视,以此为内容的华人大游行,带动了北美华人的空前团结。

未来华人的形象,未来中国的形象正在升起!

团结和分裂,并不是华人才有的问题。只是相对于其他移民族裔,华人多且不说,置身海外,历史问题再加上不当宣传、人为炒作,似乎就像成年黄牛的角一样,突出一些。

即使同为华人,内部仍有"我是谁"的问题。有点儿滑稽吧,却是事实。能在乎"我是谁",其实是人和动物的差别之一,关乎来自何处,才会在意往何处走。也有一些人满不在乎,是谁都不要紧,关键是认个有奶的娘。

北美华人的"我是谁"问题,除了我是不是华人外,另一个严肃而艰涩的话题就是,我属于哪一种华人?

你可能又有所不知,在北美,哪怕是有众多华人聚居的城市,"华人"常常只是一个概念,而且还相当松散。剔除那些存心要去华人化、概不认同的一部分,其余华人明显有粤语系、闽南语系、普通话系之分。

"中国人缺少国家和民族观念,在哪里不是一盘散沙呢?!"上面提及的一位美国政界朋友的管见,刺痛着我。

经我说起,苏嘉少有地大摇其头,道:"我们不能老是长他人志气,灭自己威风,就拿华人不团结的事来说吧,现在已大有改善。拿这个案子来说,谁还敢信口雌黄说华人是散沙一盘,我抽他嘴巴!"

他说得狠狠的,眼神分明有几份愠怒。这小子,明天也许就能在外头放出如此狠话。

异见的背后,也有苏嘉的现身说法。在旧金山,经他和四方会的斡旋奔走,疏通协调,在对立中几十年老死不相往来的"亲共""亲国"侨团,已开始在中国传统的节日里走动,互访互拜了。

苏嘉信心满满,北美华人尽管在对内对外的"我是谁"问题上,距离达成共识为时尚远,但在共同利益问题上,已能求同存异,互不拆台,且能发出同一个声音了。

"事在人为,中国今后应该进一步疏导……"

忽然,耳旁响起"噼噼啪啪"的声音,陡然一惊。这几天住酒店,光天化日之下,就曾隔着窗玻璃看过血淋淋于外头大街的枪杀案,能不提防?人一旦神经质,不免风声鹤唳。

抬头却见是豪雨敲窗,打得玻璃颤抖不已。

透过渐趋模糊的窗玻璃,外面大街罩着一袭墨色。泛红的灯光下,打伞行走的看不出是洋人还是华人,他们混在一起,组成了旧金山,组成了世界。

苏嘉,还有四方会,是这一带华人的"保护伞"。

只是,再传世的伞,终有破旧的一天。人呢,唯有好自为之!

五

旧金山是港口城市,海就在家门口。所尽的地主之谊,是陪宋婕吹海风。

宋婕意外光临,我在旧金山只好多停留几天。中国是人情社会,得礼尚往来。多接触接触这个性格和品味迥异于他人的侨三代,同时听听同道丽人范玥的见解,增加对彼岸国度、故国人民的认识也好。

连范玥都看出我的好心情。即使苏嘉没有那些繁杂的会务需要处理,我也不用他陪,我对这一带超熟。

苏嘉在晚餐时才现身。我们选择大厅就坐,靠窗,面海。

刚点完菜,就听得旁座的几位老美在议论中国,话题是中国贪官被抓事。

"报上说了,这家伙贪了近三亿人民币……"

我们互相交换了一个眼神,这么快,消息就公布了。我竖耳谛听稍许,才知他们议论的主人公并非昨天落网的老岳。

"中部一个公司老总,居然能贪污大约五千万美金,真是不可思议!"

"报上不是说了吗,他不仅贪污,还巧取豪夺。当市长时,一幅字可以卖几万元呢,专门为下属量身订做。"

一位美国小伙作仰天长叹状:"我的天,写几个字可卖几万元,那还上什么班?!"

有人啧有烦言:"怪不得中国人那么有钱,在美国炒房竟炒到我头上来了,这里的房价能不飙升?"

有人语带调侃:"他们这哪像移民,简直是殖民,我看他们的'美国梦'比我们早实现。"

我看苏嘉差点没笑出声来,这样的说法你认可好还是反对好?

对于多数美国原住民来说，"美国梦"的定义相当简单：有一栋遮风挡雨的房子，有一块绿地或一个休闲烧烤的后院。华人新移民把这个"梦的蛋糕"给做圆做大了，房子要好，票子要足，车子够威，妻子必不可少，还要有能进一流大学光宗耀祖的孩子。那些富二代一移民，几乎马上可以实现传统意义上的"美国梦"。即使中年新移民，短则数年，长则十年、二十年的奋斗，也可梦想成真。中国人，怎么了？

老去在意或偷听人家的话显然不礼貌，我们适可而止，然后说起话来。

范玥说："不时从国内得到消息，反贪战役比地震还猛烈，居然连美国也庇护不了中国的贪官了，看来贪官真是人人恨，无关意识形态。"

谁能想到，爱和中国唱反调的美国，居然和北京联手，对海外在逃的中国贪官展开全面搜捕，全面引渡。

苏嘉半认真半玩笑似地说："我倒建议，为了配合祖国抓海外在逃贪官，中纪委书记和公安部长可以公布自己的微信号，同时悬赏，这样，海外华人更有可能在第一时间把贪官的动向，通过微信举报，那才真叫天网恢恢疏而不漏了。"

"我看苏会长这个建议不错，围剿贪官，追回赃款，清扫蛀虫，大快人心。"范玥清澈的眼神难掩真心。

宋婕俏皮地说："地球上哪里没有贪官，眼下只有中国最能为民除害。我说苏会长啊，若有机会见到美国总统，一定要呼吁，等中国贪官抓完后，派八抬大轿请中纪委书记或公安部长坐镇美国，介绍经验，帮助织天网，顺带把美国的贪官也抓了得了。在哪儿抓不是抓呀，反正都是为民除害。"

"贪官如流水，哪里抓得完？中国人还是先做好自己的事吧。"

几道菜陆续上齐，我见苏嘉似乎还有话要说，忍不住道："政治谈多太无趣,要不今天饭前我们来行个酒令,谁接不上来,就不准吃饭,面壁思过。"

宋婕一双会说话的眼珠一转,大大咧咧道:"谁会你那文绉绉的游戏?不玩,不玩!"

范玥也没了兴致,懒洋洋道:"食不言,寝不语,还是安静享用美食吧!"

宋婕佯装恶狠狠地盯了我一眼:"扫兴,罚你陪逛街!"

再逛一次唐人街又何妨?何况是旧金山唐人街!

刚觉得有点儿风花雪月,苏嘉的电话响了。他看看手机,迟疑俄顷,礼貌地使用起了耳机。我们聊我们的,他说他的。

一忽儿工夫,却听他猛然抬高了声音:"没事就在中国偷着乐吧,不要老想着移民,不会比你现在活得好!"

"……"

"我告诉你,他年纪这么小就来美国,就算真能办过来,你也就失去这个儿子了。……你的亲生儿子怎么会不是你儿子了呢?我告诉你,不出三两年,他的思维、习惯美国化了,保准看不上你这个中国老爹。他要是不好好读书,靠着有钱,一天到晚晃来晃去,能晃成比尔盖茨或者马云?最后出现在你们面前的,也就一个国际混混。"

苏嘉在跟中国后备移民对话呢!我们听得有意思,在互相示意后,也就听他诲人不倦下去了。

"好,就如同你说的那样,你儿子冰雪聪明,就算他学进去了,拿了哈佛的文凭,学到顶了,留在美国了,成教授了,那又怎样?我告诉你啊,美国教授一年也就那点收入,七费八扣,一个月吃顿大餐都得咬咬牙。在美国成公务员?华人警察遭遇不公平被判刑的事刚发生呢!"

"……"

"我告诉你,你这个投资注定要亏。你有钱,有钱爱折腾?那就来吧,看不折腾死你!……你和老婆到时也移民过来?别怪我没事先告诉你,你是没欠美国,但美国肯定要收你们的税,而且在你儿子继承你们遗产时要一次性交百分之五十,想好了,到时可别把肠子悔青了!"

苏嘉结束完通话,抱歉地对我们说:"不好意思,老家那边的土豪,要我帮助操作移民,破坏大家的用餐气氛了。"

宋婕不动声色:"自己不添堵就好,感觉苏会长有破除美国迷信的侠气呢!"

"这个迷信一时半刻破不了,我跟他们说得那么严重,可他们还是求我想办法给办过来。"

宋婕揽着范玥的肩笑道:"苏会长真是热心人,管不完的事,该去联合国为全人类服务。"

苏嘉道:"见笑见笑,瞎操心的命。"

我拍拍苏嘉的肩:"君子成人之美,人家要奔向'天堂',你还坏了好事?"

苏嘉道:"我觉得很多中国人已经过得不错了,不少地方比美国人还强,只是身在福中不知福。当然我说的不是摆地摊炸油饼或下岗后开出租那些人,他们平常还不太有时间、精力抱怨,倒是那些日子过得光鲜的人,最爱怨天尤人,一会儿说中国环境不好有雾霾,美国就没有吗?知道不知道洛杉矶一霾就霾了五十年,光化学雾霾已成新常态,现在一到冬天也还是人和车茫茫皆不见;一会儿说食品不安全,吃地沟油、转基因,他们知不知道美国是世界上最早研发转基因技术的,转基因农作物的种植面积占了世界百分之六七十,吃这个吃了二十几年了,而且还几乎是没有强制性标识要求的食品。"

关于洛杉矶雾霾事件，我看过一张令人过目难忘的照片。一位不断擦拭泪眼的女士，准备呼吸瓶装空气，瓶身上幽默地写着"如水晶般透明的空气"。

"我在美国实实在在地见过了，茄子的大小长短像是孪生，土豆像足球，芹菜跟擀面杖似的，是不是转基因我不懂，但要说是天然的、绿色的，打死我也不信。"

如我所知，范玥并非在说瞎话，只是在这时附和苏嘉，表明了近乎一致的看法。

"开着名车住着豪宅，为什么还不满足呢？我的理解是，他们有更高的理想和追求，他们理想的社会应该是一个比现在的中国好得多的社会，但那也不是照样有雾霾和转基因，还动辄有恐怖袭击和校园枪杀案的美国。美国当然有很多好处，就像中国当然也有很多好处一样。"

苏嘉说罢，宋婕轻轻鼓了鼓掌，说："苏会长在中美之间来回穿梭，就不想把四方会办成个沟通中美的桥梁？"

苏嘉摇摇手："难啊，中国还是缺乏应有的文化自信。"说罢看着范玥，"范博士你说是不是啊？"

自故国来的范玥，比我们更知故国事。

中国经济、科技、军事高速发展几十年，最能支撑国家精神、民族骨骼的文化呢？曾经博大精深的中华文化，一度在欧风美雨、韩流、哈日等等的内外夹击下，变得无所适从，偶有招架也是花果飘零，不胜惋惜。因此"文化自信"被置于顶层设计中。但纵有慧眼和妙手，也断非一朝一夕能回春，没有一两代人锲而不舍的积沙成塔、聚流成海，只能是空中楼阁、无源之水。中华民族历经五千年风雨而仍然存续不断，何故？文化之力也！范玥择述一二，人文学者的伤感尽在不言中。

以唐人街为代表的海外华人社区，已成中国"传统文化"在海外的保留地,甚至可能变成包括华侨华人在内的炎黄子孙探索自身文化、重新启蒙和复兴的必要一站。当然,当然,即使自信满满如苏嘉,也都断言其中的困境显而易见。

为星罗棋布的唐人街、海外华人社区和当下日新月异的中国寻找共同的文化符号,得来全不费功夫。你瞧,你瞧,汉字、孔子像、妈祖庙、腾飞的巨龙、金光闪闪的佛像、端庄肃穆的中山装、"天下为公"的匾牌,甚至故意做旧了的《毛主席语录》小红本,以及批量生产的红五星,随处可见。但这只是符号,并非中华文化气质的内涵,恰恰的,工艺化的流水线生产和消费的热度似乎轻而易举就把文化的精神淹没在了熙攘的人群里。曾有一位中国大陆学者,面对这些林林总总让人眼花缭乱的符号,仍觉猪八戒照镜子——里外不是人,疑窦丛生:在消费主义和实用主义之外,到底还有没有一些共同的原则和独特的精神,来维系海内外炎黄子孙的文化纽带、精神家园?

光能认知符号还不能算作一个真正的华人、真正的中国人,那不过是一个没有精神的躯壳,说得更难听一点儿,是行尸走肉。

所以,规模不一的孔子学院在世界各地应运而生,势如雨后春笋,以至于自故乡来的范玥有个沉痛叹息:"到底是海外华人融入当地文化的努力太成功了,还是我们自身已经异化太久了?"

风风火火走世界的宋婕,一向不屑于人云亦云,却也有此一叹。

这天,我们就随意行走在公元二○一五年的旧金山唐人街,一个个古老又鲜活的中国文化符号,在眼前异彩纷呈,却又孤芳自赏,风铃一般曲高和寡地奏鸣在现实中,让人像是在听历史的回声。它们与此刻的美国,此际的世界,有何关联呢?

盛极而衰,这是自然规律。任何事物的发展恰似潮起潮落,没必要为之作无用的辩护。区别在于,有的是衰了再盛,有的是一衰即倒。我看过唐人街的盛况,也目睹过它的局部萧条,却尚无英雄末路、美人迟暮之感,心有千千结中,如苏嘉所说那样,寄予它复兴、梅开二度的希望。

我们这天随意行走,耳边响起的歌声不是那个"全世界都在学中国话",而是老电视剧《霍元甲》的主题歌《万里长城永不倒》:"冲开血路,挥手上吧,要致力国家中兴,岂让国土再遭践踏,个个负起使命……"

苏嘉比划着手脚跟着哼了几句,忍不住借题发挥:"中国哪像染病,唐人街哪像染病! 有些人自己病得不轻,妄想唱衰中国……"

我不知霍元甲来没来过唐人街,但当年和他齐名的黄飞鸿却是来过的,打打杀杀,行侠仗义,哪像染病的"东亚病夫"! "问我国家哪像染病"的歌声弥漫在唐人街的每个角落,那些角落似乎还留着孙中山、梁启超他们到来时的影子,他们身边聚焦着一些出了国还被贴上"东亚病夫"标签的苦力。梁启超说他们"爱乡心甚盛,不肯同化于外人,义侠颇重,冒险耐苦,勤、俭、信",但也"无政治能力,保守心太重,无高尚之目的"。

何谓"高尚之目的"? 孙中山、梁启超的观点也不尽相同,他们思想孵化下的海外华侨,哪怕人同此心、心同此理地爱着海那头的故国,却难免南辕北辙。

于是,我可以想象在唐人街那些个明争暗斗的角落,明枪暗箭如影随形,沿着弯弯曲曲深深浅浅的大街小巷,一直延伸下来。

这天,我和苏嘉、宋婕这几个不同国籍的华人,同来自中国大陆的范玥,并行走在旧金山唐人街,好象听到了来自历史的回声,它与此刻的世界有什么关联吗?

我想了又想,问题既简单又复杂。在树着孙中山雕像的圣玛丽广场小憩时,望着宋婕朝气蓬勃的体态,我忽然动了问这个华三代的心思:"上次在缅甸好像忘了问,你是如何被世界改变看法,如何被现实洗脑的?"

宋婕白了我一眼:"真是书呆子,陪我逛街还想着做学问,搞田野调查。"

"国际著名学者就是这样炼成的!"范玥爽朗一笑,从她期待的眼神里,看出了她对这个话题的兴趣。

"中国真要是被唱衰了,唱倒了,我们这些海外华人失了靠山不说,最惨的还是老百姓。我以前也是个没心肝的人,对共产党不以为然,但这些年,伊拉克、阿富汗、叙利亚诸国的惨状,却让我摸到了自己的心肝。"

宋婕说完,苏嘉一旁笑道:"宋小姐多留几天,我老舅定能被你洗脑。"

宋婕不忘调侃:"呵呵,你当顾博士是猪脑!"

"我虽不是读历史玩政治的,但也算看懂了,中华民族如果要复兴,希望只能寄托在共产党。"范玥不失时机地来凑热闹,暴露了她的心路。

"冲开血路,挥手上吧,要致力国家中兴,岂让国土再遭践踏,个个负起使命……"

苏嘉得意地连哼带唱起来。我上前拍拍这尊虎背熊腰,道:"别哼唧那些不切实际的歌,你认为光唱红歌就能助力国家中兴?"

宋婕立马嚷道:"都别'清谈误国'了,我还要买东西呢,走!"

范玥说:"买东西以后得到中国,在中国买东西全世界最方便,出门只带一部手机,不管是进商场、进宾馆、进饭店,还是菜市场,都可以用微信和支付宝支付,那个便捷啊,无可匹敌。"

苏嘉道:"是啊,真的感到祖国好强大,在一个很普通的城市里,不带一分钱,手机支付都能解决一切。老舅您该知道吧,美国CNN记者专门就此在北京进行了体验,结果妥妥地被震撼到了。"

"全世界有几个中国呢！"

我没体验，但一路下来全是不绝于耳的夸赞感慨。中国的非现金社会飞速发展已超乎现象，刷新了世界对中国的认知，就连自诩世界霸主的美国、自命不凡的日本，都在这方面甘拜下风，羡慕中国。

听我这么一点赞，范玥愈发地得意起来："我最近感到自己特别爱国，觉得身为中国人特别骄傲。"

宋婕忍不住轻轻捏了一下范玥的胳膊，道："别谝我，听你这一说，我好害怕下辈子还不在中国投胎。"

大家开怀地笑了，似乎都沾到了祖国的光。

一家金店就在眼前，"啪啪啪"嘈杂而慌乱的脚步声中，还有惊恐的喊叫："闪开闪开，人家有枪！"

两个拽了袋子的一黑一白劫匪，各提一把手枪，疾步向前，吆喝路人快闪开，挡道者死。

一个巡逻警员闻声赶来，还未拔出枪，已扑倒在地，捂着鲜血淋漓的肚子痛苦呻吟。

苏嘉示意我们让开，自己则一个箭步，把后面的"黑匪"踢翻在地。前头那个"白匪"刚转身把手枪对着他，却被他以迅雷不及掩耳之势一脚踢飞，用力抓起他，就往那个想就地捡枪的"黑匪"身上扔。

嘿，两副身子砸在了一起，响起一串杀猪般的嚎叫。苏嘉飞速上前有力一脚，把"黑白双煞"镇在了脚下。

一眨眼功夫，苏嘉制服两劫匪，为金店追回被抢的金银。又一位华人英雄横空出世。

警车"呜呜"而来，几名警员把劫匪收拾了就往车里塞，那位受伤的警员则被闻风而至的救护车抬到了车里。

另有一位警员要苏嘉随他们去警察局做口供。

范玥上前对警员说："我们是见证者，要去就一起去吧。"

"对，我们一起去做笔录。"

警员狐疑地打量着我们："你们是哪里人？"

我们不约而同，异口同声："中国人！"

上车后，宋婕道声"吓死宝宝了！"说话时以手加额，却未见花容失色，想来这样的事于她，并非大姑娘上花轿——头一遭。

范玥面泛潮红："这是我第二次见识苏会长的神勇。"

原来，范玥和苏嘉的认识，源于他的英雄救美。那天，她租着朋友的车游玩，下车时把装有 IPAD 的包遗忘在车上，竟然车窗玻璃被砸。得手后的鬼佬刚跑没多久，就被路过的苏嘉撞见，一番格斗后制服了鬼佬。他守着那个玻璃被砸碎了的小车好半天，等她回来，直到亲手把包交给她。

我拍拍苏嘉的肩膀："美国的活雷锋，失敬失敬！"

苏嘉搔搔脑袋，腼腆地嘿嘿地笑了笑。

宋婕冷不丁地冒出一句话来："如果说美国治安是好的，那我就是睁眼说梦话了。走在美国街头，最怕的就是有人冷不防掏出枪来！"

范玥俏皮地说："所以，我们不说这样的梦话，更别做这样的噩梦，还是分享'中国梦'吧。"

我截住范玥的话，问："范博士倒说说，什么是'中国梦'？"

"就拿安全来说吧……"范玥一扬秀发，稍加沉吟，道，"'中国梦'的重要内容，应包括全中国人的幸福生活。没有安全，谁都得不到幸福。安全有很多种，最根本的是人的生命和财产安全，包括衣食无忧、空气清新、环境洁净，还有秩序良好等等，走在街上不用担心被抢，在办公室不用忧虑恐怖袭击，回到家里无须害怕被谋杀……"

六

不知是路过还是有意安排，反正，我们与一家剧院不期而遇。绿竹扶苏的耳房边上，空气中弥漫着柔和的茶香，一连串演说激情澎湃地传来，不须辨听，就知道是汉语"在线"。

这里是孔子学院吗？驻足，抬头，"品茶会——大中华历史文化沙龙"几个鎏金大字赫然在目，书法体汉字大大地在上，印刷体英文小小地居下，倒也顺眼。

远处的声音越来越慷慨激昂："所以，要对'土八路'那一点儿力量在抗战中的表现置疑，哪怕他们并非游而不击，但与投进了数百万军队的国民党正面战场相比，能夸大其词把作用说到天上去吗……"

苏嘉一旁介绍："这里不时举行中文论坛，交流对中国历史、文化等方方面面的看法。免费开放，还免费品茶，来人都能喝上一口中国茶，买不买自便。"

宋婕"哦"一声，道："带我们见识见识吧。"

"就怕太小儿科……"

苏嘉边说边用眼神瞄向我。我爽快地说："宋小姐有兴趣，我们乐于奉陪。"

屋子约摸三百人的容量，黑压压一片，几乎座无虚席，以老年人居多。不同肤色，妇孺皆有。

"数百万国军在正面战场和日军浴血奋战，共产党多半时间在敌后战场隔山观虎斗，借机自重，还不时偷袭国军。"

他说的苏联记者可是别林平夫？这家伙，对野史还挺热衷。

范玥压低声音，显然想把气愤压着以免爆炸："这个过头了吧，丑化，诬蔑！"

宋婕也轻声叫嚷起来："我看这人不是来自中国的台湾、香港，就是混迹美国的民运分子,以骂共产党为乐。"

台上仍在聒噪不停:"共产党先是霸占抗战胜利果实,继而把整个中国都夺了去,然后借"三大改造"之名,把工商资本家的财产一夜之间贴上国有标签……"

苏嘉显然和这里稔熟,回头招招手,对来人耳语一声。不一会儿,就有一位七旬开外,看上去仍然精神矍铄的老人,低着头快步到来,声音适度地和苏嘉打起了亲热的招呼。

"刘董,今天的主讲是什么货呀?"

"大陆的一位银行行长,据说是裸官,个人又有点儿状况,被降级处理后就提前退职,来美国和妻儿会合了。不知谁推荐他的,来这讲了几课,听众还不少。"

好派头!

苏嘉继续发问:"刘董也爱听他的课?"

"要是爱听,我会不坐在这里虚心受教? 这样的人,拿着大陆的高官厚禄,在体制内得尽好处,却还骂到海外来,匪夷所思!"刘董坐下说,尽可能把声音压下来。

"那你们怎么会允许这样的人在这里放毒呢?"

刘董叫屈:"这也没办法,当初申请注册时说好了的,沙龙什么都可以说,谁都可以来自由谈,可以辩驳,求同存异,联邦政府这才批。"

我们虽然坐在角落边,但说话多了,也就招人嫌。苏嘉看到这个情况后,抬腕看表,转头附在刘董耳边说了声什么,便正襟危坐了。

"共产党这些问题,真不是空口说白话……"

台上大讲国共抗战、中国黑、共产主义批判,却让对此话题有非同一般兴趣的我,感到了言过其实。

不需苦熬苦捱,没过多久,这堂讲座在表达满意的掌声和不满的嘘声交织中也就散场了。

刘董把主讲人请过来时，我拉着苏嘉的袖子示意他也起身相迎。几位刚才注意到我们动向的好事者见状，也站在一边看下文，像是预感我们有架掐。

刘董笑容可掬地为双方作了简要介绍后，苏嘉直捅捅地说："行长先生，你台上的高论我不敢苟同。"

"言论自由，你爱信不信。"

"你是共产党员吗？"

"到美国定居，得退党，这是常识。"退休行长的语气有点儿揶揄，也有点儿理直气壮。

"不管怎么说，你宣过誓、举过手，表示要效忠共产党和中国吧，怎么骂到美国来了，算什么事儿？"

退休行长的喉结上下一阵滚动："这个你管不着，美国的法律也管不着吧？"

"别说一个国家，就我公司，也绝不允许员工骂老板。有个美国员工在我那吃里扒外，立马被我遣散，我把当月工资和路费放到他面前，然后说，立即、永远、滚！"

两相对视，退休行长的眼光坚持一会儿就散乱了，道："你牛逼，好好，我走，再见！"

"如果还要信口雌黄、胡说八道，再也不见为好，免得我情绪一激动，踢场子。"

刘董适时地做起好人来："苏总苏总，有话好好说，都是中国人嘛。"

宋婕还真会来事，不忘来一句："当然，凭着良心和事实讲，我们会给你捧场。"

范玥也不甘寂寞："是啊是啊，你们不打也是可以相识的嘛，何况打断骨头连着筋，再怎么都还是炎黄子孙。"

我也温和地加了句："我是抗战史的研究者,个人认为阁下应对历史补课,别作贱历史、糊弄听众。"

退休行长脸上泛红,想说什么,喉咙里一咕噜,又随着口水咽了下去,发出的声音微弱了许多:"又不是我要讲的,是他们老请我。"

苏嘉问:"他们是谁?"

"这个不能说,告辞!"那样子,像是自取其辱后,要唾面自干。

望着他近乎落荒而逃的身影,苏嘉语带鄙夷:"就有一种人喂不熟,共产党的饭吃得比谁都有油水,却比谁都恩将仇报,比谁都无中生有。这样的人,有资格走上讲台传道授业解惑吗?"

宋婕抬起杠来:"这样的人社会也有需要,他不是说有人老请他讲,刚才不也有掌声嘛。"

这时,一位出门又折回来的听课大妈,年纪六十上下,神秘兮兮地对我们说:"他姓余,我们都叫他余行长,他在职时犯过事,受过官方处理,该不是什么好鸟。"

信息和刘董所讲还是对称的。苏嘉环顾众人,不无得意地说:"哈哈,美国也有朝阳群众!"

一直只带耳朵的我这时开腔道:"什么意思?"

来自北京的范玥说:"朝阳群众被戏称为北京的四大神秘组织之一,由朝阳区群众主动组成的社区治安队,因为举报多位名人和演艺人员吸毒、干坏事而声名大噪。大至杀人抢劫、小到黑车违法,都是他们的关注点。"

我问:"神秘组织,有多神秘?"

范玥笑笑:"没有四方会和苏会长神秘吧。"

苏嘉眉心微皱:"我神秘吗?"

刘董接口道:"要我看呀,既神秘,又霸气。"

"哦,怎么说?"

这里头引出一个故事来。

这年四月，有位来自香港的从政学人，也现身这家有点儿名气的沙龙交流。受刘董邀请来此品茶的苏嘉闻讯，也就近听讲。他讲自身从政经历，说香港"一国两制"下的政治生态，倾诉自己受到的政治"虐待"，讲到后来，情绪不可收拾地大骂"一国两制"和共产党。

苏嘉像是自己的父母受了辱骂，不干了，要不是刘董劝导，大有踢场子的冲动，强按心头怒气，散场时仍不忘截住他。

苏嘉直陈其谬，毫不客气："坦率而言，政治理应是那些拥有行政能力、服务精神并渴望展示这种能力和精神，并且能用权力造福一方的理想家干的事情，你一介书生，放着自己喜欢和擅长的学问不做，为什么非要不自量力地跨界，参与本不能胜任的政治呢？"

"治大国若烹小鲜。当然当然，我终究是一介带有书生味的学者，政治理想逊色于操作能力，搞不过那些狡黠的大小政客。所以说，从政学人济世救国，心中酸痛，热泪不断。"大言不惭。

苏嘉纵声一笑，叱道："你谈什么酸痛？你不去分析和检讨知识分子的脱离实际、清谈误国，却一味地把某些遭遇、挫折和不如意，归咎于'一国两制'和中央政府，竟一路谩骂攻击到美国来，这就公平了？"

从政学人不干了，上下打量起苏嘉来："你来自北京吧，要不就是旧金山领事馆的？我奉劝你一句话，不要以为习惯了黑暗就为黑暗辩护，不要为自己的苟且偷安而得意，不要嘲讽那些比你热情勇敢、公正忠义的人们。一个人，可以卑微如土，切不可扭曲如蛆虫。"

"我告诉你，我是美籍华人，虽然没机会从中国政府那里领工资，却有义务维护自己的祖国。"

"哦，真是位卑未敢忘忧国啊，可你的国家，是美国，不是中国呢! 狗拿耗子多管闲事!"从政学人出言不逊。

"要我看,你才是扭曲如蛆虫的险恶小人!"

"你不可以这样污辱我,我要告你!"

"你以为你是什么东西啊! 刚才你在台上连放臭屁时,我已从香港那边摸了你的底细。吃喝嫖赌五毒俱全,还参加分裂香港的活动,能不被辞退吗? 像你这种人,顶着公知学者的帽子,实际上形同造粪机,不思设想为香港和国家做些实事,居然还以诋毁为能事,真教天下人耻笑!"

"言论自由,良禽择木,我现在是大英的公民……"

大英公民一亮身份后,优越感浮于言辞,自卑感却充斥在精神中,有自卑感的人往往也有优越感,喜欢拿道具摆架子。卢梭对此曾深有感触地说,"他们把自己的弱点变成了长处",这话倒也贴切说明了这个大英公民典型的言行特征。让卑鄙俨然成为美德,他在这方面看来有一定的经验,只是碰上苏嘉这个硬石头,只能是以卵击石。

"放屁,一条没有脊梁的狗,敢来我们这个中华历史文化沙龙前狂吠,还好意思称言论自由! 我见过厚颜无耻欠揍之徒,却没见过比你还无耻,还欠揍的!"

苏嘉说罢,挥拳猛击桌案。"嚓"一声,桌面立裂。

大英公民脸色惨白,一声不吭,哆嗦着拔腿,头也不回溜之大吉。

刘董绘影绘声的描述使当日的情景活灵活现,倒把苏嘉说得不好意思起来,连连摆手道:"这个糗事今后就不要再说了,我可是赔了十张桌子的钱给你们压惊啊。"

宋婕笑道:"刘董讲的是苏会长霸气十足,这有什么神秘的呢?"

刘董压低声音,装得一脸严肃:"神秘得很呢,苏会长老为中国和共产党说好话,争名声,难道是想入历史呀?"

苏嘉快人快语:"我就是想做个不一样的侨三代,争取青史留名!"说着拉过我,煞有介事地说,"我身边站着一位史官呢!"

我也开起了玩笑:"苏会长这么一个要进入正史的伟大人物,得让司马迁重生才行,哪轮得到我呀,我只配记记八卦。"

大家笑过之后,苏嘉一脸认真地对刘董说:"你这沙龙不整整不行,我们不说都传递正能量,也得实事求是地讲,可别成了人家攻击祖国和共产党的海外飞地,有违初衷啊。"

"是啊是啊,我也正愁着呢。"

"下次我来讲一堂。今天呢我郑重给刘董推荐一人,瞧,我都请来了,"苏嘉面带微笑地指着我,"我老舅,哥大史学博士顾华先生。"

刘董上前握住我的手直摇:"那太好了!我这沙龙真是蓬荜生辉了!顾博士我告诉您,中国驻旧金山领事馆一直希望我们有合适的沙龙通知他们也来听听呢。"

"可别吓着我……"

"老舅您刚才也看到了,我们得占领阵地。"

看来他们事先合计过了,才会这样里应外合,而且苏嘉这小子肯定摸准了我的角色,估计我出格不到哪里去,才会动议刘董请中国驻旧金山领事馆派人来旁听。弄不好,他带我来听刚才这场讲座,是有意刺激我,对我施加影响。

却之不恭,我沉吟道:"真要讲,那也讲抗战吧,只是时间得抓紧,明天下午可否?"

"好好。我来安排。"刘董一脸喜色。

范玥揽过宋婕的小蛮腰,张开樱桃嘴:"我向刘董推荐东南亚一带鼎鼎有名的玉石女王宋婕姐姐,她来得正巧,何不也请她讲一堂玉石,玉石文化也属于中国文化的一部分嘛。"

我不由地想到宋婕送我的玉龙，可惜今天没带身上。

不待刘董作出反应，苏嘉笑道："美女开口，黄金万两。"

宋婕眉毛一挑，大声说："可别把刘董给吓倒了，公益事业，我分文不收，就怕刘董嫌我难登大雅之堂。"

"求之不得，求之不得！有你们几位大神助力，我们沙龙品位马上提升。"刘董已是眉梢挂上喜色。

大中华历史文化沙龙是怎么诞生的呢？我来了兴趣，问起了苏嘉。

"这个得问刘董，他一手草创的。可有故事呢。刘董您就介绍介绍吧。"

"说来话长，要不请各位移步到茶会，边喝茶边聊吧。"

刘董是华侨大学的院系主任，十年前退休后，偕老伴赴旧金山探望女儿，就地办了定居手续，数年后成功申请到老年公寓居住。

老年公寓由里而外弥漫着一种孤独气氛，居住于斯的老人们，由于文化背景、生活习惯及语言等各方面的差异，多数深陷孤寂。孤独空洞的眼神，真是我见犹怜。在大学有组织能力、爱思考的刘董入住后，忽发奇想，能不能组织一个华人社团，使出国定居的老年群体有个属于自己的社交圈？

夫妻俩一拍即合，随后分头联系上十来个从国内来旧金山定居的退休老人，有艺术家、教授、高工、医生、公务员……福建人爱喝茶，福建茶天下驰名。他们不知泡了多少茶，让退休老人们爱上这一口后，旧金山华人茶会也就应时而生了。中国驻旧金山领事馆有刘董友人之子，常把国内来的客人往这边带，也算是祖国宣慰海外侨胞的一种方式。在刘董的热心操办下，茶会渐渐成为一个有影响力的华人社团，房子越租越大。

刘董把"最美不过夕阳红"唱出了海外，很快又别出心裁，组建起北加州中华文化与教育中心来，还得到美国联邦政府批准注册。社团下设俱乐部、艺术协会、合唱队、咨询与翻译中心、文艺学校、网站等部门，另有专门的摄影班、太极队、朗诵会，以及专门面向青少年的小龙会。经众位董事自筹资金和华人富商帮助，就租下了这家剧院的耳房，让茶会、中心和沙龙都风风光光地登上大雅之堂。

"这么些年来，我和太太以茶会和中心为家，虽然几乎全职地投入到义务工作中，但毕竟力量有限，关键是发动大家群策群力。"

刘董虽三言两语，但不难想象隐含的艰辛。事非经过不知难，诸事皆然。

以茶会友，以文化会友，以"品茶会——大中华历史文化沙龙"为主题，每月都有成千上万人次参加相关活动。其中小龙会成员近百，大多是二十世纪末随父母来美的，各行业都有，比如贸易、金融、互联网、IT、学生……大家一起扎堆，用中文聊天，传阅中文读物，唱汉语歌，也是一种母语训练，毕竟不少人自小就来了美国，在学校和社区说中文的机会不是特别多。

苏嘉呷一口茶后，大大咧咧地说："小龙会是我的建议，名字也是我取的。"

苏嘉生怕刘董介绍时给忘了，便"自报家门"，让人感到他对茶会的支持力度不小。崇拜李小龙的他早年就参加过"小龙会"，只不过是"花自飘零水自流，一种相思，两处闲愁"，那个小龙更像是黑龙，弄得他"心有千千结"，寻机在别处修成结果了。

刘董接过苏嘉的话："是啊是啊，苏会长说得对，得把中国的语言和文化传承给下一代。"

茶会及旗下的中心曾多次荣膺加州和旧金山市政府的嘉奖，成为侨界和众多华人公认的快乐华人大家庭。几年下来，茶会和中心聘请到不少华人名人学者参加教师团，世界各地华人到北加州后,也常常慕名前来交流,举办讲座。刘董也经常回国访问,近年促成和策划了东西方文化交流、大学教育合作等协议,得到中国侨联和中国驻旧金山领事馆的好评。

"我有一个理念,不知对不对?"

"刘董请说,我们洗耳恭听。"范玥说话的语气,像是老熟人。

"大凡国家、政党、公司、社团,不外乎以几种方式方法来影响他人:一是强买强卖,抢着'大棒'吆喝;二是好行小惠,以'胡萝卜'诱惑收买;再有一种就是吸引或说服,润物细无声,也就是'软实力'。要打不走骂不散钓不去拐不跑,还得取决于软实力,上至政党国家、中到公司社团,下到个人,都要通过自己的软实力来立足于世,这才是上策。"刘董侃侃道来,彰显出长年在大学工作的思辨才干。

杯中茶虽不是奢侈得没谱的极品,口感却是一流。我放下茶杯,说:"所以,借助茶会这个平台组织大伙喝茶聊天、读书看报、沙龙交流,其实正是在发扬刘董所说的软实力。"

一有表扬,眼前老人就显得腼腆:"不好意思,略尽绵力而已,只是心有余而力不足。"

宋婕听罢,张开原先握着的右拳,修长手指素白如葱地绽放,大拇指对着刘董竖起:"刘董这么个年纪了,还没停下脚步,这样做是为了中国还是美国啊?"

"这样说吧,我有两个国籍,美国国籍在我的护照上,中国国籍在我心中、血液里,是祖先五千年留下的不可磨灭的印记。"刘董搓着一双略有黑斑爬藤的手,动情地说。

宋婕率先拍响纤纤素手,道:"我听懂了,小女子今后就以刘董为榜样,给自己发两个国籍证,缅甸国籍在护照上,中国国籍在心中,在血液里。"

望着这一老一小、一鹤发童颜一青丝如墨两位海外华人,我也情不自禁地鼓起了掌。

　　在座诸位，可能像我一样，接触过不少书本，听过不少说法，还经常上网浏览，认为共产党、八路军在整个抗日战争中的作用"渺渺如微尘"。我一度也这样认为，只是在出身科班对此有过一些调查研究后，虽然还没得出自己满意的结论，但已有一些心得，今天就和大家交流这一孔之见吧。

　　在抗战中，国共两党所处情况不同，兵力和战场也不同，但两相呼应，各显神通，联手粉碎了日军占领全中国的企图。谁贡献多谁牺牲大呢？没有一个科学的比较办法。对那些打着还原历史真相的旗号、动辄拿国军抗战阵亡多少将领说事、拿国共击毙日军数量说事的做法，我不敢苟同。个人认为，国共无论哪一方，只要他在国家危亡中努力尽到了匹夫之责，卫国守土肯以鲜血和生命为代价，就值得尊敬。他们的贡献无论大小，集合起来才会有抗日战争的胜利。试想，如果共产党在抗日战争中缺席或虚晃一枪，能有那么高的民调吗？能在其后的国共对决中昂首坐江山吗？

　　抗日战争虽有曲折，但主基调就是团结合作，是国共同赴国难。在血泊中站起、重生的中华民族，因之而伟大。

　　以人为本，任何一个人的非正常死亡都是个悲剧，但几万人、几十万人一起死亡，往往成为一个统计数字，难以让人想象，也就难以让人和现实联在一起。请容许我作个比较。这几年我只要在纽约，在某个日子的早上醒来，打开电视或手机视频，播出的全是民众在广场聚会的情景。悲悲切切的男女老少一个个上台，宣读他们不幸死亡的亲人名字。牧师紧接着沉痛祷告，市长沉重致词，不忘那个在恐怖袭击下丧生三千人的大灾难。对，我们都记得这一天：九月十一日。

但在半个多世纪以前,在太平洋那头的中国,在中国当时的首都南京,从一九三七年十二月十三日起,连续到中国最传统的节日——春节,四十多天中,几乎每天都有一个类似9·11的灾难上演。这是一场怎样的国难啊,一个怎样的国破家亡啊!我曾设想,如果9·11惨剧在纽约发生不止一次,不说连续不断的四十多次,就是每周一次,美国人能不心理崩溃?我不惮以最大的恶意来猜测全部、几乎全部,但中华民族硬是挺住了,是以今日能有世界大国之雄姿,有放飞中国梦、热迎中华民族复兴之信心。

我并不想为太平洋那头的这个民族、这个国度作任何多余的吹捧和赞美,因为我甚至还怀有某种复杂而阴暗的情感,导致今天还没有走进他,在这方面我不如你们。我"闭关锁国"了,照此下去有可能成井底之蛙。

借着今天这个毫无准备的交流,我忍不住想把内心想法向诸位倾诉。我是个美籍华裔,出生在美国,成长在美国,完全融入了美国主流社会,时时处处以美国人自命。我的祖辈深深地爱过中国,为中华民国的创建、为抗日战争的胜利做过贡献甚至牺牲生命,但也被这个国家误解和伤害过。因为这个关系,我虽然没有数典忘祖,但对中国的感情很淡漠,觉得事不关己,两清就好。没想到打从记事以来,每逢中国发生大事——从飞船神游太空到蛟龙下海,从高铁到航母,都有美国老师和同学关切问及,有时连周围的生张熟李也在关切询问。原来,他们从来都把我当成中国人呀!我再怎么融入美国主流社会,都脱不了这个基因,身上流淌的永远是炎黄子孙的血。

我是还没有回去过,但你要是真以为中国历史、文化在我脑海里是沙漠,那就错了!现实我可能不及你们了解,我认同对中国社会负面的尖锐批评、沉痛反思乃至切齿怒骂，只要你骂的确实有根有据有理有节，确实是别的国家鲜有的劣举弊端，哪怕有所出入，只要不被大棒加胡萝卜利用和收买，我也捍卫你自由发言并修正观点的权利。然而，我鄙视那些公然说岳飞、文天祥、袁崇焕为愚忠，推崇洪承畴、吴三桂是识时务之俊杰，诬指张学良、张自中为汉奸，呼吁为秦桧、汪精卫平反，宣布陈炯明怙恶不悛，听到"爱国"就狂叫"狭隘的民族主义"，听到"中国梦"就连呼"意淫"，听到台湾、香港、西藏的分裂消息就弹冠相庆的一切华人。不是一般的鄙视，是那种道不同不相为谋的鄙视！我认为，这些可鄙的人就是当代的汉奸、走狗，乾坤朗朗，他们应该无地自容！

……一直以来，我很迷茫，未知角色，未知身份，只是在寻找某个不可言传的东西。人生无根蒂，飘如陌上尘。我就是一粒小小的尘埃。但尘埃再小，也要落地，我得再继续寻找落地的角度和方位。像许多对共产主义有着天生"免疫力"的西方儿童一样，我克服了出身带来的烦扰，在欧风美雨中成长为一个追求自由、独立，兼有包容精神、思想多元的历史学者，在潮来潮往的主义中一心做研究。

我有时会为某些发现而意外，而痛心，我掌握的例子太多了，作为一个历史学者，我有义务昭告真相，为民众呈现埋葬的事实，而又不免担心大众的承受力，也担心自己是否感情用事，学业不精。不管怎样，我相信不久会有个结果，关于抗日战争，关于中国的历史和文化以及现实问题，我都会在研究中得出个结果，得出属于我自己的、符合人类公平正义客观价值取向的结果，届时我再来和诸位分享。

最后，我想和诸位分享一首诗，作者不是我此前言诗必提的惠特曼，而是日据时期的中国台湾诗人巫永福，我读时就被他给感染了,今后也愿意心甘情愿地继续感染。我就朗读这几句吧……

　　祖国在海的那边

　　祖国在眼眸里

　　……

　　还给我们祖国哟!

　　向海叫喊　还我们祖国哟!

　　我在文化沙龙交流时具体感性的故事情节,和我即兴演说时的神情,就不赘述了吧。我其实也想借此机会自我宣泄,就像动辄爱寻章摘句,抬出惠特曼代替我这株小草唱歌一样,我也有许多内心衷曲需要释放。始料未及的是,收获的掌声比我的预测要多出许多,持续时间也长。我为此感动,连着向在座的听众三鞠躬,趁机瞄一眼,座无虚席呢,临时调来的椅子还过于亲密地挨在了一起。

　　“今天算是听到了关于中华历史、文化的真知灼见!”

　　“顾博士,我们等着您的下文!”

　　“顾博士您得赶紧回去看看,祖国都进入高铁时代了,再不回去,真就不敢认了!”

　　……

　　一位自称知我的华裔学人,迎面冷冷地挡住我的去路,就差不顾而唾:“没想到像阁下这样国际知名的历史学者,竟这样公开抬轿子!”

　　“抱歉,在下不过是据实无隐,阁下尽可批判。”

　　“阁下一叶障目,太过夸张粉饰了吧?”他嘿嘿一笑,继而一脸严肃地说,“为了保住阁下在国际上来之不易的学术地位,今后就不要再误导大众,否则对阁下的辩驳将没完没了,而这,都可能有污于我和学术界的口舌!"一对金鱼眼在他那张安装得不甚协调的马脸上突突地鼓起,他像是个学林盟主在发号施令——不,听其言,观其行,位不至此,挺多也就是在第二代、第几代海内外反共合唱团里领了个头,对,那应该才是他眼中的"学术界"。

父亲生前,一再希望我可以仿效胡适,即使不高兴,哪怕极度生气,也尽量不给人看一张怒火中烧的脸。在这方面我有时难于学以致用,更不容易逆来顺受。我渐渐地越来越向小野靠拢了,人生和学问上有自己的评判标准:有人挑战,必然应战,否则作为一个学者何以树立形象?! 这点正是我于胡适不可及处,但我说了,"我与我周旋久,宁作我",我只能淡淡地带着蔑视对视,以语言暴力快刀斩乱麻地摆脱他的纠缠:"为了你免费听闻的耳目不受伤,今后且不要再相遇,更别挡我的道!"

眼前中美混血的脸上青一块紫一块,随他去,我可不爱看他的脸色!

曲终,人未散尽,我们一行被刘董请到了茶会。中国大陆一位从事党史文献研究的领导,和中国驻旧金山总领事馆官员笑容可掬地起身迎接。

"洗耳恭听了,很好很好!"

来自北京的金主任,曾是刘董母校的领导,此行专门赴美收集外交史料。旧金山是个好地方。孙中山来过,董必武在这里出席过联合国制宪会议,宋子文还死在这……金主任大前天从华盛顿抵达,闻讯后,今天特地赶来当听众。

"哎呀,这个交流完全是赶鸭子上架,哪值得浪费金先生的时间。"我有点儿惶恐,早知有这么个人来,有些话似可不讲。

"顾博士是顾闽先生的公子,难得一遇,怎能不过来聆听!"

"您认识家父?"

"素昧平生。但我这次出来，沿途收集到了关于顾闽先生的不少资料。"

"在官方主流叙事中，家父是个偶被提及的历史人物，差不多要消失于江湖了。"

他并不避讳，还微叹了口气，道："是啊，以前我们几乎把令尊给忽略了，今后得加强对他、还有您爷爷顾志平先生的研究。"

"是吗？那可得感谢了！"一时间，我脑里盘旋出许多缥渺的幻想。

使馆官员说："今天真是无巧不成书。"

"这就叫有缘千里来相会。"金主任边说边招呼大家，"坐坐，大家坐着聊。"

主宾就座后，刘董对我们一行作了简要介绍，金主任一一颔首示意，给人一种望之俨然即之也温的好感。

使馆官员介绍到"当代爱国侨领"苏嘉时，苏嘉面带喜色起身，双手向金主任呈递名片，一边道："金先生这么大的领导，还要亲自来美国收集材料，真不简单！"

金主任笑道："做学问与领导大小可没关系，必须亲力亲为，别人代替不得。"言罢，把眼睛转向我，"顾博士您说对吧，学问不能造假，要有个好学风。"

"是啊，学者要有学者的风骨，要有陈寅恪当年倡导的独立之精神、自由之思想。"

金主任微微颔首，转头看着苏嘉："听到没有，苏会长？"

苏嘉笑答："受教受教！"

我想着刚才金先生所说搜集材料一事，小心翼翼地问："金先生有志于收集外交史料，在大陆看到过我父亲的材料吗？"

金主任轻轻放下茶杯，语声缓缓："我长时间接触这方面的史料，能看到的大都看了吧，但能看到的毕竟只是当时材料的一部分,经过战火、政权更迭,以及时间淘洗,客观的流失不可避免。另外,包括我在内,任何一个主体,面对广阔且令人眼花缭乱的历史时空,都不可能一览无余、综观全局,因而记叙者的观察不可避免也有缺失。但只要有材料,材料还活在世上,总能有机会看到,只是得来要费些功夫吧。"

他说得含蓄,但我听懂了"费功夫"的弦外之音。

是的,即使客观存在的材料也不可能一应俱全,从其顺不顺利成为材料和档案时起,本身就已经经过人为筛选,不说定稿和篡改,也许缺页,也许漏码,也许当作垃圾抛弃,这是"历史"本身无可避免的自我"遗忘"。这些材料不啻是"笑忘书"呢!

既无官气,也无僚气,更无装模作样端架子,看起来还保持着几分书生本色,这增强了我与这位官员学者交流的好感。

使馆官员以征询的语气请示金主任:"金主任,要不我们现在就去总领馆吧?总领事差不多也回来了,晚上想请您和诸位在总领馆共进晚餐。"

金主任蔼然道:"我客随主便,但总领馆临时邀约,顾博士他们会不会有另外安排呢?"

使馆官员道声抱歉后,看着我们问:"顾博士、苏会长,你们能赏光吗?"

苏嘉抢答:"可以可以,总领馆我和刘董都去过多次了,但顾博士,还有这两位美女还没看过庐山真面目呢。不过说好了,晚上我请客。"

使馆官员笑告:"哈,我们不对外经营的。现在有八项规定,重要客人我们才能请到总领馆吃饭。"

"我说顾博士啊,既然我们是重要客人,就恭敬不如从命吧。我到美国有机会吃上祖国的饭,天大的荣幸呢!"宋婕像是担心我谢绝。

我耸耸肩,笑道:"你都说恭敬不如从命了,我还能不恭敬、不从命!"

长这么大,还是第一次坐中国政府驻外领事馆的专车,心里不觉有一种油然的亲近。难道你们遇此情况,会太上忘情,无动于衷?政治上的一些礼遇,再多钱也买不到的,中外皆然。

当然,我也没让此情高挂心头,沉湎其中忘乎所以,我还有正事要做。

"大陆和台湾对抗日战争的看法一直有所不同,请问金先生怎么看?"

"对历史研究者来说,能听到不同的声音往往是有益的。如果能以写抗战史为抓手,融洽两岸民众的历史情感、共同弘扬抗战精神、共同捍卫民族尊严和荣誉,进而达成两岸民众间的心灵和解,那会是一桩多不得了的事啊,功在当代利在千秋呢!"金主任说得滴水不漏。

"我也相信有这么一天。在您看来,两岸届时该怎么合作呢?"

"我个人认为,写抗战史,让炎黄子孙以史为鉴,警惕一切军国主义势力死灰复燃,避免人类悲剧重演,共创中华民族伟大复兴的灿烂未来。顾博士您说是吗?"

共产党高干出身的史学家,言谈间虽有政治,到底还是温温不作惊人语,意在平等交流、自由探讨。

"要让寻常人通过一般材料来把握历史人物的心态,恐怕很难吧?"

"有这个情况。但一般而言,有心人总能透过进一步公开的文献、发掘的史料,了解到一件事情的来龙去脉,对此作出自己的分析和判断。更何况,历史人物不论大小高下,其心态往往也类于常人,并非羚羊挂角,杳无踪迹。"

"奥地利著名作家茨威格的《一个政治人物的肖像》您看过吗？法国大革命时把罗伯斯庇尔送上断头台、把拿破仑拉下皇位的那个阴谋家富歇，在茨威格的大手笔下不是大放异彩吗？这本书够不够得上伟大作品不好说，但我看够得上经典。"金主任说到这里，微微地转头，看着我问，"顾博士也想写这样的伟大作品？"

我笑道："押上下辈子，怕也成不了气候。"

金主任也笑了笑，接着说："我知道，您爷爷和父亲是许多历史事件的见证者，这么多年来，你们家族一直保持沉默，我能理解。听说顾博士在国共两党研究领域潜心发掘了十余年，掌握了美日俄有关的大量档案，有着自身优势，我真心期待您能有巨著早日问世，肯定能帮助我们解开一些谜团。"

"谢谢金先生的期望。这本书做起来也难，因为我不想把它做成宣传品，只想以学术精神讲述那段历史。"

"本该如此，独一无二更能彰显价值。您刚才不是说要大显身手呢。"

"呵呵，一向的自由主义惯了！"我不管这些，继续我的问题，"金先生这么郑重地荐读茨威格笔下的富歇，肯定觉得此书的文学书写在某些方面值得历史书写借鉴吧？"

"正是正是。茨威格在写这本书时，没有淹没在纷繁的史料之中，为史料所俘虏，而是突出人物，既有时势造英雄，更有英雄造时势。那些伟大或卑微的历史人物，或成为棋盘上被动的棋子，为冥冥中主宰一切的命运或事件所左右；或不甘摆布，一次次地破局，推动着历史的进程……"

金主任兴致勃勃地谈到这，戛然而止，司机轻声提醒，"到了"。

依太史公司马迁创下的体例，中国历史以名人传记为龙骨。在立下寻找华侨革命者踪迹的志向后，我开始关注茨威格，对他的名人传记有别样的喜欢,试图借鉴他的成功经验,带领读者走进这些事件,一起观看历史现场,漫游历史人物的内心,理解人物的言行,进而对人物和事件作出独特而不失公允的评判,再把这些结论与现实生活相结合,用崭新的视角来审视身边的人和事,开启心智,资政育人。就是说,待我从这些事件里走出去,别人便借着阅读走进来。当然,经验可能学不到手也学不完,结局如何也难以确定,但路还是要走的。

我们依次入席时,半个月亮已斜挂上了总领事馆窗外的树梢。夜色迷人,那一颗颗神秘地眨着蓝幽幽小眼睛的星星,像是撒在一张宽大帆布上闪光的碎金。海风不失温存地吹进了窗户,脑海便有了这么一句,"海风吹不断,江月照还空"。

我向西装革履、文质彬彬的总领事回敬过酒后,对苏嘉、宋婕、范玥和刘董说:"一下午都是我在说,嗓子眼都冒火了,今晚就由你们表现了,尤其是宋婕,这么大的荣誉,得有美酒助兴啊!总领事就交给你们了,我还想和金先生交流交流,他肚子里的墨水可多呢,我得讨一些走。"

金主任温和备至:"顾博士客气了,我这次到美国来是唐僧取经,得从您这里取些真经回去才好交差呢!"

晚宴不表。临别,金主任不忘叮嘱一句:"欢迎顾博士回大陆观光考察,到北京后请记得告诉我一声,我们再找机会探讨,有关资料还可共享。"

我听得舒心,伸手握住了他主动递来的大手,朗声道:"黑格尔说过,'一旦时机成熟,真理就会为自己开辟道路'!"

| 第八部 |

众里寻他千百度

　　她一兴奋起来，一张小脸就格外地生动。那是一张中国人的脸。

一

雷三省搬得出唐人街,却没法把自己从华人的历史和现实中搬离。他的天地似乎更广阔了,视角和着眼点时有独到之处,连思维方式也日益多元化。

我们偶有厮混,也多半因中国人和那段我们共同关注的中国历史、中美关系而起,在如切如磋如琢如磨中,常有所得。我从旧金山回来,和芊芊还没亲热够,就被他约去见一个人,为了唤起我的重视,特意加上一句"抢救型宝贝"。史料的抢救有时还真是刻不容缓,靠的是天时地利人和。

雷三省并非吊我的胃口,年过八旬的祝老着实有料,不仅因为他在抗战期间参加过抗日救亡剧团,一路宣传抗日到了海外,还因为他见证了中国侨联的筹建,接触过陈嘉庚、庄希泉、何香凝等侨界大佬,与程家父子也不陌生——这点怕是连程宁宁都不知情。

寒暄不表,人物形象和周遭环境也时加忽略,而把篇幅让位给历史人物和历史现场,这是我叙事的特点。

想来雷三省事前介绍过我的背景,所以我们刚行落座,祝老一双看似浑浊的眼神马上凌厉起来,恍若两人,在蜻蜓点水般划过我的脸后,直奔主题:"年轻人,你想知道什么,我都可以原原本本地告诉你,不为尊者讳,是非对错你自个儿掂量去。"

有点儿霸气呢!我语含恭敬:"那就太好了,我们做历史的,就是希望看到真实的一页页。"

"相比于你爸,我对你爷爷印象更好,七七事变第二年我参加'厦儿团'(厦门儿童抗日救亡剧团),在南洋就见过你爷爷。老人家不仅带头捐款,对我们这些童子军还特别爱怜,每人赠送一双鞋,还说我们家也有个革命童子,护法运动中小小年纪就跟着国父革命,现在肯定也和大家一样忙于抗战救国大业。这个革命童子,该就是你爸顾闽吧?"

"是,真感谢您还记得我家。"

"我干侨务多年,知道你们家不少事呢。你爸有个兄弟是黄花岗烈士吧,还有个兄弟是新马地区的抗日英雄?"

我不觉吃惊,点头如仪:"我二伯顾骧是黄花岗烈士,在新马地区抗日的是我小叔顾阳。"

祝老似乎并没在意我的补说,自顾说了下去:"解放战争中,我在中共香港分局工作,与你爷爷一直有联系,他虽然不参加党派,但还是同情我党、倾向进步的,帮过我们不少忙。记得福州解放后,程天章取道香港回国,曾约你爷爷一起回老家福建。不知何故,他们有些争执,不久后,你爷爷意外地死于一场不明不白的车祸。这当然是国民党特务的肆意谋杀,却嫁祸共产党'不容异己',可见你爷爷是国共都想争取的人物,他可能有点儿想左右逢源,没料死于非命……"

"左右逢源?"

"我结合程天章的一些看法,来作个分析吧。我曾自儿个揣摩,稍有头脑的第三方被势均力敌的两方拉拢,处于两难选择时,会不会先来观察研究一番天平,直到感觉天平一边开始倾斜胜负要定局了,再作决定表明态度。过早地投出手中的砝码,等于过早地束缚自己的手脚,过早地暴露和耗尽自身力量。你爷爷就是这样,他把砝码攥在手里,放在香港,伺机出手。因为这块砝码有分量,苦等他加码的一方就没了耐心,也没了信心,宁愿毁灭他,也不愿拱手让给另一方。"

"祝老在破译我爷爷回国前的心事呢,您还懂心理学?"

"呵呵,是曾从事过这方面的工作。总之,你爷爷过于精明了,又过于犹豫了,想给自己留条后路……"

他这个分析，听起来有点儿像辛亥革命前后爷爷在南洋的表现，但这次还能如法炮制？

怀着浓厚的兴趣和求知欲探知人物生平事略，越是对这个人亲近、喜欢，就越会在深入的了解和研究，特别是在别人的讲述中，为他的某些失当表现而遗憾、羞耻，进而陷入深深的痛苦。爷爷怎么有点儿像两面派呢？我咽了咽口水，面对看似能读心的祝老问："官方对这事有定论吗？"

"我们一直认定是国民党特务干的，具体情节可能躺在某某调查档案里，不去找，真相不会自动大白于天下。你叔叔顾阳回国那年，曾当面向负责侨务工作的廖公廖承志提出，希望能揭开这个谜，可惜天不假年，他回老家时听说因情绪激动而引发心梗，几年后廖公又突然过世，此事不了了之，唉！"

小叔回老家时已近望八之年，祭祖是他的首要心愿，曾专门向侨办和新闻媒体声明，无论国内"文化大革命"曾经如何破旧立新，他在海外永远也改不了"封建"观念，家有祖先牌位，逢年过节总要率家小烧香祭拜，这次更得亲赴祖坟扫墓。老年人经不起大喜大悲，不经意间的脑溢血、心猝，或一觉醒不过来，或一口气接不上都足以让脆弱的生命停止。小叔寿终并无疑团，何须考证与厘清。

"顾阳遭意外后，我奉指示，要求当地侨联妥善追悼，廖公说顾阳是爱国华侨，自抗美援朝以来，对祖国一直都有帮助。"

录音笔悄然无声地运转，它能如实地刻下在场者的每一句话，却无法记录我起伏的心潮。父亲当年在广州就曾受惠于廖承志之父、国民党左派代表廖仲恺，晚年每到旧金山都不忘告诉我，廖仲恺先生就出生在这，要不是遇刺身死，第一次国共合作当有个良好的结局，国家和民族可望早日中兴。父亲当年和廖仲恺之子，也就是后来人称"廖公"的廖承志，曾有缘认识。不知廖承志对他有何评价，但能这样评说他的弟弟顾阳，已让我感到欣慰。

"廖公知道抗美援朝时的事?"

"怎会不知! 抗美援朝中,志愿军所急需的橡胶等物,在南洋是禁运品,顾阳和几位爱国华侨冒着风险,千方百计地海运回国,帮了大忙。"祝老顿了顿,看着我的眼光瞬时一派慈爱,"自辛亥革命以来,你们顾家对祖国一直是有贡献的。"

还有这么仗义的人! 我不由就想到了当年在莫斯科中山大学反"托派"运动中为我父亲辩护的那位女共产党员,一股暖流涌上心头,内心敬意丛生,脱口而出的却只是一句:"谢谢您!"

"不说这个!"祝老一挥手,慨然道,"奇怪,你们顾家人和程家人气质不同,经常一谈就崩,香港这样,新加坡也那样……"

爷爷死后,经我小叔顾阳多方重托,遗体得以从香港运回新加坡。父亲闻讯,从美国赶来奔丧。刚巧,程贵发正在新马一带从事秘密侨务工作,参加完追思会后,和我父亲有过一次长谈。这事我听父亲说过,程宁宁也曾透露一些,如今再结合祝老的说法,想来可以大致还原当时的情景。

程贵发请我父亲移步某处茶馆。福建人爱喝茶也爱开茶馆,福建人的子孙走到世界各地也大都继承了这个嗜好,何况是新加坡这样以华人为主的地方。

"三哥,我们的革命胜利在望了!"

程贵发语声激切,叫得也亲。几年的风雨历练,把程家小弟锻炼出来了,原先的细皮嫩肉早已皮糙肉厚,清澈的胸内已有了城府,总而言之,早非温室里的花朵了。这是他们在延安和重庆别后的再次见面。

尚处丧父悲伤中的父亲,有点儿懵懂:"我们的革命?"

"是,我们的革命,不是你们的革命。"

好家伙,马上楚河汉界,泾渭分明。

此际，中国的革命，已进入到一个新纪元。

国共双方都以革命的名义起家，也都以革命的名义合作和分手，不管哪方，是革命或是反革命，反正已印证了毛泽东一九二七年在《湖南农民运动考察报告》中对革命的经典定义："革命不是请客吃饭，不是做文章，不是绘画绣花，不能那样雅致，那样从容不迫，文质彬彬，那样温良恭俭让。革命是暴动，是一个阶级推翻一个阶级的暴烈的行动。"这个表述，有点儿震慑人心，却抓住了问题的根本，通过"枪杆子里出政权"的逻辑延伸，开启了即将呈现的新世纪。

"你们的革命，其实是反革命，已陷入死胡同。为什么中国辛亥以来的革命，愈革愈糟，一直没成功呢？原因在于，国民党号召的革命，除了几个领袖人物，大多没有主张和主义，不少人还是冲着金钱收买、权位引诱而来，革命不过是他们想达到个人目的的工具，他们原来就没有民主、共和的观念，如何指望他们实行民主、共和，为主义而战？"程贵发说话时雕像似的庄严。

父亲感到自己被寒碜了，心里泛起一丝不快，却忍道："这么说，你们能实行民主、共和的政体？"

"这是共产主义性质决定了的！我入党以来，尤其在延安呆了这些年后，切实感到共产党领导者的才智、远见和人格，他们的思想不断丰富着共产主义，这也是共产党具有伟大生命力、凝聚力和创造力，必然战胜艰难险阻取得胜利的保证。"

主张和观念不同的人，表情上往往也有不同的模样。望着这位经延安培养，怀有对革命、马列及毛泽东神圣信念的程家小弟，父亲仍有芥蒂，他怀疑爷爷的死因，严肃地问："你真敢肯定不是你们干的？"

"共产党光明磊落，何况顾伯伯倾向进步，是我党的盟友，我们怎会做这种亲痛仇快的事呢？肯定是国民党特务的罪行，既借此

606

威胁香港及海外那一批民主人士转向,又通过嫁祸我们好让你铁心跟他们走。"

"总有一天真相会大白于天下的!"

"顾伯伯肯定不会白死,凶手终有落网的一天!"

父亲沉吟不语,陷于思念父亲的悲痛中。

程贵发恳切地说:"不管三哥如何看,新的中央政府是呼之欲出了,大势所趋,谁也挡不住。新的政体将成立华侨事务工作部门,三哥是侨界有影响的人物,回去大有可为。"

审时度势,谁不知道国府败亡已成定局。

"我不是什么贤达,我这次从美国来新加坡奔丧,顾大使是为我作了担保的,我也向妻室作了保证,我不能食言,背信弃义。但愿新政府以民族、国家和苍生为念,真正再造一个中国,届时四海归附,我若留有残身,自当负荆。"

父亲虽然谢绝"征召",但还是对共产党寄予了某种潜在的渴望。

程贵发踱着步:"三哥如果真这么想,不如就留在美国,找机会为新中国出力,也许在不久的将来,我们会在美国见面。"

"你走你的阳光道,我走我的独木桥,今后能不能见面听天由命,反正谁也无法拒人千里。"

父亲和程贵发的最后一面,就在这句话中落幕。

人走茶凉,物是人非。

对这个会谈,父亲后来日记有载:"他说起话来,俨然是个救世主。道不同不相为谋,多余的交谈都可以省下了。"

联系新加坡这个会面,程宁宁曾说她太舅公程贵发有天真的性格,也有"左"的一面,有时过于自信自负,脾气还不小,待人接物不喜欢敷衍应付,甚至厌恶恭维迎合,抵达不了外圆内方之境界,为此在后来的政治生涯中得罪过不少人,使他常感世态炎凉。

而我的父亲，性格中也有不苟流俗、特立独行的一面。这次在新加坡和中共代表程贵发见面，其言行举止说是昧于形势也好，出于对程贵发"救世主"面目的抵触也罢，或者确实怕背上"背信弃义"之罪名，他毕竟作出了人生中的重大选择，与某一条道路失之交臂，能这样决定，不啻也是生命中的一次激情迸发。父亲后来曾不无自嘲地说，那年程贵发稍有礼数，少些说教，而他稍加犹豫，少些冲动，此后的人生可能就要改写。

　　父亲那年的心绪一落千丈，来不及整理，就匆匆飞回美国。走时，他和我顾阳小叔一同遥望茫茫大海，不胜心旌。

　　潮退之后，历经多年创痛，问父亲后悔不后悔那次选择，他的回答是天意。

　　革命分颜色，中国革命以红色喻共产党，以白色喻国民党，如此观照父亲的一生，有点儿白里透红吧，只是沾了一小段红后没再向前。这个情形，有点儿如惠特曼《未来的诗人》所说："我只前行了短暂的时光，就急忙转身退回黑暗。"

　　父亲不是诗人，是历史现场的过客。

　　事非经过，只是转述故事，有意无意中，往往容易把故事的花絮甚或结局给省略。因此，我关于父亲和程贵发的现场情景纪事，也就显得故事性不够。

　　生活如一盘菜，花絮是盘中的佐料，结局则是盘里的残羹冷炙。父亲回转美国未几，程贵发被新加坡英国殖民当局驱逐出境，此后便一直在国内工作。我不知道，当年他们在南洋曾有的情谊，是留在彼此的记忆深处，还是早已烟消云散？

　　也不知道，程贵发忽受驱逐，是不是如程宁宁说，是我父亲与顾阳叔叔的合谋。身为盟军上校的顾阳在新加坡英国殖民当局很有发言权，而父亲作为外交官，在新加坡也不是无足轻重之人。他们是可以对殖民当局施加某些影响的。

我不知道，父亲的不合作让程贵发怎样的恼羞成怒？因为据说他就此事曾向上级拍了胸脯，哪知乘兴而来败兴而归。

还不知道，中国大陆改革开放之初，程贵发到美国访问时，曾主动找过我父亲。这件事也是从祝老口中得知。

那年，程贵发率中国侨务考察团到旧金山，辗转要到了我父亲的电话。父亲说："你如果能来华盛顿，我请你到家里吃饭或下馆子。但我不能跑去看你，我刚生一场病，跑不得远路。"

程贵发在旧金山一带宣慰侨胞，父亲在纽约，两地相距有一定的距离。别说地域和政治方向相反，哪怕三观不同，有时即使身在眼前，也是心在天边。

祝老之所以知道我父亲和程贵发之间的不少事，除了和程贵发系侨务部门的同事，还因为时隔几年后，他到美国纽约公干时，曾受程贵发委托来看望过父亲。

那次，父亲请祝老一行三人吃饭。因为他们下榻地离华侨陈宣远开办的假日饭店不远，父亲就把陈宣远请来一起作陪。陈宣远那段时间正在中国大陆投资涉外旅游饭店，关于他及他的故事，稍后再提。祝老一位随行说，美国除了高楼大厦多，车多，也没见月亮比中国圆，语言不通，西餐不好吃，水土不服，旅馆里的电话又不方便打，还是中国好，云云。不知这位随行人员是不是没有倒好时间差，真心把天下华侨当自己人而不顾场合地一吐为快，还是借机向华侨宣传爱国主义。父亲听得很不是滋味，忍不住道："不会讲英语，不能吃西餐，连电话都不知怎么打，我倒想问，这样来美国干什么，能考察和学习到什么？如果都这样来美国的话，不给中国丢人也难！"

祝老告诉我，父亲当时说得很严肃，有那么点儿声色俱厉，令他们面红耳赤，如坐针毡，有种被当场羞辱的感觉。幸好陈宣远出面圆场,婉转说了通首次出国人员普遍可能遇到的不便之事后,盛情邀请他们移居他的假日酒店,那里中文服务可能更到位一些,这样气氛才稍趋缓和。

父亲的批评固然尖刻,却也并非一无是处。中国闭关锁国多年后,很多人大姑娘上花轿般首次走进世界中心,面对极度繁华可能不知所措,倒觉得简朴为美,方便为上,失去了考察的本义,只能走马观花。言者无意,听者有心,因为表达方式和场合不妥,在别人听来就是目中无人的羞辱。而对于羞辱,是需要时间来淡化和遗忘的。

照祝老后来比较客观的分析,父亲对他们的态度转变,起因于程贵发的信。程信到底说了些什么?

"我没看过信,但回国后我听程老说过,大意是指责你爸不守诺言,口口声声不入政党却又进了国民党,一混多年,劝你爸不要自绝祖国,珍重名誉,审时度势,也不要负荆请罪,趁他还没退休,来个第二次握手,以实际行动为祖国统一大业发挥余热,他也好为顾家做些辩白工作。"

倘若书信内容真如祝老记忆中的那样,如此高高在上且过于直白,父亲的自尊心肯定受不了,而且,他肯定认为程贵发已把信中内容事先向祝老他们有所透露,感觉在他们面前像是被剥了衣服,内心的愠恼可想而知。

在这里补充报告父亲重新入党一事。二十世纪五十年代初,败据台湾的国民党政权因为朝鲜战争爆发而重新成为华盛顿的战略盟友,在检讨如何失去大陆中实行"白色恐怖",大张旗鼓开展了重新入党运动。父亲虽是驻美外交官员,但也得时常回台报告,面对蒋经国参与主持的重新入党运动,自是没法逃避,而且那时他已难有退路,为自身和家庭安全计,只能填表造册,成为新党员。

我得感谢祝老,不仅从一个侧面独家提供了我父亲"在位"期间与大陆官方来往的琐事,而且,还以一家之言为我解答了另一个疑问:作为南洋胼手胝足时的好朋友,身在共产党阵营的程天章,为何不替我祖父作些辩白?

"要说程天章啊,在我接触过的华侨前辈中,他是最没架子,也是极聪明的一个,爱国不用说,做生意干实业有一套,改行搞政治就不行了。想左右逢源,却偏偏左支右绌;想质本洁来还洁去,最终却被扭曲了。我说一件关于他的往事吧。"

在祝老的嘴里,程天章回国从政后的弱点,就在一个"怕"字,尤其,怕失脸面,怕殃及子孙。他在"交代材料"上说,早在南洋时就曾动员顾志平要认清形势,没想到人家还是跟国民党跑了,还想着策反他,他虽不改初心,但总是没把这个事办好,让顾志平把很多钱都弄到国民党那里去了;据说顾闽利用到延安访问之机还处心积虑策反程天章……

祝老说罢,我端详着这张历尽沧桑、说话时却仍激情飞扬的脸,恂恂然问:"他是这样交代的吗?"

"这份材料我也见过,不少内容比小孩还幼稚,他既冤枉别人,也害了自己。更离奇的是,事后不久,他也被人揭发。"

"揭发他什么?"

"程天章当年在南洋站稳脚跟后,常有侨批寄回家,事隔多年还找到若干书信。其中他给老家一位发小的信中,大谈生活在南洋英法殖民地的好处,就是可以享受西方这些发达国家的保护,在这里做生意比在中国容易得多。这封为殖民者唱赞歌的信,自然成了他的罪证。他对文字材料的恐惧,大概来源于此。"

我听了默然。

祝老端杯,呷一口,道:"以程天章多年的为人与处事,褒贬不一,赞誉者称他爱国侨领,心系中华,顾全大局,宠辱不惊;批评者则说他巧于伪装,貌似恭谨,胸有城府。你能指望这样的人,在他最为害怕的政治运动中为你爷爷、为你顾家说公道话？你得理解他，他泥菩萨一个，自身难保呀！"

古往今来，多少自身难保却也是自己造成的！

小瑕小疵人皆有之，叙述角度不同，感情程度不同。程天章作为一代侨领，更多呈现的会是正面形象，甚至可入正史。

各位看官比我更清楚，二十世纪六七十年代，侨务工作大受影响，直到中共十一届三中全会后才算春回大地。程天章的儿子程贵发复出，担任全国侨联要职，提及其父死前曾希望祖国给顾志平、顾闽父子一个公正评价，惜因种种变数束之高阁。

一口茶之后，祝老忽然开始了对我的数落："发生了那么多事，你知之甚少，还博士呢！博士是什么，博古通今啊，年轻人，历史需要补课呢！"

他这么直言不讳，让我很是汗颜。关涉我顾家的那么多历史，我竟不知情，能不诚惶诚恐?!

"顾华博士正在做一部反映中国、反映家族历史的书，对老一辈华侨在祖国历史上留下的痕迹投入了相当的关注，他在努力扩大行走范围，所以今天来拜会祝老。"

雷三省替我解围，圆润融通。

"这就对了，司马迁的《史记》也不是窝在书房里写成的，得走，得看，得寻找见证者、知情人！"

我听得认真，并以不时地点头来响应他的海人不倦，偶尔也得问，比如："祝老到美国后，和我父亲还见过吗？"

"见过一次，在一次非正式场合，他差不多息影了。"

息影？这个词用得可真有意思！

祝老又不忘笑话我父亲："你父亲太天真，又浪漫，确实不善于搞政治。"

雷三省问："这么说，顾华他爸愤世嫉俗，落落寡合？"

祝老答非所问："他做外交，生活在美国，倒成全了他。"

祝老说着说着，忽地有点儿感伤。

告辞出来，我仍不忘向雷三省伸出大拇指："祝老真有料，感谢雷兄资源共享！"

"我与祝老接触了一段时间，才摸到一些线索，这才敢向你通风报信，催促你来抢救活资料。这还真是一个不为名不为利，更不为权的共产党人。"

"那你说，他到底为的是什么？"

"也许他自己也不知道。"

"那他投身革命和政治，岂非也是随波逐流，或是盲人骑瞎马？"

"不，他知道一个如何做人又如何立世的意念。他这类人一以贯之的表现，给我的感觉，缘于累积了中国几千年的忠孝仁义、传统道德而酝酿和塑造出一种无以名状的精神气质。一辈子认定并坚守着这种精神，是对是错，是荣是辱，可悲或可喜，并不一定非要答案。这种精神气质，在今天或未来的世界，也许会变得越来越珍稀。"

"说得有意思。"

"在我看来，你父亲也是这类人。"

我大感意外："可祝老也说我父亲的路走歪了。"

"那是祝老处身自己阵营的看法。你父亲有没有走歪我不好评判，但他确实为自己的人生和时代背上了十字架。中国古人常说'板荡识忠臣''时穷节乃见'，但这个'忠'、这个'节'是什么，值得争论和深思。你父亲或许有负于大陆，但无负于良知，他秉持了自己的'节'。"

雷三省以超出世俗的眼光来看待我的父亲。在他的解读中，我似乎看见了父亲的另一个侧影。

为了走入父亲他们曾经的世界，解开一些历史之谜，进而触及一代代华侨心中那些本质性的精神性格，我近年拿着自己给自己颁发的"通行证"，一直在许多地方行走，在努力地扩大行走范围。我既非鸿鹄，更非燕雀，只知道不能像那些在笼子里出生的鸟一样，嘲笑飞翔是一种病。

在采访祝老之前和之后，我的受访对象包罗万象。有国共抗战者及其后人，有正待凋谢的老鬼子，有国际上持各种观点和倾向的学者和市民，有华侨华人，有"一带一路"的建设者，以及昔日与国共两党政权有着千丝万缕联系的各界人士……他们每个人，都是构成历史滚滚洪流的细流，也是建筑我这本书不可或缺的物料。

世间有很多文章，是用脚板走出来的。一个压根无法丈量漫漫长路、连平缓短途都总在缺失的生命，岂会有青春作伴的气象，不过是非病即残、非老态即凋零的生命；一篇隔绝了地气的文章，除了老生常谈和朽烂的陈味儿，不会有清新可人、荡涤心扉的盎然气息。文章和生命一样，应在路上或某个旅店盛放，生命不息，行路不止！

一天，正在华盛顿行走，郭芸芸的电话不期而至："博士哥，还记得我给你发的那封寻找抗战英烈的公开信吗，现在事情有着落了！"

"哦，算得上传奇故事呢！只是我现在正在采访的路上，不便多聊，事情结束后我给你打电话好吗？"

"好，等你电话。"

郭芸芸知道我的研究课题后，一从日本回国，便开始留心有关资料，甚至把国内正史上有关我爷爷捐款助战的只言片语也找来拍照发我。在她有限的阅读中，有关我父亲的资料，"上穷碧落下黄泉，两处茫茫皆不见"。她曾利用公干之机去过重庆和南京的档案馆查阅，目录上倒发现了几条，却事涉机密，她又没个介绍信，无法阅览，让我今后自个儿回去查阅，"绝知此事要躬行"。

她说的公开信，前些时候刊登在中国福建某报，以《旅美后人盼寻闽西籍殉国英烈蓝青春遗骸归乡》为题，还配了个"编者按"。投书者是位旅美华人，信中如是写道：

在祖国举国上下正紧锣密鼓筹备中国抗日战争暨世界反法西斯战争胜利七十周年纪念活动之际，身为一名抗日英烈的后人，我虽旅居美国，却也感慨万千。

我是抗日英烈蓝青春的嫡亲孙女龙秋萍。我爷爷蓝青春是枣宜会战时牺牲的国军少将，一九八八年被国家授予抗日烈士称号。

当年我爷爷捐躯后受到国民政府褒奖，闽西家乡为此举行过盛大的追悼会。当时因战况所迫，爷爷的遗体不可能抬走，更不可能送回老家安葬，只好就地草草掩埋。令人唏嘘，也令我等后人久久难安。

爷爷牺牲时，我父亲年仅一岁，一家人跟着我奶奶颠沛流离，饱受苦难。奶奶迫于生计，最后改嫁至邻省浙江，父亲和姐姐皆改姓。此后七十多年，我们这些后人分布在世界各地，我也于早年侨居美国加州。都说每逢佳节倍思亲，但一直以来，我们始终无法到爷爷坟前祭祀尽孝，这已成为我们家族长久的遗憾和伤痛！寻找爷爷遗骸，让他回故乡安息，也成了我们最大的心愿。

我热切恳请能帮助寻找当年的知情者，找到我爷爷当年的下葬地，能把他的遗骸迁回故乡安息，既告慰英烈，也铭记历史，教育后人。

要不是这封信，我真不知蓝青春是谁？抗日英烈千千万万，蓝青春只是其中的一位壮士，所没想到的是，他竟是我的祖家闽西客家人，后人竟也在美国，而且还投书问路！当时收看郭芸芸通过微信转来的报道后，就受到某种震动，没想还真是功夫不负有心人！

　　我结束采访后，看着时间恰当，就拿起电话，和郭芸芸煲起电话粥，听她讲也是听来的故事。

　　龙秋萍发自美国的求助信，不意牵动了无数国人的心，引来一系列的聚焦与追寻。先是该报记者深入调查，找寻蓝氏族人，查阅族谱、民国版县志及相关文件，从民政部门确定了对该烈士的褒奖，还在烈士陵园纪念碑上发现了五十年前已然镌刻其上的烈士英名，乃联系烈士牺牲地请求协助寻访。

　　由此开头，闽鄂两地民政、媒体千里联动，发起了一场名为"寻烈士忠骨，让英魂回家"的活动，最终找到了当年战役的目击者，也就有了后续故事。

　　原来，蓝青春殉国后，当地乡民感其忠勇，将其遗体入殓下葬，并立墓碑。此后二三十年，每逢清明，乡民祭祀亲人，也会顺带给烈士扫墓。后来退耕还林，原地住民外搬，那里遂荒无人烟。

　　由耄耋之年的知情村民引路，果真在荒山密林中寻到了烈士坟茔，碑上刻字清晰在目。烈士后人跪于坟头，小心翼翼捧出可辨骸土，一点点装入骨灰盒。长眠异乡七十年后的英烈忠魂，在家乡简朴而庄严的欢迎仪式中，终于叶落归根，安息故园。

　　我不觉感慨：蓝青春，多青春响亮的名字啊，他也永远年轻，生命在三十出头时便定格在国家记忆里，到而今，"青春作伴好还乡"！

　　自然的，通过此番非同寻常的寻亲，烈士的抗战卫国功绩也穿越历史浮尘，重现世人面前。

　　郭芸芸在电话里饶有兴趣地介绍：经海峡两岸互动，台湾相关部门提供了几份珍贵的历史档案,如此战中,蓝青春指挥所部与日军鏖战三昼夜,歼敌八百;如国民政府于一九四二年追晋蓝青春为陆军少将,同批追晋者另有著名抗日英烈戴安澜,他们同系黄埔军校三期步兵科毕业……

有些事可通过网络查知,但我还是愿听郭芸芸说。虽然不是面对面,但电话也是一种交流。

郭芸芸道:"人都死了,活着的人对他们不过是见仁见智而已。不管如何,抗战烈士总该拜一拜,他们中很多人,像戴安澜一样,也是中华民族的先烈呢。"

郭芸芸发自大陆的说法,也算是隔海对她圈定的"中华民族的先烈"们的致敬吧。

郭芸芸与蓝青春非亲非故,如此关切,我知其心。她除了找个我热衷的话题增些共同语言,便是借此告诉我,在寻找我顾家革命事略和功过并为此辩白时,不妨也借鉴他山之石。是啊,连顾天亮女友"言吾草青"——许菁,都能意想不到地被隔空钓出,在通讯和资讯空前发达的今天,许多看似茫茫不可见的人和事,都有可能通过借力,提前"出土"。

我的行走范围和视野,结合着虚拟空间,豁然阔大了许多。

二

"自由女神有什么好看的呢,像块老掉牙的东西,还不如我的中国女神来得好看。"

说这话的当时,我和吴小荔相约去看自由女神,其实是走近自由女神国家纪念碑,但那天暴雨如注,电闪雷鸣,整座纽约城都在风雨包围中。又不是非看不可,又不是没看过,我们就止步了,带着几点雨星折身进了自由岛半途的咖啡馆,刚落座,我就这么出口。

有了灵魂和肉体的结合后，吴小荔并不太在乎我的甜言蜜语，当然也不厌烦，有哪个女人会厌烦真心爱人的赞美呢！她朝我微微而笑："对你，对很多游客来说，自由女神可能就是这个样子，但对一个新移民，一个梦想拿到美国绿卡的人来说，自由女神高举火炬向天，却是最奇妙的景象，是最勾魂的姿势。第一次到美国面对自由女神，我感觉我懂了。"

靠在高楼的窗前，哈德逊河吹来的风无比凉爽，有节奏地舞动着吴小荔的长发和裙裾。如此真切、自然、飘飘欲仙、美丽又有气质的东方女子，岂是被铸成铜像的女神能比。

"你懂了？"

侍者端来的哥伦比亚咖啡，散发着浓郁而厚实的醇香，诱惑她俯身先轻轻地啜了一口，而后才抬头看我："现在，我又不懂了。"

"为什么？"

"那天，就是在自由女神像前，我被发展成为职业写手……"

吴小荔纯净清澈的眸子，和着娓娓叙述，把我带进了一个匪夷所思的故事里。

那天，就在纽约海港内自由岛的哈德逊河口旁——而非别的——自由女神像前，这个涉世不深的中国留学生遭遇了一场引诱。

"吴小姐来自大陆，当过编辑，挺好挺好。欢迎你来写故事，讲中国故事，可以是耳闻目睹甚至亲历的真实生活，也可以适度虚构。故事也应该来自生活而高于生活吧，总之要博眼球，能让人爱读，以揭露和鞭策为主，当然歌颂到位也不是不可以……"

说话的是"全美华文故事网"的执行董事——一位汉语普通话讲得有些别扭的老妪，一开口便亲热地招呼："我们都是中国人，在美国弘扬汉语写作，一起携手把汉语和中国故事推向世界……"后来才知，人称马总的该老妪祖籍中国台湾，到美国已历三代。

"总之，我们写作也是追求和呼唤心灵自由，这也是马总这些年要亲自带领新成员在自由女神像前举行'入网'仪式的初衷。今后我们就是自己人了，每一个人都要为个人和社会的自由，为人类和世界的自由呐喊、战斗，畅所欲言，各抒己见，爱怎么说就怎么说，言论自由，没有限制……"

补充者仇美美是吴小荔的介绍人，一张大众化的中国脸看不出有什么坏心眼儿。她曾是吴小荔当华文报刊编辑时的一位业余作者，没想到一来二去，反而把她发展到网络写作中来。她原以为仇美美是笔名，得知是真名并知其出身后就奇怪了。一个被父亲指望能延续他爱华仇美民族情感的人，不过是在名字里打上了那个时代的烙印，女大不由爹娘，竟然向美国投怀送抱，在灵魂深处刻下了"崇洋爱美"墓志铭！有人不知是故意还是念不准仇姓读音，有口音者再加重音量，听起来就成了"臭美美"。

听吴小荔这么讲"臭美美"，我不觉也笑了。

闲话休提，言归正传。那天到场的，不下十人吧。马老妪一一向他们颁发了网络作家聘书，外加一尊微型自由女神像。一步就成了梦寐以求的作家，打小爱好写作的吴小荔不禁有几分激动，捧着聘书的小手还沁出了微汗。

在"自由万岁"的口号声中，他们齐刷刷地向自由女神像三鞠躬，算是某种宣誓的仪式。

吴小荔选择的是业余兼职，她喜欢自由，就是说，不用坐班，在家写好故事录用后按质取酬。所谓故事，以段子为多，追求时效，追求笑话；所谓质，就是看点击量和传播面。马老妪说是面向美国华人读者，其实更多的是发往中国，这是吴小荔后来从"自己人"那里得知的秘密。

在这中间，当然有培训，请有经验的段子手来"传业"，请美国政要来讲中美政治比较，也请自称来自大陆的"内幕知情者"讲中国如何如何——神秘得很，全场禁止录音录像，说要保护"线人"。"内幕知情者"义愤填膺地讲完，满怀期待地说："可惜我不会舞文弄墨，如果有你们的写作能力和人身自由，一定要把这些写出来，影响中国。"

进群后，吴小荔看到的故事越来越多。

因为从业，因为要学习取经，要奇文共欣赏，不觉中，吴小荔为此建立的文件夹挤满了这类在她看来有意思的"范文"，有时因为内容接近，碰在一起还会互相掐架。她很快就轻车熟路地上道了，第一次在网络发文的喜悦，比拿到稿费还激动。

"臭美美"俨然是吴小荔的经纪人，在她的指点和引荐下，吴小荔采访到了一些看起来有头有脸的美国人，听他们滔滔不绝地讲中美间的差距。在吴小荔的笔下源源而就，不少文章被网站置顶。

几个月后，吴小荔的基本工资加上稿费，高过在华文报纸那里坐班编辑的收入。不写当然不行，你吃了人家的奶领了人家的基本工资，就不可能完全自由。

闭门造车中，一年晃荡晃荡过了，网站如期召开佳作评选联欢会，看样子颇费了一番心思，很想弄出一些动静，可能还曾设想请美国政要参加颁奖。

我从吴小荔拍摄的照片中，了解到这次获奖的篇目不少笑话、段子和小幽默，连题目也没个，只好以各自的炮制者代名。

吴小荔心海微起波澜，上头赫然摆着她和几篇作品的名字，这份清单无声地告知，吴小荔已经成为这个领域的实力派写手，否则也不会被安排和马老妪同桌。

"请允许我以激动而诚实的心，向在座的女士们先生们报告，呈现在我们面前的所有获奖作品，无论长短、大小、体裁，一年以来,都曾铺天盖地地叱咤于论坛、微博、微信,每天都数以亿计地被点击、被阅读、被收藏,给我们的世界带来无穷无尽的欢乐和快感,干预着现实的生活……"

在主持人像中了巨额体彩一般眉飞色舞地吆喝,全场掌声鼎沸时,吴小荔心头的涟漪却渐趋缩小,回归平静,一个问题转而像气泡似地冒出:获奖的怎么尽是以点带面的夸张新闻、搞笑段子,内容多是唱衰中国、丑化和诋毁中国人的文字?

台上,一个说唱段子在练脑筋急转弯。

吴小荔听得不是滋味。

主持人在爆笑声中出台,激情地和两位说唱表演者拥抱,并夸张地叫喊:"我爱你们,有了你们,享受到这样妙趣横生、让人捧腹大笑的作品就习以为常了,不想延年益寿都难!笑一笑十年少,你们的创作,增长了海内外所有能读懂内容的读者们的平均寿命,所以要给你们重奖!"

笑声很浪,浪里个浪,似乎没个底线,吴小荔忍不住问身旁的"臭美美":"怎么就没个正面形象呢?"

"负面比正面更深入人心,更有记忆。你那篇文章就让人过目不忘。连马总都很肯定呢!""臭美美"说完,扭头对身旁的马老妪说,"马总你说是吗?"

马老妪道:"是啊,是啊。"

吴小荔皱了皱眉头:"这篇稿原来不长这个样,被修补得过了,不仅数字被夸大了几倍,还涂上了火药味儿,这不好吧!"

马老妪看吴小荔的眼光一派慈和:"吴小姐这篇大作是经过精心修改后才编发的,这有助于作品的传播,怎么不好呢?至于题目,哦,是我定的。"

也确实给她带来了好处,传播速度好风凭借力,美元哗哗踏浪来,还获了奖。但吴小荔仍老大不高兴:"这么大的改动,今后最好得经过作者同意。"

马老妪脸上还是波澜不惊,嘴里也是和风细雨:"调侃和讽刺能成为一种舆论监督,多些入木三分的批评,有利于大陆迎头与世界接轨,这样才有可能促进台湾的回归。我们都是中国人,难道吴小姐不理解我们的良苦用心?"说罢,还抬手轻轻拍了拍吴小荔的肩膀,以示亲切。

吴小荔差不多就怦然心动了,爱之深责之切嘛。即使言不由衷,也不过是民间娱乐、聊博一笑,哪怕搞笑尺度大了点,也是文字游戏而已。堂堂一个中国,难道还会被飞短流长晕了头转了向衰了运?美国人连总统都可以恶搞呢!不过,她总感到如此夸大其词的冷嘲、出言不逊的热讽有点儿罪过,内心倒是十分希望彼岸那个国家任尔东西南北风,千磨万击还坚劲。

为了弥补内心不时泛起的负罪感,吴小荔在那场表彰会后,陆续写了好几个肯定中国同时觉得能寓教于乐的文章和段子——此前她也并非没有写过,但总是不见刊发。这次也是一样,哪怕她少有地和编辑打了电话,得到的回答还是平淡、没看点。

她一气之下,把退稿转嫁美国侨报。发是发了,但稿费与这家网站真是不可同日而语。

接连在这家侨报亮过几次相后,吴小荔受邀参加该报主办的中秋联谊会。

五彩缤纷的节目中,一位老人的诗朗诵最是耐人寻味:

> 我们是东亚病夫时,你说我们是黄祸;
> 我们被预言是下一个超级大国时,你说我们是主要威胁。
>
> 那时我们闭关自守,你走私鸦片来强开门户;
> 我们拥抱自由贸易了,你责骂我们抢走你的饭碗。

那时我们风雨飘摇,你铁蹄犯境要求机会均等;
我们要整合破碎的山河,你说我们"入侵"……

我们试行马列救国,你痛恨我们成为异己分子;
我们实行市场经济了,你又嫉妒我们有了资本。

当我们的人口到达十亿,你说我们在摧毁地球;
我们要限制人口了,你说我们践踏人权。

那时我们一贫如洗,你视我们贱如狗;
我们有钱借给你了,你怨我们令你国债累累……

我们静默无声时,你说我们欠缺言论自由;
我们不再缄默了,你说我们是被洗了脑的仇外暴民。

……你究竟要我们怎样生存?
回答之前,请仔细的想一想……

我们要的是同一个世界,同一个梦想,靖世太平。
这个宽广、辽阔的蓝地球,容得下你们,容得下我们。

据称,这是美籍华裔物理学家林良多新近在美国《华盛顿邮报》上发表的一首名为《你们究竟要我们怎样生存?》的英文诗,经互联网传播,引起中西方网友的热议,被评论是海外华人向西方偏见射出的一支利箭。

鹤发童颜的朗读者怕是经过专业训练呢,音质雄浑,抑扬顿挫,声情并茂,借着诗意,把不少华人长期以来内心的压抑和愤慨表达得淋漓尽致。

掌声连着掌声,排山倒海,一浪接一浪。是晚的露天联欢会,热闹够热闹,只是月亮不给力,阴沉着脸,不时还犹抱琵琶半遮面。有人为之感慨:

"美国的月亮不够意思,知道我们每逢佳节倍思亲,竟躲起来了。可见，'天无私覆，地无私载，日月无私照'，在美国也不是这么回事。"

"我看美国的月亮也有二十年了吧，怎么都不觉得它比中国的月亮圆。"

吴小荔觉得这话有点儿意思，情不自禁有点儿思亲了。

时隔不久，美国这家侨报又组织了一次作者座谈会，主题是中国如何重拾文化自信。

会前先放了一段幻灯影像。全美华文故事网年度获奖作品赫然在目。还展现了一些作品内容。大家神情不一，有笑有骂，但显然的，笑声不争地掩盖了其他声音。

主持座谈会的侨报康社长说："这些文章和段子，多数写得俏皮好笑，有的还妙笔生花，雅俗共赏，看了你如果没个感觉，那八成是进入'早更'了。再'早更'如我，再不关心政治如我，也能心知肚明，这是明显带有抹黑、造谣和侮辱性的段子，这是唱衰中国的文章，它像流感一样，每天都在飞速传播，入脑入心，摧毁着全球华人内心的安宁，颠覆着三观，离间着与祖国的感情，冲淡着对祖国的期望。"

一席话，洋溢着满满的使命感和赤子情，要是没有，他也不会在纸媒日渐式微的时代，还在殚精竭虑地维持着这个显然难以看到盈利愿景的报业。

"是啊，每一篇文章，每一个段子看似问题不大，但如果把它们集中起来分析，就会发现它们隐藏在字里行间不可告人的目的，首先侵蚀并试图摧毁的就是中国人的自信心。"

"有点儿危言耸听吧。中国还怕几篇豆腐块文章逆翻天？！"

"可别麻痹大意，有时不怕硬碰硬，就怕温水煮青蛙。这些文章和段子大都泼污中国政府，宣扬历史虚无主义，推销西方价值观,把中国人固有的英雄偶像一个个拉下神坛、圣坛不够,还要毁灭。欲灭其国,先亡其史,长年累月这么攻击,这么向华人社会传播灭世氛围和沉船学说,却没有几个明白人和忠诚卫士、没有反制手法,再强大的国家也经不起折腾,能剩多少民心士气?"

"我听说'全美华人故事网'的最大股东是美国参议员……"

七嘴八舌中,吴小荔联系种种,倏然感到有种神秘而可怕的力量一直在推动着舆论,她的后背莫名地嗖嗖起了冷风。

康社长说:"成千上万的文化垃圾、精神鸦片炮制出来后,再通过有美资背景或由美资控制的网络平台、大V、网红等等,火力全开地对准中国,一般的防火墙根本无济于事。"

"他们为什么舍得本钱这样做,所欲何为?"

"神话美国体制,丑化中国政体,进而达到引发动乱、和平演变的目的。"

康社长如此掷地有声,不由使吴小荔在心中放大那个神秘力量的阴影。

康社长似是这场会议的灵魂,声音像窗外的雨点,不轻不重地敲落:"可怕的是,首先中毒中邪的,不是中国老百姓,而是社会的精英。因为这些东西率先进入他们的头脑,在第一回合就迎合了他们对国家和民族爱之深责之切的心情,所以他们上瘾最早,也最深,欲罢不能,慢慢地就习惯于用这样的口吻说话,用这样的视角思考,用这样的材料和数据看问题,甚至用这样的方式参与新创作。所以,我们就会明白,为什么这类文章和段子越来越多,俏皮得越来越没底线和廉耻,越来越妖魔化,也越来越本土化!"

与会者交头接耳窃窃私语时,吴小荔想到了海那头那个说不上爱、谈不上恨的行长,他转发这样的段子几乎成瘾,有次转来的某个段子还是她的创作,她收到后"呀"了一声,出口转内销呢!他也算是"社会精英"吧,为什么也那么热衷转发这类段子呢?

康社长继续"剥洋葱"："互联网问世二十年来，网络哪一天不在用心编织针对中国的黑网，哪一天没对中国青少年'诲人不倦'？今天的一些年轻人对中国道路的抵触，对中国文化妄自菲薄，对政府和社会不信任，一部分网民情绪如此失控，一有煽风点火就集体爆发，事实摆着呢，我们难道还不明白为什么吗？冰冻三尺非一日之寒，这是他们早早就开始的布局！"

吴小荔不禁泛起了胃酸，自己都干了什么，为虎作伥、助纣为虐？还是……标榜清道夫、卫道士的美国人，为什么要这样做？又有什么资格对中国指手画脚？

"哲学家萨特说，'世界上有两样东西是亘古不变的，一是在我们头顶上的日月星辰，一是深藏在每个人心底的高贵信仰'。我们能无高贵信仰吗？我们既然是海外赤子，岂能袖手旁观、漠然置之，任这天大阴谋得逞？祖国要是真被唱衰了，被演变被颠覆了，我们会比现在活得更好更有尊严？打死我也不信！我们要抵制，要行动，号召祖国认同、文化认同的每一个炎黄子孙携手抵制。"

说得吴小荔心潮澎湃。

"怎么个行动？"

康社长道："我把初步考虑向大家作了报告。先建大型网站，招聘得力人手，培养后续队伍，对那些不切实际的文章和段子，真刀实枪过招，见招拆招，以求正本清源之效；同时借力新技术、新科技、新兴传媒，筹建实体体验馆，让人们身在美国就能了解祖国各地丰富的资讯。总之是宣传正确的三观，报道真实内容，激发爱国热情。"

掌声中，邀请吴小荔参会的华编辑停下手中的记录，抬头问："这样需要庞大的资金投入，到哪里去找呢？"

"我个人先出资，完全民间动作，期待后续跟进！"

康社长毫不含糊的话音刚落，"呼啦啦"，立时站起来几个人，莫不态度明朗地说要合股。看样子,不像有过事先的预演。刚才沉重而凝滞的空气,忽然间活跃了许多。

一位老人说:"我前些时候去了中国的台湾、香港,有人一边骂共产党一边搞分裂台湾、分裂香港的活动,气焰很嚣张。我现在最担心的就是祖国出现分裂,一分裂势必会乱。祖国乱了,我们这些身在海外的几千万华人华侨会有好日子过?我看百分百要回到那个没有尊严没有地位任人凌辱宰割的过去。所以,反分裂是祖国面临的重要任务,我们拿什么实际行动支持祖国呢,就是抵制别有用心的人唱衰中国,在舆论上设一道防火墙,凝聚正气……"说到激动处,语声哽咽。

大家有感于他发自内心的那份情感,纷纷报以自己由衷的掌声。

老华侨在旁人的劝说下落座了,又有一位合作者说:"网上谩骂和抹黑中国的东西真是太多了,看了很让人生气。有不少是打着爱国旗号,精心罗织,巧妙编排的,当然逃不过我这样的眼睛,一看就知是毒品。但有不少人受到蛊惑,觉得这样才是爱之深责之切,这就着了人家的道了。我们必须抵制,必须有作为,力所能及,从一点一滴做起,聚沙成塔,集腋成裘。今天康兄吹了集结号,我坚决合伙,绝不后退!"

"好好好,谢谢,谢谢!"康社长向未来的合伙人一一鞠躬致谢,而后索性起身说话,慷慨陈词,"我们要让祖国成为我们的骄傲,祖国的痛,也是我们的切肤之痛,我们始终和祖国风雨同舟,唇齿相依,命运相连!"

"哗哗哗",热烈的掌声牵着大家情不自禁地跟着起身,如花绽放的微笑和赞誉的眼神,在康社长身上聚焦。康社长借机建议,同唱《义勇军进行曲》。

几乎每个人都张开了嘴,声音逐渐雄浑,呈排山倒海之势。当唱到"中华民族到了最危险的时候",吴小荔忽觉全身热血沸腾,眼眶有点儿潮湿。

吴小荔知道,这样一来,被全美华人故事网拒绝的那些文章不愁没地方登场了,她内心小小的罪过又有了救赎之处。她甚至想,鲁迅还是值得学的,既针砭时弊,唤醒朝野不时会麻木的神经,更寄寓期待,从灵魂里热爱这个国家和民族。

为什么出国者更容易涌现爱国主义情愫呢?也许是因为有了比较,有了对真相的切身感受,也许是人与生俱来的情感。

一天,经"臭美美"联系,吴小荔采访了中情局退休官员史密斯。听完那个她永远也无从弄清真相的所谓内幕后,她抬头问:"就阁下所知,美国存在系统的文化侵蚀战略吗?"

史密斯迟疑片刻,笑道:"如果有人不这样怀疑,那他不是现任的美国总统和中情局长,就是个白痴。"

她被他的幽默逗笑了,继而不知轻重地想趁热打铁:"阁下可知美国的文化白蚂蚁战略吗?"

史密斯摇着手,连说几个"NO",凛然间透出一副守土有职的神态。

吴小荔和圈内几个可靠的"自己人"私聊时,莫不感觉美国文化白蚂蚁战略的神秘和可怕,而且,他们不期然间已成为这样的蚁族。在利益驱动下,打造着成千上万的文章和段子,看似娱乐,幽默风趣,说说而已,但它们合在一起,就如康社长所说,构成了可怕的精神毒品,跨洋越海,蚕蚀中国人的国家自信、道路自信、制度自信、民族自信、文化自信、政治自信,甚至个人互信,以摧毁为终极目标。"千里之堤,溃于蚁穴"并非戏言,何况白蚁更是蚁中之霸。

她还搞不清全美华文故事网背后是否由美资支撑,这个不能只听康社长的一面之词吧。她还想观察,为此继续"我们写,我们写"的变奏。可一段时间下来,登的还是以往那些调门,稍加肯定的文字一如既往地泥牛入海,无声无息。

她为此和网站编辑起了争执,受到马老妪的横眉竖目、"臭美美"的指斥。一气之下,她把这些稿子集中打包给康社长那个草创中的"世界华人团结网站",并受到热情的欢迎,只是规模庞大的这家网站诞生期未定。困扰中,她决定自己创建一个微信平台,名曰"自由女神的中国视野",为中国说几句真话、公道话,虽然一己之力微不足道,但作为一个中国人,应该保留一份情怀。她只想奔着自由去。

那段时间,吴小荔已受聘到学校教书,偶尔写稿,并投入了和我的爱情——因为我立志要记载一段关于中国抗战的真实历史,并借此记录和澄清家族史。革命不分先后,我们赤子情的渐渐浓烈也不分先后,并开始了执子之手。

某天,吴小荔在全美华文故事网上看到在发散海涅的"织进三层诅咒",某位编织手不知从哪找来惠特曼的句子响应:"我们不知缘由根底,只是编织,永远编织/把我耐劳的生命编织进去/编织进鲜红的血液、绳索般的筋肉,感觉、视野……"吴小荔立马发帖:"机器人!"

吴小荔自道的段子手经历,让我从另一个侧面读懂了她,悲悯之情从她小小的娇躯贯彻到大大的中国身上。

妊娠期间,吴小荔借口忙,差不多就中断了与全美华文故事网的合作,连基本工资都放弃了。芊芊出生后,一起奶粉事件直接导致了她与全美华文故事网的分道扬镳。

那天,我们到华人开的超市买奶粉,却告中国奶粉全都被下了架。问原因,说是全美华文故事网对中国国产奶粉一直在作无止境的围攻,因此断了销路。她上网一看,果然,网站对中国几个品牌奶粉的讨伐文章几乎每篇都有上百万的阅读量。她想到,不久前不是发生过洋奶粉肉毒杆菌事件吗?她在网上和微信上反复搜索,却只找到几条访问量没上十的文章。

那一刻,我们震惊了:这个太离奇了!怎会有如此双重标准啊?!

不独我,在欧美国家生活了这么些年后,吴小荔也知情:欧美国家的食品和药品安全问题什么时候不让人揪心过?仅欧洲就诞生下数千个没胳膊的"海豹儿",美国是激素使用最泛滥的国家,美国的呼吸道疾病人口是中国的四倍,纽约的人均寿命低于北京和上海……

"可悲可叹,我以前也不知道这些,一直以为美国是天堂,中国是地狱!真是身在福中不知福。"吴小荔道。

我说:"有了你和芊公主,我不仅知福,也惜福。"

那天晚上,在我哄睡芊芊时,吴小荔已把要对世界说的话,形之于笔墨:

　　……像美国和世界上任何一个国家那样,中国也有自己的不足和问题,确实需要改良、改进、改革,必要时要拿出壮士断腕的精神来改,但不能在失去真相和尊严、失去自主和自信、失去团结和引导的情况下来做,否则只能越改越糟,南辕北辙,适得其反。中国人切莫被那些别有用心的文章和段子蒙蔽、欺骗,更别再跟在人家屁股后面摇唇鼓舌骂中国,骂祖先,骂圣贤,怨天尤人了,赶快找回自信,找回做中国人的尊严,团结一心,胸怀梦想前进!天上不会掉馅饼,外国不会白白给你奶吃,吃了也成不了你娘亲。

　　面对前面所说种种匪夷所思的怪现状,如果每个中国人都冷漠对待,听之任之,群体意识失落,一旦中国的全面自信被这些段子蛀空,就可能重演前苏联的悲剧。莫斯科的眼泪在飞,残酷的世界不相信眼泪。同胞们,在世界各色势力在台前幕后处心积虑地挑拨海外华人与祖国的关系、不遗余力地离间中国人民与党和政府的感情时,期待你能分清是非,期待有更多的知情者站出来发声……

吴小荔这些文字,已不是吟风弄月伤春悲秋了。我感觉第二段过于政治化,而我们只是赤子,并非政治人物。经我建议,她在发送时将之删除。

即便如此,仍引火烧身。

世间总有告密者,吴小荔网上所用虽是化名,却还是暴露了身份,受到无休止的围攻和恶毒谩骂。她还被明里警告,不得把在全美华文故事网里的"商业机密"外泄,否则绝不客气。

她和全美华文故事网的协议已然到期,哪里还会去续签呢?当着自由女神的面,把一纸合同给撕了,往风中一扔,纷纷扬扬全到海里喂鱼了。

此时的她,端坐在我面前,像哥伦比亚咖啡一样散发出一股甘甜的淡香,低调而优雅。

我轻轻啜了一口咖啡,抬头看着秀发飘忽的吴小荔,道:"那个网站背后的身份已无需争论,你能被张罗进去,说明有价值。二十世纪七十年代,美国就制定了一个什么计划,专门拉拢中国作家,这是华盛顿针对中国采取的一系列软性打击手段。"

吴小荔瞪大的眼睛,传递了愿闻其详的心思。

"尼克松访华后,中美关系进入一段所谓的蜜月期。但五角大楼却不停地以各种手段收买中国作家和知名人物,主动帮助他们在海外知名报刊上发表文章,署名听便,稿酬十分可观。"

"怎么个可观法？"

"早期每千字约二千美金，后期涨到三千五百美金。"

"额，还真舍得下血本！要他们写什么呢？"

"让他们针对中国的各项弱点进行写作，或提供情报，重点揭露中共和政府的重要错误。"

吴小荔微叹一口气，道："没想到美国故伎重演，让我也中了蛊，自由女神一点儿号召力都没有呢……"

数年后我想到这些，突发奇思：吴小荔那场不幸，会不会与全美华文故事网分手有关，会不会是他们派人上门教训她，却不料弄出准命案？

一切皆有可能！案情还没结，只能猜测，美国的破案率，恕我不敢恭维。

之所以突然插入这一段，因为芊芊也对自由女神像不感兴趣，说远不如大熊猫好看。

我不知带芊芊看过多少次大熊猫，反正她百看不厌。

三

全美四家动物园有的大熊猫，都是向中国租借的。

两年前，华盛顿国家动物园传出新添雌性幼崽的消息，芊芊很是激动，参加了网上投票命名活动。因为奶奶叫她宝宝，她就在候选名单里圈定了"宝宝"来投。没想到，真的命中了，所以她就一直认为这只熊猫宝宝是她给取的名。

"宝宝"首次公开亮相时，她缠着我从纽约去华盛顿看现场，只为一睹它的萌态。

宝宝来得颇不容易，它的父母是旅美大熊猫，赴美十多年来只有四次生产，其中两只幼崽还夭折。我家宝宝芊芊的降生，想想更不容易啊,能不让我加倍疼爱!

芊芊给管理处送交了她的一份小礼——两百美金红包,今后是给熊猫宝宝买牛奶还是竹叶,全由管理处做主。看着萌翻了的粉红幼崽,芊芊亲热地招着小手说:"宝宝你好,宝宝你好,我们都是宝宝呢!"

熊猫宝宝不会应,甚至在热闹非凡、欢声笑语的看望人群中,也没有专门与芊芊对视,但芊芊已够欢心,在手舞足蹈中,精巧的鼻尖沁出一层晶莹的汗珠儿。

"宝宝是不是一直可以在美国?"

我已经告诉芊芊大熊猫的由来,所以她有此一问。

"不,根据中美之间的协议,这些熊猫宝宝虽然生在美国,但仍是中国'国籍',长大后要送回中国。"

"可惜,以后就看不到了。"芊芊遗憾完,亮晶晶的大眼睛忽然扑闪了一下,瞬间又眉飞色舞起来,"不过,以后可以到中国看的。"

我轻轻地刮了刮她的小鼻子:"是啊,熊猫宝宝要回国,我的宝宝也要回国。"

两年后,熊猫宝宝又多了一个弟弟。取名"贝贝",寓意宝贵。

芊芊当然也去看过了,让她高兴的是,转眼间,宝宝已成长为威武雄壮的大熊猫。芊芊觉得熊猫宝宝认识她,否则也不会憨厚可掬地当着她的面连翻三个筋斗。

"剩下不到两年时间了。"听完管理员的介绍,芊芊眨着两粒葡萄似的眼珠,若有所思地说,"如果到那一天,Dady 送我回中国,我送宝宝回中国,我们和熊猫宝宝一样,都是中美友好的使者,该有多好啊!"

见了大熊猫,尤其以"中美友好使者"自许后,芊芊对中国的事情忽然变得很关注,经常缠着奶奶给她讲中国。

一晚回到家,母亲给我递上一杯她也爱喝的茉莉花茶,说:"宝宝有个问题,我怕回答不准确,还是你说吧。"

我喝一口,放下茶杯,故作严肃地对欢天喜地奔上前的芊芊说:"公主宝宝,是不是又出了什么脑筋急转弯要你的奶奶?"

"我问的是'一带一路',可奶奶说没去过。"

"我也没去过呀。"

芊芊朝我翻了翻小白眼:"没见过鸡生蛋,总吃过鸡蛋吧,难道Dady连'一带一路'也没听说过?"

我也朝她翻了翻白眼:"Dady虽然没有顺风耳,但这个倒还真听说过。"

"这还差不多,那快跟我说说。"她不容置疑,拉过一张小塑料凳,就坐在我对面。

母亲看在眼里,笑对我说:"华华,你看宝宝这个样多像你小时候啊!"

我拉过芊芊的小手问:"公主宝宝为什么想了解'一带一路'?"

芊芊眨着一对葡萄似的眼珠,道:"班上的小朋友,一直有人问我什么是'一带一路',可我也解释不清,感到很抱歉。这让我怎么当'中美友好使者'呀!所以,我有一肚子问题要问。"

母亲一旁打趣道:"还好宝宝的肚子小,要是像奶奶那样大的肚子,怕是也要把你Dady问倒。"

得认认真真、深入浅出地回答这个问题。还好,还好,这段时间和程宁宁打交道,也从堂妹丹萍那里了解到不少情况。

"两年前,中国提出了一个设想,想参考古代中国开创的古丝绸之路,建设一个参与国更多、涉及范围更广的经济、文化交流网,具体叫'丝绸之路经济带'和'二十一世纪海上丝绸之路',简称'一带一路'。"

她似懂非懂,却问:"什么是古丝绸之路?"

"很久很久以前,有很多条路,从中国延伸出去,贯穿中亚,到达欧洲,这就是丝绸之路。人们用骆驼驮着货物,走过沙漠,与其他人做买卖。"

"骆驼。"她一个激灵,起身,跑向卧室,拿来一个唐三彩骆驼,"Dady,是这个吗?"

"对,对……"我应着,脑筋一个转弯,"前些时候奶奶不是给宝宝买过一张地图,你也拿来。"

芊芊很听话,把唐三彩小心翼翼地放我手上后,转身又去卧室里拿地图。

我和母亲迅速整理了一下茶几,腾出一个地盘放地图。我一边介绍,一边让手中的唐三彩沿着地图相应位置慢慢移动。

"现在不用骆驼了,陆地上用火车、汽车,海上用飞机、轮船,是吗?"

"宝宝聪明,说得太对了,这些现代化的交通工具几乎代替了骆驼。中国和沿线各国在这个设想里,一起来建造公路、铁路、飞机场、港口、码头,以及管道和网络。"

"不只是把东西搬来搬去那么简单吧?"

"运送货物只是其中一部分,除了生意和贸易,还有人与人的合作和交流。"

母亲认真听我讲完,适时补充一句:"通过'一带一路',很多东西都能在世界各地买到,而且更便宜,大家也方便四处旅游观光,增加交流。"

芊芊"哦"了声,她听明白了。

母亲又说:"宝宝,'一带一路'的想法是中国提出的,但它属于全世界,也造福全世界。"

芊芊看着我们:"中国为什么要提这个想法呢?"

"中国想在今后有个大发展,也想带动世界一起发展。现在这个世界,正在发生复杂而深刻的变化,再不是过去只管自己好的时代了,每个国家的利益其实都与其他国家息息相关。你好,我好,大家好,才是真正的好。所以说,中国倡导'一带一路',正是顺应了世界的变化。"

她听得似懂非懂,揉着惺忪的睡眼,道:"听 Dady 和奶奶说了这么多,可宝宝还是有一肚子的问题,可又怕消化不了。今晚放过 Dady,但 Dady 得保证,今后要去'一带一路'的这些地方时,一定得带上我!"说完还扮了个鬼脸。

这小家伙可真会说话,我和母亲相视一笑,伸出手,和她拉起了勾。

吴小荔出事后,有好长一段时间,我的日子过得如同在一灯如豆下做功课,眼底清晰,抬头四顾,却是一派昏沉。有次陪母亲看中文电视节目时,听到《红楼梦》主题歌,不觉便噙了一眶泪水。"若说没奇缘,今生偏又遇着他;若说有奇缘,如何心事终虚化?"唱的何尝不是我和吴小荔的悲欢! 母亲看在眼里,微叹一口气,便和我说彼岸花,以之安慰。

精诚所至,金石为开,我相信彼岸花也不例外。但每次到医院探望我的"彼岸花""睡美人",脑海里却总要回想《枉凝眉》,"一个是水中月,一个是镜中花。想眼中能有多少泪珠儿,怎禁得秋流到冬尽,春流到夏!"在闪闪泪光中,我仿佛看到了彼岸花开。

直到有一天,芊芊为我抹去眼角的泪,打量着她长成了吴小荔的影子,我心灵的天空才复又阳光灿烂起来。有时一日不见芊芊,便如隔三秋,女儿还真是父亲的小情人。

周末从南部回来,保姆说母亲带着芊芊看她妈去了,放下包包,马上前去和她们会合。

芊芊一边揉着母亲的手,一边有板有眼地为她诵读诗歌。她有九百九十九首读诗的任务呢!

芊芊朗诵完,见我到来,高兴地起身,扑上前来,一阵亲热后,忽问:"Dady,今天是什么日子?"

我掐指算了算,只能摇头。

"今天是三月二十一日,是联合国教科文组织定的世界诗歌日呢,你连这个也不知道啊,罚你翻译一首诗歌,好吗?"

这小家伙儿有这雅兴不简单,我虽知自己这方面的斤两,但不管三七二十一,也得陪她玩,我朝她水嫩的脸上猛咂一口后,道:"好啊,请出题。"

她模仿着电视主持人的作派:"请听题:So dim, so dark, So dense, so dull, so damp, so dank, so dead!"

这么简单,难不倒我,张口就来:"那么暗,那么黑,那么浓,那么沮丧,那么潮湿,那么阴冷,那么绝望!"

芊芊听罢,笑弯了腰。她奶奶在一旁也笑出了眼泪。

我搔搔脑袋:"怎么,翻译得不对?"

"当然不对了,这可是李清照的经典句子,她那会儿能写这样的自由体吗?"

"哦,李清照原句怎么说来着?"

"寻寻觅觅,冷冷清清,凄凄惨惨戚戚。"

芊芊溜溜地吟罢,还余音缭绕。

我装得有点儿气急败坏:"谁译成这个样子?"

"林语堂!"

一听这个名字,我想好的口诛笔伐立马咽下去。这个"两脚踏中西文化,一心评宇宙文章"的大师,能这样翻译肯定有他的道理吧! 我咽了咽口水,望着芊芊道:"林语堂怎么译的,请再说一遍。"

听完,我沉吟俄顷,道:"林语堂翻译中,让情绪逐渐攀升,也够传神,只是不看原文,谁又知道这是李清照的词句呢?"

"是啊,奶奶也说了,中国很多古诗词译成英文后再译回去,怕是作者都不敢认了。"

芊芊偎依在她奶奶身上，笑得满脸都是晶莹剔透的牙。那一口乳牙该换了吧，换了也还是一口好牙吧！

中国古典诗词言简意赅，形象和意象丰盛，西方读者往往以为过于简略晦涩，所以英译时不可再简化。对此我向来知之，但我不能掉书袋，只道："在这个人人学英语的时代，我的宝宝可别忘了，我们的汉语有多美，多强大！"

母亲边说边轻拍芊芊俊俏的小脸蛋，不知是本能的一种爱抚，还是在提醒什么。

芊芊跃身而起，道："得请 Dady 翻译一首有点儿难度的诗。"

她递过莎士比亚的十四行诗《I am Afraid》。我轻咳几声，挺胸收腹，抖擞起精神，尽可能也把自己弄得有模有样起来：

> 你说你爱雨，但下雨时你却撑开了伞。
> 你说你爱阳光，但阳光播撒时你却躲入了阴凉处。
> 你说你爱风，但清风扑面时你却关上了窗户。
> 这就是我的害怕，害怕你对我也只赋予如此之爱。

"意思肯定是对了，Dady 想看奶奶的翻译吗？"

我一乐："奶奶也翻译了？"

母亲笑得慈眉善目："宝宝让我翻，我就试着翻了个吴语方言版的，那些年跟着你舅舅他们在上海，还知道几句吴侬软语，哈，闹着玩呢。"

芊芊从她奶奶那里接过纸条，结结巴巴读下来，不觉嘟起了小嘴："我看不懂，Dady 呢？"

我摇摇头。

芊芊半认真半开玩笑地说："奶奶会不会欺负我们不懂方言，就乱翻一气呢。我可得把您的大作藏好了，有机会去中国时，一定拿出来征求意见。"

"好好!"母亲说话时,一脸的幸福。

"这首诗,有个女汉子版呢!"

芊芊这么一说,让我们陡生兴趣。

芊芊摇头晃脑,绘声绘色地吟诵起来:

> 你有本事爱雨天,
>
> 你有本事别打伞啊;
>
> 你有本事爱阳光,
>
> 你有本事别乘凉啊;
>
> 你有本事爱吹风,
>
> 你有本事别关窗啊;
>
> 你有本事说爱我,
>
> 你有本事捡肥皂啊!

我们听罢,忍不住哈哈大笑起来,前仰后合。真希望我们的开心,能把吴小荔从昏睡中唤醒过来。

"这个有点儿粗鄙了,有损汉语的美好。还是看其他几个版本吧。喏,这是文艺版,请 Dady 赏读。"

她递过一张纸条,上面写着她娟秀的手抄字:

> 你说烟雨微芒,兰亭远望;
>
> 后来轻揽婆娑,深遮霓裳。
>
> 你说春光烂漫,绿袖红香;
>
> 后来内掩西楼,静立卿旁。
>
> 你说软风轻拂,醉卧思量;
>
> 后来紧掩门窗,漫帐成殇。
>
> 你说情丝柔肠,如何相忘;

我却眼波微转,兀自成霜。

　　读完,我频频颔首:"有点儿意思!"
　　"还有诗经版呢!"
　　我忽然记起,微信上曾看过这类东西。今天这个样儿,肯定是她和奶奶的同谋。但我装得一脸无知,配合着她们的双簧。
　　吟诵完诗经版,芊芊又递上离骚版,再就是五言诗版、七言绝句版、七律版。她像在耍魔术,小手来来回回中,似乎有递不完的纸条。我则来者不拒,一直保持着吟诵的姿势。这些用文字承载的美丽意象,确实妙不可言,要让人醉,我眉开眼笑起来:"真是神译! 真难想象世上还会有第二种语言,能像汉语这样,拥有如此优美的韵律。"
　　"前几天奶奶给我看了一位中国教授的文章,说是警世恒言。"
　　连"警世恒言"这样的词都用上了,我大为诧异:"他怎么说?"
　　"他说,中国这一代年轻人崇洋媚外之风不减,我劝他们在这个学英语的时代,在疯狂学英语和韩语、日语时,能偶尔停下脚步,回过头来欣赏一下中国,静下心来,品味一下汉语带来的不一样的感动。"芊芊伶牙俐齿地说道。
　　感谢母亲,让芊芊能有这样的教育。突然很庆幸,芊芊当能读懂"明月几时有"和"月上柳梢头"的微妙情感。这算是海外华人难得的福利之一吧,要不然,月亮何时出现,位置何时与树梢齐平,还以为是中国古人在讲最基本的天文知识呢! 我一激动,显得有点儿笨嘴拙舌起来:"芊芊啊,当英语遇上汉语,就知道汉语有多强大,有多美了,学好中文真是重要啊!"
　　"这还用 Dady 说嘛,奶奶已经让我看辜鸿铭的《论语》英译本了。"
　　这个曾把英国诗分为国风、大小雅,把弥尔顿的《失乐园》比作洋离骚，把杜甫当成中国的华兹华斯；这个生前好英译唐诗，并以五言古体诗汉译过英国诗人《痴汉骑马歌》，得到苏曼殊等译界名流激赏；这个批评美国除了爱伦·坡之外没有好诗人，感慨能写中国诗的欧洲人却还没有出生的华侨怪杰，在翻译方面确实值得追崇。而且，辜鸿铭当年还曾如此教训英国文豪毛姆：那些自以为了解中国的洋人，实际上什么也不了解。

"我长大后啊，也要做天底下最好的翻译，要把中国的好东西介绍到西方，帮助中西方互相了解。奶奶说，那么多中国作家却只有一人获诺贝尔文学奖，是因为翻译渠道出了问题。我得在这方面努力，今后争取让中国作家多拿几个诺贝尔奖。一个可以把诗写得这么美好的民族，应该多拿几个奖吧！我就从诗歌翻译开始，把中国文化发扬光大。"

"译诗，怕是世界上最有挑战性的工作之一呢！"我看了芊芊一眼，马上决定给予鼓励，"但我的芊芊是什么人呢，每根血管里都流淌着诗意，既然爱上了这个费力不讨好的活，就肯定能成。"

芊芊鼻孔里"哼"了一声，似乎想反唇相讥："我看历史研究才是费力不讨好呢。"

我赶紧诺诺如仪："是啊，研究中国的历史确实费神。美国的历史简短得只有三百年，而中国，天啊，五千年呢，能不复杂吗？"

芊芊上前揽住了我的腰，道："好同情 Dady 哦！"

我装作安慰她的样子："没关系的，Dady 有办法。"

四

在全美战略与舆情指导中心正式就职不久，接受的第一个任务竟是和另一位华裔同事，到纽约州立宾汉顿大学戏曲孔子学院听课。这么优雅的文化活动，其实为了捕捉信息并加以分析，向中心提供某些只可意会的参考。

中国国家汉办联手中国戏曲学院,和宾汉顿大学共同创办的这家特殊孔院,除了和世界各地的孔子学院一样教授汉语和中国文化,还着重宣传中国戏曲和音乐,日常课程外,也举办讲座、研讨会和其他各种活动。我此前曾慕名来过,对戏曲孔院所组建的在全美独一无二的演出团"丝之歌"印象深刻。

这天交流活动的主角,是两位分别来自中国大陆和台湾的历史文化专家。想想孔子还真是不简单,作古两千多年了,还能把海峡两岸连起来,也把世界给连了起来。

这天的课题有点儿吸引人:孔子形象暨中国形象在西方视野下的推销和扭曲。

由这题目,我神思缥缈,油然想到大约三百年前发生在德国的那场著名演讲。诸位看官已有些印象,我虽是历史科班出身,力求严谨中,也不排斥形象化的叙述,文学的影像在我心中常化不去。为此,请允许我用文学语言来追述那场比风花雪月还隽永的故事。

之所以知道一些,是因为我觉得这段文化因缘很有意思,就开始广闻博采,而没有任何学术任务。

公元一七二一年的初夏,德国东部的哈雷大学——当时德国思想最开放、学术最自由的大学,早期德国启蒙的故乡——副校长、启蒙时代最有代表性的哲学家、著名数学家、百科全书式的人物沃尔夫,所作题为"中国的实用哲学"的讲演,在校园内外产生了爆炸性的轰动。

这天,哈雷大学的大讲堂座无虚席。沃尔夫一开口就语惊四座:孔子创立的儒家思想集理性、道德、传统、常识于一体,影响了中国上至皇帝下至百姓近两千年,这足以证明没有神权,人类能够运用自己的理性区别罪与恶,建立一套完整的伦理、道德体系；不仅如此，古老的中华文明和伦理哲学比《圣经》和西方的基督教更古老，甚至更优越。

听众席里一阵骚动。在台下"监听"的那些道貌岸然的神学家们，脸孔表情一个比一个震惊，更是把紧张的气氛推向极致。

沃尔夫看在了眼里，语气却仍然坚定有力："在统治艺术上，从古到今，中国超越了其他所有的国家。"

足音跫然，空谷足音是也。

沃尔夫竟把中国人对孔子的感情等同犹太人对摩西、西方人对耶稣的尊崇，言外之意是耶稣的教义和孔子的思想可相提并论。这不是亵渎神灵、挑战至上的神权吗？那些从表情到精神完全错愕的神学家们，联名上书普鲁士国王，提出强烈抗议，要求严惩这个大逆不道者。

最终，沃尔夫被迫在四十八小时内离开哈雷大学，逃离了绞刑架下的普鲁士。

此前的西方，对耶稣不敬，有冒犯上帝的奇思妙想，代价是惨重的。成千上万的不同政见者在这种宗教教条中被烧死，著名的布鲁诺只是其中之一。

对沃尔夫的言行，整个欧洲因之哗然。无论是大学图书馆还是城镇书店，无论是咖啡馆、酒吧还是家庭沙龙、晚宴，甚至皇宫、科学院、农学院、报馆，围绕着沃尔夫的中国论，到处都能听到唇枪舌剑般的争论。

这场针尖对麦芒的争论，差不多把欧洲启蒙时代有头有脸的人物都吸引了过来，他们争先恐后地"参战"，唯恐迟了就Low 了，Out 了，显示不了自己的重要性。愈是争论，愈是引起西方人对孔子家乡——中国的关注。教会管控最严，却也是启蒙思想家最为集中的法国，更是纷纷扬扬。

此前的法国，有关孔子和中国，已先行热身。

首先归功于柏应理和几位欧洲耶稣会士的多年心血，奉法国国王路易十四敕令，编写出版《中国贤哲孔子》，在欧洲引起第一轮孔子热。

传教士在中国的名声其实一直欠佳。

好长一段时间，饱受西方列强欺凌的中国，差不多都认为传教士是西方侵华的先遣队和耳目。以我浅见，林子大了，难免有害群之马，但也不乏益虫，传教士在架设沟通中西文明的桥梁方面，有一份不可磨灭的功劳。当然，了解愈深，危害愈深，所以，你倘若要说"成也萧何败也萧何"，我只能说：好吧。

在西方以枪炮外交横行于中国之前，西方看到的"中国"，可以不争地说，主要由在华传教士尤其是耶稣会士描摹，并在某些地方经其他旅行者粉饰。

写到这里，我不禁要提到紧随马可·波罗游记之后在西方种植"中国形象"的利玛窦。正是以他为代表的数代耶稣会士们经过两百多年锲而不舍的努力，终于把中国介绍到了大洋那头，让诞生过孔子的中国，开始被越来越多的西方人，想象成一个乌托邦一样的存在。在茫茫海洋间为文明的往来架桥造梁，一般的桥梁专家可能要望洋兴叹吧。

我不禁还要提到北京的某个机关大院，听说至今还完好地保存着这个儒家经典初译者、号称"西儒"的利玛窦之墓，供各色人等参观凭吊。此举，一如在杭州风景秀丽之地始终安放着美国驻华大使司徒雷登的墓地，泱泱大国的温良敦厚和文化自信尽皆体现。这些洋人在世时的"传教布道"有可取之处不说，即使徒害无益，也未见其撼动这个国体和文化长城，死后又岂能"兴风作浪"？晒于睽睽众目下，呵呵，那也是另一种"友谊奖"。

再说这部第一次把中国、孔子、政治道德三个不同的名词联在一起的《中国贤哲孔子》，一六八七年先以拉丁文在巴黎面世，让孔子的画像首次现身海外。开卷中，孔子头戴儒冠，身穿儒服，手持象笏，立于庙宇式的书馆前。书馆上端写有"国学"二字，柱子上写有"天下先师"字样，连同孔子身后两旁书架上的书籍，都附以拉丁文注音。

　　此书最初的编写出版动机，是给那些到东方传教的人作参考用的，不意发行后，却过度地引起了欧洲的关注和反响。翌年一月法国《学者杂志》发表书评，称孔子是道德原则的老师，而这些原则"与基督徒的理性并无二样"。三年间，法语、英语节译本相继出版，以供普通民众阅读，助力给孔子戴上"道德与政治哲学上最伟大的学者与预言家""中国的苏格拉底"等桂冠。

　　作为第一部比较完整地向西方译介中国传统文化的书籍，此书对中国文化的西传具有启蒙意义和先驱作用。在我看来，欧洲最初的孔子热大半源于此。

　　我曾在馆藏丰富的哥伦比亚大学图书馆里浏览过一些有年份的英文译本。一同翻出的，还有英国政治家、散文家坦普尔的读后感，他推崇孔子是极其杰出的天才，既爱自己的国家，也爱整个人类。

　　在求学哥大期间，我还曾同几位同学交谈过这件三百多年前的文化盛事。还好，作为历史同道，他们对此都有不隔膜的印记。

　　回到沃尔夫在哈雷大学副校长卸职演讲会引爆的事件上来。

　　法国文豪伏尔泰在其名著《哲学词典》中，以诙谐幽默的笔触记录了启蒙时代这件极富象征意义的争论，并以鄙夷的口吻嘲弄那些以最高文明自诩的基督教徒：当中国已是泱泱大国，"我们还只是一小撮在阿尔登森林里流浪的野人！"

　　我读过李约瑟的中国科技史，从中得知，中国人不仅创造了至今各国都采用的文官制度,而且,农业社会三分之二的主要技术也由中国人发明。中国人为世界文明做了什么,这一点世界历史有自己的账本。

"伏尔泰称赞起中国来真是不遗余力啊,他对中国情有独钟!"

我想,能让法国同学弗蕾丝津津乐道的事,肯定也有趣,就花些时间听其讲述一二吧。

她说的是一幅画。欧洲启蒙时代群星闪耀的思想家、艺术家们的中国情结,大可从当时一幅题为《若弗兰夫人的沙龙》的名画中略窥一斑。在画家雷蒙尼耶别出心裁的安排下,孟德斯鸠、卢梭、《百科全书》的编者达朗贝尔、作曲家拉莫都等大腕,聚集在当时巴黎最为著名的沙龙里,兴致勃勃地观赏伏尔泰的话剧《中国孤儿》。此时的伏尔泰,由于倡导宗教宽容和言论自由,被迫逃到日内瓦避难,他的画中形象由他的头像作代表。

取材中国故事、风靡欧洲的话剧《中国孤儿》,伏尔泰自称为"五幕孔子的道德戏",目的在于通过舞台"传授孔子道德",歌颂儒家思想代表的文明征服野蛮。此剧有个英语版的序言,诗一般的语言,把伏尔泰的中国情结推向极致,大可遥想当年《中国孤儿》的影响,以及封建欧洲簇拥并推崇孔子的盛况。

我适时地补充一句:"他们对孔子和中国的认识及看法尽管不尽相同,却也几趋一致地羡慕中国的科举制度。"

"是啊,在中国,人之高贵可以不因血统而通过科举上的成功变身。这对于多数平民出身、命运多舛的启蒙思想家来说,犹如天方夜谭。而那时的中国则像知识分子的天堂,哪怕出身寒门一无所有,一旦金榜题名,变身为精英,不仅能参加治理天下,还能逐渐影响皇帝。"

弗蕾丝说得没错。因为讽刺宫廷淫乱而曾被投进巴士底狱的伏尔泰,对中国科举制度的赞誉,可以说代表了绝大多数启蒙思想家的心声。

这场关于中国大辩论的后续故事,如今听弗蕾丝说来,同样耐人寻味。

其始作俑者沃尔夫,幸遇深受启蒙思想影响、自称是哲学国王和国家第一公仆的普鲁士腓特烈大帝。腓特烈当王子时喜欢上了沃尔夫的书,登基伊始就请回这位被驱逐了十九年的哲学家,升做哈雷大学校长不够,还专门为他举行盛大的入城欢迎仪式。继而,包括伏尔泰在内的一批优秀的哲学家、思想家、艺术家、科学家,也被请到王宫里。

腓特烈自许并喜欢被誉为"欧洲的康熙皇帝";法国国王路易十五和奥地利国王约瑟夫三世,也向中国皇帝学习,亲自执犁春耕。几乎整个欧洲,皇家园林里都有必不可少的"中国风"装饰。腓特烈大帝甚至耗时七年,在波茨坦的无忧宫里亲自设计并修建了一座美轮美奂的中国茶亭,连茶具都必须由中国进口。他受沃尔夫的影响,还写了一部书信体小说,名曰《中国皇帝的使臣费希胡发自欧洲的报道》。

但无论多么开明,腓特烈毕竟是一名专制君主,其教条是"可以争辩,随意争论什么,但是必须服从"。他赞颂中国,但同时也借中国皇帝的使臣"费希胡"之口,告诫麾下臣民必须绝对服从。

伏尔泰最终因腓特烈的独断和专制与其分道扬镳,他宣称自己绝不会放弃言论自由:"我没有法杖(王权的象征),但我有一支笔,那是一支怎样的笔,使这样一个庞然大物显得滑稽,使他的预言成为谎言。"

我有个浅显的看法。纵观欧洲启蒙时代的思想家,对孔子代表的中国的认识,片面、肤浅不说,还是实用甚至是功利的。不管是对神权挑战、借力开明君主改良他们的理想,抑或在试图提高他们本身的地位上,孔子和中国文化不过是他们匡正时弊的工具,

"好风凭借力"说说容易,"送我上青云"却终是神话。而他们在幻觉中臆想的中国,参与制造的东方乐园神话一旦被现实打破,却又在另外的错觉和思维模式中,误向另外一个极端,即东方落后论。嘿嘿,非此即彼,非黑即白。

弗蕾丝与我的看法相近,还举例帮助说明:当腓特烈大帝提出的通商要求被康熙的孙子乾隆皇帝拒绝后,他对中国的热情骤然下降,甚至在信中奚落中国人"不过是些少见多怪的野蛮人",说乾隆是个蹩脚的诗人。

她还说:"腓特烈大帝对中国态度的转变,很大程度上也代表了欧洲对中国态度的转变。"

是的,整个欧洲,整个世界的环境开始改变了。

清廷严禁耶稣会传教,罗马教皇宣布取缔耶稣会,这都是世界性的大事。更为重要的是,随着启蒙之后西方的崛起,身为天朝上国的清朝却恰恰于此开始衰微。从中国那里传出的更多现状,似乎让启蒙思想家心目中的东方乐园不攻自破。于是,此后包括黑格尔和恩格斯在内的德国哲学家,都不约而同地秉持东方落后论的观点。沃尔夫在哈雷大学后来的日子里,没有在中国问题上继续研究,却也改口,中国人实际上只取得了最基本的美德,即他们对行为的评判完全取决于结果的成败,而不是受理性的指引——后者才是更高的美德。

依我来看,不管怎么说,欧洲在启蒙时代,借孔子和儒家思想之力,冲破了桎梏他们自身的神权以及王权,而走向近代文明、步入现代社会。中国封建王朝却反其道,在很多方面与西方曾经期许的美好南辕北辙渐行渐远,并且一败再败于西方。

中国形象从不牢靠的乐园里失重跌下,一落千丈。中国成了失乐园。

那股基于想象而非完全实际的中国文化热,不久也渐次消散,成为过眼云烟。以儒家思想为代表的中国文明,再度在欧洲发热,是一战之后,在德国首先兴起。

"那个时代最大的发力者当数辜鸿铭,他不仅重译《论语》,而且还用英文撰写《中国人的精神》,许多文章传入德国,德国为此掀起了一股辜鸿铭热,也就是东方文化热……"。

生于南洋,曾游学英、德、法诸地的辜鸿铭,是清末民初"中国形象"的最大推销员和维护者,可惜他不是裁判。在西方霸权和绝对话语权笼罩下,"中国形象"还是一直被污辱、被损害。

说来话长,比这天来自中国海峡两岸的学者对话为时更长。

照我浅见,不管如何的褒贬,不管褒中是否存有溢美,贬中是否不及其余,中国都应该有文化自信,为曾经创造和拥有的灿烂文化自豪,并礼敬、尊崇这个给中华民族和中华文明带来了巨大荣誉的孔子。

中国形象第一次受损于西方,我未曾考据起于何时,也不敢预测当止于何时。但我知道,一七九三年那次中西碰撞,已被记录在案。

那年,马戛尔尼伯爵受英国政府之命,率一支四百多人的使团,以祝贺乾隆皇帝八十大寿为名,出使中国。这是西欧各国政府首次向清朝派出正式使节,却没能如愿地敲开中国通商开放的大门。屡起的礼仪之争,耳闻目睹中接踵而至的怪事,英国使团在糟糕的心情中,如何能把一个优雅的"中国形象"带回到西方?

小野和我在哥伦比亚大学同窗时,就对此事保留自己的看法。在他看来,马戛尔尼之所以不肯对乾隆行三跪九叩之礼,并非放不下"西方第一强国"大使之尊,根本原因在于,这个心怀机诈之人,连同他那个工于算计的使团,在为期几个月由南向北对"世界老大"的水陆兼程中,滥用清政府的友好、信任和格外优待,大搞秘密调查侦测,窥探到了乾隆朝的许多秘密和盛极而衰的气息,由此改变了之前整个欧洲对这个富丽优渥的东方神秘大国的顶礼膜拜,转而轻视。这种情绪,自然表现在该贡使对乾隆所行礼仪上,面对如此拒绝入乡随俗的"蛮夷",乾隆又焉能向他们开放的大门? 整个外交下来,傲慢的是狡诈的英国使团,吃亏的是善待外宾的中国,所以,人善被人欺,马善被人骑,自古皆然。多年来,一直到死,小野都没有改变这一观点。

回看历史,我们无需大惊小怪,此时处于"盛世"的中国人,在马戛尔尼和使团其他成员的叙述里,几乎莫不像蚂蚁一样没有个性,也莫不像蚂蚁一样碌碌瞎忙。男女服装几乎都是蓝布衫、宽袍长裤,甚至连面貌表情都没多大差别,他们像奴隶一样被镇压,也像奴隶一样驯服顺从。

想来,在天朝上国和中国大众的眼里,这群蓝眼睛、白皮肤、非我族类,不懂规矩而又桀骜不驯的洋人,也肯定不会有什么好印象,彼此彼此吧!

值得玩味的是,一百多年后,"蓝蚂蚁"再次成为西方人对中国形象的一种看法。一九五五年,法国记者罗伯特·吉兰在《蓝蚂蚁——红旗下的六亿中国人》一书中,称中国是一座"蚂蚁山",而亿万民众是栖息其中的"蓝蚂蚁"。

这天,在戏曲孔院的交流就此说开后,中国台湾主讲学者认为,中国形象在西方眼中如出一辙,这不是照抄,也不一定是误读,一大原因是积贫积弱的中国,没有给西方提供一个可观、可掬的形象,是中国一成不变,并非西方戴着有色眼镜,门缝里看人。

大陆主讲学者认为,法国记者罗伯特·吉兰到中国时,新中国已诞生五年,与旧中国相比,内容和形式都发生了深刻变化,但西方也在前进的路上,且与中国的差距持续拉大。所以,中华人民共和国哪怕在一穷二白的废墟上站立了五年,在初来乍到、无从作新旧对比的西方人眼中，还是落后、守旧、威严有余而活泼不足的，仍是"蓝蚂蚁"。

我和大陆主讲学者一样，搞不清楚罗伯特·吉兰眼中和笔下的中国印象，是否受了马戛尔尼的影响，但起码可以说，观点"撞衫"了。

我掐指算过，中西初识时期与欧洲的启蒙时代在时间上有交集，不说严丝合缝，大致吻合还是说得过去的。我进而有个疑问，两者在内容上是否也有交叉，精神上是否也有碰撞？启蒙时代的欧洲在受惠于中国文明之时，于中国有何裨益？

你想啊，中国和欧洲，分处东西洋，原本就是两个方向的洋流，一个"无意"中停滞不前或放慢了速度顺流而下，一个却"落花有意"，怀着强烈目的回溯逆流，经由地球引力，竟在一段时空隧道神奇地交汇了，如此不同寻常，能不"乱石穿空，惊涛拍岸，卷起千堆雪"？而正是在"双流"融会的过程中，西方的"中国形象"或"中国观"得以逐渐形成，把两个内容给包容了进去，一是作为认识对象的中国是何模样，一是对这一认识对象的态度和评价。不管是当作历史还是文化现象，都该是耐人寻味的一首诗、跌宕起伏的一段传奇。

在这场交流对话中，我欣喜地收获到了我想要的一些东西。

大陆和台湾两位学者说了一个众所周知的话题，当外国人特别是西洋人源源不断来华，用异域人的眼光观察这块陌生的国土及生活着的芸芸众生时，中国人早已远渡重洋，以惊奇的双眼打量世界。郑和七下西洋姑且不说，闽粤人闯南洋也暂先挂起，如果非要以走向太平洋，走向欧洲才算作中国真正意义上的融入世界，那么，欧洲人走向中国，也就意味着世界走向中国。从某种意义上来说，在这个双向流动的过程中，欧洲人表现得更为开放、主动些。

大陆学者为了说得形象点，特地借用了著名学者型作家钱钟书的一句话，"咱们开门走出去，正由于外面人的推门，敲门，撞门，甚至破门跳窗进来"。

中国上下五千年，改朝换代多少回，可文明依旧在，包括文字、语言、习俗、饮食乃至律令，万变不离其宗。十七世纪到十八世纪，差不多都是清朝统治，中国的模样没有鲜明的出入。但这一百多年里，中国形象在欧洲人眼里，却因人而异，因时而别，在不断变化，为什么呢？

中国台湾学者认为，究其原因，固然有人言言殊，还有心情、心理和环境因素的作用，但更重要的是，乃因欧洲自己在不断变化，其审美和文化观、价值观在不断变化，由此而造成同一个人同一社会的"中国观"前后有别。

大陆学者在阐发自己的观点时也认为：欧洲社会向来是以自己的价值观和实际需求作为形成中国观的基础的，这一原则倒也基本没变。反过来，在中国走向世界、世界走向中国这个"双流"过程和交融舞台上，中国前期几乎静若处子，浑不知天下事，任凭欧洲不断地从它那里取经，获得灵感，借蛋生鸡，借鸡生蛋，无动于衷。所有的故事，都跟随欧洲的口味和喜好，以欧洲的节拍而律动，中国在其间只是被动，从不主动，等同失语者，或是个缺席的演出者。以"天朝上国"自居多年后，感觉不对劲睁眼看时，才认识到落后人家已非一朝一夕，赶紧"师夷以长技"，但所谓天上一年，人间十年，插翅也难追上人家，要扭转自己的被动形象，也已是身不由己。

"中国和欧洲就这样不可同日而语了。从表面上看，中国是欧洲慕名要认识的对象，但在单方面的缺少互动中，欧洲从仰视到平视再到俯视，甚至不以为然了。他们不仅没有全面认识中国，还先入为主抱着成见，只凭想象。最值得玩味也最有趣的是，欧洲早早借助中国更好地认清了自己，而中国迟迟才大梦初醒，最终也借助欧洲认识了自己。"

我很欣赏大陆学者的这段表述。这就是历史的复杂性,也是我们读历史故事的趣味所在,它帮助我们找到了中国和欧洲之间易位的原因,找到了产生距离的原因。其中变故,值得深究。

不管怎么说,启蒙时代的欧洲,受中国文明的影响很大,从中国文明中吸取的养分也很多,欧洲许多思想家曾以此来批判欧洲文明。他山之石可以攻玉,但启蒙一开,随着欧洲文化的强势崛起,中国成为了"落后的他者"。

与启蒙时代的有限或个体交流不同,在这大交流中,更多的人撰文和发声。而且还把西方视野里的中国形象"出口转内销",进而影响到中国人的文化认同。

以史密斯的《中国人的性格》、莫理循的《中国风情》、卫礼贤的《中国心灵》、古德诺的《解析中国》、麦高温《中国人生活的明与暗》等认识中国系列为代表,从西方回来的"中国形象",不仅影响到中国人的文化认同,还唤起了中国现代知识分子对国民性的批判。鲁迅写《阿Q正传》时,就把美国传教士史密斯《中国人的性格》一书中的观点写进了小说,阿Q的种种性格特质在《中国人的性格》中都可以找到。鲁迅在逝世前两周发表的文章里,还希望有人翻译此书。

从西方回来的"中国形象",几乎都没有启蒙时代那样美妙,中国人揽镜自照之下,不免既惭且愤,由此生奋发图强、赶超雪耻之念。

正如这位大陆学者所指那样,即使生活在同一时代,不同的读者仍有不同的哈姆莱特,不同的人也都有不同的中国印象。拿一九三三年西方同时出版的两本关于中国的畅销书来说,《消失的地平线》把中国想象成一个人间乐园,而《人的状况》则把中国描述成一个人间地狱。同处一个时代,相同意识形态下,两个"中国形象"却是极端式的截然相反,让世界好不玩味。

五

"什么叫专家?专家最大的特征就是片面。"

散场后,美利坚合众国晃眼的阳光像是刺穿了华裔新同事林权的话匣子,滔滔难止了。在挑出两位专家的片面之说后,他补充一句:"要我说,儒释道三者结合,才能说清道理。"

"怎么说?"

"儒家治国,道家治身,而佛家则治心。南怀瑾先生有个比喻,儒家像是开了个粮店,新文化运动砸烂了孔家店,所以中国挨饿,那就是精神饥饿了。现在呢,儒家不光在中国重新闪亮登场,还风风光光地开张到了国外,等于中国有精神和物质输出了。道家是药店,人生有毛病,社会有毛病,一定要吃点儿药。人的心灵和精神有问题,道家可以帮你解决。佛家是开大型购物广场,有钱没钱都可以进去逛逛,不必有心理负担。"

呵呵,虽然把中国人的形象和中国形象混淆了,但说来说去,还是离不开孔子学院。

对犹如银行一样遍布一百三十多个国家和地区的孔子学院,林权并不反感,而是说:"世界各国现在哪个不重视软实力建设?德国创办了世界范围内积极从事文化活动的文化机构歌德学院,西班牙则有塞万提斯学院。孔子学院当然是体现中国软实力的最亮品牌,是推动汉语走向世界的最好抓手。中国现在不是进入到了第十三个五年计划嘛,要我看,不消五年,孔子学院也将基本实现全球覆盖……"

他不反感孔子学院星罗棋布,并不等于世界没看法。

孔子学院和孔子课堂已然成为深化中美人文交流的重要平台,此去经年,是否如一些人猜测和担心的那样,将不可避免地产生文化冲突，一段时间里可能还会愈演愈烈？我不敢轻言，却情不自禁地想起那首歌："孔夫子的话越来越国际化……"我甚至想到了当年新文化运动兼中国共产党旗手之一的李大钊在《Bolshevism的胜利》一句气吞山河的话："试看将来的环球，必是赤旗的世界。"

李大钊眼中的将来，已"噼哩啪啦"差不多迈过了一百年的脚步，"孔旗"已插向了世界，今后会有怎样的升降呢？

拿这个话题来问林权，他沉吟半响，道："有得意，有失意，但得意别忘形，不要想着'一夜看遍长安花'；失意别绝望，要想到'卷土重来未可期'。总之，在得意或失意时要有个缓冲地带。"

听其言，已知其所受儒释道的综合影响，我应和道："是啊，我觉得中国文化有个好，教人得意时做儒家，失意时成道家，到绝望时则成佛家。"

"所以，中国有句古话叫得意信儒，失意崇道。林语堂也说，道家及儒家是中国人灵魂的两面。"

"有这两面已够抵挡一生，要想集儒释道于一身，并非你行我也行，非要有一种良好的人文素养不可。借南怀瑾先生的话来说，面对眼前的粮店、药店、购物店，能有所选择，不犯迷茫，自我解脱，就需要有个安身立命的精神家园。"

"顾博士道行很深啊，怪不得一来就领导我们。"

其实所谓的领导，不过是担负的课题下有三两个临时助手而已，包括林权在内，但我可没以领导者自居。于是，我朝他送去温和的一笑，并说："领导不敢当，同行而已，另外，我所知这些皆皮毛，今后得向您学习才是。"

"谦虚了，真是谦虚了。"

话虽这么说，但从他笑意簌然的脸上，显然能看出他的某种知足。是啊，谁不喜欢受到尊重呢？哪怕只是挂在嘴上。

"顾博士您知道吗，今天本来是印度人陪您的，却临时抓了我的差,也好也好,让我摊上了好差事……"

话虽这么说,从他欲说还休的神情里,显然感受到了某种不满,以及所遭受的某种不公。

林权当年系中国某名牌大学的高才生,毕业后本有个好单位,却拗不过女友的留学梦,跟着到美国"陪读",一边打工一边自费留学。不料却弄成了一个鸡飞蛋打的下场,女朋友跟着美国的月亮跑了,他偶尔举杯邀明月,却是茕茕独立,对影成三人。一番折腾后,总算凭着没有荒废的专业兴趣,到了这家研究机构,工作了十来年。照他的话来说,相当于"高级白领",离"国际学者"的距离相当于地球到月球,既无成就感,亦无归属感。

在坐地铁回去的路上,林权就情不自禁地跟我诉说了他的经历,连叹几口气,道:"到了国际上,才觉中国其实挺好。"

这个时段的美国地铁人头攒动,却感觉气氛冷漠,大多数人面色凝重,心事重重,唇齿紧闭,鲜有人喜形于色地热情交谈。

我的声音也像别人打手机的声音那样,轻而又轻:"想过回中国?"

"总觉得没面子。哪里都不可能百事顺遂,可您想啊,我在美国干了十几年,不仅没有门迎喜气户纳春风,没有三代康宁六亲和睦,还鸡飞蛋打,只弄成一个相当于'高级白领'的角色,哪里比得上那些留在国内混的同学。想当年,他们的智商和情商都不比我高,现在却混得一个个人上人,一个比一个有成就感。"

他不是在说段子,也非自怨自艾,不过是"感时花溅泪",找到一个能倾诉、能听懂倾诉的人"溅"完就拉倒而已。

"那您现在是信儒还是崇道,或者是林语堂说的两面?"

他听懂了我的话意,道:"哈,得意肯定算不上,失意也说不上,不甘而已。"

一个"不甘",可见这位"准国际学者"的幸福指数。

"更气人的是,前年回国过年,和几位中学同学聚会,一个大学都没考上的土豪公然说,他之所以有今天,是因为没离开祖国,离开祖国的人什么都不是。不管是不是指桑骂槐,言者无心听者有意,内心总是不舒服。"

　　看来,"离开祖国你什么都不是"的谈论到处都有,听后"有心"的,多是海外华人。我说:"听了是有些别扭,也不要觉得受了侮辱,更别因此妄自菲薄,人家只是随便一说,你当啥真。"

　　"不过话说回来,有一个强大的祖国在后面撑着,就像是娘家有人、娘家富有,有靠山总是好事。让人纳闷的是,华人在国际上的发展,却往往得不到相称的地位,别说与大国形象的影响相去甚远,与自身的智商都不相配。"

　　人的形象如同国之形象,一是自命自许,一是别人相看。你自许再高,别人不当一回事,不被高看还遭看扁,心里能有好滋味?

　　让林权恼火的,是他被自己瞧不起的印度人盖过了一头。

　　在西方国家,华人普遍不太瞧得起印度人,可印度人的发展却普遍比华人好。你到硅谷、华尔街那些著名的国际大公司一看,印度裔在高管中的占比高于华裔;在欧美学术界,很多国际著名学者来自印度,在经济学、社会学领域,印度裔的发展更是强于华裔。甚至,人口与中国压根没可比性的韩国,在联合国、世界银行、国际NGO中的明星高管比例,也不逊于华裔。

　　林权曾遭遇尴尬。去年,一位在联合国世界科教文卫组织当了十几年普通干事的同乡好友,请几位在美工作的侨胞聚会。一位记者听了他们的经历后,直桶桶地说:"你们几位,名牌大学毕业,在美国十多年,也算融入美国主流社会了,怎么混得还不如印度人、韩国人?"这一问,让他们的脸都快挂不住了,尽现华人出国后的失落感:过去祖国弱小,内外交困,华侨在欧美毫无地位可言,现在中国都崛起多年了,而且早就是联合国里的五常了,他们却依然感觉不到大国子民的尊严。即使中美已进入共生时代,还因此诞生了新名词 Chimerica(意为"中美共同体""中美国"),哼,还没印度人、韩国人混得好!

Chimerica! 这个于北京奥运会时突然出现的新名词,在我看来,除了炮制者的意淫,却也说明,在全球化时代,越亲密竞争就越大,当谁都离不开谁的时候,往往也是危险丛生之时,利益攸关,谁比谁傻,谁比谁强?

一出国就知爱国,海外发展少不了情感因素的影响。林权的尴尬事,留下了海外华人在欧美国家生存的某个影像。

在林权看来,不管是中国人的一身炒菜味,还是印度人的一身咖喱味、韩国人的一身香水味,都不是影响他们海外发展的理由,换言之,不是本国的文化问题,当然,对华人打压也不是完全没有可能。印度人和韩国人为什么更被欧美主流社会高看,乃因这两国教育所培养的人才素质,比较符合欧美主导下的国际社会的游戏规则,印度人、韩国人从小到大所受教育,强化了他们的全球化能力,而中国则相反,套用中国人常说的一句话,输在了起跑线上。

地铁走走停停,各色人来人往,却不拥挤,倒是各种气味在车厢里交相混杂,造成了鼻子的臃肿和某种不堪重负。这里头,中国人的炒菜味,印度人的咖喱味,韩国的香水味,应有尽有吧。我们的中心话题没受人群和气味的影响,但肩并肩的交谈倒也并非旁若无人,公共场合尽可能低声低调,是我维护自身和华人形象的习惯做法。做了同事后才认识的林权,如出一辙的言行,表明新一代华人移民的综合素质。

"中国的教育,今后要着重培养批判性思维,而非死记硬背的能力。在批判性思维下,能源源不断产生创新。因此,注重创新的国际社会,并不太欣赏儒家传统文化培育出的中规中矩、按部就班、温良恭俭让等性格,更看好并器重能够表达不同思想和看法的人。印度人、韩国人像是摸准了欧美人的脉搏,因而在国际舞台上有更多的表现和发展机会。"

听林权滔滔说来,我不觉讶然:"您连这都有研究?"

林权微微扭过头来,冲我得意地一笑,压低声音说:"我一直在研究这个课题,我要把一些道道告诉海外华人。有一天我若回国,第一职业不是研究机构就是大学教职,'传教布道'也是爱国吧。"

我轻"哦"一声,看着他:"看您满腹经纶,回国准受欢迎,大可把中国在世界的竞争力提前几位。"

即使说得眉飞色舞,他的话也不曾高八度,像是训练有素一般,拿捏得恰到好处。这地铁上能听懂汉语的耳朵,人前没有,人后能无?华人华裔之外,还有美国人、印度裔、韩裔吧。我们不是主义宣传,这里也非公共课堂,不需吸引那么多耳朵,何况对非我族类,天机更不可泄露。

官方或半官方棋布在世界各地的孔子学院,如林权的微词,时有耳闻。以致像范玥这样的留美博士,在见识孔子学院某些授课后,都忍不住要问:"到底是海外华人融入当地文化太成功了,还是我们自身异化得太久了?"

人因交流而走进内心。这一次接触,我觉得"我心依然是中国心"的林权是有表达意愿和快感的,这份意愿和快感,想来将促使他有朝一日回到他在比较后自认为好的故国。

这份"传教布道"似的快感,使他在临近分手时,还不忘总结性地抓紧对我说:"中国人走到世界哪里都可以很优秀,迎头赶上印度、韩国不在话下,我们这一代人改变世界也完全有可能……"

林权先到的站。

望着他瞬间就被人流裹挟、无处寻觅的背影,我想,这么优秀且聪明的人,离开祖国后,为什么连女朋友都被美国的月亮拐跑了呢?为什么连他瞧不起的印度人都能压他一头而他却还自信能改变世界呢？如果我也有改变世界的梦想和抱负的话，不是别的什么，而仅仅是在历史和思想方面植些真正的种苗，不希望看到充满谎言的伪历史和思想谬论在影响并摧残世界上那些原先健康的大脑；我也不在乎被谁压一头，能者为师，自当从善如流。只是，林权跌跌撞撞的经历，却让我再一次咀嚼起"融入主流社会"这个话题。

　　前不久，在旧金山，我和苏嘉、范玥还有过这一番交流呢。
　　我忽然感到，我和他们之间意犹未尽，还会有很多交流；今后苏嘉真要让我做他那个四方会的文化顾问，也不要推三阻四了，不过就是备咨询嘛，可以像孔子那样"小叩之则小鸣，大叩之则大鸣，不叩则不鸣"，这样也可以逼着自己不断充实自己，半桶水晃荡，走不了多远呢！
　　看了看时差，忽然就想着给郭芸芸发微信："您那天去曲阜烧香了吗？"她该知道我说的是为谁烧香。
　　"没，只是送了束鲜花。"
　　"鲜花代表的是西方仪式，作为中国学者，我倒希望您为孔子烧一炷香。"
　　"管理处颁布了新规，要求参拜者用鲜花致敬，可能是为生态环境着想吧。"
　　"哦。但天地间少了一炷香，缺了一个跪拜，便少了一种中国传统文化味道，便可能让人像脱缰之马，不再讲规矩，无法无天了。世道也就这样暗下来了。"
　　"有点儿危言耸听吧。少了一炷香，换作了献花，就把中国人与自己的圣人隔离开了？"
　　我觉得是这样。
　　地铁"隆隆隆"地前行，我的脑子也成了跑马场。
　　在北美，曾几何时，华人鸣于心间、挂在嘴上最多的一句话，无

660

非"融入主流社会"。昔日的山河已远隔彼岸,现时的生存和发展逼在眼前,你再讲究薪火相传,也得先有薪有火呀,两者缺一都只能空嗟叹,徒唤奈何。入乡随俗,努力适应新环境自然不可避免,问题却也"随风潜入夜",伤你没商量:何为"主流社会"? 怎样才算"融入"?

二战留下的伤痛稍有缓解,以美国、苏联为代表的东西方阵营,却在联合国宪章前唇枪舌剑,陷于长期冷战,看不见的硝烟像流星一样在世界上空乱飞。美国华裔新移民审时度势,冥思苦想,自以为终于开窍了:美国是个种族熔炉,他这里的主流社会要求你抛弃原有一切,净身出户,最大限度地美国化。从外包装的语言、生活习惯、个人形象,到内在的思维模式、"三观"以及家庭亲情观念,都亦步亦趋地照当地人的状态改造,"照葫芦画瓢",至少看上去无异。换言之,你得有意回避华人的身份认同,转而主动去认同"我是一个美国人"。

中美继中加建交后,二十世纪八十年代初,又普遍催发了新一代华人移民的"美国梦情结"。无论来自两岸三地或是别的其他地区,这些打算长期或永久居留的新"候鸟"群,为了尽可能快地适应新环境,尽可能周全地在这个打算谋生亦谋爱的新国度获得有利于今后生存和发展的空间,面对在多方面已抢占先机并领先自己一个段位的竞争者们恍若雨后春笋的情景,为了追上、拉平他们,先得委屈自己,装也好,争也罢,总之必须让自己"比美国人还像美国人"。

我父母接触过的"比美国人还像美国人"的中生代华人移民多矣哉。有些至今仍和我保持着联系,是我在学问研究中有所需要时能有个说得上来的顾问。

移美三十载的老关,在回顾那段跨洋越海的经历时,曾如是坦承:美国三十年前已是高居世界云端的强势主流社会,你不认都不行,他们那一代华人移民既打出了国门,必安之,就得站稳脚跟,待不下去或处境困窘，岂不丢老祖宗的脸面；所以融入时有些极端也是情非得已，必须通过这种近乎自虐的自我暗示，才能像戒烟戒赌那样，彻底改掉自己与生俱来的华人习气，特别是某些连自己都觉丑陋的恶习，让自己脱胎换骨，看上去像个美国人。

对那时的现状及发酵过程，老关记忆犹新，说："移民后，不管和谁交往，每当被问及是哪里人，我们几乎都有个约定俗成的标准答案，告诉对方我现在是美国居民，然后视情况再说。"

别对老关求全责备。这种极力要融入主流社会的移民情结，在哪里都同样存在。

如果说，文化多元的移民大国加拿大，主流社会意识没有美国强烈的话，而今美国华人对"主流社会"又有怎样的认识？

回到家，我就和几位老移民通起了电话，虚心求教。

老关是其中的一位，他笑呵呵称自己现在总算明白过来了。你道老关明白了什么："在北美，所谓主流社会，就是由无数族裔组成的统一体，遵守当地法律和道德规范，适应并积极参与当地的政治、社会生活，关心所在社区，与此同时保留自己族裔的文化传统，就是融入了主流社会。"

这个认识，和我的定义，和苏嘉的看法，差不多，真的差不多呢。你也别管它有几分成熟，反正记住，在美国融入主流社会，就像现在中国提倡的"奔小康"，门槛不高。

老关的孙子出生在美国，混血儿一个，我还抱过呢，小学时对中英双语说读写的程度超乎想像。和其他华人孩子交往时，他在学校楼或公共场合只说英文，私下里或出了教学楼大门只要他愿意，就换说中文。我曾问他是哪里人，他挺胸响亮地回答："我是美国的华人。"

一个蛮有意思的回答。

这小子反过来考问我："为什么说中美之间的友谊是鲜血凝

成的?"

有这样的提法吗?我看着他,静待他自己给出答案。

"中美之间的通婚现象很平常对吧,生出的宝宝是不是叫混血儿……连血都混了,还不是鲜血凝成的友谊!我就是其中一例。"

他郑重其事说来,我不禁失笑,可以想象他这个混血之家的趣味。

六

前面我说了,纽约州立宾汉顿大学戏曲孔子学院那一课并非只带耳朵听完拉倒,参加类似这样的文化活动,都得捕捉信息并加以分析,向中心提供某些只可意会的参考。

为了提交像样的分析报告,我和林权在办公室商讨了几次,最后,由他执笔《裹着孔子外衣的中国形象在扭曲中仍将信服世界》。我作了一番精心修改,并把题目中的"征服"改为"信服"。

没想到,进中心以来的第一份业务,就得到了表扬。

那天,我去哥伦比亚大学图书馆查档。哥大图书馆光汉语图书就不下二十万册,里头有的原始资料,究竟可以原始到什么程度,我只能说,看了当令方家咋舌。有过比较,才能更确实充分地感受到在哥大史料渊海中自由游弋之乐和捕获之丰。

回到办公室,林权一脸喜色地来找我,说上司称这份报告比印度人做得好。

我微微一笑:"可喜可贺!我跟着沾光了。"

"不不,这是沾了顾博士的光。这是庶民的胜利!第一次跟顾博士合作,就有这么好的成果,今后肯定是胜利一个接一个了。"

他喜滋滋的样子,好像并不在报告受到肯定本身,而在于盖过了印度人,为"中国形象"加了分。

果然,在得知我刚从哥大回来,林权立马就联系上了"中国形象",说:"孔子的思想,中国的形象,其实一百年前美国人就从丁龙身上领略到了。我们的报告能加上这一点就好了。"

　　我忙说:"是啊,疏忽了!这都怪我,我还受惠于丁龙呢,连这都想不起,哈,喝水忘了挖井人,惭愧惭愧!"

　　"您在哥大深造过,该清楚丁龙这个人了吗?"

　　我摇摇头。

　　林权感叹道:"丁龙真是个谜啊!"

　　"就像考古一样,总有一天会水落石出的。但丁龙现象,却已是中国形象的无声说明,他称得上是在美国最早身体力行践行孔子思想的中国人。"

　　"听说哥大副校长的夫人都对丁龙着了迷,想着要弄清楚丁龙的生平。您认识这位校长夫人吗?"

　　显然,我没有去中国化,又比一般移民更深度地融入到所谓的美国主流社会里,不端架子也没有架子可端,这让林权产生了亲近感,进而有了接近和阅读的兴趣。

　　不管是无话找话,但他知道并敬重丁龙,能有这一问,就让我对他刮目相看。

　　这已是我第二回提到丁龙了,想必大家也都想了解一下,不停下来详说一通看来不行。

　　关于丁龙其人其事,我读哥大时,曾见过东亚系里的自我介绍,开头就引用了创立者一九〇一年六月二十八日致哥大校长塞斯·洛的信:奉上一万二千美元支票作为贵校中文教学捐款,并特别指出创立者是"丁龙,一个中国人 (Dean Lung, a Chinese person)"。哥大东亚系饮水思源,无形中让我们这些就读的华裔感到荣光。

　　一万两千美元,在一百多年前是个天文数字。我在哥大图书馆曾查到美国劳工统计局的资料,该年美国家庭的平均年收入是七百五十美元,而当时的黄金官价,一美元可兑一点三七克黄金。按购买力折算,丁龙的捐款超过了今天的三十万美元。哥大东亚系是全美最早的汉学系,也是中国文化海外传播与研究的一块高地。中国近现代史上一批名人,在这里留下过足迹,留下过珍贵的第一手口述实录。追本溯源,这一切的发生,都得益于丁龙。

在哥大校园,我曾亲耳聆听过哥大副校长保罗·安德尔教授代表校方对丁龙善举的嘉许:"Dean Lung 不是一个学者,不是一个将军,不是一个重要的人物,他仅仅是众多美国第一代华人移民中的一个,他捐出来的是钱,但更重要的是贡献了他的视野和理想。我们这个机构存在的意义就是要在当今这个充满冲突与对抗的世界里,建立一种属于我们自己的理解和对话的方式。所以我们需要重新认识并嘉奖这样一种视野,同时重新认识并嘉奖这样的个人,肯定他的贡献,让世人知道并记住 Dean Lung 的名字。"经保罗倡议,东亚系肯特楼更名为丁龙楼。

保罗的妻子米亚是美籍日裔,第三代日本移民,从未接触过历史钩沉的她,在协助保罗的工作中,发现了丁龙的故事,无比着迷,十数年间行走在中美两地,从寻找丁龙开始,成为职业"考古"学家。

因为身份关系,我和小野又同在东亚系,和保罗副校长及其美丽的妻子米亚女士有过接触。我没想到,连林权都听说过他们。

当年在哥大以汉学为副修的胡适,在其口述自传中曾语焉不详地提到丁龙,为其整理自传的唐德刚,认为"丁龙原为一华工,姓丁抑姓龙,已不可考"。现在,我根据新近挖掘到的资料,对钱穆的小传作个小补充。

谁能想到呢,有几分神秘的丁龙,却是个卑微的广东"猪仔"。他十八岁被卖到美国做苦力,三十岁时被美国退役将军卡朋迪埃选为仆人,忠心耿耿,不离不弃。一天,卡朋迪埃问他想得到什么回报,丁龙出人意料地请他出面,把自己克勤克俭积蓄下来的一万两千美元捐献给这位退役将军曾读过的哥伦比亚大学,盼能在哥大设立汉语教育项目,让美国人能够更多地了解中国和中国文明。

卡朋迪埃大为感动,倾力支持,在丁龙捐赠积蓄后,也跟着向哥大捐了十万美元,并给校长致信:"我以诚悦之心献给您筹建一座中国语言、文学、宗教和法律的系,并愿您以'丁龙汉学讲座教授'为之命名。这个捐赠是无条件的,唯一的条件是不必提及我的名字。但是我要保持今后追加赠款的权力。"他不忘赞扬丁龙的人品:"虽然他是个异教徒,但却是一个正直、温和、谨慎、勇敢和友善的人。"

二十世纪初,美国排华风气盛行,要在哥大这样全国顶尖级的大学以一个中国人的名字命名一个教学项目,不是异想天开也算石破天惊。经过卡朋迪埃的力争(他此后的捐款增加到近三十万美元),哥大最终同意设立"丁龙讲座教授",并从欧洲重金请来汉学大家夏德担任首位教授,由此开启了美国大学最早也是最著名的汉学系。办学规模逐步扩大后,易名为东亚系,但"丁龙讲座教授"的名头一直未变。

被丁龙感动的卡朋迪埃还向华人重要聚居地加利福尼亚州的加州大学捐助了大量钱财,推动对中国文化和思想的研究。因为丁龙,卡朋迪埃对中国有着别样的情感,生前曾到中国游历,还专程到过丁龙的家乡,向广州的博济医学堂捐款两万五千美元。之所以提到这一点,除了表彰善举,乃因博济医学堂是中国最早设立的西医学府,孙中山曾于此学医并从事革命活动。

我曾为桃花源中人,焉能不知,清政府闻听哥大建立汉学系,慈禧太后捐赠了包括《钦定古今图书集成》在内的五千余册图书,清朝驻美使臣伍廷芳等亦有捐助。我又焉能不知,在美国的汉学研究领域,哥大东亚系的招牌十分响亮,"丁龙讲座教授"是北美汉学界最受人重视的职位之一。

而且,我一直强调,丁龙的形象还是对 Dr.Fu Manchu 形象的纠正。

Fu Manchu 汉译傅满洲,是英国通俗小说家萨克斯·洛莫尔创作的《傅满洲》系列小说中的虚构人物,清朝覆亡第二年首度出现于《傅满洲博士之谜》一书里,可谓是一个超级恶棍式的中国人形象。傅满洲系列进入美国后,曾不可思议地走红,渐成西方流行文化中最著名的亚洲人角色,号称世上最邪恶的形象。以小说为酵母,所有以傅满洲为原本进行创作的电影、戏剧、漫画等艺术作品,不管他是主角还是配角,那个穿着清朝官服的中英混血儿,皆又高又瘦、高耸肩膀、长着竖挑眉、留两撮下垂胡子,面目阴险如同撒旦。整个系列小说和各式电影中,这位高智商的博士每次都以阴险丑恶的嘴脸行世,结尾被杀,在下一部里再次登场,结尾再次被杀,如此循环往复,轮番上演。小说和电影的正派人物,都以阻止和摧毁傅满洲的阴谋为终极目标。

任谁都明白,Dr. Fu Manchu 其实是 Yellow Peril(黄祸)的拟人化形象。当这个以污辱和损害中国人为能事的形象如细菌一般在西方世界扩散时,才会知道 Dean Lung(丁龙)成为中国人正面形象的难能可贵!

"也许有一天,顾博士也就成丁龙讲座教授,主持东亚系了。"

耳边响起林权的话,我连连摆手,道:"哈,我没有这个梦想。"

"不不,也许会有一天。"他却自信满满,"即使不是您,也会有第二个王德威。"

这倒是实情,二十世纪下半叶以来,哥大对发展中史教研一直努力不辍,以期与哈佛等校竞争,曾受蒋廷黻青睐的哥大博士、当代史学大家何炳棣,就曾受聘丁龙讲座教授。中国台湾著名学者王德威教授作为哥大新生代汉学研究的代表人物,在二十世纪末升任哥大东亚系主任。那一年,太平洋两头都有喜事,重量级喜事是香港回归中国,而王德威的升职让中国人喜上加喜、锦上添花:哥大东亚系建立近百年来终于有东方人担任系主任了,而且,这不仅是哥大建校二百多年来第一次由中国人掌舵汉学研究,还是有史以来中国人首次在美国高校担纲系主任。

林权又道一声:"出现第二个王德威,甚至比王德威更尖端的人物完全可能。眼下的中国,已不是丁龙时代的中国。中国有了前所未有的经济能力,有了话语权……"

我最怕人家一不小心就自我膨胀,盲目虚骄,忍不住打断他的话:"我知道您的教诲,任何时候都别怕自己渺小,别怕自己能力不够,只要瞄准高尚事业,有理想,不言放弃地把理想诉诸实践,你就是丁龙。"

"你就是丁龙,说得真好!"

林权的赞叹,是为了给他接下来的话做个比兴:"中国的变化,美国是看在眼里的,有时比我们看得还清楚,旁观者清。丁龙不是传说,中国梦更不是神话,我们即使成不了丁龙,但一言一行、一举一动,其实都代表着中国形象,传播着中国文化。"

丁龙这个励志的故事,结合进心灵鸡汤,那就是猛料。我想,保罗教授的夫人米亚女士一旦复原出这位来自孔圣人老家的中国人真身,相关的国家会作何用呢?

呵呵,好为人师者,即使没有奶水,一不小心也要给人喂心灵鸡汤,尤其在盛产老师、大师、国师的当下汉文化圈。不过,一个有志于重新回到祖国报效的海外华人,开始慢慢养成那一份习惯和情感,倒也可以理解。一个擅长自制鸡汤的人,想来平时喝得也不少,边制边喝,边喝边制,总不会视同儿戏,也总是有些营养。

"既然有这样的感受,认准自己的言行肩负着传播中国形象的使命,那就努力让自己成为一座友好沟通中美与世界的桥梁吧,哪怕是一座小桥。"我不知自己说得有多诚恳,但总是带着一份感情。

丁龙、李小龙,中国龙也!

我的名字和生肖里虽不见龙,但总还是龙的传人,祖先的基因永远维系着我的前世今生。顾华者,也得人如其名,尤其不能顾影自怜也!

七

对我和林权那份合作报告高看一等的,是副所长凯恩。我来此就职当初就是经他推荐的。我们的父亲是外交领域的老熟人,但我自信不是走后门来的,连所长都对我的几篇论文赞赏有加。

我去他办公室送一份新资讯。他正把两条腿架在书桌上读杂志,这样的架势,显示出他在这里的威权。见我进来,他暂停手中的阅览,接过飞速地瞄一眼,就随意扔在基辛格的《论中国》一书上,一副无所谓的样子,却不无郑重地示意我坐下,然后起身给我泡了杯雀巢。

他身材高大,脸膛方正,微胖的肚子让一身质地考究的西服显得紧了些,再严整地打着领带,就更不宽裕了。在我喝下第一口咖啡后,他不疾不徐地说:"意识形态和政治偏见,长期以貌似公道的臭脸控制着大多数人,其中之一就是对中国的偏见和怀疑。政治家、学者、历史学家、传记作家等等的口诛笔伐,纵容了这个法则,很多书籍很多人都被它俘虏了。哈哈,顾博士要是有意,我倒希望你研究研究这个课题。"

我心头不由一震,这个据说不通汉语的山姆大叔,给人的感觉倒像个"中国通"。他如此义正辞严,是真性情流露,还是为了试探我的"中国心"?我本无心,更无需多想,张口即来:"凯恩先生该知道的,我长这么大,连中国大陆都没去过,谈何研究,只怕是隔靴搔痒呢。"

"作为美籍华人,得回去,必须回去。"凯恩笑眯眯地看着我,说完又不忘补上一句,"对中国的事情因兴趣而了解,因了解而兴趣,像我这样,说不上亲华,也谈不上反华……"

无涉政治?难矣哉。我在做的事牵涉到那么多历史上的政要,当然是政治性的。

电话铃响起,我请示是否回避,他瞄了一下来电显示,很快地用手势制止了正待起身的我。

在电话里简明扼要聊了几句,凯恩放下电话,脸有喜色地对我说:"我儿子决定参选议员呢,我是鼓励他的,现在的议员,多是白痴。这小子,有主张,说马丁·路德·金早就宣称'I have a good dream',他也要有自己的梦。"

"什么梦?"

"总统梦,哈,真是白日做梦!"凯恩说罢,开怀大笑。

我受到感染,不禁也跟着笑了:"志存高远嘛,但愿梦想成真!"

"这小子太有想法了,当然,应该鼓励青年人,尤其是参政者有自己的政治主张……"凯恩给我续了杯咖啡,继而道,"他说要是当选总统,一定不让美国再做世界警察,美国管得太多太宽了,纳税人的钱花得太冤枉,也不再养那些庞大的'水军',任其自生自灭。"

"水军?"我一愣,难道是网络上的水军?

"你知道的……"凯恩跳过他的解释,继续往下说,"他还说,要重新评估与中国、欧盟、俄罗斯、日本的关系,服务于美国第一原则;要制定新移民法,限制移民,打击钻美国移民系统漏洞,占美国纳税人便宜的行为。说白了,不纳税,不直接为美国创造价值者,就休想占用美国纳税人的一点儿便宜。"

"哦,大动作。"我有点儿心不在焉。

"还要在全世界构建自由、公平的贸易环境。"

我不禁失笑:"你儿子要是上台,跺跺脚,地球也要发抖呢。看来他受您影响不小?"

他温吞水起来:"纸上谈兵而已,我也批评他好高骛远,不知世道的曲折复杂、世界的发展变化和柴米油盐的艰难。可这小子说,即使不是他,下届总统也许会这么做,现在就要多施加舆论的影响。"

一切皆有可能。美国人的自信就是这样,美国人的国家观念就是强。

"有些是受我影响,但这小子又有发挥,比如移民⋯⋯"凯恩话到这里,一脸坦然地看着我,"我们欢迎顾博士这样从精神到肉体都饱满、健康的移民,但你不觉得这几十年来移民太烂,挤占了美国空间,降低了美国素质,拖累了美国发展吗?"

"一言难尽,利弊相随吧。"我未置可否,在很多问题上我一向就不是应声虫。

"在全球新自由主义下,获取发达国家公民身份,成为人人追求的目标。"

在移民这个颠沛流离的过程中,中国人就遗失了许许多多。

如果要讨伐,在我看来,首先要声讨幕后的推手媒体。全球范围内的跨国联想和移民梦,多半由媒体误导。我接触过的不少华人移民,谈及这些,几乎众口一词,坦承越是联想,往往就越背离种种现实困难,越是无畏地走上一条风险极高的移民路。

"凯恩先生只说大量移民给美国造成了拥堵,但想过移民给美国带来的技术、资金和人口红利等贡献吗?还有,为了偷渡到更富裕的国度,不少人倾家荡产,甚至债台高筑,冒着被捕和丧命的危险甘愿忍受屈辱。竹篮子打水一场空,赔了夫人又折兵,是这些移民们徘徊在天堂和地狱间的咏叹调。"

"我不关心这样的过程,我只知道,移民充满不确定性,却也同时带来诱人的前景。中国改革开放之初,要是没有一批海外华人蜂拥投资,会成什么气候?而华侨华人的这些财富,是在海外加速积累的吧,这里面就包括美国。你知道吗?中国连第一家涉外合资饭店都是美国华侨捐建的呢!"

"您说的是北京建国饭店?"

"你知道这事啊?"

迎着凯恩诧异的眼光,我点了点头。

下面,就给大家具体说说吧。

中国尘封多年的国门打开后,不止隔绝已久的海外侨胞回乡探亲,肤色各异的洋人也纷至沓来。庞大的旅游大军令北京的接待单位措手不及,实在无处安排了,便把客人送往京郊、天津,甚至用飞机空运到南京、上海等地。皇城根下尚如此,外地就更吃紧了。到桂林的海外侨胞和港澳台同胞,还有被安排打地铺的。旅游住宿问题成了中国对外开放的瓶颈,这惊动了中南海。建设旅游饭店势在必行,可另一个矛盾是,国家财政吃紧,拿不出大笔资金。

美国华侨陈宣远闻讯,马上投资一千万美元和中国合资建建国饭店,并许诺十年后,中国只需花一美元,就可购下自己名下所有股份,完全拥有饭店。这等于是白送,可为什么还要收一美元购买费呢?按美国法律,在国外投资白送就是违法,但对方可以买,至于多少钱则由业主说了算。因此,便有了一美元买一个饭店的协议。

如果说,中国对外开放的起步从引进外资入手,那么,引进外资最初是以引资建旅游饭店为突破口的。建国饭店不仅为引进外资搞建设这一重大策略的实施做了一个圆满的答复,还加快了中国旅游业的发展步伐。

一九八八年,未满花甲的陈宣远在美国溘然病逝后,程贵发代表官方如是评价:"在中国刚刚打开国门之际,许多外国人因为不摸底,怕失败,不敢来华投资。但陈宣远先生不怕风险,也勇于承担风险,这才有了改革开放以来的中国第一家合资饭店。作为第一个吃'螃蟹'的炎黄子孙,他为祖国的发展作出了不可磨灭的贡献,将永远被历史铭记。"

这个故事,我听程宁宁说过。她还透露,那个时候,程贵发在参加旅游饭店建设领导小组时与陈宣远相处甚好,曾通过陈宣远传话,请我父亲回国看看。但父亲拒绝了。程贵发心知肚明,为此开始奔走,想着为父亲摘帽,但并不顺利,而后他又因脑溢血突发病逝,此事悬而未决。

其实,不需程宁宁说,我也知道陈宣远。

对了,前面已有交代,陈宣远是廖仲恺的亲戚,父亲和廖仲恺的关系也已有提及。这样,陈宣远上门来联络时,一拉呱,关系便近了。我不仅见过陈宣远,还与他的后人有联系。所以,对中国第一家合资饭店建设之事略知一二。

是的,中国改革开放要感谢海外侨胞共襄盛举,当然,也少不了港澳台的援手。

就这方面来说,凯恩说的没错,海外华人移民在反哺祖国。

在我们对话的当儿,我可以想象,有许多中国人夹在各种肤色的移民群里,络绎不绝地奔着自由女神而来,也有许多华人夹在各种肤色的移民群中,大规模地回流那个生命的源头。是的,三十年河东三十年河西,原来单向的移民潮已开始变成双向的走廊。全球一体化不是虚言妄说,移民的身份、动因、目的地,将因此进一步地多样化和复杂化。新老移民都需要面对彼此间的认同和隔阂,而研究者们的视野必将开拓,再开拓。

一百多年前就有着世界视野的梁启超,曾断言中国将经历三大发展阶段,"中国之中国,亚洲之中国,世界之中国"。一股股移民潮，一波波海归潮，与中国的发展轨迹紧紧相扣，其碰撞之声，恰也汇成为中国发展的交响。

不管有没有每个人所期待的"这一天"，我还是愿意将凯恩的话照单全收："不管如何，中美之间不能不合作，中美利益交融密不可分，如发生冲突势必两败俱伤。"

是的，中美自建交以来，美国的戒备之心从未放下，时不时就要跳出来叫嚷一番，有时还呈敌对之态。中美关系好也好不到哪里去，坏也坏不到哪里去。中美将始终是一对有诸多共同关系和利益的天生冤家，再有冲突也可以通融。两国人员万花筒似的进进出出，能不丰富"中美国"这个新生词的内涵和外延？我还想加进自己的拙见，移民观和移民之声已然五花八门，在供人窥见众生心态之时，其实也道破了这个国家愈发自信的心态。

"我们曾对世界三十个大中小国家作过专题民调，中国年轻人对世界未来最为乐观。"

这样的话从凯恩嘴里道出，显然已不再是机密。百年来一直高度自信的西方，对于中国的发展，对于中国政治和经济的持久性和冲击波，对于中国文化的自信力，对于中国年轻人看世界的态度，近年陷入重重困惑和反思之中。该怎样重新认识中国？而且，解释中国的不再是西方人，恰是中国人自己。

但也很矛盾，让人捉摸不透，比如移民也是中国人乐观的表现吗？

我想到了某年，在纽约华人同乡会上，一位移民十年的"新新人类"如是说："之所以选择移民，并非因为中国落后于世界，恰恰是因为中国发展太快了，连续这么多年领先世界。如果错失时机，移民成本恐怕就会水涨船高。哈，你是知道的，像中国其他有价东西一样，相对不断上涨的国内工资和升值的人民币，美元欧元的价值也在贬值、缩水。所以，有点儿急，有点儿搭末班车的心态，怕没抓紧赶上这趟车,就错过了一切……"

这是对移民的一种看法,但也有异见。我记得日本电视台华人记者筱芳就曾说:"为了未来的生活,就必须承担当下的风险,这不应该是赶潮流,而应是一种可贵的进取态度。只有那些有种承担风险、敢于面对有可能出现负面结果的人,才配得上生活和事业的慷慨回馈。生意上是风险越大,利润越高,移民作为一种选择,也是如此。"

这是筱芳对我作补充采访时所交流的移民观,说得斩钉截铁,还有一点儿豪气冲天。

为什么偏偏在这时以她为例?因为她做的小野专题被剪了又剪才得以在日本电视台露一小脸后,还是惹上了一场风波,并牵累了我。幸好电视台顶住了,没把这位"知华记者"开除。筱芳表示虽有压力,但绝不屈服于压力,二话不说就把专题节目的"足本"给了中国电视台,正待审核。

每个移民,特别是新移民的个人经历,杂糅了复杂的历史和社会因素。当迎接移民和被移民成为一种潮流时,对双向国家和社会都不可避免地产生影响,程度可想而知。

和多数经事不多的一代移民一样,林权虽有痛,却仍表示,移民并非什么跨国大冒险,不过是一种无性繁殖随意生长的个人发展权宜之计。你即便在老地方待着,可能也有差不多的悲欢离合,后什么悔?

他还说,世间如果真有天堂的话,肯定不止一处,也许找来找去,方知天堂就在原来的地方。对一个开始比较来回得失的人来说,这话很有指向性。

世间的幸福、美好和公正,能放在天平上比较出轻重吗?你要知道,这些词面上的美好和真实的美好,建立在当事人介入某种追求和责任之上。

思忖了一会儿，我郑重地向凯恩表达了到中国考察历史和现状的愿望。

凯恩又攮了攮高得有点儿夸张的鼻梁，仿佛在面对一件意料并期待中的事，平静得出奇："深思熟虑过了？"

"在美国和日本、俄罗斯看了许多材料，无论多么丰富，也不能只停留在纸面上，中国古代诗人陆游说'纸上得来终觉浅，绝知此事要躬行'，更大的诱惑和收获应该在实践。如同凯恩先生所言，我这个年龄再不出发，就会被嘲笑了。惠特曼说过：'如果我不能现在并永远地从我心里升起太阳，猛烈耀眼的日出就会迅速杀死我'，不消日出，黑夜就可能杀死我。"

我有点儿答非所问吧。你要小看我只知皮毛，我也没办法，反正这些年身在此岸，一直未曾疏离故国文化，家学渊源谈不上，顾维钧和郭小颐们倒常有接触，书里书外，不缺前辈大师的熏陶，更没少面对历史文化的香炉。《诗经》《楚辞》的世界，老庄孔孟的思想，李杜韩柳的诗文，也曾书画我青葱岁月中浪漫的底色，我不用向你们保证将一生浸淫其中。

凯恩深邃的眼光似乎在分析我的内心，不动声色地说："想好了，就摆脱羁绊，及早动身吧！"

八

舒心从上海发来了邮件。她只译好了小野留给我的一部分材料，说这段时间忙于办学，心绪不宁，待我回国，给她激情，准能事半功倍。

初初翻阅这部分内容，感觉比较寡淡，有的表述还前后矛盾。我不知道是原材料之故，还是译文出了问题。倒是她的自我表达意味强烈，看得我心惊肉跳："孤心盼春风，只影迎君身。见面绝不

676

放,定要咬紧你!"

我没来由地把其中一篇译文,连同日文资料复印件发给程宁宁,请她帮助把关。当然,我没告诉她出自何人之手,只想问译文水准。

翌日,程宁宁打来电话,开口便说:"多半是胡扯。"

我吃了一惊:"怎么说?"

"我比对了原文,对方翻译出来的东西,不少是故意弄错,把国共两党的抗日主张和成绩张冠李戴,大有拥蒋反共的味道,对日军的暴行则尽可能省略。看样子翻译之人不像在耍弄您,而是出于不良居心,以使您做研究时采信假材料。"

程宁宁举了几个例子。比如,日军在抗战中的损失可谓板上钉钉,日本军报都自我承认了的,可译文中却有意忽略或缩小数字。……

我额头冒出一丝冷汗:"怎会这样子?"

"您太单纯了,遇人不淑吧! 不会是您向我推荐的那个女子吧?"

我下意识地矢口否认:"不,不,不是她。"

"我说顾前辈啊,可别怪我没提醒您。我听一个知情人说了,那女的生就是个演员,读心高手,很开放,背景也很复杂,即使在熟人面前,也能机灵地扮演她所需要的角色,擅长演戏。您可别被她的美色给迷住了!"

"倒不是她,是个男翻译。"我难得撒谎,继而愤愤起来,"我就奇怪了,人家为什么要这么做……"

我觉得舒心不会像程宁宁说得那么不堪,可能也没有我见到的那样光鲜明丽。她有点儿神秘呢,想到我和舒心之间那段奇异的罗曼史,不觉脸红心跳。

想了又想,还是决定打电话给她。不是兴师问罪,而是想明告她,她忙,就不需再翻译那些资料了,我已请别人代劳。奇怪,停机了呢!

几天后,程宁宁又来电话,问:"那个美女叫什么来着?"

"什么意思?"

"我告诉您,前几天上海破了一个案。有个日本回去的女子,利用美色接近官员,窃取情报。还盗用多人的微信号,乱发议论。被抓后,才知是日本间谍,入了日本籍。哎哎,您的微信号被盗后,不是被人公开发表过反共反华言论吗,会不会是她干的?"

我从椅子上跳起来,这一惊非同小可:"叫什么名字?"

听了姓名后,我有点儿如释重负:"不是她啊。"

"但愿不是她,否则真担心您受不了跳楼。不过,人家化名也有可能。"

"哎,你说我这些只关乎学问的芝麻小事,怎么会引起人家病态一般的'关心'呢?"

在我言语里,这个人家已不是那个人。

"物有所值,人有所用啊。"

"哼,一个手无缚鸡之力的秀才,上马不能击狂胡,下马不能草军书,有什么用呢?是不是人家看错对象了?"

"这个您可别妄自菲薄了,当年您伯母、我太婆,不也被各方明争暗抢吗?科技和文化都是软实力,您体现了这个实力呢!"

被忽悠有时也是幸福的,莫名地还有一种激动——这丫头把我和她崇敬的太婆相提并论了呢!

挂了机,我算算时间,迟疑着拨了舒心的电话,却被告知已停机。

隔日,过几天再挂,也还是停机。

也有可能她换了手机,或周游世界了?

这段时间,莫名其妙地冒出个事来。我和吴小荔的情史被全美华文故事网曝光,更恶毒的是,吴小荔的身份被揭发为贪官二奶,水性杨花,而我则被说成是道貌岸然的登徒子、吃软饭小白脸。

我初见大惊,这样的隐私都被侵犯,自由女神能给人什么自由呢?待平静下来,也不想作任何的辩解,那是对牛弹琴呢!

隐私传播之广,连母亲都知道了,说是我外甥女下载给她看的。母亲悄悄地责备我:"你怎么连这样的人都辨不清啊!"

"英雄不问出身,相爱的人也不问出身,要是没有小荔,又哪来的芊芊?"

所谓隔代亲,母亲和芊芊早就形影相亲,这一说就把她的嘴给堵住了。

"估计这样一曝光,大陆肯定知道,到时准会没收她那些财产的。"

"只要不没收芊芊就好!"

"净说傻话,孩子怎么会被拿去充公。再说了,宝宝也是我的心头肉,谁敢夺去,我就和他拼到底!"

我拥抱着母亲,无语凝噎。

"现在最怕宝宝知道……"

"纸包不住火,知道了也不怕,总能灭火!"只能这样安慰母亲了,谁能担保连"蓝瘦""香菇"这类网络词语都能随心所欲使用的芊芊,不会耳闻目睹到这件已被别有用心炒作的往事。

好事不出门,坏事传千里。程宁宁的电话一来,语气很是不屑:"真看不出顾大博士也会金屋藏娇哟,还在我芸芸姐面前信誓旦旦说未婚。"

我很果决地说:"我是没结婚,要等小荔醒来再办婚礼。"

"她怎么了?"

这么一追问,让我触景伤情,不争气地哽咽起来:"她遭遇了一起蹊跷的入室抢劫,受了重伤,成了个植物人,我说过要陪她,陪她到死。"

"原来是这样，我很悲痛，可是……"

"我不需要你提醒，未来将怎样面对痛苦和折磨，感情的美好和浪漫又如何被繁琐消磨，事业的雄心如何因此消解，我就是不想让自己变得过于现实，不愿让人生过得平庸世故！"

程宁宁在电话那头沉默半晌，道："是条汉子，好男人，值得我敬佩，看来今后我不仅要仰止您，还得按辈分叫您公公或公太。"

"别，别，别，听起来像是叫太监。"

"这事，我得向芸芸姐解释。"

"没这个必要吧，你向她解释什么呢？"

程宁宁却换了个频道："出事已经好多年了，和那个网站即使有恩怨，也早就清了，现在被晒出，我看醉翁之意不在酒，是想着把您的名声弄臭。"

"只要小荔能醒过来，我名声香与臭都没关系。名声臭了，连盗号骚扰都没了，倒挺清净。"

"可不能这样自暴自弃，您还肩负着使命呢！"

她不知是在安慰我，还是在给我打气。

两天后，郭芸芸给我发来短信："得知顾兄遭遇，我哭了，请保重！"

程宁宁到底还是与她说了！

筱芳从日本打来电话，先是以真爱无罪为由挺我，继而说已接到中国大陆传来的消息，她那个"足本"专题作些技术处理后，也许能在大陆电视台播出，"他们希望顾博士回大陆时能接受相关采访"。

关心我回故国的还有雷三省、苏嘉、范玥，以及在缅甸像飞人那样世界任我行的宋婕等人。朋友间从面容到内心认识后，嘘寒问暖倒也是常事。

连芊芊也不时问我回中国的时间，希望我能带她到中国看看，也许那天妈咪就醒过来了,如果还不醒,她就把自己在中国看到的一切亲口告诉妈咪。她还知道用"露从今夜白,月是故乡明"催发我的乡愁,吟诵起来朗朗爽口,很有韵律感。这小妞抽长的形体,愈发清晰地长出了吴小荔的影子。遗传真的很神奇,让我对医学的奇迹更有了一种期待。一触及此,爱别离苦的伤口总像撒下了一把盐,又疼了起来。

一天,芊芊若有所思地问我:"Dady,我看了地球仪,美国离中国挺远的呢。"

我含笑道:"是不近,但不管多远,我们都要回到生命神圣的源头去看看,这是每粒种子的需要。"

她拍起了小手:"我是 Dady 和妈咪的种子,我要回中国去!"

她一兴奋起来,一张小脸就格外地生动。那是一张中国人的脸。

赵汉平如期戴上了日本大学的研究生帽,想着回中国看看,半认真半玩笑地向我"跪求带走",一起回中国觅史寻踪。

他依然认为赵一龙的"汉奸"当得有点儿冤,他想通过史实来给祖上平反,藉此让在海外流浪了几代的赵家体面地认祖归宗。当然,不管历史真相如何,他们也都认,也都释然,都会向日益强大的中国靠近并和解。

关于赵一龙卖身又脱离之事,郭小颐分析,其之所以脱身,实为汉奸间的内部矛盾,因为随着投靠日本的汉奸来头越来越大,他这样的老牌汉奸地位也就不断下降,一气之下就上岸了。这仅是郭小颐的一家之言,还未坐实,我也不便告诉赵汉平,怕冷了他的热情。

隔着电话,我还都能听到这个日本华裔富二代热血的澎湃声,但从事这等工作,仅有三分钟热情到底是不够的。我知道,倘非赵汉平坚持,他那个早已融入日本的父亲和姑婆已不愿再提家史,也不愿与闻中国的政治历史——只是如何释然？我说："真要与我同行，除了一腔热血，还需要坚韧执著的精神。"

他笑道："我即使不验证给顾老师看，也得验证给我女朋友看呀！"

这小子，竟然女朋友也备下了，难道他想一起带去？

"那就好！"我信口应承着，又问，"你知道黄哥被炸的事吧？"

黄哥被炸身死，这是程宁宁告知的。我还想问个详细，我在日本曾带赵汉平参加过黄哥组织的活动，他身在扶桑，对这样的事该会有所注意。

赵汉平说："这事在全日华人网都刷屏了。黄哥要不是想筹建汪精卫诗词研究会，就不会被当作目标了。凶手是华人，说事先曾警告黄哥，没理睬，关键还我行我素，就动手炸了。一死二伤，黄哥送医院后不治身亡。凶手被捕后自称行正义，绝不能为汉奸张目，还说把汉奸诗文当成是艺术香饽饽，是别有用心，是对艺术的践踏，用汉奸诗文来曲解历史，更是对中国精神的污辱！"

我便想到上年八月十五那个特殊日子的亲历。那天，我——一位在中华街外看热闹的华人，遭遇了日本街头右翼分子的暴力，因自卫而被关警局；而几位韩国青年在靖国神社门外，剁手抗议日本内阁成员拜鬼。

对血肉横飞之事，我向来感到遗憾，借正义之名行的罪恶，这些年也越来越离谱了。

这些事，万花筒般，在这个时空纠缠在了一块。是不是催促我回中国的暗示？但中国确实必须回了。

九

谁能想到呢，来自中国大陆、邀请参加华人华侨与祖国抗战和建设学术研讨会的信函翩然而至。邀请函恭称我是国际知名学者,盼能拨冗与会,以使此次会议锦上添花,此行一切用度均由主办方负责。捧读此信,看着美丽的在眼前跳跃的汉字,端详着盖上了主办单位的公章,我的心怦怦直跳。这样一来,故国之行更有充分理由了,也更体面了。我很在乎体面,父亲更甚,当年要是有个专门的公函来邀请,他八成是会回去看看的。

我拨了郭小颐的手机号。他跑到中国台湾"中研院"去了,说已接家里微信,称收到了一封来自中国大陆的信,会不会是同一个邀请函,那就不得而知了。

"您这个大牌,哪能少得了!我们又可以同行了。"

"哈哈,但愿但愿。老弟啊,知道台湾今天发生什么事了吗?"

"地震? 要不就是国民党、民进党掐架,议员街头互殴? 李登辉死了?"

"我告诉你啊,台湾举行了五星红旗升旗仪式呢!"

我吃了一惊:"什么?"

"这倒不是,是一位台湾退休军人组织的。放了鞭炮,奏了中华人民共和国国歌,还发表了升旗感言,现场人山人海,连警察都出动维持秩序。"

"真够可以啊!"

"这位退休军人说,分裂台湾没有尊严,更没有出路,中国人民和全世界华人的尊严是中国共产党力排众议打出来的,这也包括台湾在内。民进党有何面目搞独立,你们为全世界的华人做过什么,谁要想分裂就让谁滚犊子,我们坚决主张两岸统一,坚持共产党领导。有意思吧?"

"惊天地泣鬼神,这样的事台湾方面不管?"

"管不着,民意难违! 我录了视频,发给你慢慢看就明白了。"

郭小颐从现场发来的视频,不知怎的,让我的内心回荡着台湾海峡的波涛。

从白色恐怖、世界上为期最长的戒严，到升起五星红旗，这一白一红，岂是单纯的颜色转换吗？白云苍狗，变幻无常却有常，否则如何说"苍狗"？

翌日，我怀着莫名的兴奋，带着芊芊，驱车从曼哈顿出发，往北沿哈迪逊河跑不了一个小时，循着弯弯山路就到了另一个世界。这里，没有纽约城的热闹和嘈杂，也没有曼哈顿的灯红酒绿，这里像是置身于一个安静的世外桃源，一个童话般的世界。父亲是这里的"守山人"。

山不高，说准确点，是个小山坡。父亲的墓地在山坡较高处，向阳。在南海边出生的他，不知为何对山有一种说不清的向往，年少时总想到山顶上去瞭望。回到中国后，先后爬过武夷山、泰山、黄山、峨眉山等名山。有一年，还带我爬过台湾的阿里山。

因了父亲的基因遗传，也受了他的说教，爬山和登高成了我一生的爱好。山是人生中的自然，也是自然中的人生，一年四季于我，都是登山的好季节，都能心旷神怡。春天登山，一路上都有摇着灿烂笑脸向你吐幽香的鲜花列队欢迎；夏天登山，百鸟啁啾为你引路，浓密村荫为你遮阳；秋天爬山，熟透了的果实常常意想不到地出现在眼前；冬天爬山，色彩绚丽的树叶在你脚下铺垫了一层地毯，再不平坦的山路看上去都成了坦途。

纽约没有高山，城郊的大熊山算是难得的一处。我和吴小荔在此流连忘返，后来带着芊芊登临，复登临。父亲守望的那个不算山的小坡地，更是年年都有我们的足印。

多年来，不知有多少重要和不重要的人物长眠于这绿荫环抱的墓园里，难怪常有各色人等来此凭吊，和一块块墓碑对话，如同幸遇一个个饱经沧桑的哲学家、思想家。墓碑有头有脸，只是因智慧太多而沉默，有管是有字碑还是无字碑，都能通过对话汲取智慧。

我牵着芊芊步入碑林。乍一望，父亲的墓碑前竟然盛放着一束白花，我生怕眼花，看错了两者对应的位置，毕竟碑林林立啊，而且墓碑几乎整齐划一。但抵近目的地，没错，白花就是献给父亲的。我和母亲每年祭墓时献的都是鲜花呢，而这是质地上好的绢花，会是谁送的呢？芊芊眼尖，说上面有字呢！捧起一看，只见绸带上写着一行汉字："美籍华人向中国前辈致敬！"

确确实实的，是美籍华人怀着敬意向父亲献花，不能不让我喜出望外。是墓碑上的刻字告诉了墓主的身份，引起了有祖国认同的华人情思。

就这样一束平淡无奇的花，却把托付给它和墓主的生命给扩展了。我们肃立在父亲的墓前，在这束绢花的旁边，轻轻放下我们父女俩挑选的一束白色小花。

父亲墓碑前，柏树在初夏的阳光下愈发显得苍翠，应季的花儿开得鲜艳，衬托着泥土里一颗对历史烟云早已释怀的心灵。

我坐在碑前，告诉父亲决定体面地回趟故国。芊芊则站着，声情并茂地朗诵惠特曼的《给你》：

> 我要放下一切来为你歌唱，
> 没有人理解过你，可我理解你，
> 没有人公正对待过你，你也没有公正对待过自己，
> 没有人不挑你的毛病，只有我在你身上发现的都是完美，
> 没有人不贬低你，只有我决不赞成委屈你，
> 只有我除了你自身的价值外，不会把主人、奴隶主、上司、
> 上帝加在你头上。
> ……

这朵初绽的花儿，陪着这棵有些来头的老树已有一段时光，从

她奶奶,也从我这里弄明白中国伦理,生者与死者之间永存一种契约精神和双向关系:生者周而复始地以固定的祭祀方式向祖先报恩,祖上细水长流地对子孙后代庇佑降福,这阴阳之间的密切关系非其他任何宗教能及。在年复一年中,我也渐自严丝密缝地加深认识:一如中国人生者和逝者的关系,血缘与政治关系之密不可分,亦为人类史上所仅见。是的,严丝密缝。

听着对这朵花儿的吟咏,我禁不住泪流满面。《给你》可以视作敬献给父亲,何尝不可以用来献给即将到达彼岸的祖国呢!就这首诗,借助芊芊的朗诵,达到了我目不能及的地方。

我静静地聆听,把一切情愫注入诗里,再让那个我喜欢的声音丰富它,随风扩散它。这里的环境静悄悄,除了我们,能动的就是在天际飞旋的老鹰,还有眼前那些花草、树叶。蓦然,我听见伺机夜出的飞虫振翅的嗡嗡声,好多声音和朗诵声交织在一起,涌动着,融汇着,或彼此追随着,升腾漫溢着。这声音在空旷寂寥的墓园里,与老鹰高亢清脆的声音呼应,交汇出几许壮观。

芊芊诵毕,看着我问:"为什么老朗诵惠特曼呢,中国有好多诗呢。"

"好,下次你找一首合适的汉诗,再来朗诵。"

"拉钩!"

我们在墓园里逗留了近两个小时,看看天色将晚,感觉父亲已化身为庄严、明智、宽厚的高僧大德,端坐在时间的磨石上,挥手无声地催促我们快快回去。

我此行意义之一,是在力求实现父亲生前未竟的意愿。关于父亲在风云激荡年头衍生的旧事和人生轨迹,如果作为拼图游戏的话,我在撩开尘封的一角后,以旧时中国为经,以美国为纬,辗转于南洋、日本、俄罗斯等不同地方,大半圈下来,想必业已拼出了其中大部分。剩下那最后几块拼板,相信能在现实的中国找到,从而把他完整而精彩的人生给勾勒出来。我一如既往地奉信,要完成一部真正意义上的当代史家绝唱、无韵离骚的著作,除了需要理智缜密处理错综复杂的史料,以诗歌和远方辅佐加油,背后往往还离不了情感的驱动。

出乎我的意料,程宁宁像是钻进铁扇公主肚里的孙悟空,远在日本就这般帮我分析了,但又说:"包括您爸在内的国共两党人物和中国形象问题,不是个知识问题。如果研究者或求解人的出发点和基本态度是带有偏见的,了解越多越不好,因为你在意的都是负面的东西,越是了解,误解也就越多。地理距离可能近在眼前,觉得是在亲密接触了,但心理距离却疏远得很,远在天边。"

她像是也要如凯恩那般"特别提醒我",少有地语重心长。

我变得越来越在不意这样的说教,也变得越来越不想予以反讽。我心里有数,父亲的形象,中国的形象,都要自己寻找,在考稽梳理中重新校正定位。我自身的形象也许要借此而立。其实不止这次,我还想着实践哲学上的某个观点,其谓,社会是永远未完成的社会,人是永远未完成的存在,国之历史和人之历史的延展度永远都在路上,因此需要不断补充、完善。在这条路上,我可以帮助父亲完成他未完成的心愿,并在这过程中再次感受他的历史和存在,把死者和生者的历史和人生尽可能完善一些。

我想象这趟回去,在斗转星移中,父亲足迹经历过的那些城镇和农村,倾泻过分不清是军阀混战、日本侵略还是国共内战落下无数枪弹的每条河流、每条街道,我在好好的认识和端详中,兴许会引发一些感触,产生某些只可意会的感受。这条路,也许会串联起一段陌生的故事,也许是完全的空白和失记;这里可能构成了父亲某个时段的生活,但故事开了头,却在别处逐层展开。每个人各自的生活和记忆,都不可能任由别人僭越。我们只是走近和了解,替他们那些已然僵硬的喉咙发些声音,给他们那些已然虚悬的形象找回失落的尊严,让自己不求甚解的阅历增长一些识见和判断。

郭芸芸比谁都更关心我的行程,不过两天工夫,又跨洋越海煲起了电话粥。她说:"当年,我们的哥大老学长胡适决定接受蔡元培、陈独秀的邀请回中国时,意气风发地宣称'我们回来了,中国便不同了!'我们的顾华兄回来,也该是殊途同归啊!"

我开心被她这样开涮,哈哈大笑起来:"拿我和胡适比,那真是老辣肉和小鲜肉比颜值啊!"

当年,二十六岁的胡适一马当先,一批三十岁左右的庚子赔款留美学生及留日学生,相继踏上回国路,直接走上北京大学和清华园的教授或系主任的舞台。清一色西装革履,挥一挥手,中国的精神面貌顿时一派焕然。

我认识一位清华大学毕业后再赴哥伦比亚大学深造的男生,谦恭有余,自信不足。我曾善意地提醒他,作为清华生,只要想想你们学校的历史,不该如此没自信吧。我告诉他:一九二八年,国民党在形式上统一了中国,当年五四运动的骁将罗家伦走马上任清华大学校长伊始,就决心要在校名前加"国立"两字,时任外交部长王正廷不主张改名,怕美国朋友看了不高兴。但革命年代,总有一批人有点儿革命劲儿和自信力,就本着这点儿革命劲儿和自信力,罗家伦不依不饶地把清华定为国立。

现在,面对郭芸芸的期许,我怏怏然道:"别说不能望胡适的项背,就是这次回去,怕我也不是一个归人,只是个过客。"

"你还记得在哥大时,有次我们聚餐,你和小野都喝高了,竟篡改拜伦的名句,抒发明志。"

"哦,怎么改的?"

"你等等啊,我找下当年的日记,上面有记你的豪言壮语呢。"

她也有记日记的习惯,我说了什么呢? 放下电话,我搔搔脑袋,怎么也回忆不起来。

小半晌,电话铃重又悦耳起来。她说:"你是这样说的:不要述说历史上那些光荣的名字,当我们修史的时候,就是我们骄傲的日子! 你还说,希望自己能写出一部作为传世之作的中国近代史,并能以学术精神讲述中国故事,不求笔生花,但求笔发光,照亮被历史忽略的人物和死角。小野接着你的话说,别以为你们已经得出了结论,真正的结论,画龙点睛的工作,还得等顾华博士来作呢。"

"酒后狂言,就你信!"

厚厚的中国史,厚厚的世界史,都留下一排排毁誉参半的人物,留下一长串台前幕后的故事,需要后人揭箧探囊,去伪存真,不为尊者讳,不以政治、名利和商业为目的,秉笔写春秋,方是史家本色和使命。我为此面壁十年,做了些微不足道的功课,离建功立业还为时过早呢,真的真的,郭芸芸我不是自谦。

"不不,我可是把它当作酒后真言。我相信,你哒哒的马蹄声不会是个美丽的错误,你跑在田塍上的马蹄印里,洒遍了阳光和我的祝愿。"

她如此套用台湾诗人郑愁予那首著名的诗,真是越来越有人文学养和情怀了。她真的知道我要将弦歌付马蹄了。

她还说:"孟子不是说过吗,'先立乎其大,则其小者弗能夺也',就是得把大目标立起来。"

我接一句:"还得听老子的教诲,'虚其心,实其腹'……"

那一夜(中美之夜),我们谈了很多。耳边的风像她的轻声细语,在炎热的向晚时分进入我的门窗,温存地给我活力。我沐浴着风,舒缓着心。

依依不舍放下电话,整个话筒都焐热了,耳朵也麻了。从没煲过这么久的电话! 心底不禁涌起一份甜,嘴里像含着一块消化不尽的糖,眼望窗外点点星光,低声吟咏起柳永的《雨霖铃·八声甘州》来:"不忍登高临远,望故乡邈邈,归思难收。叹年来踪迹,何事苦淹留。想佳人妆楼颙望,误几回天际识归舟。怎知我依栏杆处,正恁凝愁。"

抬头忽见门口站着一小人儿,"芊芊!"

芊芊怯怯地折身进来:"Dady 和谁通这么久的电话啊?"

"大学时的一个校友。"

"是美女吧?"

我不能骗她:"是呀。"

"她很漂亮?"

"唔。"

"和妈咪一样漂亮?"

我艰难地咽了咽口水:"唔。"

"听得出,Dady 很喜欢她。"

我一时无语,难道有什么肉麻之词让她听见了,该死!

"医生说,妈咪可能永远……Dady,会离开我们吗?"话语里明显地带着哭腔。

小家伙懂得不少事理了,能读心了,我揽过她,轻轻地为她拭去眼角的泪,自己却泪落如珠:"芊芊永远是 Dady 的宝宝,Dady 爱你和妈咪一辈子!"

这下轮到芊芊为我擦泪了,她哽咽着说:"我也爱 Dady 和妈咪一辈子……"

那晚,芊芊枕着我的手臂,挂着一丝泪痕进入梦乡。

我却难以入眠。

人在世间,渐渐地长大,都要经历许多爱和别离。四十岁以下,你有很多很好的理由不时坠入爱河,就算只是去发现那根本不是爱。如果说我和吴小荔的故事始于欲望,那么这些年来的经历,让我发现那真的是刻骨铭心的爱情,这样,你便知道和她的"别离"

对我打击有多大。

欲望有时确实很微妙,很美妙,当然,把色欲当成终点是不道德的。我说过,我是个怀着美好信念的人,欲望真不是我要的全部,它的旋律和效果是面向爱情进发的,并非去往另一个方向的借口。

面对郭芸芸显然已超出普通朋友的热情,我对她能激发产生出如同对吴小荔这样的欲望吗?

蓓蕾,蓓蕾,是惠特曼笔下的蓓蕾:

> 看不见的蓓蕾,
> 在冰雪之下,在黑暗之下,在每一平方、立方英寸之中
> 稚嫩、优美,在精致的叶子里,微小,还没出生
> 像子宫里的胎儿,潜伏着,缩成一团,睡着
> 等待着
> 缓慢地推进着,坚定地向前,无止境地形成着

我望着窗外的星斗出神,它们像是镶在了蓝色的天幕上,朝我眨巴着神秘的眼睛。我也朝它们眨眼,数着它们的个儿。不知什么时候,玻璃窗哗哗作响,哦,起风,下雨了。轻轻地把有些酸有些麻的胳膊从芊芊的小脑袋下抽开,起身收拾好窗户,再躺在床上仰望天穹,却见蓝色的天幕已被风雨吹得起皱,原先挨着的星星已七零八落开来。

我的心绪也便阑珊起来。明天的我,将面临一场爱和非爱,而我将前往的是一个我熟悉又陌生的地方:说是红军的故乡、共和国的摇篮,还说是海上丝绸之路的发源地。不管是否如郭芸芸所说,这个万象更新的大好河山,正以迷人的魅力召唤着海外赤子,也不管是被接纳还是遭排斥,这个地方今生都别想绕开。"无论我走到哪里,只要我活着,天空、云彩和生命的美,都将与我同在!"我要带

着罗莎·卢森堡的名言,走进历史和现实交织的彼岸国度,我不想看到彼岸花盛开的过程,只愿摘取彼岸花,献给爷爷和父亲。对了,我就是要通过我的行走,使他们的形象和人生更立体、更圆满,也更完整一些。

十

> 未曾见过的祖国
>
> 隔着海似近似远
>
> 梦见的,在书上看见的祖国
>
> 流过几千年在我血液里
>
> 住在我胸脯里的影子
>
> 在我心里反响
>
> 啊!是祖国唤我呢?或是我唤祖国

呼唤是双向的。站在此岸,呼唤彼岸;站在彼岸,呼唤此岸。待在大江大海的此岸,你永远难以清楚明了彼岸何等景致,只有到了彼岸,才能找到万象之源,分清鲜花和毒草。押上一生的梦游和想象,都不如交付一次最真切的投入。

呼唤穿越时空,似近似远。在呼唤中,移民潮方兴未艾,一轮一轮,海上明月共潮生;在呼唤中,海归潮也成一道风景,此起彼伏,天高海深,风雨无阻。

我不止在书上,更在现实的天空和海洋中看到,在呼唤祖国和祖国呼唤中,一群群海外赤子飞越那片天那片海,和先辈的足迹重叠,和炎黄子孙的血肉融合,合着中国梦的节拍。他们灿若繁星,浩如烟海。

我这趟回去,一如父母和许多朋友希望的那般,想着奉献一本我自己的书。这不是活色生香的政治八卦,而是言归正传的学术研究,不同于政治和教科书之类的作品,卓异于世上已有的出版物。我不想在其中引经据典,更拒绝巧言令色,我只是想着公正客观,把从前和当下那些形形色色的生命不敢说出口或来不及道出的、哪怕是属于潜意识里的真材实料,以我那被凯恩期许的经过了严格科学训练,并贮备了一箩筐科学解释理论的专业素养,来考稽梳理那些曾有的存在及其因果,来使人们信服。我不求你们会被我书中的每一行每一页动容乃至震惊,倘若那样的话,只会是充斥廉价笑声的肥皂剧,而我压根不会拍影视而且有点儿“君子远庖厨”,我只能用我真实的文字,将过往的旧事和记忆拾起、收藏、拼图,让这个有可能物质化却在物质化中找不到幸福归属的世界,多一些温情,并学会不再遗忘。

好吧,我就不冗长地放飞我的梦想了。其实,我的一些特殊经历已为这本书埋下了伏笔。我试着通过它来释放我的迷惑,提供我的浅见,我期待专业素养和考稽梳理之外的写作和想象力、发散性思维,能最终帮我把这些零散的线索串起来。如同郭芸芸记录的当年我和小野酒后放言那般,“不求笔生花,但求笔发光,照亮被历史忽略的人物和死角”。

是的,我这次回去,念兹在兹的是寻找历史老人,而不是那个任人打扮的小姑娘。那些形形色色的过往,欲说还休的垂暮老人,有着难言之隐的死者,在晨昏交错、阴阳更替中承载过无限血和泪的土地、江河、花朵,将给我什么样启发和记忆呢?

那个瓦格拉宣称自己在重新踏上阿根廷土地时,就已死去,“我已经不再是我”。尽管这听起来有点儿荒谬,但绿叶对根的情意,正是由真正的爱引导而生。

我出发时不看世界的潮汐,不看别人的眼色,我心里有数,大海在有阳光的海的那头,花在有阳光的彼岸的那头。

我们每个人虽是独立的个体,但却又都是大众团体中的个体。行走在雾霾弥漫的世界和拥挤的人潮中,哪怕迷失了方向,也要懂得迷途知返。你说是吗?

　　吴小荔曾问我:"看过严歌苓的一本书,她这样描述生活在海外的华人:既不属于这头,又不属于那头,始终是一种漂移的状态,但慢慢地在漂移的状态中长出根来。这也是你的画像吗?"

　　严歌苓对海外生活有切身而细腻的感受,这个文学描写倒也见仁见智,但我强调:"我是个异类,从不刻意追求趋同,因此一路做自己,近乎我行我素。"

　　那天,吴小荔偎依了过来:"不管在这头还是那头,我最想做自己,我也近乎一个异类。"

　　我心头猛地一跳:"那我们不管在这头还是那头,都是同类!"

　　我们拥抱不够,还从这头旋转到那头,久久不放手。真可谓人生忽如寄,抱紧眼前人。

　　那天,回国之前的郭芸芸听了我和吴小荔的故事,点点是伤情泪,情难自禁地拥抱了我。虽然我知道,这个世界上的任何一次拥抱都将以松手告终,但我也还是拥抱了她,投入而忘情。

　　我相信未来,也记得《哈姆雷特》那句经典的灵魂呐喊:"时代整个儿脱节了……"

2017 年 3 月 18 日初稿

2019 年 10 月 6 日晨 3 时许第六稿

2021 年 2 月 28 日晨 2 时许第八稿

闽江畔苦乐斋